国家社科基金项目"历代楚辞图像文献研究"

（批准号14CZW039）直接成果

西华师范大学出版基金资助

罗建新 著

历代楚辞图像文献研究

上 册

中华书局

图书在版编目(CIP)数据

历代楚辞图像文献研究/罗建新著. —北京:中华书局,2021.9
ISBN 978-7-101-15337-8

Ⅰ.历… Ⅱ.罗… Ⅲ.楚辞研究-图像-资料 Ⅳ.I207.223

中国版本图书馆 CIP 数据核字(2021)第 179683 号

书　　名	历代楚辞图像文献研究(全二册)	
著　　者	罗建新	
责任编辑	罗华彤	
出版发行	中华书局	
	(北京市丰台区太平桥西里 38 号　100073)	
	http://www.zhbc.com.cn	
	E-mail:zhbc@zhbc.com.cn	
印　　刷	北京瑞古冠中印刷厂	
版　　次	2021 年 9 月北京第 1 版	
	2021 年 9 月北京第 1 次印刷	
规　　格	开本/920×1250 毫米　1/32	
	印张 29½　插页 4　字数 680 千字	
国际书号	ISBN 978-7-101-15337-8	
定　　价	188.00 元	

目　录

序

方 铭

刘勰《文心雕龙·辨骚》说："自《风》《雅》寝声，莫或抽绪，奇文郁起，其《离骚》哉！固已轩翥诗人之后，奋飞辞家之前，岂去圣之未远，而楚人之多才乎。"以屈原所创作的"奇文"《离骚》为代表的《楚辞》，有着丰富的内涵和持久的影响力，因此，《文心雕龙·辨骚》又指出《楚辞》"气往轹古，辞来切今，惊采绝艳，难与并能矣"，"其衣被词人，非一代也。故才高者菀其鸿裁，中巧者猎其艳辞，吟讽者衔其山川，童蒙者拾其香草"。《楚辞》的丰富性和影响力决定了《楚辞》可解释性的多样性。两千多年来，学习和研究《楚辞》的学者并不仅仅限于中国古代的文史学者，因此，对屈原及《楚辞》的解释也不仅仅限于文字阐释，擅长于图像或者音乐、舞蹈等人文表现形式的艺术家也有他们表达对屈原和《楚辞》热爱的方式。北宋画家李公麟的《九歌图》、明末著名画家萧云从的《离骚图》，以及清乾隆年间画家门应兆的《钦定补绘萧云从离骚全图》当然也是屈原和《楚辞》多维解读的重要组成部分，当然也是屈原及《楚辞》阐释的重要文献。

在 20 世纪中期以后很长一个阶段，在中国的学科分类中，文学和艺术属于一个学科门类，所以，从事小说、戏剧、诗歌创作的作家、诗人、编剧和从事歌舞绘画书法事业的各种艺术家都被统称为"文艺工作者"。但文学研究不是文学写作,文学研究也不是文学本身,虽然文学研究者可能经常提到"通感"或者"诗中有画,画中有诗"这样的话语,但就通常的背景下,文学研究者和艺术家的知识结构是不同的,使用的话语体系也是不交融的,要一个研究文本文献的文学研究者去解读艺术家通过线条或者图画表达的文献内涵,无疑是困难的。

文本文献所表达的立场是明晰的,意义是直线的,而图像语言或者肢体语言的作者的立场当然也可以是清晰的,不过读者对图像语言或者动作语言的理解可能并不是直线的。文学可能是晦涩的,文学研究不能晦涩,文学研究更加需要线索清楚,条理清晰。虽然图像语言具有更强烈的感官冲击力,阅读的门槛更加亲民,因此,图像文献具有更广阔的传播意义,但对于研究屈原及《楚辞》的学者来说,甚至包括阅读《楚辞》的人,《楚辞》图像的阅读可能仍然是困难的,或者说是并不普及的。正因为这个原因,虽然近代学者对《楚辞》的图像文献进行过著录,但这种著录可能并不细致全面,更没有多少人去做专门细致的研究,甚至也很少有《楚辞》研究者去关注《楚辞》图像文献。这种现象的存在虽然可能是合理的,但也是充满遗憾的。

近年来,随着文学和艺术学分列为不同的学科,一位文学工作者不能当然地认为自己是艺术家,而一位艺术家也知道自己并不是一位文学工作者,这种身份的区分可能促使文学研究者和艺术家能够有机会正确审视二者之间的学科界线,也更加有利于文学研究者主动开拓文学研究的多学科研究维度。《楚辞》的图像文献研究作为文学与艺术两个学科融合的研究路径,得到了青年学者的关注和重视。而西华师范大学罗建新教授更是长期关注《楚辞》的图像文献研究,并取得了非常突出的成绩。我虽然对

《楚辞》图像文献所知甚少，但多次拜读过罗建新教授撰写的有关《楚辞》图像文献研究的论文，受教颇多，十分敬佩。现在，罗建新教授撰成《历代楚辞图像文献研究》一书，即将付梓，这对于《楚辞》文献研究特别是《楚辞》图像文献研究无疑具有重要的里程碑意义。

开展《楚辞》图像文献研究，文献清理是根基，罗建新教授的这部书在这方面取得了重要成就。罗建新教授翻阅书画谱录、文史文献、《楚辞》学著作以及相关总集、别集等 400 余种，走访国内博物院、美术馆，获取美国波士顿美术馆、大都会艺术博物馆、旧金山亚洲艺术博物馆、克利夫兰艺术博物馆、弗利尔美术馆等海外机构所藏资源，计整理出 311 目《楚辞》图像，以及关涉《楚辞》图像的诗文 490 余条，拓展了学界对《楚辞》图像文献的认知空间。在此基础上，罗建新教授又对相关作品的存佚、重出、真伪等问题进行考辨，编制有《历代楚辞图像总目表》，著录名称、作者、版本、流传、庋藏等信息；同时，还从历代诗文集、诗文评、书画谱、类书以及存世图像中爬梳相关序跋题赞文字，纂辑历代图像文献所见《楚辞》论述，为我们提供了目前最为系统完整的《楚辞》图像文献资料。这项工作为《楚辞》图像文献研究奠定了坚实的基础，为后来者的研究提供了较为完备的文献依据，也拓展了屈原及楚辞学研究的学术史广度。

罗建新教授并不满足于资料整理，在理论探讨方面，也取得了多方面成绩。

首先，仔细梳理了《楚辞》图像的发展进程。他认为，汉唐《楚辞》图像主要是人物像，多用于庙宇祠堂，为萌生期；宋元《楚辞》图像数量众多，载体、样式多元，题材类型广泛，创作群体参与程度高，为兴盛期；明清《楚辞》图像出现创作主体、艺术样式、载体类型、传播场域等方面的新变,为转型期。条理清晰,证据充分,符合《楚辞》图像发展的历史情况,为学界深入研究提供了指引。

其次,划分了《楚辞》图像的类型。他以文本为核心,将众多《楚辞》图像划分为三种主要类型——《楚辞》作者图像、《楚辞》文本图像、《楚辞》衍生图像。这种划分方法使得两千余年的《楚辞》图像顿显纲举目张,条清缕析,明白晓畅,便于读者把握。

其三,总结了《楚辞》图像的主要特征。他认为,《楚辞》图像的发生、发展、演变与《楚辞》学的发展是伴生的,形成《楚辞》和《楚辞》注本、《楚辞》图像之间的多维度诠释活动;《楚辞》图像在中国古代社会生活中肩负着塑造社会价值与抒写个体情志的双重功能;《楚辞》图像作者以图像作为诠释载体,建构文学形象,重构文本情节,形象具体地展示自我对《楚辞》的理解与认知,既保存了源自于历代的《楚辞》原文,也丰富了《楚辞》学的内容,更为《楚辞》阐释增添"图注"方法;《楚辞》图像在流传过程中还产生不少诗文题记,对学界深入认知《楚辞》学、艺术学与文化学中的相关问题都有重要参照价值。这些见解多新颖可喜,富有启发性,能见出他的好学深思,以及多方吸收与学习的谦逊审慎的德行。

罗建新教授曾先后在信阳师范学院、安徽师范大学、上海大学完成大学本科、硕士研究生、博士研究生阶段的学习,他的学士、硕士、博士阶段的指导教师金荣权教授、潘啸龙教授、邵炳军教授都是屈原及楚辞学研究名家,都是或者曾经是中国屈原学会理事会成员。罗建新教授现在也是中国屈原学会理事。罗建新教授天资聪颖,勤奋好学,年轻有为,在先秦两汉文学及屈原及《楚辞》研究领域有突出成绩,有多种研究屈原与《楚辞》的论文和著作面世,受到学界的关注。因为我与罗建新教授的各位导师相熟,因此很早就认识罗建新教授,承蒙不弃,十余年来,多有过存。

罗建新教授的研究能立足文献,公允严谨,言必有证,体现了良好的学风,是值得我们学习的。

祝愿罗建新把今天的成绩当作起点,不断进步,在屈原及《楚辞》和中国传统文化研究领域,取得更大成绩。

2021 年 2 月 28 日于北京五道口

绪　论

　　公元前三世纪的一个五月，南楚之域，汨罗江畔，一位形容枯槁、颜色憔悴的老人，正披发行吟。他，就是被王逸誉为"膺忠贞之质，体清洁之性，直若砥矢，言若丹青，进不隐其谋，退不顾其命"①的楚三闾大夫屈原。

　　以往，尽管因"王听之不聪""谗谄之蔽明"而屡屡遭贬被疏，远离国都，流落于汉北、江南间，甚至幽独处乎山中，猿居而穴处，可他对楚国命运的关切之情，对党人误国殃民的填膺之愤，对自己不改节操的决绝之志却一刻也不曾改变。因为，他所害怕的并非个人际遇之不幸，所期望的亦不是终老牖下的安然，在他心目中，占最重要位置的依然是对祖国安危的担忧和对民众疾苦的瞩目。

　　可这次却真的不同了。秦将白起率数万之众，兴师攻楚，一战而举鄢郢，再战而烧夷陵，三战而辱王之先人，楚人震恐，东徙而不敢西向。楚都破了，宗庙毁了，国人散了……此时的屈原，不仅失去了可以同雍君佞臣斗争的一切手段，就连一直支撑他的精神支柱也已坍塌。他思索着，沉吟着，"人又谁能以身之察察，受物之汶汶者乎？宁赴常流而葬乎江鱼腹中耳，又安能以皓皓之白，而蒙世俗之

---

① (宋)洪兴祖：《楚辞补注》，北京：中华书局，1983年，第48页。

温蠖乎?"(《史记·屈原列传》)"世溷浊莫吾知,人心不可谓兮。知死不可让,愿勿爱兮。"(《怀沙》)良久良久,他决意"宁赴湘流",也不"蒙世俗之尘埃"。长风悲回,江水呜咽。屈原整理了衣冠,最后一次回望楚都,带着安然与决绝,走入了汨罗江中①。

屈原在失去希望的情况下,自沉汨罗,以期用"忿怼沉江"之行为,震醒壅君的昏愦,震撼人心离散的国民,表达出对党人群小误国殃民的强烈抗议! 这样的死,全是基于对祖国的极其热爱,对宗土的无比钟情,对人民的万分关切;这样的死,既是不妥协抗争精神的最后迸发,也是对祖国忠贞不渝精神的灿烂升华。这两者交汇激荡,使得屈子之死产生了震撼千年的历史回响,"后世无数的志士仁人,难道不正是因为这,才临流扼腕,痛惜于屈原的逝去,才衔泪含悲,'想见'于屈原之为人?"②

在因国事而自沉,杀身成仁后,屈原其人、其文对后世更产生了深远影响,人们"莫不慕其清高,嘉其文采,哀其不遇,而愍其志"③,采取不同方式表达对三闾大夫的复杂情感:有的注诠笺释《楚辞》,传达对其人、其文的感悟与认知;有的拟则其仪表、祖式其模范而"缵述其词",拟《骚》,续《楚辞》,变《离骚》,创作诗文,表达对灵均精神及《楚辞》文本的认同、接受与创造④;有的在字号

---

① 关于屈原"自沉"诸问题的论述,学界众说纷纭,此处用拙作《楚辞文献研读》(广西师范大学出版社 2011 年版)中所认同之说。

② 潘啸龙:《楚汉文学综论》,合肥:黄山书社,1993 年,第 60 页。

③ (宋)洪兴祖:《楚辞补注》,北京:中华书局,1983 年,第 3 页。

④ 所谓"灵均精神",一般是指"路曼曼其修远兮,吾将上下而求索"的探求理想精神,"宁正言不讳以危身""虽体解吾犹未变"的孤身抗恶精神,"伏清白以死直"的峻洁人格,以及眷恋故国、以身相殉的伟大爱国精神等等。(潘啸龙《"楚辞"的特征和对屈原精神的评价》,刊于《安徽师范大学(转下页注)

取用、书斋画室命名、印章题记文字选用时，直接取意于《离骚》，以明"置以为像"之意；有的建置、修葺庙宇祠堂，以祀屈原，兼及宋玉诸人，献祭纳贡，在精神信仰领域推尊其人；还有的因读其书，见"所征引，自天文、地理、虫鱼、草木，与凡可喜可愕之物，无不毕备，咸足以扩耳目，而穷幽渺，往往就其兴趣所至，绘之为图"①，创制了《离骚图》《九歌图》《天问图》《香草图》等图像作品，展示出主体对屈骚精神的承继与对传递自我情志载体之选取的新变；凡此种种，不一而足。这样一来，伴随着以文字形态存在的《楚辞》研究著作与"《楚辞》体"作品的层出累现，大量与屈原等《楚辞》作者或《离骚》《九歌》《天问》《九章》《远游》《卜居》《渔父》《招魂》《大招》《九辩》等篇章相关的图像作品——平面呈现的法书、绘画、壁画等，以及立体呈现的雕塑、造像、屏风、扇面、瓷器等工艺品，也应运而生了。②

(接上页注)学报（哲社版）》1996 年第 2 期）。而《楚辞》指称则经历了一个由单纯意旨向多重蕴涵演变的过程。最早出现在《史记》中的"楚辞"仅指战国时期以屈原、宋玉等为代表的楚人辞作。迨至西汉刘向时，《楚辞》已具有指称作品集之涵义。而后，历代学者所谓之"楚辞"蕴意亦有差异：有专指屈原作品者，有名文体者，有谓诗歌体式者，亦有指涉多重涵义者，凡此种种，不一而足；这就使得其渐由单一指属向复合指属发展，并最终累积成一个具有多重蕴涵的概念。而本文所谓之《楚辞》，即指战国时代以屈原、宋玉、唐勒、景差为代表的楚人所创作的诗歌，其作今存有《离骚》《九歌》《天问》《九章》《远游》《卜居》《渔父》《九辩》《招魂》《大招》等。对此，拙文《楚辞指称的学术史考察》（《古籍整理研究学刊》2009 年第 3 期）有详细论说，兹不赘录。

① (清)永瑢等：《四库全书总目》，北京：中华书局，1965 年，第 1268 页。
② 在中国古代的语境中，"图像"既可指称图，亦可指称像。如傅咸《卞和画像赋》云："既铭勒于钟鼎，又图像于丹青。览光烈之攸画，睹（转下页注）

一、《楚辞》图像的价值

自汉人图画屈原形象之后，魏晋之司马绍、卫协、顾恺之，南朝张僧繇、戴逵、史艺，唐人欧阳询、李思训、李昭道、王齐翰等，宋人杨杰、张敦礼、苏轼、米芾、李公麟、马和之、胡铨、张淑坚、朱熹、梁楷、吴说、颜乐闲、陈彦直、赵孟坚等，元人钱选、郑思肖、赵孟頫、管道昇、赵雍、张渥、明雪窗、萧臧孙、郑元秉、袁桷、张雨、张舜咨、王渊、马竹所、李士弘、龚彦钊、黄至规等，明人朱吉、沈藻、于谦、吴正、沈周、吴伟、祝允明、文徵明、仇英、杜堇、丰坊、王宠、陆治、文彭、文淑、朱约佶、卢允贞、周天球、马守真、董其昌、薛素素、文震孟、张宏、郑重、项圣谟、陈洪绶、顾眉、萧云从、周官、吴桂、李藩等，清人黄应谌、冷枚、查士标、宋曹、郑旼、石涛、王概、禹之鼎、周璕、查升、钦揖、高其佩、王澍、陈撰、乔崇烈、钱陈群、黄慎、郑燮、李方膺、方观承、董邦达、湛福、张若霭、余穉、姚文瀚、丁观鹏、余集、陈本礼、钱沣、门应兆、骆绮兰、周瓒、钱允济、顾应泰、改琦、汪圻、尚镕、黄爵滋、王素、汪汉、吴藻、费丹旭、张裕钊、顾洛、任

（接上页注）卞子之容形。"郦道元《水经注·漯水》亦云："又南径皇舅寺西，是太师昌黎王冯晋国所造，有五层浮图，其神图像，皆合青石为之，加以金银火齐，众彩之上，炜炜有精光。"由此可知，汉、晋时人对图像的理解并未限定为平面的图画，还包括立体的造像等。而本书所认为之"图像"的范畴，既包括平面呈现的艺术家所书写的法书，绘制的卷轴画、册页画、壁画等，也包括立体呈现的雕塑、造像、工艺品等。与之相应，本书所研究的《楚辞》图像除涵盖姜亮夫先生所认为的"一曰法书，二曰画图，三曰地图，四曰杂项，杂项一类诸如天象、芳草、酒令诸端"(《楚辞书目五种》)之外，还包括《楚辞》题材造像、工艺美术品等等。

熊、叶衍兰、任颐、吴毂祥、孔莲卿、汪达、李选、叶原静、胡井农、祝维垣、彭棨、张国柱、家石甫、余韫珠、邢陶民、汤太翁、徐维麟、谢砥山、翟涛、卢绗斋、蓝生、王瀛等，皆创作有关涉屈原、宋玉及《楚辞》的各种图像作品。至若其他刻本书籍所刊印的屈原、宋玉等人的肖像或故事像①，庙宇祠堂所供奉的屈原、宋玉等人神主、画像、造像与《楚辞》题材壁画，以及各类工艺美术作品中所表现的屈原、宋玉及《楚辞》素材等等②，则更为繁多；从而使得文化史中形成了与文字文献并峙的另一类文献：图像文献，它们如车之双毂，并行不悖，共同承载"楚骚传统"之舆行进于中华文化之途。

从时间上看，《楚辞》图像自两汉时期便已出现，经唐、宋，历明、清，存续于现当代，伴随着中国古代图像艺术的发展进程，绵延两千余年③；从创作主体层面看，既有帝王皇族、朝堂官员、沙场将士，又有文人、书画家、本草学家、舆地学者，还有歌姬舞女、工匠技师，以及僧侣道徒等方外之士，几乎涉及社会各个阶层，可谓是全民参与的图像制作；从表现形态上看，它们主要是以图像

① 如隆庆版《楚辞集注》中载录有蒋之奇绘刻《屈原像》，弘治戊午（1498）年刻《历代名人像赞》，万历癸巳（1593）年刻《历代圣贤像赞》，明彩绘《历代圣贤图像赞》中皆载录有屈原画像，尤侗《读骚图》、郑瑜《汨罗江》《杂剧三篇》、炼情子《纫兰佩》（《补天石传奇》卷五《屈大夫魂返汨罗江》）等剧本均有屈原像插图。

② 如唐代即有绘有《巫山图》之屏风，明弘治、隆庆年间民间有织绣《屈原问渡图》，明秭归屈原祠有石雕线刻《九歌图》等，清代有余韫珠刺绣《高唐神女图》，以及陶瓷插屏《屈子像》、紫檀挂屏《龙舟竞渡图》、五彩棒槌瓶《龙舟竞渡图》、粉彩瓷板《婴戏龙舟竞渡图》、胭脂紫地粉彩瓶《婴戏龙舟竞渡图》、雕漆嵌掐丝珐琅插屏《龙舟竞渡图》等。

③ 需要指出的是，本书所谓之"历代"，系采用学界通行之惯例，指帝制时代的中国。就《楚辞》图像而言，主要是秦汉至晚清之际的相关文献。

式样而存在的①,与那种传、笺、注、释、训、诂、解等以文字为载体而呈现出的文字文献有所区别;从所属类型上看,既有法书、绘画、版画,又有泥塑、木雕、石像、屏风、团扇、瓷器、刺绣等②,几乎涉及中国古代艺术的大多数门类;从题材上看,不仅有屈原、宋玉等《楚辞》作者人像与故事像,也有以《离骚》《九歌》《天问》《九章》《渔父》等《楚辞》作品为题材的图像③,还有以《楚辞》中所涉及的"楚地""楚物"等为题材而创制的图像,如《湘妃祠图》《巫山图》《沅湘图》《楚云湘水图》《兰图》《兰蕙图》等,更有体现屈原及《楚辞》在后世文化中所产生之影响的图像,如《饮酒读骚图》《麓山吊屈图》《端午图》《龙舟竞渡图》等等。

　　这些图像以不同方式,星罗棋布于古代中国的历史长河,形成了蔚为壮观的《楚辞》图像文献丛。其中融汇着文学、艺术、政

---

① 在中国艺术领域中,存在着大量的《楚辞》书法作品,尽管其是以文字形态而出现的,然学界在研究时,多是将之归属于图像之范畴。对于其中因由,姜亮夫先生在《楚辞书目五种》中有精到论述:"所以异于书籍板本者,此为中土特殊之艺术,人以艺术视之,不可作为板本校勘视之也。"本书从其说,视法书为图像之一种,将历代《楚辞》法书也纳入考察范畴。

② 姜亮夫先生在《楚辞书目五种》中曾将《楚辞》图谱分为四类:"曰法书……二曰画图,诸如屈子画象,《九歌》、《天问》画图之类是也。三曰地图,始自明汪仲弘,若是子盗父书,则固汪瑗之作也。蒋骥继之。并载友人刘操南君一幅。余曾三作《游踪图》,至今未能定稿,不敢入录。四曰杂项,诸如天象、芳草、酒令诸端,凡有可录,皆笔载之,亦所以为读《骚》之一助也。"此处对图像类型之论述乃是在姜先生观点基础上的拓展。

③ 本书以为,今所能知之"楚辞"作家主要有屈原、宋玉、唐勒、景差;其所作"楚辞"四十五篇,今存《离骚》《九歌》《天问》《九章》《远游》《卜居》《渔父》《九辩》《招魂》《大招》等十篇。说详拙作《楚辞意象之构成考论》(上海大学 2010 年博士学位论文)。

治、社会等领域的诸多要素,包蕴着丰富的文化信息,可以作为考察屈原及《楚辞》在历代传播与接受状况的、区别于文字文献的重要资料,审视中国古代图像艺术产生、发展、流变之进程的典型个案,研究中国古代中央政府推行圣贤教化之策略、路径、效果等问题的有效参照,剖析古代知识阶层政治心态、文化心态及其人生信仰、价值观念诸问题的历史证物,审视中国古代节庆习俗与民间风俗嬗变的图像素材,因之具有重要价值。

二、既有研究之回顾

　　然而,在很长时期内,研究者多将视野集中在文字材料上,对自贾谊、司马迁、王逸以来的《楚辞》模拟、笺注、评论类成果予以细密考察,发掘多重蕴涵,却甚少将图像文献纳入研究范畴,进行系统、全面探索,这就使得整个《楚辞》研究领域中出现"尽采语言,不存图谱"现象,影响了人们对《楚辞》传播、接受形态及其多元价值与意义的合理认识①;郑樵所谓"后之学者,离图即书,尚

---

① 宋人郑樵在《通志·图谱略》"索象"中曾讨论了从图像与文字相结合层面
　　展开研究的重要性,"见书不见图,闻其声不见其形;见图不见书,见其人
　　不闻其语。图,至约也;书,至博也。即图而求易,即书而求难。古之学者
　　为学有要,置图于左,置书于右;索象于图,索理于书。故人亦易为学,学
　　亦易为功,举而措之,如执左契。"就《楚辞》研究领域而言,图像文献中既
　　蕴涵着不同时代的文化背景、艺术理念与主体审美趣味等讯息,也体现出
　　了诸多《楚辞》学观点,"体物摹神,粲然大备。不独原始要终,篇无剩义。
　　而灵均旨趣,亦藉以考见其比兴之原"(永瑢等《四库全书总目》),对学界
　　深入认知楚辞学、艺术学与文化学中的相关问题都有重要参照价值,当不
　　容忽视。可以说,离开对图像文献中所涉猎的《楚辞》信息的关注,《楚辞》
　　研究所取得的成果在一定程度上是不完备的。

辞务说,故人亦难为学,学亦难为功"①之语,虽是强调忽视图像
文献会给治学带来弊端,然用以概括《楚辞》研究中所存在的"重
文轻图"现象,似也不谓无据。当然,这与文献不足征的历史原因
有关,更是学术发展的必由之径,未可以此而苛责古人。

直到二十世纪,这种"重文字而轻图像"的研究视角才渐有改
观,一些学者关注《楚辞》图像,展开相关研究,取得了一系列成
果,主要有以下类型:

其一,文献资料的介绍与著录。即从文献学层面切入,搜集、
整理历代关涉屈原与《楚辞》之图像材料,著录其时代、作者、传
本、序跋等相关信息,间出己见,区别优劣,明辨真伪,以期能展现
历代《楚辞》图像的本原面目。

二十世纪五十年代,饶宗颐先生出版《楚辞书录》,专设"图
像"部分,对李公麟《九歌图》、马和之《九歌图》、钱选《九歌图》、赵
孟頫《九歌书画册》、张渥《九歌图》、吴伟《屈原问渡图》、朱约佶
《屈原图》、杜堇《离骚九歌图》、文徵明《湘君湘夫人图》、仇英《九
歌图册》、周官《九歌图》、董其昌《九歌图》、陈洪绶《九歌图》、萧云
从《离骚图》、门应兆《钦定补绘萧云从离骚全图》、丁观鹏《九歌
图》诸作的不同传本、历代书目著录及部分庋藏信息进行著录,开
《楚辞》图像文献研究之先河②。六十年代,姜亮夫先生梓行《楚
辞书目五种》,倡言《楚辞》图谱当包括法书、画图、地图及天象、芳
草、酒令等杂项四部分,收自宋人苏轼至今人陆侃如、林庚等所撰
制的诸多《楚辞》图谱,并载录其时代、作者、传本信息及部分序跋

---

① (宋)郑樵:《通志·图谱略》,见王树民点校:《通志二十略》(下册),北京:
　中华书局,1995年,第1825页。
② 饶宗颐:《楚辞书录》,香港:苏记书庄,1956年,第63—78页。

资料,拓展了《楚辞》图像文献所涉及之类型与时间范围①;嗣后,其高足崔富章先生相继撰成《楚辞书目五种续编》②及《楚辞书录解题》③,在"楚辞图谱"类书目中增加版画、石雕之屈原像,屈原祠、屈原庙、屈原故里类摄影材料,以及今人所著之"植物图鉴"类书籍,丰富了《楚辞》图像的具体内容。迨至二十一世纪,周建忠先生等纂有《五百种楚辞著作提要》,对姜、崔之书所未收之相关《楚辞》图像资料亦有增补④。这些成果的取得,为学界了解历代《楚辞》图像的基本情况提供了线索。

需要指出的是,以上学者对《楚辞》图像进行的整理,皆是以文字著录图像信息,未将图像一并收录于其中。至于较早汇编历代《楚辞》图像而为一书者,首推罗振常,其曾将陈洪绶、萧云从二人之《楚辞》图像汇聚为一,成《陈萧二家绘离骚图》,并于民国十三年(1924)梓行;而后,郑振铎先生于二十世纪五十年代,编纂《楚辞图》画册,收录自明弘治戊午(1498)《历代名人像赞》本《屈原像》至清门应兆《钦定补绘萧云从离骚全图》等图像,并对部分图像之来历、大小、刻本、内容等进行说明⑤;而后,周殿富先生编著有《楚辞全图句注》⑥与《九歌图七种古注今译》⑦,收录门应兆《钦定补绘萧云从离骚全图》、李公麟《九歌图》三种、张渥《九歌

① 姜亮夫:《楚辞书目五种》,北京:中华书局,1961年,第366—403页。
② 崔富章:《楚辞书目五种续编》,上海:上海古籍出版社,1993年,第351—378页。
③ 崔富章:《楚辞书录解题》,北京:高等教育出版社,2010年,第851—898页。
④ 周建忠、施仲贞:《五百种楚辞著作提要》,南京:江苏教育出版社,2011年。
⑤ 郑振铎:《楚辞图》,北京:人民文学出版社,1953年。
⑥ 周殿富:《楚辞全图句注》,合肥:安徽人民出版社,2013年。
⑦ 周殿富:《九歌图七种古注今译》,合肥:安徽人民出版社,2013年。

图》、赵孟頫《九歌图》、陈洪绶《九歌图》,为学人直观感知《楚辞》图像提供了便利。

其二,《楚辞》图的多元研究。即以屈原或《楚辞》的相关图像作品为对象,进行历时审视或个案研究。

这其中,有着眼于整个艺术史进行纵向梳理,以展示其概貌者,如阿英《屈原及其诗篇在美术上的反映》即以李公麟、张渥、陈洪绶、萧云从等所创作的《九歌图》为例,对画家创作动机、绘画风格及传本等问题进行分析①;徐邦达就其闻见,将传为李公麟的《九歌图》分成十一段本、十段本、九段本、六段本四类,并从作品风格、艺术水准和文献题跋等方面对其时代、真伪、存佚等问题进行鉴定②;李格非、李独奇对自南朝宋至晚清的屈原像及与屈原相关的画像情况进行了梳理③;侯爽考察部分《楚辞图》的形制,关注图像与文本文意相关程度的高低问题④;周建忠等讨论了屈原图像在中国古代的传播媒介与接受方式等问题⑤;何继恒研究了中国古代屈原及其作品图像的相关特征问题⑥;黄凌梅在清理《九歌图》发展脉络的基础上,划分其类型,论析其在绘画史上的特色与价值⑦;安宁勾勒宋以来《楚辞图》题咏的发展历程,从图

①阿英:《阿英全集》第8卷,合肥:安徽教育出版社,2003年,第647—656页。
②徐邦达:《有关何澄和张渥及其作品的几点补充》,《文物》,1978年第11期。
③李格非、李独奇:《以屈原为题材的古代绘画概述》,《云梦学刊》,1992年第2期。
④侯爽:《〈楚辞〉文图关系研究》,南京大学2013届硕士学位论文。
⑤周建忠、何继恒:《屈原图像在中国古代的传播与接受》,《中州学刊》,2017年第4期。
⑥何继恒:《中国古代屈原及其作品图像研究》,北京:中华书局,2020年。
⑦黄凌梅:《历代〈九歌图〉探美》,曲阜师范大学2009届硕士学位论文。

像与诗情关系角度进行类型划分,并解析元、清《楚辞图》题咏兴
盛的原因①;张克峰对绘画史上以屈原及《楚辞》为题材的作品之
产生原因、构思立意、形象塑造特征等问题进行纵向审视②;黄朋
考察自李公麟以来《九歌图》图式流变情况③;李雅馨探讨历代
《九歌图》中文、图之关系问题④;李鹏分析《九歌图》图式变化与
书辞内容、《楚辞》注本之关系,研究图像、书辞、观念互相作用下
的内在结构等问题⑤;台湾学者衣若芬剖析历代"二湘"图像的不
同呈现方式,讨论文字注评与图像表现关系、治乱兴衰与"二湘"
图像关系等问题⑥;美国学者穆勒(Muller)整理存世与著录的《九
歌图》信息,辨析了李公麟所创之六段本、十二段本《九歌图》的面
貌,并对十二段本的创作意涵、影响等问题进行深究⑦。这些研
究,对建构《楚辞》图像的历史脉络、发展谱系,认知其基本特征具
有参考作用。

　　亦有学者以个案图像为研究对象,介绍面貌,辨析来历,考订
真伪,分析文学、艺术特色,探究价值与意义。如薛永年考察张渥

---

① 安宁:《〈楚辞图〉题咏研究》,南京大学 2011 届硕士学位论文。
② 张克峰:《屈原及其作品在绘画创作中的接受》,《文学评论》,2012 年第 1 期。
③ 黄朋:《〈九歌图〉图式的流变》,《上海文博论丛》,2007 年第 4 期。
④ 李雅馨:《〈九歌〉文图关系研究》,河南大学 2018 届硕士学位论文。
⑤ 李鹏:《图像、书辞、观念——〈九歌图〉研究》,中国美术学院 2017 届博士
　　学位论文。
⑥ 衣若芬:《〈九歌〉〈湘君〉〈湘夫人〉之图像表现及其历史意义》,台北辅仁大
　　学《先秦两汉学术》,2006 年第 6 期。
⑦ Deborah Del Gais Muller. "Li Kung-lin's Chiu-ko t'u: A Study of the Nine
　　Songs Handscrolls in the Sung and Yuan Dynasties," Ph. D. dissertation,
　　Yale University,1981. pp. 5－128.

人生经历、艺术风格与《九歌图》创作之关系①，还介绍南京大学藏明佚名《湘夫人图》的基本情况②；陈池瑜研究张渥《九歌图》来源、艺术风格及其在中国神话形象的视觉图像创作中的地位问题③；孟凡港由文徵明《湘君湘夫人图》而梳理古代文献中湘君、湘夫人的记载情况④；潘啸龙等剖析萧云从《离骚图》的艺术特征及其所蕴之规劝鉴诫思想问题⑤；温巍山关注陈洪绶《九歌图》插图创作的习作性和探索性问题⑥；姜鹏考察中国国家博物馆收藏的传为李公麟"七月望日"本《九歌图》与姚文瀚设色仿本之关系问题⑦；台湾学者马孟晶分析顺治二年（1645）本萧云从《离骚图》、乾隆四十七年（1782）本门应兆补绘萧云从《离骚图》、文渊阁《四库全书》本《钦定补绘萧云从离骚全图》之间的承续关系与风格差异⑧，讨论了萧云从《天问图》与《山海经图》及《列仙传》附图

---

① 薛永年：《谈张渥的〈九歌图〉》，《文物》，1977年第11期。
② 薛永年：《气韵生动笔笔着意的湘夫人图》，《社会科学战线》，1980年第3期。
③ 陈池瑜：《张渥的〈九歌图〉与神话形象》，《清华大学学报（哲学社会科学版）》，2009年第4期。
④ 孟凡港：《湘君、湘夫人的历史演变——从〈湘君湘夫人图〉谈起》，《文史知识》，2012年第5期。
⑤ 潘啸龙等：《萧云从〈离骚图〉及序跋注文研究》，《安徽师范大学学报（人文社会科学版）》，2012年第3期。
⑥ 温巍山：《陈洪绶〈九歌图〉插图创作的习作性和探索性》，《装饰》，2014年第5期。
⑦ 姜鹏：《中国国家博物馆收藏的两卷〈九歌图〉》，《书画世界》，2015年第4期。
⑧ 马孟晶：《图文交织的神异世界——院藏三种与萧云从相关之离骚图》，《故宫文物月刊》，2001年第2期。

之间的关系问题①；廖栋梁等通过对图像内容表现重点的分类，将历代屈原像划分为"肖像型""礼魂香草型""应对型""孤绝型"四种类型，认为其图文结合的方法有"像、传拼凑法""母题表现法""概念综合法"三种，形成直译、隐喻和象征等诠释屈原的表现方法②，从发生学角度深化了屈原像研究；日本学者古原宏伸对秘藏于藤田美术馆的《九歌图》进行研究，并将存世《九歌图》分为三类图式③，较以往有所推进。还有研究由图像所衍生之诗文者，如许结对清人张曾《江上读骚图歌》中所寓含的读骚之图像、语象与情感关系问题进行了综合审视④，多有发前人未发者。对于认知屈原及《楚辞》在绘画领域中所产生的影响而言，这些研究无疑具有参考意义。

　　总体看来，学界贤达在《楚辞》图像研究领域已建筚路蓝缕之功，但就研究之系统性、全面性、深入性而言，尚留有可开掘之余地。

三、前贤的白璧之瑕

　　具体而言，前贤在《楚辞》图像文献研究工作中还存在以下

---

① 马孟晶：《意在图画——萧云从"天问"插图的风格与意旨》，《故宫学术季刊》，2001年第4期。
② 廖栋梁、方令光：《屈原图：历代屈原像所见图文结合模式初探》，《辅仁国文学报》，2016年第4期。
③ 古原宏伸：《传李公麟笔〈九歌图〉：中国绘画の异时同图法》，见《铃木敬先生还历记念：中国绘画史论集》，东京：吉川弘文馆，1981年，第89—107页。
④ 许结：《一幅画·一首歌·一段情——张曾〈江上读骚图歌〉解读及思考》，《文艺研究》，2011年第2期。

不足：

其一，资料裒辑不完整。毋庸置疑，尽可能实现对相关文献资料的全面占有，是确保研究在纵深度上得以全面展开的基础。然而，现有《楚辞》图像文献资料著录类成果皆为选录之作，如郑振铎《楚辞图》收《楚辞》图像 10 种，饶宗颐《楚辞书录》收《楚辞》图像 22 种，姜亮夫《楚辞书目五种》收《楚辞》图像 36 种，崔富章《楚辞书目五种续编》《楚辞书录解题》分别收《楚辞》图像 44、50 种，周建忠等《屈原图像在中国古代的传播与接受》辑得现存及见之著录的屈原图像 40 幅；尚未有着眼于中国古代图像发展史与《楚辞》学史，对自汉迄清所出现的《楚辞》图像文献进行全面清理者；至若对《楚辞》图像上载录的题跋类文献，以及相关《楚辞》学、文化学、艺术学资料进行系统纂辑之工作则几付之阙如。而且，就笔者所见，对绘画中出现的屈原及《楚辞》题材作品之研究，在文献资料取用上，基本不出崔书、周文之范围。这样一来，学界就对二千年来出现的《楚辞》图像文献情况缺乏整体性认识，必然会影响相关研究工作的顺利开展。

其二，研究对象与类型较单一。由前文所征文献可见，已有的《楚辞》图像研究存在局部性：多是关注屈原图像，忽略宋玉、唐勒等其他《楚辞》作家图像；侧重讨论与《离骚》《九歌》《渔父》相关之图像，较少论及与《天问》《九章》《远游》《卜居》《九辩》《招魂》《大招》相关之图像，至于由《楚辞》衍生的"潇湘图""香草图""读骚图""吊屈图""端午图""龙舟竞渡图"之类图像，考察更罕；主要研究《楚辞》题材画作，甚少涉及如书法、造像、瓷器、刺绣等其他类型的图像文献。这就使得整个《楚辞》图像研究领域呈现出关注对象集中、类型单一、选材范畴有限等特征，影响了认知的公允性。

其三,研究的纵深度有待拓展。除基本文献清理外,当下的《楚辞》图像研究主要集中在文学、艺术领域:就文学研究而言,主要考察《楚辞》图像题咏诗文,分析其中所见之作者观图感受、认识,甚少将图像文献上所附着的《楚辞》原文、作者及他人题跋纳入考察视野,更少考察图像与屈原圣贤化之关系、图像对《楚辞》阐释与传播之影响、题跋诗文与文士唱酬交游关系、图像生成与文学制度关联等问题;就艺术研究而言,或是着眼特定时代、题材之图像而展开初步梳理,或是选择典型个案进行剖析,未能对二千年来《楚辞》图像之发生、发展、演变历程作系统勾勒,概括其整体特征、基本图式、时代风格、嬗变历程,分析其生成原因、传播途径、影响效果,以及对社会文化生活的参与等问题者。亦即,学界对《楚辞》图像的文学、艺术研究还存在单一性、基础性等特征,尚少有整体、跨学科的立体动态考察者。

概言之,前贤对历代《楚辞》图像文献之研究还存在着局部性、单一性等不足,这虽不利于人们形成对它的公允认知,但也为学人之深入研究留下了充足的空间。

四、本书之构想及价值

一种认知的科学性与历史感的获得,有赖于在一个更高层次上达到理论对象的共时特征与历时展开的契合,以及研究方法的逻辑与历史的统一。有鉴于此,本书拟将历代《楚辞》图像文献作为研究对象,运用文献学、图像学、艺术考古学等理论和方法开展整体、系统、动态之考察:

先从历代目录、书画谱、诗文集、艺术谱录中搜集关涉《楚辞》

图像之资料，并借助现当代新出的诸种书画图录予以补充①，对相关作品的存佚、重出、真伪等问题进行考辨，在此基础上，编制《历代〈楚辞〉图像文献总目》，著录其名称、作者、流传、庋藏等信息，对有图存世者提供图像，因研究条件限制而无法获取图像者亦明其藏处或来源，有目而无图传世者也尽可能提供其在历代典籍中的著录信息及其他相关材料，以期能为学界提供较为系统、完整的二千余年间的《楚辞》图像文献资料，利于其按图索骥，展开新的研究；

继而，整理《楚辞》图像中所见之款识、题跋、赞语等材料，编纂"历代图像文献所见之《楚辞》论述"；同时，以《楚辞》图像名称及作者等要素为线索，从历代诗文集、诗文评、书画论、艺术谱及相关类书中爬梳材料，编纂"历代《楚辞》图像评论资料汇编"②；

---

① 如《中国古代书画图目》就载录诸多《楚辞》图像，其中不乏先前《楚辞》书目著录不多，学者研究甚少者，赵孟頫《行书远游篇》、陈洪绶《水边兰若图》《餐芝图》、陆治《端阳即景图》、宋旭《潇湘八景》、沈周《芝田图》、沈藻《楷书橘颂》、吴伟《渔父图》、倪元璐《行草楚辞》、张路《宁戚饭牛图》《乘鸾图》、杨明时《滋兰树蕙图》、顾时启《兰蕙图》、方士庶《端午即景图》、王宸《鄂渚开帆图》、任颐《渔父图》、汪汉《九歌图》、马元驭《空谷国香图》、原济《兰花图》、徐枋《湘筠兰石图》、高其佩《指画草兰图》、郭尚先《蕙兰图》、陈迈《兰荪图》、陈撰《屈原图》、罗聘《兰蕙竹石图》《鬼雄图》《菖蒲》、虚谷《芝兰图》《兰蕙图》、傅山《兰蕙图》、恽寿平等《兰荪柏子图》、汤密《竹石兰蕙图》、黄鼎《渔父图》、黄慎《采芝图》《纫兰图》、黄应谌《屈原卜居图》、杨宾《九歌图》、郑旼《扁舟读骚图》、吴昌硕《兰蕙图》、金农《兰花图》、查士标《青山卜居图》等等，而台北《故宫书画图录》、日本《中国绘画总合图录》《中国绘画总合图录续编》中所载录之《楚辞》图像为数亦不少。

② 仅就《九歌图》而言，就衍生出诸多序跋题赞类文献，如题画诗有郑思肖《屈原九歌图》、章甫《题〈九歌图〉》、程巨夫《九歌图》、方回《离骚九歌图》、贡奎《题〈九歌图〉》、蒋易《题李伯时〈九歌图〉》、李存《题李伯(转下页注)

这二者将作为本书的文字文献依据之一;

　　在此基础上,对《楚辞》图像文献进行历时研究,发掘图像文献中所体现出的《楚辞》学观念,厘定《楚辞》研究中的某些归属性认知错误,揭示《楚辞》图像在各个时期所具有的基本特征,并选择典型作品进行个案考察,探讨其与时代背景、学术思想、《楚辞》学观点之联系;汇总断代研究之成果,并予以整体审视,勾勒《楚辞》图像文献产生、发展、流变的主要进程,概括其在题材、风格、技法等方面的特征,总结其变化规律,联系时代背景、政治文化制度、主体观念及其社会境遇诸因素,讨论政治、经济、社会、文学、艺术诸因素与《楚辞》及其图像的关系,以期能对文学与艺术的互动关系有具体认知。

　　就学术价值而言,本书既能为《楚辞》研究提供诸多图像领域中的、学界甚少涉猎的材料,增加学术史的宽广度;又有助于认知艺术领域中《楚辞》题材作品的总体面貌、主要特征及其所受文学影响的具体表征等问题,拓展艺术史的纵深度;还能给学界深入考察文学、艺术与时代文化背景之互动关系提供参照,加强文化史研究的实证性。就实用价值而言,本书既能为海内外人士提供经典的《楚辞》图像,便于其在文字障碍之外,直观、具体可感地了解屈原与《楚辞》,认知中华文明,从而增加中华文化的影响力;又

（接上页注）时〈九歌图〉》、刘诜《题胡忠简家所藏〈九歌图〉》、柳贯《题〈离骚九歌图〉》、王沂《九歌图》、虞集《为题马竹所〈九歌图〉》、袁桷《次韵虞伯生题祝丹阳道士摹〈九歌图〉》、卢挚《题李伯时〈九歌图〉》,题跋文有陈著《李伯时〈九歌图〉跋》、黄伯思《跋龙眠〈九歌图〉后》、楼钥《龙眠九歌图》、王质《题〈九歌图〉》、方回《题〈九歌图〉》、刘将孙《题〈九歌图〉》、蒲道源《跋兴元总尹王信夫〈九歌图〉后》、吴澄《书李伯时〈九歌图〉后》、王恽《题李龙眠画〈九歌图〉》、贝琼《书〈九歌图〉后》等等。

能广泛应用于当下的各项文化建设工作，如为海内外人士的寻根归宗文化活动提供图像资料与文字依据，增强民族凝聚力；为城镇文化景观、旅游景点的宣传、规划与建设工作提供参考；为文艺工作者的各种创作提供素材，从而有效传播《楚辞》文化，带来一定的经济效益。

第一章　秦汉魏晋六朝《楚辞》图像

尽管"图画之妙,爰自秦汉,可得而记;降于魏晋,代不乏贤;泊乎南北,哲匠间出"①,至今尚能见及大量秦汉魏晋六朝时期的图像艺术品实物。然而,在水、火、兵、虫等灾害的侵蚀下,出现于此期的、以各种载体形态所展现的《楚辞》图像实物却皆已湮没无存。唐人甚少见及其面目,宋人已无处觅其踪迹,其后更是付之阙如,遑论当下! 故而,不少研究《楚辞》图像者,多自宋时论起,于秦汉魏晋六朝情况或语焉不详,或付之阙如。究其因由,乃是此期《楚辞》图像实物皆已湮没,无所依凭,故难着笔。

然而,作为萌生阶段的产物,秦汉魏晋六朝的《楚辞》图像对于理解屈原及《楚辞》的早期传播接受情况,认知古代《楚辞》图像艺术的雏形并梳理其发展脉络,皆有重要意义。可以说,阙失对秦汉魏晋六朝进行观照的《楚辞》图像艺术研究,是不完善的。

庆幸的是,尽管图像实物无存,但在传世典籍中,还以文字形态载录了关于这些图像的蛛丝马迹,使得千载之下的今人,能够获悉只鳞片爪,借以遥想其时图像之面目,弥补难见真容之缺憾。

---

① (唐)张彦远:《历代名画记》,上海:上海人民美术出版社,1964年,第7页。

有鉴于此,笔者拟爬梳文献,参佐史籍,对这一时期的《楚辞》图像情况进行稽考,以期能裨补缺漏,完善学界之认知。

第一节　招屈亭中灵均形:
秦末《楚辞》图像

据现存文献,较早的《楚辞》图像当为屈原像,其大约出现在秦末楚黔中郡的"招屈亭"中,以作招魂之用。

晋人常林《义陵记》曰:"项羽弑义帝,武陵人缟素哭于招屈亭。高祖闻而义之,故曰'义陵'。今郡东南亭舍是也。"①据此可知,秦末武陵即有"招屈亭"。

在屈原生活的时代,后世所谓之"武陵",乃楚之黔中郡。据《战国策·楚策》载:"楚地西有黔中、巫郡。"秦昭襄王三十年(前277),取楚巫、黔及江南地置黔中郡。高祖二年(前205),割黔中故治为武陵郡,"(领)县十三:索、孱陵、临沅、沅陵、镡成、无阳、迁陵、辰阳、酉阳、义陵、佷山、零阳、充。"②这一地区是屈原在作品中所屡屡言及的流放之地,如《涉江》"乘舲船余上沅兮……入溆浦余僮佪兮……朝发枉陼兮,夕宿辰阳",《怀沙》"浩浩沅湘,分流汨兮",《惜往日》"临沅湘之玄渊兮,遂自忍而沈流"③,等等。有鉴于此,不少学者认为,屈原曾在这一地区生活过很长一段时间,

---

① (清)顾祖禹:《读史方舆纪要》卷八十一,清稿本。
② (汉)班固:《汉书》卷二十八上,清乾隆武英殿刻本。
③ 除标注所取用之版本信息外,本书所引用《楚辞》原文,皆取自黄灵庚先生
　《楚辞章句疏证》(中华书局 2007 年版),为避繁琐,下不出注。

留下诸多行迹,并创作出大量作品①。今且不论此说在某些具体细节上是否可靠,但楚黔中郡人当对屈原"信而见疑,忠而被谤"的人生际遇有所了解,因之"慕其清高,嘉其文采,哀其不遇,而愍其志"②,产生敬慕叹惋之情,则是可以确定的。而在屈原自沉汨罗、为国事而死之后,素来"信巫鬼、重淫祀"的郡人,为了表达悼唁之情,遂欲招屈原亡去之魂魄③,行"招魂"礼,"以为尽爱之道而有祷祠之心者,盖犹冀其复生也。如是而不生,则不生矣,于是乃行死事"④,"因作此亭以招之"⑤,故遂有此"招屈亭"之出现⑥。

————————

① 早在唐代,刘禹锡《武陵书怀五十韵并引》中即论及武陵对《楚辞》的影响,"顾山川风物,皆骚人所赋",认为屈原曾在武陵地区生活过一段时间,并将武陵山川自然风物等纳入个人创作,"纪楚地,名楚物",以成《楚辞》。后人多有沿袭此种思路而又有拓展者,如今人禹经安《屈原在溆浦》(中国文史出版社 2007 年 10 月版)介绍了屈原在溆浦的遗迹;舒新宇《破解屈原溆浦之谜》(东方出版社 2007 年 11 月版)认为屈原在溆浦生活了十六年之久,创作了《怀沙》之外的所有作品;而周绍恒《屈原被流放到溆浦的时间考》[《中国楚辞学》(第十三辑)]则推断屈原在溆浦生活的时间长达十七八年之久。

② (宋)洪兴祖《楚辞补注》,北京:中华书局,1983 年,第 3 页。

③ 唐人刘禹锡《竞渡曲》有"曲终人散空愁暮,招屈亭前水东注"句,其自注云:"竞渡始于武陵,至今举楫而相和之,其音咸呼云:'何在?'斯招屈之义。"则其即是以"招屈"为招屈原亡去后之魂魄意也。

④ (宋)朱熹:《楚辞集注》,上海:上海古籍出版社,1982 年,第 133 页。

⑤ (明)李贤、彭时等:《明一统志》卷六十四,清文渊阁《四库全书》本。

⑥ 宋人朱熹于《楚辞集注》中曾指出:荆楚民俗有为生人行"招魂"之礼者。按其说,亦可以为在屈原放逐于黔中郡时,郡人哀悯其无罪放逐,恐其魂魄离散而不复还,因此便依据民俗规定,对活着的屈原进行"招魂","托帝命,假巫语以招之。以礼言之,固为鄙野,然其尽爱以致祷,则犹古人之遗意也"。为完成这一仪式,黔中人遂兴建"招屈亭"。亦可备一说。

　　如前所叙,黔中人作"招屈亭"之目的乃在于招屈原亡去之魂魄,而楚人行"招魂"礼时,自有其固定程式。据《楚辞·招魂》载:行招魂之礼前,当先由巫师筮卜,以确认亡魂的去向,即所谓"必筮予之";确定招魂方位后,就要唱念"招辞",即所谓"外陈四方之恶,内崇楚国之美",以招引魂魄归来;继而,从城外招来的离魂,需要经过引导以进入城门,即所谓"魂兮归来,入修门些";而且,在离魂归来时,需有巫师的助手"工祝",背对离魂所当归之方向,引导其回归,即所谓"工祝招君,背行先些";所招来之魂魄,要反归于故居,即所谓"魂兮归来,反故居些"等等①。

　　在此过程中,除了运用一些招魂器具,如"篝""缕"等,用来盛放被招者的衣物,或者作为离魂回归后"绵络"之用外;更为重要的是,他们还需要"设其形像于室"②,亦即创制被招魂之人的形像,作为行此仪式的重要对象③,此即《楚辞·招魂》所谓"像设君室,静闲安些"者也。而在中国文化史上,较早的《楚辞》图像即由此而生成,其当是以绢帛等织物为载体而绘制的屈原像之形态而存在的。只是由于时代久远,它没有能够遗存下来。不过,

----

① 刘刚:《古楚招魂巫俗、巫术与宋玉〈招魂〉》,《古籍整理研究学刊》,2014 年第 4 期。

② 汤炳正等:《楚辞今注》,上海:上海古籍出版社,1996 年,第 229 页。

③ 朱熹《楚辞集注》曰:"像,盖楚俗人死则设其形貌于室而祠之也。"姜亮夫《楚辞通故》云:"昆山顾亭林乃以为像者,战国以后以尸礼废而像事上,言之最为有理。其言曰:'古之于丧也有重,于袝也有主,以依神。于祭也有尸,以象神。而无所谓像也。'《左传》言:'尝于太公之庙,麻婴为尸。'《孟子》亦曰:'弟为尸。'而春秋以后不闻有尸之事,宋玉《招魂》始有'像设君室'之文。尸礼废而像事兴,盖在战国之时矣。……则此'像设'直是楚人旧习。"则行"招魂"礼时,当会绘制所招者之形象。

1973年出土于湖南长沙子弹库楚墓的"人物御龙"帛画，倒是能
给今人遥想秦末黔中郡人所绘制的屈原画像的相关情况提供一
些借鉴：

《人物御龙图》战国楚墓帛画　37.5厘米×28厘米　湖南省博物馆藏

　　图正中绘有一男子，头戴高冠，身着长袍，腰佩宝剑，侧身而
立，有似《九章·涉江》篇中所言及"带长铗之陆离兮，冠切云之崔
嵬"形状；其手执缰绳，御一巨龙；龙身平伏，首高昂，尾上翘，呈舟
形，似在冲风扬波；龙尾上立有一鹤，圆目长喙，昂首仰天；上方为
一舆盖，有飘带正随风拂动；左下角绘一鲤鱼，似在为龙舟导夫
先路。

　　对于此图中所出现的高冠者驾驭巨龙、遨游飞翔等内容,学界多有将其与《楚辞》联系起来进行考察者①;至于其所表现的主题,学界一般多认为是招魂、安魂,或引魂升天;而这,正与黔中郡人兴建"招屈亭"以为屈原招魂之用意相类似。是故,可以推测,黔中郡人为屈原招魂时所绘制之屈原像,有可能与战国楚帛画"人物御龙"中的男主人形象相似。

　　黔中郡人于战国末建置"招屈亭"后,历代多有修葺;而文士儒生,也因受屈原精神之影响,遂以"招屈亭"为题材,创作出诸多诗文,以寄衷肠。

　　唐人刘禹锡谪居朗州时,曾在"招屈亭"旁居住过,这从其《酬朗州崔员外与任十四兄侍御同过鄙人旧居见怀之什时守吴郡》诗中"昔日居邻招屈亭,枫林橘树鹧鸪声"之语即可推知。其《机汲记》载:"予谪居之明年,主人授馆于百雉之内,江水沄沄,周墉间之。一旦,有工爰来,思以技自贾。且曰:'观今之室庐及江之涯,间不容亩,顾积块崎焉而前尔……'"②,可知其时刘梦得住所与沅江仅一墙之隔。据《旧唐书》卷四十《地理志》载:"武陵,汉临沅县地,属武陵郡。秦属黔中郡地。梁分武陵郡于县,置武州。陈改武州为沅陵郡。隋平陈,复为嵩州,寻又改为朗州。炀帝为武陵郡。武德复为朗州,皆治于武陵县。"③则刘禹锡此时所见之

<hr/>

①如萧兵《引魂之舟——楚帛画新解》(《湖南考古辑刊》,1984 年)、刘信芳《关于子弹库楚帛画的几个问题》(《子弹库楚墓出土文献研究》,艺文印书馆股份有限公司,2002 年)、贺西林《从长沙楚墓帛画到马王堆一号汉墓漆棺画与帛画——早期中国墓葬绘画的图像理路》[《中国汉画学会第九届年会论文集》(上),2004 年]诸作皆表述过类似见解。
②(唐)刘禹锡:《刘禹锡集》,北京:中华书局,1990 年,第 109—110 页。
③(后晋)刘昫等:《旧唐书》,北京:中华书局,1975 年,第 1615 页。

"招屈亭",即战国末楚黔中郡人所置之遗迹也,其在武陵城东,沅水之滨。又据《古今碑刻记》载:"《招屈亭碑》,刘禹锡撰,在湖广常德府城东南"①,则此一时期,他曾为"招屈亭"撰写过碑文,惜乎今已不存②。

　　"拔身卑污,奋誉文苑"③的唐人汪遵,亦曾撰有《招屈亭》诗,其辞曰:"三闾溺处杀怀王,感得荆人尽缟裳。招屈亭边两重恨,远天秋色暮苍苍。"④在借鉴历来关于"招屈亭"得名由来之论述的基础上,又进行了艺术加工:将项羽杀义帝的地点放到屈原自沉处,从而形成强烈的对比:同为楚人,屈原具有兴国存君的美政理想与深沉执著的爱国情怀,一心为国,全然不在意自身祸福,"岂余身之惮殃兮,恐皇舆之败绩";而项羽则恃权夺位,为一己私欲,令衡山、临江王击杀义帝于江中,以至于诸侯背叛,天下纷争,最终身死东城,为天下笑。通过对比,既见出屈原矢志为国的忠贞精神,更通过怀王的悲剧结局,宣告屈原为之"虽九死其犹未悔"之"兴国存君"理想彻底破灭,国家与个人的"两重恨",让后人面对"招屈亭"时,不由衔泪含悲,念想屈原。

---

① (清)倪涛:《六艺之一录》卷七十五,清文渊阁《四库全书》本。
② 清曾国荃《(光绪)湖南通志》卷二百六十七录《嘉庆通志》文曰:"案:《明统志》'招屈亭'下引刘禹锡《竞渡诗》,下云'有碑尚存',恐即是刻也。考《全唐诗》载禹锡《竞渡曲》末句云:'招屈亭前水东注',自注云:'竞渡始于武陵,及今举楫而相之,其音咸呼云"何在",斯招屈之义。事见《图经》云云。'此于奕正所载'招屈亭碑',恐即《竞渡曲》石刻也。"则学界乃有以文献所载之刘禹锡《招屈亭碑》即其所制之《竞渡曲》者也。存之可备一说。
③ (唐)辛文房:《唐才子传》,北京:古典文学出版社,1957年,第139页。
④ 温广义:《历代诗人咏屈原》,呼和浩特:内蒙古人民出版社,1982年,第24页。

　　明末清初的赵士麟有《招屈亭》诗,其辞曰:"武陵名义动乾坤,招屈亭前遗庙存。目断微波悲帝子,情深芳草忆王孙。舳舻箫鼓中流竞,涕泪山川故国繁。自古有才多不遇,临风酾酒暗销魂。"①赵士麟(1629—1699),字麟伯,号玉峰,河阳(今云南澄江县)人,清康熙甲辰年(1664)进士,官至吏部侍郎。据此诗可知,至麟伯之时,"招屈亭"前犹有庙祠遗址。他伫立"招屈亭"旁,思想屈原过往;举目眺望沅水,念及《九歌》中"湘君"与"湘夫人"彼此"期而不至"之情境,不由心生悲情,感怀"自古有才多不遇",遂"临风酾酒",抒泄不遇之悲。

　　清人叶名澧也作有《招屈亭》诗,辞曰:"逐臣千古怨怀沙,犹有孤亭沅水涯。短笛数声芦苇外,秋风何处问渔家。"②叶名澧(1811—1860),字润臣,号翰源,汉阳(今湖北武汉市)人,道光十七年(1837)举人,历官内阁中书、文渊阁侍读等。从诗中可以看出,叶润臣题咏沅水之涯的"招屈亭"时,所关注的已不是"不遇"之悲,而是"逐臣"之"怨":屈原"怀沙"自沉的行为中,寄予有对君王昏庸不明、"不察余之中情,反信谗而齌怒"的怨愤之情,展示出清人理解屈原思想的另一面。

　　概言之,秦末楚黔中郡建置"招屈亭",其中存在有屈原像,可以认为是早期《楚辞》图像的代表;其图像虽早已不存,然作为承载创作主体情感的重要物象,"招屈亭"却一直出现于历代文士的题咏之作中,展示着"屈原精神"的延续进程。

---

① (清)徐世昌:《晚晴簃诗汇》卷三十五,民国退耕堂刻本。
② (清)叶名澧:《敦夙好斋诗全集·初编》卷七,清光绪十六年(1890)叶兆纲刻本。

第二节　屈原庙里楚骚影:汉代《楚辞》图像

王逸《楚辞章句·离骚叙》曰:"楚人高其行义,玮其文采,以相教传"①,可见,屈原自沉后,楚人景仰其高尚情志,珍爱其文采,故以"楚辞"为对象,进行教授、传播,使得屈原事迹及其作品在故楚地区广泛流传。

迨至汉世,"楚辞"影响进一步扩大。汉王朝建立之初,高祖及其臣属多有楚人,他们恋楚地、好楚声,曾自作楚歌。而后,景帝对"楚辞"持有特殊感情:朱买臣等以"楚辞"进献,遂贵显于汉朝;汉武爱《骚》,而淮南作《传》;宣帝时修武帝故事,讲论六艺群书,征能为"楚辞"之九江被公,召见诵读;元帝、成帝则对包括"楚辞"在内的古文献进行整理与研究……受统治阶级审美趣味及爱好之影响,"楚声""楚辞"得以迅速传播,而屈原也成为朝野共知之人物,刘彦和所谓"爰自汉室,迄至成哀,虽世渐百龄,辞人九变,而大抵所归,祖述楚辞,灵均余影,于是乎在"②,亦此之谓也。

而在有汉一代,中央政府较为重视图像所具有的"成教化、助人伦"功能,曾采取多种策略,积极图绘、标榜圣贤功臣形像,以表功颂德,教育民众,为其政权维系进行舆论宣传和道德感化。

一方面,国家设置专门机构,容纳画工,管理图绘之事。据《后汉书·百官志》载:汉时宫廷曾设"少府",下辖"黄门署长、画室署长、玉堂署长各一人"③,以统领画工;而东汉明帝也"雅好丹

①(宋)洪兴祖:《楚辞补注》,北京:中华书局,1983年,第48页。
②范文澜:《文心雕龙注》,北京:人民文学出版社,1958年,第672页。
③(南朝宋)范晔:《后汉书》,北京:中华书局,1965年,第3594页。

青,别开画室",蓄养"尚方画工"。这些画工的一项重要职责即是按照皇帝旨意,将古圣贤历史人物以及经史典籍中所涉及之故事绘为图画,以扮演政治生活之媒介,发挥教谕感化之功效,如武帝曾"使黄门画者画《周公负成王朝诸侯图》以赐(霍)光",明帝亦曾"取诸经史事命尚方画工图画",皆为其证。

另一方面,皇帝还于专门场所图绘功臣形像,以表彰先进,宣扬其德行,榜样于万民。如《汉书·苏武传》载:"甘露三年(前51),单于始入朝,上思股肱之美,乃图画其人于麒麟阁,法其形貌,署其官爵姓名。"①《后汉书》卷二十二:"永平中,显宗追感前世功臣,乃图画二十八将于南宫云台,其外有王常、李通、窦融、卓茂合三十二人"②。《太平御览》卷七百五十引孙畅之《述画》云:"汉灵帝诏蔡邕图赤泉侯杨喜五世将相形像于省中。"③宣帝、明帝等于麒麟阁、南宫云台诸处图绘功臣形貌之事,即为此证。

帝王有如此之宣教,地方各州郡亦蜂起效法,竞相图画帝王圣贤功臣先进形像,建置庙宇祠堂祭祀圣贤,以影从帝范,风化乡里。此种情状在《后汉书》之《蔡邕传》《陈纪传》《胡广传》《方术传》《南蛮传》中皆有载录,兹不赘列。这样一来,广大民众的价值观,自然也就受到官方政策之影响,如王充《论衡·须颂篇》:"宣帝之时,图画汉列士,或不在于画上者,子孙耻之,何则?父祖不贤,故不画图也。"④可见,其时民众已经将家族成员能否为官方所图绘形象,作为评判荣辱之一种标准:能被图绘,足彰其人之贤

①(汉)班固:《汉书》,北京:中华书局,1962年,第2468页。
②(南朝宋)范晔:《后汉书》,北京:中华书局,1965年,第789页。
③(宋)李昉:《太平御览》,北京:中华书局,1960年,第3331页。
④黄晖,《论衡校释》,北京:中华书局,1990年,第851页。

能；反之，则子孙犹耻之。

在此种社会文化氛围中，南楚地区，屈原生前所行迹之所，以及其事迹所流传之区域，便出现了建置庙祠、祭祀屈原之现象，所产生的各种关涉屈原之图像，构成了汉代《楚辞》图像的主要内容。

据现存文献，汉代建成县、鄳县、罗县等地建有三闾大夫庙、屈原庙等庙祠；与之相应，不少与屈原、与《楚辞》有关的图画、造像等亦由之而生成。

考诸史籍可见，汉代所兴建的屈原庙，主要有四处：

其一，豫章建成县三闾大夫庙。明熊相《（正德）瑞州府志》卷四载："三闾大夫庙，在高安县东金沙台，祀楚屈原也。汉长沙王子拾封建成侯，后免爵，徙家台上，立庙祀之。"①清谢旻《（雍正）江西通志》卷一百八亦载其文。西汉元朔二年（前127），武帝封长沙定王刘发子刘拾为建成侯；至元鼎二年（前115），建成侯坐使行人奉璧荐皮贺元年，十月不会，国除，免爵。则在公元前115年左右，刘拾即在豫章建成县兴建三闾大夫庙②，以祭祀屈原。

其二，南阳鄳县屈原庙。据《后汉书》卷六十四《吴延史卢赵列传》载："延笃，字叔坚，南阳鄳人也……遭党事禁锢。永康元年（167），卒于家。乡里图其形于屈原之庙。"唐李贤等注曰："屈原，

---

① （明）熊相：《（正德）瑞州府志》卷四，明正德刻本。
② 清吴卓信《汉书地理志补注》（清道光刻本）卷四十："建成，《续志》作'建城'，《王子侯表》：'建成侯拾，武帝元朔四年，以长沙定王子封。'雷次宗《豫章记》：'高帝六年，置建城县，隶豫章，以城创建城邑，故曰建城。'《通典》：'今筠州高安县，本汉建成县。'《寰宇记》：'今筠州州城，即汉之建成县。'《大清一统志》：'建成故城，即今瑞州府高安县治。'"将建成县之古今沿革交代得条清缕析，此处用其说。

楚大夫,抱忠贞而死。笃有志行文彩,故图其像而偶之焉。"①这表明,在东汉桓帝永康元年(167)之前,南阳穰县即建有屈原庙。

其三,汉长沙罗县屈原庙。南北朝郦道元《水经注》卷三十八《湘水》载:"汨水又西为屈潭,即汨罗渊也,屈原怀沙自沉于此,故渊潭以屈为名。昔贾谊、史迁皆尝迳此,弭楫江波,投吊于渊,渊北有屈原庙,庙前有碑。又有《汉南太守程坚碑》,寄在原庙。"②则汉罗县汨水之西立有屈原庙。

其四,汉长沙益阳县湘山屈原庙(水仙祠)。晋王嘉《拾遗记》卷十载:"屈原以忠见斥,隐于沅、湘,披蓁茹草,混同禽兽,不交世务,采柏实以合桂膏,用养心神。被王逼逐,乃赴清冷之水。楚人思慕,谓之'水仙'。其神游于天河,精灵时降湘浦。楚人为之立祠,汉末犹在。"③交代出屈原在民间被称为"水仙"由来,并说明楚人曾立祠以纪念屈原之事。明袁中道《珂雪斋集》载:"汉时君山有水仙祠,即屈原庙也。旧说:原死,上帝怜其忠,以为水仙,神游湘浦。故上有仙祠。今废。"④则是将屈原"水仙"之名与楚人所立之祠结合起来,指出其在汉代即已设立,且位于君山之上。就此二说来看,则屈原自沉以后,楚人思慕其人,便创制上帝以屈原为"水仙"之传说,并于益阳湘山之上,为之立祠,以为纪念。

需要指出的是,由于王嘉《拾遗记》乃志怪之作,其论述重心在于说明屈原在民间被誉为"水仙"之事的由来,并未言及有所谓

---

① (南朝宋)范晔:《后汉书》,北京:中华书局,1965 年,第 2103、2108 页。

② (北魏)郦道元撰,陈桥驿点校:《水经注》,杭州:浙江古籍出版社,2001 年,第 593—594 页。

③ (晋)王嘉撰,孟庆祥、商微姝译注:《拾遗记译注》,哈尔滨:黑龙江人民出版社,1989 年,第 287 页。

④ (明)袁中道:《珂雪斋集》外集卷十四,明万历四十六年(1618)刻本。

"水仙祠"且位于"君山"上之事。袁中道《珂雪斋集》所谓之"君山"乃汉时之湘山,考诸《史记·秦始皇本纪》载:"始皇……浮江,至湘山祠,逢大风,几不得渡。上问博士曰:'湘君何神?'博士对曰:'闻之,尧女,舜之妻,而葬此。'"《正义》:"《括地志》云:'黄陵庙在岳州湘阴县北五十七里,舜二妃之神。二妃冢在湘阴北一百六十里青草山上。'盛弘之《荆州记》云:'青草湖南有青草山,湖因山名焉。'《列女传》云:'舜陟方,死于苍梧。二妃死于江湘之间,因葬焉。'按:湘山者,乃青草山。山近湘水,庙在山南,故言湘山祠。"①则湘山之上所立之祠,当为祭祀舜之二妃者。以此观之,可知袁氏之说,当是牵合《史记》与王嘉《拾遗记》之论而为之者;加之湘山有"水仙祠"以祭屈原之说,不见于其他史籍载录,故而,汉时此祠是否被建立,实难考订,今存疑。

因时世变易,豫章建成县三闾大夫庙、南阳鄿县屈原庙早已毁弃,唐、宋、明、清时亦甚少被重修,相关文献难以觅及;而长沙罗县屈原庙则屡屡被重视。据清曾国荃《(光绪)湖南通志》卷七十四载:"罗渊北有屈原庙,庙前有碑,又有《汉太守程坚碑记》。梁开平元年(907),封昭灵侯。宋元丰五年(1082),封忠洁侯。元延祐五年(1318),加封忠节清烈公。明洪武初,知县黄思让重建庙,并于庙前建濯缨桥,桥畔建独醒亭。国朝乾隆二十二年(1757),知县陈钟理徙建玉笥山。"②可见,其在五代、宋、元时,曾被统治者屡加追封;迨至有清,因其"为湖水浸噬,垣瓦仅存,榱桷将圮",知县陈钟理有感于"忠贞之祀,风化之源,何任其荡析堕废,一至于斯乎",乃将其徙建至玉笥山,新作三间祠,"宏而甚

---

① (汉)司马迁:《史记》,北京:中华书局,1959年,第248页。
② (清)曾国荃:《(光绪)湖南通志》,清文渊阁《四库全书》本。

丽","其前为骚坛,又其前为独醒亭、招屈亭,又其前为濯缨桥"①,于乾隆二十二年(1757)建成。清道光三年(1823)《湘阴县志》中著录有"屈子祠图",可见其规模。

清道光三年(1823)《湘阴县志》所著录之屈子祠图

　　那么,汉代所建置的这些屈原祠、三闾大夫庙中可能会存在哪些图像?

　　前文业已言及,后汉时南阳犨县人曾绘制"有志行文彩"的延笃图像,以配飨屈原。由此不难推断,在犨县屈原庙中,当有作为祀主的屈原之画像或雕像、造像类图像,惟其如此,方能让延笃以

①(清)郭嵩焘撰,梁小进主编:《郭嵩焘全集》第七册,长沙:岳麓书社,2012年,第1286页。

其为"偶"。

　　明汪瑗《楚辞集解·云中君》注曰:"古之祠神,既有宫堂供祀
之处所,则必有雕塑之神像,以为之尸,故将祭之时而奉其尸,以
洗饰之也。朱子注《招魂》曰:'楚俗:人死则设其形貌于室而祀之
也。由东皇言抚剑佩玉及此沐浴衣饰之事观之,则诸神皆有所设
雕塑之尸,如今俗之所为者明矣。旧说俱以为巫祝沐浴而衣也,
甚谬。'灵即谓云神也,上指其所设之像而言,此指其所降之神而
言。"①据此可推断,两汉之际的屈原庙中,当可能存在屈原画像,
或是以泥塑或木雕等形式而存在的屈原造像。今汨罗屈子祠中,

汨罗屈子祠之屈原画像　　　　　汨罗屈子祠之屈原铜像

　　①(明)汪瑗撰,董洪利点校:《楚辞集解》,北京:北京古籍出版社,1994 年,第
　　112—113 页。

即有屈原之画像及铜像,可为人们推想汉世屈原庙之图景提供参照。

据文献记载,后世屈原庙中,有以渔父、宋玉、景差等人为配享者,据宋阮阅《诗话总龟》载:"三闾大夫屈平,字灵均,汨罗沉沙之处在岳州境内,正庙以渔父配享。"①则唐、宋时,岳州汨罗屈原庙中有渔父配享。明袁中道《珂雪斋集》前集卷十三:"当追两汉事,祠屈子,而题曰'水仙'。岁取髻中之田,为之蒸尝,用宋玉、景差等配享,以奖忠魂,而奉千古词人之祖,亦楚中一大典也。"②则袁中道亦以为建屈子祠,当效法两汉;且以宋玉、景差等作为配享。以此例之,则汉世所建之屈原庙、三闾大夫庙、水仙祠中,除却有屈原像之外,有的可能还有宋玉、景差等人形象。

据王逸《天问章句》载:"楚有先王之庙及公卿祠堂,图画天地山川神灵,琦玮僑佹,及古贤圣怪物行事。"③则依楚旧制,公卿祠堂之中,绘有天地山川神灵以及古贤圣怪物等题材的图像;屈原祠或许也不例外。由此可以想象,战国末楚人所兴建之屈原祠,其中可能也会绘制有诸多与屈原故事或《楚辞》作品相关的图像,如今湖南汨罗屈子祠门坊和山墙上就绘有 17 幅关于屈原的浮雕,包括《屈原渔父图》《怀沙图》等内容,此或是楚俗之流传。

①吴文治主编:《宋诗话全编》第八册,南京:江苏古籍出版社,1998 年,第 8106 页。

②(明)袁中道:《珂雪斋集》,上海:上海古籍出版社,1989 年,第 567—568 页。

③(宋)洪兴祖:《楚辞补注》,北京:中华书局,1983 年,第 85 页。

湖南汨罗屈子祠正门

　　总体看来，汉代所出现的《楚辞》图像，主要是屈原庙祠中所供奉的屈原肖像、造像或塑像，以及用以配祀屈原的宋玉、景差诸人之肖像或造像之类图像，部分庙祠屋宇中可能绘有与屈原其人及《楚辞》作品相关的图画。因时世久远，这些图像皆未能留存，只能从相关史籍中的片言只语去推想其形貌。尽管如此，这些图像所具有的价值仍然是多方面的：

　　汉代《楚辞》图像的艺术形态主要是平面与立体的人物像，其载体多为木、石、泥，或有少量丝帛，而这既是《楚辞》图像早期阶段所呈现出的特征，也为后世《楚辞》作者像之创作奠定基础。

　　汉代建成县、鄻县、罗县等地屈原庙祠中所出现的这些图像，作为去楚未远的产物，无疑能充分体现汉人对屈原的认知与评价情况，以及汉代屈原崇拜所形成的时间、地域、具体表现等特征。

　　汉代屈原像在各地庙祠中广泛出现，当与中央政府重视图像教化功能、地方州郡影从帝范以风化乡里的政治观念与政治举措有关，而这也为唐、宋以来官方封谥屈原、广建庙祠之政治行为导夫先路。

　　后世文士面对秦汉《楚辞》图像遗迹时，往往生发出诸多感触，形诸诗文之际，多借题咏图像，寄予主体情志，从这些因图像而生的文辞之中，既能见及屈原与《楚辞》的传播接受情况，又能感知不同时代士人的文化心态。

对于考察中国古代《楚辞》图像艺术而言，秦汉《楚辞》图像在表现形态、主要内容、产生场域、传播途径、接受状况等方面所展示出的特征皆具有重要价值，当不容忽视。

第三节　图貌写人启后来：
魏晋六朝《楚辞》图像

公元 220 年，汉献帝刘协被迫禅位于魏王曹丕，拉开了弥漫着战火、饥荒与疫疠的魏晋南北朝这一历史时代之帷幕。两汉大一统的政治格局随之也被多政权分裂割据的社会局势所代替，直至公元 589 年，杨坚灭陈建隋，天下方才复归于一统。

在这近四个世纪的历史时空中，政治、阶级、民族等各种矛盾交互激荡，先后出现了三十多个割据政权，兵戈纵横，杀伐无已，给社会、民生带来极大破坏，至有"白骨露于野，千里无鸡鸣"之惨象。这种更迭与割据也给思想文化领域带来重要影响：儒术的独尊地位已经动摇，玄学兴起，佛教传播，道教形成；旧有的传统观念遭到怀疑与否定，那种要求摆脱权势和观念束缚、认识把握自我、肯定个体价值的思想意识迅速兴起。

面对朝代更迭如传舍、命运漂泊似转蓬的外部社会环境，知识阶层大多辗转奔波于各割据政权之间，为谋求生存而殚精竭虑，而抒发"岂余身之殚殃兮，恐皇舆之败绩"的深沉执著爱国情怀的《楚辞》，在政权频繁更迭的情势下让文士难以适从；与之相应，《楚辞》图像也较为稀少，今仅能从文献著录中见及只言片语，如西晋卫协《张仪像》、戴逵《渔父图》、南朝宋史艺《屈原渔父图》、梁石刻屈原像，以及存在于秭归女嬃庙中的图像等。今据其时序，作一考察。

一、卫协《张仪像》

卫协，生卒不详，西晋时人，师法曹不兴，擅绘神仙、佛像及人物故事画，冠绝当时。谢赫《古画品录》指出：古代的人物画都较简略，"至协始精。六法之中，迨为兼善。虽不该备形妙，颇得壮气。凌跨群雄，旷代绝笔"①。足见其在南北朝美术史家眼中的崇高地位。

唐人张彦远《历代名画记》卷五记载：卫协绘有《张仪像》。后顾起元《说略》卷十六诸书亦有类似载录，故卫协作有《张仪像》之说，几已成为学界共识。

据《史记·屈原列传》载：张仪曾奉秦惠王命厚币委质事楚，佯以商、於之地六百里诱使楚怀王绝齐，待楚、齐绝交后，以"约六里"激怒怀王，招致秦、楚丹淅之战，楚师败绩，屈匄为虏，汉中之地被侵；而后，当秦欲割汉中地与楚议和时，仪又因厚币用事者靳尚，并设诡辩于怀王之宠姬郑袖，复欺怀王；屈原由齐返楚，谏怀王杀张仪，怀王使人追张仪而不及。可见，作为与楚关系密切，且与屈原发生联系的政治人物，张仪的存在及其作为构成了《楚辞》产生的外部社会环境，其画像自然可纳入《楚辞》图像的范畴，亦可认为是当今所知魏晋时较早出现的《楚辞》图像。

由于时代久远，卫协《张仪像》早已难见其貌，然就"古画皆略，至协始精"之论断来看，其勾勒张仪形象，当是越出秦汉绘画

①彭莱主编：《古代画论》，上海：上海书店出版社，2009年，第56页。

只表现人物的外在轮廓而不精细摹绘之藩篱,技法精微,笔墨传神;而就顾恺之论卫协时"神仪在心,而手称其目者,玄赏则不待喻"之语来看,或许此《张仪像》中的人物神情、仪态都能体现出其思想,而手部的动作与目光所向也十分谐调,能令观者欣赏起来一目了然。

二、戴逵《渔父图》

戴逵(332—395)①,字安道,谯郡铚县(今安徽宿州市)人,少博学,好谈论,能鼓瑟,善图画,穷巧丹青,其画作"情韵连绵,风趣巧拔,善图贤圣,百工所范,苟、卫已后,实为领袖"②。

据唐人裴孝源《贞观公私画史》载,戴逵作有《渔父图》,张彦远《历代名画记》等书亦有载录。

意欲探寻戴逵此"渔父"形象的根源,还需追溯到《庄子·渔父》或《楚辞·渔父》。《庄子·渔父》中渔父以庶人、大夫、诸侯、君王、天子皆需自司其职来教诲孔子"谨修尔身,慎守其真,还以物与大",劝导其过逍遥无待于天地间的"心意自得"生活;《楚辞·渔父》中渔父以"圣人不凝滞于物,而能与世推移"劝说屈原明哲保身,与世俗合流,表达散淡闲适、自得其乐的人生追求。这两篇作者给渔父赋予"与世无争、明哲保身、笑傲江湖、逍遥人生,达到心灵的安适"的总体形象特征③,也为后世《渔父图》的生成

①戴逵生卒年,史传无明文记载,加之相关资料亦十分有限,难以详加查考。此处之系年,用曹道衡、沈玉成先生《中古文学史料丛考》中所定之说。
②(南朝齐)谢赫:《古画品录》,《丛书集成初编》第 1645 册,上海:商务印书馆,1936 年,第 7 页。
③张繁文:《绘画史上的渔父情结》,《南京艺术学院学报(美术与设计版)》,2005 年第 1 期,第 78—81 页。

提供了素材。

《隋书·隐逸传》载:"自肇有书契,绵历百王,虽时有盛衰,未尝无隐逸之士……洪崖兆其始,箕山扇其风,七人作乎周年,四皓光乎汉日,魏晋以降,其流逾广。"[1]可见,"隐逸"正逐步从思想观念形态发展成为一种生活习尚,并在东晋社会蔓延开来。生活在此期的戴逵,能仕却不仕,乃"浪迹颍湄,栖景箕岑",选择在山野林泉间安顿身心,时而"寄心松竹,取乐鱼鸟",时而"挟鸣琴于林下,理纤纶于长浦",时而"回舲行于越江,送猗人于西渚",任一己之性灵在烟水忘机、湛然无邪的自然里澄心静虑,体味生命之真谛。这种人生态度,恰与《楚辞·渔父》中所传递的情怀相似。故而可以推测:戴逵此《渔父图》,或许正是以《楚辞·渔父》为表现素材,图绘屈原、渔父问答于江畔之场景的。

三、史艺《屈原渔父图》

据唐张彦远《历代名画记》卷六载:"史艺,下品,《屈原渔父图》《王羲之像》《孙绰像》,并传于代。"[2]

史艺,南朝宋人,身份不详,元盛熙明《图画考》、王沂《伊滨集》、明唐顺之《荆川稗编》、徐应秋《玉芝堂谈荟》、张丑《清河书画舫》、朱谋垔《画史会要》、清卞永誉《式古堂书画汇考》、沈可培《泺源问答》、孙岳颁等《佩文斋书画谱》、王毓贤《绘事备考》对其绘画作品的记载仅限上述三幅。

史氏《屈原渔父图》早已亡佚,然据其画题推测,当是以《楚辞·渔父》为表现素材,图绘屈原、渔父形象,展示二人问答场

---

[1]（唐）魏徵、令狐德棻等:《隋书》,北京:中华书局,1973年,第1751页。
[2]（唐）张彦远:《历代名画记》,北京:人民美术出版社,1964年,第135页。

景者。

四、《屈原像》

明萧云从《离骚图·凡例》载:"屈子有石本名臣像,暨张僧繇图,俱丰下髭旁,不类枯槁憔悴之游江潭者也。"①

从萧云从的文字描述来看,此屈原肖像,其人物形象丰肥,极具特色,有别于后世如陈洪绶等人所绘屈原行吟泽畔之际的"形容憔悴,颜色枯槁"之貌。

又,学界多有将此图定为张僧繇作者,然考诸萧氏文字,其中有"暨""俱"之语,则此石本屈原像,当难定为张氏之作,姑存以备考。

五、秭归女媭庙中的图像

《离骚》有"女媭之婵媛兮,申申其詈予"语,王逸注曰:"女媭,屈原姊也。"学界多有据此以为屈原有贤姊名女媭者也。

郦道元《水经注·江水》引袁崧语曰:"(秭归)县北一百六十里有屈原故宅,累石为室基,名其地曰乐平里,宅之东北六十里有女媭庙,捣衣石犹存。"②刘昭注《后汉书》引庾仲雍《荆州记》曰:"县北一百里有屈平故宅,方七顷,累石为屋基,今其地名乐平。宅东北六十里有女须庙。"③据此可知,至迟在魏晋时,秭归乐平里屈原故宅附近即建有女媭庙。

据清聂光銮修,王柏心纂《(同治)宜昌府志》卷四载:"女媭

---

① (明)萧云从:《离骚图》,顺治四年(1647)初刻本。
② (北朝魏)郦道元:《水经注》卷三十四,清《武英殿聚珍版丛书》本。
③ (南朝宋)范晔:《后汉书》,北京:中华书局,1965年,第3480页。

庙,屈左徒有贤姊,闻左徒放逐,乃归,喻令自宽,因名秭归。唐元
和中,立女媭庙于左徒之故宅,在三闾乡,今存旧址。"①则建于汉
魏之际的女媭庙,经六朝兵燹之厄,在唐初已损毁,至唐宪宗元和
年间,乃重建女媭庙,其遗迹在有清之时犹存。

　　因文献阙失,汉、唐时秭归乐平里女媭庙之具体建置及其中
所存在图像情况,今难知悉。不过,清人梁园棣修,郑之侨等纂
《(咸丰)重修兴化县志》卷一对兴化县"濯缨亭"中女媭图像的记
载,或许可为遥想乐平里女媭庙之图像情况提供参考,其辞曰:

　　　　兴化有三闾大夫及其姊女媭塑像,在濯缨亭,后改税务
　　所,与财神同殿,未免不伦。道光十五年,即拱极台建景贤
　　祠,遂迁像于海光楼。二十九年,台圮,移诸贤木主及三闾大
　　夫像于古文昌阁,惟女媭像不便列入,乃制龛移祀于贞孝节
　　烈妇女总祠之前室。②

　　据此可知,兴化"濯缨亭"中有女媭塑像,与屈原像并祀,可见
人们此时乃是关注她的"贤姊"身份;迨至道光二十九年(1849),
将屈原像迁入文昌阁,而将女媭塑像改制为龛位,移祀于贞孝节
烈妇女祠,可见人们更加重视从"妇德"层面对其进行评判。

　　后世文人笔下,女媭庙亦多被言说。清人伍继勋修,范昌棣
等纂《(同治)兴山县志》卷九载:潘篯作有《女媭庙》诗,其辞曰:
"女媭归后慰殷勤,野寺荒郊乱夕曛。剩有捣衣石犹在,秋风夜雨
不堪闻。"刘大璿亦有《女媭庙》诗,其辞曰:"遗庙白云边,空山响
杜鹃。落花骚客怨,香草美人怜。野寺深山古,荒碑落照悬。捣

---

① (清)聂光銮修,王柏心纂:《(同治)宜昌府志》,清同治刊本。
② (清)梁园棣修,郑之侨等纂:《(咸丰)重修兴化县志》,清咸丰二年(1852)
　　刊本。

衣砧尚在,流水自涓涓。"①皆在诗中勾勒女嬃庙的残貌,抒发自我观感,并借"捣衣砧"这一意象,来表达对人世沧桑变幻难测的感慨之情。

概言之,魏晋南北朝时期的《楚辞》图像数量极其有限,且已无实物留存至今,但却因具诸多首创性特征而在《楚辞》图像发展史上占据着重要地位:出现被诸多学者认为的《楚辞》图像的肇端——史艺《屈原渔父图》,影响了学界对《楚辞》图像生成时限问题的认识;产生《张仪像》,丰富了《楚辞》图像的表现素材。这既表明《楚辞》对中国古代人物画的发展产生影响,也为梳理《楚辞》图像发展脉络提供依据。

从历时角度看,秦汉魏晋六朝时期是中国古代《楚辞》图像的滥觞时期,先后出现了屈原、宋玉、张仪等人的肖像、造像或塑像,屈原故事壁画,以及与《楚辞》作品相关的壁画、绘画等图像,尽管为数不多,且皆亡佚,然却为《楚辞》图像创作导夫先路。

---

① (清)伍继勋修,范昌棣等纂:《(同治)兴山县志》,清同治四年(1865)刻本。

第二章　唐代《楚辞》图像

隋国祚短暂，其时所出现的《楚辞》图像作品情况，今难知悉，有待后来。

有唐二百八十余年间，文教武功，皆有其极盛之时。然唐人不好章句，不重义理，唯文章是务，故学界多认为唐代的《楚辞》研究，前难追汉，后不及宋，其间既无治骚之硕学大家，亦无足以称世的鸿制专著，"甚至连一篇论骚评屈的专文也难举出"①，以至于有学者认为"在缺乏内忧外患的强烈刺激、昂扬向上的时代精神、最具吸引力的科举制度、开放和三教合一的思想潮流等因素的共同作用下，唐代《楚辞》研究呈现出萧条冷落的局面"②，可值圈点者不多。

与之相应，在这种"文艺宗教之焕发，图画益以进步，则若名卉异葩，毕罗瑶圃，蔚为大观"③的时代环境里，尽管上而贵族仕女游宴戏乐之事，下而山林田野行旅农牧之物，多形之图

---

① 吴明刚：《唐代文人对楚辞学的评论》，《文艺评论》，2011 年第 10 期，第 58 页。

② 刘树胜：《唐代楚辞研究萧条的原因》，《职大学报》，2011 年第 3 期，第 28—32 页。

③ 郑午昌：《中国画学全史》，北京：中国社会科学出版社，2009 年，第 92 页。

绘,生成不少图像作品,并有流传至今者,然《楚辞》图像却显得相对冷落:可知的图像作者不多,仅欧阳询、李昭道等数人;所能见的图像数量更少,仅有《九歌帖》《龙舟竞渡图》等;所涉及《楚辞》的篇目也不多,有的作品在真伪问题上还存在着争议。

　　不过,也应看到,此期《楚辞》图像在类型与载体的多样性、表现题材的多元化等方面也展示出新特征。

第一节　遒劲秀拔写《九歌》:
欧阳询的《楚辞》法书

　　书至唐而极盛:书家辈出,出现虞世南、欧阳询、褚遂良、薛稷、颜真卿、柳公权等楷书巨擘,孙过庭、贺知章、张旭、怀素等草书大师,唐太宗、陆柬之、李邕、李白等行书高手,李阳冰、史惟则、韩择木等篆隶大家;书论煌煌,产生孙过庭《书谱》、张怀瓘《书断》《书议》《书法要录》等书学名著;墨迹流传者也较前代为多,而《楚辞》中的《离骚》《九歌》等篇亦是书家所书写之对象,他们或书全文,或写部分篇章,产生了后世所谓《离骚帖》《九歌帖》等法帖,并因之而生成了《楚辞》图像艺术史中的一种重要门类——"《楚辞》法书",拓展了《楚辞》图像的艺术表现空间。这其中,尤以欧阳询为代表。

　　欧阳询(557—641),字信本,潭州临湘(今湖南长沙市)人。其书"八体尽能,笔力险劲,篆体尤精。……飞白冠绝,峻于古人,有龙蛇战斗之象,云雾轻浓之势,风旋电激,掀举若神。真、行之书,虽于大令,亦别成一体,森森然若武库矛戟,风神严于智永,润色寡于虞世南。其草书迭荡流通,视之二王,可为动色"①,而《宣和书谱》更是誉其正楷为"翰墨之冠"。

据文献载录,传为欧阳询的《楚辞》法书主要有楷书《离骚帖》《九歌帖》二种。

一、楷书《离骚》

明人董其昌《戏鸿堂法书》卷五收有欧阳询楷书《离骚》,起首题"离骚",次行自"帝高阳之苗裔兮"起,至"吾将从彭咸之所居",凡一百八十八行,行九字。

后来,用大斋主人施叔灏翻刻时,于其所增之目录中标明"皆

欧阳询《离骚帖》局部,收于董其昌《戏鸿堂法书》卷五

①(唐)张怀瓘《书断》,杭州:浙江人民美术出版社,2012年,第176页。

真迹"字样①，强调此帖确系出于欧阳询之手，王鸿绪横云山庄本、沈氏古倪园本《戏鸿堂法书》亦皆因之。余波所及，诸多欧阳询研究著作、法书图谱中皆著录有欧阳询楷书《离骚》，而《历代碑帖法书选》编辑组也曾据故宫博物院所藏明拓本刊印"《唐欧阳询书〈离骚〉》"②，使得此帖单本别行，化身千万，进一步加深学人的印象。

如此一来，"欧阳询有楷书《离骚》作品"这一论断，似已成为学界共识，虽然也有不同意见：如张伯英先生以为此帖"不可信"③；史树青先生推断"这篇《离骚》，确是比欧阳询还早的一个写本"④；欧阳中石先生以为其虽笔意与《九歌》相近，且刻入《戏鸿堂法书》《玉烟堂法帖》中，然"健劲之致全失"⑤；王壮弘先生亦直接断为伪帖⑥。然而，这些论断多是出于印象式的品判，未能提供充足的文献佐证，故反响不大。

实际上，除从文献著录角度对欧阳询《离骚帖》的真实性进行质疑外，利用唐、宋以来的不同《楚辞》版本，与此帖文字进行考校比勘，并将之与学界公认确系欧阳询之作的《九歌帖》相佐证，即可发现：今所传之欧阳询《离骚帖》，乃是南宋以后人据端平本《楚辞集注》文字而伪造，而非欧阳率更真迹。之所以如此言说，原因如下：

---

①（明）董其昌编：《戏鸿堂法帖》，北京：中国书店，1989 年。
②《历代碑帖法书选》编辑组：《唐欧阳询书〈离骚〉》，北京：文物出版社，2003 年。
③李天马编述：《张氏法帖辨伪》，济南：齐鲁书社，1987 年，第 44 页。
④史树青：《书画鉴真》，北京：燕山出版社，2009 年，第 118 页。
⑤钱晓鸣主编：《欧阳中石谈书法》，北京：中国青年出版社，2014 年，第 121 页。
⑥王壮弘：《帖学举要（修订本）》，上海：上海书店出版社，2008 年，第 119 页。

（一）历代著述及从帖皆罕见收录

唐人著述中，不见有言及欧阳询楷书《离骚》者。《宣和书谱》、欧阳修《集古录跋尾》、郑樵《通志·金石略》、赵明诚《金石录》、陈思《宝刻丛编》、朱长文《墨池编》、岳珂《宝真斋法书赞》、骆天骧《类编长安志》、孙承泽《庚子销夏记》等著述以及《淳化阁帖》《绛帖》《大观帖》《汝帖》《博古堂帖存》《宝贤堂集古法帖》《停云馆帖》诸从帖中载录有欧阳询法书、碑帖 90 余种①，其中虽瑕瑜互见，真伪并存，然却未见有言及《离骚帖》者。

今所见著录欧阳询《离骚帖》者，首推明人董其昌《戏鸿堂法书》。其后，除陈瓛《玉烟堂法帖》因之外，竟不见他书。

董氏刻帖所用底本，除部分家藏真迹外，还有以《澄清堂帖》《宝晋斋法帖》等从帖之刻本或摹本进行翻刻者，有从许谦、韩逢禧、项元汴、周密、薛绍彭、杨补之、赵士祯诸人藏本而摹刻者，有自米芾、赵孟頫、陈仲醇诸人临本而摹刻者②，情况甚为复杂，"所收的底本，未必都是真品"，以至于启功先生认为董其昌应该"负鉴定眼力不高和学识不足的责任"③。至若其中所收录的欧阳询《离骚帖》，前不见著录，后亦甚少因袭，突兀而来，传承无序，甚是可疑，率尔定为真迹，恐难令人信从。

倘若将此欧阳询《离骚帖》定为真迹，那么，其与唐人所见之《离骚》，文字出入理应不大。然而，事实却并非如此。

---

① 朱关田：《欧阳询书迹考略》，《中国书画》，2010 年第 8 期，第 12—20 页。
② 李敏君：《董其昌刻帖与〈戏鸿堂法书〉》，《上海博物馆集刊》，1992 年，第 441—447 页。
③ 启功：《从〈戏鸿堂帖〉看董其昌对法书的鉴定》，《启功书法丛论》，北京：文物出版社，2003 年，第 76 页。

　　唐人所见《离骚》，主要有两种类型：一为单行者，如王逸《楚辞章句》、郭璞《楚辞注》、刘杳《离骚草木疏》，以及徐邈、宋处士诸葛氏、孟奥、释道骞等的《楚辞音》之类；一为《文选》所载者，如古写本《文选集注》，五臣、李善《文选注》，及其他杂注中所载录者①。倘取此两类与欧阳询《离骚帖》相较，则可发现：二者差异极大。

　　（二）与唐代单行本《离骚》文字差别甚大

　　郭璞、刘杳、徐邈、诸葛氏、孟奥诸人之书皆已亡佚。王逸《楚辞章句》唐写本，亦未见及②。今所能见之隋唐时单行本《离骚》，惟释道骞《楚辞音》残片，然其首尾不具，起《离骚》"驷玉虬以乘鹥兮"至"杂瑶象以为车"部分③，且皆抄录单字，予以音注。

　　就欧阳询《离骚帖》中"心犹豫而狐疑兮"至"世幽昧以眩曜兮"部分与之比勘（图一），即可见出差异：《楚辞音》中所释"要""遗""效""处""语""折""艸""宅"诸字，《离骚帖》中皆无着落；他如此类，兹不赘录。究其因由，除却《楚辞音》为写本，具有"分卷不定、符号不定、内容不定、用字不定、文多疏误"④等特征外，二

---

① 高薇：《日藏白文无注古钞〈文选〉研究的回顾与思考》，《文献》，2018 年第 4 期，第 100—113 页。

② 据黄灵庚《楚辞文献丛考》，现存王逸《楚辞章句》单行本，以高第、黄省曾校刻于明正德十三年的覆宋本为最早，价值亦最高，此外尚有明隆庆五年朱多煃夫容馆据宋本重刻本、明万历十四年冯绍祖观妙斋刻本等，然皆去唐久远。

③ 释道骞：《楚辞音》，Pel. chin. 2494，（5—4）、（5—2），《法国国家图书馆藏敦煌西域文献》，上海：上海古籍出版社，2001 年，第 308 页。

④ 张涌泉：《敦煌文献的写本特征》，《敦煌学辑刊》，2010 年第 1 期，第 1—10 页。

者所据底本有异，当是重要原因。亦即，假定欧阳询《离骚帖》为真迹，则率更令书写之时所用之《离骚》，与道骞音义之时所见者，迥然不一。

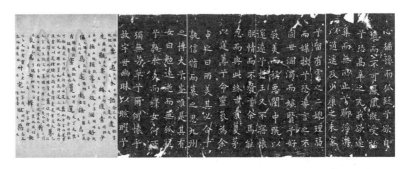

图一

（三）与唐人所见《文选》之《离骚》文字多有出入

梁萧统《文选》收有《离骚》，陈、隋、唐间，先后有萧该、曹宪、公孙罗等作《文选音义》若干卷；又有李善、五臣等所注《文选》。今所能见者，惟古写本《文选集注》残卷与李善、五臣《文选注》之宋刻本二端①。

与古写本《文选集注》相较，欧阳询《离骚帖》多有差异②：写本"何不改此度也"，欧帖"改"后多"乎"，无"也"；写本"来吾导夫先路也"，欧帖无"也"；写本"惟夫党人之偷乐兮"，欧帖无"夫"；写本无"曰黄昏以为期兮，羌中道而改路"，欧帖有（图二）；写本"非时俗之所服"之"时"，欧帖作"世"；写本"哀人生之多艰"之"人"，

① 傅刚：《〈文选集注〉的发现、流传与整理》，《文学遗产》，2011 年第 5 期，第 4—17 页。
② 周勋初：《唐钞〈文选集注〉汇存》，上海：上海古籍出版社，2000 年。

欧帖作"民";写本"又重申之以揽茞",欧帖无"重";写本"终不察夫人心"之"人",欧帖作"民";写本"自前代而固然"之"代",欧帖作"世";写本"人生各有所乐兮"之"人",欧帖作"民";写本"俗并举而好朋兮"之"俗",欧帖作"世";写本"依前圣之节中兮"之"之",欧帖作"以";写本"殷宗用而不长"之"而",欧帖作"之";写本"周论道既莫差"之"既",欧帖作"而";写本"举贤而授能兮",欧帖"贤"后多一"才"字;写本"览人德焉错辅",欧帖"人"为"民","德"后多一"兮"字;写本"相观人之计极"之"人",欧帖作"民";写本中"歔欷余郁邑兮"至"吾令鸩为媒兮,鸩告"部分,欧帖全脱(图三)。可见,同为《离骚》本文,古写本与欧阳询楷书间竟然有19处差异,且多非出于疏忽或笔误,二者所据底本显然有别。

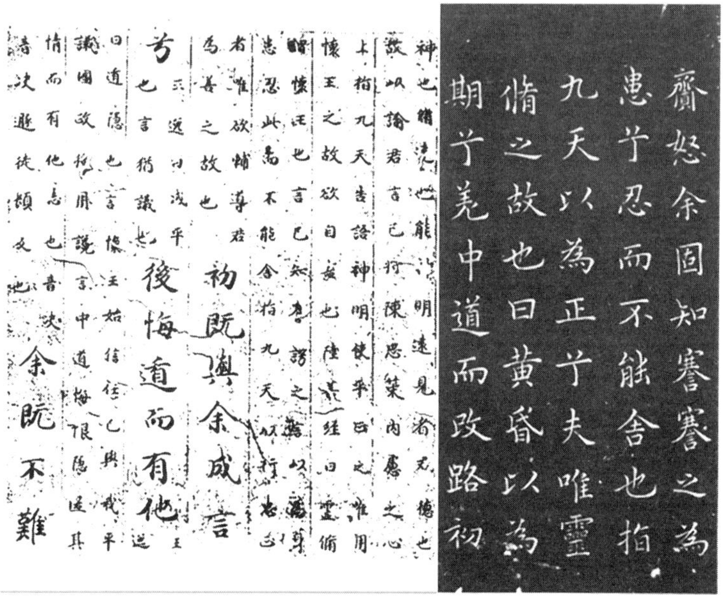

图二

图三

　　一般认为,李善《文选注》传世全本以南宋淳熙八年(1181)尤袤刻本(以下作"尤本")为最早,其中《离骚》文辞与欧阳询《离骚帖》亦多有不同:尤本"何不改此度也",欧帖"改"后多"乎"字,无"也";尤本"荃不察余之忠情兮",欧帖"察"作"揆","忠"作"中";尤本无"曰黄昏以为期兮,羌中道而改路",欧帖有;尤本"余既不难离别兮",欧帖"难"后多"夫";尤本"哀人生之多艰"之"人",欧帖作"民";尤本"终不察夫人心"之"人",欧帖亦作"民";尤本"自前代而固然"之"代",欧帖作"世";尤本"高余冠之岌岌兮",欧帖惟一"岌";尤本"人生各有所乐兮"之"人",欧帖作"民";尤本"殷宗用而不长"之"而",欧帖作"之";尤本"览人德焉错辅",欧帖"人"作"民","德"后多"兮";尤本"相关人之计极"之"人",欧帖作"民";尤本"闺中既邃远兮",欧帖"既"后多"已";尤本"余焉能忍与此终古",欧帖"忍"后多"而";尤本"勉远逝而无疑兮",欧帖"无"后多"狐";尤本"时幽昧以眩曜兮"之"时",欧帖作"世";尤本"孰云察余之美恶"之"美",欧帖作"善";尤本"人好恶其不同兮"之"人",欧帖作"民";尤本"既莫足为美政兮",欧帖无"兮"。而且，尤本中"歔欷余郁邑兮"至"吾令鸩为媒兮，鸩告"部分，"时亦犹其未央"之"央"字及以下至"驾八龙之婉婉兮"句之"驾"字处，欧帖皆全脱（图四）。可见，《文选》尤袤刻本中的《离骚》文辞，与欧阳询《离骚帖》有 21 处文字差异，且欧帖还有大段文字阙失。

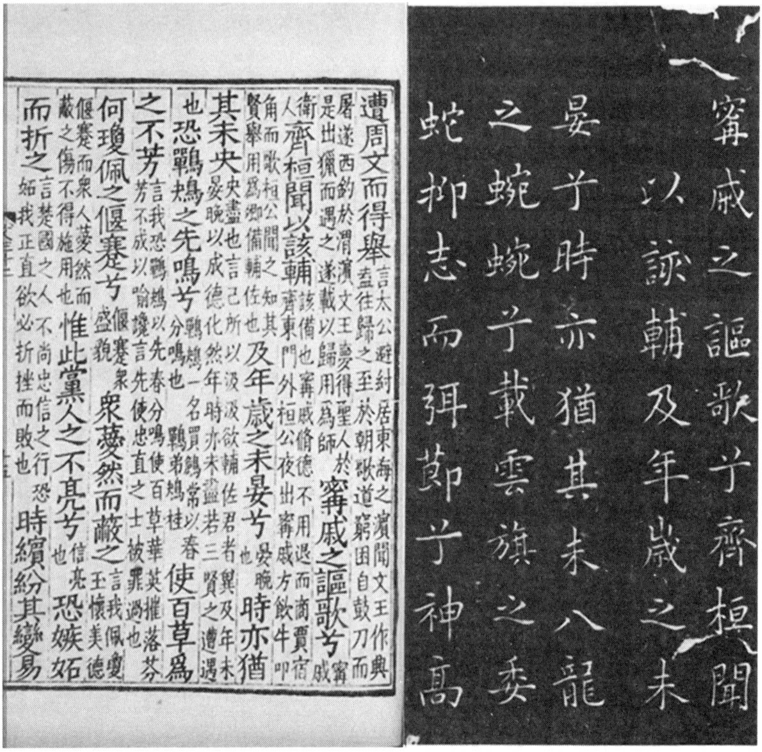

图四

　　一般认为，五臣《文选注》传世全本以南宋绍兴三十一年（1161）建阳崇化书坊陈八郎刊本（以下作"陈本"）为最早，其中《离骚》文辞也多有异于欧阳询《离骚帖》：陈本"皇览揆余初度

兮"，欧帖"余"后增"于"；陈本"抚壮而弃秽兮，何不改其此度"，欧
帖"抚"前增"不"，"其"作"乎"；陈本"惟夫党人之偷乐兮"，欧帖无
"夫"；陈本"荃不察余之中情兮"之"察"，欧帖作"揆"；陈本无"曰
黄昏以为期兮，羌中道而改路"，欧帖有；陈本"谣诼谓余之善淫"
之"之"，欧帖作"以"；陈本"鸷鸟不群兮"，欧帖"鸟"后增"之"；陈
本"伏清白以死直"，欧帖"直"后增"兮"；陈本"退将修吾初服"，欧
帖"将"后增"复"；陈本"高余冠之岌岌兮"，欧帖止一"岌"；陈本
"人生各有所乐兮"之"人"，欧帖作"民"；陈本"依前圣之节中兮"
之"之"，欧帖作"以"；陈本"殷宗用而不长"之"而"，欧帖作"之"；
陈本"举贤而授能兮"，欧帖"贤"后增"才"；陈本"览民德焉错辅"，
欧帖"德"后增"兮"；陈本"苟德用此下土"之"德"，欧帖作"得"；陈
本"夫孰非义不可用兮"之"不"，欧帖作"而"；陈本"民好恶其不同
兮"，欧帖无"不"；陈本"苏粪壤壤以充祎兮"，欧帖止一"壤"；陈本
"蜷局而不行"，欧帖"局"后增"顾"；陈本"国无人莫我知兮"，欧帖
"人"后增"兮"。可见，欧阳询《离骚帖》除阙文外，与《文选》陈八
郎刊本中的《离骚》相比，也有 21 处文字差异。

　　这样看来，此题名欧阳询之《离骚帖》，与唐人所见之单行本
《楚辞》及《文选》所收《离骚》相较，既存在大量文字缺文、衍文、异
文现象，也不避"世""民"诸讳，更有大段文辞阙失；而这正与学界
公认的欧阳询真迹《九歌帖》迥然不同。

　　（四）欧阳询《九歌帖》与宋刻李善、五臣《文选注》中《九歌》
　　　　文字基本雷同

　　孙承泽《庚子销夏记》卷六："率更有小楷《千文》及《九
歌》……《九歌》，晋府所藏，上有其印，乃宋拓之精者。昔董元宰
先生见于朱御医家，谓世无二本……率更《九歌》，宋时刻于长沙，

至南渡,石已不存。"①记载了欧阳询楷书《九歌帖》在宋、明时的传承情况。而后,沈赤然、张伯英亦对清时此帖残石的出土、运转、拓印等情况进行记录,并介绍其概貌。② 民国以来,丁仁、黄易、王壮弘、水赉佑等也都认为此帖确系欧书。可见,相比《离骚帖》而言,学界对《九歌帖》的真实性问题甚少异辞。

倘若将此《九歌帖》与尤袤刻李善《文选注》相比勘,即可发现,二者出入甚少:《东皇太一》《云中君》《山鬼》篇,二者文字全同;《湘君》篇仅二处微异,即尤本"望夫君兮归来"之"归",欧帖作"未","承荃桡兮兰旌"之"承荃",欧帖作"荪",其余全同;《湘夫人》篇亦仅二字微异,即尤本"鸟萃兮蘋中",欧帖"鸟"后增"何",尤本"荃壁兮紫坛"之"荃",欧帖作"荪",其余全同。

再将其与陈八郎本五臣《文选注》(以下作"陈本")相校,亦可发现,二者差异不大:《东皇太一》《云中君》《山鬼》篇,二者文字全同;《湘君》篇,陈本"采荃桡兮兰旗"之"采荃",欧帖作"荪",而"旗"则作"旌",陈本"友不忠兮怨长"之"友",欧帖作"交",其余全同;《湘夫人》篇,陈本"白蘋兮骋望",欧帖"白"前增"登",陈本"麋何食兮庭中"之"食",欧帖作"为",其余全同。

由此看来,确乎出于欧阳询的《九歌帖》,在文辞上与李善、五臣《文选注》中《九歌》差别甚微。倘若定《离骚帖》亦为率更真迹的话,那么,同为一人所书,所据底本及其文辞当不会出现如此大的差异,这不由得让人产生怀疑:欧阳询《离骚帖》或是后人所伪

---

① (清)孙承泽撰,白云波、古玉清点校:《庚子销夏记》,杭州:浙江人民美术出版社,2012年,第138—139页。

② 事见于沈赤然《五研斋诗文钞》卷六《书欧阳询草书〈千文〉楷书〈九歌〉拓本后》、张伯英《独坐》第一卷《法帖提要·〈九歌〉残石一卷》。

托，非为率更令手笔。

　　然则此伪托之帖，出于何时？可否从传世《楚辞》版本中，寻找传为欧阳询《离骚帖》在书写之时所参照底本呢？答案是肯定的。

　　(五)传为欧阳询《离骚帖》文字与端平本《楚辞集注》基本相同

　　将此题名欧阳询的《离骚帖》与宋端平本《楚辞集注》(以下作"端平本")相较的话，可以发现：端平本中有"曰黄昏以为期，羌中道而改路"句，欧帖亦有之(图五)；二者文字差异仅二处：端平本中"高余冠之岌岌兮"句，欧帖省一"岌"；端平本中"览民德焉错辅"，欧帖于"德"下增"兮"。此一省文、一增语气词之异，当为《离骚帖》书写者之笔误，无碍大局。可以认为：二者所据为同一底本。

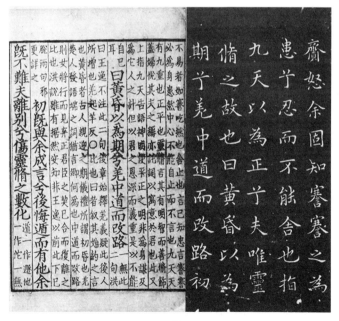

图五

　　朱子著此书时,刘安、班固、贾逵诸人注释《离骚》之书,皆不复传;隋、唐间训解者五六家及僧道骞所为楚声之读,"亦漫不复存","独东京王逸《章句》与近世洪兴祖《补注》并行于世",于是其于"疾病呻吟之暇,聊据旧编,粗加隐括,定为《集注》八卷"①。显然,《楚辞集注》当是据王逸、洪兴祖之书来厘定《离骚》本文,不可能据其所见欧阳询《离骚帖》来取舍文辞;而欧帖当为后出者无疑。

　　更应注意的是,唐写本、李善及五臣《文选注》之《离骚》中皆无"曰黄昏以为期,羌中道而改路"句,洪兴祖《楚辞补注》中录之,然庆善以为"王逸不注此二句……疑此后人所增"②,朱熹《楚辞集注》亦因之。可以认为,此二句当是宋人校理《离骚》时所误入,唐时未见;而托名欧阳询《离骚帖》中有此二句,更可证明,其出于宋,非率更令所手书也。

　　由此看来,世所传之欧阳询《离骚帖》,虽见于董其昌《戏鸿堂法书》,然宋元典籍皆无著录,明清法书目录、从帖亦甚少收入,流传无序,形迹可疑;董其昌搜讨底本之时,或未辨别真伪。其中文字,与唐写本《文选集注》、李善《文选注》、五臣《文选注》所载《离骚》差异甚大,且不避"世""民"之讳,并有大段文字阙漏,即自"歔欷余郁邑兮"至"吾令鸩为媒兮,鸩告"部分,以及"时亦犹其未央"之"央"字以下至"驾八龙之婉婉兮"之"驾"字处。这与学界公认出于欧阳询之手的《九歌帖》相较,极其不类;率更令所书《九歌》,文字基本依据《文选》,绝少异文。更为重要的是,此帖中竟有宋人所增之"曰黄昏以为期,羌中道而改路"句,且文字与端平本《楚

①朱熹:《楚辞集注目录序》,南宋端平二年(1235)朱鉴刊本。
②洪兴祖:《楚辞补注》,虞山汲古阁毛表校刻本。

辞集注》所载《离骚》基本相同；鉴于朱子乃是据王逸、洪兴祖之书而集注《离骚》的，故可推定欧帖为后出者。

基于此，可以认定：当下广为流传的欧阳询楷书《离骚》，虽源出于《戏鸿堂法书》，然实为南宋以后人据端平本《楚辞集注》文字而伪造，断非欧阳率更真迹。

二、楷书《九歌》

题名欧阳询的楷书《九歌》，唐宋人著作中不见著录。

明末清初顾炎武《金石文字记》卷六、乾隆官修《续通志》卷一百六十七、孙承泽《庚子销夏记》卷六、沈赤然《五研斋诗文钞》卷六、孙星衍《寰宇访碑录》卷二及《京畿金石考》卷上皆有著录。

据孙承泽《庚子销夏记》载：率更小楷《九歌》乃晋府所藏，"上有其印，乃宋拓之精者。昔董元宰先生见于朱御医家，谓世无二本，回环胸中二十余年，诚希世之珍，世人艳称《化度碑》，政未见此耳。率更《九歌》，宋时刻于长沙，至南渡，石已不存，精妙宛如手书。昔山谷谓唐彦猷得率更真迹数行，精思学之，遂以名世。人能于此帖致精思焉，不患不名世矣。"[1]

依孙氏之说，欧阳询《九歌》当在北宋时"刻于长沙"，"精妙宛如手书"，然"至南渡，石已不存"，唯有拓本存世。迨至有明，朱御医曾藏拓本，董其昌见此拓本后，以为"世无二本"，"回环胸中二十余年，诚希世之珍"。

清人沈赤然作有《书欧阳询草书〈千文〉楷书〈九歌〉拓本后》文，其辞曰：

---

[1]（清）孙承泽撰，白云波、古玉清点校：《庚子销夏记》，杭州：浙江人民美术出版社，2012年，第138—139页。

潘松心应椿令丰润时,其城中盐肆改筑堵墙,于其下得两石碑,松心酷嗜金石文字,闻而往观,一草书《千文》,一楷书《九歌》,并欧阳率更笔,字画尚完好,惟《千文》缺前半三百五十九字,盖别有一石也,搜掘其旁,卒无所得,遂异置衙斋,摹拓数百本,遍贻知交。后数年,余由南宫改令丰润,碑石已为松心载归歙县,急作书,索其榻本,视之,楷书《九歌》遒劲秀拔,欧书中当推第一。①

据光绪《丰润县志》载,歙州(今安徽歙县)人潘应椿(1734—?)曾于乾隆四十四年(1779)任直隶丰润知县。在其任知县期间,丰润城中发现欧阳询草书《千字文碑》和楷书《九歌碑》,字画尚完好,而《九歌碑》遒劲秀拔,被潘应椿推许为欧书中第一。潘氏将碑异置衙斋,摹拓数百本,遍贻知交,使得率更之《九歌》在其时有广泛之流传。而后,潘氏将此碑载归歙县,以至于沈赤然(1745—1816)任丰润知县时,曾作书至歙县松心处索拓本。

张伯英《独坐》第一卷《法帖提要》中对欧阳询此《九歌》残石情况有介绍:

唐欧阳询书,无刻石年月。乾隆丁酉丰润县人掘地得之。原三石,阙中一石,前题"九歌",后题"率更令欧阳询书"。所阙者《湘夫人》后半,《大司命》《少司命》暨《东君》前半,存者《东皇太一》《云中君》《湘君》《河伯》《山鬼》暨《湘夫人》前半,《东君》后半。嘉庆时,石为汉阳叶志诜东卿购得,藏之平安馆中;属翁覃溪题记,在嘉庆丁丑之秋。帖首"九歌"及"吉日"等九字,归叶氏时已泐,东卿用旧拓补刻之。唐名家书丰碑巨碣之外,他书流传绝少,传者亦往往不可信。

_____

① (清)沈赤然:《五研斋诗文钞·文钞》卷六,清嘉庆刻增修本。

欧迹如《阴符》《千文》《离骚》《心经》《陀罗尼咒》等，果出率更与否，苦难证明，要之不失为佳书。翁氏谓此书在《江夏缘果道场舍利记》《姚恭公墓志》之上，洵确论也。摹勒有法，字画洁静，当属宋刻无疑。视近所伪造之《黄叶和尚墓志》，百倍过之。翁书帖后"年八十有五"，笔法犹极研润，其一生致力于欧书，然比之《九歌》，觉体格过于人时，无古淡韵味，因益知此刻之旧，决非宋后人可到，纵未必率更原迹，亦自可贵，足为《心经》《千文》之匹亚矣。①

据此可知，直隶丰润出土之欧阳询《九歌》残石所书写之内容，为《东皇太一》《云中君》《湘君》《河伯》《山鬼》及《湘夫人》后半

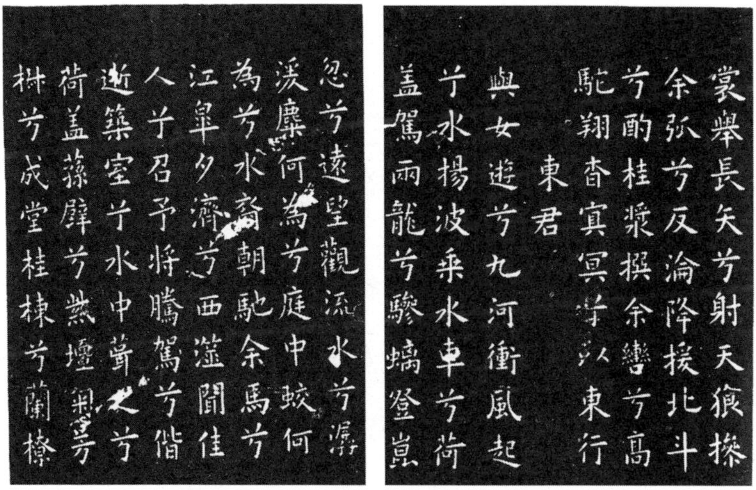

图六　《欧阳率更九歌残石》，日本西东书房1973年

①（清）张伯英著，戚云龙、韩宜锋编：《独坐》，北京：中国文史出版社，2017年，第91—92页。文中"丰涧"当为"丰润"之误。

部分与《东君》前半部分。而就日本西东书房本《欧阳率更九歌残石》观之,所缺内容为《湘夫人》中"帝子降兮北渚"至"桂栋兮兰橑"与《东君》中"裳,举长矢兮射天狼"至"杳冥冥兮以东行"部分(图六)。

民国二十五年(1936)十月,上海中华书局影印有《旧拓唐欧阳率更令正草九歌千文》,拓本为民国收藏家高多庐收藏,鉴定者为丁仁。

日本西东书房1973年出版有《欧阳率更九歌残石》,其中首页"九歌"二字及正文九字阙失;而后,房弘毅先生编著《欧阳询小楷〈九歌〉二种》时,收西东书房本,并将卢中南先生摹本亦附于其中。安徽美术出版社1990年出版有《欧阳询正草九歌千字文》。此二本中所收之文辞与《旧拓唐欧阳率更令正草九歌千文》有所差别,或所据底本不一。

概言之,欧阳询以小楷书《九歌》,遒劲秀拔;宋时将之刻于石,然至南渡时,已未见此碑,惟拓本存世。至清乾隆四十四年(1779)后,此碑出土于直隶丰润县,存《东皇太一》《云中君》《湘君》《河伯》《山鬼》篇及《湘夫人》《东君》局部,后为潘应椿载运之歙县。嘉庆丁丑年(1817),残石为叶志诜购得,藏之平安馆中,并属翁方纲题记。今多有拓本行世。

《楚辞》多"书楚语,作楚声",为汉人哀辑编纂而成,其篇次顺序有所不同,在流传过程中,部分篇章或许存在"错简"等问题;故在研究领域中,文献清理是重要内容,诸多学者着眼于其文字篇章,进行考证校勘工作,以期得其善本,求其真义。由于文献阙失,学者所据之底本多为宋及以后传本;而欧阳询的《九歌帖》残石,除能佐证《楚辞》在唐时的传播情况及其所产生之影响外,在一定程度上无疑为学界提供了唐时《楚辞》的一种版本,这对于

《楚辞》文字、篇章结构的研究，当具有参考意义①。

第二节　彩鹢戏波乐端阳：
李昭道(传)《龙舟竞渡图》

一般认为，早在汉末，屈原形象就被嵌入民俗，成为民众日常文化活动的重要符号之一，如《风俗通》即载："五月五日，以五彩丝系臂者，辟兵及鬼，令人不病瘟，亦因屈原。"②可见，至迟在汉灵帝以前，民间已有五月五日举行辟邪仪式并纪念屈原的习俗。

到了魏晋六朝之时，"北方厌胜之术与南方救屈原相结合"③，经过民众的传讲与文人的选择记录，遂形成了端午纪念屈原并食粽、竞渡等节俗④。

---

① 如将上海中西书局影印《旧拓唐欧阳率更令正草九歌千文》与陈八郎刊五臣本《文选注》相比勘，当可发现：欧帖《湘君》中"荪桡兮兰旌"句，陈八郎本作"采荃桡兮兰旗"，欧帖中"交不忠兮怨长"句，陈本"交"作"友"；欧帖《湘夫人》中"登白薠兮骋望"句，陈八郎本无"登"，欧帖中"蛟何为兮水裔"，陈八郎本"为"作"食"等等。这对考察《楚辞》版本及异文问题，提供了一种文献佐证。

② (唐)欧阳询撰：《艺文类聚》，上海：上海古籍出版社，1982年，第75页。

③ 都春屏：《屈原与五月五日——端午的渊源及意义》，《三峡大学学报》，2003年第4期，第22页。

④ 《尔雅翼·黍》："黍又捣以为饧，谓之饧惶。《楚辞》曰：'粔籹蜜饵有饧惶。'言以蜜和米面煎熬作粔籹。又有美饧，众味甘具也。及屈原死，楚人以菰叶裹黍祠之，谓之角黍。"可见，以"角黍"祭祀招魂之俗，战国时代楚地即已有之。晋周处《风土记》："仲夏端五。端，初也。俗重五日，与夏至同。先节一日，又以菰叶裹粘米，以栗枣灰汁煮令熟，节日啖。（转下页注）

《隋书·地理志》:"屈原以五月望日赴汨罗,土人追至洞庭不见,湖大船小,莫得济者,乃歌曰:'何由得渡湖!'因尔鼓棹争归,竞会亭上,习以相传,为竞渡之戏。其迅楫齐驰,棹歌乱响,喧振水陆,观者如云。诸郡率然,而南郡、襄阳尤甚。"①可见,"端午"竞渡这一习俗在隋代就已经遍及全国,传播四方。

刘禹锡《竞渡曲序》引有《岁华纪历》中"因勾践以成风,拯屈原而为俗"之语,宋潘自牧《记纂渊海》引《岁时杂记》亦有"五日竞渡起于越王践,后以为拯屈原"语,可见,隋唐时人多有以为"竞渡"是越王勾践操练水军的历史遗存,后因屈原投江而被赋予纪念忠臣之蕴意的认识。②

值得注意的是,唐代政治稳定,经济繁荣,文化昌盛,"竞渡"除有纪念屈原遗俗之留存外,还成为大众广泛参与的娱乐化竞技活动。"竞渡"的规则、方法,及其场景,文献中亦有记载,如骆宾王《扬州看竞渡序》曰:"夏日江干,驾言临眺。于是桂舟始泛,兰棹初游。鼓吹沸于江山,绮罗蔽于云日。便娟舞袖,向绿水以频低,飘扬歌声,得清风而更远。是以临波笑脸,艳出浦之清莲;映

（接上页注）煮肥龟令极熟,去骨,加盐豉、蒜蓼,名葅龟。粘米,一名粽,一曰角黍。"可见,在晋代,"粽"或"角黍"之名已互用。南朝吴均《续齐谐记》:"屈原五月五日投汨罗而死,楚人哀之,每至此日,竹筒贮米投水祭之。汉建武中,长沙欧回,见人自称三闾大夫,谓回曰:'尝见祭,甚善,但常患蛟龙所窃。今若有惠,可以楝树叶塞其上,以五彩丝约之,此二物蛟龙所惮也。'回依言,后乃复见,感之。今人五日作粽子,带五色丝及楝叶,皆是汨罗之遗风也。"可见,屈原投江后,百姓于其自沉日,以饭食投江水中祭祀之,以表哀悼念想之情;这种行为逐渐演化为端午食粽的节俗活动。

① (唐)魏徵等:《隋书》,北京:中华书局,1973年,第897页。
② 龚红林:《端午祭祀屈原源流考》,《云梦学刊》,2013年第3期,第53页。

渚蛾眉,丽穿波之半月。靓妆旧饰,此日增奇,弦管相催,兹辰特妙。"①《太平广记》卷二七八载杜亚在淮南时,"端午日盛为竞渡之戏,诸州征伎乐,两县争胜负。彩楼看棚,照耀江水,数十年未之有也。凡扬州之客,无贤不肖尽得预焉。"②可见,其时之午日"竞渡",场景极为热闹:岸边设有彩楼看棚,民众靓妆繁饰,弦管相催,歌声飘扬,可谓是全民参与的节日盛会。

　　"竞渡"的娱乐性也引起了宫廷的极大兴趣,并至迟于武则天时,其便已传入宫中,成为皇室、朝臣们集体参与的官方活动③。中唐以后,帝王更好此事,如《旧唐书》《新唐书》即记载穆宗、敬宗等曾多次到鱼藻宫、新池观竞渡④。不过,宫廷的"竞渡"活动,多是以君臣共同参与其间的形式,昭示君臣和合、朝政清明、天下太

---

① (唐)骆宾王著,(清)陈熙晋笺注:《骆临海集笺注》,上海:上海古籍出版社,1985年,第325页。

② (宋)李昉:《太平广记》,上海:上海古籍出版社,1990年,第1045—1046页。

③ 唐人李怀远有《凝碧池侍宴看竞渡应制诗》:"上苑清銮路,高居重豫游。前对芙蓉沼,傍临杜若洲。地如玄扈望,波似洞庭秋。列筵飞翠斝,分曹戏鹢舟。湍高棹影没,岸近榜歌遒。舞曲依鸾殿,箫声下凤楼。忽闻天上乐,疑逐海查流。"李适有《帝幸兴庆池戏竞渡应制诗》:"拂露金舆丹斾转,凌晨黼帐碧池开。南山倒影从云落,北涧摇光写浪回。急桨争标排荇度,轻帆截浦触荷来。横汾宴镐欢无极,歌舞年年圣寿杯。"徐彦伯有《奉和兴庆池戏竞渡应制诗》:"夹道传呼翊翠虬,天回地转御芳洲。青潭晓霭笼仙跸,红屿晴花隔彩斿。香溢金杯环广坐,声传妓舸匝中流。群臣相庆嘉鱼乐,共哂横汾歌吹秋。"据此可推知:武后时,宫中流行观竞渡之事;而武后亦好与词臣同赏鹢舟竞渡,饮宴赋诗。

④ 据《旧唐书》载:穆宗曾于元和十五年(820)九月辛丑,观竞渡、角抵于鱼藻宫。《新唐书》载:敬宗于宝历元年(825)五月庚戌,观竞渡于鱼藻宫;二年三月戊寅,观竞渡于鱼藻宫;五月戊寅,观竞渡于鱼藻宫;八月丙午,观竞渡于新池。

平的政治蕴涵,其举行时间也并非是仅限于五月,而是春秋之季皆可。也就是说,与当时民间活动相比,宫廷"竞渡"活动更多是侧重于政治性与娱乐性,"吊屈"只是其蕴涵构成之一①。

　　处在此种社会文化环境中,"竞渡"因之成为文学艺术的表现素材,文士创作诸多诗篇,对其进行歌咏,如陈子昂《为陈御史上奉和秋景观竞渡诗表》、储光羲《官庄池观竞渡》《观竞渡》、张说《岳州观竞渡》、张建封《竞渡歌》、白居易《和万州杨史君四绝句》、元稹《竞渡》、卢肇《竞渡诗》、徐寅《岳州端午日送人游彬连》、李群玉《竞渡时在湖外偶为成章》等;而艺术家也以其为图像题材,创作出诸如《龙舟竞渡图》等作品。这其中,传为李昭道的《龙舟竞渡图》尤值关注。

　　李昭道,生卒年未详,字希俊,陇西成纪(今甘肃天水市)人。擅青绿山水,兼工鸟兽、楼台、人物,并创海景;其画风巧赡精致,虽豆人寸马,亦须眉毕现。

　　清人庞元济《虚斋名画录》卷十一《历代名笔集胜册》著录李昭道有《龙舟竞渡图》,绢本,纨扇,工笔设色,高九寸二分,阔八寸八分,无款,左角下半印残阙不全,纸签标题作者姓氏图名,粘于画左,绘有人物、楼台、山水等景致②。今藏于北京故宫博物院。

――――――――

① 关于端午龙舟竞渡与屈原之关系,唐人诗作中有明确表达,如张说以为是因"土尚三闾俗",刘禹锡则曰:"举楫而相和之,其音咸呼云:'何在?'斯招屈之义。"释文秀诗中亦称"节分端午自谁言,万古传闻为屈原。堪笑楚江空浩浩,不能洗得直臣冤"。可见,在民间的"午日竞渡"活动中,还延续着梁宗懔《荆楚岁时记》中所为"五月五日竞渡,俗为屈原投汨罗日,伤其死所,故并命舟楫以拯之"的"吊屈"传统。
② (清)庞元济:《虚斋名画录》,清宣统乌程庞氏上海刻本。

李昭道龍舟競渡

《龙舟竞渡图》28.5×29.7厘米　故宫博物院藏

　　此图当是描绘宫廷众人,于湖中举行龙舟竞渡活动之场景。图右下绘华丽楼阁,中部以留白方式展示湖水,远处为青绿山峦;湖面上有五只龙舟竞渡,旌旗招展;台榭上人们穿梭往来,观看议论,远山苍翠,湖面薄雾缭绕,一派热闹祥和之景致。在构图上,右下角所绘台榭、树木的厚重富丽与左上角翠秀的远山遥相呼应,而画面中央一大片泛起鱼鳞般波纹的湖水,有似清风拂过,这种搭配使得仅仅团扇大小的画面却让人感受出千里辽阔的气象,颇有尺幅千里之效果。①

　　在中国古代图像艺术领域中,"龙舟竞渡"题材是诸多艺术家所表现的对象,仅在宋、元时期,就出现了 10 余幅以上的绘画长卷②,尽管其中有的是反映皇家御园中举行宫廷"龙舟争标"活动,但表现民间于午日竞渡以纪念屈原之民俗的图像也存在于其中③。而在这一类图像作品中,旧题为李昭道的《龙舟竞渡图》为今所能见之最早作品,其表现内容、构图、设色、技法等方面所表现出的特征,对于考察"午日竞渡"民俗的流变及"龙舟竞渡"题材图像作品的生成而言,无疑具有参照意义。

第三节　定谥追封像昭灵:
庙祠中的《楚辞》图像

　　赞美其忠贞精神,推崇其崇高人格,成为唐人对屈原的主流认知④。

　　早在唐初,太宗李世民总结历史教训时,就将屈原与周公、纪

---

①薛永年主编:《故宫画谱・山水卷》,北京:故宫出版社,2013 年,第 28 页。

②余辉:《宋元龙舟题材绘画研究——寻找张择端〈西湖争标图〉卷》,《故宫博物院院刊》,2017 年第 2 期,第 6—36 页。

③余辉《宋元龙舟题材绘画研究——寻找张择端〈西湖争标图〉卷》以为元廷无人绘当朝龙舟竞渡之图,但是当时民间还出现了不少以端午节为内容的诗词,如无名氏的"垂门艾挂狰狞虎,竞水舟飞两两凫,浴兰汤斟绿,醑泛香蒲,五月五,谁吊楚三闾"。可见元代下层百姓的龙舟竞渡的确与怀念屈原有关联,此类绘画,民间尚存。

④李中华:《屈原词赋悬日月——谈唐人心目中的两种屈原形象》,《三峡文化研究》,2002 年,第 72 页。

信并论,以为"逆主耳而履道,戮孔怀以安国,周公是也……弃己之命,安君之身,纪信是也……孑身而执节,孤直而自毁,屈原是也"①,对其忠贞不贰、孤直自毁之精神品格进行高度赞扬;而魏徵等撰《隋书·经籍志》,以屈原为"贤臣";《文选》"五臣"也常以"忠""忠贞"诸语注释《离骚》,传递出其对屈原忠贞精神的认知;迨至天祐元年(904)九月,哀帝李柷更是下诏敕封屈原为"昭灵侯",开官方封谥屈原之先河。

受官方认知之影响,文士亦多着眼于此,赞颂屈原的忠贞精神,如杨炯《幽兰赋》曰:"若夫灵均放逐……心郁郁而怀楚。徒眷恋于君王,敛精神于帝女"②,以为屈原虽遭放逐,然仍以一片孤忠之心眷恋君王;戴叔伦《湘川野望》云:"怀王独与佞人谋,闻道忠臣入乱流",认为君王信用奸佞致使忠臣冤死;柳宗元认定屈子忠贞精神"与日月争光可也";皎然《吊灵均词》推许屈原为"万古忠贞"者;王茂元因屈原"义特百夫,文横千古,其忠可以激俗,其清可以厉贪"而立小祠,"用表忠贞之所诞,卓荦之不泯"等等,皆视屈原为志笃忠贞、謇直不挠之直臣。

在此种文化背景中,官方亦延续传统,举褒崇之典,或立祠致祭,或定谥追封,建置屈原庙祠,以期能发挥"正人心,厚风俗,扶植纲常,激励士类,为世道计"③的政治风化功用。而出于仪式、制度及装饰等因素之需要,这些庙祠中多绘制、塑造有相应的祀

---

①周绍良主编:《全唐文新编》第 1 部第 1 册,长春:吉林文史出版社,2000年,第 137 页。

②(唐)杨炯著:《杨炯集》,北京:中华书局,1980 年,第 10 页。

③(明)李奎:《褒崇忠节疏》,见谢旻等:《江西通志》卷一百十五,清文渊阁《四库全书》本。

主及配祀者之神主或造像,有的还有依据祀主及《楚辞》本文而绘制的画像;尽管这些图像实物早已湮没于历史烟云之中,难以见及面目,然从文字文献的相关记载中,还是能够推知其情状。

　　唐代所出现的屈原庙祠主要有归州三闾大夫祠、岳州洞庭湖畔三闾大夫祠等数处,其中皆有图像。

一、归州三闾大夫祠中的图像

　　宋《文苑英华》卷七八六载:右神策将军王茂元出任归州刺史,有感于屈原"忠在祸先,功成闷贵,洎成忠死",以为"先生君辱身死,周旋存殁之际,感慨今古之心,宜乎上与比干夷齐,携手作华胥羲轩之游,假灵于遗芳,而因于佞幸者也,安可为鼠肝虫臂,鱼腴鳖趾而已哉!"遂于元和十五年(820),在归州东偏十里,近屈原旧宅遗址处①,建立屈原祠。

　　不仅如此,王茂元还撰写了铭文:

　　　　麟出非时,终困于人。剑有雄铓,不用无神。矫矫先生,不缁不磷。举世皆醉,抱忠没身。汨水悠悠,言问其滨。归山高高,独挹清尘。诞灵是所,粤秭归土。义风敬承,庙貌无睹。庭而可修,予期负掌。死不可作,余构其宇。耸忠来者,载陈清酤。乞灵臧氏,非愚所取。已矣先生,苹诚其吐。②

　　感慨屈原不遇于时,叹惋其抱忠没身、自沉汨罗的悲剧结局,

----

① 北魏郦道元《水经注》引东晋袁崧《宜都山川记》:"秭归,盖楚子熊绎之始国,而屈原之乡里也。原田宅于今俱存。"又说,"(秭归)县北一百六十里有屈原故宅,累石为室基,名其地曰乐平里"。王茂元《楚三闾大夫屈先生祠堂铭并序》亦据"《史记》本传及《图经》",认为屈原是秭归人。

② (宋)李昉等:《文苑英华》,北京:中华书局,1966年,第4157页。

赞颂其高尚清洁之精神,又不满于当时"庙貌无睹"之状况而生
"构其宇"之心,遂着意重建屈原祠。而在所建祠中,王茂元还"凭
神土偶",亦即泥塑有屈原像,"用表忠贞之所诞,卓荦之不泯也"。
而据清归州知县李炘《重修楚左徒屈大夫祠记》载,王茂元所建之
三闾大夫祠,"其神像章服,悉遵唐制"①。合而论之,则王茂元在
归州所建立的三闾大夫祠中供奉有屈原像,且是根据唐代礼仪制
度规定、服饰制度等而塑造它的。

　　北宋元丰三年(1080)闰九月,神宗赵顼追封屈原为"清烈
公",而归州人遂将王茂元所建之此三闾大夫祠加以修缮,并更名
为"清烈公祠"②。

---

① 湖北省秭归县地方志编纂委员会:《秭归县志》,北京:中国大百科全书出
　版社,1991年,第566页。
② 宋代文士在行经秭归时,多念及此祠,遂赴庙中参拜,或因感念屈原而创
　作诗文。范成大有《早发周平驿过清烈祠下》诗,题下有注:"屈平祠也,祠
　前有独醒亭",其诗中写道:"物色近人境,喜欢严晓装。山月鸡犬声,野风
　麻麦香。登岭既开豁,入林更清凉。三呼独醒士,倘肯酹我觞。"可见,其
　于晨晓时分经过清烈祠,举酒祭祀屈原,而"三呼独醒士"句似也暗示出,
　其当是于造像前举杯酹屈原的。魏了翁有《过屈大夫清烈庙下》诗,其辞
　曰:"鸾皇栖高梧,那能顾鸥枭。椒兰自昭质,不肯化艾萧。人生同一初,
　气有善不善。一为君子归,宁受流俗变。云何屈大夫,属意椒兰芳。兰皋
　并椒丘,兰藉荐椒浆。《骚》中与《歌》首,兰必以椒对。谓椒其不芳,谓兰
　不可佩。此言混凡草,臭味自尔殊。亡何岁时改,二物亦变初。以兰为可
　恃,委美而从俗。椒亦佞且慆,干进而务入。椒兰信芳草,气质自坚好。
　胡为坏于廷,晚节不可保。意者王子兰,与夫大夫椒。始亦稍自异,久之
　竟萧条。迨其习成性,甘心受芜秽。不肯容一原,宁以宗国毙。禹皋于共
　鲧,且封与鲜度。同根复并生,何尝改其故。原非不知人,观人亦多涂。
　治朝中可上,乱世贤亦愚。况原同姓乡,义有不可去。所望于兄弟,谓其
　犹可据。我本兄弟女,孰知胡越予。以是观《离骚》,庶几原心(转下页注)

元朝泰定初年,归州州尹王秃哥不花意欲修葺"清烈公祠",然"久而挠无以妥,灵将遂湮废"①,未能完成。

至正二年(1342),郡长密儿呵吗再次倡议重修此祠,并"出廪禄以倡",而州民亦争相捐资,最终重修此祠。②

明万历二十四年(1596),孙鹤年知归州,乃至大夫祠谒,见其年久失修,"雅不称崇奉",不禁感慨万分,恻然悯焉,于是着意重修之。然而,归州"地瘠民贫,财力无出",无奈之下,他"铢积锱累,无日不为修祠计,储之一年,亦既备矣",于是,他委托归州耆民王一正等董理修缮之事,对旧祠"陁移者直之,渗漏者密之,毁缺者完之,漫漶者饰之",历时三月,"祠宇一新,而褰帷之冕服至矣,睹之甚喜。卜吉荐牲醑酒,告成大夫之神"③。可见,孙鹤年重新三间大夫祠时,对其中之屈原造像也有翻新。

(接上页注)乎。或云芷蕙等,岂必皆名氏。《骚》者《诗》之余,毋以词害意。仲尼作《春秋》,定哀多微词。楚之嬖小臣,况亦有不知。"其在经过清烈公祠时,或是睹见屈原造像,遂有感于南楚奸佞当道、贤能不任的历史往事,心生愤懑之情,乃化用《离骚》成句,借"鸾皇"不顾鸱枭,"兰""不肯化艾萧"之象,表达对宵小当人的不满之意,对屈原保持清洁志行、不与世俗同流之高尚节操的敬仰之情。结合魏了翁之际遇,可以推测,此诗或是观屈原像后有感而发,借他人酒杯,浇心中块垒。其他如刘敞《和杨备国博吊屈诗》、苏轼《屈原庙赋》、苏辙《屈原庙赋》、王十朋《题屈原庙》诸篇,亦多为文士拜谒秭归清烈公祠后所制也。

① 湖北省秭归县地方志编纂委员会:《秭归县志》,北京:中国大百科全书出版社,1991年,第562页。
② 湖北省秭归县地方志编纂委员会:《秭归县志》,北京:中国大百科全书出版社,1991年,第562页。
③ 湖北省秭归县地方志编纂委员会:《秭归县志》,北京:中国大百科全书出版社,1991年,第563页。

　　清康熙八年(1669)，推尊屈原为"古今英奇瑰玮"之士之首的王景阳知归州，下车伊始，即询问故老，了解清烈公祠情况。当他得知"祠宇倾圮"，与其所预想的"庙貌辉煌，俎豆不绝"情形迥然不类时，不由黯然神伤。于是，其遂着意捐资建祠，"且使春秋修其常祀"，以"令人过庙思敬，过墓思哀"①。据此推知，王景阳所重建之归州屈原祠中，亦当有其造像及相关图像。

　　雍正十一年(1733)，湖北学政凌如焕到达归州，拜谒屈原祠，见其"榱崩栋折，几没蔓草荒烟"之间，乃捐献银两，交由归州府负责修缮庙祠。②

　　乾隆四十六年(1781)，归州知州王沛膏与湖北学政吴省钦拜谒屈原庙，见到"庙三楹，其后祀女须，有石樽，传是左徒墓，其中若石室，今闭"等景象，遂对其进行了修缮，并将之改为"楚屈左徒庙"。③

　　嘉庆二十二年(1817)，归州知州李炘认为唐人王茂元建祠时，"神像章服，悉遵唐制"，不合战国南楚风貌，甚为不妥，觉得"神像之体貌冠裳，尤宜复古，以安大夫之心"，故而，其对屈原庙进行修缮，且在建造屈原像时，认为"大夫楚同姓，官左徒，宜服楚服。而左徒之服色，书缺有间。……吴侍中韦昭曰：'屈、景、昭三姓，其爵止大夫，未跻卿位。迨为左徒，亲信斯甚。'由是言之，是左徒乃上卿大夫，非仅止拾遗之类也。其时楚亦称王，制或与周

---

① 湖北省秭归县地方志编纂委员会：《秭归县志》，北京：中国大百科全书出版社，1991年，第564页。

② 湖北省秭归县地方志编纂委员会：《秭归县志》，北京：中国大百科全书出版社，1991年，第564页。

③ 湖北省秭归县地方志编纂委员会：《秭归县志》，北京：中国大百科全书出版社，1991年，第565页。

无异,故冠裳悉准周上卿大夫之制。其体貌即依唐沈亚之外传所云:'瘦细美髯,长九尺。'鄙见如斯,似较之唐制,差为近古耳。"①可见,嘉庆年间李炘重修三闾大夫祠时,重塑了其中所供奉的屈原像,此屈原造像瘦细美髯,长九尺,冠裳如周上卿大夫之制。

　　自唐王茂元建祠之后,历宋、元、明、清以至民国,此祠虽几经荒废,几经修葺,然祠址基本未迁移。迨至二十世纪七十年代,因兴建葛洲坝水利枢纽工程,此祠被迁移至秭归县东向家坪;而后,因兴建三峡工程,此祠又被迁建于秭归凤凰山。

秭归凤凰山屈原祠

①湖北省秭归县地方志编纂委员会:《秭归县志》,北京:中国大百科全书出版社,1991年,第566页。

二、岳州洞庭三闾大夫祠中的图像

题署唐洪州军将之《题屈原祠》诗曰:"苍藤古木几经春,旧祀祠堂小水滨。行客谩陈三酹酒,大夫元是独醒人。"

> 《青琐集》:屈子沉沙之处,在岳州境内汨罗江上。有祠,以渔父配享。唐末,有洪州衙前军将,忘其姓名,题一绝,自后能诗者不能措手。①

则在唐时,岳州洞庭湖附近汨罗江畔,即有屈原祠,其祠当颇有历史,以至于洪州军将在诗中感叹"苍藤古木几经春",言及其为"旧祀"之祠堂。而"行客谩陈三酹酒"句,则是言及行客酹酒祭祀屈原之情状,其诗自注中论及"以渔父配享",则此祠中当有屈原之神位或造像,以供祭拜之用。

五代刘昫《旧唐书》卷二十载:

> (哀帝二年六月)壬寅,湖南马殷奏:"岳州洞庭、青草之侧,有古祠四所,先以荒圮,臣复修庙了毕,乞赐名额者。"敕旨:"黄陵二妃祠曰懿节,洞庭君祠曰利涉侯,青草祠曰安流侯,三闾大夫祠,先以澧朗观察使雷满奏,已封昭灵侯,宜依天祐元年(904)九月二十九日敕处分。"②

据此,则在晚唐之时,武安军节度使马殷曾有重修岳州洞庭湖畔三闾大夫祠之事,而后梁萧振《楚三闾大夫昭灵侯庙记》中对此也有载录:在其看来,屈原怀忠履洁,忧国爱君,然"《离骚》咏尽,不回时主之心。灵琐长辞,竟葬江鱼之腹",楚人遂作祠庙以

---

① 陈伯海主编:《唐诗汇评(增订本)》,上海:上海古籍出版社,2015 年,第4613 页。

② (后晋)刘昫等:《旧唐书》,北京:中华书局,1975 年,第 797 页。

纪念之。世易时移,三闾大夫祠年久失修,"金镛零落,兰橑摧颓。蜗蜒全染于杏梁,虫蠹半穿于桂柱。苔生玉座,尘压珠帘。蓬蒿渐蔽于轩楹,风雨垂侵于像设",甚为破落。太尉中书令马殷"思阙政而咸修,想忠魂而有感",乃决意重修三闾大夫祠。经其修葺后,三闾大夫祠"规圆矩方,上栋下宇。华棁锦簇,将日曜而月辉;彩槛带萦,或龙盘而兽走。飞檐鸟企,瑶砌砥平。灵官与鬼将争趋,海若共波神并侍。阴风暝起,应朝泽国之灵;落月春深,但哭巴山之鸟。前依积水,迥压高丘。占形胜于一隅,奠馨香于万古。"此祠面貌由是而焕然一新,"固可以大慰幽灵,全摅愤气。想直躬而若在,披遗像以如生"。有鉴于此,萧振乃感慨曰:"风声永播于无穷,追琢便期于不朽。何人读罢,起三十里之沉思;今日斐然,惭二百年之述作。"①

从文中"蓬蒿渐蔽于轩楹,风雨垂侵于像设"句看,先前的三闾大夫祠中用以祭拜的"像设"已为风雨垂侵;而马殷重修后,"想直躬而若在,披遗像以如生",遗像焕然一新,栩栩如生。据此可知:马殷所重修之三闾大夫祠中,当有作为祀主的屈原之造像或画像。

文中又有"华棁锦簇,将日曜而月辉;彩槛带萦,或龙盘而兽走"及"灵官与鬼将争趋,海若共波神并侍"诸语,或可推知,重修后的三闾大夫祠中,还有日、月、龙、灵官、鬼将、海若等与《离骚》《九歌》相关联的诸多自然景象与神灵形象。

有唐一代,诸多文人都曾拜谒过不同地区的屈原庙,并创作出诸多诗篇,如戴叔伦有《过三闾庙》诗,其辞曰:"沅湘流不尽,屈

————————————
① 湖南省地方志编纂委员会编:《湖南省志·文物志》,长沙:湖南出版社,1995年,第511—512页。

子怨何深。日暮秋风起,萧萧枫树林。"①窦常有《谒三闾庙》诗,其辞曰:"君非三谏寤,礼许一身逃。自树终天戚,何裨事主劳。众鱼应饵骨,多士尽哺糟。有客椒浆奠,文衰不继骚。"②汪遵有《三闾庙》诗,其辞曰:"为嫌朝野尽陶陶,不觉官高怨亦高。憔悴莫酬渔父笑,浪交千载咏《离骚》。"③崔涂有《屈原庙》诗,其辞曰:"谗胜祸难防,沉冤信可伤。本图安楚国,不是怨怀王。庙古碑无字,洲晴蕙自香。独醒人尚笑,谁与奠椒浆"④等等。可见,当文士途经或置身于屈原庙祠之际,眼目与庙中图像相接,心思屈原事迹,不由萌生出崇敬怜悯之情⑤;而这其中,图像在一定程度上

---

① 黄仁生、罗建伦校点:《唐宋人寓湘诗文集》,长沙:岳麓书社,2013 年,第 191 页。

② 黄仁生、罗建伦校点:《唐宋人寓湘诗文集》,长沙:岳麓书社,2013 年,第 226 页。

③ 黄仁生、罗建伦校点:《唐宋人寓湘诗文集》,长沙:岳麓书社,2013 年,第 787 页。

④ 黄仁生、罗建伦校点:《唐宋人寓湘诗文集》,长沙:岳麓书社,2013 年,第 797 页。

⑤ 清人王昶曾拜谒此祠,并作有《谒昭灵祠》诗:"寥落芷江地,三闾有旧祠。萝衣山鬼笑,兰藉楚人悲。风雨颓荪壁,烟波载桂旗。千秋怀石意,未许贾生知。宗国余三族,羁臣历九年。《抽思》还婷直,《惜诵》屡屯邅。枉渚辰阳隔,修门郢路悬。牢愁无可畔,决绝在沉渊。地已亡丹淅,兵仍绝武关。怒齐空失助,走赵竟无还。太息龙门远,谁知荜路难。夷陵烽火日,想象泪痕潸。渺志追三古,芳菲姱节彰。肯同桑扈裸,尚鄙接舆狂。鸾凤争承驾,虹霓使作梁。欲知耿介性,世谱接高阳。兰杜凋中汦,莓苔上步檐。灵祠三楚遍,遗像百蛮瞻。魂魄巫阳召,生平太卜占。先民如可作,风义激顽廉。惨淡逢辰缺,苍凉溯甲朝。修能宗圣哲,文采启风骚。天远宁难问,魂归岂用招。从来蕉萃客,雪涕荐申椒。"从诗中可知,王昶拜谒之时,祠已残破,其思想过往,回顾战国南楚局势,更对屈原(转下页注)

就起到唤起主体情感的作用。

除屈原庙祠外,唐代还出现一些祭祀湘君、湘夫人的庙祠,如洞庭君山湘山祠、永州湘源二妃庙、湘口湘妃庙等,其中亦多有祀主造像及相关画像。今并附于此部分进行考察。

其一,洞庭君山湘山祠。据司马迁《史记·秦始皇本纪》载:战国之际,江、湘间即有祭祀舜妻之湘山祠。其坐落问题,清应先烈等纂《(嘉庆)常德府志》卷四载祝凤舞《湘山考略》指出:"《史记》:'秦始皇浮江,至湘山祠',注不详湘山所在,止言祠为湘阴黄陵庙。今考湘阴无湘山,《巴陵志》:"君山,一名湘山,今沅之湘山,既接湘阴、巴陵二县为界,则沅之湘山,即君山无疑。"①以为湘山即君山。

清郭嵩焘纂《(光绪)湘阴县图志》卷八:

　　《汉书·地理志》:"湘山,在长沙益阳县。"《括地志》:"湘山,一名艑山。"《正义·秦始皇本纪》引《荆州记》云:"青草湖南有青草山,湖因山名,湘山者,乃青草山。"《一统志》:"黄陵山,一名湘山。"《舆地广记》:"君山,湘君之所游处,即湘山

(接上页注)"澨志追三古"的忠君爱国精神与"芳菲姱节彰"的高洁志行产生无限景仰。而从"灵祠三楚遍,遗像百蛮瞻"句可以看出,屈原精神得到广泛传播,祭祀祠庙遍布三楚,甚至蛮夷之地,也能见及屈原图像;则宋时此昭灵祠中,设有屈原造像,或亦不难推知。据清盛庆绂修、盛一林纂《(同治)芷江县志》载,文士拜谒昭灵祠而创作之诗篇,尚有杨志洛《谒昭灵祠》、邓友超《昭灵庙谒三闾大夫》、胡嗣昌《昭灵庙》等,这其中,杨氏谒祠之时,"想见其孤洁",并着眼于历史视域,指出屈原精神之不朽,"英灵永不灭","宗臣炳忠烈",让拜谒者生无限景仰,不忍离去,"高风久仰止,低徊不能别",显然是道出了文士拜谒昭灵祠时所共有的心态。

①(清)应先烈等纂:《(嘉庆)常德府志》,清嘉庆十八年(1813)刻本。

也。"合诸家说,言湘山隶湘阴者二,而今青草山适当湘口,黄帝渡江而南,入湘必登此矣,距青草山十里曰凤凰台。《旧志》:"黄帝南巡,有凤凰鸣集于此,止应律吕。"足证旧说相沿至今,必有所本。①

则所谓湘山、艑山、青草山、黄陵山、君山皆一山之不同名称也,后世文献中所涉及的江湘间的湘山祠、君山祠、湘君祠、湘阴黄陵庙等,多名异而实同。

那么,缘何要祭祀舜妻?据汉刘向《古列女传》卷一载:"有虞二妃者,帝尧之二女也,长娥皇,次女英。……二妃聪明贞仁,舜陟方,死于苍梧,号曰重华。二妃死于江湘之间,俗谓之湘君。"②则在战国之际,沅、湘间民众似有此种关涉舜之认识:三苗之国在彭蠡,舜时不服,故往征之,舜陟方乃死。时舜死苍梧,葬于九嶷山。舜之二妃娥皇、女英追之不及,相与痛哭,遂死于江湘之间,后人感其忠贞,乃建祠以供奉之。

屈原显然对沅、湘间民众的这种认识并不陌生,故当其流放于楚国南郢之邑、沅湘之间时,怀忧苦毒,愁思沸郁,出见俗人祭祀之礼,歌舞之乐,其词鄙陋,因取沅、湘间关于舜与二妃的此种传说,创作了《湘君》《湘夫人》,上陈事神之敬,下见己之冤结,托之以风谏,借二妃对舜的挚爱之情,传递自己忠于君国的情志。而因屈子精神及《九歌》文章影响甚为巨大,故秦汉以后,战国时所流行于沅、湘间的关于舜及其二妃的传说也染上了屈原与《九歌》的色彩,人们在兴建二湘祠庙、吟咏二湘祠庙时,多涉及屈子"忠贞家国"的精神及《九歌》之文辞。

①(清)郭嵩焘:《(光绪)湘阴县图志》,清光绪六年(1880)县志局刻本。
②(汉)刘向:《古列女传》,北京:中华书局,1985年,第1—2页。

据唐代巴陵县令李密思《湘君庙记略》载:"昔人有立湘君祠于此山,因复谓之君山,其庙宇为秦王毁废,后亦久无构葺者。"①则建于战国之前的湘山祠,在秦时曾被毁弃。

据南北朝郦道元《水经注》卷三十八载:"湖水西流,径二妃庙南,世谓之黄陵庙也,言大舜之陟方也,二妃从征,溺于湘江……故民为立祠于水侧焉。荆州牧刘表刊石立碑,树之于庙,以旌不朽之传矣。"②则至迟在汉末,先前被毁弃的二妃庙又得以重建;而且,荆州牧刘表曾在庙前刊石立碑,以表彰二妃的忠义,期望其能流传不朽。

唐宪宗元和十四年(819)春,韩愈以言事得罪,黜为潮州刺史。在赴任途中路过此庙,因虑及潮州为厉毒所聚之地,恐不得脱,故在庙中祈祷,以求平安。

元和十五年(820)九月,韩愈被拜为国子祭酒,虑及旧岁在黄陵庙中的祈祷之辞,遂"以私钱十万抵岳州,愿易庙之圮桷腐瓦"③,修葺此庙。

而后,李群玉从校书郎任告病假回湖南时,又经过湘阴,在黄陵庙有题诗,其文曰:

> 小姑洲北浦云边,二女容华自俨然。野庙向江春寂寂,
> 古碑无字草芊芊。风回日暮吹芳芷,月落山深哭杜鹃。犹似

---

①(清)陶澍、万年淳等修,何培金点校,《洞庭湖志》,长沙:岳麓书社,2009年,第263页。

②(北魏)郦道元著,陈桥驿校释:《水经注校释》,杭州:杭州大学出版社,1999年,第665页。

③黄仁生、罗建伦校点:《唐宋人寓湘诗文集》,长沙:岳麓书社,2013年,第266页。

含颦望巡狩,九疑愁断隔湘川。①

诗中有所谓"二女容华自俨然"之语,则标明其时黄陵庙中当有二妃之塑像,而且,从"哭杜鹃""含颦"诸语,亦可见出,庙中二妃当为愁眉凝望之神态。

至唐哀宗天佑年间,太尉中书令楚王马殷"抚戎多暇,访古遗踪,敬神而远之,非鬼不祭也。以二妃庙基颓毁,栋宇倾摧,荆榛翳荟于轩墀,苔藓斓斑于像设。灵踪未泯,宁无步袜之尘。祀事不严,亦系褰帷之政。乃命鲁工削墨,郢匠运斤",重修二妃庙于洞庭岸。庙成之后,其上书哀宗,请崇徽号;哀宗乃于天佑五年(908)六月十四日敕旨,"以黄陵祠,封懿节庙"②。可见,重修之前的二妃庙中,有布满苔藓之"像设",亦即作为祀主的湘君、湘夫人像,然多残破;而待其整饬之后,则"兰橑栉比,桂柱翚飞。梁间之蟏蛛不收,檐际之鸳鸯欲起。黛眉斯敛,若含黄屋之愁。绣脸如生,将下翠筿之泪",二妃庙则焕然一新,而就其文中所谓"黛眉斯敛""绣脸如生"诸语看,这次整修中亦重绘或重制了二妃像,因"鲁工削墨,郢匠运斤",匠人技艺高超,故所制之图像也形象逼真,栩栩如生。

晚唐罗隐有《湘妃庙》诗,其词曰:"刘表荒碑断水滨,庙前幽草闭残春。已将怨泪流斑竹,又感悲风入白苹。八族未来谁北拱,四凶犹在莫南巡。九峰相似堪疑处,望见苍梧不见人。"③言

---

① 陈伯海主编:《唐诗汇评》(增订本),上海:上海古籍出版社,2015 年,第3897 页。

② 黄仁生、罗建伦校点:《唐宋人寓湘诗文集》,长沙:岳麓书社,2013 年,第875 页。

③ 黄仁生、罗建伦校点:《唐宋人寓湘诗文集》,长沙:岳麓书社,2013 年,第742 页。

及"刘表荒碑",则其所歌咏之"湘妃庙"即此洞庭君山湘妃庙。

北宋太平兴国五年(980),程文度知湘阴,见唐时韩愈所修黄陵庙"碑已残破,庙亦圮毁",遂决意重修之。八年(983),其率众"因广旧基,复增峻宇",重修黄陵庙。在此过程中,其发现庙中"旧有神像,舜居其中,二妃夹侍",然有感于"历代以来官赐庙号,皆美二妃之德以名焉。故事显然具载,岂可以舜在于兹?"于是,其乃"去其舜像,止存二妃"①。据此可知,程文度所见黄陵庙中当有旧时所立之舜与二妃像,然其虑及此庙乃美二妃之德,故修成黄陵庙后,移去舜像,止存湘君、湘夫人像,其状如"少女"②。

元丰六年(1083),知县王定民重修黄陵庙,对其结构与位置进行修缮,"恶其朽腐之速,而完以坚木。避远湍陷之患,而徙殿庑于废址之东",使得新庙"模制增焕,咸倍于前"。王氏又有感于距黄陵庙二三十里处的祭祀舜之庙祠已荒旷,而先前程文度所修之庙"独表二妃之像,四时之祭不相须","夫二妃伤舜之不复见,乃愿见于已死,而甘于投溺。推其心,岂欲与舜各处而异食邪?"③于是,复迁舜于黄陵之祠中。可见,王定民重修后的黄陵庙中,除原有的湘君、湘夫人造像之外,又新增了舜的造像。

其二,永州湘妃庙。据文献载录,唐代永州亦有多处湘妃庙,

---

① 马蓉、陈抗、钟文等点校:《永乐大典方志辑佚》(第4册),北京:中华书局,2004年,第2313—2314页。
② 宋人史正志有《黄陵题咏》诗,其辞曰:"玉驭苍梧去不还,泪痕洒竹尚斑斑。空传朱瑟流幽怨,谩许明珠解佩还。庙塑湘妃少女容,谁知百岁奉重瞳。从今好事诗骚客,庄肃录存念虑中。"据此可知,黄陵庙中塑有湘妃像,为少女貌。
③ 马蓉、陈抗、钟文等点校:《永乐大典方志辑佚》(第4册),北京:中华书局,2004年,第2317页。

如湘源二妃庙、湘口湘妃庙等①，其中亦不无图像存焉。

这其中，湘源二妃庙中当有湘君、湘夫人造像。据柳宗元《湘源二妃庙碑》载：元和九年（814）八月二十日，湘源二妃庙遭火灾，司功掾守令彭城刘知刚、主簿安邑卫之武，告于州刺史御史中丞清河崔公能议重修之。于是，"斩木于上游，陶埴于水涯，乃桴乃载，工逸事遂，作貌显严，粲然而威"，是年十一月庚辰修复此庙。从序文中"作貌显严，粲然而威"以及铭文中"德刑妠汭，神位湘浒。……潜火煽孽，炽于融风。神用播迁，时罔克龚……神乐来归，徒御雍雍。神既安止，邦人载喜。奉其吉玉，以对嘉祉"②诸语看，重修前的庙中已有二妃"神位"，然潜火煽孽，其为之所毁；而重修时，当重制了庙之祀主湘君、湘夫人形象，"作貌显严，粲然而威"，故邦人于庙成后，奉玉以为祭祀。

湘口湘妃庙中或有湘君、湘夫人神像及相关彩绘。据明弘治《永州府志》卷三载："潇湘二川庙，旧在潇湘滩西岸，唐贞元九年（793）三月水至城下，文武官民祷而有感，至于水落，漕运艰阻，未有祷而不应，自是凡旱干水溢，民辄叩焉。后徙庙于潇湘东岸。至正癸巳（1353），庙遭兵燹，遂移置于潇湘门内。洪武壬戌（1382），知县曹恭增置殿宇。洪武四年（1371），本朝敕封为潇湘二川之神。"③刘禹锡《潇湘神》诗："君问二妃何处所，零陵香草露中秋""楚客欲听瑶瑟怨，潇湘深夜月明时"④，当是吟咏此庙之

---

① 杜佑《通典》载唐永州零陵郡下属三县：零陵、湘源、祁阳。
② 黄仁生、罗建伦校点：《唐宋人寓湘诗文集》，长沙：岳麓书社，2013 年，第442 页。
③ （明）姚昺：《弘治永州府志》卷三，上海：上海书店出版社，1990 年，第 198 页。
④ （唐）刘禹锡：《刘禹锡集》，北京：中华书局，1990 年，第 363 页。

作。"潇湘二川庙",即"湘妃庙",祀二妃。因庙建于潇、湘交汇处,故获此称。

唐时此庙已难觅踪迹,现存有遗物可考的是清代迁徙至潇湘东岸的潇湘庙,据张京华先生《湘妃考》:此庙建于潇湘东岸浅山上,潇、湘交汇处,与苹洲相望。庙坐东向西,面向江水。建筑为二进规模,门厅部分被当作前殿,正厅部分被当作正殿。房屋为砖土相间,中雷(天井)顶部已塌陷,但整体结构尚在。正殿地面有尺许高的石台,上有残存彩绘,早先当有神像及祭台。后墙正中有门,已封死,当可通往后院,推测早先当有后殿,现已不存。[1]又,关于此庙中的图像情况,在清代的碑文中还能见出端倪[2]:

乾隆四十年(1775)《建立潇湘圣庙碑》中载有"爰是都人士,欢欣踊跃,解囊捐金,慨然乐施。爰宅于兹,重建新祠。得见金玉其像……(下缺)竣之时,寔以昭人心。感戴之意,敬勒诸石,以垂不朽云尔"诸语,据其中"得见金玉其像",可以推断新祠中当有湘妃造像。

嘉庆十三年(1808)《重建神像卷棚碑》中载有"潇湘神祠之盛于前也,岂顾问哉! 但多历年所,神像已旧,庙宇莫新。而且殿前之左丞右相促狭,檐外之疾风甚雨飘摇,斯尤有所未□者,苟不随时修整,安能永安神灵乎? 示我士庶,沐泽既久,而昭格维殷。爰解金囊,共成美举。由是神光有赫,灵爽式凭。神相移而殿前有恢宏之象,卷棚设而檐外免风雨之漂。堂上堂下,焕然维新,庶几盛于前者,彰于后而无疆之福亦偕湘水俱长矣"诸文字,则潇湘神祠中先前已有神像,然多历年所,造像已旧,故时人重建神像,而

---

① 张京华:《湘妃考》,长沙:湖南人民出版社,2011年,第107页。
② 下所用诸碑文皆见于张京华《湘妃考》第八章之"潇湘庙碑文选录"部分。

"神相移而殿前有恢宏之象"。据同时之《西岸重装》碑载,"二圣皇爷金身新塑,左右站相四尊,并装诸神金身,共建造正殿前邮亭一座,所捐艮两数目列左,碑记永远。"则此时所重建之神像有舜帝、娥皇、女英金身神像,左右有站像四尊,并装诸神金身。

道光十一年(1831)《重建二圣像龛碑》有"潇湘圣庙迁上五十余年,创修兼备"之语,则此庙在 1781 年以前曾经有迁移;而同年之《流芳百世碑》载"潇湘圣庙系古祠也,始自大明隆武年间,创前继后,迄今历有年矣。但历年久远,圣像虫蚁入身,龙龛尘灰盖面。是以四旗合众,发心捐化银钱,新装圣像,起造龙龛。满堂彩画,诸神光扬"①,则此时潇湘庙中重装了娥皇、女英像,并在庙宇之中绘制了满堂彩画。

有唐一代,诸多文士在途经或登临过湘君、湘夫人庙祠时,见及其中形象,联想娥皇、女英故事,思及《湘君》《湘夫人》篇中所营造之"期遇不至"情境,创作出诸多题咏之作,如杜甫《湘夫人祠》《祠南夕望》、刘长卿《湘妃庙》、许浑《过湘妃庙》、李颀《二妃庙送裴侍御使桂阳》《湘夫人》、高骈《湘妃庙》、孟郊《湘灵祠》、罗隐《湘妃庙》、释齐己《湘妃庙》等等,这些作品在一定程度上可以视为是因观图而再生之文辞。

总体看来,唐代的屈原庙祠、"二湘"庙祠中都有祀主造像或画像,部分庙祠中还可能存在着与祀主或《楚辞》相关的彩绘,其时之文士在拜谒、途经这些庙祠时,目睹图像,引发关于屈原、《楚辞》以及"二湘"故事的联想,并与自我身世际遇产生共鸣,因之而创作出诸多题咏之作,构成了唐代文献中蔚为壮观的"屈原庙"

①以上征引碑文,皆转引自张京华先生《湘妃考》第八章中"潇湘庙碑文选录"部分。

"二湘庙"题材诗文丛。

第四节　兰芷巫山皆有托：
存目的唐代《楚辞》图像

在唐代图像艺术发展过程中，不少艺术家受《楚辞》之影响，遂攫取其中之物象或事象以为表现对象，创作诸如《兰竹图》《巫山图》《巫山神女图》等作品，构成了《楚辞》图像艺术领域的重要组成部分。然而，在流传的过程中，这些图像早已阙失，今人只能从相关诗文中知晓其名目，遥想其内容。

一、《兰竹图》

唐代的文化生活中，常能见及《楚辞》之身影，如在音乐领域中一些关涉"二湘""巫山神女"之题名《湘妃怨》《潇湘送神曲》的琴、筝曲等，即被创制出来，成为文人生活中的重要组成部分①。

不仅文士喜《楚辞》，好听《湘妃怨》《潇湘送神曲》等与《楚辞》相关的音乐；即便是僧道之侣、方外之士，对《楚辞》亦情有独钟。如唐释贯休有《读〈离骚经〉》诗，其辞曰：

---

① 白居易《白氏长庆集》卷二十载《听弹〈湘妃怨〉》诗："玉轸朱弦瑟瑟微，吴娃徵调奏湘妃。分明曲里愁云雨，似道萧萧郎不归。"卷六十八载《夜闻筝中弹〈潇湘送神曲〉感旧》诗："缥缈巫山女，归来七八年。殷勤湘水曲，留在十三弦。苦调吟还出，深情咽不传。万重云水思，今夜月明前。"可见其时之音乐曲目有《湘妃怨》《潇湘送神曲》等等，其中"湘妃"之"怨"当与《湘君》《湘夫人》篇所营造的"不遇"情境有异曲同工之妙，故能沟通文人与音乐家，成为其情感共鸣的触发物。

　　湘江滨，湘江滨，兰红芷白波如银，终须一去呼湘君。问湘神，云中君，不知何以交灵均。我恐湘江之鱼兮，死后尽为人；曾食灵均之肉兮，个个为忠臣。又想灵均之骨兮终不曲，千年波底色如玉。谁能入水少取得，香沐函题贡上国，贡上国，即全胜和璞悬璃，垂棘结绿。①

　　在诗中，其综合取用《离骚》《九歌》素材，勾勒出在湘江之滨与湘君、云中君相问询之情境，并以佛教"轮回"观念与"佛骨舍利"观念，借称道湘江之鱼化为忠臣、灵均之骨可贡上国，来表达佛教徒对屈原的景仰之情。

　　除诵读《离骚》外，僧人绘制关涉《楚辞》之图画，亦是唐代文化生活中的一种现象。

　　唐代诗人牟融有《山寺律僧画〈兰竹图〉》诗：

　　　　偶来绝顶兴无穷，独有山僧笔最工。绿径日长袁户在，紫茎秋晚谢庭空。离花影度湘江月，遗佩香生洛浦风。欲结岁寒盟不去，忘机相对画图中。②

　　牟融，生卒年、籍贯等皆不详，约活动于唐顺宗永贞年间，与欧阳詹、韩翃、张籍、朱庆馀等为诗友。牟氏终身不仕，淡泊处世，诗多赠答游览之作，其中常抒穷途潦倒之感慨，亦有寻迹林丘、寄意物外之咏。

　　就此诗观之，山僧以"兰"为绘画对象之一，且牟氏在诗作中屡屡言及"紫茎""湘江月""遗佩""洛浦"诸语，当是以《湘君》《湘夫人》中"薜荔柏兮蕙绸，荪桡兮兰旌""捐余玦兮江中，遗余佩兮

---

①黄仁生、罗建伦校点：《唐宋人寓湘诗文集》，长沙：岳麓书社，2013 年，第 739 页。

②孔寿山编注：《唐朝题画诗注》，成都：四川美术出版社，1988 年，第 271 页。

醴浦"诸语所运用的"香草美人"比兴技法来抒写观看山僧画作后的感受,而山僧此图亦可视为是由《楚辞》而衍生之画作,借图绘"兰",以寄清洁之志与超然物外、图画忘机之心。

二、李思训《巫山神女图》

李思训(651—716,又作 648—713),字建睍,一作建景,陇西成纪(今甘肃天水市)人。思训工书法,擅绘山水、楼阁、佛道、花木、鸟兽,尤以金碧山水著称,笔力遒劲,格调细密。唐人张彦远以为"山水之变始于吴,成于二李",而朱景玄亦谓其"国朝山水第一,列神品"。

据宋周密《云烟过眼录》卷二载:庄肃曾藏有李思训《巫山神女图》,其《志雅堂杂钞》卷上则记录其见及李思训此图的经过:

> 四月二十八日,庄肃蓼塘出示周昉《挥扇图》,高宗御题……李思训《巫山神女图》,明昌御题,榷场,曾入秋壑家,以上并手卷。[①]

由此可知,李思训之《巫山神女图》曾流散北方,入金宫廷,有章宗"明昌御题"印玺。南渡以后,高宗"当干戈倥扰之际,访求法书名画,不遗余力。……又于榷场购北方遗失物,故绍兴内府所藏,不减宣、政"[②],而此图或亦在榷场中而被收购,随之复归中土,其后流入贾似道家。

此画虽难见及其貌,然据题名而观之,当是据《高唐赋》《神女赋》以为素材者,或是描摹襄王梦遇神女之事者,其中当有巫山、

---

①卢辅圣主编:《中国书画全书(第 2 册)》,上海:上海书画出版社,1993 年,第 159 页。

②(明)田汝成撰:《西湖游览志余》,杭州:浙江人民出版社,1980 年,第 13 页。

神女等形象。

三、《巫山图》

宋人贺铸《庆湖遗老诗集》卷二有《题〈巫山图〉》诗,其辞曰:

> 巫山彼美神,秀色发朝云。绚丽不可挹,飘摇去无痕。
> 楚梦一夕后,苍山秋复春。目断肠亦断,往来今古人。

在诗题下,贺铸注曰:"滏阳张氏出此图,盖唐人画,庚申四月赋。"[1]据此可知,唐人曾绘有《巫山图》,后为滏阳张氏所收藏。而从贺铸诗中"秀色发朝云""飘摇去无痕""楚梦一夕"诸语来看,唐人此图当是取意于《高唐赋》中"巫山之女……在巫山之阳,高丘之阻,旦为朝云,暮为行雨。朝朝暮暮,阳台之下"及《神女赋》中宋玉"梦与神女遇"故事而为之,其中或绘有巫山、女子等形象。

四、屏风上的《巫山图》

李白有《观元丹丘坐〈巫山〉屏风》诗,其辞曰:

> 昔游三峡见巫山,见画巫山宛相似。疑是天边十二峰,飞入君家彩屏里。寒松萧飒如有声,阳台微茫如有情。锦衾瑶席何寂寂,楚王神女徒盈盈。高咫尺,如千里,翠屏丹崖粲如绮。苍苍远树围荆门,历历行舟泛巴水。水石潺湲万壑分,烟光草色俱氤氲。溪花笑日何年发,江客听猿几岁闻。使人对此心缅邈,疑入高丘梦彩云。[2]

元丹丘为玄宗时道教徒,然两《唐书》无其传,惟太白有与其

---

[1]（宋）贺铸:《庆湖遗老诗集》,四川大学古籍所编《宋集珍本丛刊》第28册,北京:线装书局,2004年,第18页。

[2]孔寿山编注:《唐朝题画诗注》,成都:四川美术出版社,1988年,第87页。

酬唱交友诗文十余篇。清同治《叶县志》有"元丹丘",其文云:"元丹,字霞子,叶人,居石门山中,与李白结神仙交。白称为'丹邱子'……惜其事迹无征。然太白与之友善,屡见于诗,推许甚至,则其人品可知矣"①。谓元丹丘为"叶人",不知何据。

在诗作中,李白明言其曾见到元丹丘家中的屏风,发现其上绘有巫山图像,形象逼真,与其往昔游历三峡之时所见之巫山极其相似,以至于其观看屏风中巫山上的松树形象时,萌生"寒松萧飒如有声"之感;而其中所绘之"阳台",更是引起李白对于《高唐赋》《神女赋》的记忆,故其以"锦衾瑶席""楚王神女"诸语,将此《巫山图》与《楚辞》作品关联。不仅如此,李白在诗中还点出此图以"尺幅千里"技法,在屏风的咫尺空间里展示出巫山绵延千里的景象;"翠屏丹崖"之语,言明此图以丹红之色描绘山崖;"苍苍远树""历历行舟""水石潺湲"诸语,交代出此图中绘有树木、行舟及绵延不断之江流等远景;"溪花""江客"诸语,似又勾勒此图近处的花草、行人等景致。

这样看来,元丹丘家中屏风上绘制的《巫山图》中描绘有巫山、阳台、寒松等形象,经由李白之题咏后,其与《高唐赋》《神女赋》所塑造的巫山神女形象发生联系,成为《楚辞》图像的组成部分。

总体看来,尽管因政治环境、文化风尚及《楚辞》研究陷入低谷等因素之影响,唐代的《楚辞》图像领域也相对寥落沉寂:创作《楚辞》图像作品之艺术家为数不多,作品数量较少,涉及《楚辞》篇目不多,且大多在真伪问题上还存在着争议。然而,更应看到

---

① 叶县地方史志编纂委员会:《(清同治辛未)叶县志》,郑州:中州古籍出版社,1988年,第402页。

的是,此期《楚辞》图像中展示出了诸多别具新颖性的时代特征:

其一,艺术家运用书法这一艺术样式来表现《楚辞》,寄予主体情志,扩大了《楚辞》图像的艺术形态范畴;

其二,官方首次敕封屈原,地方官员主持修葺屈原庙,以及湘君、湘夫人庙祠,生成诸多以造像或画像形式存在的《楚辞》图像;

其三,屏风等工艺品也成为图像载体,丰富了《楚辞》图像的承载空间,在实用意义上拓展了其功能;

其四,"巫山神女""龙舟竞渡"等图像题材的选用与表现,进一步丰富了《楚辞》图像的内容范畴;

其五,在以《楚辞》文辞为依据而生成图像后,《楚辞》图像复又对《楚辞》的传播与接受产生影响,并导致《楚辞》图像发展史上"因图像而衍生文字"现象的出现。这些以文字形态存在的诗作,保存了那个时代《楚辞》图像的鳞爪情况,蕴含着时人对图像的认识、理解与感受,为后人超越时空界限,认知唐代的《楚辞》图像情况提供了重要依据。

而这,在《楚辞》图像发展史上无疑起到了承前启后的作用。

第三章　宋代《楚辞》图像

　　结束五代十国割据局势的北宋政权,在一段时间内保持着社会的相对安定,经济、文化得以稳步复苏与快速发展,并由此带来了图像艺术的兴盛;与之相应,《楚辞》图像艺术发展史上的第一次高潮也随之到来。

　　北宋初期,图像艺术多是延续前代传统,作为皇家图像生产单位的画院,先后集中了来自西蜀、南唐、中原的一批优秀艺术家,创作出诸多花鸟、山水、道释等题材的图像,其中甚少与《楚辞》有关者。而相传是张敦礼所作的《九歌图》,若定为真品,则是今所能见的这一时期最早的《楚辞》图像作品。

　　伴随着经济的发展与统治者采取的文治措施之推行,艺术活动也逐步活跃起来。图像作者们因具有精湛的艺术技巧与深厚的艺术修养,使得《楚辞》图像也呈现出新颖的面貌:以苏轼、米芾等为代表的艺术家,采用法书样式,以多种书体书写《楚辞》,既寄予主体情志,又展示出高超的艺术造诣,且对后世产生了重要影响,可谓是中国古代《楚辞》法书图像的典型代表;李公麟则另辟蹊径,创造性地以白描之法绘制多本《九歌图》,在图式构成、形象设置、景界布局、线条技法诸方面皆对当时及后代产生重要影响。

　　靖康之变后,受政治环境影响,一些朝臣及南渡的图像作者,也取材于《楚辞》,在图像作品中寄予对故土的热爱与眷恋、对时局的担忧、对自身不幸遭遇的哀怨等情感。南宋名臣胡铨曾绘制有《潇湘夜雨图》,描摹潇湘夜雨之情境,寄予自我忧心时局的愁苦之情;朱熹以行书之体书写《离骚》首章,其间亦存忠君爱国之心;梁楷绘制有《泽畔行吟图》,展示屈子游于江潭、行吟泽畔之图景,亦寓不遇之志;"以诸王孙负晋、宋间标韵"的赵孟坚,南渡之后,绘有《墨兰图》《兰蕙图》,并于图中自题诗以歌咏兰之生物属性,有借兰以寓不迁之志与好修之心的创作目的。

宋代帝王对屈原的加封,以及政治局势对民众之影响,使得此期屈原庙祠等得以继续建置、修缮,从而生成诸多以造像、雕像、画像形态存在的屈原、宋玉诸人像,以及《楚辞》题材画作;而平江县忠孝双庙将屈原与秦孝女罗氏及其弟孝感侯并祀,潼川府治郪县名世堂中将屈原与司马相如、王褒、杨雄、严君平、陈子昂、李太白、苏子瞻等人共同绘于其中,则使得屈原形象因之被赋予忠孝、贤能等特质,这既丰富了《楚辞》人物像的内容,也拓展了其应用功能,扩大了传播场域,丰富了接受群体,使其影响逐步深远。

第一节　风流还籍设色显:
传为张敦礼的《九歌图》

据李焘《续资治通鉴长编》卷二百十一、脱脱等《宋史》卷四百六十四、《宋朝大诏令集》卷一百八十九、柯维骐《宋史新编》卷一百八十三、汤垕《画鉴》、夏文彦《图绘宝鉴》卷四、卞永誉《式古堂书画汇考》卷三十二所载:张敦礼,生卒年不详,为北宋开封府(今河南开封市)人。熙宁元年(1068),选尚英宗女祁国长公主,授左卫将军、驸马都尉,迁密州观察使。熙宁六年(1073),请立《春秋》

学官,为王安石所不满。元祐初,上疏赞誉司马光。进武胜军留后。元符元年(1098),坐诋毁先烈,责授左千牛卫大将军。徽宗即位,复和州防御使,进保信军留后。崇宁初,拜宁远军节度使。大观初,改雄武节度使,旋病卒。

敦礼画人物师六朝人笔意,贵贱美恶,容貌可见,笔法细密,神采如生。其作有《千章夏木图》《醉仙图》《醉僧图》《高士听松图》《归樵图》《石涧横琴图》《渔乐图》等。

清人胡敬《西清札记》卷二有"张敦礼《离骚九歌图》卷"条,则其在编修《石渠宝笈》时,曾见旧题为张敦礼的绢本设色《离骚九歌图》者,其详细著录画作信息后,定为伪作。

今美国波士顿艺术博物馆(Museum of Fine Arts Boston)藏有定为南宋或金代(Southern Song or Jin Dynasty)的《屈原九歌图》(The nine songs of Qu Yuan),中文题署"九歌图书画卷(旧传张敦礼)"①,或即为胡敬所见者。

此图为绢本设色(Ink and Color on Silk),纵 24.7 厘米,横608.5 厘米。

绘有九图:《东皇太一图》《湘君湘夫人图》《大司命图》《少司命图》《东君图》《河伯图》《山鬼图》《国殇图》《礼魂图》。

起首部分左侧有篆书《东皇太乙》《云中君》原文,然图中却不

①https://www.mfa.org/collections/object/the-nine-songs-of-qu-yuan--29094.

绘"云中君",但见"东皇太一"。作为"上皇"的东皇太一头戴通天冠,身着朱衣,佩方心曲领,面左而凭轼坐,车旁拥卫者为数八:左右执简夹侍者为数四,两执节者在辀前,两执旌者在辀后,车后随从者为数七,诸神人展盖捧剑,操卷挟册,或冠或冑,皆有云气绕之;苍龙矫首引车于前,一白衣童仆头束双髻,身着素衣,右手执旌旗,立以御车,其身侧有鬼物六七名,虬髯猬发,或朱或靘,森然可怖。

次为《湘君湘夫人图》①,绘有二女子,身形一大一小,一正一侧,一着青衣,一着素衣,似以此区别,而见出二人长幼尊卑之分;其高髻长裙,偕行松下,繁英缀缬,芳草铺茵,松外湘江绿波无际。左为篆书《湘君》《湘夫人》原文。考之学界对"二湘"神格问题之论述,可以认为,此图所绘人物,当为娥皇、女英,长者为"君",次

————————

①对于此图,吴同认为非是"二湘"合绘为一,而是因为《湘君》画面遗失,"本卷为左文右图,只有湘夫人一图,重装时误置于湘君之右"[宋画全集编辑委员会:《宋画全集(第六卷)》(第一册),杭州:浙江大学出版社,2008年,第315页]。

者为"夫人"。

次为《大司命图》，绘一老者，面左而乘玄云，其头束发冠，身着米色道服，外罩青褐色罩衫，双手执杖，肩倚于杖，须眉皆皓，或是为表现篇中"老冉冉兮既极"之语，其旁有一龙，正矫首回视，张牙舞爪。左为篆书《大司命》原文。

次为《少司命图》，绘有一人，长面修髯，剑眉凤目，侧身而立，其头戴发冠，身罩蓝袍，双手拢于袖中，正乘霞而高举；其后跟随一女史，身着浅褐之衣，右手执旌节，当是表现"乘回风兮载云旗"

之语,左手轻握于腰间,飘飘御风而行。左为篆书《少司命》原文。

　　次为《东君图》,绘一武士面左立于云中,丰面重颏,剑眉秀目,其头戴兜鍪,身着蓝袍,衣襟袖口间以绛色,左手挎弓,右手于袖中拈双箭,据此观之,绘者当是以"青云衣兮白霓裳,举长矢兮射天狼"为依据进行图式安排的。左为篆书《东君》原文。

　　次为《河伯图》，绘有一人，头束缁撮，身着交领长袍，双手拢于袖中，侧身安坐于巨鼋之上，于鲸波中前行，前后有四鱼，若导从状，显然，绘者亦是据原文中"乘白鼋兮逐文鱼"为依据来选择图绘素材，表现河伯形象的。左为篆书《河伯》原文。

　　次为《山鬼图》，绘一女子，丰面厚腮，细眉秀目，头梳盘髻，身着蓝衣，肩披女萝，右手持石兰，左手扶豹身，正乘赤豹而右行，一

狸丛于其后，云雾缭绕，山石荦确，丛篁蔽天，以此观之，图绘作者当是选取《山鬼》篇中"被薜荔兮带女萝""乘赤豹兮从文狸""余处幽篁兮终不见天"诸语以为图绘素材的。左为篆书《山鬼》原文。

　　次为《国殇图》，绘有二武士，相向而立，皆头戴兜鍪，身穿甲胄，外披绣花罩衫，左者剑眉圆目，隆鼻髭须，右手握拳于胸前，左手持戈矛；右者手握长剑，回首怒视，云霾惨淡。据图观之，绘者当是参佐"操吴戈兮披犀甲""带长剑兮挟秦弓"之语来确定图绘素材的。左为篆书《国殇》原文。

　　次为《礼魂图》，绘一男子，方面修髯，侧身右立于云中，其头戴进贤冠，身着宽袖红褐深衣，佩方心曲领，双手拢于袖中，置于胸前，意态庄暇。这一形象，与《礼魂》篇中所叙内容基本无涉，或是绘者所图绘之屈原欤？

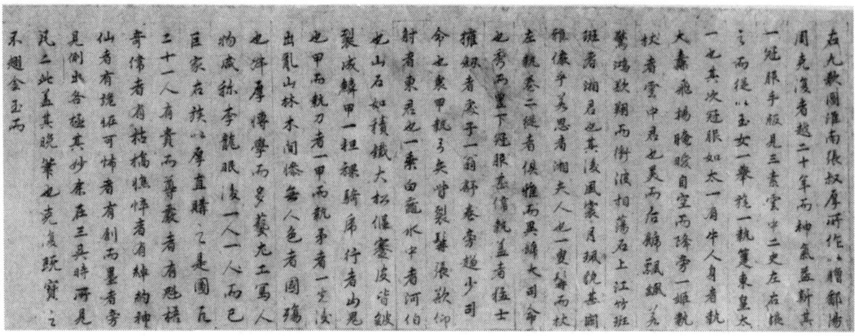

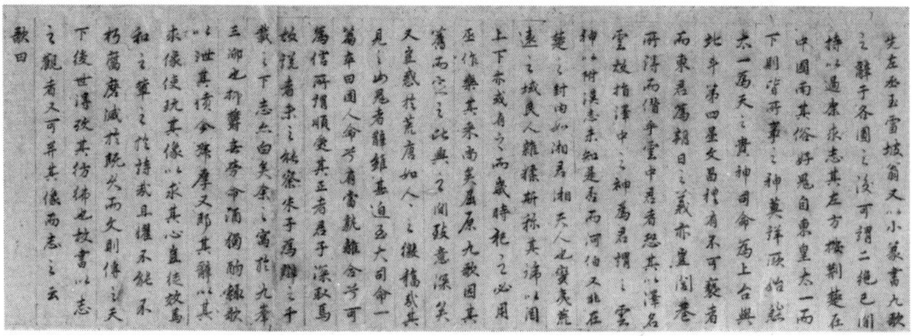

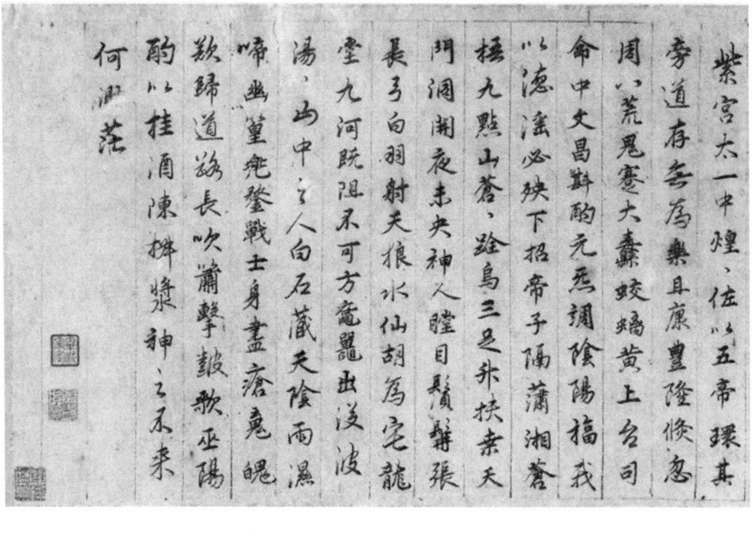

紫宫太一中煌、佐以五帝環其
旁道存无为乐且康豊隆倏忽
周以荒鬼塞大纛蛟螭黄上台司
命中文昌斟酌元炁谓阴阳搞我
以逸滋必狭下招帝子隔蒲湘蓉
楫九黙山苍、跂鸟三足亦扶桑天
門洞開夜未央神人瞳目頻辨張
长弓白羽射天狼水仙胡為宅龍
堂九河既阻不可方竃鼉出没波
湯、山中之人白石蔵天陰雨濕
嘯幽蕙炬鏖战士身盡瘡痍魄
歌歸道路长吹蕭擊皷歌巫陽
酌以桂酒陳瓣漿神之不来
何迺茫

图后有无名氏长篇题跋及诗作①，其辞曰：

　　右《九歌图》，淮南张叔厚所作，以赠鄱阳周克复者。越二十年而神气益新。其一冠服手版，见三素云中，二史左右掖之，而从以玉女，一举旄，一执箑，东皇太一也；其次冠服如太一，有牛人身者，执大纛，飞扬晻暧，自空而降，旁一姬执杖者，云中君也；美而后饰飘摇，若惊鸿欲翔，而冲波相荡石上，江竹斑斑者，湘君也；其后风裳月佩，貌甚闲雅，俨乎若思者，湘夫人也；一叟髯而杖，左执卷，二从者俱雅而异饰，大司命也；秀而丰下，冠服甚伟，执盖者猛士，拥剑者处子，一翁舒卷旁趋，少司命也；衷甲执弓矢，眦裂髯张，欲仰射者，东君也；一乘白鼋水中者，河伯也；山石如积铁，大松偃蹇，皮皆皴裂成鳞甲，一袒裸骑虎行者，山鬼也；甲而执刀者一，甲而执矛者一，先后出乱山林木间，惨无人色者，国殇也。叔厚博学而多艺，尤工写人物，咸称"李龙眠后一人而已"②，巨家右族，以厚值购之。是图凡二十一人，有贵而尊严者，有魁梧奇伟者，有枯槁憔悴者，有绰约神仙者，有诡怪可怖者，有创而墨者，旁见侧出，各极其妙。余在三吴时所见凡二，此盖其晚笔也，克复既宝之不啻金玉，而先左丞玉雪坡翁又以小篆书《九歌》之辞于各图之后，可谓二绝矣！间持以过余，求志其左方。按：荆楚在中国南，其俗好鬼，自东皇太一而下，则皆所事之神，莫详厥始。然太一为天之贵神，司命为上台，与北斗

----

①值得注意的是，元人贝琼《清江贝先生文集》（清赵氏亦有生斋本）卷二十三有《书〈九歌图〉后》文，与此全同。贝氏之文乃是其于洪武九年（1376）题识于张渥《九歌图》之上者。以此观之，此图之情况甚为复杂。
②此处重出"一人"二字。

第四星文昌，礼有不可亵者。而东君为朝日之义，亦岂间巷所得而僭乎？云中君者，恐其以泽名云，故指泽中之神为君，谓之云神，以附《汉志》，未知是否。而河伯又非在楚之封内，如湘君、湘夫人也。蛮夷荒远之域，民人杂糅，斯称其号，以罔上下，亦或有之。而岁时祀之，必用巫作乐，某来尚矣。屈原《九歌》因其旧而定之，比兴之间，致意深矣。又岂惑于荒唐如人人之徼福哉？其见之《山鬼》者，辞虽甚迫，至《大司命》一篇，卒曰：固人命兮有当，孰离合兮可为。信所谓顺受其正者，君子深取焉。故说者未之能察，朱子为辩之，千载之下，志亦白矣。余之寓于九峰三泖也，抑郁无劳，命酒独酌，辄歌以泄其愤。今叔厚又即其辞以求其象，使玩其象以求其心，岂徒效马和之辈之于《诗》哉？惧不能不朽腐磨灭于既久，而文则传之天下，后世得考其仿佛也。故书以志之，观者又可并其象而志之云。歌曰：

紫宫太一中煌煌，佐以五帝环其旁。道存无为乐且康，丰隆倏忽周八荒。鬼塞大纛蛟螭黄，上台司命中文昌。斟酌元炁调阴阳，福我以德淫必殃。下招帝子隔潇湘，苍梧九点山苍苍。踆乌三足升扶桑，天门洞开夜未央。神人瞠目须髯张，长弓白羽射天狼。水仙胡为宅龙堂，九河既阻不可方。鼋鼍出没波汤汤，山中之人白石藏。天阴雨湿啼幽篁，兜鍪战士身尽疮。魂魄欲归道路长，吹箫击鼓歌巫阳。酌以桂酒陈椒浆，神之不来何渺茫。

文中描绘了图像内容，并对其流传及庋藏情况进行介绍，还言明作此长文及诗之目的在于文字能不像图像那样难以保存，会朽腐磨灭，而能传之天下，在一定程度上可以起到以文而存图之功用。

　　画上钤有"毕沅审定""秋帆珍赏""石渠宝笈""宝笈三编""三希堂精鉴玺""毕泷鉴赏"等朱文印章,"嘉庆鉴赏""毕沅秘藏"等白文印。

　　值得注意的是,此画中签题有"张敦礼"印,然跋文中却谓"淮南张叔厚所作",且所记叙之人物冠服形制等与图中所绘绝不相似,更未涉及图画中所绘之《礼魂图》,故有学者以为,此乃市侩割张渥他图跋语,装入此卷以炫售,而又误题签者也。吴同(Tung Wu)则在定此卷为伪作的基础上,进一步推断其很可能在十三世纪初期,由北中国的金代画家,斟酌流传古本制作,不但与李公麟《九歌图》传统不同,也与柏林远东美术馆所藏设色本不同,是一弥足珍贵的北方画派遗墨①。

　　作为较早出现的《九歌》图像,此传为张敦礼所作者,在对《九歌》所祀诸神属性的图像呈现、"左文右图"之图式结构的取用上,多具有开创性价值。

　　再则,南楚之地,"信巫鬼,重淫祀";歌舞祀神之时,陈设"瑶席兮玉瑱""蕙肴蒸兮兰藉,奠桂酒兮椒浆",敬献丰富的祭品,巫者身着"姣服","疏缓节兮安歌,陈竽瑟兮浩倡",仪式较为隆重,以显祀神之敬。与之相应,《九歌》文辞中,作者用以构筑意象的文辞多极具画面感,而传为张敦礼的、"唯一现存较早着色本"②《九歌图》,多以《九歌》文辞为据,选择典型语象,以设色之技法,综合运用朱、青、黄、绿、白、黑六色对文本进

---

①　Tung Wu. *Tales from the Land of Dragons*:1000 *Years of Chinese Painting*. Boston:Museum of Fine Arts,Boston,1997. pp. 194—196.

②　李鹏:《图像、书辞、观念——〈九歌图〉研究》,中国美术学院博士学位论文,2017年,第126页。

行了图像化呈现①,使得文辞所蕴涵的画面美得以具体呈现于观者目前,从而引起人们的欣赏兴趣,召唤其想象以完成审美自足,并激发其领悟与情思,在实现《九歌》由文字到文字与设色图像互补的物质形态转换中,丰沛了《九歌》的蕴涵,这对于后世艺术家以设色之法图绘《楚辞》而言,无疑具有启示意义。

第二节　通神线描尽《骚》韵：李公麟的《九歌图》

李公麟(1049—1106),字伯时,号龙眠居士,庐江郡舒城(今安徽舒城县)人。据《宋史·文苑传》载:李公麟"第进士,历南康、长垣尉,泗州录事参军,用陆佃荐为中书门下后省删定官、御史检法"②,其人好古博学,长于诗,多识奇字;对自夏、商以来钟、鼎、尊、彝,皆能考定世次,辨测款识;兼善真行书,"有晋宋楷法风格";其绘画"集众所善,以为己有,更自立意,专为一家,若不蹈袭

①《东皇太一云中君图》中,东皇太一着绛红深衣,安坐于黄色龙车之上,四周仪从着白、青、蓝色服饰,苍龙矫首前驱,白目圆睁、绿毛飞动,两侧神怪朱、黑须发皆飞,一白衣侍童,执白旆,右立一黑面黑衣判官;《湘君湘夫人图》中,二人乌髻长裙,一淡青,一淡粉,远处湘水绿波无际。《大司命图》中,大司命面色苍白,手执深色藜杖,内着白色深衣,外罩淡绿色道服,而回首之蛟龙,脊背处有朱红火焰文。《少司命》丹颜修眉,着蓝青色深衣,立于霞光中,后一粉色玉女,执旌节。《东君》图中,东君身着蓝青色深衣,以绛红镶边,形成鲜明对比。《山鬼图》中,山鬼黑髻粉脸,肩披绿色女萝,下围蓝色里裙,骑斑豹行于山中,身后有白色流云与花青色山石。《礼魂图》中所绘人物,着绛红深衣,以黑色镶袖口衣襟,肩佩白色方心曲领。
②(元)脱脱等撰:《宋史》,北京:中华书局,1977年,第13125页。

前人,而实阴法其要"①,被邓椿推为"宋人人物第一"。

《宣和画谱》卷七著录有伯时作品一百零七幅,然宋代以后各种画史中载有李公麟作品二百七十余件②,数量远远超过徽宗时御府所藏,其中多有后人伪托或临仿之作。而这其中,与《楚辞》相关者主要有《九歌图》《湘君湘夫人图》《屈原卜居图》。

一、传为李公麟的《九歌图》

《宣和画谱》中载录有李公麟《九歌图》,则其在宋时已入御府。

南宋张澂《画录广遗》亦载:"李伯时……博古善画,尤长于佛神人物,率不入色,而精微润彻,六法该畅,世谓'王右丞后身'。有《离骚九歌图》……传于世。"③其所谓"《离骚九歌图》"者,当为《九歌图》,前冠以"离骚",盖沿袭王逸之例也。

由此可见,宋人已知李公麟绘制有《九歌图》。后汪珂玉《珊瑚网》卷四十七,张丑《清河书画舫》卷十,卞永誉《式古堂书画汇考》卷三十二,端方《壬寅消夏录》,胡敬《西清札记》卷三,陆时化《吴越所见书画录》卷三,厉鹗《南宋院画录》卷三,孙承泽《庚子销夏记》卷三,王原祁等《佩文斋书画谱》卷八十三,吴其贞《书画记》卷三,吴升《大观录》卷十二,《石渠宝笈》卷十六、卷三十六、卷四十四等皆著录李公麟《九歌图》不同传本。

然而,自宋迄清,所流传的诸种题署为李公麟或相传是其所

①(宋)《宣和画谱》,杭州:浙江人民美术出版社,2012年,第74—75页。
②石以品:《穷神之艺不妨贤——李公麟绘画研究》,上海大学,2015年博士学位论文。
③(明)张丑:《清河书画舫》卷六,清文渊阁《四库全书》本。

绘制之《九歌图》不下十数种,何者确乎出自伯时之手? 何者为他人所假托? 对此问题,学界多有争论。

明人张丑即将李公麟《九歌图》划分为有景本与无景本两类;后郑振铎因之,并将其定为甲、乙以示区分,"甲本是有人物背景衬托的,乙本只表现着《九歌》的几个主神"①。

徐邦达先生认为李公麟《九歌图》传世版本有十余卷,可分为十一段本(图绘《九歌》全文)、九段本(少《国殇》《礼魂》,或加屈原像为十图)和六段本(依《文选》所选《九歌》六篇而图绘之),"此些或有伪款印,或经元以来人鉴定,其实全不是李作,多出于南宋人之手"②。

姜亮夫先生以为其中有确为李公麟所作之真品者,亦有后人所摹写者:

自度藏源流,图中跋识,可确指为真品者有二:一为绢本,一为纸本。纸本即曾入宣和内府者,凡为十一段,伯时自书《九歌》全文,即赵兰坡所藏,止描神鬼之像,而无景界者。其一为绢本,则依《文选》所选六神(《东皇太一》《少司命》《云中君》《湘君》《湘夫人》《山鬼》)六段,有山水树石屋宇等景界,而曹纬书《九歌》原文者也。……

此外诸家尚有记载,显与上两本别者,恐皆出后人临摹,兹得附焉。(1)《石渠秘籍》初编第十六,宋李公麟《九歌图》,宙三,白描画,凡九段,末署款,书《楚辞》本文,有王槚、洪勋、王穉登诸跋。(2)《石渠秘籍》初编第三十六卷,地一:

①郑振铎:《楚辞图》,北京:人民文学出版社,1953年。
②徐邦达:《李公麟〈九歌图〉辨伪》,《艺林丛录》第4期,1964年,第191—196页。

李公麟《九歌图》,每段有米芾篆书歌词,白描画卷,首署"九歌图,龙眠居士制"八字,末署"熙宁丁巳仲夏,芾题识"。(3)《石渠秘籍》初编卷四十四著录,"上等墨书,款署缺数字:'年七月望日臣李公麟画'",前有内府书印,吴瑞徵等印,清高宗御识云:"此卷旧藏上海颜舍家,为董香光品题四名卷之一。"卷末张若霭奉敕书题"屈子行吟图",高宗御书《九歌》全文于图中。(4)赵雍《书赞》本曾为霍邱裴氏所藏,上海文明书局影印本,凡十图,各有赞。赵仲穆书,署"延佑二年五月八日",后有康熙壬辰秦道非、丙申王树、无年月吕宪圣、嘉庆癸亥钱樾诸跋。(5)宋曾宏父《石刻补叙》"画"条云:"二卷,中有伯时《九歌图》十二段。"则宋时已有刻本。①

然则究竟何说为是,何者为非,实难断言。今勾稽文献,对传为伯时的《九歌图》的主要版本情况作一梳理。

(一)"七月望日"本

据张照等《石渠宝笈》卷四十四载录,李公麟有一本《九歌图》,末端有"年七月望日臣李公麟画"款,故学界多习称此本为"七月望日"本,兹因之。

此本素为历代所宝,今据中国国家博物馆馆藏,参稽相关文献载录,对其形貌加以叙录:

此本为纸本,白描,纵约为44.2厘米,横约为735.8厘米,蓝色锦包首,签题"李公麟九歌图,内府鉴定珍藏,上上神品",钤有"御赏""神品""乾隆宸翰""钦文之玺"等印。

---

① 姜亮夫:《楚辞书目五种》,北京:中华书局,1961年,第369—370页。

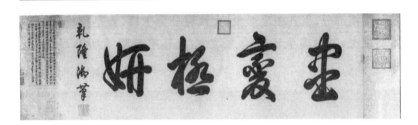

　　引首部分正中为乾隆御题"尽变极妍"四字，后署"乾隆御笔"，款下钤朱文"御书"玺；右前钤有朱文"五福五代堂古稀天子宝""八徵耄念之宝"方印，以及朱文"游六艺圃"长方印，中部钤有朱文"乾隆宸翰"玺，后有白文"飞越天机适"方印、朱文"琴书道趣生"方印。

　　前隔水有乾隆题诗，其辞曰："画史老田野，披怜长卷情。不缘四库辑，那识此人名！六法道由寓，三闾迹以呈。因之为手绘，足见用心精。岁久惜佚阙，西清命补成。共图得百五，若史表幽贞。姓屈性无屈，名平鸣不平。迁云可以汲，披阅凛王明。"并附有注文："萧云从《离骚图》命意实本公麟此《九歌卷》，以云从之图将入《四库全书》而多阙佚，爰命内廷翰臣重加考订，令门应兆补画，用成全璧，并题长律。兹展阅公麟卷，遂书之以识形典。壬寅仲夏上浣御笔"。下部钤有朱文"九如清玩""御赐忠孝堂长白山索氏珍藏"印，以及白文"友古轩""乐庵"印。可见，乾隆此诗本是其在门应兆补绘萧云从《离骚图》完成之后所题，其以为萧尺木之图命意多从李伯时此图所出，故复又将诗题写于御府所藏伯时《九歌图》上。

　　前隔水与本幅之间骑缝处，钤有朱文"四美具"双龙椭圆印，朱文"长"方印，白文"琴书堂""都尉耿信公书画之章"方印，以及朱文"信公鉴定珍藏"椭圆印。

帖》文,其跋李伯时《九歌图》曰:

> 节斋萧公以古营名阀世臣……一日,出李伯时《九歌图》,曰:"燕、楚相望万里,好贤乐善,伤今思古,本一辙也。况屈大夫名塞天壤,《离骚》又与日月争光,幽及鬼神,明及人物,彷徨感慨,反复依恋之状,见之于图,我思古人,实获我心。南方之人,有如此者,流风遗俗,犹有如此者否乎?"余俯而不答,姑书公之所云云者而已。①

陈著(1214—1297),字谦之,一字子微,号本堂,晚年号嵩溪遗耄,鄞县(今浙江宁波市)人,寄籍奉化。

据其此节文字可知,萧良辅曾藏有李龙眠之《九歌图》,并出图与陈著观之。至于此《九歌图》是否为伯时真迹,抑或是别本,或为他人所摹本,难以详考,姑存之。

(五)《凤墅帖》本

曾宏父《石刻铺叙》卷下载:嘉熙(1237—1240)、淳祐(1241—1252)年间,其曾集诸名人与其先人翰札,刻石而成《凤墅帖》四十四卷,其中《画帖》部分即有"伯时《九歌图》"②,则其时李公麟之《九歌图》已有置于凤山书院的石刻版本,惜乎此本之具体情貌亦难明晰。

(六)吴澄题跋本

吴澄(1249—1333),字幼清,晚字伯清,抚州崇仁(今江西崇仁县)人。举进士不第,还构草屋,讲学著书,学者称草庐先生。工书法,尤善篆书,陶宗仪《书史会要》以为其"以文章道德称于

---

① 曾枣庄主编:《宋代序跋全编》(第八册),济南:齐鲁书社,2015 年,第 5579 页。
② (宋)曾宏父:《石刻铺叙》卷下,清《知不足斋丛书》本。

时，深究六书之义，直用篆法而结体加方，以成一家之法"①。著有《吴文正集》一百卷。

《吴文正集》卷六十二有"题李伯时《九歌》后"条，其文曰："往岁，洪守毛侯以所藏李伯时画《九歌》诗本见示予，为作跋语及歌诗。"同书卷五十七亦载《题李伯时〈九歌图〉后并歌诗》，其中有言："此画李伯时所作，伯时画妙一世，而或传此画，若有神助，然盖其尤得意者。予在洪都，郡守毛侯出示予，既为作解题，而复隐括九篇歌辞成诗一篇，与歌之意虽微不同，而明原之心其趋一也。呜呼！千载而下，能有契于原之心者，尚有味于予之言哉！"②则在元代，洪都郡守毛侯曾藏有李公麟之《九歌图》，吴澄受其所请，还专门为此题作跋语及歌诗。

吴澄题跋之李公麟《九歌图》，在明代曾为陈第、王圻等所知见，陈第《世善堂藏书目录》著录"李伯时《九歌图》一卷，吴澄序"③；王圻《续文献通考》著录："《九歌图》一卷，李伯时所作，吴澄序云：'伯时妙绝一世，而或传此画，若有神助，盖其尤得意者。'"④皆为其证。

至于洪都郡守毛侯所藏、吴澄跋文的李公麟《九歌图》之具体形貌，今难知悉，就吴氏文中"'九歌'之后有二篇：《国殇》……《礼魂》……无所记意，且为巫者礼之辞而已，盖与前九篇不同时，后人从其类而附焉"及"复隐括九篇歌辞成诗一篇"诸语推之，此图或为"九图本"，起《东皇太一》而迄《山鬼》也。俟考。

---

①（明）陶宗仪：《书史会要》，杭州：浙江人民美术出版社，2012 年，第 202 页。

②（元）吴澄：《吴文正集》，清文渊阁《四库全书》本。

③（明）陈第：《世善堂藏书目录》卷下，清《知不足斋丛书》本。

④（明）王圻：《续文献通考》卷一百八十，明万历三十年（1602）松江府刻本。

（七）曹纬书辞本

据明人张丑《清河书画舫》卷八载：元人谢奕修藏有李公麟《九歌图》，有曹纬、吴说诸人跋文，乃"秘府所无"，其"不止人物擅场，而布景用笔，尤为古雅，其前后山水树石、舟车屋宇、龙马鸟兽、什物器具，无不种种绝伦"①。据此可知，宣和御府所藏之李公麟《九歌图》似只绘人物，甚少布景；而谢奕修所藏之伯时《九歌图》，则有山水树石、舟车屋宇等景物。二者当非一本。

此本后为张丑"从王氏购得之，为著跋语，以当推毂，行将著为家令，必择子姓中谨厚者守之，庶不为夜壑舟耳。"除作跋语外，张丑在《清河书画舫》中将此《九歌图》归入"神品"之列，并载录《九歌》之《东皇太一》《云中君》《湘君》《湘夫人》《少司命》《山鬼》之文辞，则其所藏之《九歌图》，当是伯时根据《文选》所选之《九歌》六篇而绘制六神图像者。

此外，张丑《清河书画舫》卷八还著录了此《九歌图》的诸多题跋，如颍昌曹纬跋文曰：

> 壬午仲夏廿四日，余寓吴房，会子明故人出李伯时所画《离骚九歌》，求余书其词于每篇之后。余谓李画格韵高妙，当与唐王摩诘辈并轸，非今世舐笔和墨画史所能造也。又子明好事，蔼然不凡，故余乐为书，亦欲托于画以自列云。②

曹纬，生卒年不详，字彦文，又字元象，开封府祥符（今河南开封市）人。入太学，与刘焘、瞿执柔、刘正夫号"四俊"。元符三年（1100）进士，调贵池县尉。性豪迈，作字行楷有法。著有《秋浦集》。据此跋文可知，其于北宋壬午（1102）仲夏廿四日，应好友刘

---

①（明）张丑撰：《清河书画舫》，上海：上海古籍出版社，2011年，第 373 页。

②（明）张丑撰：《清河书画舫》，上海：上海古籍出版社，2011年，第 376 页。

子明之邀,在其所藏李公麟《九歌图》所绘制六神旁,题写了相应的《九歌》原文,并作有跋文,尤称道伯时此图之格韵,并将其推许至与王维并轸之地位,因此本中《九歌》文辞为曹纬所书,非为伯时手笔,故名之"曹纬书辞本"。

吴说题跋有二则,其文曰:

> 先君故物,盗夺之余,偶复得之,说题。

> 先君谏院,崇宁间,侨寓涟水,得此轴于巡检刘昌公子明;飘泊干戈之余,书画无复存者,而此轴再获,今以归元象。贤良犹子,上阁承宣,功显巾笥。功显好奇尚古,种学绩文,克肖诸父,《诗》曰"惟其有之,是以似之",功显有焉。绍兴二十六年岁在丙子七夕,钱塘吴说题后。①

依其题跋,则李公麟此六段本《九歌图》,原为刘子明所藏,后归吴说之父吴师礼。其后,为人所"盗夺",辗转为曹纬所藏,而后又归曹纬之侄曹勋,即吴说题跋所谓之"功显"者。绍兴二十六年(1156)七夕,吴说乃于此《九歌图》上有所题跋,交代其源流所自。

其后有"张浚观"题识。

谢奕修、谢奕恭兄弟亦有题跋,其文曰:

> 吴师礼安中,王广陵之婿,建中靖国间,临池擅美,耻于自名,学士大夫有求者,面辄发赤,或继以怒。虽其家仅存数十帖尔,想眼高余辈,介不妄可。傅朋,安中子也,出故物归忠靖,曹公题字于后,益知元象、龙眠取重当时。艺云艺云,书画云乎哉? 元载词源衮衮,文献所萃,当克继之。淳祐壬寅暮春十九日,临海谢奕恭书于妹倩卷末。

---

① (明)张丑撰:《清河书画舫》,上海:上海古籍出版社,2011 年,第 376—377 页。

是岁首夏五日,谢奕修借临于青屿,且躬自摹写,皆仅得其一二耳。①

据此可知,南宋丞相谢深甫之孙谢奕恭曾于淳祐壬寅(1242)暮春十九日,于此卷上有跋文,交代吴说之父吴师礼的情状,并对吴说之跋文有所解释。是岁夏,其兄谢奕修借来此《九歌图》临摹,并于卷上书有跋文。

第四十三代天师张宇初亦有题识,其文曰:

右李伯时所作《九歌图》,宗叔本与张公所藏也。屈原抱忠谏不遇,其愤惋之情,形于词亦宜,况状乎鬼神者,非无愧有激而能哉?伯时画传世颇多,大率意态相类,真伪亦莫之辨也。然至灵善知鬼神情状,阅此必有以发之,是所珍也。敬为题。岁元黓涒滩阳月晦日,蓍山道者识。②

此"蓍山道者"即四十三代天师张宇初(1359—1410),字子旋,别号蓍山。其博通诸子之学,擅画墨竹,精于兰蕙,兼长山水。著作有《岘泉集》《道门十规》《元始无量度人上品妙经通义》及诗文序论等,画作有《秋林平远图》《夏林清隐图》等。《尔雅·释天》:太岁在壬曰玄黓,太岁在申曰涒滩,则款署中"岁元黓涒"系指壬申年,即明洪武二十五年(1392)。在跋文中,张氏言及公麟画世传颇多、真伪莫辨,可见其时,款署伯时之《九歌图》即多本别行。

长洲刘珏题识曰:"李检法《九歌图》,并曹、吴以下六跋,刘珏鉴定谨识。"刘珏(1410—1472),字廷美,号完庵,南直隶苏州府长洲(今江苏苏州市)人。其为诗清丽可咏,著有《完庵集》。其题识

---

① (明)张丑撰:《清河书画舫》,上海:上海古籍出版社,2011年,第377页。
② (明)张丑撰:《清河书画舫》,上海:上海古籍出版社,2011年,第377页。

中所谓"六跋",当即曹纬、吴说、谢奕恭、谢奕修、蓍山道者之题跋,其中吴说有二跋。

王穉登亦有题识,其文曰:

> 李伯时作《九歌图》,余所见非一,此卷尤精密道劲,用笔如屈铁丝,盖得意之作,曹纬元象无书名,而书法乃清疏有致若此,士岂可但徇耳食哉?吴傅朋善署书,宋思陵欲易《九里松》额,屡书皆罢去,自叹以为不及也,竟不易。其书亦不多见,仅见此跋耳。阅一名画而得两法书,余亦何幸哉!长生馆主王穉登题。①

王穉登(1535—1612),字伯谷,号松坛道士,南直隶苏州府长洲(今江苏苏州市)人。善书法,行、草、篆、隶皆精,闽、粤之人过吴门者,虽贾胡穷子,必踵门求一见,乞其片缣尺素然后去,足见其影响之大。其在题跋中就指出:李公麟《九歌图》有多种版本,而曹纬、吴说所题跋本尤为精密道劲,当是李伯时得意之作。

不仅如此,张丑还对李公麟《九歌图》之版本情况进行了考察,指出:

> 检法《九歌图》有二:一卷凡十一段,乃检法自书,是曾经宣和睿赏者(宋末藏赵与勤家,止白描神鬼之像,而无景界),近世摹撮本皆祖此。真迹传至成化间,为吴江史明古所得,语具都穆《寓意编》中。此卷则检法别本,未知作于何年,而笔迹极精细,其在皇宋元丰之初乎?②

据此可知,张丑以为李公麟所作之《九歌图》至少有两个版本,其一是《宣和画谱》所著录之十一段本,止白描神鬼之像,而无

---

①（明）张丑撰:《清河书画舫》,上海:上海古籍出版社,2011年,第378页。
②（明）张丑撰:《清河书画舫》,上海:上海古籍出版社,2011年,第378页。

景界,宋末藏赵与勤家,明成化年间,为史明古所得;其二即为此有曹纬、吴说题跋之六段本,虽未知作于何年,然而,据画所具有的"笔迹极精细"之特征,张丑将其推定为是在北宋元丰年间所作。

接着,张丑又对《九歌图》上诸家题跋之源流情况进行了系统梳理:

其先考订曹纬书《九歌》词及跋文的时间,以为其是北宋崇宁壬午年(1102)间。继而指出,曹纬乃据《文选》所选之《九歌》六篇而书写文辞,辞前有序,后有跋。因曹纬书词之绢素中间无断缝,故其当为宋时旧貌,未曾为后人所割截。因李公麟此《九歌图》只是依据《文选》所选《九歌》六神而绘制,予人以不全之感,故宣和时,另选图绘《九歌》诸篇更为完备的十一段本入御府,而此本因未入选,却免遭靖康之难,得以存其旧,"斯又不幸中之幸者与?"

次则考订吴说题跋时间,以为其乃是在曹纬题跋后的五十四年所写成,即南宋绍兴二十六年(1156)。张丑还指出,素有"宋小楷第一"之美誉的吴说,传世书迹甚少,而此题于李公麟《九歌图》跋文的价值亦因之而可贵。

次则推定张浚题名时间,因"略无年月可考",其遂定为"在放逐之岁"。张浚曾于秦桧及其党羽当权时,谪居十余年。秦桧于绍兴八年(1138)再相,前后执政十余年,历封秦、魏二国公,深得高宗宠信,则张浚题名或在绍兴八年(1138)至绍兴二十五年(1155)间。

次则推定谢奕恭、谢奕修题跋时间,以为二谢书跋所题写之时日当在淳祐壬寅年(1242),而周密《云烟过眼录》中所著录的有曹纬、吴傅朋跋的李公麟《九歌图》,即二谢此图。

次则推定菁山道者题跋时间,以为在洪武壬申年(1392),而张宇初书体婉丽,源出羲、献,可与倪瓒并驱第,惜乎首行五字系磨改,不知何故。

次之考察了刘珏题跋的情况,并进一步指出:李公麟《九歌图》上跋文,时限自宋元丰之初至明天顺前后,皆历历可考证者也。

在此基础上,张丑又叙述了李公麟此本《九歌图》传至其家的来历:

> 是后不著相传之次,直至韩存良太史获此卷于朱太保家,为著跋语甚详。暇日夸示先府君,极为府君所忻慕。比时请以宋高宗真迹字卷告易,弗就,寻为僮仆藏匿,割去太史跋语,以售王征君百谷(卷首尚存太史书签)。故百谷题识,仅叙检法、曹、吴书画之妙,余皆莫及云。壬子冬,百谷赋白玉楼,其所藏书画,亦颇有散失者。窃计检法此卷,向为府君所留意,奚可任其去来?因备物易归,并志韩、朱以下相传之概,以示后人,而此卷之珍异又可知已。①

据此可知,此六段本《九歌图》后归韩世能,而世能曾以此图与张丑之父张应文共赏,张应文极为喜好此图,试图以宋高宗法书与之交换,然未为世能所应允。嗣后,此画为韩世能家仆人所窃取,并割去世能之跋语,转售给王穉登。万历壬子(1612)年,张丑购得此画。癸丑(1613 年)夏,他重新装帧此《九歌图》,并题跋相关文辞,明其传承情况,以示后人。

张丑还不满董其昌以为李公麟山水画“乏苍茫之气”的论述,极为推崇李公麟,并对其六图本《九歌图》之特征进行了褒誉:“《九歌图》卷,板实中有风韵沉著,内饶姿态,其间山水树石人物

---

① (明)张丑撰:《清河书画舫》,上海:上海古籍出版社,2011 年,第 379 页。

屋宇,形形色色,事事绝伦,非胸襟丘壑汪洋如万顷波,胡能为此擅场之笔与? 若董若李,方且两相印可,顾、吴而下无论已。"①认为其在《九歌图》中所展示出的山水技法,事事绝伦,完全不逊色于董源、李唐等人。

又,清人吴升《大观录》卷十二也著录了此《九歌图》具体情貌,其文曰:

> 绢本,高八寸,长八尺余,图只按《文选》所载东皇太乙、少司命、云中君、湘君、湘夫人、山鬼,凡"九歌",其删去者不图也。墨笔作山水、树石、屋宇、舟舆、人骑,俱极纤细。人物间施浅绛色,图之景,各随歌所诠次而描摹之。每图虚其左,曹纬为书歌,书法殊清劲有笔力,绢尾吴傅朋题小楷一行及长跋,最精妙。②

则吴升所见之李公麟六段绢本《九歌图》,高八寸,长八尺余,曹纬所书之《九歌》原文在伯时所绘之图左,吴说之小楷题跋在卷末。

(八)朱希忠藏本

明詹景凤《玄览编》卷四亦著录有李公麟《九歌图》,其文曰:

> 李伯时《九歌》,白描,长三丈余,高一尺五寸余,纸精墨妙如新。衣折用铁线描,石用小劈斧皴,树木藤萝石法皆板,不似畴昔所见者。其画云皆勾勒,惟遥空中用水沉云影。其云勾勒,有自前山密云中横出一条,或阔或狭,诘曲映带,或入山面亘五、六山,缘四、三尺而后与前相连者。末后注款曰"宝庆二年七月三日,臣李公麟画"。可当精品,笔亦雅。其

---

① (明)张丑撰:《清河书画舫》,上海:上海古籍出版社,2011年,第 379 页。
② (清)吴升:《大观录》,民国九年(1920)武进李氏圣译廎本。

人物一处有寸长者，有二三寸长者，亦或有一处人但寸长者，参差不一。原成国公家物，予细看亦非公麟真迹，以无韵与风骨也。其中器具衣饰亦古，必古有此图而公麟仿之，而后人又摹之。①

朱希忠（1516—1573），字贞卿，南直隶怀远县（今安徽怀远县）人，嘉靖十五年（1536）袭爵成国公。依詹景凤之论，在李公麟之前，已有画家图绘屈原《九歌》，其图后为李公麟所见，公麟遂于宝庆二年（1226）七月三日摹绘前人之图而画《九歌图》。嗣后，李公麟此摹本《九歌图》又为他人所摹，而摹本传至明时，流入成国公朱希忠家，为詹景凤所见，景凤以为此图"无韵与风骨"，故虽署"臣李公麟画"，然非李公麟真迹。詹氏又据画作中"器具衣饰亦古"推断，此画定是"古有此图而公麟仿之，而后人又摹之"者也。

（九）吴柄篆书本

清陆时化《吴越所见画录》卷三、清李佐贤《书画鉴影》卷二皆著录有李伯时白描《九歌图》吴柄篆书《九歌》卷，惟李书题作"李龙眠《九歌图卷》"。容庚先生《李公麟〈九歌图〉辨伪》文载，此图藏于中山大学文物陈列室（今中山大学人类学博物馆）。②

吴炳，生卒年不详，字彦晖，一作彦辉，汴梁（今河南开封市）人。据李佐贤《书画鉴影》卷二载：李公麟此本《九歌图》为纸本，高一尺三寸，长二丈三尺，白描，用笔细入毫芒，几不易辨，每段分题《九歌》词，皆吴柄篆书。③

---

① （明）詹景凤：《詹东图玄览编》，见中国书画全书编纂委员会编：《中国书画全书》（第四册），1993 年，第 42 页。
② 曾宪通编：《容庚杂著集》，上海：中西书局，2014 年，第 340 页。
③ （清）李佐贤：《书画鉴影》，清同治十年（1871）利津李氏刻本。

　　第一段前有吴柄总题,论及《九歌》创作背景,其中多取王逸《楚辞章句》之说;并绘有一人,拱手而立,为屈原也;第二段前篆书《东皇太一》原文,画有一人,右手执如意,左手下垂,侧身而立;第三段书《云中君》原文,画右一人,左手曳竹杖而行;第四段书《少司命》原文,画一人拱手向前而立;第五段书《东君》原文,画一人引弓仰射;第六段书《河伯》原文,画一人骑白龙,一女子乘方车,一鱼一龙为之前导;第七段书《湘夫人》原文,画一女子倚树面前而立,若有所思;第八段书《大司命》原文,画一王者驾龙辇,乘浮云而行,二人执圭前导,左右四人持斧握旗夹侍;第九段书《湘君》原文,画一少年,向后拱立;第十段书《山鬼》原文,款题"延祐旃蒙单阏陬月既生魄延陵吴炳书",画一女子披薜荔,戴女萝,双手交加,右持石兰,骑斑豹而行,一文狸相随。无《国殇》《礼魂》二篇。末下角钤有白文"伯时"方印。

　　后另纸有宋权跋文:"食斯,饮斯,兴斯,寐斯,行斯,坐斯,忧斯,乐斯,独言独歌恒于斯。宋权藏识。"押尾白文"宋权"私印。

　　其后有康熙二十九年(1690)笪重光跋文:

　　　　李龙眠白描人物,推为画家上乘,此古今定评也。余每览一真迹,如获鸿宝,赏心久之,寝食两忘,不减宋君痴癖。近代摹仿多人,间有得其风味者,竟称能品,展玩斯卷秀润清旷之态,兼以吴彦晖钟鼎篆书《九歌》,非宋人笔墨,焉能精妙若是? 为可珍也。

　　其文盛赞伯时白描人物在画史之地位,并表明其对伯时之画的痴迷之情,且定此本为真迹。

　　又有同治五年(1866)汪昉跋文二则,其前跋考订吴炳书在元延祐二年(1315),并指出笪重光以为吴炳为宋人,实误;其后跋据朱存理《铁网珊瑚》推定吴柄的相关信息。

（十）米芾篆书本

张照《石渠宝笈》卷三十六又著录有李公麟白描《九歌图》一卷，为素绢本，每段有米芾篆书本文，故定为"米芾篆书本"。

今台北故宫博物院藏有此本，绢本，水墨，本幅纵27.3厘米，横654.6厘米，采用"左文右图"结构，篆书录《东皇太一》《云中君》《湘君》《湘夫人》《大司命》《少司命》《东君》《河伯》《山鬼》《国殇》《礼魂》文辞，并图绘其形象，凡十一段。其上钤有"乾隆御览之宝""嘉庆御览之宝""宣统御览之宝""御书房鉴藏宝""石渠宝笈"等印玺，以及"墨林秘玩""项元汴印""子孙永保""六艺之圃""天生真赏""南昌袁氏家藏珍玩子子孙孙永保""沈自省印""金匮石室之书"等收传印记。

起首书《东皇太一》文辞，末题署"右东皇太一"。图绘一人，头束缁撮，浓眉高鼻，须发连鬓，面左立于云中，其身着铠甲，腰系革带，外罩袍衫，缨带蹁跹，左手握持弓矢，双目圆瞪，神色严肃，作欲斥之状。就其图式来看，与"抚长剑兮玉珥，璆锵鸣兮琳琅"的"东皇太一"不类，倒颇似后世画家所表现之"东君"，亦与美国弗利尔美术馆（Freer Gallery of Art）藏有款署"大德三年八月吴兴赵子昂画"本《九歌图》之"国殇图"相类。

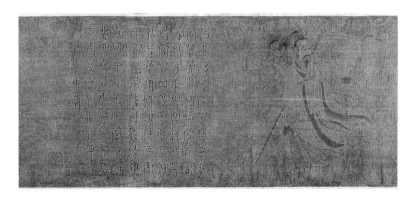

　　次为《云中君图》。画有一人,方额高鼻,修眉细目,胡须稀疏,头束发冠,身着大袖衫袍,佩方心曲领,手捧玉笏,侧身立于云中,其目视下界,神色肃然;其身后侧立一神怪,髡首隆额,形容丑陋,双手抚旗,斜视前方。就其构图来看,与美国大都会艺术博物馆(The Metropolitan Museum of Art)藏郭宗昌题签本《九歌图》颇为相似。

　　次为《湘君图》。绘有一人,丰面重腮,蛾眉秀目,侧身左向立于波上,其头梳盘髻,身着宽袍,明珰翠帔,右手微拈,左手轻举,仪容俨雅,若有所思。

　　次为《湘夫人图》。绘有二女子,立于波上:为首者头梳双髻,簪挽珠饰,身着交领大袖衫,外披罩衫,衣饰华丽,作贵妇装扮;其后有一女侍,弹双鬟而持羽扇,意态暇逸。

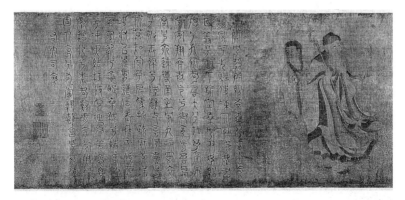

　　次为《大司命图》。绘有老少二人,立于云中,一老者冠巾縶屦,须眉皓然,右手扶杖,左手轻举,屈身面右;其后一从者,头束角巾,身着长袍,侧身而立,目视下界。

次为《少司命图》。绘有二人,前者头束高冠,身着交领袍衫,腰系革带,佩方心曲领,左手握卷,右手执笔,侧身面左而立,作欲书之状;其后立一童仆,头梳双髻,身着素袍,双手抱持长剑而侍立。值得注意的是,美国弗利尔美术馆(Freer Gallery of Art)藏署"大

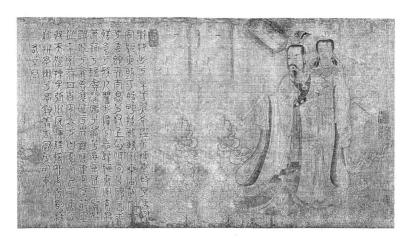

德三年八月吴兴赵子昂画”本《九歌图》中，“东皇太一图”之构图
与此颇为相似。

　　次为《东君图》。绘有一人，长面隆额，须胡稀疏，头戴梁冠，
身着衫袍，佩方心曲领，腰束玉带，左手置于袖中，右手持玉圭，扬
于胸前；其后立一侍女，垂双髻，挽簪花，双手斜握长方障扇，神情
安然。图左篆书《东君》文辞，凡九行，另有一行“右东君”字样。

　　次为《河伯图》。绘有一人，头戴莲冠，身着道衣，外罩氅衣，
盘膝交手安坐于巨鼋之上，正行进于波涛汹涌之河中，当是据“灵
何为兮水中？乘白鼋兮逐文鱼”而图绘者。图左篆书《河伯》文辞，

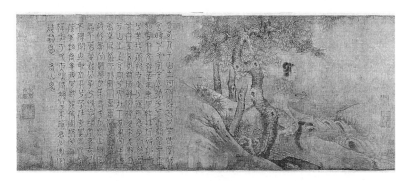

凡十行,另有一行"右河伯"字样。

　　次为《山鬼图》。绘山间松下,一貌似男性之形象,头束发髻,身躯赤裸,肩披薜荔,左手握芝草,右手秉石兰,正跨乘于斑豹之上,作欲下山之状,当是撮合《山鬼》篇"若有人兮山之阿,被薜荔兮带女萝","采三秀兮于山间"诸文辞而为之。

　　次为《国殇图》。绘有一队兵士,皆头戴兜鍪,身披铠甲,手持兵刃,作欲赴敌之状。其左有篆书《国殇》歌辞十一行,又另书"右国殇"三字。

次为《礼魂图》。绘一文士，头束缁撮，身着深衣，面容清癯，双手拢于袖中，侧身坐于椅中，其旁有一案几，其上置有香炉，其前有二盆景，其中有怪石、兰、蕙，一童仆立于其身后，双手捧书，作欲进献之状。显然，此图所展示者，当为文士生活场景，与《礼魂》关系不大。

末有米芾题识云："余嗜骚词，爱李画，癖不能解，因用秦隶，为述古书《九歌》。述古善鉴者，视斯起为余何如？熙宁丁巳仲夏襄阳米芾记。"据此可知，李公麟《九歌图》又有米芾于熙宁十年（1077）篆书文辞之本。

值得注意的是，此本在图左所书文辞与图右所绘形象的匹配上，存在一些不同于李伯时《九歌图》其他传本的特征；图末所绘《礼魂图》，又以宋代文士松下读书形象描摹之，颇为特异。

（十一）"李伯时为苏子由作"本

北京故宫博物院藏有款署"李伯时为苏子由作"本《九歌图》，纸本，白描，纵约 39.5 厘米，横约 889.7 厘米。钤有"绍兴"朱文长方印。

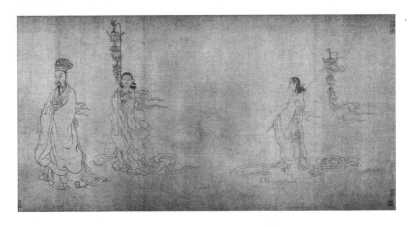

　　第一段为《东皇太一图》。绘有三人,为首者乃一男子,方面微须,头戴通天冠,身着宽袖深衣,佩方心曲领,双手拢于袖中,侧身而立,其后有二侍女,垂双髻,一手扶旌节而立,一人将旌节置于肩上,衣袂飘飘,帛带翻飞。

　　第二段为《大司命图》。绘一老者,侧身而立于山畔,头束缁撮,身着宽袍,面容苍老,寿眉逸出,胡须飘飘,似为凸显出"寿夭兮在予"之特征;其左手扶杖,右手抚身侧所卧之龙首,弯曲身姿似欲驾龙而飞。

　　第三段为《少司命图》。绘有二人,前立一男子,丰面微须,头束缁撮,身着深衣,外披罩衫,侧身面左而立;其后侍一女子,侧身而立,头梳垂髻,戴宝珠,腰佩蕙带,手持旌旄,面带喜色。

　　第四段为《东君图》。绘有一人,向外而立,其头发披散,袖带飘飘,似迎风而立,左手握弓,右手拈箭,做欲射状,此当是表现"举长矢兮射天狼"之情境。

　　第五段为《云中君图》。在此《九歌图》中最为复杂。整幅图中绘有人物、精怪为数有二十二,画面中央部分,为一车队,中央一人,戴通天冠,佩方心曲领,作帝王装扮,安坐于龙车之上,前有二人驾龙,又有一人,持戟导引,车驾左右则有八人夹侍,四人手捧笏板立于前,四人手持旌旄、障扇立于后,一力士正于车畔俯身

推动车轴;画面前部,有鬼怪力士等四人,手挥长矛利剑,以为先锋;画面后部,则有文武侍从二人及精怪三人:武者装扮手拄长剑,侧身视后,文者装扮则一手握笔,一手捧卷,作欲记录状,而精怪三人,一头生犄角,左手握刀,右肩负弓箭,一首如豕,戴骷髅项圈,右手握蛇,左手执矛,最后者生二首,如牛,身躯如马,正俯身于一物上,甚为可怖。

　　第六段为《湘君图》。尤为独特,与其他《九歌图》中"湘君"多为女性所不同的是,此中所绘者为一中年男子,正面朝外立于波上,其首为一薄纱覆盖,丰面微须,左手倒握一船桨,右手下垂,当是通过表现原文中"桂棹兮兰枻"之内容,来暗示人物身份。

　　第七段为《湘夫人图》。绘二贵妇装扮女子,相向立于林间树荫之下,皆头戴凤冠,项悬宝璐,身着华衣,袖处饰以蕙草,袂带纷飞。以此观之,画之作者当是以"湘夫人"为娥皇、女英也。

　　第八段为《河伯图》。绘一浩森大江,波浪翻涌,其中有一老者,双手抱膝,安坐于白鼋之上,顶以荷叶为盖,其旁有一螭龙为卫,显示根据"乘水车兮荷盖,驾两龙兮骖螭""乘白鼋兮逐文鱼"二句而综合图绘者。

　　第九段为《山鬼图》。周遭绘有峻峭山崖,间有篁竹生于其上,中央有一裸身女子,横跨于赤豹之上,其发极短,不类常态,肩披石兰,腰佩杜衡,左手拈芝草,目视后方,作若有所思之状。显然,画家是攫取文中"赤豹""石兰""杜衡""幽篁""三秀""石磊磊"等物象来综合构图的。

　　第十段为《国殇图》。画面周围是稀疏的树木,似在表现其场景为原野,右下绘有三人,最右一人身穿甲胄,背负盾牌,右手握矛,左手抚膝盖,跪伏于地,因其后背为箭矢所伤,双目圆瞪,神色悲伤;中间一人,虽右手握矛而立,然首身相背,似已为人所杀;最

左一人，神情凶横，双臂伸展左手食指伸出，右手挥刀，似正斩去中间之人头颅者。可见，画家当是以"首身离兮心不惩"为切入点，以士卒为敌斩杀时双方的动作、神情为表现素材，来表现其士卒"终刚强兮不可凌"之精神，以表达对死国者"身既死兮神以灵，子魂魄兮为鬼雄"的赞誉之情。

　　与其他本《九歌图》相较，此本未见书写有《九歌》文辞，且各图布局结构与前者多有差异，至其真伪与创作时间问题，学界多有不同见解。单国强据款署与印章定此图为伪，其指出：此图署款作楷书，工而板，点画稚嫩，结体尤差，一望而知其伪，下钤"绍兴"印，两字相连从未见，所见均为"绍""兴"连珠印，故亦伪，据此，其时代不会早于南宋初①。徐邦达认为其"无歌辞、画法草率而乏韵致，略有南宋末至元初人风格，但非高手之作。卷末有：'李伯时为子由作'款字二行，贴边截然而止，不留余地，意似未

----

① 单国强：《古书画史论集续编·初鉴故宫藏几幅李公麟传作》，杭州：浙江　　大学出版社，2013年，第250—251页。

尽。可能原来后面还有它语和名款,为人割去,以首行有'李伯时'字样,就以为李作了。下边有'伯时'印,则系后添伪章。以画法论,大约在宋元之间。"①

二、李公麟《九歌图》题咏情况

李公麟《九歌图》甫一面世,即获得广泛流传与极大赞誉,除却出现诸多仿作、摹本外,文士更是创作出大量诗作,来描摹画面内容,称赞伯时画艺高超,抒写自我观画之时所产生的与屈子的情感共鸣;这种创作自宋即已有之,元、明、清之际,又扬波助澜,层累出现。

宋人徐照有《题侯侣之〈九歌图〉》诗,其辞曰:

> 君家《九歌图》,元是龙眠画。冰毫动天机,意与象俱化。坡仙以一马,千金莫酬价。昏眼喜忽明,老绢尘欲亚。霭窣有灵鬼,天马夹龙驾。鳞幢借金节,隐隐出虚罅。篊驾迎飞响,陈具咸所祸。湘天水波立,绿红渺高下。漠漠楚客魂,万古入悲话。颓檐饥禽啄,长陁瘦鲛跨。八篇竹枝词,命君共吟些。愁声还入市,乞酒从嘲骂。②

其在诗中先盛赞龙眠画艺高妙,而《九歌图》意象俱足;继而以夸张之笔,形容观图时所带来的震撼,几可令昏眼忽明;接着,徐照以《九歌图》所图绘之神灵顺序,描摹其中的相关形象,如"天马""龙驾""鳞幢""金节""篊驾"等等,并表达对屈原悲剧命运的

---

①徐邦达:《鉴辨宋元二大家绘画伪造四种七件》,《珍宝鉴别指南》,上海:上海文化出版社,1992年,第120页。

②(宋)徐照、徐玑、翁卷等著:《永嘉四灵诗集》,杭州:浙江大学出版社,2010年,第64页。

叹惋之情。

金人赵秉文有《伯时画〈九歌〉》诗，其辞曰："楚乡桂子落纷纷，江头日暮天无云。烟浓草远望不尽，翩翩吹下云中君。《九歌》九曲送迎神，还将歌曲事均灵。一声吹入汨罗去，千古秋风愁杀人。"①将李公麟《九歌图》所展示的萧瑟意境与文士的"悼屈"观念结合起来，展示了文士"悲秋"情怀的多重蕴涵。

元人卢挚有《题李伯时〈九歌图〉》诗，其辞曰：

> 苍龙驷车载初阳，绿天浮春开八荒。连蜷飞雾俨冠剑，四三神君翼东皇。桂醑盎烈兰肴芳，樛篚巫觋纷披猖。瑶琴袗衣杳何许，两妃倚竹临空江。野烟颦翠九疑远，暮雨洒恨湘波凉。冰夷暗投明月玑，山鬼夜啸猿猱悲。长歌抚节怀楚累，遗音疏越知者稀。筑室赖有佳人期，紫坛荷屋薜荔帷。汀洲聊堪搴杜若，怨公子兮怅忘归。怆毫慅墨含古色，虎头痴绝公麟痴。续骚未成今见画，忽欲轻举起无为，朝来目送秋云飞。②

就其文辞来看，卢挚当是依据其所观看的李公麟《九歌图》图绘顺序，从东皇太一到山鬼，熔铸《九歌》原文，选择画中出现的"苍龙驷车""东皇""桂醑""兰肴""巫觋""两妃""冰夷""山鬼"等物象与形象加以描绘，以见出其所观之内容；同时，卢氏还抒写观图之感受，既生对屈原之怀想，对不遇之情的共鸣，又有对伯时创作用意的陈说，并以其图为"续骚"之作。

---

①(金)赵秉文著，马振君整理：《赵秉文集》，哈尔滨：黑龙江大学出版社，2014年，第52页。

②(元)卢挚著，李修生辑笺：《卢疏斋集辑存》，北京：北京师范大学出版社，1984年，第60页。

　　与之相类的还有虞集,其《九歌图》诗曰:

　　　　太乙神君号东皇,玉质要妙含和阳。生生气始通微茫,
　　绵绵蒸空神中央。浮英上罗文天章,覆冒下满谷与坑。旁塞
　　无间灵无方,灵来乘柔柔乘刚。湘君夫人镇相望,清温静好
　　非淫伤。司命元老元气昌,手执藜杖色老苍。历劫寿命不可
　　量,少君之寿同其长。离无异体合有常,出入万化终不亡。
　　晶明发晨上抟桑,海天赫赫真金芒。质炼不灭长垂光,河源
　　混混流汤汤。伯也坐视无迎将,千古万古何堂堂。彼幽为厉
　　为强梁,朝狸暮豹方鸱张。精魂熠耀志意荒,招之不反巫无
　　良。屈生作歌沉九湘,世人传声罕寻详。祝融仙子调玄黄,
　　九神出图百怪藏。不信请视虞公章。①

　　与卢挚相比,虞集此诗几可谓是对李公麟《九歌图》所绘之图
像进行了逐一歌咏,字里行间还展示出了图画中神灵的具体形
象,如东皇太乙位居众神中央,湘君、湘夫人"镇相望",大司命"手
执藜杖色老苍",山鬼图中则有"朝狸暮豹"等等。又,虞氏此诗有
"屈生作歌沉九湘"语,或是以《九歌》为屈原绝笔欤?

　　李存有《题李伯时〈九歌图〉》诗,辞曰:"龙眠画入忠臣心,笔
意欲与江海深。老生有句不敢写,荻花苍茫愁古今。"②以为龙眠
之图,绘出屈子忠贞之心志。

　　清人翟灏《无不宜斋未定稿》卷四录《高淳夫明府寓寮观李伯
时〈九歌图〉》诗,其辞曰:

　　　　森容婳态呼欲起,烟幢蜿蟺云车驶。晴窗开展毛骨寒,
　　元气淋漓透冰纸。名人几见真迹传,神工况属李龙眠。吾侪

---

①(元)虞集:《虞集全集》,天津:天津古籍出版社,2007 年,第 59 页。
②(元)李存:《俟庵集》卷十,清文渊阁《四库全书》本。

及此豁尘目,未入豪家应偶然。豪家置此意可悉,《国殇》《山鬼》语不古。不然也向高阁投,禁秘人间那复出。①

其在诗中描摹李公麟《九歌图》的情状及观者之感受,然后对此图未秘藏豪家高阁之原因也进行阐说,以为是因图中绘有《国殇》《山鬼》,涉及亡魂鬼怪,被人视为不吉故未秘藏,因此能流落世间,广为流传。

可见,诸多文人艺术家在观看伯时《九歌图》后,不由心生触动,遂作诗文以为抒发。而在诗文中,他们大多先是结合《九歌》文辞,依图中呈现顺序,描摹《九歌图》之表现内容。继而,抒写个体观图之后所产生的感受:或是概括伯时图绘风格,叹服其画艺之高妙,或是抒写对屈原的崇敬、悲悯等复杂情感,以及主体因睹"二湘图""山鬼图"所生的"不遇"情感。同时,亦有在诗文中载录《九歌图》之收藏、流传情况者。这些文辞对于考订伯时《九歌图》之不同传本之关系问题,理解古代文士对屈原精神的心理认同情况,探讨古代文人艺术家之艺术生活而言,皆具有参考价值。

三、题署李公麟的其他《楚辞》图像

文献中尚载录有题署李公麟的《湘君湘夫人图》《卜居图》,兹叙录之。

其一,《湘君湘夫人图》。

明人汪珂玉《珊瑚网》卷四十三录有《李公麟白描〈湘君湘夫人〉》文:"伯时作画,多不设色,此白描《湘君湘夫人》,绾髻作雪松云绕,更细如针芒,佩带飘飘凌云,云气载之而行,真足照映千古!

---

① (清)翟灏著,汪少华点校:《翟灏全集》(第8册),杭州:浙江古籍出版社,2016年,第89页。

对题即书《骚经》二则,款为嘉靖丙辰正月谷旦长洲文徵明篆于玉兰堂。乐卿记。"①据此可知,李龙眠或许作有白描《湘君湘夫人图》,其所绘之二神,于云气中穿行,绾髻作雪松云绕,细如针芒,衣饰佩带飘飘凌云。值得注意的是,据汪氏著录,此画作上有篆书二则,当是《湘君》《湘夫人》原文,乃是明人文徵明于嘉靖丙辰(1556 年)所题写。

其二,《卜居图》。

苏轼有《跋李伯时〈卜居图〉》,其辞曰:"定国求余为写杜子美《寄赞上人》诗,且令李伯时图其事,盖有归田意也。余本田家,少有志丘壑,虽为缙绅,奉养犹农夫。然欲归者盖十年,勤请不已,仅乃得郡。士大夫逢时遇合至卿相如反掌,惟归田古今难事也。定国识之,吾若归田,不乱鸟兽,当如陶渊明;定国若归,豪气不除,当如谢灵运也。"②定国为王巩字,巩有画才,长于诗,与苏轼等为友。苏轼守徐州,巩往访之,与客游泗水,登魋山,吹笛饮酒,乘月而归。轼待之于黄楼上,对他道:"李太白死,世无此乐三百年矣!"足见二人情谊之深。据此跋文可知,王巩曾请苏轼为之题写杜甫《寄赞上人》诗,苏轼以为其大约是久留宦海而有归田之意。同时,王巩还请李公麟为之"图其事",其所图之事亦当与出处仕隐诸问题有关,这就与《楚辞·卜居》所表现之主题有关联;加之苏轼此跋文题为"跋李伯时《卜居图》",则可推知,应王巩之请,李公麟乃就《楚辞》所涉之屈原卜问于郑詹尹事而作《卜居图》。

---

① (明)汪珂玉:《珊瑚网》,清文渊阁《四库全书》本。
② (宋)苏轼著,李之亮笺注:《苏轼文集编年笺注》,成都:巴蜀书社,2011 年,第 620 页。

四、李公麟"有景本"《九歌图》的特点

自明人张丑以来,李公麟《九歌图》即被划分为"有景本"与"无景本"两种类型,而后,郑振铎先生纂辑《楚辞图》,提出"甲、乙"本之说,"甲本是有人物背景衬托的,乙本只表现着《九歌》的几个主神"[1],其区分方法显与张丑如出一辙。

就前文所叙,伯时"有景本"《九歌图》主要有中国国家博物馆藏"七月望日"本、辽宁省博物馆藏王樆题跋本、曹纬书辞本、朱希忠藏本等;而"无景本"主要有台北故宫博物院藏米芾篆书本等。另,海内外题署李公麟的《九歌图》还有多本,如日本藤田美术馆藏本、美国圣路易斯博物馆藏本、赵雍书赞本、赵古则隶书本等,真伪莫辨,聚讼纷纭。

今就辽宁省博物馆藏本看,李公麟"有景本"《九歌图》具有以下特点:

其一,对《九歌》文辞的详尽图像化呈现。伯时构图时多依据文辞,将香草花卉、禽鸟龙鱼、舟车屋宇、云水树石等景物详细描摹出来,在一定程度上"呈现出较为浓重的图解文本的性质……是十分忠实原著的图解式、再现式作品"[2]。

其二,反复勾勒屈原形象。《湘君》《湘夫人》篇中屡屡出现"吾""余""予"之语,而在"有景本"中,伯时于图像中皆描绘有一头束发冠,身着襦衫之人物形象,随着画面的展开,他或参差立于舟中,或捐玉佩于澧浦,或端坐于荷屋,或驰马于江岸;而在《大司

---

① 郑振铎:《楚辞图》,北京:人民文学出版社,1953年。
② 黄朋:《〈九歌图〉的图式流变》,《上海文博论丛》,2007年第4期,第62—
　63页。

命图》《少司命图》《河伯图》《山鬼图》所描绘之形象看,此人或手持疏麻临风立于岩上,或佩剑而立于堂下,或回首行于南浦,或手持香草独立于山上,或端坐于岩边而饮石泉兮荫松柏等等。对此人物身份问题,有学者以为是"灵子",以及祭祀之巫师,而认为他"与《九歌》的注释对应很紧密,画的是屈原而不是一般的巫师"①,通过对屈原形象的反复描摹,使得《九歌图》各段之间有了紧密联系的线索。

　　其三,采用"异时同图"的构图形式。所谓"异时同图",是指将不同时间发生的动作或故事情节,在同一个画面上呈现出来的绘画手法,是一种在同一个空间平面上描绘时间维度上向纵深推移的事情的绘画构图形式。这种方式打破了绘画造型艺术的时空限制,充分调动观赏者的视觉因素,使一个具有时间长度的叙事性内容可以在同一个空间结构中得到表现。② 李公麟"有景本"《九歌图》在构图上即鲜明体现出此种特征。就辽博本观之,可见在《云中君图》中,左侧为空中乘龙飞行者,右下为岩畔秉翟举目远眺者;《湘君图》中,有舟中安坐者,有循江皋投佩于江者;《湘夫人图》中,有安坐于松下荷屋者,有江渚骑马握节而前进者,等等。伯时根据图像题材内容的要求,将不同时间、地点出现的人物、景物等,运用连续空间转换的构图形式,将其组织在同一幅画面之中,这样,原文的时间纵深被压缩成了平面③,本来是在不

----

① 李鹏:《图像、书辞、观念——〈九歌图〉研究》,中国美术学院 2017 年研究生学位论文,第 62 页。
② 王克文:《传统中国画的"异时同图"问题》,《美术研究》,1988 年第 4 期。
③ 张鸣:《文学与图像:北宋乔仲常〈后赤壁赋图〉对苏轼原作意蕴的视觉诠释》,《国学学刊》,2017 年第 4 期。

同时间先后出现在不同地点的"余""予""吾",就同时出现在了一幅完整的画中,《九歌》文辞中时间过程的叙述,就被转换成了《九歌图》中空间展开的视觉图像,从而既较为全面地视觉形象化了《九歌》文辞,亦具象化了《九歌》所传递出的"彷徨感慨、反复依恋"之情。

　　在《楚辞》图像艺术丛林中,李公麟可谓是一株参天巨树。这不仅是因为他将《九歌》图绘为具体形象,抒发个体情感,"吾为画,如骚人赋诗,吟咏情性而已"①,成为后世艺术家所不断模仿与重现的重要内容,构成中国古代《楚辞》图像文献最重要的组成部分。更是因为,其所图绘之《九歌图》,无论是图式之安排,即所谓之"六段"与"九段",还是其中所绘之景象的选取②,及所谓"有景"与"无景",乃至是其中所绘诸神灵之形象特征,皆成为范式,后来的图像作者,多是沿着李公麟所开创的路径而前行,虽有展示个体图绘独特性之处,然大旨所差不多。

---

① (宋)《宣和画谱》,杭州:浙江人民美术出版社,2012 年,第 76 页。
② 对于伯时构图特征,美国学者孟久丽在《道德镜鉴:中国叙述性图画与儒家意识形态》中指出:李公麟"六段本"《九歌图》通常从一首诗中选择几个事件来描述,并以合并构图(按:即孟氏所谓"在一个统一的画面空间里设有同一人物反复出现")或者异时构图(按:即孟氏所谓"其中有同样的人物反复多次出现而缺乏明确的时间顺序")的手法在同一幅画中并置几个相互独立的场景,使得观者能够在看图时回忆起诗中的内容,因而理解每一幅画面中所描绘的故事的进展;而"十一段本"中则是通过描绘每首诗中的神灵的肖像来引发观者对该诗的联想,使得观者不仅仅是被动地观看,而可以站在屈原的立场上直接与这些神灵交流。

第三节　跌宕超逸写灵均：
苏轼与米芾的《楚辞》法书

有宋建立之初，太祖于书法无所留意，书法已不再作为士人科举进身及官吏考绩的科目，与之相应，文人士大夫多有对书法漠然处之者，"书遂无用于世，非性自好之者不习，故工者益少，亦势使之然也"①，以至于欧阳修曾感叹道："书之盛莫盛于唐，书之废莫废于今……今文儒之盛，其书屈指可数者无三四人，非皆不能，盖忽不为尔。"②

及至太宗时，稍留意于翰墨，选善书者入翰林，并示以优待，"太平兴国中，选善书者七人，补翰林待诏，各赐绯、银鱼袋，钱十万，并兼御书院祗候，更配两院，余者以次补外官。自是内署书诏，笔体一变，灿然可观，人用传宝，远追唐室矣。"③其还曾购摹古先帝王名贤墨迹，命侍书王著摹刻于禁中，成《淳化阁帖》，而"凡大臣登二府，皆以赐焉"，帖学亦由是兴起。

而后，徽宗喜好书法，"万机之余，翰墨不倦。行、草、正书笔势劲逸"④，并在臣僚建议下置"书学"，"仿先王置学设官之制，考选简拔，使人人自奋，有在今日。所有图画之技，朝廷所以图绘神像，与书一体，令附书学，为之校试约束"⑤；而高宗自束发，即喜

---

①（宋）朱弁：《曲洧旧闻》，北京：中华书局，1985年，第72页。

②（宋）欧阳修：《集古录跋尾》，北京：人民美术出版社，2010年，第145页。

③（宋）江少虞：《宋朝事实类苑》，上海：上海古籍出版社，1981年，第654页。

④（明）陶宗仪：《书史会要》，上海：上海书店出版社，1984年，第216页。

⑤（清）黄以周等：《续资治通鉴长编拾补》，上海：上海古籍出版社，2006年，第283页。

揽笔作字,虽屡易典刑,而心所嗜者,固有在矣;凡五十年间,非大利害相妨,未始一日舍笔墨,对书法的酷爱之情由此可见一斑。

主上嗜好之影响,以及相应政治措施之实施,激发了宋人习书的热情,并使得此期不仅涌现诸多留名史册的书家,如苏轼、黄庭坚、米芾、蔡襄、陆游、朱熹、范成大、张即之等,还出现颇具特色的书论,如苏轼、黄庭坚、米芾等的"意趣"论,朱熹的"文道合一"论等等。[1] 而且,大量与《楚辞》相关的书法作品也被创制出来,成为《楚辞》图像史、中国书法史上的重要组成部分。这其中,最为典型者,当推苏轼与米芾之作品。

一、苏轼的《楚辞》法书

被黄山谷认为是"本朝善书者,自当推为第一"的苏轼,少时"奋厉有当世志",及长,"微官敢有济时心",有浓郁的政治参与意识。然而,其政治生涯却充满坎坷:神宗熙宁二年(1069),王安石推行变法,苏轼屡次上书神宗,反对新法,因此被诬,出任杭州通判;元丰二年(1079),因"乌台诗案",入御史台狱,几至于死,而后被贬黄州,至元丰八年(1085)方才被召还朝;元祐二年(1087),因反对旧党尽废新法而被贬出知杭州、颍州、定州;绍圣元年(1094),又被以"讥斥先朝"罪名贬谪至英州、惠州、儋州,至元符三年(1100)方得北归。观其一生,二次在朝,数次外任,一贬再贬;这种遭际与屈原屡次遭谗被疏,流落汉北、江南诸地之情境颇为类似,而这自然就唤起了他对屈原及《楚辞》的崇敬之情:"屈原作《离骚经》,盖《风》《雅》之再变者,虽与日月争光可也,可以其似

---

① 邹锦良:《宋代士人"好书"风尚探析——以周必大为例》,《兰州学刊》,2015 年第 10 期,第 73 页。

赋而谓之雕虫乎?""吾文终其身企慕而不能及万一者,惟屈子一人耳。"是故,他除却借助于文学手段,在诗文创作中或援引《楚辞》之文以为素材,如《再和潜师》《次韵答孙口》《和陶己酉九月九日》等;或创作关涉屈原之诗赋,如《屈原塔》《题杨次公〈蕙〉》《屈原庙赋》等,以表达景仰之情外,在中晚年更是高度评价屈、宋辞赋。可以说,"屈原的影响贯穿了苏轼的人生旅程"①,对其图像创作自会产生影响,使得其书写了诸多关涉《楚辞》的法书作品如《橘颂帖》(又名《楚颂帖》)、行书《九歌》、行书《九辩》(起"悲哉秋之为气也"迄"凭郁郁其何极")等。

(一)《橘颂帖》(又名《楚颂帖》)

据周必大《文忠集》卷十九、周辉《清波杂志》卷三、朱长文《墨池编》卷六、安世凤《墨林快事》卷八、陈仁锡《无梦园初集·江集》、屠隆《考槃余事》卷一、吴宽《匏翁家藏集》卷五十等载录:元丰七年(1084),苏轼改移汝州。上任前,来到宜兴,游览"似蜀"的独山,与同科进士蒋之奇、单锡等唱酬。这让饱历人生坎坷的苏轼,萌生"此心安处是吾乡"之感,因有"买田阳羡"以度终老之意。

于是,在宜兴好友郭提举家中,苏轼挥毫泼墨,写下这样的文字:

> 吾来阳羡,船入荆溪,意思豁然,如惬平生之欲。逝将归老,殆是前缘。王逸少云"我卒当以乐死",殆非虚言。吾性好种植,能手自接果木,尤好栽橘。阳羡在洞庭上,柑橘栽至易得。当买一小园,种柑橘三百木。屈原作《橘颂》,吾园若

①何新文、丁静:《虽不适中,要以为贤——论苏轼对屈原的接受》,《湖北大学学报(哲学社会科学版)》,2014年第5期,第54页。

成,当作一亭,名之曰"楚颂"。元丰七年十月二日东坡居士轼书。

因文字言及"屈原作《橘颂》""名之曰楚颂"之语,故在后世流传中,多有被称为《橘颂帖》或《楚颂帖》者。

据宋人朱长文《墨池编》卷六载,苏轼《橘颂帖》刻于苏州;其所谓之《橘颂帖》当为此,且其曾于宋代就被刊刻印行。

传至元,诸多文士皆有题跋。赵孟頫拜观此帖后,题跋曰:"东坡公欲买田种橘于荆溪上,然志竟不遂,岂造物者尚有所靳耶!而《楚颂》一帖,传之后世为不朽,则又非造物者所能靳也。"[1]感慨东坡人生际遇,并对此帖之价值进行褒奖。

仇远《跋东坡书〈楚颂帖〉》曰:"坡仙足迹遍天下,到处即视为传舍,作冷泉主、蒜山房客,海北天南,九万里风,何时果能税驾?晚归阳羡,将卜居逍遥乎田野。《楚颂》之谋未成,而楚些作矣,惜乎!南阳仇远与古涪文心之新城罗云叔同观于西湖之东。"[2]柯九思《丹邱生集》卷五载有《题苏轼〈橘颂帖〉》诗,其辞曰:"楚国大夫曾颂橘,眉山仙子欲求田。荷衣千古秋风急,底用临文更惘然。"[3]将此帖与屈原《橘颂》联系起来。

明弘治年间,侍郎沈晖重修东坡书院,将该帖摹勒于后,置于祠中碑亭,后不明其踪。

成化年间,礼部尚书徐溥在长洲李应祯处看到此帖后,欣喜万分,于是选用优良石料精心摹刻,并作跋文:

---

① (清)阮升基等修:《宜兴县志》卷十,嘉庆二年(1797)刊本。

② 四川大学中文系唐宋文学研究室编:《苏轼资料汇编·上编》(第三册),北京:中华书局,1994年,第863页。

③ (元)柯九思:《丹邱生集》,清光绪三十四年(1908)柯逢时刻本。

　　　　吾乡山水佳胜,昔苏文忠公爱而居之,故其名益著。公之居此,其事特见于文集与郡志中。至访其手迹,仅有所题"斩蛟桥"八字而已。若此《种橘》一帖,乃长洲李应祯携以示予者。窃喜! 此为阳羡故事也,遂用摹刻于石,临视惟谨,不敢失真。既又得公《乞居常州奏状》及予家旧藏一小简,言买田事者,复次第刻之,而周益公、谢采伯跋语各附其后,盖其考据岁月皆精当可览,若元人一二题咏亦不忍弃焉,刻完归置洴溪书屋,所以起乡人子弟景先贤之意云。①

可见,徐溥在刻《橘颂帖》时,一并附有苏轼《乞居常州奏状》及其家藏苏轼手迹,以及宋人周必大、谢采伯跋语,并将其置于宜兴洴溪书屋。

　　清人翁同龢《瓶庐诗稿》卷八载《临苏书〈橘颂〉为补小图》诗:"荆溪安得千头橘,阳羡曾无半亩田。公自飞行太空里,我犹执著小乘禅。荒村灯火题诗处,横野青黄读画年。为补一图见公志,人生何处不随缘。"②可见,在《橘颂帖》传播的过程中,翁同龢还曾在临写之际,补绘有图,以求见出苏轼志向。

　　不过,据李志贤等编《苏轼法书字典》:此帖无论真迹、刻帖、临仿本均未流传下来,大多苏书碑帖更无提及。无论《经训堂法书》本、清内府本,或"碑帖杨",或日本《书道全集》中所收《楚颂帖》,均无法证实其为真迹。③ 姑存以俟考。

---

①(明)陈遴玮等修:《宜兴县志》卷八,明万历十八年(1590)刻本。
②(清)翁同龢:《瓶庐诗稿》卷七,民国八年(1919)刻本。
③李志贤等编:《苏轼法书字典》,上海:上海书画出版社,1997年。

（二）行书《九歌》

苏轼曾于元祐三年（1088）八月廿九日以行书书体，书写《文选》所载之《九歌》六篇：《东皇太一》《云中君》《大司命》《湘君》《湘夫人》《山鬼》。

明人汪珂玉《珊瑚网》卷四《坡翁〈九歌〉卷真迹》录有刘汸、张珌、倪氏、项元汴诸人跋文①，郁逢庆《续书画题跋记》卷六、孙岳颁《佩文斋书画谱》卷七十七、卞永誉《式古堂书画汇考》卷十亦载录诸人文字。

其中宣和四年（1122）二月初八日刘汸跋文曰：

> 东坡先生书《楚辞》，乃黄州时书。世人多购晚年书，先生晚年字画老劲雄放，元丰中作字华丽工妙，后生不见前作，往往便谓赝本。先生昔与犹子书，论作文，教其师法应制文章，且曰："至于书字，亦然也。"松年自早岁尊慕先生，家藏先生之文甚富，近年购先生之书尤多，独此乃先生旧所书耳，信可宝也。

其文明确指出：东坡此《九歌》帖乃书于贬谪黄州时期，故其风格华丽工妙，与其晚年字画老劲雄放之风不类，故世有以为赝品者，实非是。因此跋文所作时期，去苏轼未远，故可信从。

张珌跋文曰：

> 先生每论《楚辞》下《风》《雅》一等，至鲜于子骏所作，且叹称之，况《九歌》《九辩》乎？笔墨之，咏歌之，尚何疑？

此中"至鲜于子骏所作，且叹称之"语，当指元丰元年（1078）四月，鲜于子骏作《楚辞·九诵》以示苏轼事。苏轼读之，茫然而

---

① （明）汪珂玉：《珊瑚网》卷四，清文渊阁《四库全书》本。

思，喟然而叹，以为"今子骏独行吟坐思，寤寐于千载之上，追古屈原、宋玉，友其人于冥寞，续微学之将坠，可谓至矣!"①张珫据此以为苏轼虽有"《楚辞》下《风》《雅》一等"之说，然实则仰慕屈原，推尊《九歌》《九辩》等《楚辞》作品，而此《九歌》帖亦可谓其心慕手追之作。

其中题有"倪书"之跋文曰：

渊于书不识真赝，独识此书为先生真迹。三叹!三叹!倪尝借观于永康得助堂。二月中浣日。倪书。

对此跋文，清张照《石渠宝笈》卷十著录"三叹"后有"澄心馆"一印，并指出："二跋姓氏俱未详"。其中"永康得助堂"，亦难考其来历，姑存之俟考。

项元汴亦有跋文，其辞曰：

右《九歌》与前《九辩》，盖先生一时书也，跌宕超轶，殆若神骏翩翩，不可控御。惜亡去《大司命》《东君》《河伯》《国殇》《礼魂》等五章。字大于钱，纸墨如新，何缘遗逸，不害为墨宝也!

据项氏之跋可知：黄州时期，东坡所书之《楚辞》，当包括《九歌》与《九辩》，字大如钱，风格跌宕超轶，殆若神骏翩翩，不可控御。值得注意的是，项元汴所见坡书《九歌》，所在篇目中缺《大司命》《东君》《河伯》《国殇》《礼魂》五章。对此，其以为是亡佚不存。然张丑《清河书画舫》"尾字号第八"曰：

槜李项氏藏苏长公行书《九歌》一卷，止录《文选》中所载六段，盖宋人无不熟精《文选》者。末题"元祐三年八月廿九

①（宋）苏轼著，李之亮笺注：《苏轼文集编年笺注》（第九册），成都：巴蜀书社，2011年，第48页。

日录，轼。"笔意清峭，纸墨如新，希世之宝也。①

则据张丑所见，苏轼曾于元祐三年（1088）八月廿九日作有行书《九歌》，其所据之《楚辞》文本乃《文选》所选录者，即《东皇太一》《云中君》《大司命》《湘君》《湘夫人》《山鬼》六篇，不存在项元汴所谓"亡去"之事。

明人吴宽《匏翁家藏集》卷五十一《跋东坡墨迹》载：

> 予尝见东坡所书《九歌》于吴中，今复从宪副夏公见此，笔意尤觉老硬。然东坡所为惓惓于正则者，疑皆在黄、惠、琼、儋时书。观者必能会此意于纸墨间也。而其后岁月氏名皆不著，岂常所谓多难畏人者耶？②

据此可知，苏轼大略在贬谪期间，因个人际遇与屈原颇有相似处，故于《楚辞》也颇为钟情，遂书《九歌》以寄意，其笔意颇为"老硬"。至明时，此帖流传至吴中，后辗转至夏寅处，为吴宽所见及，遂有题跋。

清熊文举《雪堂先生文集》卷二十载有《题东坡书〈九歌图〉》文，其辞曰：

> 乙酉六月，去都门，金宪赵洞门，太常李梅公，都□（注：原书阙，下同）龚芝麓，侍御曹秋岳，眷眷临岐，不能别去。舟泊□门，秋岳赋《古诗》四章赠行，琅琅有黄初建安之□调，而侑以苏文忠公书《九歌》真迹，书法秾丽，是□坡元丰以前手笔，至其点画撇捺，规矩变化，□□自然，真山谷所谓"历劫不能赞扬其妙"也，每一□卷，如在三湘九嶷，问美人之贻，允为世珍。③

---

①（明）张丑撰：《清河书画舫》，上海：上海古籍出版社，2011年，第420页。

②李福顺编著：《苏轼与书画文献集》，北京：荣宝斋出版社，2008年，第338页。

③（清）熊文举：《雪堂先生文集》，清康熙三十四年（1695）江西刻本。

顺治二年(1645),清廷颁布剃发令,规定京城内外限旬月,直隶各省地方,至部文到日亦限旬月,尽令剃发。"遵依者,为我国之民;迟疑者同逆命之寇",必置重罪,严重伤害了汉族士民的感情,而在朝的贰臣对此多有抵触,然清廷却告谕群臣:"有为剃发、衣冠、圈地、投充、逃人牵连五事具疏者,一概治罪,本不许封进。"在这种局势下,已经入仕清廷的汉臣,面临"疏奏不能尽陈,封章不敢频渎"的局面,"一批血性未泯的汉官在谏诤无效后,纷纷离朝回籍,形成清初一股汉官'托故告归'的潮流"①。这股潮流也波及了熊文举,其亦与赵开心、龚鼎孳、曹溶等离朝。临别之时,诸人观赏苏轼行书《九歌》卷,赞叹不已。

据清张照《石渠宝笈》卷十载:苏轼行书《九歌》②,素笺本,行书,款署"轼"字,下有"眉阳苏轼"一印。首幅前有"梅雪轩""伯生"二印,又"品"字半印。册计二十幅,幅高八寸,广四寸五分,御笔题签,题签有"乾隆宸翰"一玺。则乾隆题签之时,苏轼行书《九歌》帖已改为册页装。

据以上文献可知:苏轼行书《九歌》至明时,流传至吴中,后辗转至夏寅处,为吴宽所见及。有清之际,此帖曾流入熊文举之手,后归清廷内府。其形制,初为长卷;入藏内府后,改为册页装,二十幅,高八寸,广四寸五分。有刘沔、张珌、倪氏、项元汴诸人跋文,以及乾隆御笔题签。

(三)行书《九辩》

据明人郁逢庆《续书画题跋记》卷六《东坡先生书〈九歌〉卷》

①杨海英:《清初"故国之思"现象解读》,《清史论丛》,2000年号。
②《石渠宝笈》中题为"宋苏轼书《楚辞》一册(上等宙一)",考诸其中所录跋文,即苏轼所书《九歌》六篇也。

所载项元汴跋语可知：东坡于贬谪黄州时期，亦作有法书《九辩》。

明人汪珂玉《珊瑚网》卷四则对苏轼行书《九辩》后郭畀、龚璛诸人之题跋进行著录：

> 东坡先生中年爱用宣城诸葛丰鸡毛笔，故字画稍加肥壮。晚岁自儋州回，挟大海风涛之气，作字如古槎怪石，如怒龙喷浪，奇鬼搏人，书家不可及也。郭畀拜观于灵济寺。
>
> 山谷云："坡书中年圆劲而有韵，大似徐会稽；至于老大，精神可与颜鲁公、杨少师方驾。"观此帖者，当有味其言云。泰定丁卯端阳日，高邮龚璛子敬甫书于甫里堂之西序。
>
> 自"悲哉秋之为气也，萧瑟兮"起止"凭郁郁其何极"，凡五篇，字大于折二钱，纸墨精神，详二跋语。子京。①

据此可知，苏轼曾用鸡毛笔书写《九辩》自"悲哉秋之为气也，萧瑟兮"起止"凭郁郁其何极"节文字，凡五篇，字大于折二钱，圆劲而有韵。后有郭畀、龚璛诸人跋语。

清卞永誉《式古堂书画汇考》卷十《苏子瞻书离骚九辩卷》中，除载录郭畀、龚璛跋文外，复增明人陈淳之跋文：

> 右坡翁所书《九辩》，观其字画精致，纸墨若新，真奇宝也。余虽鄙野所见不多，亦尝见数十帖，皆庄重有余，而逸韵或减，此册可谓兼得之矣。况已有胜国二名品题于前，盖二公以书名家，其言足信，余复赘此，不过识吾所见之岁月而已。嘉靖壬寅重阳后道复书于娄江道中。②

据此可知，陈淳于嘉靖壬寅（1542年）所见之东坡法书《九辩》，字画精致，纸墨若新，书风兼有庄重与逸韵之致。

---

① (明)汪珂玉：《珊瑚网》，清文渊阁《四库全书》本。
② (清)卞永誉：《式古堂书画汇考》卷十，清文渊阁《四库全书》本。

张丑《清河书画舫》载：

东坡行书《九辩》帖，笔意妙绝，而无款识。岂遭元祐党人之祸，当时收藏者削去之耶？然书法古雅，字字皆有题名在内，政不须耳。其后跋语三章，皆出名手，录之以为闲中胜览。①

则其所见之东坡法书《九辩》乃用行书书写，笔意妙绝，然其上却无款识，张丑以为此乃因东坡曾遭元祐党人之祸，而收藏其法书者，恐受牵连，故削去之。

清倪涛《六艺之一录》卷三百四十三、孙岳颁等《佩文斋书画谱》卷七十七亦著录有东坡法书《九辩》。

二、米芾的《楚辞》法书

宋人米芾曾拟作《楚辞》，亦曾以楷、行诸种书体，书写《离骚》《九歌》等法书作品。

（一）行书《离骚经》

董其昌《云台集·别集》卷三、阮元《石渠随笔》卷二、《佩文斋书画谱》卷八十七诸书皆著录有米芾行书《离骚经》，今藏于台北故宫博物院。江苏广陵古籍刻印社、天津杨柳青画社皆影印有《宋米芾书离骚经》单行本，台北故宫博物院《故宫法书新编》第十四辑《宋米芾墨迹（下）》中亦收录之。

就台北故宫博物院《故宫法书新编》中影写帖来看，米襄阳此《离骚经》原墨迹为纸本册页，凡二十六开，每开二幅，每幅五行，每行字数不一。本幅纵约 35.5 厘米，横约 30.8 厘米。

---

① （明）张丑：《清河书画舫》卷八，清文渊阁《四库全书》本。

　　卷首有"超外得中"四字，钤有"古稀天子之宝""八徵耄念之宝""太上皇帝之宝"印玺，次为乾隆题跋，钤有"五福五代堂古稀天子宝""八徵耄念之宝"等印玺。

御识之文曰：

　　芾书《离骚》册，余既辨定之，谓《石渠宝笈》所藏米书，无出其右。虽不署名，而不足为累。近复得芾书《元会诗卷》，张照跋云"可与《秋夜》诗颉颃"，微惜损数字，为后人描补，谛视之，则全出双勾，不仅描补数字。复检旧藏《秋夜诗卷》较之，其病与《元会卷》相仿，总不及此册之真而可爱，益可以证所评之得正。《秋夜》无款，固不足论；《元会》虽署款，亦何能以刻镂之砆砄，与太仆相抗哉！戊戌仲冬下浣，御识。

此文制于乾隆四十三年（1778），其中辨识了此帖的真伪问题。乾隆以米芾《苕溪诗帖》《秋夜诗帖》相比较，以为此《离骚》册虽未见米芾署名，然为真迹无疑，且其艺术水平高超，在《石渠宝笈》所藏米书中当推第一。

正文处首为"离骚经"三字，次录《离骚》全文。钤有"古稀天子之宝""八徵耄念之宝""太上皇帝之宝""五福五代堂古稀天子

之宝""宣统御览之宝""古稀天子""石渠宝笈""乾清宫鉴藏宝"等印玺。

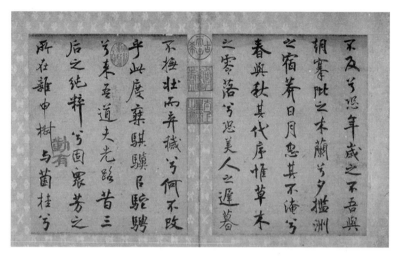

末有李东阳、董其昌及于敏中等人跋。

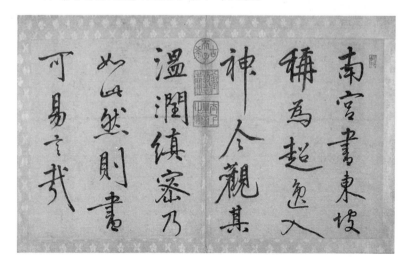

李东阳跋文曰：

> 南宫书，东坡称为"超逸入神"，今观其温润缜密乃如此！
> 然则书可易言哉？克温学士深于书者，偶出此卷，因相与
> 评之。

据此文可知，米芾行书《离骚经》传至明代，为侍讲学士吴俨所收藏，李东阳偶然有机会得以观赏品评，觉得其不仅具有苏轼所称道之"超逸入神"的特征，其文笔间所体现出的温润缜密之风，亦颇令人惊叹。

董其昌跋文不见于帖上，然考诸《容台集》，见其文曰：

> 米元章行书《离骚》，宜兴吴民部所藏，民部乃吴文肃公
> 之冢孙，其未第时，靳固不出示人，近始装演成册。米书鲜有
> 二千余言，璠玙夜光，烂熳抵鹊，真海内奇观，方当今人摹取
> 米氏之书观正于此。①

其中所云吴民部者，名鸣虞，乃吴俨(1457—1519)之孙。据此文可知，明宜兴吴鸣虞将米芾《离骚》长卷改装成册。董氏将之比为明月夜光之珠、璠玙琬琰之玉，以为其乃"海内奇观"。

其后有清高宗御制跋文：

> 昔之评芾书者，曰"超迈入神"，曰"沉着痛快"，此册殆
> 兼有其美。余固以"端庄流丽"目之。《石渠宝笈》藏米书多
> 矣，无出此右者。即以米书论，亦当推为后来居上，又岂效
> 颦者所能仿佛哉？斯盖有目共见，虽不署名何伤，譬之珠玉
> 在前，人皆知而宝之，珠玉固未尝自衒其名耳。甲午仲秋，
> 御识。

---

① (明)董其昌著，邵海清点校：《容台集》下，杭州：西泠印社出版社，2012 年，
第 670 页。

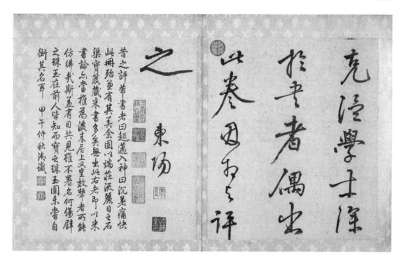

　　据此可知，在高宗看来，尽管此幅行书《离骚》未曾有米芾之署名，然就其中所体现出的超迈入神、沉着痛快、端庄流丽之风来看，非仿作者所能及也，即便是《石渠宝笈》所藏米书，亦无出其右者，故当为米芾真迹无疑。

　　而对怀疑者以为是吴琚所摹之说，高宗亦有反驳，其《御制诗集》四集卷三十载《题米芾书〈离骚〉》之"谓米个中宁漫也，疑吴妙处讵能如"句后注曰："册尾不署名，李东阳跋为米芾书，谛观之，殊不妄。或疑为吴琚所作，琚学米仅惟形似，其精神未必能臻此。"①距米芾所生活之年代相对较近的李东阳已在跋文中定为米芾之作；虽然吴琚亦曾学米，且被认为得米襄阳笔墨神韵，然在高宗看来，吴琚只得米芾之形，而难得其精神，此作当以李东阳之说为是。故而，高宗明确指出："端庄流丽文兼字，坐抚行吟居与

①水赉佑：《米芾书法史料集》，上海：上海书画出版社，2009年，第460页。

诸。莫议南宫署名阙,刻舟求剑乃拘墟!"充分肯定此帖为米作的可能性。

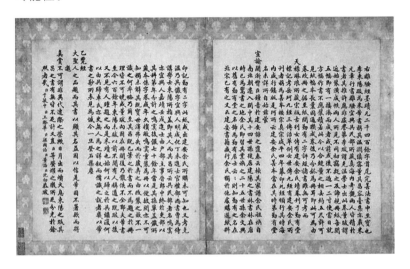

卷末于敏中、王际华、董诰诸人有长跋文,对米芾此帖的来历、改装情况、流传先后及真伪问题有详细论述,其文曰:

右《离骚经》墨迹,凡二千四百余字,首尾完善,法书中至宝也。李东阳跋为米芾书,称其"温润缜密";董其昌《容台集》亦载:"米元章行书《离骚》,宜兴吴民部所藏,真海内奇观。"两人皆精于书者,其推许应非虚誉。第李跋谓"克温学士出此卷",董跋谓"近始装潢成帙",两人所见不同。初窃疑之,及谛视册纸,每阅五幅即有一接凑而成者,或前或后,不过一二寸,使当日就方幅作书,不应襞积若此。今以合缝量之,相去约五尺许,可见纸幅本长,襄固通联成卷,后乃分釽为册耳,即此可为由卷改册之据。至纸间"勤有"二字,评纸诸书,虽无可考,而天禄琳琅所藏宋版《古列女传》有"建安余

氏靖庵刊于勤有堂"标记,考岳珂《九经三传沿革例》云:"世
传《九经》有建安余氏所刊者,称为善本。"按:宋真宗咸平四
年,摹印《九经》颁行,其时海内盛行镂版,是珂所云"建安余
氏善本",当在其时。第"勤有堂"名,未详所自始,兹蒙宣谕,
闽浙督臣钟音于建安访之,覆奏云"核其家谱,余氏祖焕自南
北朝迁入闽中,其十四世孙徙居建阳之书林,书林在唐时已
为鬻书之地,余氏即习其业。焕之二十五世孙余文兴,以旧
有'勤有堂'之名,号为'勤有居士'"云云,则知"勤有"之名,
在北宋已有之。又云"建安书籍盛行,余氏独于他处购选纸
料,印记'勤有'二字",此纸或出建安余氏所购,未可知也。
又考克温,乃吴俨字,宜兴人,明成化丁未进士,官礼部尚书,
曾为侍讲学士,东阳所指,盖即其人。而其昌所云吴民部者,
名鸣虞,亦宜兴人,嘉靖壬戌进士,由户部主事晋郎中,终于
吏部。以其科第年分计之,鸣虞后俨七十余年,当是其孙辈。
盖俨所藏,本系字卷,或年久损散,鸣虞重装为册,以便披阅,
亦不可知。独未解其既宝世泽弗失,而于藏弆之由,改装之
故,不一识之,何率略乃尔。至其昌既已笔之于书,而不为题
之于册,理皆不可晓。或董跋向固在册间,后乃散佚不全耶?
夫茈书至今六百余年,东阳未跋以前,不闻有人称道之,既跋
以后,又不见有人踵题之,而是米迹也。始何以归之于吴,继
复何以由吴归车氏,亦更无人为之详叙而备识之。说者几以
茈书之鲜所表见为憾,今一旦登石渠,尘乙览,经大圣人之品
题,而其书以显其名,益因以信。茈因不署款,而得邀真
赏,不可谓非异代遭际之荣欤! 日月出而爝火息,东阳之跋,
其昌之书,有无皆不足计,又岂臣等萤爝之微,所足分光于余
照者哉。臣于敏中、臣王际华、臣梁国治、臣董诰、臣沈初

恭跋。

就此节文来看,于敏中等对米芾《离骚帖》所持观点主要有:

其一,《离骚帖》为米芾真迹。此帖虽不著米襄阳名号,且在明代以前,甚少见于著录,然纸上有"勤有"字样,明其源自宋代建阳勤有堂①,此二字的出现,足证此帖用纸为宋时所有,从而为此帖出于米芾之手提供了一条物质凭据;而李东阳、董其昌等精于书法者曾有品题;故而,其为真迹无疑。

其二,米氏此帖,初为卷轴装,后传至明人吴鸣虞时,因其年久损蔽,鸣虞乃重装为册,以便披阅,此帖亦成为今所传之册页模样。

其三,董其昌题跋未曾见诸此册页,或许是因在流传过程中有所散佚。

尽管于敏中等人的这些论述,是有出于米芾《离骚帖》"登石渠,尘乙览,经大圣人之品题,而其书以显其名",为乾隆帝所喜爱,故需要为其提供佐证诸因素而得出的;然其说亦多有所据,可为一说。

(二)楷书《九歌》

明涿州冯铨撰集、宛陵刘光旸摹镌《快雪堂法书》卷五载录有米芾楷书《九歌》,有《东皇太一》《云中君》《湘君》《湘夫人》《大司命》《少司命》《东君》《河伯》《山鬼》诸篇,无《国殇》《礼魂》。今故宫博物院藏有"涿拓""建拓"、内府拓诸本。②

---

① 关于勤有堂及建安余氏刻书诸问题,肖东发先生有《建阳余氏刻书考略(上、中、下)》(刊于《文献》1984 年第 3 期、第 4 期以及 1985 年第 1 期),其说甚详,可参。

② 马子云:《〈快雪堂法帖〉校后记》,《故宫博物院院刊》,1984 年第 3 期,第 69—72 页。

《涿拓快雪堂法书》之米芾楷书《九歌》之一

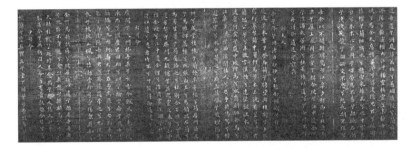

《涿拓快雪堂法书》之米芾楷书《九歌》之二

《涿拓快雪堂法书》之米芾楷书《九歌》之三

对于快雪堂本米芾《九歌》,清人吴德旋赞誉有加,以为"能不失六朝人遗法"①,而张伯英却以为系"南宫早年所书,平实少变化"②。

又,清梁同书《频罗庵遗集》卷十有《跋江眉居旧藏米书〈九歌帖〉》文,其辞曰:

> 襄阳天才纵逸,书法不受古人羁束,独《九歌》应规入矩,得《兰亭》《洛神》遗意,此禅家所谓正法眼藏也。学米书者不由此入,将不堕魔界者鲜矣。此本为眉居士藏,《快雪》旧拓中脱数字,今归严君卫郊。严君多才而好学,以予曾临此二十余本,属予题之,遂略识于此。③

据此可知,与《快雪堂法书》中所收米芾楷书《九歌》拓本相较,钱塘江衡曾藏有完本,后辗转至严卫郊处;而梁同书据之临写有二十余本。

至若米芾此帖中,缘何不书《国殇》《礼魂》,或许是因为其取前九篇以合"九"之数。当然,这也是《楚辞》学界讨论"九歌"篇名问题之时的一类观点。

三、苏轼、米芾《楚辞》法书的价值

书法因其所具有的重文字形体而轻其内容的审美特征,也被学界视为是图像文献的重要组成部分。而在《楚辞》图像文献领域中,苏轼、米芾的《楚辞》法书可谓是最具代表性的作品之一,其所展示出的"跌宕超轶""超迈入神""沉着痛快""端庄流丽"等书

---

① (清)吴德旋:《初月楼论书随笔》,北京:中华书局,1991年,第3页。
② (清)张伯英:《独坐》,北京:中国文史出版社,2017年,第232页。
③ 水赉佑:《米芾书法史料集》,上海:上海书画出版社,2009年,第463页。

风，为学人了解苏轼、米芾书艺提供了较为直观的范本；同时，因书者所具有的极大影响及其在法书中所展示的精湛艺术成就，以及书法作品使用场合与空间的不同，也进一步扩大了《楚辞》的影响空间与传播范围。

苏轼、米芾的《楚辞》书法作品除具有重要的艺术价值外，更具有较高的学术价值。《楚辞》是传统文人的重要知识构成，《楚辞》书法以图像化特征，承载了创作主体的心境变化特征、书风演进嬗变痕迹，是了解苏轼、米芾知识背景、人生经历的重要佐证，如苏轼所书写的行书《九歌》《九辩》，一般认为是在他被贬谪至黄州时期，而《九歌》所营造的"不遇"情境与其当时的政治处境相契合，《九辩》中所抒发的"贫士失职而志不平"的牢骚之情，可谓是东坡此际心情的写照，亦即，《楚辞》法书作品除了是东坡技艺的呈现之外，还附着了他在书写之际的思想情感，而这种情感的生成，又是其人生际遇的折射。

而苏轼、米芾所书写的《楚辞》作品之中，也寄予了他们对《楚辞》相关问题的一些见解，如苏轼于元祐三年（1088）所书《九歌》，所据文本乃《文选》选录之六篇，非为王逸《楚辞章句》所载全部；而《快雪堂法书》中所收米芾楷书《九歌》，有《东皇太一》《云中君》《湘君》《湘夫人》《大司命》《少司命》《东君》《河伯》《山鬼》诸篇，无《国殇》《礼魂》；这些现象的出现，当与苏轼、米芾对《九歌》篇章问题的见解有关。此外，苏轼、米芾所书写的《楚辞》法书，还为学界提供了他们所见到的一种《楚辞》版本，这对于考订《楚辞》版本问题，以及以《楚辞》版本为参照物，辨析苏轼、米芾书迹之真伪，都提供了参照。

第四节　惨淡经营具手眼：
美国大都会博物馆藏《九歌图》

美国大都会艺术博物馆（The Metropolitan Museum of Art）
藏有一卷《九歌图》（The Nine Songs：Illustrations to the poems
of Qu Yuan）①，原是巴尔（A. W. Bahr）藏品，1947 年由弗莱彻
基金（Fletcher Fund）购入。

此图为绢本设色（Ink and Color on Silk），纵 32.1 厘米，横
467.4 厘米。依次图绘东皇太一、云中君、湘君、湘夫人、大司命、
少司命、东君、河伯、山鬼、国殇形象，末附有屈原像。其后为篆书
《九歌》文辞，并有郭宗昌、桂良跋尾。

引首有武平郭宗昌所题"眷顾楚国"四字；钤有朱文"泚园"方
印、白文"郭宗昌"方印，以及"屡荐不入官"朱白文印。郭宗昌
（？—1652），字允伯，一字胤伯，号宛委先生，陕西华州（今陕西华
县）人。崇祯间，应召入都，未能遂愿，旋即归里，入清后隐居不
仕。性孤僻，曾居泚园三十年，善鉴别金石、书、画，工刻印，精隶
书。明万历四十三年（1615）辑《松谈阁印史》五卷，自作序，附有

――――――――――

自撰《印制考》一篇。据此图引首题署及印章，明末此图曾为其所藏。

　　第一段为《东皇太一图》。绘一帝王出行车队形象，中有一人，丰面微须，头戴通天冠，身着青色右衽交领大袖上襦，腰系玉带，佩方心曲领，双手拢于袖中，正安坐于龙车之上，当是将被下界祀神者"穆将愉兮"的东皇太一；其周围簇拥十余扈从，立左右者手持笏板，立前后者手持旌旄、障扇；车前有二人御龙，后有武

士护卫;龙前有二人,手持兵器,以为先导;当是绘仪丛之盛,以显太一之尊。

第二段为《云中君图》。画有一人,头戴通天冠,身着大袖衫袍,佩方心曲领,手捧玉笏,侧身立于龙上,于云中穿行,其目视下界,神色肃然;其身后侧立一神怪,髡首隆额,形容丑陋,左手抚旗,右手高举,作御龙之状。据此观之,绘者当是着眼于表现《云中君》"龙驾兮帝服"之特征。

第三段为《湘君图》。绘有主仆二人,行于波涛之中,前立者似为一青年男性,侧身向后而立,头戴发冠,内着交领左衽深衣,外罩氅衣,左手持荷花,右手轻举,拢于袖中,神情茫然,若有所思;其后侍立一女子,头梳垂髻,身着褐衣,肩披浅绿帛带,手持旄旗,衣带翻飞。

第四段为《湘夫人图》。绘有二女子,立于江畔岩边松下:一人头梳双髻,簪挽珠冠,身着红色交领大袖衫,肩披帛带,衣饰华丽,作贵妇装扮;一人巾帕束发,着青灰色交领左衽衫袍,手持如意,回首目视,作侍从之态。

第五段为《大司命图》。绘一老者,须眉皓然,头戴巾帻,身着深衣,外罩鹤氅,双手扶细枝,或为"疏麻""桂枝"之属,屈身立于

云中,高飞安翔,乘清气而御阴阳;一龙盘旋于其身畔,当是表现"乘龙兮辚辚,高驼兮冲天"之情景。

第六段为《少司命图》。绘有主仆二人,立于云中:前立者修面微髯,头戴高冠,身着赭红大袖衫袍,佩方心曲领,腰系大带,足蹬赤色双头舄,左手执卷,右手提笔,作欲记录之状;其后立一童仆,头梳双髻,双手拢于袖中,神情严肃。

第七段为《东君图》。绘一武者侧身立于云中,其头束发冠,内着红褐色窄袖上襦,外罩铠甲,周遭有浅绿色帛带环绕,右手拈箭,左手持弓,目斜视上方,作欲射之状,当是据《东君》文中"青云衣兮白霓裳,举长矢兮射天狼"之辞而构图者。

第八段为《河伯图》。绘有一人,丰面细须,头束缁撮,身着交领深衣,外罩氅衣,盘膝交手安坐于巨鼋之上,正行进于波涛汹涌之河中,当是据"灵何为兮水中? 乘白鼋兮逐文鱼"而图绘者;画面左下角,还绘有荷叶、水草等景物。

第九段为《山鬼图》。绘山间松下,一貌似男性之形象,头束发髻,身躯赤裸,肩披薜荔,腰佩女萝,左手握芝草,右手秉石兰,正跨乘于斑豹之上,作欲下山之状;其后有一文狸,丛松下探出头来,作跟从貌。显然,此图乃是撮合《山鬼》篇中"若有人兮山之阿,被薜荔兮带女萝","乘赤豹兮从文狸","采三秀兮于山间"诸文辞而为之,具有较强的辨识性。

第十段为《国殇图》。绘有一队兵士,皆身着犀甲,手持兵刃,穿行于丛林之间,两侧山石隆崇崔崒,几令人有日月蔽亏之感,为首者面右而立,左手持戈矛,右手前举,口作呼喊状,身后跟随有数名士兵，身躯为左右山石树木所遮掩，只见首目。

　　第十一段为《屈原像》。绘一老者，头束巾帻，身着交领襦裳，足蹬双头乌舄，形容枯槁，颜色憔悴，双手交拱，拢于袖中，面右而立于江畔，周遭山石峻嶒，让人颇感逼仄压抑，当是参佐《渔父》篇而图绘者也。

　　与那种一图一文的《九歌图》所不同的是，此本将篆书《九歌》全文全部置于图后，凡一百八十五行，行九字，每篇皆书篇名，有《礼魂》篇。其后钤有白文"文徵明印"、朱文"贞山"印，以及白文"臣维煊印""臣廖鸿藻""王景贤印"。

　　在篆书《九歌》文辞后，有郭宗昌跋文，其辞曰：

　　　　宋李龙眠氏故有《九歌图》，余未获见。黄长睿跋云："《楚词》凡十一篇，九神，故是图贝阙珠宫、乘鼋逐鱼，亦可施于绘素。后人或能补之，当尽灵均之致也。"观此，则龙眠亦惟懂画，其像犹未曲尽其胜，故长睿尚俟后人补足耳。然《九歌》中，穷极杳渺，所可图者，固不止《河伯》一章，而长睿举之，岂足例其余也？且《九歌》当为十神，长睿谓九，是于《山鬼》《国殇》必当黜其一，不知东皇太乙虽尊，不能默启君心，登用贤人，捍御国难，使含睇窈窕芳馨思遗而不可得。至首虽离而心不惩，何其忠也！则图《山鬼》《国殇》固当急，而太乙犹缓。伯时止图其九,何也? 以图为十神,而末复以灵均结之,其形容憔悴、哀吟泽畔之状,依然可想,则识又出伯时上。其笔法纵横朴略,山峦树石,云烟隐见,颇有位置,故是宋画院笔。余得之燕京桂氏故家,旧为文徵仲先生家藏。董太史玄宰先生一见,定为北宋物,手之不置。其题字古雅精绝,实足发湘灵千古之蕴,皆足重也。固识而藏之。崇祯庚辰嘉平十九日题。复书一纸,与阿思不忆。时霏雪盈阶,微月晖映,漏已四下,不知湘灵之嗟也。

钤有白文"郭宗昌"印、朱文"俊生鉴赏""名画百轴遗书万卷之轩"印。

从此跋文中可以看出,郭宗昌渊承黄伯思之说,以为传为李公麟的《九歌图》,只图九神,未能"尽灵均之致";且其图《东皇太一》,而黜《国殇》,未能昭显忠臣之志,殊为不当;而此图绘十神,末尾附屈原像,标明作者识见超龙眠,故非为龙眠手笔亦宜矣;郭氏又据此图之笔法、山石烟云特征,推定其为宋代画院画师所作,并认为图后篆书《九歌》文辞,古雅精绝,亦足发湘灵千古之蕴旨。

此外,跋文还对此图之流传进行介绍,指出其至明时为文徵明所得,衡山乃书篆文《九歌》于其后;后又为董其昌得见,玄宰定为北宋之物;后又为郭宗昌得之,其遂于崇祯庚辰(1640)题跋于其上。

不过,美国大都会艺术博物馆收藏信息说明此图为元代(Yuan Dynasty)佚名(Unidentified Artist Chinese)艺术家临摹李公麟(Copy after Li Gonglin)之作,或是参佐元人张渥《九歌图》之构图而言者。

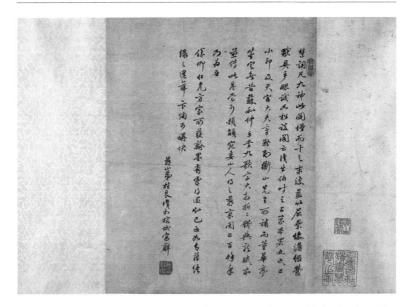

其后还有桂良书于榕城官廨之跋文,多是庶拾郭宗昌之说,甚少新见,如其以为此图将《楚辞》九神增为十图,且于末尾绘屈原像,乃是"独居手眼",识出于李龙眠之上,皆见于郭跋;以为卷上篆书《九歌》文辞,乃文徵明所书,亦是从郭跋中得来。

《九歌》名曰"九",篇目为数却是"十一",对此问题,《楚辞》学界的主要观点有两类:一类以为"九"乃极数,非实指,故《九歌》名虽曰"九",而可以包括"十一篇"之数;另一类以为"九"乃实数,《九歌》原本为九篇,之所以有"十一篇",乃可以"错附""合篇""迎送神曲"诸说作解释①。对于图像作者而言,其欲图绘《九歌》,自需考虑是据"实数"还是"虚数"之说来布局构图。

尽管据张丑《清河书画舫》卷八、吴升《大观录》卷十二著录,

————————

① 潘啸龙:《〈九歌〉六论》,《中国社会科学》,1986年第4期,第126页。

李公麟有据《文选》所选《九歌》篇目而绘之六图本《九歌图》，然原本及摹本今皆难见及。而现存中国国家博物馆、辽宁省博物馆、黑龙江省博物馆、中山大学人类学博物馆所藏的传为李公麟的《九歌图》，皆是图绘除《国殇》《礼魂》之外的九图，至若其取舍之因由，伯时却未曾明言。是故，郭宗昌就以为公麟图绘《东皇太一》而不画《国殇》，乃是不明缓急，未能曲尽灵均之致。

　　与李伯时"九图本"《九歌图》相较，此题有"眷顾楚国"本《九歌图》，对东皇太一、云中君、湘君、湘夫人、大司命、少司命、东君、河伯、山鬼、国殇皆有图绘，能让读者对《九歌》有整体性具象感知——尤其是补充了传递"首虽离而心不惩"的忠贞君国之志的"国殇图"；而末尾所附屈原像，则以其形容憔悴、哀吟泽畔之状，更能让读者在观看图像之后，由画面形象而思及屈原，思及其创作《九歌》"托之以风谏"的缘由与目的，为其矢志君国却遭谗被疏，流放沅湘之野的人生际遇而感伤，加深对图中所绘形象的理解与认识。正是此种理解，郭宗昌以为此图作者"识又出伯时上"，"足发湘灵千古之蕴"，而桂良也有"惨淡经营，独居手眼"之评价。

　　总体看来，美国大都会艺术博物馆所藏的《九歌图》，既丰富了宋代《九歌图》的容量，更以其设色"十神"十一段的图式，与李公麟的白描"九神"九段之图式一起，共同构成了中国古代《九歌图》的两大类艺术表现式样；且其在图末绘屈原像的样式，更是启发并影响了《楚辞》图像创作，元人张渥《九歌图》有"屈大夫像"，明人陈洪绶《九歌图》后有《屈子行吟图》，清人张若霭于传为李公麟的"七月望日"本《九歌图》后补绘"屈子行吟图"，或是于此有所渊承。

第五节　墨写兰蕙寄幽兴：
赵孟坚的《楚辞》香草图

　　赵孟坚，字子固，号彝斋，浙江湖州（今浙江湖州市）人，南渡后寓居海盐。其自作诗《甲辰岁朝把笔》载"四十五番见除夕，稍知惭愧此之日"①诸语，据此可推知其当生于庆元五年（1199）。据吴升《大观录》载，孟坚于景定元年庚申（1260）手书《梅竹诗谱》卷后，有叶隆礼跋文，其词曰："吾友赵子固以诸王孙，负晋、宋间标韵，少游戏翰墨，爱作蕙兰，酒边花下，率以笔砚自随，人求画即与，无靳色，往往得之易，求之多，人亦未之宝也。晚年步骤逃禅，工梅竹，咄咄逼真。予自江右归，颇悟逃禅笔意，将与之是正，而子固死矣。……咸淳丁卯三年五月晦日，隆礼书于春咏堂。"②据此可知，咸淳三年（1267）前，子固已卒；然具体卒年尚难确定。③

　　参稽周密《齐东野语》卷十九、赵孟頫《松斋梅谱》卷十四、《图绘宝鉴》卷四、《天启平湖县志》卷十四、《癸辛杂识》前集、《宋史翼》卷二十九诸书，可知孟坚本为宋宗室，出安定郡王，乃太祖十一世孙，然至其时，家道已衰落。初以父赵与采荫入仕，理宗宝庆

---

① （宋）赵孟坚：《彝斋文编》卷一，清文渊阁《四库全书》本。
② （清）吴升：《大观录》卷十五，民国九年（1920）武进李氏圣译廔本。
③ 郁逢庆《书画题跋记》卷六载赵子固《水仙》长卷（今存天津艺术博物馆），本幅上有顾观题诗："冉冉众香国，英英群玉仙，星河明鹭序，冠佩美蝉联；甲子须臾事，蓬莱尺五天，折芳思远寄，秋水隔娟娟。"今人徐邦达《历代书画家传记考辨》以为诗中"甲子"二句，即点明孟坚卒年，而甲子为景定五年（1264）。然张荣庆《退楼从稿》以为若将顾诗中的"甲子"理解为具体的年份，总使人觉得牵强，作"岁月"解更为妥帖，故徐氏之说亦未为的论。

二年(1226)中进士，授集贤殿修撰，先后任湖州掾、转运司幕、诸暨知县、提辖左帑，官至朝散大夫。景定初，迁翰林学士承旨，旋罢归。著有《彝斋文编》《彝斋诗馀》等。其绘画以墨兰、水仙最精，给人以"清而不凡，秀而雅淡"①之感，《松斋梅谱》谓其绘兰蕙之成就在梅花、水仙上，"识者又以兰蕙之笔为绝观"，时有"兰出郑(思肖)、赵(子固)"②之誉。

据汤垕《画鉴》、陈继儒《妮古录》卷三、汪珂玉《珊瑚网》卷四十七、张丑《清河书画舫》卷七、吴升《大观录》卷十五、安岐《墨缘汇观录》卷三、高士奇《江村销夏录》卷二、卞永誉《式古堂书画汇考》卷四十五诸书著录，孟坚作有《墨兰图》《墨花图》《兰蕙图》等画作；在传播过程中，人们多知人论世，将其与《楚辞》关联进行理解，故可归入"《楚辞》香草图"之属③，兹撮要予以考述。

---

① (元)夏文彦：《图绘宝鉴》，北京：商务印书馆，1938年，第70页。

② (元)吴太素：《松斋梅谱》卷十四，《中国书画全书》(第2册)，上海：上海书画出版社，2009年，第699页。

③ 作为自然物的兰，因其具有芬芳、辞书中白鱼等特征，在人类社会早期，即进入生活实践之中，如陆机《毛诗草木鸟兽虫鱼疏》："《春秋》传曰'刈兰而卒'，《楚辞》云'纫秋兰'，孔子曰'兰当为王者香草'，皆是也。其茎叶似草泽兰，但广而长节，节中赤，高四五尺，汉诸池苑及许昌宫中皆种之。"而在《楚辞》中，屈原将其作为物象广泛纳入辞作中：有泛称之"兰"，有具体之"春兰""秋兰""幽兰""石兰"等，还有与其他事物所搭配之"兰皋""兰藉""兰汤""兰旌"等。这其中，直接言及统称性质之"兰"(包括与其他事物搭配在一起使用的)凡八见，如《离骚》"余既滋兰之九畹兮""兰芷变而不芳兮"，《云中君》"浴兰汤兮沐芳"，《湘君》"荪桡兮兰旌"，《湘夫人》"沅有茝兮醴有兰"，《悲回风》"兰茝幽而独芳"等，从而将兰这一自然物赋予人文特质，让其中寄予着高洁芬芳幽独等文人所雅慕之情志。在图像领域中，《楚辞》所赋予"兰"的此种特征也得以因袭。

一、《墨兰图》

以兰为题材的文人画作,周建忠先生认为"最早可追溯到北宋中期",其时苏轼曾绘有《竹兰苍崖图》[①];日本学者青木正儿据南宋邓椿《画继》之语,以为最早作墨兰者为米芾[②]。迨至赵孟坚,其所作之墨兰,"最得其妙,其叶如铁,花茎亦佳,作石用笔轻拂,如飞白状,前人无此作也"[③]。而据吴升《大观录》卷十五、安岐《墨缘汇观》卷三、卞永誉《式古堂书画汇考》卷四十五诸书著录,孟坚作有《墨兰图》,今北京故宫博物院有藏《春兰图》,即学界所习知之《墨兰图》。

此图为纸本,淡墨,纵 34.5 厘米,横 90.2 厘米。

前隔水题签:"宋赵彝斋《春兰图》麓村珍藏",钤朱文"岱阳精舍""番禺叶氏所藏"印,白文"莫伏轩图书""自在堂"印。

①周建忠:《兰文化》,北京:中国农业出版社,2001 年,第 213 页。
②(日)青木正儿著,陈其和译:《水墨四君子的由来》,《齐齐哈尔师范学院学报》,1996 年第 6 期。
③(元)汤垕:《古今画鉴》,《中国书画全书》(第 2 册),上海:上海书画出版社,2009 年,第 901 页。

画上绘墨兰二株，绽放于平坡草丛之间，呈放射状的长叶参差错落，分合交叉，俯仰伸展；兰花盛开，如彩蝶翩翩起舞；兰叶柔美舒放，清雅俊爽。《式古堂书画汇考》有"叶叶清瘦飞动，多左向，根植平坡丛草间，纯以书法作画法者"①诸语，点出此图之最典型特征。

画左有孟坚自题之诗，其辞曰："六月衡湘暑气蒸，幽香一喷冰人清。曾将移入浙西种，一岁才华一两茎。"对兰由衡、湘移栽至浙西后生物属性发生改变的特征进行了描摹，而这一特征恰与《九章·橘颂》中所歌咏的橘"受命不迁""深固难徙"之属性有相似之处，也能与屈原滋兰树蕙、披服香草之行为所寓涵的"独立不迁"之高洁人格相契合，从而为后人将此图与屈原及《楚辞》联系进行评述提供了依据。

诗后款署"彝斋赵子固仍赋"，钤有白文印"子固写生""文徵明印""拙翁""王南屏印""麓村"，以及朱文印"惟庚寅吾以降""完颜景贤精鉴""瑕庵铭心之品""云月砚轩珍玩"。

右首有顾敬题诗，其辞曰："国香谁信非凡草，自是苕溪一种春。此日王孙在何处？乌号尚忆鼎湖臣。"认为子固绘兰，言及"苕溪"，有表达对故土的眷恋之情的创作用意，然时世变迁，后人观图之时，赵宋早已灭亡，不由让人萌生沧海桑田之思。其下钤有朱文"停云"圆印，以及朱文"文寿承父""第一希有"方印。

尾纸有文徵明、王穀祥、朱曰藩、周天球、彭年、袁裒、陆师道、叶恭绰八家跋九则。

文徵明题跋为：

> 高风无复赵彝斋，楚畹湘江烂漫开。千古江南芳草怨，

---

①（清）卞永誉：《式古堂书画汇考》卷四十五，清文渊阁《四库全书》本。

王孙一去不归来。

　　彝斋为宋王孙，高风雅致，当时推重，比之米南宫，其画兰亦一时绝艺云。癸丑腊月徵明题。

钤有白文"文徵明印"，朱文"衡山"印。据此跋文可知，文徵明于嘉靖三十二年（1553）腊月观子固此图后，称赞其画兰为一时绝艺，笔下之"兰"颇得屈原"既滋兰之九畹"的"楚畹"遗风，且寓有宗国兴亡之悲。

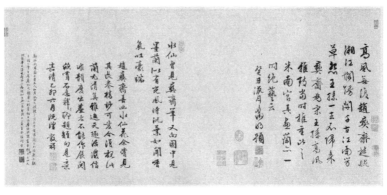

王毂祥题跋为：

　　水仙曾见彝斋笔，又向图中见墨兰。似有光风时泛叶，如闻香气吐豪端。

　　赵彝斋善画水仙花，余尝见其长卷，精妙可爱。今复睹此兰，尤清真雅逸，天趣活泼，信非韵度出尘者不能作。展阅欣赏，不忍释手，聊题短句见意。嘉靖乙卯六月既望，毂祥。

钤有朱文"毂祥""禄之"印。据跋文可知，在文徵明题跋之后不久，嘉靖乙卯年（1555），王毂祥观此图后，将之与赵子固所绘水仙作比，并化用宋玉《招魂》"光风转蕙，泛崇兰些"语，盛赞其所具有的清真雅逸、天趣活泼之特征，以为此非韵度出尘者不能作也。

朱曰藩题跋为：

> 郑所南写兰不着土，人扣其故，曰："土被鞑子抢去，予意写兰正不须着土。"观子固下笔，自有尘外之韵；着土则着相矣。维摩诘所谓尽舍利佛力去，此天所散华不得也，寿承以为何如？丙辰小至射陂朱曰藩书安福邸舍。

钤有白文"子价印""永乐亭"印。在跋文中，朱曰藩将赵子固所绘之兰与郑思肖所绘之兰进行比对，认为子固之兰绘有根部之土，故不如郑思肖之图更能体现出遗民情怀。

周天球行书题跋：

> 素苑垂露香堪挹，劲叶含风翠不凋。瞥向图中见清影，每于尘外想高标。
>
> 昔人谓：作兰、竹，须用书家八法，始得臻妙，故善写生者多不能此。彝斋高致，载籍中常有之，盖不独以绘事名者。观文伯子寿承所藏墨兰，亦概见矣。伯子赏鬻古今法书名画，称具法眼，而于此卷珍重之，殆以是与？周天球识。

钤有白文"周氏公瑕"、朱文"群玉山樵"印。

周天球又跋：

> 万历三年二月六日，在都门李伯玉氏览华楼中重观。时
> 在坐者江阴董复生、毗陵吴幼元、槜李倪时臣、长洲杨士进、
> 暨叔玉，吴门周天球记。

钤有白文"周氏公瑕"、朱文"六止居士"印。

据此二跋文可知，周天球点出赵子固此图用"书家八法"作画
的特征，并对文彭珍重此画的原因进行了考察。

彭年楷书题跋：

> 奕叶英英吐国香，披图仿佛到衡湘。王孙风骨超凡俗，
> 笔底春生玉树芳。

称赞子固所绘之兰生动形象，令观者睹图而思及衡湘，有极
强的艺术感染力。其下钤有白文"隆池山人""彭氏孔嘉"印，朱文
"采碧亭""高山流水"印。

袁裒行书题跋：

> 题文子寿承所藏赵子固《墨兰》二绝："昔赏彝斋画水仙，花
> 枝盈卷烂云烟。风流已去多珍袭，又见兰蕤造墨玄。""子固当
> 年称画师，黍离宗国不胜悲。宁（滕）王《蛱蝶图》还在，墨吐幽

香赋楚累。"嘉靖乙卯七夕前二日,汝南袁褧书于城寓之花谷。

钤有白文"袁氏尚之"印,朱文"谢湖""研北闲情"印。就袁氏所抄录的文彭题咏赵孟坚《墨兰》之二诗来看,文彭除称赞子固绘水仙与兰之高超技艺外,还点出其《墨兰图》与《楚辞》的联系:子固曾为南宋画师,其身世际遇与屈原颇有相似之处,故其"墨吐幽香"以绘兰,寓黍离之悲,有与屈原同情同悲之意。

陆师道草书题跋:

> 高人逸士多能以书法绪余作墨戏,若文石室与可、赵彝斋、松雪二王孙,僧温仲言皆超逸绝尘,望之可知为神品。其余以春蚓笔作风中柳,虽工如崔白、赵昌,达人不赏也。往于衡山先生处,见湖州集贤竹枝、日观葡萄,先生指示笔法,率与篆籀草书合。今复于寿承所观子固《墨兰》,行笔破墨,若出一轨,益知书、画无二源也。先生父子书各冠一代,岂非山谷所谓"能以画法作书者耶"? 八月六日陆师道题。

钤有白文"五芝玄涧"印,朱文"陆氏子传"印。

陆氏跋文中强调了赵子固《墨兰图》中所体现的以书法之笔意而为绘画之特征,并引黄庭坚之语,对文徵明、文彭父子之书艺特征进行概括。

卷尾近代书画家叶恭绰行楷题跋:

> 此卷余得自颜韵伯,颜又得自景朴孙,以前藏家不可考矣。麓村著录印记赫然,已足参证,不必以其他题记为重也。民国三十三年夏日,叶恭绰。

钤有朱文"暇翁"印。

卷末钤有白文"王南屏印""南宗北赵""叶恭绰"等印,朱文"瑕庵珍秘"等印。

综合题跋、印章可知,赵孟坚《墨兰图》曾经明代文徵明、文彭父子,清代赵国麟、赵起鲁父子,以及安岐、完颜景贤,近代颜世清、叶恭绰递藏,后归北京故宫博物院。

对于子固所绘此《墨兰图》,历代文士多有题咏。

在题咏中,文士多将此图与《楚辞》联系起来,认为其所图绘之物象及其中所寄予之情感对屈原与《楚辞》有所渊承。如元人黄溍有《题子固画兰》诗,其辞曰:

> 天人眉宇帝王孙,憔悴宁同楚屈原。何意清风明月夜,尽将心事托兰荪。①

意谓子固虽为帝王之后,然仕途坎坷,"憔悴宁同楚屈原",是故,其在静处之时,绘制兰图,仿效屈原借香草暗喻主体馨香高洁之情志,不与世俗同流之节操,并将个体怀才不遇的情感寄予其中。

邓文原亦有《题赵子固墨兰》诗,其辞曰:

> 承平洒翰向丘园,芳佩累累寄墨痕。已有《怀沙》《哀郢》意,至今春草忆王孙。②

认为赵孟坚作《墨兰图》时,其笔端所传递之情感,与《怀沙》《哀郢》中所寄予的对故国的叹惋与眷恋之情有相似之处。

明人李杰有题宋赵孟坚《墨兰图》之文,其辞曰:

> 前辈作画,意在笔墨蹊径之外,以故无尘俗气。观赵子固墨兰,宛然如坐我于湘潭、澧浦间也。而诸公所题,皆有楚骚风致,书画两绝矣!③

既点出赵孟坚《墨兰图》予观者之感受,又将图上诸家题跋与

---

① (元)黄溍:《金华黄先生文集》卷六,元钞本。
② (清)陈邦彦选编:《历代题画诗》(下),北京:北京古籍出版社,1996年,第168页。
③ (清)王原祁、孙岳颁等:《佩文斋书画谱》卷八十四,清文渊阁《四库全书》本。

《楚辞》联系起来进行品评,赞誉此图及其题跋为"两绝"。

其他如清沈季友《槜李诗系》卷五载《题赵子固墨兰》诗,其中有"灵均楚同姓,子固宋宗臣。秋色凄九畹,墨香垂百春"句,清吴嵩梁《香苏山馆诗集》卷六载《赵子固画兰》诗,其中有"美人独入《离骚》传,能抱秋心死亦香"句,亦皆是将此图与《楚辞》联系起来进行阐释者①。

二、《兰蕙图》

明汪珂玉《珊瑚网》卷四十七、明张丑《清河书画舫》卷七、清卞永誉《式古堂书画汇考》卷三十二皆著录有赵子固《兰蕙图》,然其中却并未著录《墨兰图》,故多有学者以为此二者为同一画作。

元释善住《谷响集》卷二载《赵子固所作〈兰蕙图〉》诗,其辞曰:"王孙翰墨妙无伦,写出胸中万古春。兰叶梦寒悲楚国,蕙花香冷忆骚人。纷纷萧艾谁遗种,落落山林自有邻。莫讶幽姿能岑寂,石根终隔马蹄尘。"②其中有"兰叶梦寒悲楚国,蕙花香冷忆骚人"诸语,将图中对"兰叶""蕙花"的描绘与"楚国""骚人"联系起

---

① 不过,对于赵子固所绘制之《兰》图,也有观者认为其只是表达出绘者的清闲雅趣,并非与屈原有直接关联。如元柯九思《丹邱生集》卷三载《题赵子固画〈墨兰〉》诗,其辞曰:"王子当时倚玉楼,飘萧翰墨足风流。人间自有清香种,不逐湘累一样愁。"柯九思曾得元文宗宠幸,任奎章阁鉴书博士,参与鉴定内府所藏书画,富贵优渥,故其在观赵子固《墨兰图》之时,未曾思想及怀才不遇之悲或国势危亡之痛,而是从赵子固的王子身份出发,指出其所绘制兰,乃是在悠游闲适生活中,展示自我风流雅趣的一种体现,"不逐湘累一样愁",并非是与屈原有关,借助《楚辞》"善鸟香草以譬忠贞"之传统来表达个体的不遇之忧。

② (元)释善住:《谷响集》,见《禅门逸书》初编(第6册),台北:明文书局,1981年,第77页。

来,而"纷纷萧艾"之语,则更是化用《离骚》"何昔日之芳草兮,今直为此萧艾也"句之意,可见,赵子固《兰蕙图》或是绘有兰、蕙二物,并能在观赏时唤起读者的遗民之思。

而清人吴升《大观录》著录了赵子固《兰蕙图》卷的相关情况:"白纸本,三接,高一尺,长七尺,写兰、蕙二种,花叶错综变化,眼空所南窍,发衡山名迹也。元、明题咏富,印精。"①其形制亦与北京故宫博物院藏《墨兰图》不类。据此可知,赵子固《兰蕙图》当为别本,与《墨兰图》非为一物。

而对此图上的元明以来之跋文,赵琦美《赵氏铁网珊瑚》有著录:

其一曰:"春浓露重,地暖草生。山深日长,人静透香。子固云:宣城有宗叔居水阳,亦以此得名,可容小侄在雁行否? 翔斋试写,寓土略之。"②多有学者据其中"子固云"之语,推定其为孟坚自题,而罗振玉先生则以为"文辞鄙陋,全不可通"③。

其二为郭麟孙跋文,曾收入清顾嗣立《元诗选》三集卷二,署《题赵子固兰蕙卷》诗,其辞曰:

写兰以左笔为难,此图笔笔皆向左。香风一夕从西来,数片湘云忽吹堕。天真满前呈烂漫,晴烟低叶分婀娜。紫茎缥缈散层华,翠带交加藏侧朵。初观骇目若零乱,谛视凝神还帖妥。想翁落笔风雨疾,不待解衣盘薄赢。但觉书纸如书空,唯知有兰那有我。胸中所在皆众芳,变化纵横无不可。

---

①(清)吴升:《大观录》卷十五,民国九年(1920)武进李氏圣译廔本。
②(明)赵琦美:《赵氏铁网珊瑚》卷十二,清文渊阁《四库全书》本。
③罗振玉著,罗继祖主编,王同策副主编:《松翁近稿(外十种)》(下),上海:上海古籍出版社,2013年,第867页。

他人一二已云多,翁今能事一何夥! 嗟予作画虽不能,知兰之趣亦颇颇。再观品题惊绝倒,照眼骊珠十六颗。清气袭人肌骨寒,手之不置行与坐。陶君珍重秘藏之,玉轴牙签善封裹。

绘兰之时,较难从左着笔,而子固此图所绘之兰,却笔笔向左,为常人所难能;而其图中所绘之兰,花叶交错,初观时甚至让人觉得其为凌乱,然凝神谛视后,方能见其妙处。继而,郭麟孙还遥想子固作此图之经历:子固先是胸中有所酝酿,故在图绘之际,落笔风雨疾,而所绘之兰中寄予自我。从诗中可推知,郭麟孙题跋之时,此图上已有十六家品题;麟孙嘱陶氏精心珍藏,以玉轴牙签封裹,足见出其对此图的推重之情。

其三为李皓题诗:"王孙心机精,下笔多雅制。坐令湘楚华,墨香满天地。"亦是称誉子固此图技法高妙,影响深远。

其四为彭城钱良右题诗二首,其辞曰:"生意苦不繁,托根那计畹。只怜君子花,西风亦相偃。""百亩不同调,数花常自春。风流高韵在,优孟是何人。"借对"君子花"兰因西风而摧折之感慨,抒写贤良失志的抑郁不平。

其五为蔡一鹗跋文,其辞曰:"子固宋室宗臣,当南风不竞时,众芳摇落者,殆尽其悲愁郁结之心,无可与道者;故发而为兰、蕙。兰、蕙,草中之芳,其托兴与三闾比。世不知者,仅以善画称子固。子固是图,盖有《骚经》之遗意在。"认为子固此图,"托兴与三闾比":子固为宋室宗臣,似屈原为"楚之同姓";子固为处"南风不竞时,众芳摇落"而悲愁郁结,与屈原因"灵修之浩荡""众芳之芜秽"而"长叹息以掩涕兮"之心绪相似;故而,子固效法《离骚》,图绘兰、蕙,以道"无可与道者"的悲痛之情。

其六为朱梓荣题诗,其辞曰:"风叶不自持,幽花粲可数。独醒岂无人,遗恨湘江雨。"化用《楚辞·渔父》"众人皆醉我独醒"之语,由子固画中之兰蕙而联想"滋兰树蕙"的屈子,抒发对"独醒"者屈原自沉汨罗的叹惋之情。

其七为长沙汤弥昌诗,其辞曰:"泛兰转蕙光风春,灵均妙与花写神。胸中九畹无纤尘,摹写形容方逼真。彝斋作画诗兴寓,寄斋作诗知画趣。意匠经营托豪素,心手纵横生态度。紫茎绿叶墨淡浓,湘魂澧魄香融融。后来三绝松雪翁,心让此花能品中。"在其看来,兰、蕙本是自然物,屈原将其作为物象纳入辞作中,赋予其高洁情志。赵子固胸中九畹无纤尘,故其所绘之图摹写形容方逼真,其所创作之《兰蕙图》,也寄予了效法屈原的高洁情志。

其八为龚璛题诗:"无人自芳,伊谁同德,楚之三闾,殷则二墨。"更是将兰蕙之芳与屈原之德直接联系了起来。

其九为京口陈大有题诗:"西风散乱待谁纫,几净窗闲见似人。收拾遗香好封裹,向来门巷不容春。"或是取意《离骚》"纫秋兰以为佩"之意而为之。

其十为京口陈方题诗,收入清顾嗣立《元诗选》三集卷十一,其辞曰:"光风泛泛透晴沙,见此萎蕤一寸花。可是湘滨高数尺,不将墨汁代春茶。"其后又有再题之诗二首,一咏兰,诗曰:"雪消云静墨池方,爱杀窗前叶叶长。祇为朝东春得早,风吹一夜紫苞香。"一咏蕙,诗曰:"无数花开一两枝,更栽百亩亦相宜。江南三月春如酒,恼乱蜂儿总不知。"就此题跋可知,陈方所见赵子固此卷当是兼绘有兰、蕙二图的,而罗振玉先生所收之卷,已存兰而佚蕙矣。

其十一为嘉兴蔡景传题诗:"灵均楚同姓,子固宋宗臣。秋色凄九畹,墨香垂百春。萧闲入神品,烂漫见天真。此趣谁能会,烟霞物外人。"关注屈原、赵孟坚之身份,以见出《兰蕙图》对《楚辞》"香草美人"之比兴传统的继承。

其十二为钱逵题诗:"王孙书画出天姿,痛忆承平鬓欲丝。长借墨花寄幽兴,至今叶叶向南吹。"点出子固绘《兰蕙图》以寄眷怀宗国之意的用心。

其十三为广陵姚翥题诗二首,其一曰:"鹈鴃声中花乱飞,王孙离思正依依。东风绿遍沅湘草,何事而今尚未归。"其二曰:"南州白发老宗臣,长日行吟湘水滨。曾托芳兰寄幽思,至今遗墨淡生春。"化用《离骚》"恐鹈鴃之先鸣兮,使夫百草为之不芳"与《楚辞·渔父》"屈原既放,游于江潭,行吟泽畔"之意,抒写其观子固《兰蕙图》之际所感受到的失志之悲。

其十四为湘原唐升题诗:"光风卷里动清芬,遗质如飘白练裙。七泽霜寒悲楚客,九嶷云尽望湘君。猗猗溪上香犹在,渺渺江边佩见分。一自骑鲸去沧海,人间消息绝无闻。"将图中所绘之香草与《楚辞》联系起来。

其十五为张适题诗,辞曰:"山窈窕兮崇深,水萦纡兮清泚。若有人兮岩阿,姱好修兮独处。山气郁拂兮山石嵚崴,麏麚昼窜兮猿狖夜啼。风浏浏兮吹佩,露湛湛兮沾衣。蕡蓬茅兮靡靡,遗馨香兮若委。望夫君兮未来,纫芳缠兮缊缊。岁既晏兮时已央,虽萎绝兮久弥光。睇湘君兮南浦,怀若人兮不忘楚芳。辞为彦处士题赵彝斋兰蕙墨卷。"以《楚辞》体,综合化用《山鬼》《湘君》《湘夫人》《离骚》诸篇相关文辞,抒写由观子固《兰蕙图》而萌生的不遇之悲。

其十六为临海陈基跋文,其辞曰:"彝斋赵公墨兰,皆写其天真,无一毫俗笔。卷中品题,皆一时诸老彦良,其宝玩之。"

其十七为洪武甲寅(1374)二月,卢熊追次郭祥卿先生韵,为彦良高士题赵彝斋写生《兰蕙图》之诗,其辞曰:"宋南渡时多作者,风致何殊晋江左。若人每怀宗国忧,归卧林泉倾白堕。学书远慕钟元常,兰蕙写生春裊娜。笔陈翩然倒薤文,墨皇飞来五云朵。霓旌雨带低复昂,风泊鸾飘斜更妥。屈平自解赋《离骚》,柳惠何曾讥衵嬴。流芳竹素香不渝,此心千古应知我。文苑栖迟独高洁,太史评论当许可。二王草圣忆同驱,百亩湘潭恨徒夥。谁云书画分两途,拙目鉴裁今亦颇。饱闻清赏嗜兰亭,况复我诗怜饭颗。江轩把卷喜欲狂,追感存亡惊四座。金题玉躞未全贫,慰子凄凉饭应裹。"以为赵子固于南渡后,图绘兰、蕙,以寄宗国之忧。

其十八浦阳赵友同题诗:"杂花已垂尽,幽草何葳蕤。风来一飘泛,茎叶不自持。赖有芳心在,含香终未移。修叶乱纷敷,幽花蔼鲜泽。虽非百亩繁,孤馨自朝夕。抚卷动遐思,悠然长太息。"抒写观图之后,由兰蕙形象而思及其"含香终未移"之特征,进而为其幽独处乎山中,"孤馨自朝夕",而兴起贤人不遇的叹惋之情。

其十九为释本中题跋,其辞曰:"绿叶兮青青,紫茎兮亭亭。美芬芳兮摇曳,春露滋兮繁英。风之来兮楚之畹,过吾庭兮香甚远。维荃蕙之可与偕,岂萧艾之得为混。若有人兮湘之滨,志独醒兮世离伦。思一揽其佩兮竟无因,渺湘江之无际兮,湘水纭纭。"释本中别出心裁,以骚体为跋文,大量化用《楚辞》句式,描摹图中所绘之兰、蕙形貌,称道屈原的"独醒"之志惟有荃蕙"可与偕",而世俗之人难与之并伦,"岂萧艾之得为混",并借对屈原终没于江水之事,传递出对世事变幻的体悟,从中可见出其作为释子的"虚空"观念。

此卷又一残本曾为罗振玉先生所得,据其跋文可知:画中写墨兰二从,旁有荆棘,墨笔清润,隽妙入神,无题署,下有"桥西草堂印"。书后只有元明人题跋八家,即郭麟孙、陈方、钱良右、陈基、朱梓荣、汤弥昌、钱逵、释本中、吴宽,"殆兰存而蕙逸,其款殆在蕙后也"①。

《宣和画谱·花鸟叙论》云:"故诗人六义,多识于鸟兽草木之名,而律历四时,亦记其荣枯语默之候。所以绘事之妙,多寓兴于此,与诗人相表里焉。故花之于牡丹芍药,禽之于鸾凤孔翠,必使之富贵;而松竹梅菊,鸥鹭雁鹜,必见之幽闲。至于鹤之轩昂,鹰隼之击搏,杨柳梧桐之扶疏风流,乔松古柏之岁寒磊落,展张于图绘,有以兴起人之意者,率能夺造化而移精神遐想,若登临览物之有得也。"②认为草木乃是因"预乎人事"而被古人"取以配象类"之物。就此而言,可以认为,赵孟坚的"《楚辞》香草图"已将文人特有的艺术思维方式和审美情趣融入图绘之中,在绘画兰、蕙等香草的同时,颇有取意于《楚辞》,借以寄予其与屈原同悲的思想情怀;而这从其诗作中亦可感知。赵孟坚有《题天文地理图》诗,其辞曰:"我家山河二百州,半没膻腥逾二纪。坐披舆图鬓已凋,马嘶半夜秋风起。"③可见,子固因系赵宋宗族身份,故有"我家山河"之认同感,这无疑让他对屈原因"与楚同姓"而生的"岂余身之惮殃兮,恐皇舆之败绩"的爱国情怀有更深刻的体会;面对异族入侵,"我家山河"为元廷取代的现状;孟坚未能如屈原般,"从彭咸

---

① 罗振玉著,罗继祖主编,王同策副主编:《松翁近稿(外十种)》(下),上海:上海古籍出版社,2013年,第866页。

② 王群栗点校:《宣和画谱》,杭州:浙江人民美术出版社,2012年,第161—162页。

③ 故宫博物院编著:《故宫书画馆》(第8编),北京:紫禁城出版社,2010年,第46页。

之遗则"，然在夜半无眠、"坐披舆图"的行为中，却也流露出对赵宋的无限眷恋之情。

第六节　考文思图求踪影：
寄形于文字中的宋代《楚辞》图像

在现存文字文献中，还载录过不少出现于宋代的《楚辞》图像，包括屈原图、《九歌》图、宋玉作品图、《楚辞》香草图、潇湘图，等等。文士或籍文字著录图像的名称、作者或出处等基本信息，或介绍图像的表现内容，或书写自我观图之感受，或寄予主体情志，其表现形态、体制多样，文字多寡不一，创作时地、缘由等亦多难考索。而且，有些文字记载中但云"某图"，不及其余；有些虽然标明"题""跋""代……作"，然图像作者，亦难确定为本人或是他者。尤为重要的是，这些图像作者，亦与前所言及的张敦礼、李公麟、苏轼、米芾、赵孟坚等人不同，其基本无其他能见之《楚辞》图像存世，即便是相传为其所作者，亦付之阙如，仅能借助有限之文字，遥想其图画之内容。故而，囿于眼界之限，在没有充分、可靠材料厘定这类图像的具体归属之时，本书拟将之归于"寄形于文字中的《楚辞》图像"之属。

为行文之便，本部分拟以图像题材类属为限，按屈原图像、《楚辞》作品的图像呈现、《楚辞》衍生图像三部分予以编排，每部分中，又依据诗文作者生活时代的先后顺序予以编次，不明者附于最末，以求纲目秩然。

一、屈原图像

见诸文献的宋代屈原图像，多题署有"屈原像""三闾大夫像"

等语词,据文推之,可能是单体人物肖像。兹叙录如下。

(一)周紫芝所见之《三闾大夫画像》

周紫芝(1082—1155),字少隐,号竹坡居士,宣城(今安徽宣城市)人。家贫而苦学,绍兴中始登进士第,官至枢密院编修。著有《太仓稊米集》七十卷、《竹坡词》三卷。

周紫芝曾作《〈三闾大夫画像〉赞》,其辞曰:

> 俨灵均,降摄提。笑突梯,耻喔咿。纫兰佩,制荷衣。带长铗,光陆离。冠切云,高崔嵬。驾青虬,骖白螭。令海若,舞冯夷。视若人,岂溷泥。尹释策,宁复知。①

周紫芝所见之此《三闾大夫画像》系出何人之手,今难知悉,故亦难考察其流传情况,而其画面内容,或可从诗中推知一二:屈原身着芰荷之衣,以秋兰为佩饰,头戴切云之冠,腰佩长剑,正驾青虬飞行,其旁有白螭为骖,而海若、冯夷等神灵,亦侍卫于屈原侧畔而飞行。倘若周紫芝诗中之语乃是描摹《三闾大夫画像》之内容,则可知晓,此图之作者,当是依据《离骚》之"灵均""纫秋兰以为佩""制芰荷以为衣"及《涉江》之"余""带长铗之陆离兮,冠切云之崔嵬""驾青虬兮骖白螭"等形象特征而图绘的,可谓是据《楚辞》而制图者也。

(二)李弥逊等所见之屈原像

李弥逊(1085—1153),字似之,号筠西翁、筠溪居士、普现居士等,苏州吴县(今江苏苏州市)人。大观三年(1109)进士,后因反对议和忤秦桧,乞归田。有《筠溪集》遗世。

---

① (宋)周紫芝:《太仓稊米集》卷四十三,清文渊阁《四库全书》本。

李弥逊曾作《雪后詹伯尹、周少隐见过置酒次伯尹韵》诗,其辞曰:

> 春雪不禁风,散作六花堕。方庭截明玉,纯白不可唾。枯肠索悭句,喁喽空百过。同襟得二妙,故我愁城破。试酌扶龙钟,重觞念髫鬇(伯尹诗有"髫须"之句,故云)。西斋尚有毡,庶足供云卧。壁间见三闾,推枕为赓和(壁间偶有屈子像,故见末句)。①

据此可知,詹友端②、周紫芝曾于雪后造访李弥逊,遂相与饮酒。詹友端作诗,李弥逊次韵和之,且在诗中言及其于壁间偶见屈原画像,故于诗中言及"壁间见三闾,推枕为赓和",借屈子以自勉。由于文献不足,难以知晓此屈子像之具体式样,然从"试酌扶龙钟"之语,或可推知,作此诗时的李弥逊已颇有年岁,其所见之屈子像或许也是"颜色憔悴,形容枯槁"之状,故其观之而更生"赓和"之心。

---

① (宋)李弥逊:《筠溪集》卷十一,清文渊阁《四库全书》本。

② 《(嘉靖)宁国府志》卷八:"詹友端,字伯尹。少力学自奋。政和丙申乡贡第一。建炎初上书言金仇当复,中原可取,语甚壮激,朝廷不能用。后戎方围宣城,友端分城守御。……贼平,补弛功郎,调监池州赡军酒库,会盗发,临鄘郡委友端摄西安尉,与贼力战,中流矢卒。时年四十三岁。"《江南通志》卷一百五十五、《大清一统志》卷八十一、《万姓同谱》卷六十七亦有记载。周紫芝《太仓稊米集》卷六十七《书吕舍人帖后》:"建炎间,西洛吕公以尚书右丞作镇宛陵,门下客数辈,皆一时名流。又访乡里之士,得四人,而仆预焉。"宋陈思编《两宋名贤小集》卷一百四十二《琴溪诗集》:"建炎中,吕好问知宣州,得士四人,詹友端、周紫芝、王相如与宏也,每宴集,必与俱。"据此可知,詹友端为宣城著名文士,故得吕好问的青睐,相与交游唱和。

（三）潼川府名世堂屈原像

据宋王象之《舆地纪胜》卷第一百五十四"潼川府"条载："名世堂，在府治。画司马相如、王褒、杨雄、严君平、屈原、陈子昂、李太白、苏子瞻八人。"①祝穆《方舆胜览》卷六十二亦载录类似文辞。则其时潼川府治郪县建有名世堂，其中绘有"名世之士"八人，而屈原亦在其中。

屈原本楚人，缘何会与司马相如等蜀人共同出现在蜀地名世堂？对此，明人曹学佺《蜀中广记》卷二十九以为："秭归在蜀汉时为建平郡，故三闾得兼收之。"②在其看来，因秭归是蜀汉时之疆域，而屈原为秭归人，故名世堂画像乃将屈原纳入蜀地范畴的。苏轼《送周正孺知东川诗》有"为公扫棠阴，画像或相踵"句，其自注云："蜀中太守贤者，无不画像矣。"则宋时，蜀中太守多有为乡贤肖像，以表彰先进、砥砺民风之习；而此名世堂中绘制屈原像，亦有以资教化之功用。

明清之际，此名世堂中亦留存有屈原图像。据清黄廷桂《（雍正）四川通志》卷七载："蒋容，字德夫，武进人。弘治中知潼川，下车三月，即增修学宫，创东西廊舍三十间，扁曰'六德'，为诸生讲读之所。又撰《郡志》，以振厉人文；建'名世堂'，以表章先贤。"③则明弘治年间，蒋容知潼川府时，亦曾重建"名世堂"，以表彰先贤；其因旧制，于其中绘制屈原像当是应有之事。

---

① (宋)王象之：《舆地纪胜》，扬州：江苏广陵古籍刻印社，1991年，第1099页。
② (明)曹学佺：《蜀中广记》，清文渊阁《四库全书》本。
③ (清)黄廷桂：《（雍正）四川通志》，清文渊阁《四库全书》本。

二、《楚辞》作品的图像呈现

宋人诗文中,还能见及诸多载录、歌咏《楚辞》作品(如《离骚》《九歌》《高唐赋》《神女赋》)图像的文辞。就其所涉题目看,这些图像作品取材范围多样:有对《楚辞》文本的书写,有对一组作品如《九歌》进行系统描摹者,亦有选取某一篇章如《湘君》进行个案勾勒者,还有选取关涉《楚辞》作品的某一部分——如与《湘君》《湘夫人》相关的"湘妃泣竹"、《高唐赋》《神女赋》中"楚襄王梦遇神女"故事,或是某一自然物象——如巫山等进行图绘者。兹据王逸《楚辞章句》所列《楚辞》作品先后顺序,予以考述。

(一)朱熹行书《离骚》首章

宋岳珂《宝真斋法书赞》卷二十七载录有朱熹行书《离骚》十三行,起"帝高阳之苗裔兮",迄"来吾道夫先路",署曰"《离骚》首章,淳熙戊戌孟夏晦日晦翁书"①。

据此可知:朱熹行书《离骚》首章,乃是其于淳熙五年(1178)所书写,"以寓翰墨之妙"。写成后,此帖藏于家中,未曾流出。其后,岳珂编纂《宝真斋法书赞》,思及朱熹学冠千古,名振一代,欲于书中收其法书,故致书于其同僚朱熹之子朱在,欲求其父之法书;朱在遂将家藏朱熹行书《离骚》首章交呈岳珂。

岳珂著录朱熹此法书后,复撰写有赞词:

> 伟兹帖之奇瑰兮,羌笔力之有神。走缄縢之来诏兮,并垂棘而足珍。从鲤庭而载求兮,得陈亢之异闻。书三闾之孤忠兮,将争光于仪邻。予尝窃置疑兮,谓意或有在也。方淳

①(宋)岳珂:《宝真斋法书赞》,清《武英殿聚珍丛书》本。

熙之继明兮，德如天其大也。挈道统而在上兮，固无嫉邪之
害也。先生之溯伊濂兮，又非沉湘之派也。寓物以写兴兮，
自前世以固然。岂先生之适正兮，乃独取于沉渊。行或过乎
中庸兮，虽为法而不可。其忠君爱国之诚兮，亦不虞乎后日
之祸。彼不学兮周公仲尼，知庄士与醇儒兮。或羞称之，律
风雅之末流兮，若未免于或变，使交有所发兮。亦足以迪天
性民彝之善，以今日之书兮，固非出于感时。则异时之《集
注》兮，亦何病乎俗人之悕。原屈原之心兮，宗国之楚，作春
秋兮，固安在乎黜周而王鲁。先儒之心兮，百圣之矩。藏此
帖兮，昭于今古。①

　　岳珂曾在此卷跋尾题有"考其岁月，是年先生方以召节改守
南康，在党祸前十年，非托意也"之语，显是强调朱熹书写《离骚》
的时间，乃是受命掌管南康军之际，在"庆元党祸"发生前十年。
故而，其心态平和，并无借《离骚》之辞以浇胸中块垒之用意。而
在此赞语中，岳珂先是褒誉此帖笔力有神，奇瑰可观；继而称颂朱
熹于淳熙之时，挈道统而溯伊濂，而朱子书写此帖，亦是"寓物以
写兴"，宣扬屈原"忠君爱国之诚"，"以迪天性民彝之善"，并非与
后来所遭之祸患有关。

　　关于朱熹此行书《离骚》首章，甚少见于他书著录，姑存之
俟考。

　　（二）颜乐闲篆书《离骚》

　　颜乐闲，生平事迹不详。宋人楼钥《攻愧集》有三诗，记载其
有篆书《离骚》之事。

---

① （宋）岳珂：《宝真斋法书赞》，清《武英殿聚珍丛书》本。

卷四载《卢甥申之自吴门寄颜乐闲画笺》诗，其辞曰：

年来吴门笺，色泽胜西蜀。春膏最宜书，叶叶莹栗玉。贤甥更好奇，惠我小画幅。开缄粲殷红，展玩光溢目。巧随研光匀，傅色湿丹绿。桃杏春共妖，兰桂秋始肃。赵昌工折枝，露华清可掬。妙手真似之，藏去不忍触。苟非欧虞辈，谁敢当简牍。又闻乐闲君，古篆颇绝俗。并求数纸书，寄我慰幽独。

卷十载《赠别卢甥申之归吴门》诗，其辞曰：

千里何妨命驾迟，晤言未厌已西驰。子休重赋琼瑰赠，我亦懒歌亲戚离。好向清江论乐府，更从叶子说新诗。乐闲引纸五十尺，为篆《离骚》继李斯。

卷十一载《谢颜乐闲〈篆离骚〉》诗，其辞曰：

乐闲下笔素推高，攻愧耽书老更饕。顾我好看秦小篆，烦君为作楚《离骚》。晚年应悟成歪匾，痛饮犹堪写郁陶。喜剧但知藏十袭，琼瑶无以报投桃。①

据此可知，颜乐闲能书，尤擅秦小篆，曾应楼钥之请，"引纸五十尺"，以篆体书《离骚》以赠之。楼钥得此篆书《离骚》后，极力赞誉之，以为其能追继李斯。因时世久远，此帖难以见及，姑存之俟考。

（三）七图本《九歌图》

据明朱之赤《朱卧庵藏书画目》载，其曾见有"宋人临《九歌图》"②，其中但有大司命、少司命、东君、湘君、湘夫人、河伯、山鬼

① （宋）楼钥：《攻愧集》，清文渊阁《四库全书》本。
② （明）朱之赤：《朱卧庵藏书画目》，卢辅圣《中国书画全书》（第四册），上海：上海书画出版社，1992年，第808页。

七图,缺东皇太一与国殇图,图上有篆书《九歌》文辞。

而此图之作者、题跋诸信息,则付之阙如。

(四)马和之《九歌图》

马和之,生卒年不详,钱塘(今浙江杭州市)人。高宗绍兴(1131—1162)中登第,画院待诏,"御前画院仅十人,和之居其首焉"①。擅画佛像、界画、山水,尤擅人物。高宗尝书《毛诗》三百篇,命和之每篇画一图,汇成巨帙,惜仅成五十余幅即逝去。画作有《后赤壁赋图》《古木流泉图》《小雅·鹿鸣之什图》《节南山之什图》《豳风图》等。

据杨绍和《楹书隅录》卷四载,马和之亦尝作有《九歌图》,其文曰:

> 先公爱读《离骚》、陶诗,每夕将眠,必拥被默诵一过,始就枕,数十年以为常。往得马和之画屈子《九歌图》册董思翁跋,徵仲小楷书《离骚九歌》长卷。马图即思翁所称有吴傅朋书者,吴迹惜不知何时佚去,因属周丈容斋尔墉补书之。②

据此可知,杨以增曾藏有马和之《九歌图》册,其上有董其昌之跋文,在董跋中称说马和之此《九歌图》上本有吴说所书写《九歌》原文,后亡佚,故嘱周尔墉补书之。

而后,李佐贤对马和之绘《九歌图》而周尔墉补书《九歌》原文之图册更有详细著录,其《书画鉴影》卷十二著录有:

> 绢本,高一尺四寸,宽一尺一寸,着色人物,写《离骚经》意。第一幅东皇冕旒秉圭,乘云而行,仙女三人,一前导捧盘,二后从执幢抱琴,对幅书《离骚东皇太一》一段,文不录,

_____

① (清)厉鹗:《南宋院画录》卷三,清文渊阁《四库全书》本。

② (清)杨绍和:《楹书隅录》,清光绪二十年(1894)聊城海源阁刻本。

下仿此；第二幅青龙驾舆，云中君立舆中，云气环绕，对幅书《云中君》一段；第三幅二妃凌波冉冉，对幅书《湘君》《湘夫人》二段；第四幅两人相向，中见苍龙，对幅书《大司命》《少司命》二段；第五幅东君捧日，两人执旗翣夹侍，前有四人奏乐，对幅书《东君》一段；第六幅河伯骑鳌立惊涛中，左右双龙并出，嘘气作蜃楼，对幅书《河伯》一段；第七段一人执幡乘豹，猿狸随行，雷神空中隐现，对幅书《山鬼》一段；第八幅一人铠甲乘马，一人执旗，一姬手执兰菊，作飞舞状，幅末有款"马和之制"，真书一行，对幅书《国殇》《礼魂》二段；后另开有周尔墉跋，朱录，各对幅，亦皆周尔墉补书，想原题已散佚也。①

据此可知，马和之创作《九歌图》的目的乃在于借图绘来传递出他对于《楚辞》的感悟与认知，亦即"写《离骚经》意"。其《九歌图》乃是依据《九歌》原文之次第而加以绘制的，《九歌》原为十一篇，其合《湘君》《湘夫人》、《大司命》《少司命》、《国殇》《礼魂》各为一副，凡八幅。于图绘形象之外，其上书写有《九歌》文辞，依李佐贤之见，这些文字乃周尔墉所补题。卷末钤有"马和之制"印，后另有周尔墉跋。

又，李佐贤《石泉书屋类稿》卷六又有题马和之画《九歌图》册文，其指出：

马和之画，曾见《豳风图》一册，又见《待渡图》一小幅，与此笔墨小异，然此册运笔之生动，设色之古雅，布景之离奇，迥非俗工所能梦见，亦决为真迹无疑也，自绍兴至今数百年，而绢素完好如故，殆有神物呵护耶！②

---

① （清）李佐贤：《书画鉴影》，清同治十年（1871）利津李氏刻本。
② （清）李佐贤：《石泉书屋类稿》卷六，清同治十年（1871）刻本。

　　则李佐贤从所见马和之绢本《九歌图》册之运笔、设色、布景三方面所具特征出发,认为其非常人所能及,当定为真迹。

　　就李佐贤之文字描绘看,马和之《九歌图》的图绘对象、构图布局等与传为李公麟、张敦礼诸人之《九歌图》多有不类,如《河伯》图中有嘘气作蜃楼之双龙,《山鬼》中出现雷神形象,合《国殇》《礼魂》为一图,图绘有乘马者,等等,倘若存世,则能与传为张敦礼之《九歌图》一起,构成考察两宋设色《九歌图》的重要依据。

　　(五)《二妃图》

　　宋人朱熹有《题尤溪宗室所藏〈二妃图〉》诗,诗题亦作“次石子重《题宗室二妃图》”,其辞曰:

　　　　潇湘木落时,玉佩秋风起。日暮怅何之?寂寞寒江水。
(湘夫人)

　　　　夫君行不归,日夕空凝伫。目断九嶷岭,回头泪如雨。
(湘君)[①]

　　朱熹之父朱松于北宋宣和五年(1123)任尤溪县尉,任满后携眷寓居尤溪城南郑义斋馆舍。南宋建炎四年(1130)农历九月十五日,朱熹诞生于尤溪县城南郑氏馆舍。绍兴七年(1137)夏,朱熹8岁,朱松被召入对,赴都之前,他把朱熹送到建州浦城寓居中。此后,朱熹曾先后多次回尤溪,有据可考者即有九次。

　　据其此诗可知,尤溪朱氏曾藏有《二妃图》,分绘《九歌》之湘君、湘夫人,就其诗中所谓“夫君”而言,则绘画中的二神似为男女神,而“凝伫”“目断”“回头”诸语,似交代出画像中的女神湘夫人乃为回首凝望之神态。至于此《二妃图》之作者,难明其详。

---

①(宋)朱熹著,郭齐、尹波点校:《朱熹集》,成都:四川教育出版社,1996年,第410页。

（六）陈天麟藏《巫山图》

宋人韩元吉有《题陈季陵家〈巫山图〉》诗，其辞曰：

> 蓬莱水弱波连天，五城十二楼空传。行人欲至风引船，不知路出巫山前。巫山仙子世莫识，十二高峰作颜色。暮去朝来雨复云，却将幽恨感行人。江流东下几千里，日日饥鸦噪船尾。灵帐风生酹酒浆，古庙烟青客遥指。嵩高漫说甫与申，道旁况有昭君村。娥眉妙手不能画，枉学瑶姬梦中嫁。黄牛白马江声寒，昭君传入琵琶弹。汉庭无人楚宫远，阳台寂寞空云间。君家此画来何许，照水烟鬟欲相语。要须婧服令侍旁，不用作赋回枯肠。①

据明梅鼎祚《宛雅初编》卷一、《（嘉靖）宁国府志》卷八：陈季陵即南宋绍兴间宣城人陈天麟，累仕集贤殿修撰，历知饶州、襄阳、赣州，颇著政声，仕终集贤殿修撰。有诗三千余篇，撰成《樱宁居士集》。

诗中化用宋玉《高唐赋》《神女赋》中文辞，题咏陈季陵家所藏之《巫山图》。由于文献阙失，此图作者今难考订，其所绘内容虽不可直接知晓，然就韩诗文意观之，其当有巫山、神女等形象。

韩元吉诗成后，曾将其交呈范成大；范氏因有次韵之作《韩无咎检详出示所赋陈季陵户部〈巫山图〉诗，仰窥高作，叹息弥襟。余尝考宋玉谈朝云事，漫称先王时，本无据依，及襄王梦之，命玉为赋，但云："颓颜怒以自持，曾不可乎犯干。"后世弗察，一切混以媟语，曹子建赋宓妃，亦感此而作，此嘲谁当解者？辄用此意，次韵和呈，以资拊掌》，其辞曰：

---

① （宋）韩元吉：《南涧甲乙稿》，清《武英殿聚珍版丛书》本。

瑶姬家山高插天，碧丛奇秀古未传。向来题目经楚客，名字径度岷峨前。是耶非耶莽谁识？乔林古庙常秋色。暮去行雨朝行云，翠帷瑶席知何人？峡船一息且千里，五两竿头见幡尾。仰窥仙馆至今疑，行人问讯居人指。千年遗恨何当申，阳台愁绝如荒村。《高唐赋》里人如画，玉色頳颜元不嫁。后来饥客眼长寒，浪传乐府吹复弹。此事牵连到温洛，更怜尘袜有无间。君不见天孙住在银涛许，尘间犹作儿女语。公家春风锦瑟傍，莫为此图虚断肠。①

在诗题中，范成大对宋玉创作《高唐赋》《神女赋》之意旨有所发明，认为其虽描写襄王与神女，然却寄予规劝讽谏之意；而后世读者却多有不察，仅从"人神遇和"层面予以考察理解，可谓失其本旨。

（七）颜博文《大招图》

宋人许及之《涉斋集》②卷十六载《题张野夫所藏颜持约〈大

---

① （宋）范成大：《范石湖集》，上海：上海古籍出版社，2006年，第116页。
② 按《涉斋集》，《永乐大典》原题许纶撰。考集中《王晦叔惠听雨图诗序》，自称永嘉人，字深父。而诸书不载其人。《四库全书总目提要》：考《宋史·许及之传》云："及之字深甫，温州永嘉人。隆兴元年进士。累官至知枢密院事。"与自序永嘉人合。《艺文志》载及之文集三十卷、《涉斋课稿》九卷。与今本"涉斋"之名合。焦竑《经籍志》载许右府《涉斋集》三十卷。宋人称枢密为右府，与及之本传官知枢密院又合，则此集当为及之所撰。又《宋史·宁宗本纪》："绍熙四年六月，遣许及之贺金主生辰。"《金史·交聘表》亦同。今集中使金之诗，一一具在。本传称及之尝为宗正簿。今集中亦有《题玉牒所壁间》诗。则此集出于及之，尤证佐凿然。《永乐大典》所题，不知何据。或及之初名纶，史偶未载更名事欤？然《涉斋集》卷二有《纶子效靖节止酒体赋筠斋馀亦和而勉之》诗，可知纶为及之（转下页注）

招图〉》诗,其辞曰:

> 颜君思似龙眠苦,贾赋伤于宋玉悲。万古忠魂元不没,
> 令人惆怅《大招》词。

据宋人邓椿《画继》卷三:颜博文,字持约,德州(今山东德州市)人,政和八年(1118)嘉王榜登甲科,以诗、画擅名京师,长于水墨。卞永誉《式古堂书画汇考》卷三十著录其有《十六大阿罗汉像》《罗汉图》《听经罗汉图》《雪岭图》《闲云出岫图》《野水图》等。

据许及之诗可知,张野夫收藏有颜博文《大招图》,而就诗中所谓"贾赋伤于宋玉悲""令人惆怅《大招》词"诸语来看,其当是取意于《楚辞·大招》而创作的。

三、《楚辞》衍生图像

《离骚》用"善鸟香草以配忠贞,恶禽臭物以比谗佞",其中出现兰、蕙等诸种香草,以及灵均"扈江离与辟芷兮,纫秋兰以为佩"等披服香草之语象,与"余既滋兰之九畹兮,又树蕙之百亩"等栽种草木之语象;《高唐赋》《神女赋》中描写有襄王遇巫山神女故事;屈原自沉以后,民俗文化中的端午节俗亦有与屈原发生联系者,这些内容吸引了图像作者的注意力,他们遂取意于此,而又有所改塑,创作出诸多题署"滋兰树蕙图""兰蕙同芳图""巫山图""龙舟竞渡图"之类的作品,这些作品并非是直接取材于《楚辞》原

(接上页注)子,亦即及之诗的编集者,《永乐大典》误署为作者。据《宋史》卷三九四,及之字深甫,永嘉人。隆兴元年(1163)进士。淳熙十四年(1187),宗正寺簿。十五年(1188),右拾遗。庆元元年(1195),权礼部侍郎。三年(1197),给事中。四年(1198),自吏部尚书除同知枢密院事。嘉泰二年(1202),参知政事。三年(1203),除知枢密院事兼参知政事。四年(1204)罢。开禧三年(1207),泉州居住。嘉定二年(1209)卒。

文而进行图像表现者,而是在其基础上,又有所申发与推衍,故可视为是《楚辞》作品衍生图像。在宋人的诗文中,亦可见到诸多题咏此类图像之作,然其作者、作时皆难考订,惟存之以俟后来。兹考录如下。

(一)陈造所见之《石兰图》

宋陈造有《题〈石兰图〉》诗,其辞曰:

> 羌楚佩之可纫,眇郑梦之安取。政使媚九畹之秋,孰若得一拳之友。①

陈造(1133—1203),字唐卿,高邮(今江苏高邮市)人,人称"淮南夫子"。范成大见其诗文,谓"使遇欧、苏,盛名当不在少游下。"郑兴裔荐其"问学闳深,艺文优赡"②。以所谋不合,无补于世,遂自号"江湖长翁",著作有《江湖长翁集》。

其《题〈石兰图〉》诗有所谓"楚佩之可纫""九畹之秋"诸语,当是取意于《离骚》"纫秋兰以为佩""余既滋兰之九畹兮"之意,则此《石兰图》当与《楚辞》有关。《湘夫人》:"白玉兮为镇,疏石兰兮为芳。"王逸注:"石兰,香草。"《山鬼》:"被石兰兮带杜衡,折芳馨兮遗所思。"王逸注云:"石兰杜若皆香草,……又以嘉言而纳于君也。"吴仁杰《离骚草木疏》:"石兰即山兰也。兰生水旁及水泽中,而此生山侧。荀子所谓'幽兰花生于深林者',自应是一种。故《离骚》以石兰别之。"则石兰即山兰也。

因文献阙失,陈造所题之《石兰图》的具体形貌今难知晓,俟考。

---

① 曾枣庄、刘琳主编:《全宋文》(第256册),上海:上海辞书出版社;合肥:安徽教育出版社,2006年,第244页。

② (清)陆心源:《宋史翼》卷二十九,北京:中华书局,1991年,第309页。

　　（二）杨杰《春兰图》《蕙图》

　　杨杰,生卒年不详,字次公,又号无为子,无为军(今安徽无为县)人。宋嘉祐四年(1059)进士,先历任太常、礼部员外郎等京官,后又外任润州、两浙提点刑狱等地方官。杨杰以雄文妙赋、醇德懿行得名于时,一生创作甚丰,惜大多散失。南宋绍兴年间,赵世粲出任无为知军,因仰慕诗人高风,"积两岁之力"搜集其遗作,成《无为集》。

　　苏轼有《题杨次公〈春兰〉》诗,其辞曰:

　　　　春兰如美人,不采羞自献。时闻风露香,蓬艾深不见。丹青写真色,欲补《离骚传》。对之如灵均,冠佩不敢燕。[1]

　　东坡以"丹青写真色,欲补《离骚传》"句称许杨次公画,以为其欲补益《离骚传》,足可见出杨杰《春兰图》之高妙;而"对之如灵均,冠佩不敢燕"句,点明兰因常为屈原佩带冠上之饰物而为人所敬重,将兰与屈原精神关联,使之具有象征意蕴。

　　苏轼又有《题杨次公〈蕙〉》诗,其辞曰:

　　　　蕙本兰之族,依然臭味同。曾为水仙佩,相识《楚辞》中。幻色虽非实,真香亦竟空。云何起微馥,鼻观已先通。[2]

　　据此可知,杨杰亦曾绘《蕙图》,而苏轼在题诗中,先论及蕙与兰有亲缘关系,继而强调其曾为"水仙"屈原之佩饰,且同时出现于《楚辞》中,如《离骚》即有"余既滋兰之九畹兮,又树蕙之百亩"句,故其也具有如兰般的象征意蕴;而杨氏此图之蕙,虽为画中之物,然鲜明夺目,令人真假难辨,似乎能感知其馨馥气息,足见杨次公画艺之高超。

---

[1]（清）王文诰辑注:《苏轼诗集》,北京:中华书局,1982年,第1694页。
[2]（清）王文诰辑注:《苏轼诗集》,北京:中华书局,1982年,第1695页。

合此二图及苏轼题诗而论,杨杰当有绘《春兰图》《蕙图》以追摹《楚辞》,借以寄予自我如屈原般清芬高洁之志的创作用意。这种"图以见志"之用心,也是诸多"《楚辞》芳草图"创作者所共同拥有的。

(三)陈彦直《楚芎图》

宋楼钥《攻愧集》卷七十五载《跋陈君彦直〈楚芎图〉》文,其辞曰:

> 《离骚》具载香草,多湘楚间所产。陈君笃好之,图形作赞而阙所不知者四,以是知诗人亦不能尽见。痛饮读之,取其大指而已。……余老矣,本终身山泽间,牵挽至此,日堕胶扰中。一见《楚芎》卷轴,虽未及见陈君,已觉鄙吝意消。又知为同年雍父之季也,纵笔及此,俟来过我,相与一笑。①

据其此文可知,宋人陈彦直笃好《楚辞》香草,曾图画其形状,并作赞语。其《楚芎图》卷轴,当是图绘《楚辞》香草之作。惜乎文献阙失,此图之具体情况今难明晰。

(四)无诘《沅兰湘竹图》

元王礼《麟原文集》卷十载《题无诘〈沅兰湘竹图〉》文,其辞曰:

> 得晉公一幅如此,悬之高阁,如行沅、湘,满目幽致,翛然意足,复何用隙地丈尺,艺兰种竹哉?②

王礼(1314—1386),字子尚,后改字子让,庐陵(今江西吉安

---

① 曾枣庄主编:《宋代序跋全编》(第七册),济南:齐鲁书社,2015 年,第 4563—4564 页。

② (元)王礼:《麟原文集》,清文渊阁《四库全书》本。

市)人,有《麟原文集》。其诗中之无诰,即释宗本(1020—1099),常州无锡(今江苏无锡市)人。

就王礼之诗来看,无诰亦曾绘有《沅兰湘竹图》;其图虽佚,然就画名来看,当是将兰、竹诸物,置于沅、湘的地理环境中加以图绘,而在《楚辞》之影响下,沅、湘这一地理名称,也被赋予文化涵义,与屈原虽信而见疑、忠而被疏然却独立不迁、清洁自守的高尚节操发生联系,故而,无诰绘沅、湘之兰竹,能让观者见出其好修清洁之志。

(五)谢翱所见之《潇湘图》

宋人谢翱《晞发集》卷二载《五日观〈潇湘图〉》诗,其辞曰:

> 五日泣江篱,骚人沉佩褑。年深吊古客,满门垂艾叶。既垂青艾叶,复竟画舟楫。明时内阁子,供奉进瑶帖。岂复怀沅湘,历舜诉往牒。江流物色改,看画泪承睫。仿佛旧居人,指点失故业。三户空鸟啼,九嶷列如堞。①

谢翱(1249—1295),字皋羽,本福州长溪人,后徙于浦城。生逢宋元易代之世,谢翱投笔从戎,追随文天祥。宋亡后,其彷徨山泽,长往不返,怀贤愤世,郁幽之意,一吐于词,作《晞发集》等。元人论及其《西台恸哭记》时,往往与屈原联系起来,如许元《〈西台恸哭记〉释记》云:"昔楚屈原伤其君之既死,忧其国之危亡,而《离骚》诸篇作焉。……今观粤人谢翱父所为《登西台恸哭记》,盖亦恸斯人之云。亡闽亳社之既屋,义激于中,而情见乎辞,亦庶几屈原之志哉!"②将其作《西台恸哭记》之用意与屈原作《离骚》相类比,以为谢翱"恸哭"于西台乃是为国破君死而恸哭,其忠君爱国

───────────

①(宋)谢翱:《晞发集》,明万历刻本。
②(明)程敏政:《宋遗民录》卷三,明嘉靖二年(1523)至四年程威等刻本。

之志渊承屈原。

有宋之际,"五日吊屈"已成为民俗文化生活中的重要内容。其时,满门垂艾叶,并有"龙舟竞渡"等活动。作为遗民的谢翱,在观看、感受这些文化活动时,自又激荡起胸中的"屈原之志";而在观看《潇湘图》后,有感于潇、湘景物依旧,然"江流物色改",世易时移,政权更替,故国飘零,往昔的宗国已为蛮夷所侵凌,这让由宋入元的谢翱不由得"泪承睫"。观图所产生感触还不仅仅限于此种"亡国之恨",诗中"三户空鸟啼"之语,反"楚虽三户,亡秦必楚"之意而用之,将作者复国无门的绝望情绪表现出来;而"九嶷列如堞"的自然景观叙述,更是通过将人事变迁与潇、湘景物不易进行对比,传递出作者面对有限与永恒之时的无奈之情。作者在观图之后,由悲伤而最终归于无可奈何。

由于文献的阙失,其所观之《潇湘图》的具体形貌难以知晓。然就谢翱题诗内容来看,其中当是绘有潇、湘之地的自然景致。

(六)黄居中《潇湘图》

宋高似孙作有《黄居中〈潇湘图〉歌》,其辞曰:

> 天晴而雨断兮,作苍梧九嶷之高秋。风行而川怒兮,泄潇湘洞庭之奔流。树不知名兮山抱复岭,沙不计程兮水趋他洲。波作止兮蛟舞蛟蛰,云晦明兮猿呼猿愁。原不可作兮兰亦尘土,贾傅归汉兮鵩其何尤。谁呼鱼兮北滋有酒,谁鼓枻兮南津有舟。怀斯人兮杳霭千里,目怅望兮吾其归休。[1]

高似孙,生卒年不详,字续古,号疏寮,鄞县(今浙江宁波市)人,一说余姚(今浙江余姚市)人。其为官贪酷,人品无称,但读书

---

[1](宋)陈起:《江湖小集》卷四十三,清文渊阁《四库全书》本。

以隐僻为博,作文以怪涩为奇,著有《唐科名记》《唐乐曲谱》《骚略》《文选句图》等。

其诗作中之黄居中,今难知其详;然从其骚体诗作中看,其中化用诸多《九歌》文辞,取用"苍梧九嶷""潇湘洞庭"等地理名称作为寄意之象,或可推知,黄居中《潇湘图》当是图绘潇湘景色之画卷,其中有景物能使观者将其与屈原及《楚辞》联系起来,产生"怀斯人兮杳霭千里,目怅望兮吾其归休"的幻灭感。

(七)胡铨《潇湘夜雨图》

胡铨(1102—1180),字邦衡,号澹庵,吉州庐陵(今江西省吉安市)人。南宋建炎二年(1128)进士,授抚州军事判官。任枢密院编修时,闻朝廷遣使赴金国求和,遂上书请斩秦桧首,坐罪除名,编管昭州。孝宗即位,复奉议郎、知饶州。官至工部、兵部侍郎,以资政殿学士致仕。卒谥"忠简"。著有《澹庵文集》等。

胡铨作有《题自画〈潇湘夜雨图〉》诗,其辞曰:

　　一片潇湘落笔端,骚人千古带愁看。不堪秋着枫林港,雨阔烟深夜钓寒。①

此诗乃是胡铨被贬谪之后,因读《离骚》而有所感触,遂绘制《潇湘夜雨图》,并题于画上者。"潇湘夜雨"图一般认为是北宋度支员外郎宋迪"潇湘八景"之一,而胡铨此图,或是临摹宋迪之画,或是在谪居之际,忆及屈原,遂取象于潇湘夜雨之情境,以寄予自我矢志君国却遭谗被疏,与屈子同悲的不遇之情。

胡铨此图今未见,然而就诗中文辞来看,其"一片潇湘落笔端"之语,即时点出其图中所绘主要内容当为潇湘景物。

---

① (宋)韦居安:《梅涧诗话》卷上,清嘉庆《宛委别藏》本。

　　总体看来,这些仅在文字文献中提及的《楚辞》图像,尽管不能以具体可感之形象,让人们直观认知宋人对屈原及《楚辞》的图像表现形态。然而,其名称、图像的文字描述、文士观图感受等内容,却在一定程度上丰富了宋代《楚辞》图像的内容,也为人们了解《楚辞》的传播接受情况、古代《楚辞》图像艺术的发展情况提供了诸多素材,其价值亦不容忽视。

第七节　宋代《楚辞》图像的特征及其成因

　　有宋一代,诸多文人艺术家以图像形式来描绘屈原,勾勒《楚辞》作品,图绘《楚辞》所衍生的诸多文化素材,生成了诸多《楚辞》图像作品。尽管其中有些已经亡佚,有些仅存文字描述,流传至今者,不少亦有真伪之争,然与汉、唐相较,此际的《楚辞》图像以其参与创作者广、作品类型多样、题材丰富、确立了《楚辞》图像中《九歌图》的范式等特征,标志着《楚辞》图像开始兴盛起来。

　　首先,参与《楚辞》图像创作的群体更为广泛。这其中,有皇室宗亲,如赵孟坚、张敦礼等,有朝臣又兼文化名流者,如苏轼、朱熹等,有艺坛巨匠,如米芾、李公麟、吴说等,还有一些普通民众或工匠艺人,等等。他们地位不同,生活处境有异,知识构成有别,然都以不同之艺术样式,创制了诸多《楚辞》图像作品,其中有不少还对后世产生重要影响。正是社会各阶层的广泛参与与积极创作,才既扩大了《楚辞》图像作品的影响,更为其大量生成提供基础。

　　再则,《楚辞》图像的类型更为多样。在不考虑作品真伪问题的情况下,据文献著录与实物遗存,今所能知之宋代《楚辞》图像有近五十件,超过了汉、唐时期的总和。当然,数量上的差异不能直接说明问题,还应考虑因时代久远而造成的保存困难,以及图像艺术的整体发展规模等因素的影响。但也应看到的是,这些作品所涉之艺术门类甚为多样:有法书,真、行、草、隶、篆,诸体皆备;有绘画,其中既有白描,亦有设色;有壁画,既有厅堂之上所绘之三闾大夫像,又有庙祠之中的屈原像及《楚辞》作品图像;还有造像,包括屈原、二湘等。这表明,《楚辞》图像的艺术表现式样有了较大拓展。

　　复次,《楚辞》图像所表现的题材更为多样。这其中,既有《楚辞》作者图像,如屈原像、屈原故事图像;又有表现《楚辞》作品内容的图像,如法书作品《离骚》,绘画《九歌图》《湘君湘夫人图》《大招图》等;还有《楚辞》香草图像,如《沅兰湘竹图》《兰蕙图》《墨兰图》《石兰图》;以及与《楚辞》所涉地理如巫山、潇湘等相关图像,如《巫山图》《潇湘图》《潇湘夜雨图》等等。可见,《楚辞》图像所涉及的题材在此时已甚为多样。

　　更为重要的是,宋代《楚辞》图像在《楚辞》图像发展史上还具有一定的开创意义与范式意义,如传为"大才逸群"的李公麟创作《九歌图》,就以其布景、构图及技法,确立了中国古代白描《九歌图》的两类范式,以至于被学者视为是"迄今文献所载存之'楚辞图'的肇始"①;而传为张敦礼的设色《九歌图》,以及美国大都会艺术博物馆所藏传为南宋画师的设色《九歌图》,则可推为今所能见之最古设色《九歌图》。也就是说,作为古代《楚辞》图像的重要组成部分的《九歌图》,其基本艺术式样,在宋代已经奠定,而这也正是宋代《楚辞》图像特征的又一所在。

───────────────

① 许结:《宋代楚辞文图的学术考察》,《湖北大学学报(哲学社会科学版)》,2018年第3期,第60页。

宋代《楚辞》图像所呈现出的这些特征,大抵与两宋政治局势、思想文化界《楚辞》研究的风尚以及艺术家的伟大创造所引起的模仿等因素有关。

首先,两宋政治变迁与图像作者对屈原精神的认同,促使《楚辞》图像大量涌现。

宋自立国之初,就处在内忧外困的窘迫格局之中:太祖、太宗之世,加强皇权,防范武臣,在一定程度上削弱了军事力量,致使其在与辽、西夏等少数民族并峙的局势中处于劣势;真宗、英宗统治时代,行政机构臃肿,军事挫败不堪;哲宗、徽宗、钦宗之际,变法失败,党争激烈,农民起义蜂拥,外族入侵,山河沦陷,徽宗、钦宗被虏北上;靖康二年(1127),赵构即位,并于次年定都杭州,是为南宋高宗,其在位期间,正当金国全盛之时,金人屡屡南下入侵,然南宋始终偏安一隅,无心收拾山河。这种政治局势与《楚辞》作者屈原、宋玉等人所处之战国南楚时代颇有相似之处:

其一,皆有变法运动,然最终都宣告失败。楚悼王任用吴起,推行变法,曾一度使得"诸侯患楚之强",然悼王卒后,吴起被诛,变法中止,楚之国势因之而日衰,迨至怀王时,"使屈原造为宪令",然因上官大夫之谗言"怒而疏屈平",变法亦未推许。而北宋神宗时期,王安石亦推行新法,然遭司马光等保守派的反对,变法最终也宣告失败。

其二,皆有外敌入侵、国君被扣押俘虏的重大政治事件。屈原所生活的楚怀王、顷襄王时期,秦"大破楚师于丹、淅,斩首八万,虏楚将屈匄,遂取楚之汉中地。其后诸侯共击楚,大破之,杀其将唐眛"[1],而后怀王"入武关,秦伏兵绝其后,因留怀王,以求

———————

[1] (汉)司马迁:《史记》,北京:中华书局,1982年,第2483页。

割地。怀王怒,不听。亡走赵,赵不内。复之秦,竟死于秦而归葬"。北宋末年,金兵南侵,越渡黄河,直抵东京,徽宗避祸至亳州,后奔镇江,太子桓即位,是为钦宗,次年改年号为靖康。靖康二年(1127)正月,钦宗被金人扣留,徽宗也被押送金营,战国之际楚怀王客死他国的历史悲剧重新上演了。

其三,继任者多偏安一隅,无心励精图治。楚怀王被囚,顷襄即位,子兰当政,"群臣相妒以攻,谄谀用事,良臣斥疏,百姓心离,城池不修"①,而秦国却不断攻占楚国,顷襄王九年夺上庸、汉北,二十一年,秦将白起破郢都,楚从此一蹶不振,至公元前223年左右终为秦所灭。而南宋高宗即位之初,爱国将士与北方民众纷纷抗金,其却无心恋战,只为自保而逃亡。建炎二年(1128)秋,金军南下,高宗从杭州逃到扬州,后又遁至越州和明州,复至温州;而后金军南下曾被宋将吴璘、岳飞等击败,收复襄阳、洛阳和郑州等地,但高宗始终退让求和,任秦桧为相,接受金之诏书与合议条款,割让土地,岁贡银绢,罢免将士,置南宋政权于危亡之际。

面对两宋王朝内外交困的窘迫政治形势,强烈的正统观念和爱国意识使得宋代士人对历史上曾出现过的那些忠君爱国之士充满景仰,而屈原"岂余身之惮殃兮,恐皇舆之败绩"的矢志君国情怀自然受到士人阶层的崇敬,如司马光有《屈平》诗:"白玉徒为洁,幽兰未谓芳。穷羞事令尹,疏不忘怀王。冤骨消寒渚,忠魂失旧乡。空余《楚辞》在,犹与日争光。"②赞美屈原的高洁人格及其"疏不忘怀王"的忠贞精神,并推许《楚辞》之价值可与日月争光。其他如梅尧臣《糟淮鲌》、刘敞《读〈离骚〉》、苏轼《屈原塔》、苏辙

---

① (汉)刘向辑录:《战国策》,上海:上海古籍出版社,1985年,第238页。
② 李之亮:《司马温公集编年笺注》,成都:巴蜀书社,2009年,第382页。

《屈原塔》、余靖《端午日寄酒庶问都官诗》、张耒《屈原》《和端午》、
陆游《哀郢》《屈平庙》、张孝祥《金沙堆庙有曰忠洁侯者，屈大夫
也，感之赋诗》诸诗亦皆表达对屈原的崇敬与眷恋之情。可以说，
对屈原精神的景仰与推崇，成为此期诸多图像作者所共同拥有的
文化心态，而这也为其以图寄情之《楚辞》图像创作行为的展开提
供了心理动因。

　　更应注意的是，出于安国抚民、维系统治之稳固性的需要，宋
代帝王也通过封爵建祠等方式来向民众宣扬屈原的忠贞精神。
宋神宗于元丰三年（1080）封屈原为"清烈公"，元丰六年（1083）春
正月丙午，"封楚三闾大夫屈平为忠洁侯"①，北宋徽宗赵佶政和
元年（1111）后，屈原封号统一为"清烈公"，这种来自中央朝廷的
追封对扩大屈原及《楚辞》在民众中的影响无疑具有重要意义。
在官方的倡导下，一些祭祀屈原之庙祠得以重修或新建，与之相
应，作为祀主的屈原，其神主或造像也被制作出来，庙宇中亦有配
祀者之形象，以及依据屈原生平及《楚辞》文本而图绘的相关形
象，这就构成《楚辞》图像的组成内容。而诸多文臣武将、士子艺
术家，在经临屈原庙祠之时，心有所感，遂发而为诗文，来咏叹庙
祠中的《楚辞》图像。

　　其次，文运隆盛与图像艺术的文学化进程，使得诸多文士借
图绘《楚辞》，寄予情志。

　　陈师曾《文人画之价值》曰："南北两宋，文运最隆，文家、诗
家、词家彬彬辈出，思想最为发达，故绘画一道亦随之应运而兴，
各极其能。欧阳永叔、梅圣俞、苏东坡、黄山谷对于绘画皆有题
咏，皆能领略；司马君实、王介甫、朱考亭在画史上皆有名，足见当

---

① （元）脱脱等：《宋史》，北京：中华书局，1977 年，第 309 页。

时文人思想与绘画极相契合。"①其语即点明在文运隆盛的时代背景下,文人广泛参与图像艺术创作的状况。为加强中央集权,北宋实行"重文抑武之策",大兴科举,"与士大夫治天下",文士得以广泛、深度参与社会政治文化生活,在成就有宋"郁郁乎文哉"之时代风貌的同时,也有力推动了宋代图像艺术的文学化进程。

在这一进程中,作为文士知识储备的《楚辞》,其所包蕴的忠君爱国之情、清洁自守之志、不遇失志之悲,以及对奸佞谗臣、宵小党人等的痛恨批判之情,往往能赢得宦海沉浮中的文士的认同与共鸣。故而,他们在诗文中取用《楚辞》意象,表现自己的思想情怀,同时,还将此种意绪以比兴寄托方式,运用到图像艺术创作之中,生成诸多《楚辞》图像作品。李公麟所谓"吾为画,如骚人赋诗,吟咏情性而已。奈何世人不察,徒欲供玩好耶"②之语,正是点明了宋代文人创作《楚辞》图像的用心。

再则,《楚辞》研究的中兴与图像作者对《楚辞》的研习,也扩大了《楚辞》图像的影响。

诚如许结先生所言,《楚辞》作为一种学术的构建,首先宜落实到文本的层面。③ 与汉、唐《楚辞》研究相较,宋人的《楚辞》研究取得了显著成就,所产生的《楚辞》文本也远远超乎前代,据姜亮夫编《楚辞书目五种》的著录,其"书目"部分"辑注类"228 种,宋代有晁补之等 11 种,而唐代无一;"音义类"37 种,宋代有洪兴祖等 3 种;"评论类"41 种,宋代黄伯思前仅汉代刘安《离骚传》、班固

---

①陈师曾:《中国文人画之研究》,杭州:浙江人民美术出版社,2016 年,第 9 页。
②王群栗点校:《宣和画谱》,杭州:浙江人民美术出版社,2012 年,第 76 页。
③许结:《宋代楚辞文图的学术考察》,《湖北大学学报(哲学社会科学版)》,
　2018 年第 3 期,第 60 页。

《离骚传》两目；"考证类"26种，宋代有朱熹等4种，而在朱熹前亦仅刘杳《楚辞草木疏》一卷；"绍骚"（仿骚）从苏轼《屈原庙赋》到高似孙《骚略》录宋人创作14人40余篇，数量远超唐人。正是基于此种认识，学界多认为，相较于魏晋南北朝隋唐时期的沉寂，宋人在屈原思想人格的研究上更多继承了汉人的成果，在屈原作品的研究上则更多吸收了魏晋与唐代的观点，由此而形成《楚辞》学的繁荣，呈现出整合、集成的态势①，并使得此期的《楚辞》研究成为传统《楚辞》学的第一个大盛时期。

　　与《楚辞》研究兴盛相适应的是，不少图像作者亦喜好《楚辞》，并在教习过程中强调熟读《楚辞》，在创作过程中也多有对《楚辞》的自觉模仿。

　　苏轼仰慕屈原的人格精神，对沧江民众敬吊屈原所形成的端午竞渡习俗进行歌颂②，并教导学者以《离骚》作为演习对象，"常教学者但熟读《毛诗·国风》与《离骚》"，以为"曲折尽在是矣"；黄庭坚亦曰："若欲作《楚辞》追配古人，直须熟读《楚辞》，观古人用意曲折处讲学之，然后下笔。譬如巧女文绣妙一世，若欲作锦，必得锦机，乃能成锦尔。"③这种对《楚辞》文本的熟稔，无疑为《楚辞》图像的创作提供了基础。

　　此外，李公麟"白描"技艺的开创及图像作者的模仿，对宋代《九歌图》的生成产生了重要影响。

---

① 林姗：《宋代屈原批评研究》，福建师范大学2011年博士学位论文。
② 苏轼有《屈原塔》诗，其中有"楚人悲屈原，千载意未歇。精魂飘何处，父老空哽咽。至今沧江上，投饭救饥渴。遗风成竞渡，哀叫楚山裂"诸语，可以见出，其时人们即有以"龙舟竞渡"之俗来吊屈原的认识。
③ （宋）黄庭坚：《黄庭坚全集》，成都：四川大学出版社，2001年，第1371页。

　　作为一种绘画粉本的白描，本是绘画过程之一部分，未曾独立成画，如唐人吴道子擅"飞白"，然其白画还需经由弟子着色，方才得以完成，杜甫曾见及薛稷《西方变》，虽有"惨淡壁飞动"之感，然却因"到今色未填"而感遗憾。可见，至少在唐代，"白描"还不是一种构成完整艺术作品的、直接用于审美观照的独立的绘画语言元素，更未作为一种独立的绘画样式呈现。

　　至公麟时，其以书法技艺入画，凭借线条变化，"扫去粉黛、淡毫轻墨、高雅超逸"，使线描成为一种独立的绘画样式，其艺术表现力也达到前所未有之高度，以至于《宣和画谱》赞曰："吴晋以来，号为名手者，才得三十三人，其卓然可传者，则吴之曹不兴，晋之卫协，隋之郑法士，唐之郑虔、周昉，五代之赵岩、杜霄，本朝之李公麟。"而元人汤垕《画鉴》更是将其视为"宋人人物第一"。

　　正是因为李公麟画艺之高超，以至于在其所生活的宋代，就产生了一大批追随者：赵广"终日不离公麟左右"；孙介"受业于龙眠……，几出于蓝""深得其奥"，而画马"几能乱真"；乔仲常"专师李伯时，仿佛乱真"；贾师古"道释人物师李公麟，白描得闲逸状"；赵令晙"善画马，师伯时"；德正僧"专师李伯时"；金显宗"师法李公麟"；而"以公麟白描之法，创减笔之新路"的梁楷，则在李公麟以"线"为唯一绘画元素的启迪下，大胆取舍创新，将以线造型运用到极致，创造简笔人物画，为中国古代人物画独辟蹊径。

　　在这种师法李公麟已成为画坛风潮的情形下，作为其"白描"技法之重要体现的《九歌图》，自然也是诸多图像作者所取以模仿的绝佳对象。是故，有宋一代，围绕李公麟的《九歌图》，产生了大量临摹之作与仿作，丰富了宋代《楚辞》图像的数量。

第四章　元代《楚辞》图像

至元八年(1271)，忽必烈在刘秉忠、王鹗等的协助下，废"蒙古"国号，取《易经》"乾元"之意，改国号为"大元"，宣告这个由北方少数民族建立的全国大一统政权的诞生①。少数民族入主中原，在政治制度、思想观念、文化策略等方面，皆体现出与汉、唐以来的诸多不同，《楚辞》图像赖以生存的社会文化环境因之亦有较大变化。

元崛起漠北，代宋而立。受政权更迭诸因素之影响，一些辗转入元的南宋宗亲及文士，多有亡国之痛与遗民之恨，无不欲借笔墨以自鸣。在图像创作时，他们亦多非以遣兴，即以写愁而寄恨，常有借表现《楚辞》题材来展示自我的民族气节，书写忠于旧朝之情怀。如擅长绘兰的郑思肖，在宋亡之后，所画之《墨兰图》，根多不着土，寓意为"土为番人夺去"，表达对国土沦丧的悲愤之情，以及其对旧朝的忠诚；作为赵宋宗室的赵孟頫，仕元后多有悔恨痛苦之思，在图像艺术创作中，曾书写有《离骚》《远游》，绘制有

---

① 自从唐末藩镇割据以来，先后出现了五代十国时期的分裂局面，辽、宋、金政权共存时期的对峙状态，西夏、蒙古、高昌、哈剌汗朝、西辽、大理、吐蕃等政权共存的形势，这种天下分裂的政治格局持续近四百年，至元政权建立，方才复归于一统。

《九歌图》《兰蕙图》《竹石幽兰图》等作品,而其夫人管道昇及子赵雍、赵奕,亦能诗善画,并绘有《楚辞》图像,如管道昇有《九歌图》,赵雍有《墨兰图》,其中亦多有故国之思;与赵孟頫同居"吴兴八俊"之列的钱选,则选择不愿与新统治者合作的道路,据张羽《静居集》载:"子昂被荐入朝,诸公皆相附取官达,独舜举龃龉不合,流连诗画,以终其身"①,在图像艺术中,其大多表现一种"隐逸"思想,还临摹有李公麟《九歌图》。

　　至元中期,儒生文士缅怀故国的思绪逐渐淡去,有些文士被统治集团招纳,成为新政权的组成部分,而有些文士则隐匿于山水田园,流连诗酒,寄情于雅集活动,"方其濯缨清流,连镳层云,雍容雅言,优游燕歌,固当他有汲汲于今时之为者。风霜摇落,砂砾净尽,平生扳援驰逐之好,一切不以介意,乃相率俯首从事于山川篇翰间,一以逃喧远累,一以忘形遗老,寒暄、荣悴、嚣寂、禽虫、卉木、百物之变出没于前,忧愁、喜乐、穷达、贵贱、史册古今之感往来于中,一一可与吾接而不得为吾累也,何莫非诗之助者"②,以抒发内心之感怀。至治三年(1323),大都城南天庆寺举行了由鲁国大长公主祥哥剌吉召集的艺术赏鉴雅集,参与雅集的翰林直学士袁桷品题的书画有 41 件③;至正年间,杨谦曾在浦东别业举行过多次雅集,杨维桢、张绅、赵橚等曾于其中参加品题书画活动;而元末顾瑛所创建的玉山雅集,"在参与者的规模和持续时间

---

①(明)张羽:《静居集》卷三,《四部丛刊三编》景明成化刻本。
②(元)戴表元著,陈晓冬、黄天美点校:《戴表元集》,杭州:浙江古籍出版社,2014 年,第 240 页。
③谷卿:《论元代雅集品题的内涵特质——以作为雅集物证的书画原迹为中心》,《文学评论》,2017 年第 1 期,第 151—158 页。

上,大大超越了兰亭雅集和西园雅集,成为中国古代文人雅集的一个高标"①,张雨、黄溍、黄公望、倪瓒、杨维桢、王蒙、朱珪、杨基等等,先后广集于庭下,吟诗作赋、共赏诗画佳作,享受自身的清才雅趣。参加这些雅集活动的文士,不少有创制过《楚辞》图像如袁桷有《九歌图》,张渥绘制有《九歌图》《湘灵鼓瑟图》,张雨绘制有《湘君湘夫人图》等。

受兼容并包的开放宗教政策之影响,一些方外之士也熟知《楚辞》,钟情香草,并图绘其形象,如祝玄衍作有《九歌图》,明雪窗、释宗衍、释良琦等也作有《兰图》《兰蕙图》等图像,以寄予自我清洁之志,从而拓展了《楚辞》图像的创作、接受群体,丰富了元代宗教文化的内容。

第一节　后先述作光联翩:
吴兴赵氏家族的《楚辞》图像

赵孟頫(1254—1322),字子昂,号松雪道人,又号水精宫道人、鸥波,中年曾署孟俯,浙江吴兴(今浙江湖州市)人。孟頫为宋太祖赵匡胤十一世孙,其父曾任户部侍郎兼知临安府浙西安抚使。然孟頫年方十二,其父即辞世,后乃以父荫补真州司户参军。至元十三年(1276),元世祖忽必烈攻陷临安,虏宋恭帝,建立元朝。孟頫旋即退居吴兴,时从老儒敖继公质问疑义,经明行修。至元二十三年(1286),元世祖令程钜夫搜访遗逸,孟頫因之被举

---

① 查洪德:《元代文坛风气论》,《第二届元上都遗址与文化研讨会论文集》,2012 年,第 75 页。

荐至朝堂,而世祖"一见称之,以为神仙中人,使坐于右丞叶公之上"①,自此便开始累累迁擢的仕宦生涯。

　　然而,孟頫本为赵宋王孙,之所以仕元,乃是因其有"使圣贤之泽沛然及于天下"②之志,意欲借此而有所作为,兼善天下。然元政权招其于朝廷的重要目的,乃在于"藻饰太平之美"③,故孟頫立于元廷,位尊而权虚,难以施展才能。加之又有"失节"之忧,其心中常有失意与懊悔,曾自言"在山为远志,出山为小草。古语已云然,见事苦不早。平生独往愿,丘壑寄怀抱。……昔为水上鸥,今如笼中鸟。哀鸣谁复顾,毛羽日摧槁。向非亲友赠,蔬食常不饱。病妻抱弱子,远去万里道","卧疴愧微官,俯仰百忧集"④,表达当下的痛苦与矛盾,由是萌生效法陶潜,辞官归隐之意趣,"生世各有时,出处非偶然。渊明赋《归来》,佳处未易言。后人多慕之,效颦惑媸妍。终然不能去,俯仰尘埃间。斯人真有道,名与日月悬。青松卓然操,黄花霜中鲜。弃官亦易耳,忍穷北窗眠。抚卷三叹息,世久无此贤"⑤,但又无法彻底与仕宦相决绝,随之继续在优裕安闲的生活中懊悔着、矛盾着、纠结着,创造出独秀于

①(元)赵孟頫著,黄天美点校:《松雪斋集》,杭州:西泠印社出版社,2010年,第326页。

②(元)赵孟頫著,任道斌点校:《松雪斋集》,杭州:杭州古籍出版社,1986年,第131页。

③(元)赵孟頫著,任道斌点校:《松雪斋集》,杭州:杭州古籍出版社,1986年,第266页。

④(元)赵孟頫著,任道斌点校:《松雪斋集》,杭州:杭州古籍出版社,1986年,第20—21页。

⑤(元)赵孟頫著,任道斌点校:《松雪斋集》,杭州:杭州古籍出版社,1986年,第23—24页。

有元一代的图像作品，"盛名充塞海内"①，甚至远至天竺、日本诸国，咸知宝藏其翰墨以为贵。

孟頫博学多才，能诗善文，工书法，精绘艺，擅金石，通律吕，解鉴赏；鲜于枢谓"子昂篆、隶、正、行、颠草俱为当代第一，小楷又为子昂诸书第一"②，柯九思以为"国朝名画谁第一，只数吴兴赵翰林"③。其传世书迹有《洛神赋》《道德经》《胆巴碑》《玄妙观重修三门记》《临黄庭经》《四体千字文》等，传世画迹有《重江叠嶂图》《鹊华秋色图》《秋郊饮马图》等，其中多有关涉《楚辞》者。

受其影响，其夫人管道昇及子赵雍、赵奕，孙赵凤、赵麟等，亦能诗善画，创作了诸多艺术品，其中多有绘《楚辞》图像者，如管道昇有《九歌图》，赵雍有《墨兰图》，可谓是"一门三世才且贤，后先述作光联翩。雅知国灭史不灭，家声无愧三百年"④，构成了中国古代《楚辞》图像艺术史上的独到风景。

一、赵孟頫的《楚辞》图像

帝王苗裔、状貌昳丽、博学多闻知、操履纯正、文词高古、书画绝伦、旁通佛老之旨⑤的赵孟頫，慕屈而好《骚》，于诗文中常用《离骚》"香草美人"之法，抒写主体多样情怀：以"青青蕙兰花，含英在中

---

① 罗月霞主编：《宋濂全集》，杭州：浙江古籍出版社，1999 年，第 994 页。
② （明）张丑：《清河书画坊》卷十，清文渊阁《四库全书》本。
③ （元）顾瑛：《草堂雅集》，北京：中华书局，2008 年，第 16 页。
④ （元）来复：《蒲庵集》卷二《题赵松雪、夔子山二公墨迹后》，见陈高华编：《元代画家史料》，上海：上海人民美术出版社，1980 年，第 79 页。
⑤ （元）杨载：《大元故翰林学士承旨荣禄大夫知制诰兼修国史赵公行状》，见赵孟頫著，任道斌点校：《松雪斋集》，杭州：杭州古籍出版社，1986 年，第 267 页。

林"(《赠别夹谷公二首》其二)比己具内美修能,有清洁之志;以"美人涉江来,遗我云和琴"(《咏怀六首》其二),"美人隔秋水,咫尺若千里。可望不可言,相思何时已"(《美人隔秋水》)诸语,比虽蒙见招,却终感"不遇"之忧;用"由来无丑好,众女嫉蛾眉"(《送石仲璋》)、"蛾眉亦何有,空受众女仇"(《奉酬戴帅初架阁见赠》)诸语,表达对自我遭受非议的不平。而在其最为世人所称誉、推许为元人"冠冕"的图像艺术创作中,也能见出《楚辞》身形:书《离骚》,写《远游》,绘《屈原像》《九歌图》,画《兰蕙图》《竹石幽兰图》《洞庭东山图》,运用多种艺术样式,对《楚辞》进行多种题材之图像再现。

从图像所属的艺术类型层面看,赵孟頫创作的《楚辞》图像主要有书法与绘画两大类,兹分叙之。

(一)书法类

众体兼擅的赵孟頫,亦曾以楷、行诸体,书写《离骚》《远游》之文辞。

1.楷书《离骚》

清张照《石渠宝笈》著录有顺治帝临诸名家帖五册,黄笺本,其中第三册为顺治十六年(1659),顺治"节临赵孟頫书《离骚》凡八则,计十七页"①。据此可知,赵孟頫曾有法书《离骚》;而就其中所列顺治所临书者及篇目(如王羲之《乐毅论》、黄庭坚《岳云帖》、虞世南《孔子庙堂碑》、王献之、欧阳询、颜真卿、苏轼、蔡襄、董其昌等)信息来看,孟頫此帖,或许是以楷体书写者。

孟頫身为宋室宗亲,却屈身仕元,故其为人在明、清之际遭受非议,而其书艺亦因之而受牵连,如王世贞称其"纵极八法之妙,

---

① (清)张照:《石渠宝笈》卷一,清文渊阁《四库全书》本。

不能不落竖儒口吻"①,张丑也认为其书法"第过为妍媚纤柔,殊乏大节不夺之气,似反不若文信国天祥书体清疏挺竦"②,而孟頫书《离骚》,或有寄情明志之心。

2.行书《远游》

据清人陆心源《穰梨馆过眼录》载:赵孟頫有行书《远游》篇,纸本,高八寸八分,长九尺二寸六分。③ 今藏于北京故宫博物院,为白麻纸本,坚洁如素,凡三接,钤缝"王氏"二字朱文印。

卷前有清人唐翰题书卷名"元赵文敏书远游篇真迹",下接双行小字"建康王氏旧藏,家篑山兄寄赠,戊辰三月装竟,唐翰题署"。

唐翰题(1816—?),初名宝衔,字鹪安,一作鹪庵,号子冰、鹪生、文伯,别署新丰乡人、鹪叟等,浙江秀水(今浙江嘉兴市)人。

① (明)郁逢庆:《郁氏书画题跋记》,见《中国书画全书》(第四册),上海:上海书画出版社,2009年,第632页。

② (明)张丑:《清河书画舫》,见《中国书画全书》(第四册),上海:上海书画出版社,1992年,第337页。

③ (清)陆心源:《穰梨馆过眼录》卷二,清光绪吴兴陆氏家塾刻本。

　　唐氏"自幼有书癖",精于鉴别,收藏金石、书籍、碑版、名画甚富,家有"铁如意斋""唯自勉斋""安雅庐"等藏书处,编纂有《安雅庐藏书目录》,著有《说文臆说》《荀子校注》《唯自勉斋存稿》等。

　　据此题署可知,赵孟頫行书《远游》卷原为建康王氏之物,后辗转归入其家,其遂于同治戊辰(1868年)三月重装此卷。

　　此卷卷首钤"缑山仙裔"白文印,下钤"唐翰题审定记""建康王勋章"朱文印等,次书"远游",次录《远游》全文,凡八十八行,行十二至十四字,末署"子昂为舜中书",下钤"赵氏子昂""王氏珍藏"朱文印。卷末钤有"唐翰题审定""成之书印""王勋印"朱文印,"一驹私印""贞居道人章"白文印。

　　后接钱应溥、唐翰题跋文,并有程志和于光绪丁未(1907年),程文葆、曾朴、李葆恂于宣统己酉(1909年),奎濂、朱汝珍于宣统癸亥(1923年)时观看此卷之题识。

　　钱应溥(1824—1902),字子密,别署葆真老人,浙江嘉兴人,著有《葆真老人日记》,多记同治、光绪两朝政事。其跋文曰:

　　　　脱脱丞相延祐间为江浙丞相,伯颜察儿为左平章,咨保宁国路税务副使耶律舜中为宣使。一日,平章谕该使吏曰:

"我保此人,乃风宪旧人,及其才能,正当选用。"元杨元诚《山居新话》第十三条。

光绪丁丑十月二十九日,过唯自勉斋,鹤安出示此卷,款"为舜中书",当即《新话》中所称耶律舜中其人者。或以称名为嫌,不知元人士夫缙绅,多以字行,似可无疑,且时代适相符合也,书以俟再考。子密钱应溥记。

据此可知,光绪丁丑(1877年)十月二十九日,唐翰题曾将赵孟頫此《远游》卷出示于钱应溥。钱氏观之,以为松雪所记"子昂为舜中书"之"舜中",即元人杨元诚《山居新话》中所载之耶律舜中。清人张伯英《独坐》著录有赵孟頫《秋兴赋》拓本,其中有松雪自题"至大二年(1309)三月,乡人吕于臣自金陵携此纸,为耶律舜中求书,为写此赋"①云云,亦可证钱氏之说不诬也。

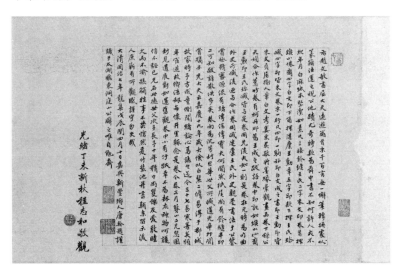

---

① (清)张伯英:《独坐》,北京:中国文史出版社,2017年,第237页。

　　其后有唐翰题跋文,于此卷之流传情况颇多考述:

　　　　右赵文敏书屈大夫《远游》篇,首末千百言,无一懈笔,转
　　换处以篆籀法运之,视公他迹,尤奇特。款为"舜中书",不知
　　何许人,亦不纪年月,白麻纸本,坚洁如素,凡三接,钤缝"王
　　氏"二字朱文印,卷首押"缑山仙裔"四字白文印,下角押"建
　　康王勋章"五字印,款下押"王氏珍藏"四字印,皆朱文。卷末
　　一行凡四印:"一驹私印",白文;"成之书印""王勋印",皆朱
　　文;"贞居道人章",白文。考娄东吴敏升《墨缘汇观·画品》
　　卷下录公夫妇合作《蕙竹》卷,有柯丹邱为王成之跋语,卷中
　　印记如"缑山仙裔""王勋印""王氏珍藏",皆与是卷同,先后
　　亦如一,则是卷在元时为"句曲外史"所藏,后乃与合作卷同
　　藏建康王氏。外史亲受书法于公,鉴赏极精审,源流有绪,传
　　信传宝,夫何间然?纸尾尚有钤缝半印二,可知跋语散佚多
　　矣。卷向为沈芳村旦华世父所藏,道光辛卯间,尝携示先大
　　夫云:嘉庆十九年,岁大俭,以白粲二担易得于郡城故家。时
　　予方成童,侧闻绪论,心焉志之,迄今三十七易寒暑矣。频年
　　宦游,故乡浩劫,每怀井里,辄念是卷。今春正月,篑山二兄
　　忽固封见遗,展对如还旧观,卷中小有污迹,幸不为劫灰,神
　　物呵护,信不诬已。兄名世德,世父次子,长予十年,精力尚
　　矍铄,友爱敦睦,久而不渝,振触往事,不禁怆然。爰付装池,
　　并书颠末,留示后人,庶祈有所观感,谨守勿失哉。大清同治
　　七年龙集戊辰闰四月十日,嘉兴新丰乡人唐翰题谨识于太湖
　　厅东洞庭山公廨之唯自勉斋。

　　据其跋文可知,赵松雪此卷在元时为句曲外史张雨所藏,后
流入建康王氏家。嘉庆十九年(1814),沈旦华以白米二担购得,
藏于其家。同治七年(1868),沈世德将此卷送呈于唐翰题,翰题

予以重装,并有题跋。

（二）绘画类

赵孟頫"以承平王孙而婴世变离黍之悲,有不能忘情者,故深得骚人意度"①,而在绘画领域中,赵孟頫亦以《楚辞》为题材,进行诸多创作,或绘屈原人像,或摹《九歌》情境,或画《楚辞》香草,或写《楚辞》地理图像;于制式、技法取用,亦多不同,或册页,或手卷,或立轴,或白描,或设色,类型多样。

1.《九歌图》

据现存文献,赵孟頫所绘制或传为其所绘制之《九歌图》,主要有三种,今依其时序,考录如下:

(1)大德三年(1299)本

美国弗利尔美术馆(Freer Gallery of Art)藏有款署"大德三年八月吴兴赵子昂画"本《九歌图》(Illustrations of "The Nine

---

①(元)邵亨贞:《蚁术词选》,南京:江苏古籍出版社,1988年,第19页。

Songs")①,绢本设色(Ink and Color on Silk),画《九歌》十神形象,每幅约纵 30.3 厘米,横 27 厘米,图后有胡道行隶书《九歌》文辞。

　　首为《东皇太一图》。右上题"赵松雪九歌图""神品"字样,绘有一人,头束高冠,身着绛袍,腰佩玉带,系青色大带,佩方心曲领,左手握卷,右手执笔,侧身面左而立,作欲书之状;其后立一童仆,头发披散,身着素袍,双手抱持长剑而侍立。左下钤有朱文"赵氏子昂"方印。图左隶书《东皇太一》文辞,凡七行,行十四字,另有一行书"右东皇太一"字样。

　　次为《云中君图》。绘有一人,冠服类太一,双手捧玉圭,侧身面右立于云中,其后立有一龙首而人身之扈从,红发赪颜,身有鳞片,正双手抱持旌旗,当风而立。图左隶书《云中君》文辞,凡六行,另有一行书"右云中君"字样。

---

①https://www.freersackler.si.edu/object/F1903.115/.

　　次为《湘君图》。绘一女子，蛾眉凤眼，丰面细口，头梳蟠髻，身着褒衣，腰系褐色佩带，肩披帛巾，正手持芙蓉，面右当风而立，衣袂翻飞。图左隶书《湘君》文辞，凡十六行，二接，另有一行书"右湘君"字样。

　　次为《湘夫人图》。绘一女子，头束发髻，腰系蓝色佩带，肩披帛巾，双手轻挽，面右当风而立。图左隶书《大司命》文辞，凡十七行，二接，另有一行书"右湘夫人"字样。

　　次为《大司命图》。绘一老者，须发稀疏，头束巾帻，身着宽袖深衣，外罩氅衣，足蹬赤舄，左手拈须，右手抚杖，面右佝偻而行；其后立一童仆，头扎蓝巾，身着素袍，双手抱卷册，盖为著录人之寿夭之册。图左隶书《大司命》文辞，凡十二行，二接，另有一行书"右大司命"字样。

　　次为《少司命图》。绘一主二仆，立于云中，中间一人，头戴金莲冠，身着氅衣，左手下垂，右手拈如意，目视下界，其前后立有二童仆，垂双髻，挽簪花，一向一背，手捧旌旄，环视下界。图左隶书《少司命》文辞，凡十三行，二接，另有一行书"右少司命"字样。

　　次为《东君图》。绘有一人，长面隆额，鬖鬖有须，衣饰王者装扮，头戴梁冠，身着衫袍，佩方心曲领，腰佩玉具剑，束玉佩、大带、绶带，左手置于袖中，右手持玉圭，扬于胸前；其后立一侍女，垂双髻，挽簪花，身着青衫，肩披五彩帛带，双手斜握赤碧龙纹长方障扇，神情安然。图左隶书《东君》文辞，凡十一行，另有一行书"右东君"字样。

次为《河伯图》。绘有一人，神情严肃，头戴莲冠，身着道衣，腰系蓝色佩带，双手交叠于膝上，盘膝安坐于巨鼋之上，正于波中疾行。图左隶书《河伯》文辞，凡八行，另有一行书"右河伯"字样。

次为《山鬼图》。绘岩畔松下，一人髡前额，发束于脑后，肩披薜荔，腰佩女萝，右手握芝草，左手执石兰，骑乘于赤豹之上，其后一武者，红发赤须，身形魁梧，披挂铠甲，腰佩兵刃，紧从其后。图左隶书《山鬼》文辞，凡十四行，另有一行书"右山鬼"字样。

末为《国殇图》。绘一武者，须发戟张，头束发冠，身着红色长衫，下穿素裤，足蹬赤舄，佩护腰，系革带，五彩帛带绕身，若虬龙飞动，右手握弓，左手拈箭柄，作欲射之状。其左款署"大德三年六月吴兴赵子昂画"，钤有"赵氏子昂"朱文方印。图左隶书《国殇》《礼魂》文辞。末署"胡道行书"。

其后有景泰元年(1450)顾宣跋文，其辞曰：

赵孟頫丹青擅绝，愈入细则愈精工。兹卷为图《九歌》，凡九章，章各以隶书仿汉峄山碑法，盖胡道行笔也。余尝谓：屈子偶作此以下神；而孟頫独出手腕，极尽摹写，遂令神之丰容，神之仪从，尽归尺幅之中。展玩一过，但觉云为之屯，烟为之障，鼋为之泳，豹为之翔，恍恍惚惚，隐隐跃跃有不可逼视者，神哉！技至此乎？屈子之歌，得孟頫之画而益显，其奇已。

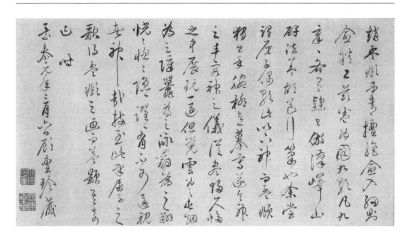

该跋文描述了孟頫《九歌图》的构成,概括了其在图像表现上所具有的形象性,以及观者看图之时的感受,赞誉孟頫之画艺可谓"神哉",并对图像之于屈原《九歌》之传播所产生的作用进行了阐说。

其后又有朱懋学跋文,其辞曰:

> 景泰二年九月九日,辱顾宗伯练溪先生邀过斋头,为看菊之饮,饮次,出赵松雪《九歌》卷相示,笔法精妙,种种入神,既已饱目,兼得醉心,翻觉当年白衣送酒时殊少。此等神物,一破岑寂也。喜极识此,知先生亦应首肯。

据此可知,朱懋学曾于景泰二年(1452)在顾宣家见及孟頫此卷,感慨其笔法精妙,形象入神,让人饱目醉心,叹为神物,遂于其后有此题识,以表喜极之情。

可见,孟頫于大德三年(1299)创作此绢本设色《九歌图》,图绘东皇太一、云中君、湘君、湘夫人、大司命、少司命、东君、河伯、山鬼、国殇十神形象,胡道行隶书《九歌》文辞于其册;图后经顾宣庋藏,并有朱懋学题识;其后辗转流传至美国弗利尔美术馆。

景泰二年九月九日辱
顧宗伯練溪先生邀過齋頭
為看菊之飲∷火出趙松雪
九歌卷相示筆法精妙種∷
入神既已飽目兼浮醉心醺
覺當年白衣送酒時殊少
此等神物一破岑寂也喜極
識此知先生亦應首肯
　　　　朱懋學拜題

　　总体看来,赵孟頫此本《九歌图》为十段本,无《礼魂图》,亦未曾图绘屈原形象。在构图上,除《山鬼图》绘有山间景象,《河伯图》绘有河流之外,其余皆以云气为背景;在人物形象上,具有较强的相似性,如《东皇太一图》《云中君图》《东君图》冠服较为相似,而《湘君图》《湘夫人图》《大司命图》《少司命图》中,人物衣饰、站姿皆极相似,尤为特殊的是,其中所绘之"山鬼",近似一男性形象,颇与前人有异。

　　(2)大德九年(1305)本(存疑)

　　美国纽约大都会艺术博物馆(The Metropolitan Museum of Art)藏有"元佚名仿赵孟頫《九歌图》册"(Nine Songs)①,款署"大

────────────

① https://www.metmuseum.org/art/collection/search/40511.

德九年八月廿五日吴兴赵孟𫖯画并书",原为张大千大风堂旧物,
被定为赵孟𫖯作,张氏曾于民国二十八年(1939)影印此册行世,
使之化身千万,易于得见,原本后流出。然究竟是孟𫖯亲笔,还是
伪作,学界多有争议,存疑,姑系于孟𫖯名下,俟考。

　　此本为纸本墨笔白描(Ink on Paper),册页,共十二开,每开
画心纵 26.4 厘米,横 15.9 厘米。

　　起首即为屈原画像。右上小楷题写"屈原像"三字,下钤朱文
"大千供养"方印、白文"大风堂长物"方印。所绘之屈原为一老
者,头束缁撮,身着交领右衽长袖宽衣,双手拢于袖中,宽额高耸,
鬓发络腮,毫眉逸出,胡须稀疏,面容清癯,神态安详,正侧视右前
方,若有所思,目光平和而坚定,与《渔父》篇中所描述的"颜色憔
悴、形容枯槁"不类,亦与后世如陈洪绶等所绘之屈原不类。对页
楷书《楚辞·渔父》文辞,八行,末钤朱文"赵氏子昂"方印。

次为《东皇太一图》。右绘二人立云中,居前者高冠长裾,面右而立,身着衫袍,佩方心曲领,足蹬双头舄,手捧玉圭,腰佩玉具剑,神色庄重,其后一童仆,丰面重颏,双髻垂肩,双手捧羽扇,面左而侍立;对页书《东皇太一》原文四行,末书"右东皇太乙"一行,钤朱文"赵氏子昂"方印,接缝处钤有张大千"不负古人告后人"朱文方印。

次为《云中君图》。右绘一人,头束发冠,身着衫袍,腰系革带,佩曲领方心,蹬双头舄,拱手拢袖,侧身面左立于云中,其后绘有一五爪之龙,正矫首昂视,张口作欲搏人之状,云气升腾;对页书《云中君》文四行,末书"右云中君"一行。

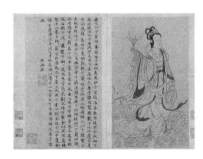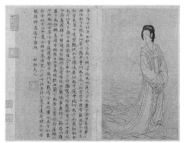

次为《湘君图》。绘一女子,头梳蟠髻,身着窄衫长裙,肩披帛带,右手拈兰草,侧身面右,凌波欲行,袂带翻飞;对页书《湘君》文

八行，下书"右湘君"三字。

　　次为《湘夫人图》。绘一女子，身着窄衫长裙，肩披帛带，双手拢于袖中，侧身面左立于波上；对页书《湘夫人》文九行，末书"右湘夫人"四字。

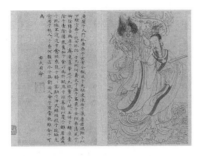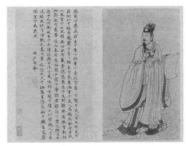

　　次为《大司命图》。绘有二人，立于云中，为首者冠服类太一，右手平握玉圭，左手于袖中轻举；其后立一侍者，兽首人身，毛发散乱，身着铠甲，手持旌旗，神情凶恶；对页书《大司命》歌辞七行，末"右大司命"四字。

　　次为《少司命图》。绘有一人，头戴进贤冠，身着朝服，佩方心曲领，左手握卷，右手执笔，侧立云中，作欲记录之状；对页书《少司命》歌辞七行，末"右少司命"四字。

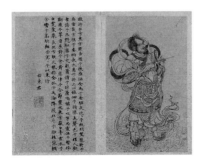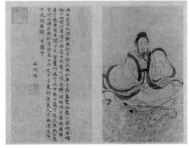

　　次为《东君图》。绘一武士,内着常服,外系护腰,须发戟张,
瞠目张齿,双手横持羽箭,立于云中而仰首右前方,似欲作"射天
狼"之状;对页书《东君》歌辞六行,末另行书"右东君"三字。

　　次为《河伯图》。绘有一人,头戴莲冠,身着宽袍大袖,手执麈
柄,盘膝交座于鼋背上,正浮游于水中;对页书《河伯》歌辞五行,
末另行书"右河伯"三字。

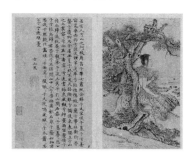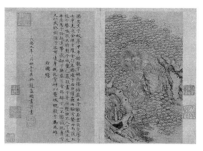

　　次为《山鬼图》。绘山间松下,一人上身赤裸,肩披薜荔,腰
佩女萝,右手拈芝草,乘于赤豹之上,正朝山下走去,其后松下,
有文狸探首作跟从状;对页书《山鬼》歌辞八行,末另书"右山鬼"
三字。

　　次为《国殇图》。绘高树深岩间,有披甲执戈者三,皆头戴兜
鍪,身披铠甲,作欲赴敌之状;对页书《国殇》歌辞五行,又另书"右
国殇"三字;后另一行书"大德九年(1305)八月廿五日,吴兴赵孟
頫画并书"。

　　后副页有明崇祯丁丑(1637年)四月宜兴蒋如奇跋文:"松雪
楷迹尚多,独所见临《东方赞》与此《九歌》,笔画精严,无一懈怠落
凡,曾为后人习染可沾,真希世宝也。两遇人玉斋头,把玩不能释
手。特仿此。"钤有"蒋如奇印"。蒋如奇(?—1643),字一先,号
盘初,宜兴县(今江苏宜兴市)人。万历四十四年(1616)进士,曾

任广信知府、湖西道、浙江参政等官职。精诗文,工书法,可与董文敏齐名,晚岁整理历代法帖,摹刻上石,有百余块。卒后被朝廷追赠光禄寺卿。其在跋文中盛赞孟頫此楷书笔法精严,结体严整,气韵脱俗,乃希世之宝。

又有吴荣光题签"嘉庆丙子(1816年)三月上浣南海吴荣光伯荣甫观",钤朱色阴文"吴荣光印"、阳文"吴氏伯荣"印二枚。

又有张芾诗:"拳拳宗国感灵均,楚些悲吟托水滨。芳草王孙谁写照,至今遗恨旧宗臣。"钤有朱色阳文"黼侯"印。张芾题诗,即点明孟頫图绘《九歌》,有寄托自我眷恋宗国、懊悔仕元之意。

后归大风堂,有叶恭绰题签:"大风堂所藏尤物之一。"

如同大德三年本一样,此本诸神形象亦具有较强的相似性,如《东皇太一图》《云中君图》《大司命图》《少司命图》,其中人物冠服形制基本相同,而《山鬼图》中所绘者,亦为男性形象。

对此图之作者问题,徐邦达先生以为非赵文敏,乃是"张渥真迹,画上没有款印;对页可能另有别人所书《九歌》,如所见三卷,正都是这样的。后来为人拆去对页原题,改作赵书并说画亦自作,因为赵名高于张氏,改换后可以多卖一些钱。以伪赵书形貌而论,其写作时代恐怕也可以到明初。"①可备一说。

(3)延祐六年(1319)本

《石渠宝笈》著录有"元赵孟頫书《九歌》并绘图一卷",款识:"延祐六年四月十八日画并书"②,素绢本,白描,行楷,书《九歌》

---

① 徐邦达:《赵孟頫书画伪讹考辨》,收入《赵孟頫研究论文集》,上海:上海书画出版社,1995年,第133页。

② (清)张照:《石渠宝笈》卷二十五,清文渊阁《四库全书》本。

文辞,绘屈原吟咏之状,书画相间,高一尺一寸一分,广二丈二寸有奇。今藏于台北故宫博物院。

卷首署"九歌图"三字,下有刘德新题识:"灵均之赋《天问》,文生于画;松雪之图《九歌》,又画生于文。乃知文心画心,正在风水相遭之际耳。甲寅秋日,石痴子裕公刘德新记。"刘德新,字裕公,曾于康熙八年(1669)任浚县知县,其题识中所署"甲寅秋日",当即康熙十三年(1674)甲寅。在文中,刘氏从文、图关系角度来理解《楚辞》文本与《楚辞》图像,充分肯定主体人生际遇对文学艺术的影响。

其后有孟頫自跋,其文曰:"《九歌》,屈子之所作也,忠以事君,而君或不见信而反疏,然其忠愤有不能自已,故假神人以寓厥意,观其末章,则显然昭然矣。夏七提领,有感于心,命其子德俊持此卷,图其状,意恳恳也,故搂闲一一画之以酬之。然不能果中提领之目否?因重识之,是年四月晦日也,孟頫书于鸥波亭中。"下有"赵氏子昂""松雪斋"二印。据此可知,赵孟頫此《九歌图》乃是延祐六年(1319)四月应夏七提领之请而作。

此图卷前有"郑朴之印""兰亭居士鉴赏"二印,又"学士印",半印,又半印二,不可识。卷中每段俱有"赵氏子昂"一印。卷末有"王霁字家珍藏""柯氏清玩""柯九思鉴定真迹"三印,又"汪氏蒋印",半印,二又半印,不可识。

2.《兰蕙图》

据张照等《石渠宝笈》载:赵孟頫绘有《兰蕙图》,纸本,水墨画,高七寸九分,广三尺二寸八分。卷后有孟頫自题款识云:"王元章吾通家子也,将之邵阳,作此《兰蕙图》以赠其行,大德八年三月廿三日子昂。"下钤有"赵子昂氏""天水郡图书印"二印,后有

“松雪斋”“赵氏书印”二印,又“合同”一印。①

　　大德八年（1304）三月,孟頫在浙江等处儒学提举任上,王冕将之邵阳,路过杭州,遂往拜谒。孟頫乃作此《兰蕙图》以赠之。此图命名,当是取意于《离骚》中“余既滋兰之九畹兮,又树蕙之百亩”句,既切合孟頫的尊长身份,又体现出其对子侄后辈的勉励期望之情。

　　今美国旧金山亚洲艺术博物馆（Asian Art Museum of San Francisco）藏有此图。前隔水有“元赵松雪《兰蕙图》”七字,钤有“大雅”“竹溪秘玩”“衣园珍藏”印,押缝有“耿会侯鉴定书画之章”“丹诚”二印。

　　卷首有乾隆御书“甲子仲秋月曾临一过”②,其后绘有兰、蕙二丛,生于石隙。图左之蕙,正绽放花朵,图右之兰,寥寥二三,呈娴雅幽静之态。

　　拖尾有赵孟籲跋文,其辞曰:“兰蕙自子固,后世以为绝笔。今观此图,使子固复生,亦当惊叹。展斯卷者,以余言为如何?”孟籲为孟頫弟,于此将孟頫《兰蕙图》卷与宋人赵孟坚所绘兰图作比,以为二者可颉颃。孟籲题后有“姜绍书印”“曲阿姜二酉鉴藏”二印。

　　又有“奉题《兰蕙图》后”六字,后接赵孟琪题诗,其辞云:“楚佩萧疏畹亩荒,喜看毫楮写幽芳。可人棣萼相辉映,珍重斯图翰墨香。”点明作为自然物的“兰蕙”所具有的《楚辞》渊源:骚人于

---

① （清）张照:《石渠宝笈》卷十四,清文渊阁《四库全书》本。
② 张照《石渠宝笈》卷二十著录了乾隆帝临摹赵孟頫《兰蕙图》的情况:仿制,金粟笺本墨画,款识云“甲子仲秋月上浣九日御临”,下有“乾隆宸翰”“笔端造化”二玺。卷前有“研露”一玺。卷高七寸九分,广四尺三寸四分。

《离骚》中以兰蕙作为佩饰,且有"滋兰树蕙"之行为,后人景仰三间,兰蕙亦因之被赋予高洁清芬之道德蕴涵。孟頫图此,当是对《楚辞》物象传统的认同,有借物喻人之用心,以使"可人棣萼相辉映",立意高远,倍增图像价值。

又有长沙张图南题诗,其辞云:"仙人埃溘风,翰墨世所夸。悠悠《离骚》意,奕奕相浦华。贤哉德有邻,观者思无邪。芳菲岂能殊,谁与定等差?九畹无艾萧,百亩无尘沙。佩缠既云结,千古同贞嘉。"张图南,生卒年不详,字则复,号息堂。先世家庐陵安成(今江西安福县),后徙长沙,曾为岳麓书院山长①。在诗中,其大约是着眼于前人区分"兰、蕙"之别论述,强调"芳菲岂能殊,谁与定等差",指出"兰蕙"已在千年的文化传统中,被赋予了"贞嘉"的涵义。

又有广汉沈原隶书题云:"九畹贞芳,想标致、天然自足。爱缥带爇音,曾列楚骚品目。一襟幽怨,迥红紫、众花香国。有可人描写,风流山林□幅。浮暖轻烟,春生旸谷,静贮清馥。远寒雨蓬蒿,甘隐石凹涧曲。坡老吟清,次公笔续。滋华纫佩,继习隐幽蹰。右《蕙兰芳引》,用桂山韵。"下有"二酉"一印。

又赵淇题诗,其辞云:"清爇竞爽借游戏,苍然无限幽贞意。千里暮湘滨,赋成秋复春。玉堂云雾湿,飞下《离骚》笔,荡纸看淋浪,一襟风露香。"前署"《乐府菩萨蛮》太初赵淇"九字,后有"教忠堂藏""宗万之印""兹大"三印。赵淇(1239—1309),字元德,号平远,又号太初道人,合称平初,又号静华翁,衡山县(今属湖南衡阳市)人。曾任广东宣抚使、湖南宣慰使。工画墨竹,好自度曲,著

---

① 王胜军、邓洪波:《元代岳麓书院山长张图南考》,《大学教育科学》,2011 年第 1 期,第 84—87 页。

有《太初纪梦集》等。在诗中,其将孟頫此图与《离骚》直接联系起来,明言其于图中寄托有"无限幽贞意"。

后隔水押缝有"丹诚"印二,又"琴书堂"长字印。

又有日本长尾甲跋文:"赵彝斋兰蕙,绝妙传神,前无古人,后之画者皆师其法。松雪以同宗得其薪传。此卷潇洒超俗,神韵高出于蹊径之外,而笔力之健,视彝斋有更加焉。王者之香,累臣之佩,使人有听琴读骚之思。松雪仕元,贵封魏国,乃写此幽抱孤芳之状,岂有所托耶?卷尾诸跋皆弟及当代名人,故为真迹可知也。传入乾隆内府,尊藏养心殿,宸赏睿临,今佚出东来,遂归静堂老友庋中。为彼则惜,为我则喜也。"据此可知,孟頫此图从清宫流出后,曾辗转至日本。而长尾甲以为此图寄托了松雪的清洁好修之情,而因卷尾有孟頫弟孟籲等人跋文,故为真迹。不过,也有学者以为系出于伪造,如任道斌即认为"赵为宋末元初之人,王为元末之人,因而无由相识。故此图显系伪品。"①姑存以俟考。

3.《竹石幽兰图》

元人仇远有《题赵松雪〈竹石幽兰〉》诗,其辞曰:"旧时长见挥毫处,修竹幽兰取次分。欲把一竿苔水上,鸥波千顷看秋云。"②据此可知,赵孟頫当绘有《竹石幽兰图》。而此图概貌,清人吴其贞《书画记》亦有载录:"赵松雪《竹石幽兰图》,绢画,一大卷,高约一尺五寸,长五六尺,气色尚佳。画法纵逸,多得天趣,为松雪绝

---

① 任道斌:《辨书画著录中赵孟頫的伪作》,《新美术》,1990 年第 4 期,第 33 页。

② (清)陈邦彦选编:《历代题画诗》(下册),北京:北京古籍出版社,1996 年,第 181 页。

妙之作。卷后有韩姓者等二十七人题。"①吴其贞著录者为绢本，然现藏于美国克利夫兰艺术博物馆（Cleveland Museum of Fine Art）的赵孟頫《竹石幽兰图》（Bamboo，Rocks and Lonely Orchids）却为纸本（Ink on Paper），或是吴氏误记哉？

今以克利夫兰艺术博物馆藏本观之，此图为纸本，水墨，画心纵约 50.9 厘米，横约 147.8 厘米。

卷首赵孟頫行书自题"竹石幽兰"四字，下钤有朱文"唐作梅""北枝生""蕉林梁氏书画之印"方印。卷末左下方又题款"孟頫为善夫写"六字，两行，其下钤有"赵氏子昂"朱文方印，其后钤有朱文"雪斋""吴廷之印""用卿""绿溪山庄收藏之印""庭坚"印，朱文"天水郡图书印"可见一半，另有白文"梁清标印"。

图中绘有坡石，嶙峋叠立，石之右前及左，生幽兰两丛，兰叶潇洒舒展，穿插有致，花瓣随意点簇，疏落俏丽；石之前后，缀以小竹数株，竹叶繁茂，或有斜逸旁出者，其间若有轻风斜吹，竹叶俯仰摇曳；坡脚下石隙间，生幽草七、八丛，葳蕤纤柔。全图布局匀称平正，不险不奇，石以飞白，曲折顿挫，扫拂而成，兰竹则以草书

---

① （清）吴其贞撰，邵彦校点：《书画记》，沈阳：辽宁教育出版社，2000 年，第250 页。

和八分的笔法,撇捺为之,笔势灵动飘逸,含劲健于婀娜之中,"充分体现出赵体书法特有的俊逸秀美"①。

后隔水绫与本纸骑缝钤有白文"蕉林居士"方印,隔水绫下方钤有"苍岩子"朱文圆印及"蕉林鉴定"白文方印,隔水绫与跋纸骑缝钤有朱文"蕉林书屋"长方印。

该卷拖尾共有元、明之际文士题跋二十八则,兹录之如下。

其一为安阳韩性跋文,辞曰:"古人善书者必能画,点墨作蝇,便自有生意。松雪翁兰石,草圣飞帛,笔法皆具,可宝也。"跋前有朱文"秀水唐氏""吴廷画印"方印,后钤有朱文"相韩性章""明善"方印。赵孟頫在《秀石疏林图》中曾有题诗曰"石如飞白木如籀,写竹还于八法通。若也有人能会此,方知书画本来同",韩跋于此也是点明孟頫《竹石幽兰图》所具有的以书法笔势作画之特征,以为其为他者不具,实可宝也。

----

① 蔡星仪:《赵孟頫〈竹石幽兰图〉卷及其相关问题》,《赵孟頫研究论文集》,上海:上海书画出版社,1995年,第496页。

其二为仇远题诗,已见于前文。

其三为遂昌郑元祐题诗,辞曰:"兰玉森森王谢家,墨坳吹雾笔生花。逐臣元在沧江上,湘水东流日又斜。"赞誉孟頫图绘兰蕙所具之特征,继而表达其因观图而萌生的对屈原怀念叹惋之情,为赵孟頫此图后二十余家题跋中,较早将图与屈原联系起来而进行评论者。

其四为延陵吴克恭题诗,辞曰:"左法宛然秦隶古,高情已矣晋风流。直教花底春多梦,翠羽珊瑚夜不收。"

其五为西夏昂吉①题诗,辞曰:"幽兰花发倚琅玕,上有湖州雨气寒。寄语珊瑚休击折,绿阴深处有栖鸾。"其后钤有白文"西夏昂吉"方印,朱文"起文"方印。

其六为洛阳王玹方题诗,辞曰:"幽人空谷枕云根,老棘荒丛伴此君。欲吊灵均歌楚些,汨罗江边日将曛。"其下钤有朱文"可矩"方印。在诗中表达观图中之兰蕙而萌生出思念屈原之情感。

其七丹丘柯九思题诗,辞曰:"阊阖风来玉佩珊,洞庭秋入泪痕斑。至元朝士今谁在?翰墨风流满世间。"其后钤有朱文"柯氏敬仲"方印,白文"锡训堂章"。其在诗中化用《离骚》《九歌》文辞,表达世事变幻而物是人非的叹惋之情。

---

① 昂吉,生卒年不详,字启文,一作起文,鄞州(今浙江宁波)人,本唐兀氏,世居西夏,后留居吴中。元至正八年(1348)戊子科蒙古色目人榜进士,授官绍兴录事参军,后又迁为池州录事。杨铁崖《送昂吉会试诗》谓其"西凉家世东瓯学,公子才名久擅场"。著有《启文集》。

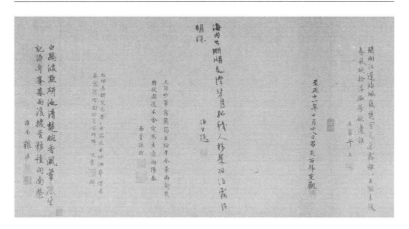

其八为匡庐于立①题诗,辞曰:"闲向江边结佩蕊,楚宫花草
露离离。王孙去后春风晓,拾得幽芳欲遗谁。"其后钤有朱文"山
阴道士"方印。本幅与下幅骑缝钤有白文"图史自娱"方印。

其九为赵孟頫子赵奕题署:"至正十一年(1351)十月廿八日
男奕百拜谨观。"其下钤有朱文"赵奕"方印。

其十为虞集题诗,辞曰:"海内出珊瑚,支撑碧月孤。鲛人拾
翠羽,泣露得明珠。"下钤朱文"虞集"方印。

其十一为西鲁孙时题诗,辞曰:"王孙妙笔写兰筠,古迹于今
景尚新。几转披图还不舍,宛然生意向阳春。"其后钤有白文"西
鲁孙氏""紫云山房"方印。

其十二为张翥题诗,辞曰:"捐佩长歌楚客辞,亭亭风露采香
时。湘皋澧浦春寥落,空对孤芳有所思。"钤有"张氏中举"白文

①于立,字彦成,号虚白子,又号会稽外史,庐山(今江西九江)人。生卒年均
不详,约惠宗至正初前后在世。博学通古今,善谈笑,以诗酒放浪江湖间。
有《会稽外史集》传于世。

方印。

其十三为张渥题诗,辞曰:"白鸥波点研池清,楚畹香风笔底生。记得弁峰春雨后,拨云移种向南荣。"其后钤有白文"张渥叔厚"方印,朱文"江海客"方印。

其十四为至正八年(1348)四月十日天台陈基跋文,辞曰:"观吴兴公《竹石幽兰图》,使人鄙吝顿消。其笔势纵横,天真烂漫,一出于二王书法,宜仲瑛宝而玩之,异于常品也。"钤有白文"陈基私印"。

其十五为齐郡张绅①题诗,辞曰:"鸥波云晚玉山秋,落日沧江舣客舟。帝子不归金粟冢,文虹夜夜照西楼。"

其十六为会稽汪逊题诗,辞曰:"潇湘寒玉倚云根,楚畹幽芳照水渍;文采风流疑是梦,吴兴千古忆王孙。"其后钤有白文"尚质""汪逊私印"方印,朱文空字"平安斋"长方印。

---

①张绅(? —1385),字士行,一字仲绅,号云门山樵、云门遗老,世居胶州。工大小篆,精于赏鉴,法书名画,多所品题,撰有《法书通释》。

其十七为晃庵题诗，辞曰："具区深映水精宫，白石幽兰间竹丛。展卷更看松雪画，半画斜照度清风。"后钤白文"胡光大""庐陵世家"方印。

其十八为浙水王尹实①题诗，辞曰："玉堂上直有余闲，闲采幽芳作珮环。自是王孙写书法，到今人把画图看。"其下钤有白文"王伯辉印""劲健端妙"方印。

其十九为无为题诗，辞曰："吴兴昔富冰雪姿，鸥波水暖清涟漪。醉挥兔颖书画法，密竹幽兰苍玉枝。湘滨楚畹烟露湿，我欲珮之将何适。千载孤芳烈士风，一调朱丝对寒碧。"其下钤有白文"无为""四十三代天师章"方印。

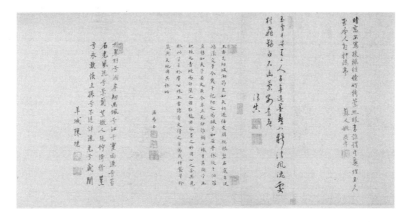

其二十为姚广孝题诗，辞曰："晴窗不写换鹅经，修竹猗兰照眼青。谁谓吴兴埋玉久，至今人想狎鸥亭。"其后钤有白文"姚广孝印"。本幅与下幅处钤有朱文"承恩堂"椭圆印，朱文"棠村"

①王尹实，名伯辉，以字行，四明（今浙江宁波）人。生卒年不详。精篆书，擅名海内。

方印。

其二十一为清真题诗,辞曰:"玉雪丰姿天上人,百年遗墨喜如新。清风洒处犹飞动,白石幽兰犹是春。"其后钤有朱文"宗人府署""驸马都尉永春侯图书"方印。本幅与下幅骑缝钤有朱文"冶溪渔隐"方印。

其二十二为区易安题跋,辞曰:"玉香足纫佩,湘筠直如矢。相遇结友朋,托根磐石底。自从鸿蒙交,于今几千祀。纫之为珮矣,如屈平终投于汨罗;直躬如矢矣,若史渔今亦且死。伊谁树二棘于其间矣,正枳棘之青蝇为白璧之所耻。赵君水墨之妙,用心之苦,其见于此矣。至于群公珠玉,当传青史,得之者为我什袭兮,珍藏与天地同其终始。"跋文前钤有白文"大雅""于焉逍遥"方印;其后钤有白文"区易安印""秋夜读书"方印,朱文"克定"方印。

其二十三为羊城陈涟题诗,辞曰:"拾翠羽兮湘岸,纫幽佩兮江干。灵雨洒兮苔石,光风泛兮崇兰。望美人兮延伫,倚修篁兮永叹。怅王孙兮不返,悼流光兮岁阑。"下钤白文"陈涟""冰壶秋月"方印。

其二十四为宣德九年（1434）十月萧山魏骥跋，辞曰："元赵文敏公若书若画流落人间，去今几二百年。人得之必宝秘不啻若拱璧。然是卷《兰竹》，其真迹也。归之神乐提点昆山莫公至翀箧笥已久，矧其尾，有自元迄今诸名士题识甚悉，诚岂易得者哉？噫！席上之珍，贵人赏鉴，然余于是卷得一一遍观，则又何幸焉！"跋文前钤有白文"三文"椭圆印，白文"清风兰雪"方印；后钤有白文"魏仲房""寸心千古""太常清处"方印。

其二十五为四明章鉴题诗，辞曰："吴兴门阀旧，帝子姓名香。文学超伦辈，勋庸著庙堂。工书王逸少，能画顾长康。笔迹今难得，风神雅莫当。浓阴分秀质，高节伴幽芳。旖旎丹青色，淋漓翰墨光。目如瞻九畹，身似历三湘。君子兴吟咏，骚人忆佩缥。珠玑何足贵，锦绣未能强。可用供清玩，惟应什袭藏。"跋文前钤有朱文"谦斋"方印，后钤有白文"元益"、朱文"前翰林庶吉士"方印。

其二十六为泰和尹直题诗，辞曰："王孙自是人中英，丰姿文采松雪清。兴来挥洒入神妙，猗兰竹石俱天成。湘皋澧浦宛在目。香风不动春云绿，风流已远遗墨新。应有虹光亘天烛。"跋文前钤有朱文"恩庆堂""甲戌进士"方印，后钤有朱文"正言""天官少宰"方印，白文"玉堂学士"方印。

其二十七为邹虞题诗，辞曰："香生九畹掇春英，翠寒淇玉凝双清。三闾六逸重千古，其名耿耿谁相成。王孙写图才入目，顿疑时雨添新绿。珍藏更喜属名家，就夜题诗剪银烛。"

末为崇祯己巳（1629）徐守和题诗，辞曰："王孙赵松雪，游艺千秋绝。书画皆入神，宋元赖提挈。半部《离骚经》，挥尽能几撤。入室对此君，幽贞倚高节。呼丈便头低，芳丛久或结。曲畅画中书，旁通笔外说。秦篆汉隶悬，八分飞白缀。遥想鸥波亭，苕水空

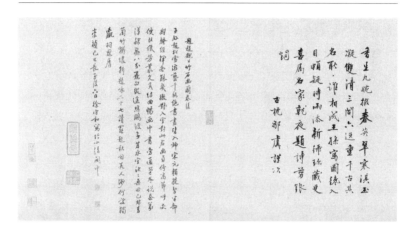

决决。桑田已非昔,兰竹犹堪折。题咏二十七,读罢起秋咽。美人渺何处,独赢相思屑。"其下钤有白朱文"守和私印"、白文"朗白"方印。卷末钤有朱文"秋碧堂"长方印,白文"梁清标印",又有三小印,即朱文"归来草堂"长方印,朱文"唐作梅印""士燮"方印。

　　由以上跋文可以看出,后人对孟頫此《竹石幽兰图》的品鉴主要着眼于以下方面:

　　其一,着眼于图像构成的艺术性特征,以为线条笔势纵横,天真烂漫,可谓"妙笔",是赵孟頫以书法笔势作画的艺术特征之典型体现,如韩性、孙时、陈基等。

　　其二,着眼于《楚辞》"香草美人"的比兴传统,认为孟頫借绘幽兰形象以寓己之情志,如郑元祐、王孜方、于立、张翥、陈涟、章鉴、邹虞、徐守和等。这其中,区易安之跋文尤为有趣,其以为孟頫图中之幽兰,"纫之为佩矣,如屈平终投于汨罗",图中之竹,"直躬如矢矣,若史渔今亦且死",而图中所点缀之"二棘","正枳棘之青蝇为白璧之所耻",显然,区易安乃是依据王逸《楚辞章句》所确立的"善鸟香草以配忠贞,恶禽臭物以比谗佞"之阐释原则,为孟頫图中所绘之形象——寻找背后的象征意义。

其三,对其上诸多题跋进行品评,以为其在层累的生成进程中,集聚了文士的多重心绪,能引起后世观者的多重意绪,而这也正是构成孟頫图价值的重要组成内容,如魏骥、邹虞诸人跋文,以及徐守和所谓"题咏二十七,读罢起秋咽"之语,皆属此类。

4.《洞庭东山图》

董其昌《画禅室随笔》卷二:"赵文敏《洞庭两山》二十幅,各题以骚语四句,全学董源,为予家所藏。"①似言其家藏有文敏所绘"洞庭两山图"二十幅。陈继儒《妮古录》卷四载:"子昂《洞庭两山》二小幅,各题以骚语四句,全学董巨川,为玄宰所藏。"②则"洞庭两山图"止二幅。则董其昌所谓"二十幅",乃是其所陆续收集的"神交师友""每有所如携以自随"的《唐宋元宝绘册》③。

赵孟頫"洞庭两山图"在归入董其昌藏箧之前的流传情况不明。

董其昌于万历丁巳(1617年)春,将《唐宋元宝绘册》携示给汪珂玉,未几,此册即归程季白。汪氏于己未(1619年)秋,复观此册于程氏之交远阁,并记下二十幅图名,其中第三板为"子昂自题《西洞庭图》、子昂自题《东洞庭图》"。

在汪氏书中,对子昂此"洞庭两山图"上题署文字皆有著录:

　　《唐宋元宝绘》,董太史题签,计二十开。……子昂自题

---

① (明)董其昌:《画禅室随笔》,杭州:浙江人民美术出版社,2016年,第63页。
② (明)陈继儒:《妮古录》,北京:中华书局,1985年,第43页。
③ 对于董其昌《唐宋元宝绘册》的成书等问题,美籍学者张子宁《董其昌与〈唐宋元宝绘册〉》文有详细论述,该文收入《朵云》编辑部编《董其昌研究文集》(上海书画出版社1998年,第581—593页)中,可参。

《西洞庭图》(第三板):"山之凹兮水之涯,沙棱棱兮石磊磊,有美人兮如彼兰茝,思之不来兮使我心痗。"子昂自题《东洞庭图》(合前共板):"洞庭波兮山嵲嶫,川可济兮不可以涉。木兰为舟兮桂为楫,渺余怀兮风一叶。"①

二图后流入王时敏手,时敏于《仿古山水册》中所绘《临洞庭东山图》之对题中写道:

> 余旧藏《唐宋元画》巨册,中有赵文敏《东西洞庭图》致佳。数年前为好事者易去,不可复见,时时往来于怀,兹背临二帧,笔墨气韵未能仿佛万一,略存其大意而已。②

据《洞庭东山图》上所钤"安氏仪周图书之章",知后为安岐所藏,并著录于《墨缘汇观录》之"名画"下卷,其辞曰:

> 元赵孟頫《东西洞庭》二图,绢本,小条幅,每幅高一尺八寸二分,阔八寸,淡着色山水。山宗董源,水法唐人,布景设色得淡远之妙,秀润已极。前图山自右出而高,缘岸老树数株;后图山自左出而小,愈见湖天空旷之势。③

《西洞庭图》佚去,《洞庭东山图》后来进入了清内府,现存图上有乾隆题诗,即是证明,然而未曾著录于《石渠宝笈》。

今上海博物馆藏有《洞庭东山图》,绢本,淡青绿设色,纵 61.9 厘米,横 27.6 厘米。《湘夫人》篇抒写湘君、湘夫人"期而不至"之情境,其篇首描摹帝子降临时之景致,有"袅袅兮秋风,洞庭波兮木叶下"之语,赵松雪盖取意于此,作有此图。

---

① (明)汪珂玉:《珊瑚网》,成都:成都古籍书店,1985 年,第 1202 页。
② (清)陆心源:《穰梨馆过眼录》卷三十七,清光绪吴兴陆氏家塾刻本。
③ (清)安岐:《墨缘汇观录》卷四,《粤雅堂丛书》本。

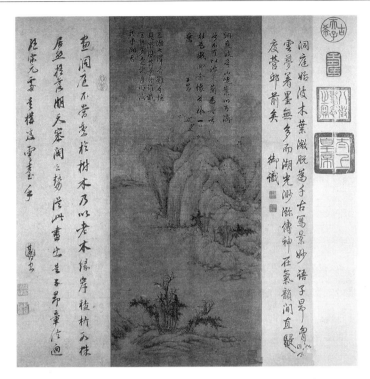

画面上方描绘远处的东山，峰峦叠嶂，山峦坡石形态平缓，山上林木疏落，远山隐现；中间湖面辽阔，湖左一士人，撑一叶小舟荡漾；近处沿湖的坡岸上，杂树丛生，树木倒影映入湖面。有学者认为，此图所用之"一水两岸"的结构，与赵孟𫖯长期观察太湖景色的真切感受有关，是从实景中提炼出来的一种境界，表现出洞庭东山既雄伟又寥廓的意境。①

---

① 单国霖：《赵孟𫖯〈洞庭东山图〉考辨》，见许江等主编：《书画为寄：赵孟𫖯国际学术研讨会论文集》，杭州：中国美术学院出版社，2007年，第88页。

　　图上方有赵孟頫题诗:"洞庭波兮山嵯峨,川可济兮不可以涉。木兰为舟兮为楫,渺余怀兮风一叶",其既用骚体,又化用《九歌》文辞,以"川可济兮不可以涉"之语,点明图中所表现的"阻隔"形象有寄予其"不遇"之忧的意蕴,抒写自我期望"扁舟从此逝,江海寄余生"的退居之情。其后署"子昂"款,钤"赵氏子昂"朱文方印。

　　孟頫题诗左方为乾隆题诗"三湘七泽杳难分,恍见微风落叶纷。谁识王孙多意绪,月明波冷吊湘君",点明孟頫此图与"二湘"传说之联系。其后钤"乾隆鉴赏"白文印,"几暇临池"白文方印。

　　裱边左侧有董其昌题跋:"画洞庭不当繁于树木,乃以老木缘岸,楂欓数株,居然摇落湖天,寥阔之势从此画出。是子昂章法迥绝宋元处,是构凌云台手。"尤其强调孟頫此图在命意、构图、布局上的独特性。

　　裱边右侧为乾隆帝又题:"洞庭始波,木叶微脱,为千古写景妙语。子昂胸吞云梦,着墨无多,而湖光渺弥,传神在气韵间,直驺驺然度营邱前矣。御识。"化用"洞庭波兮木叶下"之语,盛赞孟頫此图着墨无多却气韵传神。右侧钤有"古稀天子""八徵耄念之宝""太上皇帝"等印玺。

　　关于此图之真伪问题,学界素有歧见,有学者认为确系孟頫手笔,如谢稚柳、徐邦达、刘九庵等,也有认为此图乃是"赵题他人画,误作赵画久矣"①。此处存而不论。

---

① 中国古代书画鉴定组编:《中国古代书画目录》(第 3 册),北京:文物出版社,1987 年,第 5 页。

二、管道昇的《楚辞》图像

管道昇(1262—1319),字仲姬,一字瑶姬,生于湖州吴兴乌程(今浙江湖州市)。赵孟頫妻,封吴兴郡夫人,元延祐四年(1317)册封魏国夫人。

管氏聪慧过人,仪雅多姿,精于诗,擅画墨竹、梅、兰,笔意清绝,又工山水、佛像;书擅行、楷,能入妙境。其作品见诸史籍者有书法《金刚经塔》《泥金心经》《秋深帖》等,以及绘画《腕窗分绿图》《水竹图卷》《秋深帖》《山楼绣佛图》《长明庵图》等。其中属《楚辞》之类属者,有《九歌图》《兰花图》等。

(一)《九歌图》

清永瑆《诒晋斋集》卷四载《题管道昇〈九歌图〉》诗,其辞曰:

闻道婵媛诉女须,深心毫素竟何如。谢公丛菊论心际,郑老幽兰写泪初。雪窖羁孤还五国,江潭哀怨又三闾。鸥波亭上情无限,白首王孙有故居。①

据此可知,管道昇曾作有《九歌图》,然甚少见诸著录,其图绘内容若何,亦难知悉,姑存以俟考。

(二)《兰花图》

明人汪珂玉撰《珊瑚网》载元人陆源《管仲姬着色兰花卷》题跋:"善画兰者,故宋推子固,吾元称子昂,堪为伯仲。兹卷管夫人所绘,非固非昂,复有一种清姿逸态,出人意外。且以承旨手笔,六法并臻,尤称双璧。得未曾有,以余仲蔚蓬蒿而获击此于目,顿

————————————

① (清)永瑆:《诒晋斋集》,清道光二十八年(1848)刻本。

觉埃垢尽洗,五体俱香矣。往复披玩,不能释手,敬识而归之。"①
据此可知,管道昇作有设色《兰花》卷。

　　2000 年佳士得香港有限公司秋季拍卖会"日本福寿堂收藏中
国古代书画精品选"、2015 年北京保利国际拍卖有限公司北京保
利十周年秋季拍卖会中皆有名为"元管道昇《兰花图》"的拍品,然
皆流拍。

　　2018 年,东京中央拍卖香港有限公司创立五周年拍卖会中重
见此图。

①(明)汪珂玉:《珊瑚网》卷三十二,清文渊阁《四库全书》本。

图为绢本,设色,纵 36.7 厘米,横 24.3 厘米。右上有日本内藤虎署签"管仲姬采笔兰花"字样,并有其题识:"赵魏公夫人管氏画,幽婉淳雅,如其为人,此采笔兰花小品,风神绰约,南渡后画院诸人所不企及也。戊辰四月虎。"内藤虎即内藤虎次郎(1866—1934),字炳卿,号湖南,羽后(今秋田县)人,乃日本中国学京都学派创始人之一。其在题签中定此图为管道昇作,并给予了极高的评价。

图绘兰叶两丛,兰花三支。兰叶长短交错,有墨绿茁壮者,有边缘枯黄者,左侧有一株高大兰花,正吐蕊怒放,右侧二小株,一绽放,一含苞,构图疏密有间,形象逼真,似让观者感受到其芬香。

图右上钤有朱文"子京"葫芦印,朱文"项子京家珍藏"长方印,"乾隆御览之宝"玺;左上钤有白文"乾隆鉴赏"圆印,朱文"三希堂精鉴玺",白文"宜子孙"印。左侧中部有"天水道昇作"款署,左下有"墨林秘玩"朱文方印。据此可知,此图曾经项元汴收藏,后入藏清宫。

《董盦藏书画谱》《中国绘画总合图录》(第四卷)、《日本所在中国绘画目录》《中国历代画目大典》(战国至宋代卷)诸书皆著录有此图,然其真伪问题,学界亦有争议,此处姑存以俟考。

三、赵雍《墨兰图》

赵雍(1290—约 1361),字仲穆,号山斋,为赵孟頫次子。孟頫故后,以父荫授昌国州知州,后又授淮安路海宁州知州。

赵雍姿貌雄伟,豪爽有父风,"工真、行、草、篆;篆法二李,而清劲有余;真、行、草法魏公。公尝为幻住庵僧写《金刚经》,未及半而薨。雍足成之,其联续处人莫能辨,于此有以见其得家传之秘也"①。其书法师承家学,颇得其父真昧;亦兼擅绘事,能绘人物、鞍马、山水及水墨花鸟等题材。

据史籍所载,赵雍曾作《挟弹游骑图》《骏马图》《墨兰》《蕙花》《墨桂花》《兰竹》《竹枝双蝶》《幽禽图》等,惜存世画迹极少。

据明初长谷真逸《农田余话》载:赵雍尝任淮南知州,有一玉带,时廉访某官欲得之,不从,竟以事蔑之,而罢其职,足见其宦场并不得意。然元长期废置科举,诸多士人儒生仕进无门,艺成无所售,惟抚卷而空太息。而赵雍凭借其特殊的家庭背景,被元廷征用,故曾引起其他文士的讽刺。如元人张雨有《题墨兰》诗,其辞曰:"滋兰九畹空多种,何似墨池三两花。近日国香零落尽,王孙芳草遍天涯。"②化用《离骚》"余既滋兰之九畹兮"句,以屈原矢志君国之事,来隐约讥讽赵仲穆本为赵宋王孙,却事元而取荣。据《草木子》载,此后仲穆愧而恐之,不复画墨兰。

四、吴兴赵氏家族《楚辞》图像的特点与价值

吴兴赵兴家族的赵孟頫、管道昇、赵雍等人,皆作有《楚辞》图像。

就题材而言,他们一般选择极具表现张力的《九歌》及具有文士审美认同的"兰"作为图绘对象,创作《九歌图》《兰花图》《墨兰图》等作品,而甚少对《楚辞》其他篇章进行图绘。而且,其所绘之"兰",在传播过程中,人们多从《楚辞》"香草美人"传统以及屈原"忠君爱国"精神等层面予以理解。

---

① (明)陶宗仪:《书史会要》卷七,清文渊阁《四库全书》本。
② (清)陈邦彦选编:《历代题画诗》(下),北京:北京古籍出版社,1996 年,第171 页。

就图像类属而言,主要集中在书法与绘画上,其中有赵孟頫楷体《离骚》、行书《远游》,以及《屈原像》《九歌图》(赵孟頫、管道昇)、《兰蕙图》《竹石幽兰图》《洞庭东山图》《墨兰图》《兰花图》等绘画作品。

就图像式样与表现技法而言,也呈现出多样化特征,有册页如赵孟頫《离骚》《九歌图》,有手卷如赵孟頫《九歌图》《竹石幽兰图》,有立轴如管道昇《兰花图》,有白描如赵孟頫《九歌图》,有水墨如赵孟頫《九歌图》,有设色如赵孟頫《洞庭东山图》、管道昇《兰花图》等,即便是同一题材画作,也有尝试用多种式样与技法予以图绘表现者,如赵孟頫的三本《九歌图》即为典型代表。

赵孟頫等人书写、绘制出题材丰富、类型多样、影响广泛的《楚辞》图像作品,既丰富了《楚辞》图像的构成内容,也以赵氏家族集体参与创作的形式,展示出元代《楚辞》图像有别于前代的特征,并与明代的长洲文氏家族(文徵明、文彭、文震孟、文淑)的《楚辞》图像创作一起,成为古代家族《楚辞》图像创作的典型代表。

第二节　泪泉和墨写《离骚》：郑思肖的《墨兰图》

郑思肖(1239—1316,又作 1241—1318),字忆翁,号所南,祖籍连江(今属福建),生于临安(今浙江杭州市)。南宋太学生,应试博学鸿词科,授和靖书院山长,未及就官而宋亡。入元不仕,隐居平江(今江苏苏州市)。有《郑所南先生文集》《一百二十图诗集》《心史》等著作。

据元人郑元祐《遂昌杂录》载:"闽人郑所南先生……自宋亡,矢不与北人交接。于友朋坐间,见语音异者,辄引起。人知其孤僻,故亦不以为异。……平日喜画兰,疏花简叶,不求甚工,其所自赋诗以题兰,皆险异诡特,盖所以抒写愤懑云。"①亦即,其将满腹的遗民之恨付于笔端,借绘兰、咏兰,抒写强烈的故国之恋,"湘兰终恋楚,吴橘不逾淮"(《即事八首》之一)、"此地暂胡马,终身只宋民"(《德祐二年岁旦二首》其二)。值得注意的是,与赵子固、赵孟頫诸人相较,郑思肖画兰不着土,以"露根兰"为特色,旨在寄寓其有感于宋政权丧失国土的悲痛情怀,从而见出身为汉民的民族自尊心。

郑思肖所绘的诸多"兰图",无论是其创作主旨,还是后人在对其图进行赏读时,皆将之与《楚辞》相关联,认为其延续"香草美人"传统,借图绘兰之形象,寓托忠于赵宋的遗民之志②,而这些以"兰"为表现对象的绘画作品,也就构成了郑思肖《楚辞》图像的主要内容。

现存题为郑思肖的"兰画",主要有以下数种:

一、日本大阪市立美术馆藏《墨兰图》

吴其贞《书画记》卷三著录有郑所南《墨兰图》的相关情况:"纸墨佳,画兰花两丛,共有数叶,左丛开一花,右丛无花,画法高

---

① (元)郑元祐:《遂昌杂录》,明刻《稗海》本。
② 在南宋遗民中,郑所南几乎是将忠于赵宋、拒不仕元的遗民情怀表露得最为直接具体者,如所谓"思肖"即是"思乎赵也",其字"忆翁"意谓"忆乎宋也",号"所南"意谓所"以南为所也";而居室名曰"本穴世界",乃是取"本"字的"十"字于"穴"中,即是宋之意也。而后人显然看到思肖的此种用心,并在诗文中对其遗民之志进行歌咏,如顾炎武《井中心史歌》有"有宋遗臣郑思肖,痛哭元人移九庙。独力难将汉鼎扶,孤忠欲向湘累吊"诸语,堪称诸多题咏中的代表。

简,意趣有余,信千古妙作。识十一字曰'丙午正月十五日作此壹卷',是刻板印成,惟'正'、'十五'三字是墨笔写成,如此作用,始见于此。又题七绝云'向来俯首问羲皇,汝是何人到此乡。未有画前开鼻孔,满天浮动古馨香。所南翁。'有名深者题六言绝一首,书法章草,上有数方古印,未详其文。"①《石渠宝笈》卷三十二亦有著录。

今日本大阪市立美术馆藏有此图,纸本,水墨,纵约 25.4 厘米,横约 42.4 厘米。

画右为作者自题七绝诗,其辞吴其贞已有抄录,兹不赘列。作者借兰花的自叙,表达自己超凡脱俗、清高自傲之襟怀。图面正中绘有两丛兰花,其叶向上挺出,右边短叶无花,其上钤有"嘉

①(清)吴其贞撰,邵彦校点:《书画记》,沈阳:辽宁教育出版社,2000 年,第120 页。

庆御览之宝"玺,左边长叶有花,兰花饱满,叶不交叉,叶中宽阔厚实,叶梢稍显柔韧。此兰花无土无根,即所南"无根兰"之典型代表,寓意故国山河已沦丧于异族,臣民失去依托之所,无处安身,"画家本人,漂泊不定、羸弱无力,但是仍然怀抱一片孤忠"①。

　　图左书"丙午正月十五日作此壹卷",下钤朱文方印"所南翁",白文"求则不得,不求或与,老眼空阔,清风万古"方印,谓其画不轻易许人。倘是元人索求画,则更是"头可断,兰不可得也"。

　　左上有陈深题词,其辞曰:"芳香渺无寻处,梦隔湘江风雨,翁还肯作楚花,我亦为翁楚舞。"钤有"石渠宝笈""御书房鉴藏宝""三希堂精鉴玺""宜子孙""乾隆御览之宝""宣统御览之宝""商丘宋荦审定真迹""则之""张则之""纬萧草堂画记""郁冈居士"等印。

　　后纸有元明以来诸人题跋十二则,兹录如下:

　　元人王育题诗曰:"所南老翁磊落人,胸底饱含万劫春。吐出必须作怪异,聚空削有还强陈。撮山捏云欲隐袖,争奈两手无力空张唇。归来垂头默无语,懔然捉得身内神。从此纵横踏天地,颠狂阔步谁能伦?倒拂溪藤直画兰,花紫葳蕤香可餐。清风无声烟霞翠,月白凝秋半夜寒。入梦迷人燕始醉,相逢援琴愁对叹。老翁不见何今在,忍看遗墨眉皱攒。人亦香兮兰亦香,相思脉脉欲断肠。云开山阿见圭璧,风散群飞闻凰皇。长使逍遥不拘束,与兰千载共幽芳。"认为所南因遭遇劫难而画作"怪异",或即绘兰而无土也,并以兰比人,推许其忠贞高洁之人格精神。其后钤有朱文"彦生父"长方印,白文"王""虚白道人""子无斋印"白文印。

_____

① (美)高居翰著,宋伟航等译:《隔江山色:元代绘画(1279—1368)》,北京:生活·读书·新知三联书店,2009 年,第 9 页。

烈哲题诗曰："雨过春山晓，云归空谷香。灵均不可见，惆怅对幽芳。"由观思肖之兰，而思及屈原，并由是而生对其不幸际遇的怅惘之情。其后钤有"西域""烈哲"朱文长方印，"好问"朱文印。

释余泽题诗曰："南子毫端有古香，不求或与意尤长。如今好事非前辈，只爱昌阳挂屋梁。曾游澧上过湘中，只见葩花作小丛。近日灵均生意转，衡从千亩媚春风。"以为思肖所绘之兰，别有寄意。而后人于午日以昌阳挂于屋梁习俗中，似于吊屈之意有所淡薄。其后钤有"天泉"朱文印。

魏俊民题诗曰："南望湘江歌楚声，癯癯鹤骨老山林。濡毫为染苌弘血，澹扫幽芳寄此心。"其后钤有"魏氏彦章"朱文印。

卧龙山人陈昱题诗曰："家学相承宝祐年，束篱几度菊花天。紫茎绿叶留残墨，更觉秋光分外妍。"其后钤"吴人陈昱彦明"朱文印。

郑元祐题诗曰："南冠江上哭湘累，泪着幽兰雨里枝。不独苌弘血化碧，孤芳愁绝有谁知。"以为思肖曾怀遗民之恨而恸哭屈原，其所绘之幽兰，即寄予其忠贞故国矢志不改的高洁信仰。其后钤有"一丘一壑"白文印。

释德钦题诗曰："君子譬如兰在谷，所翁得之香可掬。湘江浩荡波涛空，月落苍梧满秋屋。"其后钤"钦雪堂印"朱文印。

王冕题跋曰："老子平生忠义俱，栖栖山泽太清癯。疏豪不作寻常醉，恰似三闾楚大夫。郑所南胸次不凡，文章学问，有古人风度。不偶于时，遂落魄湖海。晚年学佛，作诗作画，每寓意焉。然其白首南冠，磊磊落落，或者有未知也。"钤"王元章""会稽佳山水"白文印。

胡熙题诗曰："郑公高蹈出风尘，心蕴灵均九畹春。每向毫端适幽兴,自然花叶逼其真。"段天祐题诗曰:"手种沅湘九畹春,所南心事似灵均。古今俯仰俱尘迹,纸上幽芳见似人。"皆用《离骚》"余既滋兰之九畹兮"意,以为所南之心同屈子之心,从其纸上所绘兰之幽独清芬之图像中,能见出其之情志。

明人韩奕题诗曰:"惟公生南楚,侍宦来吴中。身遭宋国亡,耿耿怀孤忠。无家又无后,南冠号北风。洒泪写《离骚》,咄咄如书空。幽花间疏叶,孤生不成丛。翛然数笔间,遗恨自无穷。图成缀数语,语怪谁能通。流落为世重,心苦宁论工。此花有时尽,此恨无时终。吁嗟匹夫心,所受由天衷。我思殷顽民,千古将无同。"认为所南绘兰,如同屈原作《离骚》,皆寄托有孤忠之心迹。

祝允明题跋曰:"所南不易作,作必贤士,不然宁付之方外,不肯落凡夫手。此纸先藏于衲子,今归吾子鱼。所南在地,必欣然以为得也。"

据此可知,此图入明后曾为僧人、子鱼等所藏,祝允明于明正德六年(1511)有题记。至清时,此图归内府,后流传,为日本阿部房次郎所得,后入藏大阪市立美术馆。

二、美国弗利尔美术馆藏《墨兰图》

庞元济《虚斋名画续录》卷一著录有"宋郑所南《兰花卷》",纸本,水墨,高八寸,长二尺九寸六分,图绘春兰两本,一着花,一无花①。

今美国弗利尔美术馆(Freer Gallery of Art)藏有款署郑思肖

①(民国)庞元济撰,李保民校点:《虚斋名画录 虚斋名画续录》,上海:上海古籍出版社,2016年,第1103页。

的《墨兰图》(Ink Orchid)①,纸本水墨(Ink on Paper),纵 25.4 厘米,横 94.5 厘米。

引首部分有署为翁方纲题签"郑所南墨兰",其后钤有朱文"莱臣心赏""吴兴庞氏珍藏"方印,白文"虚斋秘玩"方印,明其为庞元济旧物。

画卷右上书有所南自题诗,与大阪市立美术馆藏本同,钤有朱文"清容斋"方印,"兰亭居士鉴赏"长方印,白文"真""虎志""留耕庄图书章"等印章。

画面正中分绘一左一右二株兰,左兰有花,右无,皆无根无图,笔墨简单,清气袭人,极为高古。

左上亦有所南款识及他者题诗,内容同大阪市立美术馆藏本。其后钤有朱文"佩裳心赏""玉岚""履卿""夏氏书画之印""彦槐审定"方印,朱文"万渊北宝藏真迹印"长方印,白文"乐安""孝将氏真赏印""承紫私印""万石君""岳颁之印"等印章。

---

① https://www.freersackler.si.edu/object/F1933.9/.

其后有嘉庆四年(1799)三月翁方纲题诗及跋文：

　　逸气来天地，无言拟谷香。秋风起纤末，心事接苍茫。岁月郁回首，缄题空自伤。不知暮容鬓，何以晤羲皇。伏阙陈书日，趋庭及壮年。山依兰晚臭，人在菊秋天。培养论才早，精神待用全。想饶坡石韵，风露正娟娟。

　　郑所南，宋遗老，入元不仕，客吴下，寄食僧寺以终。自称景定诗人，有《咸淳集》。《宋遗民录》称其"画兰自更祚后，不画土根者也"。此卷自题丙午正月，不著年号。按陆行直跋所南墨竹云"予自童稚至壮时，得承颜接辞，而先生去世几二十载"，陆行直此跋亦不著年岁，然予考陆行直生于德祐元年乙亥，逮元成宗丙午岁，陆年三十二矣。是此卷自题丙午，是元成宗改元(此年号二字是方纲家讳)之十年丙午无疑也。王冕题有"晚年学佛，白首南冠"之语。又吴人陈昱诗有"家学相承宝祐年，东篱几度菊花天"之句，予考郑所南题井中《心史》自署云"德祐五年乙卯三山菊山后人"，盖所南之父名起，号菊山，以陈诗证之，知其承过庭之训，在宋末宝祐时。而其诗称景定、咸淳者，特自叙宋代遗民之词，而其隐居吴下则入元已久矣。即此一卷可以得贞士之苦心，具诗人之始末，岂仅作翰墨观已哉！

其后钤有朱文"苏斋""覃溪"方印，白文"南昌万氏珍藏"方印。

翁氏在跋文中，据陆行直跋语考订所南此图中所题之"丙午"为元成宗大德十年(1306)丙午，并认为其入元之后，自称景定诗人，编作品集曰《咸淳集》，皆是标明不忘旧朝之心迹，而此兰图不画土根，亦表贞士之苦心也。

其后为嘉庆四年(1799)四月,武进赵怀玉观此图于京师铁厂之小聚沙庵时题诗:

> 倏然空谷异当门,渲染都成血泪痕。天使寸缣逃劫火,人无余地托灵根。井宽差喜能藏史,世大何曾别受恩。独抱秋心盟楚客,年年芳草怨王孙。

钤有朱白文"怀玉印信"方印,朱文"忆孙父"方印。

赵怀玉(1747—1823),字亿孙,一字味辛,号映川,江苏武进人。乾隆四十五年(1780)召试举人,官登州知府。著有《亦有生斋集》等。其在所题诗中称赞所南此图能流传四百余年乃是出于天意庇佑,然物虽如此,而人却难堪家国沦丧、山河易主之悲,故其图绘兰之形象,乃有延续楚骚传统,借物以表忠贞之志。

其后为道光四年(1824)正月吴江郭麟跋文:

> 郑所南画兰卷,三叶一花,倏然孤寄,泃逸品也。旧题皆前代胜流,最后北平翁侍郎为之援据题识甚详。湄北仁弟通守得于邗上,出以见示,且告之曰:"余家以先德之讳,凡图画有此花皆不忍帧张。钱箨石先生为先人同年,尝为画卷,以先友之故,谨为装治,时出敬观,以寄永慕。今此卷为遗民节士意气所托,假令先人见之,必不令落他手。又旧得赵子固《水仙卷》,惟此可偶,爱以重价购之,将与钱、赵同藏,以示子

孙无忘。子其为我志之。"余曰:"有是哉! 子之志也。"家讳之避,莫严于六朝,及李唐犹然。此昌黎《讳辩》所为作也。昔人有讳岳而不闻乐,讳石而不履石者,以为独行则可,要非中道。《礼》所谓"见似目瞿,闻名心瞿"者,亦即是以寓其孝思而已。今此卷既出遗民节士之手,而郑重收藏,以永无穷之慕,其为心目之瞿也大矣。不匮之赐,尚其类之,遂为书于后。

钤有白文"郭麐""西京游侠东京有道之后"方印。

郭麐(1767—1831),字祥伯,号频伽,号白眉生、郭白眉,一号邃庵居士、苎萝长者,吴江人。工词章,善篆刻,间画竹石,别有天趣。著有《灵芬馆诗》等。其在跋文中论及"旧题皆前代胜流",然今未见,或为他人割去。据其跋文可知,所南此图曾入万承紫手,万氏乃将之与钱箨石、赵子固之图合装为一匣,并请郭麐题跋以示子孙无忘。

其后为道光九年(1829)十一月彦槐跋文:

　　　　岂惜众草伍,难为王者香。离披三五叶,千古断人肠。

　　　　画兰不画土,此意先生独。风雪一花开,幽香满空谷。

　　　　九畹根何托,三闾意亦劳。寒窗一展卷,殊胜读《离骚》。

　　　　更有赵王荪,孤高同谷口。配食水仙王,天然两佳友(渊翁以此卷与赵彝斋《水仙卷》合装一匣,故云)。

　　　　渊北先生以所藏郑所南真迹见示,焚香展玩,畅然于怀。所南人品之高,笔墨之妙,前贤论之详矣。爰题四绝句附名卷尾,以志景仰欣幸云。

钤有白文"彦槐之印"方印,朱文"瀛洲海客"方印。

此彦槐即齐彦槐(1774—1841),字梦树,号梅麓,婺源(今属江

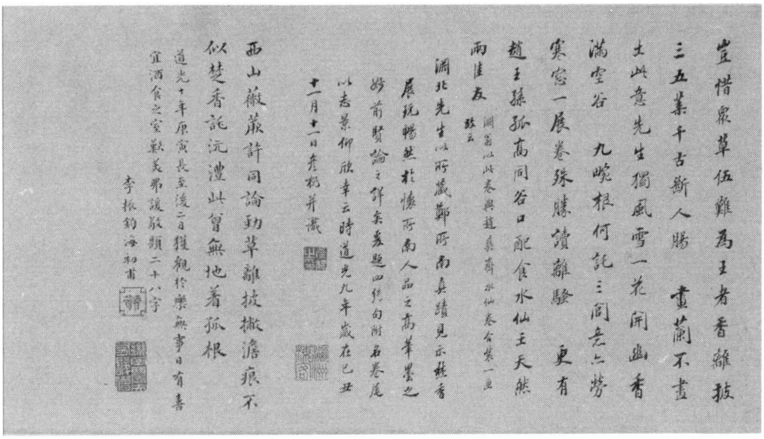

西)人。早年曾从姚鼐习古文之法，又曾以诗谒袁枚，亦得褒奖。其诗高格清韵，浑浩流转，独抒怀抱；其文根柢经史，议论宏通，风骨峻整；又究心天文、数学、机械诸学，曾制中星仪、浑天仪等。著有《梅麓诗文集》《双溪草堂集》等。据此跋文可知，万承紫曾将所南此图出示于彦槐观看，彦槐遂有题诗，以志景仰欣幸之情。在诗中，其先描摹图中之兰简练且不着土之特征，继而以"九畹根何托，三闾意亦劳"句，将之与屈原联系起来，认为观者由此卷亦可感受到忠君爱国、独立不迁之志节；同时，其还称赞万承紫将郑所南、赵子固所绘之兰合装一匣之行为，认为二者相得益彰。不过，就前郭麟文看，万氏所合装之图，除郑、赵之外，还有钱箨石所绘之图。

末尾道光十年(1830)安庆李振钧跋文：

　　西山薇蕨许同论，劲草离披撇澹痕。不似楚香托沅澧，此曾无地着孤根。道光十年庚寅长至后二日，获观于乐无事日有喜宜酒食之室，叹美弗谖，敬题二十八字。

钤有朱文"海初"方印，白文"识字农夫有发僧"方印。

　　李振钧(1794—1839),字秉亭,号仲衡,又号海初,太湖人。道光八年(1828)中举,连捷中状元,历任翰林院修撰,文渊阁校理,国史馆、功臣馆纂修等。为人狂放,不事钻营,仕途不顺,郁郁而终。著有《味灯听叶庐诗钞》《粤行日记》《梓行古文》等。在诗中,李氏先将兰与伯夷叔齐所采之薇蕨并论,盛赞其象征意义;继而化用《湘夫人》"沅有芷兮澧有兰"句,强调所南绘兰而不着土之特征。

三、美国耶鲁大学艺术陈列馆藏《墨兰图》

　　明人都穆《寓意编》载"郑所南《墨兰自题诗》云:'一图之香,一国之殇,怀彼怀王,于楚有光'"①,蒋一葵《尧山堂外纪》卷六十三、李诩《戒庵老人漫笔》卷三亦著录之,据此可知,郑思肖有一本《墨兰图》,其上自题有"一图之香"云云。

　　清人顾复《平生壮观》卷九对其面貌亦有著录:"纸,二尺,微有霉点,题云:'一图之香,一国之殇,怀彼怀王,于楚有光。'"②

　　今耶鲁大学美术馆藏有所南一《墨兰图》,版本面貌与此著录相合③。

　　此图为纸本,水墨,纵 23.2 厘米,横 55.3 厘米。

---

① (明)都穆:《寓意编》,清刻奇晋斋丛书本
② (清)顾复:《平生壮观》卷九,清钞本。
③ 据郑逸梅《珍闻与雅玩》载:所南此图系吴人沈源而绘制,清道光时归常熟屈竹田,后辗转入吴湖帆手,旋即为庞莱臣所得,后流至美国耶鲁大学美术馆。

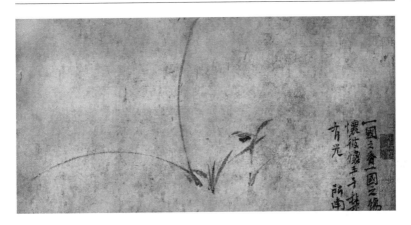

　　起首有所南自题,图中所绘兰为一株一花,墨色淡雅,叶片细长瘦韧,两撇兰叶交汇而过。君国沦丧的悲愤心情,因言语难以追及,于是通过一丛奇特的无土兰花,进行象征性表达。

　　据顾复《平生壮观》载,此图拖尾有沈右、钱逵、郑元祐、李孟孚、吴天民、陈基、陈聚、陆伯诚、朱文煃、姚广孝、韩奕、朱凯、黄云、都穆、祝允明、徐祯卿、蔡羽、张灵、文璧、文徵明诸人题跋。①

　　此外,在郑思肖的诗文中,还提及有《楚辞》图像。其《屈原九歌图》云:"楚人念念爱清湘,苦忆《九歌》频断肠。只道此中皆楚国,还于何处拜东皇。"感念屈原,思及自身,心中充盈何处祭奠故君的惆怅与苦楚。其《孝伯痛饮读离骚图》诗曰:"名士天生磊落才,只耽痛饮罄樽罍。谁传一味解酲法,歌断《离骚》眼自开。"《世

---

① 据郑逸梅《珍闻与雅玩》载,张梦晋题云:"帝泽汪汪满部州,群生开瘁予人谋。兰英谁不知怜护,却偃幽香弃楚丘。"晚清又有孙原湘、樊云门、沈寐叟、张香涛、朱彊村、端匋斋、王胜之、吴郁生诸人题跋,吴郁生题曰:"北风凄厉,关塞萧条,纫兰衔愁,美人不见,依装记此,百感横集。"

说新语·任诞》:"王孝伯言:'名士不必须奇才,但使常得无事,痛饮酒,熟读《离骚》,便可称名士。'"思肖此所谓《孝伯痛饮读离骚图》,当时用此意而为之。其《屈原餐菊图》诗曰:"谁念三闾久陆沉,饱霜犹自傲秋深。年年吞吐说不得,一见黄花一苦心。"①就此诗题来看,此图显然是依据《离骚》"夕餐秋菊之落英"语而为之,画面中当有"黄花",亦即秋菊形象,而郑所南则借菊之饱历风霜却犹然傲立于秋深之特征,来赞誉屈原虽自沉汨罗,其人已没,然其虽罹摧折却傲而不群的精神品质,却流传千古,为人景仰,以至于使人们目接秋菊,"一见黄花",即唤起对屈原的记忆,想见其"苦心",思慕其为人。

值得注意的是,《所南翁一百二十图诗集自序》指出:"今或遇图而作,或遇事而作,而或者又欲俱图之。"可见,其诗所歌咏之图,有其实际所观看者,有并未看到实际图画而是有感于事故联想而创作者,还有其自己图画并作诗歌者,然而由于在流传过程中,图已亡佚,仅存诗文,故今实难推定其诗所咏之图,究竟有无实图,何者为其自作,何者为他人所作。故此《孝伯痛饮读离骚图》《屈原餐菊图》难确指为郑思肖所作也,俟考。

四、郑思肖《墨兰图》的"楚骚"情怀

郑思肖曾在《中兴集序》中感慨道:"夫人之生,性于天之清明,形于地之重厚,我主乎其中。天地万物莫不俯首为宾,是我之所得者甚大也;奚自小之,乃不君其君,外走逆乱之区,盲其主,反

---

① (元)郑思肖:《所南翁一百二十图诗集》,北京:中华书局,1985 年,第 4 页。

臣于贼求活焉？恶俗滔滔，为江为河，不可禁止，伤如之何！"①可见，其自觉以清明之心性，遭罹国破家亡之悲，不得不置身于恶俗滔滔的现实，然却绝不亏节，誓不与污浊同流，其心志一如屈原《渔父》篇中所云"安能以身之察察，受物之汶汶者乎？……安能以皓皓之白，而蒙世俗之尘埃乎？"般坚决。

在《楚辞》中，屈原遭遇窘境，乃以"扈江离与辟芷兮，纫秋兰以为佩"等披服兰蕙之语象，来标明自我清洁自守、矢志不渝之情志，而郑思肖则将此种情感付诸图画，以绘兰来表达自己高洁不群的节义，如其在《墨兰》诗吟咏到："钟得至清气，精神欲照人。抱香怀古意，恋国忆前身。空色微开晓，晴光淡弄春。凄凉如怨望，今日有遗民。"②将自己刚毅的个性与不屈的民族气节融入兰的花影叶丛中，以寄寓其高洁的品操和对故国的情思。

后世诸多文士，观看思肖所绘之兰图时，显然见出此点。如倪瓒《题所南兰》："秋风兰蕙化为茅，南国凄凉气已消。只有所南心不改，泪泉和墨写《离骚》。"清人胡熙云："郑公高蹈出风尘，心蕴灵均九畹春。每向毫端适幽兴，自然花叶逼其真。"③皆是窥见其内心深处的思想感情以及这思想感情所决定的其艺术的根本意义。而郑思肖借兰来表现出对旧朝的忠贞之情，使他在身处逆境时，能够捍卫着自我人格，与命运相抗争。这种人生选择和人生

---

① (元)郑思肖：《郑思肖集》，上海：上海古籍出版社，1991年，第43页。

② (清)陈邦彦选编：《历代题画诗》下卷，北京：北京古籍出版社，1996年，第167页。

③ (元)郑思肖：《郑思肖集》，上海：上海古籍出版社，1991年，第352页。

信守,是在特定的历史时期,作为艺术家基于个人信念所能做出的抗争方式,是对民族在历史发展过程中所认可的真、善、美的不懈追求和捍卫。①

第三节　规制龙眠伯仲间：
张渥的《九歌图》

张渥,字叔厚,号贞期生,又号江海客,祖籍淮南(今安徽合肥市),后居杭州,生卒年不详,约活动在元顺帝至元到至正年间(1335—1368)②。

渥通文史,好音律,虽然"博学明经",锐意功名,然"累举不得志于有司",于是"放意为诗章"③。曾寓居苏州,参预顾瑛组织的玉山雅集,并作《玉山雅集图》,而与杨维桢、倪瓒、张雨等多有交往。

---

① 余辉:《遗民意识与南宋遗民绘画》,《故宫博物院院刊》,1994年第4期。

② 学界一般认为,《秘殿珠林续编》载至元二年(1336)款《弥陀佛象》为现知张渥最早作品。而贝琼《跋〈九歌图〉》推定《九歌图》"盖其(张渥)晚年笔也","越二十年而神气益新"。据此可知:周伯琦篆书《九歌》文辞当早于贝琼作跋二十年,而贝琼跋文,据薛永年先生《谈张渥的〈九歌图〉》考订,乃是在明洪武八年至十年(1375—1377)间;故张渥图周伯琦篆书本《九歌图》当不早于元至正十五年至十八年(1355—1358)。而明洪武五年(1372),倪瓒于跋吴睿隶书本《九歌图》中言及:"张叔厚画法,吴孟思八分,俱得古人风流,今又何可得哉!"其中流露出物在人亡的慨叹,更可证张渥此际当已亡去。故可推定,张渥当生活于元顺帝至元到至正间(1335—1368)。

③ (元)顾瑛等:《草堂雅集》卷七,清文渊阁《四库全书》本。

渥能绘山水，"尽自然之性"；擅画人物，法李公麟白描而得其清丽流畅之风；擅"铁线描"，被誉为"李龙眠后一人而已"①，在艺坛上具有较高的地位。传世作品有《九歌图》《雪夜访戴图》《瑶池仙庆图》等。

据现存文献，张渥所作之《楚辞》图像有《九歌图》，以及有"二湘"传说衍生的《湘妃鼓瑟图》，兹分别考叙之。

一、《九歌图》

文献载录与今所流传的题署"张渥"之《九歌图》，主要有四本。鉴于诸本所图绘之神灵形象多有差异，其上所书《九歌》文辞之书体与书人亦皆有别，为示差异，今据其图上书《九歌》文辞之书体与书人之别，分吴睿篆书本、吴睿隶书本、褚奂隶书本、周伯琦篆书本四种，予以考述。

（一）吴睿篆书本

明人詹景凤《东图玄览》载："吾休刘氏世藏有二卷：一为元人张叔厚摹龙眠居士《九歌图》，孟思以小篆书《九歌》，皆能品"②；清人顾文彬《过云楼书画记》载："张叔厚《九歌图》卷……每图后小篆，《渔父》《九歌》为至正六年吴睿书"③。据其可知：张渥有模仿李公麟而绘之《九歌图》，吴睿以小篆书《九歌》文辞于其上。

---

① （明）贝琼：《书〈九歌图〉后》，见（明）程敏政编：《皇明文衡》卷四十七，《四部丛刊》本。
② （清）王原祁等：《佩文斋书画谱》卷九十九，清文渊阁《四库全书》本。
③ （清）顾文彬：《过云楼书画记》卷二，清光绪刻本。

今上海博物馆有此本,纸本,水墨,纵 28 厘米,横 602.4 厘米。

　　首为屈原画像。卷首为篆书"楚屈原象"四字,其下钤有朱文"吴睿"长方印,朱文"见阳图书""见阳子珍藏记"方印等。绘有一老者,头束缁撮,身着交领宽袖上襦,足蹬双头舄,拢袖拱立,面容憔悴,神色忧伤,若有所思。其后有乌丝界行篆书《渔父》篇,并录有王逸《楚辞章句·九歌序》,文字微有出入,当是书写时笔误所致也,兹不赘列。录王逸《九歌序》后,有吴睿小字自题文辞"此卷诸篇,皆以事神不答,而不能忘其敬爱;比事君不合,而不能忘其忠,亦尤足以见恳切之意",点明屈原作《九歌》所寄寓的忠君之意。其后钤有"俯仰自得"白文印。

　　次为《东皇太一图》。右上篆书题"九歌图"三字,次书"东皇太一"四字,绘有二人,立于云中,前者为一男子,高冠长裾,宽额修面,须髯稀疏,身着宽袍,腰系大带,拢袖抱削缑,当是据文中"抚长剑兮玉珥"而为之,面右而立,神色安详,当为东皇太一;其后有一玉女,执扇侍侧,风鬟雾鬓,羽衣蹁跹。左侧为篆书《东皇太一》篇题及文辞。

　　次为《云中君图》。绘有一人,立于云中,其冠服如太一,佩方心曲领,拱手执珪,侧身面左而立,目视下界;其后一从者,豹裈而龙首,上身裸露,右手高举,左手执大纛,正御飞龙而行,神色可怖,就其构图来看,当是以文字"龙驾兮帝服""猋远举兮云中"诸语而为之者。

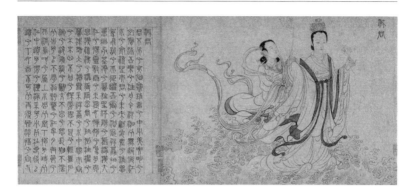

　　次为《湘君图》。绘主仆二女子,立于波浪之上,居前者云裾霞裳,戴王后冠,右手于袖中轻举,左手把芙蓉,侧身面右而立;其后有一女侍,弹双鬟而持旄,意态暇逸。

　　次为《湘夫人图》。绘二女子立于波上,居前者云鬟峨髻,丰面重颏,明珰翠帔,铢衣凌风,拢袖拱立于波际,仪容俨雅;其后立一侍女,头梳双髻,身着深衣,双手抱拥如意,侧身而立,目视前者。

次为《大司命图》。绘有一叟，冠巾綦屦，着交领深衣，蹬双头舄，须眉皓然，或是表现文中"老冉冉兮既极"之语而为之者，前屈身躯，面右立于云中，两手扶杖，杖过于肩。

　　次为《少司命图》。绘有主仆二人,立于云中,居前者头戴王冠,身着绛纱袍,腰系大带,佩方心曲领,足蹬双头舄,左手执卷,右手拈笔,面左而立于云中;其后有一总角童子,双手拥册而侍立,神情庄重。

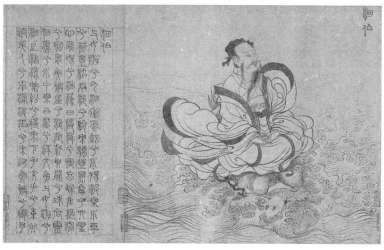

　　次为《东君图》。绘一武士，侧身面右，立于云中，头束发簪，身着铠甲，决眦轩辕，左手执弓，右手握矢，作翻身射日之状，当是据文中"举长矢兮射天狼""操余弧兮反沦降"诸语而为之者。

　　次为《河伯图》。绘有一人，头束角巾，身着深衣，外罩氅衣，神情清矍，须髯飘飘，正盘膝交手，安坐于白鼋之上，于波涛中疾行，风举云摇，惊浪飞雪，当是图绘"乘白鼋兮逐文鱼"之情景。

　　次为《山鬼图》。绘有巨松与石泉之山间，一人将发束髻于脑后，上身赤裸，肩被薜荔，腰系女萝，手执芝草，跨乘于玄豹之上，正行乎松壑间；其身后松下，有一文狸探首而视，作跟从貌。据图观之，绘者亦是选取文中"山之阿""被薜荔""带女萝""乘赤豹""从文狸""处幽篁"等语象作为图绘素材，在画面中予以组合表现的。

　　次为《国殇图》。绘一崩崖绝涧山间，古木阴森，有介士六人，一介士执戈先导，后四五人矛剑从之，扰扰纷纷，作赴敌状。左下署"淮南张渥"，钤有"张渥叔厚"白文印，"游心艺囿"朱文印。

　　篆书《礼魂》文辞后，有吴睿自题篆书署款一行，文曰："至正六年九月既望吴睿书"。接钤"吴睿私印""吴孟思章""濮阳世裔"

"汉广平侯之孙"白文四印。据此知,吴睿篆书《九歌》文辞的时间当在至正六年(1346)九月,而张渥作图时间当在此前。

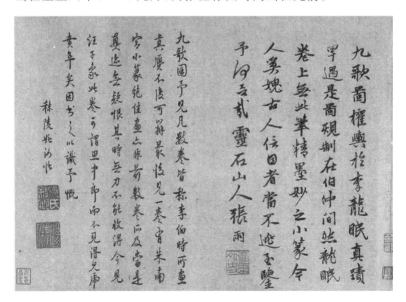

　　其后有元人张雨题跋,其文曰:"《九歌图》权舆于李龙眠,真迹罕遇。是图规制在伯仲间。然龙眠卷上无此笔精墨妙之小篆,今人奚愧古人? 信目者当不逃至鉴,予何言哉!"后钤有"句曲外史"朱文方印。

在此跋文中,张雨在充分肯定李公麟《九歌图》价值的同时,也对张渥《九歌图》的独特性予以品评,认为其卷上所书之"笔精墨妙"小篆,倍增其画之价值,使之可与龙眠之图并峙而无愧。

张雨跋文后,又有明人姚汝恬为收藏者汪子象所作之跋文,其辞曰:"《九歌图》,予见凡数卷,皆称李伯时所画,真赝不复可辨,最后见一卷,有米南宫小篆,绝佳,画亦非前数卷所及,当是真迹无疑。恨其时无力,不能收得。今见汪子象此卷,可谓思中郎而不见,得见虎贲卒矣。因书之以识予慨。"据其跋文可知,李公麟有一《九歌图》,其后有米芾篆书《九歌》文辞者。而张渥此本,有吴睿书者,与伯时图形容仿佛,或是参佐伯时之本而肖摹者也。

其后又有明人詹景风为其婿汪子象所作行草文,其辞曰:"此卷为里中刘氏珍藏,几三百年,而今为吾婿汪子象得之。吴孟思小篆精妙而雅,张叔厚描法可与称能于元人,并为名品,俱足珍也。子象学而兼之,自足为汪氏称万亿世真传,此卷值弁髦耳。万历己丑仲夏,子象过白下,视予于雪舫斋,因阅留几上,漫为走笔。天隐子。"卷上钤有"太史氏""天隐生""汪生"白文印,"东图父""詹景风"朱文印。据此跋文可知,张渥此图曾流入汪子象之手,汪子象于万历己丑(1589)年路过白下,拜访其翁詹景风,詹氏乃作跋文于其上。

入清,此图曾经河北丰润张纯修所藏,卷上钤有"见阳图书""敬斋藏法书"等印。后入藏上海博物馆。

（二）吴睿隶书《九歌》本

清人吴升《大观录》载"张叔厚《九歌图卷》……吴孟思隶书《九歌》在画之前"①，缪曰藻《寓意录》载"张叔厚《九歌图》……余又见一卷，亦叔厚真迹，树石人物，分利悉合，《九歌》亦孟思所书，但作隶体耳，后有云林题识"，安岐《墨缘汇观录》载"张渥临李龙眠《九歌图》……吴睿孟思以隶古书其词于左下"②。据此可知，张渥又一本临李公麟《九歌图》，其上有吴睿隶书《九歌》文辞者。

今吉林省博物院藏有此本，纸本，白描，凡十接，纵 29 厘米，横 523.5 厘米。

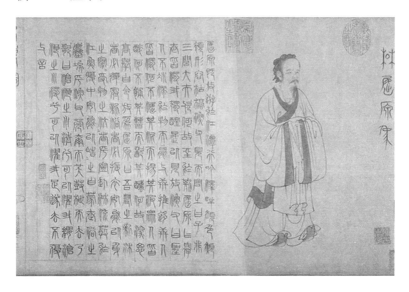

①（清）吴升：《大观录》卷十八，民国九年（1920）武进李氏圣译廎本。
②（清）安岐：《墨缘汇观录》卷三，《粤雅堂丛书》本。

首为屈原画像。卷首为篆书"楚屈原象"四字,钤有"乾隆御览之宝""嘉庆御览之宝"等印。绘有一老者,头束巾帕,宽额呈露,与上海博物馆藏至正六年篆书本不同;其神情冲淡,亦与篆书本有别,服饰姿态则差异不大。其后亦有乌丝界行篆书《渔父》篇,凡十五行,行十五字,无篆书本中王逸《楚辞章句·九歌序》及吴睿自题款识。

次为《东皇太一图》。右上篆书题"九歌图""东皇太一",钤有"宣统御览之宝"印。绘有主仆二人,立于云中,居前者高冠长裾,面容修长,身着宽袍,佩方心曲领,右手拈须,左手轻举,目视下界,当为东皇太一;其后有一玉女,手执羽扇,面左而立,风鬟雾鬓,羽衣蹁跹。左侧为隶书《东皇太一》篇题及文辞。

　　次为《云中君图》。整体构图与上海博物馆藏至正六年篆书本基本相同,惟图右上翻飞之衣带为二,而左下无回首之龙。

　　次为《湘君图》。整体构图与至正六年篆书本相似,惟细部有

别：篆书本中湘君右手握芙蓉，而此本中则更换为兰蕙；篆书本中
侍女所持羽扇，此本中更画为旌旄。左为隶书《湘君》文辞，凡十
二行，行十九字。

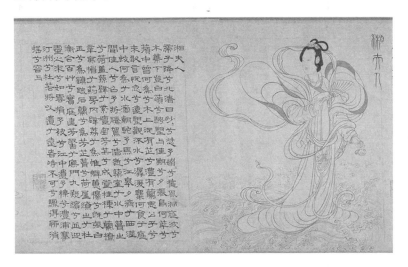

次为《湘夫人图》。与篆书本不同，此本只绘一女子，面左立于
波上，云鬓峨髻，修面重颏，明珰翠帔，仪容俨雅，袂带翻飞。其右手
拈玉玦，作欲捐弃之状，绘者当是据"捐余玦兮江中，遗余佩兮醴浦"
语，选择"捐佩"这一最富于孕育性的时刻来进行图像表现的。

《大司命图》。此本与篆书本差别不大。

《少司命图》。此隶书本中少司命发冠式样与篆书本有异,且未佩方心曲领;其后所立童子,未梳双髻,手中抱持长剑,非为篆书本中之卷册。

《东君图》与《河伯图》,此本之图像表现内容与篆书本大致相同。

《山鬼图》中钤有"嘉庆鉴赏"印,构图与篆书本大致相同,惟此本中之松干甚少松节,且枝蔓不多,不类篆书本。

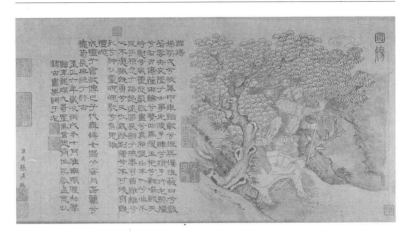

此本《国殇图》构图与篆书本基本相同，惟古木山石之细节有异。图后钤有"三希堂精鉴玺"白文印，"宜子孙"朱文印。

隶书《礼魂》文辞后，有吴睿自题署款一行，文曰："至正六年岁次丙戌冬十月，淮南张渥叔厚临李龙眠《九歌图》为言思齐作。吴叡孟思以隶古书其词于右。"押"吴睿孟思""吴孟思章"二白文印，后款"淮南张渥临"小行书五字，下押"张渥叔厚"白文印，"游心艺圃"朱文印。据此可知，此本《九歌图》似作于至正六年（1346）十月，与前叙上海博物馆所藏篆书本《九歌图》作时相距甚近。

本图纸尾倪云林题云："张叔厚画法，吴孟思八分，俱有古人风流，今又何可得哉！壬子六月廿九日，观于思齐西斋。倪瓒。"前后押白文"言世贤思齐自省斋印"，词后每段有"孟思"及"聊消摇兮容与"朱文印。

本幅、引首及拖尾钤有"安定""苍岩子""蕉林书屋""蕉林居士""冶溪渔隐""河北棠村""棠村""蕉林梁氏书画之印""卧雪""观其大略"等印，这就表明此卷在清初经梁清标收藏。

梁清标(1620—1691),字玉立,一字苍岩,号棠村,一号蕉林,直隶真定(今河北省正定县)人。清标虽名列"贰臣传",然搜藏金石文字书画鼎彝之属甲海内,是清初书画鉴藏史上的核心人物,宋荦《西陂类稿》卷十三以为"昭代鉴赏谁第一,棠村已殁推江村",即是见出时人对其地位之重视。张渥此图钤有梁氏如此多的印信,足见其珍视之情。

图上还钤有"安仪周家珍藏""思原堂""麓村""秋碧""师古之学"等印,可见,此图在梁清标之后,曾归安岐收藏。

此图钤有"石渠宝笈""宝笈三编""乾隆御览之宝""嘉庆御览之宝""嘉庆鉴赏""三希堂精鉴玺""宜子孙""宣统鉴赏""无逸斋精鉴玺""宣统御览之宝"等收藏印,这就表明,在继安岐收藏之后,其归清代内府收藏,并著录于《石渠宝笈》三编中。

清亡后,溥仪令宝熙等审定内府书画,此卷列为"上上品"。溥仪曾以赏赐溥杰之名,将其运往长春伪满皇宫,后流散民间,为王世宜保存,后入吉林省博物院。

(三)褚奂隶书《九歌》本

据清陆时化《吴越所见书画录》卷三载:张渥所绘之白描《九歌图》,尚有褚奂隶书《九歌》本。据其所见,此卷纸本完好,高七寸七分零,长一丈二尺四寸六分,尚有余素。乃大宗伯沈归愚物,前有沈德潜题签。①

今美国克利夫兰艺术博物馆藏有张渥此《九歌图》(Nine Songs)②,纸本水墨,纵约 28 厘米,横约 438.2 厘米,分别描绘东皇太一、云中君、湘君、湘夫人、大司命、少司命、东君、河伯、山鬼、

---

① (清)陆时化:《吴越所见书画录》卷三,乾隆怀烟阁刻本。
② https://www.clevelandart.org/art/1959.138.

国殇形象,末附屈原像。

首为《东皇太一图》。绘有二人,立于云中,其中一男子,头戴王冠,身着衫袍,披方心曲领,佩大带,右手拈须,左手持圭,面左而立,神色安详,当为东皇太一;其后立有一女侍,垂双髻,羽衣蹁跹,手执障扇,其上绘有祥龙图案。左为隶书《东皇太一》篇题及文辞。

次为《云中君图》。绘有二人,正于云中乘龙而飞行,居前者冠服如太一,佩方心曲领,双手平握玉珪,侧身面左而立;其后立一女侍,弹双鬟,双手握旄,目视前方,其侧有一龙,正回首视太一。

次为《湘君图》。绘二女子,立于波浪之上,当前一人,头戴后冠,身着宽袍,肩披帛带,双手斜捧如意,向外而立;其后有一女侍,头束发髻,手捧玉瓶,其上插有兰草,意态暇逸。

次为《湘夫人图》。绘有二人,一人头梳盘髻,丰面重腮,明珰翠帔,双手拢袖拱立于波际,仪容俨雅;其后有一侍女,双手抱拥羽扇,侧身而立,目视前者。

　　次为《大司命图》。绘有老少二人,立于云中,一老者冠巾綦
屦,须眉皓然,右手扶杖,左手握卷册,屈身面右,"画家是诉诸知
性理解而不是视觉图像,来告诉我们他画的是天界和轻飘飘的神
仙"①;其后一侍女,头梳蟠髻,手持羽扇,面左而立,侧视下界。

　　次为《少司命图》。居中绘一男子,头戴进贤冠,身着绛纱袍,
佩方心曲领,足蹬双头舄,左手执卷,右手拈笔,面左而立于云中;
其后有一挽双鬟侍女,双手斜捧长剑,面外而立,神情庄重;脚下
祥云飘飘。

① (美)高居翰著,宋伟航等译:《隔江山色:元代绘画(1279—1368)》,北京:
　生活·读书·新知三联书店,2009年,第164页。

次为《东君图》。绘一决眦轩髯武士,立于云中,头束发冠,身着襦裳,铠甲护腰,右手握弓,左手持矢,欲翻身射日。

次为《河伯图》。绘有一人,头束角巾,身着方袍,外罩氅衣,右手握拂尘,左手捻尘尾,屈膝跪坐于白鼋之上,疾行于波涛中。

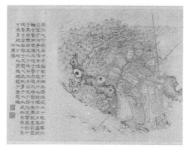

次为《山鬼图》。绘一男子,头束缁撮,肩被薜荔,腰系女萝,右手拈石兰,右手握杜衡,裸身跨于玄豹之上,正于松壑间朝山下疾行。

次为《国殇图》。绘一阴森林间,有一队介士,头戴兜鍪,身着盔甲,手持戈矛,相向而立,作赴敌状。

在褚奂所书之《国殇》与《礼魂》间,绘有一人,头束纶巾,身着襦裳,隆首宽额,鬓发稀疏,右手握卷,左手轻拈,食指伸出,面色凝重,若有所思,当是屈子形象;《礼魂》文辞之后,接褚奂题跋,其辞曰:"右《离骚九歌图》,宋龙眠居士李公本,淮南张渥叔厚所画,妙绝当世。家藏请予书其辞,因识于左云。至正廿一年辛丑三月旦河南褚奂记。"据此可知,张渥此图之绘制时间当不早于至正廿一年(1361)。

其后有清人陆时化题跋,其辞曰:

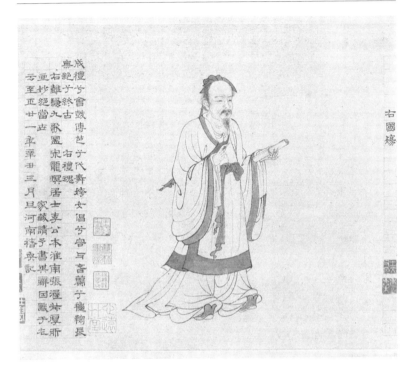

是卷真其收藏得人，相传五百年来，如初落笔。余得之于沈大宗伯归愚先生，题签字乃先生九十五岁手书。按：元褚奂，字士文，钱塘人，篆、隶学吴睿，《名迹录》云："《昆山州重修学宫碑》在至正二十一年，杨维祯撰文，将仕郎杭州路海宁州判官褚奂书并篆额。"张渥，字叔厚，号贞期生，《玉山草堂雅集》称其"用李龙眠法作白描，前无古人"。《贝清江集》言其"博学多艺，尤工人物"。乙巳腊月听松陆时化偶记。

陆时化跋文交代了其所藏此图的来历，并考察褚奂及张渥的相关信息，为观者了解此图提供参照。

其后还有叶恭绰、吴湖帆、吴华源、徐邦达诸人题签，皆认定

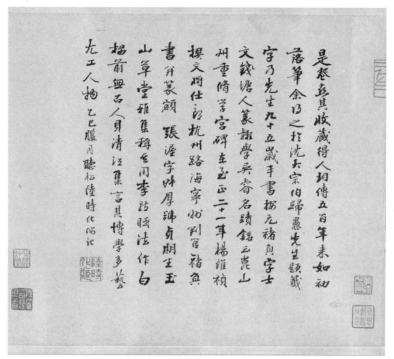

是张渥真迹。

（四）周伯琦篆书本

据元人贝琼《清江贝先生文集》载：其在三吴之地时，曾睹见两种张渥《九歌图》，其一为张渥图画形象而周伯琦篆书《九歌》文辞者，乃是洪武九年（1376）丙辰夏五月，周克复携之以访贝琼者。贝琼定之为张渥晚年所作，并作有长跋，且有题诗。①

①（元）贝琼：《清江贝先生文集》卷二十三，《四部丛刊》景清赵氏亦有生斋本。又，美国波士顿艺术馆藏传为张敦礼《九歌图》卷尾中无名氏跋文，与贝氏文字相同。

　　周伯琦(1298—1369),字伯温,号玉雪坡真逸,晚号坚白老
人,饶州鄱阳(今江西鄱阳县)人。博学工文章,于书以篆、隶、真、
草擅名当时,康里巎巎以为"周伯琦篆书,今世无过之者"。其于
张渥《九歌图》上篆书《九歌》文辞,或可推定其与张渥当有所
交往。

　　此图今未见,其内容据贝琼跋文略知概貌:其一冠服手板,见
三素云,中二史,左右掖之,而从以玉女,一举旄,一执箑,东皇太
一也;其次冠服如太一,有牛首人身者,执大纛,飞扬晻暧,自空而
降,旁一姬执杖者,云中君也;美而后饰,飘摇若惊鸿,欲翔而冲
波,相荡石上,江竹斑斑者,湘君;其后风裳月珮,貌甚娴雅,俨乎
若思者,湘夫人也;一叟髯而杖,左执卷二,从者俱稚而异饰,大司
命也;秀而丰下,冠服甚伟,执盖者猛士,拥剑者处子,一翁舒卷旁
趋,少司命也;裹甲执弓矢,眥裂髯张,欲仰射者,东君也;一乘白
鼋水中者,河伯;而山石如积铁,大松偃蹇,皮皆皴裂成鳞甲,一袒
裸骑虎行者,山鬼也;甲而执刀者一,甲而执矛者一,先后出乱山
林木间,惨无人色者,国殇也。

　　据其描述来看,张渥此本《九歌图》在构图、布局上与前三本
多有不同:是图凡二十一人,有贵而尊严者,有魁梧奇伟者,有枯
槁憔悴者,有绰约如神仙者,有诡怪可怖者,有创而墨者,旁见侧
出,各极其妙。故而贝琼赞之曰:"咸称李龙眠后一人而已。"

　　在跋文中,贝琼对《九歌》所祀诸神有所考察:

　　　　荆楚在中国南,其俗好鬼,自东皇太一而下,则皆所事之
　　神,莫详厥始。然太乙为天之贵神,司命为上台,与北斗第四
　　星文昌,礼有不可亵者,而东君为朝日之义,亦岂闾巷所得而
　　僭乎?云中君者,恐以其泽名云,故指泽中之神为君,谓之云
　　神,以附《汉志》,未知是否。而河伯又非在楚之封内,如湘

君、湘夫人也，蛮夷荒远之域，民神杂糅，私创其号，以罔上下者，亦或有之，而岁时祀之，必用巫作乐，其来尚矣。

在其看来，倘若用当时中土礼制规范去衡量，《九歌》所祀诸神，皆非所宜，然因南楚乃蛮夷荒远之域，出现此种"民神杂糅，私创其号"的情况，亦可理解；而祭祀之时，用巫作乐，则是楚地流传已久之习俗。显然，贝琼从地域文化差异角度出发，对作为南楚民间祭歌的《九歌》所祀神灵问题进行了阐说，这也是对班固、王逸以来从地域文化角度阐释《楚辞》的传统之延续。

继而，贝琼还在跋文中点明其对屈原《九歌》所寓之意的理解，以及对张渥《九歌图》所绘内容的感知：

屈原《九歌》，因其旧而定之，比兴之间，致意深矣，又岂惑于荒唐，如人人之徼福哉！其见之《山鬼》者，辞虽甚迫，至《大司命》一篇，卒曰"固人命兮有当，孰离合兮可为"，信所谓顺受其正者，君子深取焉。顾说者未之能察，朱子为辩之，千载之下，志亦白矣。余之寓于九峰三泖也，抑郁无聊，命酒独酌，辄歌以泄其愤。今叔厚又即其辞以求其象，使玩其象以求其心，岂徒效马和之辈之于诗哉？且惧不能不朽腐磨灭于既久，而文则传之天下，后世得考其仿佛也。故书以志之，观者又可并其象而忘之云。

洪武九年，岁在丙辰，夏五月携李贝琼序，系之以歌曰：

紫宫太乙中煌煌，佐以五帝环其旁。道存无为乐且康，丰隆儵忽周八荒。鬼搴大蠹蛟螭黄，上台司命中文昌。斟酌元气调阴阳，福我以德淫必殃。下招帝子隔潇湘，苍梧九点山苍苍。踆乌三足升扶桑，天门洞开夜已明。神人瞠目须鬣张，长弓白羽射天狼。水仙胡为宅龙堂，九河既阻不可方，鼋鼍出没波汤汤。山中之人白日藏，天阴雨湿啼幽篁，兜鍪战士身尽创。魂魄欲归道路长,吹箫击鼓歌巫阳。酌以桂酒陈椒浆,神来不来何渺茫。①

贝琼渊承王逸之说,强调屈原借《九歌》以"致意"之特征,并认为朱熹所谓"以事神不答而不能忘其敬爱,比事君不合而不能忘其忠赤"②之说,最能体察屈子情志。其寓居九峰三泖间,抑郁无聊,不遇之悲,有类屈子,故有借跋此《九歌图》以抒泄忧愤之意。

在序文末所作之诗中,贝琼依此卷所绘神灵顺序,逐一歌咏,将其与序文对读,可以见出张渥此本《九歌图》的构图、布局特征。

二、《湘妃鼓瑟图》

陶宗仪(约 1329—1412),字九成,号南村,浙江黄岩人。学识渊博,工诗文,善书画,编纂有《南村辍耕录》《说郛》,还著有《南村诗集》《国风尊经》《沧浪棹歌》《书史会要》《四书备遗》《印章考》等。

其《南村诗集》卷四载《题张渥〈湘妃鼓瑟图〉》诗,其辞曰:

朱弦促柱鼓湘灵,雾鬟云鬟下紫冥。万顷碧波明月里,曲终惟见数峰青。③

据此可知,张渥当绘有《湘妃鼓瑟图》。

《楚辞·远游》有"使湘灵鼓瑟兮,令海若舞冯夷"语,其中"湘灵"是与海神海若、河神冯夷相对应的湘水之神。而湘君、

---

① (元)贝琼:《清江贝先生文集》卷二十三,《四部丛刊》景清赵氏亦有生斋本。
② (宋)朱熹:端平本《楚辞集注》(一),北京:国家图书馆出版社,2017 年,第 62 页。
③ (金)元好问:《元人十种诗》,北京:中国书店,1990 年,第 694 页。

湘夫人、湘灵等指称湘水神灵的称号,在流传过程中,相互通
称起来①,与之相关的舜与娥皇、女英之传说也交织渗透在一起,
"湘灵鼓瑟"这一原本在《远游》中表现为演奏欢畅仙乐之形象也
因之染上悲伤色彩——瑟声传递的是娥皇、女英对于丈夫无尽的
思念之情,"湘灵鼓瑟"也成为一个充满了悲伤、哀怨之情的意
象②,如唐人鲍溶《湘妃烈女操》中有"有虞夫人哭虞后,淑女何事
又伤离。竹上泪迹生不尽,寄哀云和五十丝"之语,即将"湘妃泣
竹"传说与"湘灵鼓瑟"结合起来。

　　陶宗仪此诗中"曲终惟见数峰青"诸语,显是化用唐人钱起有
《省试湘灵鼓瑟》诗之"曲终人不见,江上数峰青"语而来。

　　又,元人陈基亦有《题白描〈湘灵鼓瑟图〉》诗,其辞曰:

　　　　斑斑湘竹泪痕深,望断重华隔远岑。花落黄陵春水阔,
　　至今鼓瑟有遗音。③

　　陈基(1314—1370),字敬初,号夷白子,临海人。陈氏以诗闻
名,书法受李北海影响,上追二王,风格秀逸。有《夷白斋稿》,书迹
有《相见帖》《苦雨帖》《寝喜帖》《贤郎帖》等。其所题用之《湘灵鼓瑟
图》,虽未言及画者,然点明此图为白描之作,或即出于张渥之手。

---

①《山海经·中山经》郭璞注曰"天帝之二女而处江为神,……《离骚》《九歌》
　所谓'湘夫人'称'帝子'者是也",以为《山海经》中的"帝之二女"即是屈原
　笔下的"湘夫人";其还于《山海经图赞·神二女》中提道:"神之二女,爰宅
　洞庭,游化五江,惚恍窈冥,号曰夫人,是维湘灵。"又将"湘夫人"视为"湘
　灵"。《后汉书·马融列传》李贤注有云"湘灵,舜妃,溺于湘水,为湘夫人
　也",已将舜妃与湘灵、湘夫人视为一体。

②孙彦:《论湘妃传说中的瑟》,《船山学刊》,2011年第4期,第62—63页。

③(元)陈基著,邱居里、李黎校点:《陈基集》,长春:吉林文史出版社,2009
　年,第450页。

三、张渥《九歌图》的特点

　　自李公麟绘制多本《九歌图》后,宋元以来诸人,多习于临摹;张渥所作《九歌图》,亦皆是摹写龙眠之图而为之者:上海博物馆所藏吴睿篆书《九歌》文辞本中,张雨题跋有"《九歌图》权舆于李龙眠,真迹罕遇。是图规制在伯仲间"语,姚汝恬跋文有"今见汪子象此卷,可谓思中郎而不见,得见虎贲卒矣"语,皆是点明张渥此本《九歌图》乃是对李公麟《九歌图》的模仿;吉林省博物院所藏张渥《九歌图》中,吴睿题识有"淮南张渥叔厚临李龙眠《九歌图》为言思齐作"语,更是将张渥图与龙眠图的关系直接点明。明人詹景凤《东图玄览》、安岐《墨缘汇观录》诸书在著录张渥《九歌图》时,亦多持此说。惟李龙眠《九歌图》图式多样,有所谓十一段本、十段本、九段本、六段本等分别①,而张渥所摹数本,皆是取法于十一段本。

　　尽管现存张渥《九歌图》三本皆是对李公麟"十一段本"的模仿,然而,这三本也并非是基本相同的,其在布局构图上也存在差别的。如上海博物馆藏吴睿篆书本、吉林省博物院藏吴睿隶书本中皆于卷首绘制屈原像,次绘东皇太一、云中君、湘君、湘夫人、大司命、少司命、东君、河伯、山鬼、国殇诸神,凡二十一人,画中男神所着之衣为右衽,而女神所着之衣为左衽;而在美国克利夫兰艺术博物馆所藏之褚奂隶书本中,屈原像位居卷尾,人物数量增为二十二人,而不论男神还是女神,其所着之衣皆为右衽,尤为有趣者在于,山鬼形象则一变而为老年男性;吴睿篆书本中,东皇太一

---

①徐邦达:《有关何澄与张渥及其作品的几点补充》,《文物》,1978年第11期,第55页。

图中侍女手持一团扇,隶书本中变为一羽扇,而褚奂本中,则更替为一长方形障扇;云中君图,吴睿二本之侍者,皆为豹裈龙首之精怪,而褚奂本中则更绘为一侍女;湘君图中,吴睿篆书本中侍女所持之羽扇,在褚奂本中变为湘夫人图中侍女所持;湘夫人图中,吴睿篆书本中侍女所持如意,则为褚奂本中湘君所持;而周伯琦篆书本则更是被贝琼称为"布局略异"者。

不仅如此,张渥活跃于江南文人圈,多次参与玉山雅集,与文士多有交往,故其邀请吴睿、褚奂等书家为其图绘题写《九歌》文辞,形成"左文右图"的图像布局模式,使得读者在观赏之时,能够文图互补,深化对《九歌》的审美认识。故而,张渥摹仿李公麟《九歌图》而又有改作的图像在传播过程中,对后世诸多《九歌图》又有影响,据李鹏《张渥与十一段本〈九歌图〉》文考察,美国大都会艺术博物馆藏赵孟頫款《九歌图》、2001年上海敬华春季艺术品拍卖会拍品明章洪《九歌图》、赵雍书赞本《九歌图》等,大都能见出张渥作品的影子①。

二十余年间,张渥在李公麟《九歌图》的基础上,持续创造了多种《九歌》所涉神灵形象,这反映出他"十分崇敬屈原,热爱楚国,钟情《楚辞》,他把《九歌》神话形象的创造作为自己创作的重要任务"的意愿;同时,其所创制的诸种图像,多线条流畅,风格清新,形象飘逸,也使得其被誉为是"晋顾恺之、唐吴道子、宋武宗元后在以线造型方面最有成就的画家之一"②。

---

① 李鹏:《张渥与十一段本〈九歌图〉》,《美术》,2018年第11期,第114页。
② 陈池瑜:《张渥的〈九歌图〉与神话形象》,《清华大学学报(哲学社会科学版)》,2009年第4期,第123页。

第四节　禅老挥毫写墨兰：
方外之士与《楚辞》图像

有元一代，"宗教信仰自由和对各种宗教的宽容优礼（包括蠲免各教赋税、免除各种差役、尊崇神职人员，等等）政策，是任何王朝都无法与之相匹的"①，因之亦造就了极其发达的宗教文化。不少方外之士，也在念佛修仙、参禅悟道之际，对《楚辞》别有感情，他们或读《骚》，或以《楚辞》所涉香草为对象，绘制"兰""蕙"等香草图，或收藏此类图像，亦或题咏之，等等，以多种方式参与《楚辞》图像的生产。

总体看来，元代方外之士参与《楚辞》图像生产的类型主要有两种：其一，直接创作《楚辞》图像，如张雨、释雪窗、释道隐、释柏子庭、释枯竹、释宗莹、祝玄衍等；其二，收藏、题咏《楚辞》图像，如畯上人、释大欣、释良琦等。这两方面的活动，也使得元代《楚辞》图像展示出有别于前代的特征。

一、创作《楚辞》图像

元代创作《楚辞》图像之佛徒有明雪窗、释宗衍等，道者有张雨、祝玄衍等，其所作之图主要可归属于《楚辞》作品图像、《楚辞》香草图之范畴。

（一）明雪窗所制香草图

明雪窗，俗姓曹，号雪窗，法号普明，故世称明雪窗，生卒年不

---

① 任宜敏：《元代宗教政策略论》，《文史哲》，2007年第4期，第102页。

详,松江府华亭县(今上海市松江区)人。出家平江,曾居安亭菩提寺。元惠宗至元四年(1338)任苏州云岩寺住持,至正四年(1344)调任承天寺住持,后因病引退,至正九年(1349)复任。

雪窗精于针灸,工书法,尤善画兰,柏子庭有"家家恕斋字,户户雪窗兰"之语,足见其所绘之兰为时人喜爱之情状。

元人李祁《云阳集》著录有雪窗所绘之《兰图》,其文曰:"予留姑苏时,雪窗翁住承天寺,日与予相往来,当时达官要人往往求翁为写兰石,翁恒苦之。而予所得于翁者凡数幅,或时相过从,焚香煮茶,辄取雪色纸,为予作摘奇掇芳小幅,犹极潇洒可爱。予常置斋阁中,乱来荡失俱尽,恒眷眷于怀。近乃于吴君书室中见此幅,位置萧远,真此老得意笔也。"①据此可知,雪窗所绘之兰,为数众多。

顾复《平生壮观》卷九著录有雪窗《兰蕙图》之讯息:"纸,又余画四段,二兰二蕙,每段'雪窗'款。下末题七绝《物外清赏》,款'雪窗','至正乙亥后十二月,俗僧虚白为仲廉作于直节斋'。诗云:'湘君瑶佩冷秋云,积雨阴崖剥藓痕,千古清风有谁继,墨花狼籍老乾坤。'《宝鉴》云:'雪窗止可施之僧房。'"②据此可知,雪窗于至正十九年(1359)后十二月又作有《兰蕙图》。

不过,雪窗所作诸图,大都流传海外,国内所存无几。据孙静《墨兰的风格演变和流派》文统计,海外所藏雪窗《楚辞》"香草图"主要有:

　　　　(1)《兰石图》,绢本,浅设色。四联幅,现藏日本宫内厅,

---

① (元)李祁:《云阳集》卷九,清文渊阁《四库全书》本。
② (清)顾复:《平生壮观》,上海:上海古籍出版社,2011年,第347页。

自题"物外情乐","悬崖幽芳","九畹遗芬","光风转蕙"①。其风格对日本画坛影响甚大,日本玉畹梵芳是其嫡派。(2)《兰石图》,绢本,水墨,日本京都国立博物馆藏。(3)《墨兰图》,对幅,绢本,水墨,日本根津美术馆藏。(4)《墨兰图》,纸本,水墨,日本长乐寺藏。(5)《兰石图》,对幅,绢本,水墨,日本阿形邦三藏。(6)《兰石图》,绢本,水墨,浅设色,日本组田昌平藏。(7)《兰石图》,绢本,水墨,日本浅野长勋藏。(8)《光风转蕙图》,纸本水墨,题款:"至正旃蒙作噩夏五,为通甫作光风转蕙。雪窗。"日本富冈益太郎藏。(9)《墨兰图》,纸本,水墨,日本冈崎正也藏。(10)《兰竹图》,绢本,水墨,浅设色,Princeton Art Museum U. S. A. 。(11)《兰竹图卷》绢本,水墨,浅设色,Cleveland Museum of Art U. S. A. 。(12)《兰竹图》,绢本,水墨,Cleveland Museum of Art U. S. A. 。(13)《风兰竹图》,Brooklyn Museum U. S. A. 。(14)《兰竹图》,Oberlin College,Allen Memorial Art Museum。②

这其中,较具典型性的有以下几种:

1. 日本东京国立博物馆藏《兰图》

日本东京国立博物馆《唐绘手签笔耕园》中有释普明《兰图》,绢本,水墨,纵 32.9 厘米,横 36 厘米。

图中绘有生于郊外之两簇幽兰,一簇向上,一簇向右,从左下角土石生长,兰花绚烂,遥相呼应,兰叶飘逸,灵动有神。土石旁还生有二三蘑菇。

---

① 今就日本宫内厅藏本观之,此四图之题款与孙氏所录略有出入,后详。
② 范景中、曹意强主编:《美术史与观念史》,南京:南京师范大学出版社,2007 年,第 337 页。

2.《悬崖幽芳图》《光风转蕙图》《兰竹石图》《九畹余芬图》四联幅

《悬崖幽芳图》《光风转蕙图》《兰竹石图》《九畹余芬图》,106cm×46cm,
绢本水墨浅设色,日本宫内厅三の丸尚藏馆藏

　　第一幅绘右斜崖石,其上卧伏修竹,叶皆向上作风势,其下倒悬兰花,垂叶如带露,右侧款署"(至)正昭阳协洽八月望作着色悬崖幽芳图""雪窗",钤有"雪窗""物外清乐"印,后三幅同;第二幅右凸出一崖石,其下斜出竹一枝,石后有兰一丛,叶皆左向,花三四茎,兰蕊含馨,似临风笑迎,左侧款署"雪窗作光风转蕙";第三幅右下墨石一峰,其后有棘一株,上分二端,石右出新篁,左为丛兰,着花六七,左棘枝下款署"雪窗";第四幅左上绘枯木竹丛,左下从兰,右下崖石,兰叶势飞举,花蕊舒吐,右侧款署"雪窗作九畹余芬"。据款署可知,此图作于元至正三年(1343)。

　　3.《光风转蕙图》《悬崖双清图》二对幅

《光风转蕙图》115.8cm×51.2cm,《悬崖双清图》116.3cm×51.2cm,绢本水墨,日本九州国立博物馆藏

其一右上斜逸篁竹一枝,下为卧石,石上生兰蕙数丛,花三茎,左侧款署"雪窗作光风转蕙";又一左上绘右倾崖石,上隐约露出丛竹枝叶,下倒生丛兰,叶皆左向,右侧款署"雪窗作悬崖双清"。

4.《光风转蕙图》

日人坂本五郎藏有署"雪窗作光风转蕙"卷,水墨,绢本,纵 70 厘米,横 37 厘米。钤"雪窗"朱文印、"物外清乐"白文印。

《楚辞·招魂》有"光风转蕙,泛崇兰些"句,王逸注曰:"光风,谓雨已日出而风,草木有光也。"雪窗此图之命名,或是取意于此。

图居中绘有兰花,而兰叶正似随风飘动,其下方以浓淡相宜之笔墨飞白写出湖石,上方绘有古木,而竹叶自老枝末端画出。

5.《风竹图》

78cm×46cm,绢本水墨浅设色,美国克利夫兰艺术博物馆藏

正中绘巨石,左侧生风竹,右上伴生荆棘、丛兰,有偃仰亏蔽与聚散历落之致。左下题签"雪窗",钤"雪窗"朱文印。

可见,图绘兰蕙,几乎贯穿释普明的整个艺术创作生涯。七十余年间,他创作的"雪窗兰"不下数十幅,其名目不同,图式各异,大多成为文士诗文创作的重要素材,并有不少波及域外,产生一定影响。这在同时代禅僧的艺术创作中,是不多见的。

释普明所作兰图,除"施之僧坊",在寺庙中供僧侣等观赏题咏外①,更获得了广泛流传:既为达官显贵屡屡索求,影响民众审美判断;亦作为友朋的交往媒介,在馈赠中深化着彼此情谊;还以多种方式参与主体的精神文化生活,成为艺林清玩,并因之而产生诸多题咏诗文。

据前引元人李祁《云阳集》可见,其时"雪窗兰"甚受欢迎,达官显贵求之者甚众,其图亦因之由僧坊而传至公堂邸舍、庄园庭院等处,成为展示风雅情致的品鉴对象。不仅如此,释普明还常将画作馈赠友人②,其图遂承载着主体间的深厚情谊而辗转至书斋雅舍,为儒生文士庋藏、观赏、雅集品鉴提供了条件。

值得注意的是,除卷轴画外,"雪窗兰"还曾以壁画形态而存在。瞿佑《剪灯新话》卷一《联芳楼记》载:"吴郡富室有姓薛者,至正初,居于阊阖门外,以粜米为业。有二女,长曰兰英,次曰蕙英,皆聪明秀丽,能为诗赋。遂于宅后建一楼以处之,名曰'兰蕙联芳之楼'。适承天寺僧雪窗善以水墨写兰蕙,乃以粉涂四壁,邀其绘

---

① 曾主持湖州鸟回寺、杭州报国寺、金陵大龙翔集庆寺的释大欣,就有咏"雪窗兰"之作行世,其《蒲室集》卷五载《雪窗〈兰〉》诗:"百亩无香失旧丛,若为膏沐转光风。赵家三昧吴僧得,未觉山人鹤帐空。"卷六又有《雪窗〈兰〉》诗:"谁把幽芳寄所思,山林久已负归期。萝龛剩著云千顷,蕙帐空留月一规。作赋何人捐洛佩,招魂有恨吊湘累。因知老衲梦挥洒,杖锡敲冰上剑池。"肯定雪窗绘兰成就,认为其能得赵子固精髓,复以释家之语,将其与《楚辞》联系起来,咏叹不遇之情。

② 除作摘奇掇芳小幅赠李祁外,据顾复《平生壮观》卷九载,雪窗还曾为仲廉绘有《兰蕙图》,并题写七绝《物外清赏》。

画于上,登之者蔼然如入春风之室矣。"①可见,释普明还绘有水墨《兰蕙图》壁画,笔触生动,令观者有如睹生物之感,而这无疑丰富了"雪窗兰"的载体样式,扩大了其传播空间与受众群体,为其进入市民文化生活提供便利。

　　元明清之际,诸多有广泛社会影响者,皆曾观览"雪窗兰",并留有题咏之作。早在元初,"儒林四杰"之一的黄溍,就曾见及绢本"雪窗兰",并写下"吴僧戏笔点生绡,袅袅幽花欲动摇。梦断楚江烟雨外,秋风滦水暮潇潇"②的诗句,称赞此图生动形象,抒写其身处滦水而思恋楚江之情怀。而后,奎章阁侍书学士、"海内之所宗者"虞集,被誉为"李龙眠后一人而已"的张渥,历美化书院山长、温州路儒学教授、翰林国史院编修官、河南山东燕南乡试考官的胡助,江西路儒学提举、"贞文处士"黄镇成,奎章阁鉴书博士、特"赐牙章得通籍禁署"的柯九思,儒学副提举钱惟善,曾应召修《元史》、参与编撰《永乐大典》的宋禧,河南行省平章政事、翰林学士承旨张翥,平江路儒学教授、浙江儒学提举郑元祐,"天才纵逸"的王冕,明太祖"赐玺书,比诸陆贾、马援,再赐御制诗八章"的张以宁,内阁首辅杨士奇,礼部尚书童轩,"才高负志节,善章奏,声称籍甚"的张宁,"续修宋、元鉴,谨严得《春秋》之大旨;附注《心经》,考合朱、陆之道,则又深探理学之大原"的礼部右侍郎程敏政,康熙帝称"得士奇,始知学问门径"的高士奇等人,皆在不同时期,题咏过"雪窗兰"。可见,在"雪窗兰"的传播过程中,受众群体甚为广泛,既有朝堂重臣,又有儒学名贤,兼及书院山长、画坛巨匠等等,并非只是僧侣道徒。

---

①(明)瞿佑:《剪灯新话》,上海:上海古籍出版社,1981年,第28页。
②(元)黄溍:《金华黄先生文集》卷六,元钞本。

　　而且，他们还以题咏、合作等方式，参与"雪窗兰"的传播。这其中，有自作诗文以咏赞者，如陈基、张渥、胡助、黄镇成、柯九思、宋禧、张翥、王冕、郑元祐、程敏政、童轩、高士奇等，作有《题明雪窗〈兰〉》《雪窗〈墨兰〉》《雪窗〈兰石图〉》《明上人画〈兰图〉》等诗，表达观图后的感受；有应邀为他人所藏"雪窗兰"题诗者，如虞集为黄思谦所藏《墨兰图》题诗二首，许有壬为李秉彝所藏《兰蕙图》赋诗一首，李昌祺为济润上人所藏《墨兰图》题诗，徐庸为怪上人题咏雪窗《兰竹石图》，张宁曾为雪江所藏《墨兰图》题诗，张以宁曾为湖广都事李则文所藏雪窗《墨兰图》题诗，吴历曾于康熙丙辰十月（1676）既望为客所携雪窗上人《兰蕙卷》题诗，以"戏拟其意"；有与雪窗合作，于笔墨丹青中构建一方意象兰者，如柯九思曾与之合绘《兰竹石图》，兼善并美。凡此种种，不一而足。显然，"雪窗兰"参与了文士的日常审美活动，充当了他们交游唱酬的媒介。

　　在赏玩之时，"雪窗兰"的笔墨形象和美学意涵激起了观者之情感体验，他们遂将对图画之内容、特征与价值的认知，以及由图中兰花而兴起的复杂情感寄予于文字中，既咏物，亦抒怀，在兴叹、感怀中赋予"雪窗兰"丰沛的文化蕴涵。

　　这其中，有推许其艺术价值者，如郑元祐《题明雪窗〈兰〉》："生公台石比双峨，两不为稀万不多。兰蕙香销荆棘里，光风流转奈君何？"①用"生公台"典故联系所题咏之对象，进而肯定"雪窗兰"具有为世所重、流传久远之价值。虞集《题黄思谦所藏雪窗〈兰〉二首》："澧浦多芳草，微风翠叶长。墨云开剑戟，香泽近衣裳。书带垂青简，璁珩委玉肪。同心谁可并，芝本产斋房。""手揽

———————

① （元）顾瑛：《草堂雅集》卷三，清文渊阁《四库全书》本。

花鬘结,化为楼阁云。幽人移近坐,天女散余芬。九畹春光动,三湘晓色分。凌波送罗袜,谁是凤毛群。"①描绘画面内容及其观感,凸显其直观性与形象性特征,并化用《楚辞》"香草美人"之喻,将咏兰与颂人融合,借对"幽人"动九畹春光、分三湘晓色之赞誉,赞誉"雪窗兰"之卓著成就。

有盛赞其审美感染力者,如朱朴《雪窗画兰》:"雪窗学兰如学禅,墨君生意自天然。百年纸上看图画,仿佛幽香起麝烟。"②称赞"雪窗兰"自有天然生意,即便时隔百年,仍然栩栩如生,令观者仿佛嗅觉其幽香。李昌祺《题雪窗〈兰〉为济润上人》:"雪窗前元住虎丘,清致仿佛支远流。解将翰墨作游戏,写成兰石人争求。露花风叶含生色,楚畹移来屏几侧。乍见频看若可纫,初开半吐疑堪摘。润师戒行如秋霜,蒲团趺坐十笏房。根尘识想已云泯,色香声味都宜忘。兹图谩尔时时对,外物岂能为已累。毕竟阎浮世界空,直须悟逗真三昧。寒灰心地槁木形,妄缘幻质难缠萦。无兰无石亦无画,此是菩提最上乘。"③先言及雪窗之来历及其兰图备受欢迎之情状;继而描摹画面内容及其所具有几乎激起人们纫摘以为佩饰之想象的艺术感染力;接着以"戒行如秋霜"的济润上人,本宜忘却色香声味泯灭根尘识想,然却时时观览而为外物所累来衬托"雪窗兰"所具有的艺术魅力。张以宁《题雪窗〈墨兰〉为湖广都事李则文作》:"君家诗好锦袍仙,兰雪清风故洒然。金地禅僧留妙墨,木天学士写新篇。香来笔底吴云动,思入琴边楚

①(元)虞集:《虞集全集》,天津:天津古籍出版社,2007年,第77页。
②(明)朱朴:《西村诗集》卷上,清文渊阁《四库全书》本。
③(明)李昌祺:《运甓漫稿》卷二,清文渊阁《四库全书》本。

月悬。圣代即今深雨露,流芳千载逮君传。"①在赞颂李则文诗作的同时,也点明"雪窗兰"所具有的形象性特征及其流芳千载之价值。

有评析其在古代墨兰图像史中的意义者,如柯九思《题明雪窗画〈兰〉》诗:"清事相过日应酬,山僧信笔动新秋。王孙遗法风流在,解使平台石点头。"其后自注:"王孙谓子固、子昂昆仲也,时雪窗住虎丘寺。"②从绘兰传统角度着眼,认为"雪窗兰"渊承赵孟坚、赵孟頫之技法并有所发展,具有较强的艺术感染力。而后,释大欣有《雪窗〈兰〉》:"百亩无香失旧丛,若为膏沐转光风。赵家三昧吴僧得,未觉山人鹤帐空。"③亦是从画兰传统角度来书写观图感受的。

有在题咏中昭显失志之悲与清洁之志者,如童轩《雪窗上人〈兰蕙图〉》有"偶从滇南披此图,萋然丛棘相纷敷。援琴欲写意难尽,宛对江潭明月孤。滇南都阃好事者,臭味相看颇同价。高堂昼永篆烟轻,如坐光风与俱化。吁嗟兰为王者香,深林寂寞犹芬芳。采之我欲献天阙,肯使鹈鴂鸣秋霜"④诸语,叙及其于滇南所观"雪窗兰"之具体内容,并借对兰为王者香却寂寞处深林之感慨,抒写失志之悲。杨士奇《题雪窗〈兰〉》:"粲粲幽兰,在岩之下。懿彼白石,静言偕处。兰生幽深,孰知其芳。自我贞素,不知奚伤。予怀芳馨,远莫致之。援琴弹丝,薄写我私。"⑤以四言之体

①(明)张以宁:《翠屏集》,厦门:鹭江出版社,2012年,第65页。
②宗典:《柯九思史料》,上海:上海人民美术出版社,1985年,第155页。
③(元)释大欣:《蒲室集》卷六,清文渊阁《四库全书》本。
④(明)童轩:《清风亭稿》卷四,清文渊阁《四库全书》本。
⑤(明)杨士奇:《东里诗集》卷一,清文渊阁《四库全书》本。

式,借咏兰之幽深独芳,抒泄自我贞素自守之志。

　　有抒写怀人之情者,如黄镇成《雪窗〈兰石图〉》:"空谷幽人紫绮裘,洞箫声远碧山秋。月明忽忆同游客,已在君峰十二楼。"①由观空谷幽兰而思及远在异乡的往昔同游,寄予无限思念之情。郑元祐《明雪窗〈兰〉》:"结跏向双峨,濡毫成九畹。袭佩芳馨多,怀人江浦远。"②亦由咏兰而怀人。清人高士奇"有伉俪之痛,经年未释,荆人名宛,字德馨",故其见雪窗《兰图》而倍增感慨,遂作《跋雪窗兰二首》:"崇兰生九畹,幽香发林樾。采采结同心,纫佩无休歇。芳芬动光风,离披湿秋露。楚客心凄凉,空斋慕毫素。"③展示出其对伉俪的无限思念之情。

　　有传递人世沧桑之感慨者,如宋禧《雪窗画〈兰〉》:"忆昔馆娃兰叶红,为谁泣露怨春风。千年月照虎丘寺,影落山僧图画中。"④由虎丘寺中雪窗之兰,思及春秋时吴国馆娃宫之兰,表达了世事变幻的兴亡之感。张翥《雪窗〈兰〉》:"采采幽芳不盈把,好收风露入铜瓶。虎丘老衲今何在,思见春牙石上青。"⑤朱朴《雪窗画兰四绝》:"苍苔白石蔽芳丛,湛露幽香湿翠蓬。自古佳人老空谷,不须零落怨春风。"⑥皆能见出作者由观"雪窗兰"而生出的对人世沧桑之无奈。

　　更多的是,观者借咏兰来抒写不遇之悲,并将之与《楚辞》联

---

①(明)黄镇成:《秋声集》卷四,清文渊阁《四库全书》本。
②(元)郑元祐:《侨吴集》卷六,清文渊阁《四库全书》本。
③(清)高士奇:《独旦集》卷四,清康熙刻本。
④(明)宋禧:《庸庵集》卷十,清文渊阁《四库全书》本。
⑤(元)张翥:《蜕菴诗》卷四,《四部丛刊续编》景明本。
⑥(明)朱朴:《西村诗集》卷上,清文渊阁《四库全书》本。

系起来，"托兴与三闾比……有《骚经》之遗意在"①。如陈基《题明雪窗〈兰〉》："曾从北渚过君山，更向黄陵庙下还。帝子不归芳草碧，鹧鸪啼处雨斑斑。"②由观图而忆及曾过君山而参黄陵庙之往事，并为"二湘"期候舜而不至的"不遇"之事而神伤；可见，其将释普明所绘之兰给予观者的清芬幽独之感受与在文化传统中被褒誉的具有崇高女德的湘君、湘夫人联系起来，从而丰富了图像的文化蕴涵。张渥《题明雪窗〈兰〉》："援琴谁叹生空谷，结佩应怜感逐臣。九畹断魂招不得，墨花夜泣楚江春。"③以兰为着眼点，将释普明图绘之兰，与孔子作《猗兰操》所"托辞"之兰，以及"信而见疑，忠而被谤"的逐臣屈原"纫秋兰以为佩"之事联系起来，引导观者由图中物象而兴起"贤者不逢时，与鄙夫为伦"的不遇之悲，在一定程度上就阐明了"雪窗兰"能够获得士人阶层认同的普遍心理。胡助《雪窗〈墨兰〉》："空山窈窕泣湘灵，回首芳洲杜若青。禅老挥毫真善幻，光风吹得楚魂醒。"④化用《湘君》《湘夫人》语境与《招魂》"光风转蕙，泛崇兰些"之语，赋予"雪窗兰"以《楚辞》"香草美人"之文化蕴涵。钱惟善《题柯敬仲博士明雪窗长老〈兰竹石合景〉》："适从楚畹来，邂逅此君子。乃知岩壑姿，风致颇相似。""光风泛崇兰，玉立共潇洒。襟抱有双清，岁暮遗远者。""石逾玉润不生苔，铁笛吹残自裂开。绝似雨晴炎海上，一双翡翠

①（元）赵琦美：《赵氏铁网珊瑚》卷十二，清文渊阁《四库全书》本。

②（元）陈基著，邱居里、李黎校点：《陈基集》，长春：吉林文史出版社，2009年，第452页。

③（清）陈邦彦选编：《历代题画诗》下卷，北京：北京古籍出版社，1996年，第172页。

④（元）胡助：《纯白斋类稿》卷十六，清文渊阁《四库全书》本。

忽飞来。"①以图中所着重表现的三种不同物象为切入点分别题咏,在咏雪窗之兰时,用"楚畹"与"光风泛崇兰"语,将其与《楚辞》联系起来。王冕《明上人画〈兰图〉》:"吴兴二赵俱已矣,雪窗因以专其美。不须百亩树芳菲,霜毫扫动光风起。大花哆唇如笑人,小花敛媚如羞春。翠影飘飘舞轻浪,正色不染湘江尘。湘江雨冷暮烟寂,欲问三闾杳无迹。忼慷不忍读《离骚》,目极飞云楚天碧。"②先盛赞雪窗绘兰之妙,以为其在"吴兴二赵"之后,可专擅其美;继而描摹画面内容,抒写由观图而生的对屈原的怀想之情。

由此可见,元、明以来,"雪窗兰"已走出僧坊,在公堂邸舍、庄园庭院、书斋雅舍间,扮演着珍藏品、赏鉴物、雅集品评对象、友朋交接媒介等角色,广泛参与官员、儒者、艺术家、市民等不同阶层的精神文化生活。人们在欣赏"雪窗兰"之时,既为其生动逼真的形象表现与卓尔不群的艺术成就所叹服,又由观图而兴起复杂的情感体验,在长赋吟咏、添墨自比中寄予了主体的失志之悲、清洁自守之志、怀人之情、沧桑之感。也就是说,在后世审美视域中,"雪窗兰"已超越了客观物象的直观感知,广泛参与了人们的情感体验与理性认知,充分发挥着作为艺林清玩之物的审美功用。

(二)释宗衍《墨兰蕙》图

元人陈高《不系舟渔集》卷二有《题道原所作〈墨兰蕙〉》诗四首,其辞曰:

---

① (元)钱惟善撰,吴晶、周膺点校:《江月松风集》,北京:当代中国出版社,2014 年,第 114 页。

② (清)陈邦彦选编:《历代题画诗》下卷,北京:北京古籍出版社,1996 年,第 170 页。

有草维兰兮，在彼中阿。上荫幽篁兮，白石峨峨。雪霰交零兮，岁冉冉其几何？百卉憔悴兮，为忧孔多。呜呼！保此贞节兮，其心靡他。

兰之花兮，有苾其馨，兰之叶兮，其色青青。嗟兰之生兮，独耿介而幽贞。我思古人兮，言掇其英。

有草维蕙兮，生于林坳。与荃为类兮，与兰为曹。萧艾离群兮，不复混淆。其敢自弃兮，化而为茅。

蕙之花兮，丛生而翯，蕙之叶兮，可纫以佩。揽芳菲兮，勿使芜秽，鹈鴂鸣兮，不退有害。我思灵修兮，岁月其迈。①

陈高（1314—1366），字子上，号不系舟渔者，温州平阳（今属浙江）人。元顺帝至正十四年（1354）进士，曾任庆元路录事。诗文雅洁，为时人所推重，有《不系舟渔集》《子上存稿》。

其诗中所记之道原，乃释宗衍（1308—1351），吴县（今江苏苏州）人，工诗，善书法，至正初居石湖楞伽寺，一时名士多与游，后主嘉兴德藏寺。有《碧山堂集》。

据陈高题诗来看，释宗衍所绘《墨兰蕙》图中，当分绘有兰、蕙二香草；而陈氏在看图之后，遂由图中之兰、蕙而思及《楚辞》中兰、蕙，并将之视为主体耿介幽贞之情志的隐喻。

（三）张雨《湘君湘夫人图》

张雨（1283—1350）②，旧名泽之，道家法名嗣真，一名天雨，字伯雨，号山泽癯者、贞居子等，钱塘（今浙江杭州市）人。工诗

---

① （元）陈高著，郑立于点校：《陈高集》，杭州：浙江古籍出版社，2014 年，第 5 页。
② 肖燕翼：《张雨生卒年考——兼谈三件元人作品的辨伪》，《故宫博物院院刊》，1998 年第 1 期，第 9—13 页。

文,精书法,晚岁居三茅观,修玄史,记历代道家高士;又作"黄箓楼",储古籍图史;又于桥南作"藏书石室",古书充栋。有《出世集》《碧岩玄会录》《寻山志》《贞居集》《茅山志》等。《式古堂书画汇考》卷二十三载有《张伯雨山水并题》《张贞居洵阳归兴图并题卷》《张伯雨寒林图》等。

据清吴其贞《书画记》卷一载,张雨有《湘君湘夫人图》,纸本,止一小幅,画法简逸,草草多得天趣,盖效马和之,上有题识。①

又据李佐贤《书画鉴影》卷十二,马和之所绘《湘君湘夫人图》中有"二妃凌波冉冉"形象,则张氏此图之图式,或亦如此。

(四)祝玄衍《九歌图》

元人袁桷《清容居士集》有《次韵虞伯生题祝丹阳道士摹〈九歌图〉》诗,其辞曰:

> 玉眸精伫朝玉皇,五采万物迎初阳。神钩空洞光茫茫,瑶席合奏乐未央。沉几经纶白为章,肤寸帝青下填坑。朝挟朱鸟招八方,旋转风轮荡金刚。君山之峰逾可望,玉女鼓瑟哀不伤。世职玄籍元运昌,灵寿给扶颜色苍。赐龄金箧难度量,仲氏之道谁为长。深根抱一真有常,下悯浊世生复亡。浴精昧谷暾扶桑,寔阳昭德森九芒。亘劫永宝天地光,安流舒舒复汤汤。俨思白璧谢汝将,历险有戒毋垂堂。乘狸从豹何陆梁,菰蒲秬秠弦管张。积变不化游益荒,屈子调苦心忠良。歌罢云遏投灵湘,箫巫鼓胥纷莫详。严严祝册遗铅黄,握管用九神归藏,出入森卫视锦囊。②

据此诗可知,祝丹阳道士有摹前人之作而绘成之《九歌图》,

---

① (元)张雨:《张雨集》,杭州:浙江人民美术出版社,2013年,第475页。
② (元)袁桷:《清容居士集》卷十五,《四部丛刊》影元刊本。

虞集有题诗。

祝丹阳即祝玄衍,号丹阳,贵溪(今江西贵溪)人。早年曾主持贵溪昭真观,后调任北京元大都任祠官。其能书擅画,与赵孟頫、袁桷、虞集等多有交往,相关诗文皆有载录,如袁桷《送祝丹阳使武当山》《雪中招虞伯生祝丹阳》《祝丹阳饮马图》、柳贯《送道士祝丹阳祠武当山》、杨维桢《送祝丹阳赴武当》、胡助《送祝丹阳炼师祠武当山三首》、李存《祝丹阳以古琴见惠且寄以诗次韵答之复以史略一本为谢》、马祖常《祝丹阳祠武当》等。

据袁桷此诗看,祝玄衍之《九歌图》亦当是据《九歌》文辞而逐一图绘东皇太一、东君、湘君、湘夫人、大司命、少司命、山鬼等神灵形象者。同时,袁桷亦认为《九歌》寄予屈子忠良之志,且为其绝笔。

二、收藏题咏《楚辞》图像

元代方外之士,亦有收藏《楚辞》图像,或题咏《楚辞》图像者。

这其中,有收藏他人所绘之《楚辞》香草图者,如睃上人,其藏有《蕙兰图》。

元李孝光《五峰集》卷二有《题睃上人所藏〈蕙兰图〉》诗,其辞曰:

> 嗟荪之生兮,亦在中林。窃独不顾兮,恶木之阴。夫霜露之慅慅兮,而予悁悁。昔逢君之不见察兮,恐孺子之不任。苟返予乎中路兮,尚当君之心。暗有瑳其佩兮,又何远于子之襟。①

----

① (元)李孝光撰,陈增杰校注:《李孝光集校注》,杭州:浙江古籍出版社,2016年,第36页。

　　李孝光(1285—1390),字季和,号五峰,乐清(今属浙江)人。有《五峰集》。其诗中之睃上人,今难知其详,然亦方外之士。孝光观其《蕙兰图》,不由生发感慨,借咏香草来抒发野有遗贤之幽怨,寄托深远。

　　而且,方外之士亦有题咏《楚辞》图像,创作诸多诗文者。如释大欣有《〈兰蕙同芳图〉为马元博题》诗,其辞曰:"比德宜君子,同芳伯仲间。舞风长佩委,笑日浅眉湾。蕙帐怀幽遁,兰台接上班。国香应自媚,容伴玉人闲。"诗题下自注曰:"其兄伯庸为三台中丞,元博御史掾,时人荣之。"①其在题注中论及作此《兰蕙同芳图》者之用心,以为乃是以马氏昆仲之成就为荣耀。

　　不仅如此,释大欣还作有《〈兰蕙同芳图〉为逯彦常赋》诗,其辞曰:

　　　　生子当如陈仲弓,元方季方古无同。后来苏氏亦联璧,皆以二子奉一翁。二难继美复继世,爰有卫墟之逯氏。王孙挥洒寄清标,同芳媲德宜兰蕙。前登佩玉舞斓斑,后者巧笑生眉弯。置之台阁伯仲间,况复齐名大小山。休论九畹与百亩,优劣较香花可数。《离骚》三复对灵均,再鼓朱弦慰尼父。

　　可见,在其时观者的认知视域中,《兰蕙同芳图》已成为赞誉昆仲皆卓然独秀、家族文才辈出而彬彬大盛的通用画作,画者寄其意,观者解其意,而"兰蕙同芳"的象征意义亦由此而定型。

　　释良琦也有《题〈蕙兰图〉》诗,其辞曰:

　　　　蕙兰生深林,结根同芬芳。绿叶缘风转,群葩耀春阳。飘飘青霞袂,粲粲雕玉珰。贞哉不自献,宜为王者香。念彼

---

①董平主编:《杭州佛教文献集萃(第1辑)》第11册,北京:宗教文化出版社,2016年,第5755页。

君子德，比之惟允常。持以遗所思，交好勿相忘。①

良琦字元璞，吴郡人，元末移居嘉兴城东兴圣寺。其既究禅理，又通儒学，并能诗。在此诗中，其先描摹蕙兰之生长环境，继而歌咏其虽芬芳却生于深林而"不自献"之特征，并借以喻君子之德。作为释徒的良琦，在观看《蕙兰图》后陈述出此种见解，显然是基于《楚辞》之话语体系而得出的。

元代方外之士的积极参与，主动创作，使得元代《楚辞》图像的创作群体有所扩大，创作内容得以丰富，而作品的传播范围也得以拓展，影响力也有所增加，而这也构成了元代《楚辞》图像独特性的重要组成部分。

第五节　寄形于文字中的元代《楚辞》图像

如同宋代一样，现存文字文献中也载录不少出现于元代的《楚辞》图像，今难见其形貌，惟借有限之文字，遥想其图画之内容。

为行文之便，本部分也拟以图像题材类属为限，按屈原图像、《楚辞》作品的图像呈现、《楚辞》衍生图像三部分予以编排，每部分中，又依据载录图像的文献作者生活时代之先后顺序予以编次，不明者附于最末，以求条清缕析。

一、屈原图像

除依托于《九歌图》之中的屈原人物像外，元代还出现寄形于

①（清）陈邦彦选编：《历代题画诗》下卷，北京：北京古籍出版社，1996年，第180页。

文字、不见形像的屈原图像,主要有二种类型:其一是供奉在庙祠中以享祭祀的屈原画像或造像;其二是描摹屈原与他人交往的屈原故事图。兹分叙之。

(一)庙祠中的屈原像

元代除屈原庙祠中仍有屈原造像外,还出现将屈原与其他先贤如贾谊、杜甫等并祀,或与建置祠堂属地的乡贤并祀,建置三贤堂、五贤祠之现象,其中亦多有屈原造像。

1. 长沙三贤堂中的屈原像

《明一统志》卷六十三载:"乔江书院,在长沙县西北九十里乔口镇。旧有三贤堂,祠屈原、贾谊、杜甫。元元统间,邑人黄澹因设义学于此,诏赐今额。"①据此可知,在元顺帝元统年间(1333—1335)之前,长沙县乔口镇建有三贤堂,祠屈原、贾谊、杜甫;其中或有屈原神主或造像,然其形貌难知。

值得注意的是,将祭祀屈原之庙祠名之曰"贤",而非如唐、宋之际名曰"忠洁""清烈",且将屈原与贾谊、杜甫并祀,以强调其文学成就,凸显其文学家之身份以淡化其矢志君国的忠贞形象,这或许是蒙古入主中原之后,中央政府为缓和新旧政权之间、民族之间的矛盾,在文治教化领域中所主动采取的一种措施。

2. 益阳五贤祠中的屈原像

明薛纲纂修、吴廷举续修《(嘉靖)湖广图经志书》卷十五载:"五贤祠,在儒学西北,元县尹李忠建,以祀屈原、诸葛亮、张咏、张栻、胡寅。"②据此可知,元县尹李忠于益阳建有五贤祠,以祭祀屈原等五人。

---

① (明)李贤等:《明一统志》,清文渊阁《四库全书》本。
② (明)薛纲纂修,吴廷举续修:《(嘉靖)湖广图经志书》,明嘉靖元年刻本。

　　清人江闿《益阳十九贤祠记》载：其"历县一年有奇，兼摄学事，拜于祠"，见五贤祠"仅存败屋数椽，木主俱失"①，可见，元时祠中当有屈原等五人之木主或造像。

　　至若何以将此五人合祭祀，且在清时增至十九贤，江闿《益阳十九贤祠记》以为他们"或官于斯，客于斯，遗踪具在"，故合祀之。可见，有清之际，屈原被官方所赐封的"忠洁""清烈"等名号已逐渐淡化，他开始被作为乡邦贤能形象而被纪念。

　　（二）屈原故事图

　　元代诗文里，有歌咏过《屈原卜居图》《屈原问渔父图》等图像者，此类图像大多以《楚辞》作品为素材，图绘屈原行为或屈原与他人交接之场景，其中往往绘有景物。由于时代久远，这一时期的此类图像实物大多亡佚，惟文献载录中有如下诸种。

　　1. 王恽所见《屈原卜居图》

　　王恽（1227—1304），字仲谋，号秋涧，卫州路汲县（今河南省卫辉市）人。师元好问，为文不蹈袭前人，与东鲁王博文、渤海王旭齐名。著有《秋涧集》《承华事略》等。

　　《秋涧集》卷三十二载《屈原卜居图》诗，其辞曰：

　　　　用舍行藏圣有余，却从詹尹卜攸居。乾坤许大无容处，正在先生见道疏。山林长往眇难攀，死不忘君世所难。邂逅去从詹尹卜，八方历遍果何安。②

　　从诗题可知，此图当是取意于《卜居》篇屈原问卜于郑詹尹事而为之，而诗中"却从詹尹卜攸居"句亦可见出，图中当绘有屈原、

---

① （清）陈宏谋修，欧阳正焕纂：《（乾隆）湖南通志》，清乾隆二十二年（1757）刻本。

② （元）王恽：《秋涧集》，清文渊阁《四库全书》本。

郑詹尹二人形象;至于其他细节,因缺乏具体信息,实难知悉。

　　值得注意的是,王恽集中虽收有此诗,然此《屈原卜居图》究竟为何人所作,却未言及,今人崔富章先生以为:"不言图内容,亦不言作者。考《秋涧集》多载题龙眠居士画幅之诗,如《莲社图》二首,又《莲社图》《渭桥迎代王图》《孙阳相马图》等皆不称说伯时。则此一图,疑亦伯时作也。"①依《秋涧集》载诗之例,将此图归入李公麟名下,或可备一说。今姑据其文献出处,将之归入元代,以俟后来。

　　2.黄溍所见之《屈原行吟图》

　　黄溍(1277—1357),字晋卿,婺州义乌(今浙江义乌市)人。元仁宗延祐二年(1315)进士,任台州宁海县丞、诸暨州判官。后历任国子博士、江浙等处儒学提举、侍讲学士、知制诰、同修国史等。生平好学,诗、词、文、赋及书法、绘画无所不精。著有《日损斋稿》《黄文献集》《义乌县志》等。

　　《金华黄先生文集》卷六续稿三载《屈原行吟图》诗,其辞曰:

　　　　大夫生不遇明时,故尔行吟楚水湄。今喜太平歌既醉,不须多和独醒辞。②

　　据此诗可知,黄溍所见之《屈原行吟图》,当绘制有屈原"行吟楚水湄"之情景。

　　与前人观看《屈原渔父图》而感慨屈原悲惨际遇,萌生不遇之悲所不同的是,黄氏题咏则别具一格,其以为当下乃太平治世,故不需多与屈原相和。之所以一反前人,或许与黄溍身份地位有关。

①崔富章:《楚辞书目五种续编》,上海:上海古籍出版社,1993年,第359页。
②(元)黄溍:《金华黄先生文集》,元钞本。

3.刘仁本所见之《屈原渔父问答图》

刘仁本(?—1368),字德元,号羽庭,天台人(一作黄岩人)。元末进士乙科,历任温州路总管、江浙行省左右司郎中。至正二十年(1360)春,其邀瓯越名士赵俶、朱右、谢理等人,修禊赋诗,并为作序。著有《海道漕运记》《羽庭集》等。

刘氏有《题〈屈原渔父问答图〉》诗,其辞曰:

> 以谗去国,义犹不忘。道逢渔父,鼓枻沧浪。兰芷蓼萧,鸱鸮凤凰。彼蒙不知,彼渔何让? 呜呼噫嘻,湘水茫茫,湘云沧沧,先生之忠,日月惨怆。

> 《渔父》之词,风烟跌宕,盖相与颉颃乎宇宙之间、潇湘之上者,夫岂画师所能模仿? 三复命骚,悲歌慷慨。怀哉千古,忠魂焉往![①]

据其诗可知,其时有据《楚辞·渔父》而绘制之《屈原渔父问答图》者,然作者未可知,而图中所绘,当是屈原行吟泽畔,道逢渔父,与之问答之景象,而就"鼓枻沧浪"语观之,渔父或是手中持有船桨。

在题诗中,刘仁本推许屈原虽遭谗被疏却矢志君国的忠贞情怀,叹惋其"不遇"而终至自沉亡身的悲惨际遇,感慨画师虽能图绘屈原渔父问答形象,然《渔父》篇中见出的三闾大夫孤忠高洁情志却难以示现,最后还表达了对屈原"忠魂"的追缅之情。

据《明史》卷一百二十三《刘仁本传》诸书载:刘仁本曾入方国珍幕中,参预谋议,或欲借其力以图兴复,如罗隐之仕吴越实心不忘唐也。故其集中诸作,大都感慨阽危,表达眷怀王室之意,如《赠李员外自集庆回河南》诗云"汉兵早已定中华,孙述犹鸣井底

---

① 李修生主编:《全元文》(第60册),南京:凤凰出版社,2004年,第324页。

蛙"，显然有指斥明祖之意。厥后国珍兵败，仁本就擒，抗节不挠，至鞭背溃烂而死。就仁本此种心志与经历来看，其题咏《屈原渔父问答图》，盖有咏屈以自励、借诗以明志之意。

4. 王沂所见之《屈原渔父图》

王沂，生卒年未详，约元文宗至顺帝初前后在世，字师鲁，一作思鲁，先世云中（今陕西省榆林市）人，后徙于真定（今河北省正定县）。延祐二年（1315）进士，历任临淮县尹、嵩州同知；元文宗至顺年间为翰林编修，后历国子博士、翰林待制；元顺帝至正初，任礼部尚书，"在职文字者几二十年，庙堂著作，多出其手"。清际纂修《四库全书》时，从《永乐大典》中辑出《伊滨集》二十四卷。

《伊滨集》卷三载《题〈屈原渔父图〉》诗，其辞曰：

> 屈原水之仙，妙在《远游赋》。餐霞饮沆瀣，所述非虚语。孰云葬鱼腹，聊以辞渔父。眷眷乡国心，靳尚终莫悟。沅湘流不极，鼓枻竟何处。日暮悲风多，萧萧满枫树。①

据其诗可知，王沂当是见及题名为《屈原渔父图》之画卷，然此图作于何时出于何人之手，今难知悉。

王沂大抵受《远游》篇之启发，认为屈原本为水仙，自不会死于江河，所谓"宁赴湘流，葬于江鱼之腹中"，不过是借以告别渔父而已。诗中"沅湘流不极，鼓枻竟何处。日暮悲风多，萧萧满枫树"四句，似写此《屈原渔父图》画面景色，暗寓对屈原的无限怀念。

二、《楚辞》作品的图像呈现

传世文字文献中，也载录有以《楚辞》作品为表现题材的元代图像作品，今依王逸《楚辞章句》篇目为序，予以稽考。

---

① （元）王沂：《伊滨集》卷三，清文渊阁《四库全书》本。

（一）钱选《临龙眠〈九歌图〉》

钱选（1239—1299），字舜举，号玉潭，又号巽峰、清癯老人、习懒翁等，吴兴（今浙江湖州市）人。南宋景定三年（1262）乡贡进士，入元不仕。工诗；擅绘人物、花鸟、蔬果和山水，笔致细柔劲密，着色清丽；作小楷有法，善摹印，存世作品有《钱氏印谱》《竹林七贤图》《明皇击梧桐图》《蹴鞠图》《陶渊明像》《洗马图》《卢仝烹茶图》等。

明汪珂玉《珊瑚网》卷三十一著录其临李公麟《九歌图》的相关情况：

> 右《九歌图》，乃龙眠居士李伯时之笔，而元吴兴钱舜举所摹，然不必计也。但楮素洁白，而用笔精妙，有可爱玩。虽然求龙眠而不得，得舜举，斯可矣。其上隶古，且是虞学士伯生所书，盖当时虞公以隶法名天下，宜其书于此也。万历戊寅四月六日茂苑文嘉。①

据此可知，钱选曾绘有《九歌图》，乃是临摹李公麟《九歌图》之作，虞集隶书《九歌》文辞于其上，至明万历戊寅间，流入文嘉之手，文氏于跋文中盛赞其“楮素洁白，而用笔精妙”，至于钱氏所摹者，是六段、九段、十段、十一段中之何本，其中未曾言及。然就钱选画风推测，或是摹写伯时《九歌图》之有景界者。

（二）王信夫藏《九歌图》

元人蒲道源《闲居丛稿》卷十载《跋兴元总尹王信夫〈九歌图〉后》，其辞曰：

> 屈子作《九歌》，盖以忠不见明，窘迫无聊，天高莫能诉，

---

① （明）汪珂玉：《珊瑚网》卷三十一，清文渊阁《四库全书》本。

地迥莫能容,托于楚俗祀神诡怪之辞,以摅愤懑。先贤论之
悉矣。今画家□象为图,其诡异之状,使人因画以证原之歌,
因歌以求原之心。千数百载之下,观者不胜感慨。今兴元总
尹王侯信夫藏此卷,请余为后语。余谓:"侯际清平之世,出
牧千里,得施泽于民。叹古人之不遇,而幸我之遇,则当思其
报,称者为如何哉?"既以告侯,遂书于其画之左。①

蒲道源(1260—1336),字得之,号顺斋,兴元(今陕西汉中市)
人。著有《闲居丛稿》等。

就其此文可知:有画家尝据《九歌》而图绘形象,其状甚为诡
异,能令观者据图而思及屈原"忠不见明"的忧愤之心。而后,此
图为兴元总尹王信夫所藏,应王氏之请,蒲道源于画左书跋文,称
赞王信夫之功绩,并标明自我感激之情。图今不存,难知其详情。

(三)马竹所《九歌图》

元人虞集有《为题马竹所〈九歌图〉》诗,其辞曰:

屈子去国久,行吟山泽秋。思君不复见,婆娑感巫讴。
仰瞻贵神远,俯慨深篁幽。冲波起浩荡,玄云黯绸缪。初阳
繫扶桑,莽苍荡海沤。渺渺君夫人,遗玦在中洲。寿夭乘阴
阳,孰知制命由。慨然长太息,悲歌写离尤。想象以惝恍,开
卷令人愁。②

马竹所,其人未详,《道园学古录》除收录此诗外,还有《题马
竹所〈捕鱼图〉》诸诗,可见其当为画家,且与虞集颇有联系。

就虞集诗来看,马竹所《九歌图》当是绘有东皇太一、云中君、

---

① (元)蒲道源:《闲居丛稿》,元至正刻本。
② 温广义:《历代诗人咏屈原》,呼和浩特:内蒙古人民出版社,1982 年,第
　　89 页。

东君、湘君、湘夫人、大司命、少司命等形象,具有较强的艺术感染力,观之能令人思及屈原际遇,由是而生不遇之忧愁。

(四)《云中君图》

刘迎(1131—1182),字无党,自号无净居士,东莱(今山东莱州)人。大定十四年(1174)登进士第,历任太子司经等职。刘氏以诗名世,元好问《中州集》选存其诗达 76 首之多,超过宇文虚中、蔡松年、党怀英、赵秉文等,足见其所受推重之情形,清人翁方纲《石洲诗话》亦有"合观金元一代之诗,刘无党之秀拔"之语,王士禛《池北偶谈》则称刘迎"不减唐人及北宋大家"。著有《山林长语》,今佚;赖《中州集》,方使今人得见其作概貌。

《中州集》卷三载刘迎《云中君图》诗,其辞曰:

> 衣若新沐兰汤薰,灵巫拜舞方迎神。恍然相见帝者服,《九歌》昔咏云中君。画史亦可人,妙入造化域。羽衣玉麈美且闲,此意不知何处得。空明倏忽纷溟濛,胡为眷眷临寿宫。飘然来下复远举,想象决去随飞龙。祠空人散秋萧瑟,落日猿声唤秋色。湘天极目青茫茫,凭高一望无南北。①

其所歌咏之《云中君图》,虽不知出于何人之手,然就诗中文辞来看,图中当绘有着"帝者服"之云中君形象,以及拜舞迎神的"灵巫"形象;画家技艺高妙,使得刘迎称赞其"入造化域"。

(五)龚彦钊《舜二妃图》

元人马臻《霞外集》卷四有《书龚彦钊画〈舜二妃图〉后》文,其辞曰:

> 伊大舜之鳏下兮,玉蕴椟而藏诸尧。侧陋以巽位兮,师

---

① (金)元好问:《中州集》,《四部丛刊》影元刊本。

锡帝而日俞。试诸难而孝恭兮,惟懋嘉绩。降二女于沩汭兮,乃嫔于虞歟。治家以及区宇兮,始克观于妇道。咨百辟而设居方兮,胡陟南而云徂。恐夙夜之弗逮兮,服盛德而靡失。何昊天之不吊兮,洒泣涕而涟如。委重华而莫余申兮,宁逐湘流之浩淼。陟天命而陨厥躬兮,畴能抚事而踟蹰。悲湘筠以凄风雨兮,胶泪渍而莫除。荡恨骨而谁为依兮,空驰灵于故都。昔四岳以明顽嚚昏傲兮,犹烝烝而善治。君今虽死而无憾兮,生厥父而厥夫怀哉。若人而不复见兮,终混舆而罔极。孰谓九京而不可作兮,美彦钊之为图尔。有斯谋斯猷兮,亦孔昭于永世。我歌既成,曷从而吊之兮,望云气于苍梧。①

据此可知,龚彦钊曾将湘君、湘夫人合绘为一图,成《舜二妃图》,而后马臻于其上有题跋,然图已不存,其他文献著录甚少,今难知其概貌,姑存之俟考。

(六)黄陵庙中的"二湘"图像

黄陵庙之祀主,素有二说:其一为祀舜与二妃,如郦道元《水经注》卷三十八:"湖水西流,径二妃庙南,世谓之黄陵庙也,言大舜之陟方也,二妃从征,溺于湘江……故民为立祠于水侧焉。"②《括地志》:"黄陵庙在岳州湘阴县北五十七里,舜二妃之神。"其二为祀禹,以表"黄牛开山"事,如明弘治《夷陵州志》载:"黄陵庙在州西北九十里黄牛峡,相传神尝佐禹治水有功,蜀汉诸葛武侯建

---

① (元)马臻:《霞外集》,清文渊阁《四库全书》本。
② (北魏)郦道元著,陈桥驿校释:《水经注校释》,杭州:杭州大学出版社,1999年,第665页。

祠兹土,一名黄牛庙,又名灵感庙。"①元代之黄陵庙,多有祀舜与二妃者,其中多有造像,实物虽不存,然据文献却可推知其概貌。

元人胡天游《傲轩吟稿》载《黄陵庙》诗,其辞曰:

> 黄陵祠边春草齐,黄陵庙下春波肥。鹧鸪飞飞宫树绿,日落未落湘云低。祠中帝子重华妃,明妆窈窕如芙蕖。哀弦五十泪如雨,此恨只有江山知。飞龙之车无定栖,乘风倏忽苍梧西。吹箫酌酒心自苦,云屏霞帐归何时。茜裙娇小谁家儿,未识人间生别离。轻舟相呼采莲女,来看祠前斑竹枝。②

胡天游,生卒年不详,名乘龙,号松竹主人,又号傲轩,岳州平江(今属湖南)人。当元季之乱,隐居不出。至正十二年(1352),乱及乡里,村舍丘墟,而其室岿然煨烬中,因自号傲轩氏。正史无传,生平事迹见《傲轩吟稿》附明艾科《元遗民胡天游传》。

据此诗可知,胡氏所见之黄陵庙,乃是祭祀"帝子重华妃",即娥皇、女英,而"明妆窈窕如芙蕖"句,当是描摹其所见及的庙中塑像情况:明妆盛饰,身形窈窕,面如芙蕖,生动逼真。

元人李材亦有《过黄陵庙》诗,其中言及"神鸦翻舞祠门开,珠裳玉袖沾莓苔"诸语,"珠裳玉袖"当是描摹庙中娥皇、女英造像之装扮,而"沾莓苔"则可见出此庙年岁悠久,人迹罕至。

(七)《巫山图》

赵秉文《滏水集》卷二十载《题〈巫山图〉后》文,其辞曰:

> 昔宋玉赋高唐之事,其意言山水之峻激,林木之振荡,鸟兽之号呼,足以使人移心易志,以讽襄王之荒淫,神志既荡,

---

① (明)刘允等:《(弘治)夷陵州志》卷六,明弘治刻本。
② (元)胡天游:《傲轩吟稿》,清文渊阁《四库全书》本。

梦与神遇,以无为有也,其卒章言,"览万方,思国害,开贤圣,辅不逮",劝百而讽一,亦已晚矣。其后卒赋神女之事,岂荒淫之主竟不可以已耶? 然亦玉之罪矣。惜乎无是可也,后世不知者,遂实其事。乃知楚人事鬼,尚矣。其后绘以为图,公南征得之,观其群峰秀拔,云烟葱蔚,意必有神主之,亵渎如此,无乃污灵尊乎? 是为之辨。①

赵秉文(1159—1232),字周臣,号闲闲老人,磁州滏阳(今河北磁县)人。据其文可知,其时有据宋玉《高唐神女赋》而作《巫山图》者,其中绘有"群峰秀拔,云烟葱蔚"等景致。此图作者、作时难明。赵氏于跋文中对宋玉作赋用意进行辨识,以为宋玉《高唐赋》本是出于"讽谏"之意而作者,然"劝百而讽一",《神女赋》在流传过程中,却昭显"神主之亵渎"。故而,其于跋文中尤加辨别,盖以示观者,于观此图之际,应思及宋玉本意,而不沉湎于襄王遇神女之艳事。

元人刘因亦有《巫山图》诗,其辞曰:"朔风卷地声如雷,西南想见巫山摧。江南图籍二百年,一炬尽作江陵灰。不知此图何所得,眼中十二犹崔嵬。猿声仿佛余山哀,行云欲行行复回。神宫缥缈望不极,乘风御气无九垓。区区云梦蹄涔尔,岂知更有阳云台。"②其中描摹有崔嵬之巫山十二峰、猿、神宫等形象,令观者由此景象而思及宋玉作品,则其所见及《巫山图》,所图绘之素材亦是据宋玉《高唐神女赋》。

---

① (金)赵秉文:《闲闲老人滏水文集(三)》,北京:中华书局,1985 年,第 240—
　241 页。
② (元)刘因:《静修先生文集》卷四,《四部丛刊》影元本。

三、《楚辞》衍生图像

传世文字文献中，也载录了诸多产生于元代的"香草图""潇湘图"之类的作品，可归入"《楚辞》衍生图像"之属，今考录如下。

（一）黄至规《九畹图》

元人王恽有《李夫人画兰歌（为郎中孙荣甫赋）》诗，其辞曰：

清闲堂深不知暑，瑶草佳期梦玄圃。孙郎笑折紫兰来，素影盈盈映修渚。李夫人，澹丰容，天然与兰相始终。剡藤一笔作九畹，落墨不减江南工。芳姿元与凡卉异，晔晔况是湘累丛。《离骚》不复作，遗恨千古沉幽宫。君看此花有深意，似写灵均幽思悲回风。君家大雅堂，文彩东野翁，并入惨淡经营中。秋风拂帘秋日长，芳霏霏兮泛崇光。淡妆相对有余韵，画兰桂子空秋香。淡轩托物明孤洁，五十年来抱霜节。固知色相皆空寂，妙得于心聊自适。仿像湘娥倚暮花，黄陵庙前江水碧。生平佩服真赏音，升闻紫庭非素心。唤起谪仙摇醉笔，为翻新曲写瑶琴。①

据王恽《秋涧集》卷十：黄朴长女名至规，一作玉归，号澹轩，嫁给尚书李珏之子，人称李夫人，早年即守寡；受家族文化之熏陶，能文章，善抚琴，尤擅画兰花。她曾为御史郎中孙荣甫作《九畹图》，取屈原"滋兰之九畹"的诗意，有自况高洁心怀之意，且作自序称："予家双井公，以兰比君子。予父东野翁甚爱之，予亦爱之。每女红之暇，尝写其真，聊以备闺房之玩，初非以此求闻于人也。"可见黄朴、黄至规父女皆好兰花，且能图绘，然不以此示人求

---

① （清）陈邦彦选编：《历代题画诗》下卷，北京：北京古籍出版社，1996年，第167—168页。

赏。御史郎中孙荣甫闻知黄至规擅画兰花,向她请征画作。至规谦逊,便作诗以答之;而后,孙荣甫又向王恽求诗,王恽"因乐为赋此者,正取其节而不以其艺故也"。

黄氏所绘之兰图,今未见及。就王恽之诗来看,其兰图"似写灵均幽思悲回风","托物明孤志",盖有借绘兰以寓高洁之志的用心。

（二）张淑坚《芷石图》

张淑坚(1122—1169),字正卿,开封(今河南开封市)人。正卿穷经笃学,官至承节郎,著有《诗书合解》三十卷。

张仲深《子渊诗集》卷二载《张正卿〈芷石图〉》诗,其辞曰:

> 苏兰蕙茝原同谱,零落湘累杂烟雨。香联老树冰霜姿,静倚云根斗清苦。绀葩同干晴悬悬,崭崭玄璧大比拳。根通九畹自仿佛,翠结五岳同连蜷。四明张君好事者,求得仙毫一挥写。至今清思满沅湘,梦拾骊珠月中把。芳声从此如芷香,贞心从此如石刚。愿挹高标脱凡俗,拟结金兰共徜徉。①

据此可知,张淑坚绘有《芷石图》,其中当图绘有兰芷形象,而张仲深观图之时,由芷石而思及屈原与《楚辞》,以为其中之芷传递出主体高洁清芬之情志,而石则暗喻主体坚贞不渝之观念,可谓是对《楚辞》"香草美人"传统的继承。

（三）萧臧孙《兰竹图》

萧臧孙(？—1335)②,字孚有,号兰雪。揭侯斯《萧孚有诗

---

① (元)张仲深:《子渊诗集》,清文渊阁《四库全书》本。

② 刘诜《哭萧孚有七首》序云:"孚有,方崖御史之季子,少甚颖异。从余游,其为诗短篇高古幽淡,追逼韦、王。长篇丰赡逸宕,别有风致,皆欲与古人争衡。至元三年丁丑七月一日病死,士友伤之。"据此可知萧臧孙卒年。

序》称其生文献之家,袭富贵之业,而性情温厚,辞气详雅,故其为诗,周旋俯仰,举相似焉。

刘诜《桂隐诗集》卷四有《题萧孚有为罗履贞所作〈兰竹图〉》诗二首,其辞曰:

剑叶缃花万石间,无谁可共此幽寒。湘累纫尽秋风佩,未必曾来月下看。(卷中有月)

岩笋横斜出犀龙,林梢偃蹇受清风。岁寒石友聊堪共,未许山王著此中。(卷中有石)①

据此可知,萧臧孙曾为罗履贞作有《兰竹图》,卷中绘剑叶缃花之兰生于石间,空中有月,观者睹之,由图中的幽寒之境而思及屈原纫兰以喻孤忠清洁之志,由是而生仰慕之情。

(四)郑元秉《兰图》

郑元秉(?—1370)②,号山辉,擅画兰竹、山水等。宋禧《庸庵集》有《题郑山辉效高房山枯木竹石图》《为王汉章题郑山辉李石楼合作兰竹图》《题郑山辉画兰》《为孙尚质题山辉兰蕙图》诸诗,可见其曾作有《枯木竹石图》《兰竹图》《兰蕙图》《兰图》等画。

元人唐肃《丹崖集》卷四载《郑山辉画兰》诗,其辞曰:

亲见先生下笔时,绿坡委谷共分披。前身合是江潭客,万叶千花尽《楚辞》。③

①(元)刘诜:《桂隐诗集》,清文渊阁《四库全书》本。
②元人宋僖《为奉古元题郑、李二老合作〈兰竹图〉》诗曰:"今年庚戌春二月廿四日,过古元画室,出图观之,予与坐客七八人,皆掩袂而泣,时山辉翁即世三日矣。"可悉,郑山辉卒于洪武三年(1370)庚戌二月廿一日。
③(清)陈邦彦选编:《历代题画诗》下卷,北京:北京古籍出版社,1996年,第172页。

可见,郑山辉所绘之兰,生于坡丘之上,而唐肃以为山辉身世际遇有类屈原,故其图绘兰花,以抒泄忧愁而尽显高洁之志,用意与屈原作《离骚》相似。

(五)《兰蕙同芳图》

《离骚》有"余既滋兰之九畹兮,又树蕙之百亩"语,盖屈子以兰、蕙诸香草以喻贤能,后世学人,多有沿袭其意,以兰蕙比贤能君子者也。

有元之际,画者亦多用其意,图绘兰蕙以比贤能,描摹兰蕙同芳形象,以赞某家子弟多有成就,并能而同显。

这其中,"天山"马氏"月合乃"一支①,多有入学出仕者,如在元仁宗至元文宗五朝皆至显位的马祖常,曾于元仁宗延祐元年(1314)和弟弟祖孝一同参加科举考试,并在河南乡试、礼部会试中皆列榜首,终以廷试第二登进士第,一时名动京师;其他如祖谦、祖善、祖周、祖宪、祖恭、祖元、祖义或举进士,或以学问入官;其长子武子历官太常祝、中书省掾,后至元间为湖广行省检校;次子文子亦官秘书监著作郎。祖常笃于友义,在他仕至显位后,曾将昆季子孙及家族中孤寒贫困者,收留身边教导培养,其后如马献子、帖木儿等,也进士及第,而马氏一门,人才辈出,彬彬大盛,

---

① 王颋先生在《西域南海史地考论》中指出:"天山"马氏之先,系辽道宗在位日,东来的奉信"景教"的"回鹘"人。当北宋徽宗君临之际,定居于"熙州"亦"临洮府"属"狄道县"境内。进入金太宗统治之时,被掳至"辽东",又迁在"静州"亦"净州"。从此以后,东来的"贵族"成了真正的"天山"马氏。族属的认同,也应在这个时候,因为位于黄河北岸的"净州"连同附近的"沙井"等路,正是同样信奉景教"雍古"亦"汪古"部落首领"赵王"的封国所在。

时人谓为衣冠闻族。在此种情况下,遂有作《兰蕙同芳图》以旌扬其一门文采者。

苏天爵《滋溪文稿》卷二十九有《题马氏〈兰蕙同芳图〉》文,其辞曰:

> 江左好事者,慕马氏昆季之贤,绘《兰蕙同芳图》以贶之;馆阁名流,复为诗以美之。《传》曰:"诵其诗,读其书,不知其人可乎?"是以论其世也。马氏本雍古部族,自凤翔兵马府君,始以官名为氏。尚书忠懿侯当中统初转漕给边饷有功,请令编民通一经者复其家,以诗书礼义训其子孙。卒,赠推忠宣力翊运功臣,三传至中丞文贞公,以文学政事致位光显。初,尚书有子十一人,孙二十人,曾孙三十余人,或执业成均,擢进士第,皆清谨文雅,不陨其家声,遂为海内衣冠闻族。①

据此可知,因马祖常、马祖孝同科中举,故时人乃有作《兰蕙同芳图》赠之者。这表明:屈原在《离骚》中所开创的以兰蕙喻贤能的比兴艺术,已成为文士认知领域中的思维模式,而"馆阁名流"等观者,显然理会了此图所具有的象征意义与美誉观念,故延续此种思路,继续以诗文来重认以兰蕙同芳来赞美马氏昆季并能的观念。对此,陈旅《跋〈兰蕙同芳图〉》有详细阐述,其文曰:

> 昔之君子,托"滋兰树蕙"以自洁;而其同姓之亲有曰兰者,与为薰莸,不但化而为茅,且为萧艾而已矣;读《离骚》者,至于今伤之。石田马氏,实众芳之所在,中丞公既著芳烈于当世矣,元博又能自植于颜行,而流清芬于荐绅之间。是图所写,盖寓其并芳之心焉,同居旷林而不相能者,亦可以少愧

---

①（元）苏天爵著,陈高华、孟繁清点校《滋溪文稿》,北京:中华书局,1997年,第499页。

于此矣。①

陈旅(1288—1343),字众仲,号荔溪,兴化莆田(今属福建)人。其文典雅峻洁,必求合于古作者,学者多仰之。有《安雅堂集》。其在跋文中指出,《楚辞》中之兰,可能具有双重蕴涵:有作为作者表达自我清洁之情的物象者,有实指楚同姓子兰其人者。在传播的过程中,实指子兰的蕴涵渐行隐匿,故此本旌表石田马氏的《兰蕙同芳图》,乃是寓其并芳之心者也。

(六)袁桷所见《墨兰蕙图》

元袁桷《清容居士集》卷十四有《墨兰蕙》诗,其辞曰:

> 金明秋林清,月白楚天碧。美人眇愁予,服媚永今夕。采芝不成仙,食薇难疗饥。结兹以为佩,临风酹湘累。天香落银楮,秋声入玄笔。何如湘夫人,促轸鼓灵瑟。组绥何承承,琲珠复累累。相视不以色,纷披映帘帷。②

其所咏《墨兰蕙图》,绘者不详;就袁桷题诗来看,画面中当有兰、蕙二物。袁氏观画之际,思及《楚辞》中所常论及的披服兰、蕙以为佩饰诸语,遂化用其意,以"临风酹湘累"语,表达对屈子之景仰。

(七)张天英所见之《光风转蕙图》《便面兰蕙》

张天英,字羲上,一字楠渠,自号石渠居士,永嘉(今温州市)人。生卒年不详,约元惠宗至元年间在世。工诗,尤善古乐府,有《石渠居士集》。

---

① (元)陈旅:《安雅堂集》卷十三,清文渊阁《四库全书》本。
② (元)袁桷著,王颋点校:《清容居士集》,杭州:浙江古籍出版社,2015年,第381—382页。

顾瑛所编《草堂雅集》卷三收有其《题〈光风转蕙图〉》诗,其辞曰:

> 蕙乃兰之族,一枝三四花。谁将金茎露,炼作紫河车。白鹤衔之去,飞献玉宸家。飘扫紫云带,光风茁其芽。吾将揽为幄,山中卧烟霞。①

《招魂》有"光风转蕙,泛崇兰些"语,王逸注曰:"光风,谓雨止日出而风,草木有光也。"张氏所题之《光风转蕙图》,虽不明绘者,然就图名而论,当是取意于此而为之。值得注意的是,张氏观图后所生之感触乃是修道访仙,隐逸高卧,这与诸多文士题咏兰、蕙之时,所申发的情感体验有别。

又,张天英还有《题〈兰蕙〉便面》诗,其辞曰:"障面无嫌京洛尘,一丛兰蕙出冰轮。只疑大地山河影,不照沅湘有逐臣。"②从中可以见出,元代的画家,还有于便面图绘兰、蕙者。

(八)张舜咨《楚云湘水图》

张舜咨,生卒年未详,字师夔,号栎山,又号辄醉翁,钱塘(今浙江杭州市)人。曾任宁国路儒学教授,天顺二年(1329)调江浙行省承宣使,后调休宁县主簿。元末,又任漳州路龙溪、兴化路莆田县尹。政闲时,焚香闭阁,作画吟诗,时有"三绝"之称。擅画山水、松柏、窠石,用笔沉着,颇有气势,兼工书法,亦精诗文。绘画作品有《楚云湘水图》《关山行旅图》《斗泉图》《枯木图》《画楼酌别图》《鹰桧图》等等。

元人龚璛作有《〈楚云湘水图〉歌谢张师夔教授》诗,其辞曰:

---

① (元)顾瑛:《草堂雅集》,清文渊阁《四库全书》本。
② (清)陈邦彦选编:《历代题画诗》下卷,北京:北京古籍出版社,1996年,第180页。

　　离骚之国几千里,十幅蒲帆顺风驶。风顺犹须两月程,伊谁移来堕书几? 张君墨妙游戏尔,乱峰因君接天起。苍然古木摧不死,君应曾隐茅屋底。得非是间种兰芷,惨淡经营那及此。松连阁上听秋声,读书眼花字如蚁。玉立长身挟童子,披图置我平生喜。忆昔诗家爱许浑,凌歊荒台寻旧址。云何姑孰大江边,望湘潭云尺有咫。我今识君意,总为诗料理。云兮楚之云,水兮湘之水,回雁夕阳衔一苇。山高见衡岳,江远会南纪。君兮君兮可奈何? 我诗敢劘屈贾垒![1]

据此诗来看,张舜咨之《楚云湘水图》所绘之地域乃是沅湘地区,其图中所绘景象为接天乱峰,间以苍然古木,云烟杳渺,湘波浩渺,以切合画题之意。

（九）董简卿所藏《潇湘图》

元贡奎《云林集》卷一载《题董简卿所藏〈潇湘图〉》诗,其辞曰:

　　潇湘在何处,展卷心悠然。是中有云飞,上与苍梧连。忆昔弄扁舟,载雪清江天。湘君招不来,明月随我前。微钟破征梦,落雁栖寒烟。回首行万里,揽衣羡孤鶱。可怜楚人辞,憔悴穷岁年。图画岂不好,此意谁复传? 已矣三叹嗟,临风叩商弦。[2]

贡奎（1269—1329）,字仲章,宣城（今属安徽）人。有《云林集》行世。据其诗可知,董简卿藏有《潇湘图》,然董简卿其人,今难知悉;其所藏之图,"是中有云飞,上与苍梧连",当绘有潇湘之

---

① （清）吴荣光撰:《辛丑销夏记》,上海:上海古籍出版社,2015年,第203—204页。

② （清）顾嗣立编:《元诗选初集》,北京:中华书局,2002年,第724页。

地的远山,以及与山相连之云。贡氏观此图之际,却思及画外之意,对屈原不遇于时的境遇深表慨叹。

而后,袁桷在观此图时,也有题咏之作。《清容居士集》卷六载《题董简卿〈潇湘图〉》诗,其辞曰:

> 潇湘之水太古色,烟树空濛成寸碧。奔腾日月转银丸,喷薄峰峦凝铁石。楚棹相将客独闻,楚歌欸乃人谁识。望尽苍梧不见云,千古灵均空怅忆。①

就此诗来看,董简卿《潇湘图》中可能绘有潇湘之水、空濛烟树以及远处峰峦等景致,而观者观看之时,往往容易由文字及图绘而思及屈原,由悯屈而自怜,遂生怅惘之情。

(十)成廷珪所见之《湘江秋远图》

成廷珪,生卒年不详,字原常,一字元章,又字礼执,扬州(今属江苏)人。好学而不求仕进,惟以吟咏自娱。奉母居集市,植竹庭院间,因题其燕息之所曰"居竹轩"。著有《居竹轩诗集》。

成氏有《湘江秋远图》诗,其辞曰:

> 苍梧愁云拂烟水,日暮无风波自起。何人吹箫作凤凰,发被临江迎帝子。黄陵女儿情更多,却掩冰弦泪如洗。千年遗恨人不知,坐对空山疑梦里。②

据此可知,元时曾有《湘江秋远图》,作者不详。成廷珪诗有"发被临江迎帝子""黄陵女儿"诸语,以此推知,此图所绘内容当与"湘君""湘夫人"故事有关。

---

① (元)袁桷撰,王颋点校:《清容居士集》,杭州:浙江古籍出版社,2015年,第150页。

② (元)成廷珪:《居竹轩诗集》,清文渊阁《四库全书》本。

（十一）董宗楚等所见《湘江烟雨图》

元吕不用《得月稿》卷五有《次韵董宗楚题〈湘江烟雨图〉》诗，其辞曰：

> 寒烟古庙潇湘渚，疾风飒飒横吹雨。江潭老蛟吐奇气，凌波却对湘君舞。当时圣人弹五弦，九州总囿南熏天。自从妃泪洒江竹，万古令人愁系船。①

据此可知，董宗楚、吕不用等人曾见及《湘江烟雨图》，其作者不详，所图绘之内容大抵也与"湘君""湘夫人"故事有关。

总体看来，这些仅在文字文献中提及的《楚辞》图像，尽管不能以具体可感之形象，让人们直观认知元人对屈原及《楚辞》的图像表现形态；然而，其名称、图像的文字描述、文士观图感受等内容，却在一定程度上丰富了元代《楚辞》图像的内容，也为人们了解《楚辞》的传播接受情况、古代《楚辞》图像艺术的发展情况提供了诸多素材，其价值亦不容忽视。

第六节　元代《楚辞》图像的特征及其成因

虽然元朝政权的存续时间不到百年，然社会格局之急剧转变、多元文化之冲击交汇，影响了《楚辞》图像作者的生存处境与精神状态，使得《楚辞》图像作品也呈现出寄予鲜明的政治倾向、屈原像大量涌现、创作主体多元化等时代特征。

首先，元代的部分《楚辞》图像作品中寄予着作者的政治倾向。元代宋而立，一批由宋仕元的艺术家，虽受元统治者的重视，

---

① （元）吕不用：《得月稿》卷五，清钞本。

但并未得到实质性的任用,并且不时受到元统治集团的猜忌,故而,其往往有借用《九歌》所营造出的"期而不至"之情境,图绘形象,创作《九歌图》,借以抒发本欲借仕元而有所作为然却"不遇"于时的思想感情,此类作品以赵孟頫《九歌图》最为代表。与此同时,另有一些由宋入元的艺术家,忠于赵宋,拒不仕元,遂悠游林泉,终老牖下,在《楚辞》图像作品中表达自己对故国、旧君的忠贞之情,郑思肖《墨兰图》等作品,是为此类之代表。可见,元初的《楚辞》图像作品中,政权更替所带来的政治倾向表达,成为作者寄予于图像中的重要内容。

其次,元代的《楚辞》图像作品中,屈原像大量涌现。这其中,既有屈原画像,如张渥临李龙眠《九歌图》卷前即绘画屈原像,并篆书"楚屈原象",所绘人物"深衣练裳,容色憔悴",赵孟頫于大德九年所制之《九歌图》册页,卷首亦有屈原像;又有大量屈原故事图,如陈昌《屈原渔父图》,以及阙名之《屈原行吟图》《屈原卜居图》《屈原渔父图》《屈原渔父问答图》等;还有庙祠中的屈原造像,如长沙三贤堂、益阳五贤祠中的屈原像。这些图像的出现,与统治者对屈原的追封与肖像画的发展是分不开的。

再则,佛徒道子参与《楚辞》图像创作,取得了突出的艺术成就。他们参与《楚辞》图像生产活动的类型主要有两种:其一,直接创作《楚辞》图像,如张雨、释雪窗、祝玄衍等,创作有《楚辞》作品图像、《楚辞》香草图,如张雨有《湘君湘夫人图》,释雪窗有多本《墨兰图》,祝玄衍有《九歌图》,而释雪窗所绘之兰艺术成就极高,时人有"家家恕斋字,户户雪窗兰"之誉,并有多本流传至日本、美国,产生广泛的影响;其二,收藏、题咏《楚辞》图像,如释大欣、释良琦等,他们收藏有《楚辞》图像,并创作相关诗文题咏,从而扩大了《楚辞》图像的影响,为人们理解元代方外之士对《楚辞》的认知，考察元代儒、释、道三教合流的情况，提供了素材。

元代《楚辞》图像所展示出的这些特征，大抵与政权更替之于图像作者之影响、民族政策之压制、中央政府加封屈原的感召诸因素有关。

首先，政权更替的局势促使汉族文士参与《楚辞》图像创作。

宋元鼎革，少数民族入主中原，第一次取代汉族而实现国家的全方位统一。面对国破家亡的局势，面对异族入侵占领中原的现实，诸多汉族儒生文士深沉执著地眷恋南宋故国，坚守民族气节，坚定"华夷之辨"，鄙视文化落后的民族，尊崇汉文化，他们或不与新政权合作，或作消极对抗，表现出对故国、旧君的忠贞和对变节者的蔑视与愤恨。

在这种情况下，文士儒生阅读《楚辞》，不免会生出"得吾心矣"的感受，元初胡祗遹在《读〈楚辞〉杂言》中就很表述过此种观点：

> 予少时读《楚辞》，辄昏睡不能终篇，盖无屈原爱君忧国、幽深郁结、清苦恂独、终天无穷、难明之悲思。痛甚则声哀，情苦则辞深。非若得意欢畅之言，津津然洋溢于外也。今岁方悟，若读《楚辞》当句句缓读，求言外意。如问病人、吊孝子，恤其情而哀其苦，庶几得原文言意。①

与之相应，具有深沉执著爱国情怀的屈原，以及《楚辞》中所运用的"比譬忠贞"之"香草"，也就成了诸多汉族士人图绘表现的重要素材。他们以图像之形态，表现《楚辞》中的"兰、蕙"等香草，借以传递自己忠于故国、清洁自守之志。如郑思肖题其所绘之《墨兰图》有"一国之香，一国之殇，怀彼怀王，于楚有光"之语，表

---

① （元）胡祗遹：《紫山大全集》卷二十，《三怡堂丛书》本。

达出对故国的无限怀念之情,其"无根"之兰更是寄托了强烈的情感:"疏花简叶,根不著土,人问之,曰:'土为番人夺,忍著耶?'"即使在"人晚境游于禅"的情况下,仍缅怀屈子"谁念三闾久陆沉,饱霜犹自傲秋深";王冕《明上人画〈兰图〉》有"湘江雨冷暮烟寂,欲问三闾杳无迹。忼慨不忍读《离骚》,目极飞云楚天碧"诸语,由观兰图而思及屈原,萌生忼慨之情;即便是仕元的赵孟頫,仍然向往屈子忠贞之节,"无事甘为犀牛饮,切云聊着屈平冠"(《奉和帅初雨中见赠》),并作有屈原像与《九歌》图等等。其他诸多《兰图》《兰蕙图》中,皆能见出文士借绘兰来传递对故国的眷恋之情者。

再则,元代统治者实行的民族政策也导致汉族儒生文士为抒"不遇"之悲而制作《楚辞》图像。

为了维护蒙古政权,元朝统治者根据种族,将民众分为四等:蒙古人、色目人、汉人、南人。各等人在社会地位、担任官史等各方面都受到不平等的待遇:如中书省、枢密院、御史台等中央机构的最高官员,非蒙古人不授;而各地政府机构的最高层一般也由蒙古人担任,汉人和南人只能任副职。如此一来,汉族文人士大夫乃慨叹道"天下治平之时,台省要官皆北人为之。汉人、南人万中无一二,其得为者不过州县卑秩,盖亦仅有而绝无者也"①。

不仅如此,被文人视为进身之阶的科举制度也被长期停废,广大汉族士人仕进无门,即使元中期科举恢复后,在乡试及廷试时,南人录取名额皆甚有限,如元末徐一夔有文记曰"元置行省于浙,领郡三十二,杭隶焉。贡士之额,仅二十八人。是时,杭之士不加少也,三年或不能贡一人"②,即可见出此一差异。而且,汉

①(明)叶子奇:《草木子》,北京:中华书局,1959年,第49页。
②(明)徐一夔:《始丰稿》卷五,清武林往哲遗著本。

人和南人即使在激烈的竞争中脱颖而出,科举入仕后,升迁也较缓慢,如苏伯衡言大部分入仕文人"例不过七品官,浮湛常调,远者或二十年,近者犹十余年,然后改官。其改官而历华要者,十不能四五,淹于常调,不改官以没身者十八九"①;在元廷上受到排斥,难受重用。

可以说,元代整体政治环境对汉族文人士大夫极端不利,他们不仅受到蒙古人的猜忌,也受到北人包括蒙古人、色目人及华北之汉人的歧视和排斥。这样一来,"不遇之悲"便成为汉族文士所共有的情感心理,而《楚辞》,尤其是《九歌》中所包涵的"期而不至"的文学主题,也就成了获得文人艺术家心理认同的重要内容,他们借助自身的文化修养,将其文学审美趣味注入于图像创作,以图为寄,抒愁写恨,并引书入图,将诗、书、画、印融于一体,生成诸多《楚辞》图像,促使了其进一步趋向文人化。

次之,元代统治者加封屈原的政治策略在一定程度上也促使了屈原像的生成。

十二世纪初,金灭辽、北宋,与南宋对峙;其后,蒙古灭金、宋,统一全国。在此过程中,契丹、女真、蒙古等少数民族建立的政权皆受中原文化之影响,在发展过程中也不断接受汉族的文化及制度,吸收融合、兼容并蓄而有所发展,这种吸收也对《楚辞》图像的生成产生直接影响。

《元史》卷二十六《仁宗本纪》载:延祐"五年……七月……戊子……加封楚三闾大夫屈原为'忠节清烈公'。"清《钦定续文献通考》卷八十五《群庙考》载:"仁宗皇庆元年三月,命河南省建故丞相阿珠祠堂。延祐三年四月,敕卫辉昌平守臣,修殷比干、唐狄仁

---

① (明)苏伯衡:《苏平仲集》,北京:中华书局,1985年,第132页。

杰祠，岁时致祭。五年七月，加封楚三闾大夫屈原为'忠节清烈公'。"①据此可知，屈原乃是被作为忠臣名相而予以敕封的。

　　与宋时追封屈原为"清烈公"所不同的是，仁宗于其封号前特别增加"忠节"二字，而据《谥法》所定，所谓"忠"当包括盛襄纯固、临患不忘国、推贤尽诚、廉公方正等方面的特征；所谓"节"，乃是指好廉自克、谨行节度等方面的特征。可见，统治者想通过对屈原的追封，缓和少数民族文化与汉族文化传统的对立，获得汉族儒生文士的情感认同，并以之作为道德典范，宣扬忠贞观念，教化民众，从而为其一统提供思想观念领域的支持。对于《楚辞》图像的生成而言，这种追封首先导致了庙祠中屈原造像、画像的生成，同时，也为绘者选择屈原或《楚辞》作为对象，进行图像表现提供了政治依据。

　　元代包容开放的宗教政策，也促成了诸多佛徒道子参与《楚辞》图像创作。

　　自成吉思汗建立蒙古政权以来，通过数十年的南北征战，开拓了东起日本海、南至波斯湾、西达地中海、北跨西伯利亚的辽阔疆域，其间生活着不同种族、不同肤色的民众，多种不同的思想文化也交相汇集，面对这一状况，作为少数民族的蒙古人秉承顺应天性观念，采用"因俗而治"政策，使元代逐渐形成了开放的政治局面。在思想文化领域中，也容纳了不同宗教的共存，"在一个比较开放、宽容的文化环境内，除蒙古族原有的萨满教以外，佛教、道教、回教、基督教、犹太教、摩尼教、祆教等各种宗教都被兼收并蓄，外来宗教较多，形成元代社会中各宗教间彼此融合、繁荣共处

---

① (清)嵇璜等：《钦定续文献通考》，清文渊阁《四库全书》本。

的局面,而且超越历代,因此造就了元代开放多元的宗教景观"①。在这种多元的背景下,传统的儒、释、道三教也有进一步的交汇融合。文士儒生宣扬以儒治天下、以道养性、以佛修心之理念,如耶律楚材《寄赵元帅书》以为"若夫吾夫子之道治天下,老氏之道养性,释氏之道修心,此古今之通议也。舍此以往,皆异端耳"②,而倪瓒亦倡言"据于儒,依于老,逃于禅",在坚守传承儒学传统的基础上,以道家之自然和佛家之澄明理念,为文人之心灵提供可据、可依、可逃的栖息空间;而佛徒道子也广泛参与儒生文士的文化活动,并取意于《楚辞》,创作了诸多图像作品。

---

① 任红敏:《元代宗教与元代文坛格局》,《殷都学刊》,2016 年第 3 期,第 77 页。
② (元)耶律楚材:《湛然居士文集》,北京:中华书局,1985 年,第 120 页。

历代楚辞图像文献研究

下 册

罗建新 著

中华书局

第五章　明代《楚辞》图像

　　洪武初,太祖朱元璋鉴于国家草创,礼制未备,遂敕令中书省,举荐素志高洁、博古通今、练达时宜之儒生,编纂礼书。洪武三年(1370)九月,徐一夔等进献据朱熹《家礼》而修订之书,太祖赐名《大明集礼》以颁行之,其中对皇家太庙、功臣祠之祭祀形式、神位秩序、肖像形制等都有具体规定与详细图例,强调图像的"成教化、助人伦"的政治教化与社会道德评判功能。不仅如此,太祖还重视对功臣名将的造像与宣传,认为"昔忠臣义士必见褒崇于后代,盖以励风教也",并"令有司建祠肖像,岁时祀之"。他曾在南京鸡笼山仿云台、凌烟阁制度,为开国功臣徐达等二十一人设立功臣庙,"死者塑其像,生者虚其位"①,而庙壁之上,还图绘有诸功臣之典型事迹。除了这些当代的功臣名将之外,对历代帝王圣贤名臣的图绘也被明代统治者视为是明劝诫、显升沉的宣传教化途径,如成祖朱棣"既饰文华后殿,乃以西室设新榻为斋宿所,命工绘《汉文止辇受谏图》悬之左,《唐太宗纳魏徵十疏图》悬之右"②,试图通过目接前代圣君纳谏形象,思其行为事迹,心生思齐、自省之情,以鉴戒群臣。同时,还征召画家、画师入宫,图绘上

①(清)张廷玉等:《明史》卷五十,北京:中华书局,1974年,第1304—1305页。
②(明)夏言:《夏桂洲文集》卷十六,明崇祯十一年(1638)吴一璘刻本。

古五帝、周公、孔子、屈原等历代帝王圣贤像，以挂图、卷轴形式收藏、张挂于宫廷官府，赏赐于官员，颁发于学堂，刻绘于宗祠庙宇，以期在潜移默化中渗透于民众的日常生活。随着版刻图像技术的发展，历代帝王圣贤图像不断涌现，如成化十一年（1475）《历代古人像赞》、弘治十一年（1498）朱氏刻本《历代古人像赞》、万历十二年（1584）益藩刻本《古先君臣图鉴》、万历三十五年（1607）《三才图会》等等，其中皆有屈原图像，部分屈原图像中，还配有赞、颂、传等与其相关的文字，以丰沛图像意蕴，裨补观者准确把握图像意旨。

　　明代中期，东南苏州、无锡、松江、吴兴等地，涌现出一批诗人、画家，他们或结社会友，或游冶江湖，或著书立说，或闭门课徒，师友之间，唱酬推毂，共同以创新的面貌、庞大的阵容、炽盛的声势、丰富的创作将明代《楚辞》图像艺术推向了高峰。其代表人物有沈周、文徵明、唐寅、仇英等，他们承继"楚骚"传统，采用多种艺术样式将其予以图像表现，如沈周作有《屈原像》《渔父问屈原图》，文徵明作有小楷《离骚经》、小楷《离骚经并九歌》、行草《离骚》、绘画《湘君湘夫人图》《落木寒泉图》，祝允明作有行草《离骚》卷、楷行《离骚经九歌》、行草《离骚首篇》、行书《离骚》、章草《离骚》、楷书《高唐赋》、草书《钓赋》，仇英作有《九歌图》等等，其后辈亦赓有续作，如文彭、文嘉、文伯仁、文从简、文淑、周用、陈道复、王榖祥、陆治、周天球、张宏等，皆创作有不同题材、不同类型的《楚辞》图像。他们在拓展题材、强调主体情感表现、抒写情致和追求笔墨形式、创造多样风格等方面，都有力推进和丰富了《楚辞》图像。

　　约从隆庆至崇祯年间，尖锐的社会矛盾、繁冗的商品贸易、急剧的政局变化，使思想文化领域也呈现出复杂和变异状况。以心学为代表的各种学术思潮蜂起,党社大盛,学术渐行普遍化、民间化,精英文化与世俗文化交融,形成多元混合发展之态势。图像创作思想因之亦更加开放与多元,文士追求奇情个性的禅学和笔墨画意之风更甚①,影响到《楚辞》图像领域,即出现了不少不拘成法、直抒性情、个性鲜明、风格独创的艺术家,如陈洪绶《九歌图》中所勾勒的夸张变形人物等,从而丰富了《楚辞》图像艺术的表现空间。

第一节　旌表劝善教化传：圣贤图册及庙祠中的屈原像

洪武之初,太祖屡召天下善画之士入内廷供奉,令其"绘古孝行及身所历艰难"之事以教育子孙,风化臣僚民众。永乐时,成祖朱棣亦不轻忽图像的教育功用,曾命画工绘《汉文帝止辇受谏图》《唐太宗纳魏徵十疏图》,悬于文华殿左右,其用意显然在于向群臣宣扬诤谏精神。宣德、成化、弘治年间,宣宗、宪宗、武宗雅好书画,广征画师入内廷,并命宫廷画师制"历代帝王名臣像",除藏于宫廷、悬于朝堂外,还曾赐予臣下,"以此来增强他们在政治上的正统性和文化方面的权威,同时也宣扬他们的德治"②。这样一来,在明代的宫廷画家笔下,便生成了诸多古圣贤名臣像,其中亦有屈原。

伴随着刻书业的发展与书籍流通的便利,易于制作和流传的

①朱永明:《中华图像文化史·明代卷》,北京:中国摄影出版社,2017年,第35页。
②(美)孟久丽著,何前译:《道德镜鉴:中国叙述性图画与儒家意识形态》,北京:生活·读书·新知三联书店,2014年,第136页。

版刻书籍也发展到了一个高峰,在官方的授意与支持下,题名"圣贤像""名人像"之类的画册大量涌现,与之相应,也产生了诸多作为圣贤名臣的屈原像。同时,尽管明代帝王未曾如宋、元帝王一样,追封屈原,然历代传承的屈原庙祠并未因之而废替,其中存在着作为祀主之神主、肖像或造像,也是礼制所定之事。兹着眼于图像之功用,对明代所出现的此类《楚辞》图像进行考述。

一、圣贤图册中的屈原像

传为曹植之《画赞序》云:"观画者,见三皇五帝,莫不仰戴;见三季暴主,莫不悲惋;见篡臣贼嗣,莫不切齿;见高节妙士,莫不忘食;见忠节死难,莫不抗首;见放臣斥子,莫不叹息;见淫夫妒妇,莫不侧目;见令妃顺后,莫不嘉贵。是知存乎鉴戒者,图画也。"[①]即是以为图像具有具体直观、显而易见之特征,足以资通人、学士以及妇孺之观感,使之较易产生仰慕、愤恨等情感共鸣,并在内心深处有意无意以自我行迹进行比对,从而实现其鉴戒功能。出于鉴戒教化民众之虑,在官方的直接参与指引下,明代出现了诸多"圣贤像册",其中多有屈原。

(一)南薰殿所藏屈原像

清乾隆十二年(1747)十月辛巳,一批明朝遗留下来的历代帝后、圣贤、名臣像挂轴、册页在工部库及内务府库藏中被发现,皇帝遂下令重新装裱,于乾隆十四年(1749)奉藏于整修一新的南薰殿中。二十世纪,这些图像中的部分入藏台北故宫博物院,据蒋复璁考察,尽管其中不乏宋、元旧迹,然其中《圣君贤臣全身

---

① 俞剑华编著:《中国古代画论类编》,北京:人民美术出版社,2004年,第
　　12页。

像册》《历代圣贤名人像册》《历代圣贤像册》部分,皆是明人所作或所摹者①,而这些像册中,皆收有屈原。

《圣君贤臣全身像册》之屈原　　　　《历代圣贤像册》之屈原

1.《圣君贤臣全身像册》中的屈原

此像册为绢本,白描,纵八寸八分,横六寸七分,凡四十六幅。绘人物全身像,各像签题。所绘人物中,圣君自伏羲至唐德宗,贤臣自伯夷至韩信,共四十六人。

其中所绘之屈原,头束缁撮,内穿交领襦裙,外罩氅衣,双手拢于袖中,隆首宽额,胡须稀疏,正侧身而立,目视右前方,神情坚毅。画面右上题有"屈原"字样。就其衣饰来看,绘者或是依据宋代文士装扮来图绘屈原的。

①蒋复璁:《故宫博物院藏清南薰殿图像考》,见《中华文化复兴运动与故宫博物院》,台北:台湾商务印书馆,1987年,第276—279页。

2.《历代圣贤像册》中的屈原像

此像册为绢本,设色,纵一尺四寸三分,横一尺六分,凡三十一幅。绘人物半身像,各像签题。所绘人物中自仓颉起至许衡止,共三十一人。

其中所绘屈原,头束缁撮,身着深衣,隆额高鼻,细目疏须,面有忧色。

右上方有题识:

> 屈原名平,楚之同姓也,为怀王左徒,拜三闾大夫,博闻强志,明于治乱,娴于辞令。同列争宠,心害其能,邪曲害公,方正不容,故忧愁幽思而作《离骚》。迁之江滨,被发行吟泽畔,又作《怀沙》之赋,自沉于汨罗焉。

依据《史记·屈原列传》,对屈原仕履、《离骚》创作缘由,及其自沉汨罗诸问题进行简要说明,为观看屈原图像、想见其为人提供理解语境。

3.《历代圣贤名人像册》中的屈原

此像册为纸本,设色,纵一尺四寸,横一尺,凡四十二幅。绘人物半身像,各像签题。所绘人物自周公起至金代学士赵秉文止,凡四十二人。末附未详姓名一页。

其中所绘屈原,头戴平式幞头,身着深衣,额广印宽,与前二像相似,惟朝天鼻、微须之貌,与前图不类,其面带愁容,如有隐忧。右签"楚三闾大夫屈原"。

除宫廷画师所手绘的屈原像外,明代还出版有不少版刻"历代名人像""君臣图鉴"之类的画册,以及图录类书,其中多收有屈原。

(二)《历代古人像赞》(1498)中的屈原

台北故宫博物院藏有被沈从文认为是"今日所知最早一部

历代古人像赞，且认为是若干不同刻本最好的一个本子"①的《历代古人像赞》。

是本刊于明弘治十一年(1498)，纵 25.5 厘米，横 21.5 厘米，不著绘者姓名，由明宗室朱天然撰写赞辞，收录自上古伏羲氏至宋人黄庭坚共八十八幅人物画像，并附有图赞与人物小传。图均为半身像，每图右上角题人物姓名，左上角题赞辞，文字均为行楷。

卷首刊有署为"弘治戊午仲春二日大明宗室七十翁天然书"的序：

嗟乎！我思古人，良春梦哉，其术游魂矣！读书史则古

———————

① 沈从文：《龙凤艺术》，北京：北京十月文艺出版社，2013 年，第 384 页。

人心洞然,如复见其形……书以载古人心术,图以载古人形象也明矣。但书之流传者常充栋宇、汗马牛,而图之流传者何寥寥不一二见也。暇日搜检书轴,偶得旧藏《历代古人图像》一帙,展而视之,有圣焉,有贤焉,有善焉,有恶焉。……人各疏以事实,且喜且疑,将欲去其恶,存其善,置之几案,以备观览,忽乃自省曰:"前人作图,不无远见,且《国风》载善恶乃彰美刺,《春秋》载善恶乃寓褒贬,古人心术之微一览可得。前人作图备写古人善恶之像,其有得于孔圣删修之遗意欤?"座有儒绅应声对曰:"殿下所见是矣!昔孔子观乎明堂,睹四门墉,有尧、舜之容,桀、纣之像,各有善恶之状,兴废之诚,今殿下览图像善恶,悟孔圣删修之旨,与明堂之图合矣,岂拘儒曲士所能及哉?"予曰:"嗟乎,有是哉!因备观《家语》所载,凡宥坐之欹器,缄口之金人,与夫周公相成王,抱之负斧扆、南面以朝诸侯之图,无非昭示劝惩之深意也。"遂取前图,各系以小赞四句,虽意浅辞荒,不足示人,亦一时好善恶恶真心也。一日,儒绅复请曰:"赞既成矣,不并图刊之,何以广示远迩?"予乃然之曰:"夫明镜所以察形,往古所以知今,又孔圣格言也。"遂寿诸梓,与好事者共之。

可见,朱天然所刊《历代古人像赞》,其来有自,乃是在旧藏《历代古人图像》的基础上而增修者。而旧藏"古人图像"中,圣贤、善恶皆存焉,朱氏以为如此展现,不加区分,则不能有效发挥图像所具有的劝善惩恶功能,遂取前图,"去其恶,存其善",并增作赞语,以期能给观者在观图时提供思考线索,从而强化图像所具有的教化作用。

而关于是书的成书、流传情况,郑振铎《楚辞图》考之甚详,兹录如下:

　　《历代名人像赞》原有石刻本，后又有木刻拓本，来源甚古，但都是碑帖式的墨拓的本子。作为书册式的版刻，却当始于这个弘治本。朱天然序云："遂取前图，各系以小赞四句。虽意浅辞荒，不足示人，亦一时好善恶恶真心也。一日，儒绅复请曰：'赞既成矣，不并图之，何以广示远近?'予乃然之。曰：'夫明镜所以察形，往古所以知今，又孔圣格言也。'遂寿之梓，与好事者共之。"朱天然是明的宗室，作此序时，年已七十。①

　　据此可知，在朱天然之前，古本《历代名人像赞》有石刻本，其后又有木刻拓本，而刻本则为朱氏所首创。

　　在朱天然本《历代名人像赞》中，存有屈原图像：

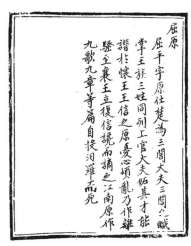

　　图右上方题写"屈原"二字，左上方有赞，辞曰"深思高举，洁

①郑振铎：《楚辞图》，北京：人民文学出版社，1953年。

白清忠。汨罗江上,万古悲风",文字均为行楷。图绘屈原半身像,头束缁撮,身着深衣,须眉稀疏,双手拢于袖中,面色苍老,神情庄重,颇具忠贤礼义之风。

对页为注文,言及屈原生平、仕履及其作品,多取司马迁、王逸之说。

朱天然在序中指出:刊行此图意在"明镜所以察形,往古所以知今",以兴起观者的"好善恶恶真心",故而,其所刊行之屈原像,颇有敦厚儒者之风,而赞语及注文,则能对图像形成补充,引导观者思绪,以充分发挥厚人伦、美教化的政教功用。

(三)《古先君臣图鉴》(1584)中的屈原像

哈佛大学汉和图书馆藏有万历十二年(1584)益藩阴刻绣像、潘峦所编纂之《古先君臣图鉴》。

潘峦,字碧井,婺源(今属江西)人。精音律、经纬、象数及书、画,能窥其奥。荆、益诸王聘为纪缮。编著有《古先君臣图鉴》《礼乐志》等。

《古先君臣图鉴》中"君类"所绘人物自上古三皇至元世祖,并附有楚霸王项羽、南唐王李煜、闽王王审知,有遗像四十一幅(目录中记作"遗像四十三幅"),附小传、古赞;"臣类"所绘人物自仓颉至元人刘因,有遗像一百零一幅(目录中记作"遗像一百幅"),亦附录有小传、古赞。

其中"臣类"第十二图为"屈原"像:

所绘屈原,头束缁撮,身着深衣,隆额方面,鬓发稀疏,双唇微启,神情犹豫,若有所思。前有据《史记·屈原列传》而为之小传,对屈子其人其事予以陈说,其后有像赞:"王不疾谗,彼贤者诎。武关言罢,怀王竟郁。上官凶人,使王疏拂。汨罗汤汤,贤者沉

没。"对屈原所处的政治环境及其自沉之因由进行了阐明，并赞屈原为"贤者"。

此图与朱天然《历代古人像赞》中所绘屈原颇为相似，皆是以儒生形象而图绘者，以求发挥其鉴戒教化功用。而《古先君臣图鉴》中，将屈原像置于孔子像、孟子像之后，或亦是出于此种考量。

所不同的是，此图与朱天然《历代古人像赞》中的屈原像在编排结构上略微有差别：朱天然本中首陈图像，复接赞语，末以人物传殿之，形成"图像→赞语→故事"的结构，而《古先君臣图鉴》中则将赞语系于传记之后，形成"图像→故事→赞语"的结构。而且，朱天然本赞语更为典雅，传记相对简略，而《古先君臣图鉴》中的传记的故事性更强。究其原因，或许与两书的编撰意图不同有关。

(四)《历代圣贤像赞》(1593)中的屈原

万历二十一年(1593),胡文焕新刻《历代圣贤像赞》,并作《圣贤像赞序》曰:

> 《圣贤像赞》一书,孙公赞而梓之,序之详矣。奚俟不佞复喋喋哉? 不佞敢以重梓之意,聊为述曰:原帙甚大,今也小之,盖取便夫检阅也;分作上下二卷者,以减小而像赞各居一叶故也。像则无论其背向,一居于左,而赞则右焉,是赞缘像中生也;仍各列于半极者,免错综之混掀揭之劳也。若夫以讹传讹久而愈失其真,吾恐绘士中未必无毛君也。又若论以春秋之法而有去取,此非予所敢。予独憾夫未备也,其间肇自盘古而讫于胜国,我朝则未之敢载也。述此者,钱塘胡文焕,时在万历癸巳春也。

其中所谓孙公"赞而梓之"的"《圣贤像赞》",即孙承恩所辑刻之《历代圣贤像赞》①。

孙氏有《集古像序》文,对其编辑《历代圣贤像赞》情况进行说明,其辞云:

> 予既辑《古圣贤刻本像》一册,顾戴氏所画帝王像四十七幅者,虽未真戴笔,而写染甚佳,予爱之。适南昌黄生子才至,黄以传神游吴越,予谓其可办此也,因命临写而益以所无者十一人。戴本有闽王、李后主,猥琐不足录;司马懿、梁昭明,黜不使与;汉高祖、宋仁理宗之疑似者,悉以石本更定之。

① 孙承恩(1485—1556),字贞父,号毅斋,华亭(今上海松江)人。正德六年(1511)进士。改庶吉士,授编修。嘉靖初,奉使安南,与修《明伦大典》,擢左中允。后官至礼部尚书。时斋官设醮,独不肯黄冠,遂乞致仕。卒谥文简。著有《易卦通义》《文简集》等,编有《历代圣贤像赞》《华亭县志》等。

浃旬而毕,亦颇足观。黄生谓予曰:"请得全册悉绘之。"予欣
然诺。或曰:"古人远矣,其色之缁皙妍媸,何所证据? 今乃
欲以己意为之,不几于亵乎?"予谓:"周孔大圣、颜孟大贤,其
肖貌在天下者,固万代瞻仰;大儒如周、程、张、朱;名臣如诸
葛、韩、范;高士如严陵、彭泽;以至才贤如李、杜、韩、苏;忠节
如文山、武穆,皆有遗像留传人间,人所饫见,余则不免惟画
者之意为之,而固无害于景仰之心,何亵也?"乃亟命黄生从
事。又二旬成,则神采溢出,俨然如见,胜刻本远矣! 数多于
旧者九,予益之。盖尝入维扬,而谒盘古之冢;游吴会,而仰
泰伯季札之高风,与吴公子游之贤;经槜李,登胥山而思伍
员、霍光之忠;出淮阴,访吴兴,而伤韩信、李德裕之有功无
罪;至乌蛮滩而叹马伏波之勋烈;过梅关而瞻张曲江之风度;
谓是亦不可缺者。乃追忆其庙貌肖入之。又读《李忠定集》
《陈龙川集》,而得伯纪、同甫之像,一钦其忠谠,一赏其才气,
亦附焉。不更益未备者,缺其所缺,无所因也,而不遂为搜揽
者,势不能也,不去其可略者,存其所存不忍废也,而不推以
及其可及者,谓是固可已也,区区纂辑之意,盖如此。①

据此可知,孙承恩曾纂辑戴氏所绘《古圣贤刻本像》,并对其
予以增删,命南昌黄子才补绘图像,且作有像赞。

后传至胡文焕时,复新刻《历代圣贤像赞》,收录自盘古至元
人虞集像,其中亦有屈原像:

图中所绘屈原,衣着服饰与朱天然《历代古人像赞》中基本相
同,然其神态却与之不类:面带愁容,神色憔悴,若有所思,似正在
为国事而担忧。

---

① (明)孙承恩:《文简集》卷三十,清文渊阁《四库全书》本。

图后有《屈大夫像赞》,其辞曰:"熏莸殊器,泾渭异途。以子
洁修,岂容群污。义合有权,子弗忍慭。此志皎然,争光日月。"可
见,与朱天然在"像赞"中强调屈原"清忠"之志所不同的是,孙氏
则更加强调对屈原不与世俗同流合污、保持高尚节操的清洁自守
之志进行赞誉。

(五)《三才图会》(1609)中的屈原像

万历三十七年(1609),明人王圻及其子王思义编纂的《三才
图会》梓行。其中"人物门"有何尔复所撰"人物图序",以为王氏
"人物门"所收对象,远采古初,近及明代,皆"法其容貌,考其颠
末,尝一批阅,怳若睹所谓冠裳珮玉、舆卉衣鸟,服之章也者,其图
即丹青家之麟阁,其文即记事家之表传",其书能"昭善败,寄羹

墙，广听睹，直当与龙图龟畴，并垂不朽"①。

其中所绘之屈原，衣着服饰与潘峦《古先君臣图鉴》之屈原相似，惟眉如弯月而不类前者。

图左有据司马迁、王逸诸人之语而概括出的屈原生平行迹，以及关涉《离骚》作意、屈原绝笔之作与自沉诸问题的看法，能予观图者以补充说明。

---

①（明）王圻、王思义编：《三才图会》，上海：上海古籍出版社，1988 年，第522 页。

（六）《历代君臣图鉴》中的屈原

万斯同等《明史·艺文志》载："《历代君臣图鉴》，不知何人所绘，益王府刊。"①据此可知，明时益王府梓行有《历代君臣图鉴》，然具体编纂信息不详。

今哈佛大学燕京图书馆藏有《历代君臣图鉴》清拓本，纵 23.9 厘米，横 20.2 厘米，分三册，第一册为"君"之图像部分，计有自炎帝神农氏至纪闽王凡四十二人图像及传赞，第二、三册为"臣"之图像部分，计有自后稷至吴临川公凡九十四人之图像及传赞。

其中，"臣"部分第十二图为"屈原"。值得注意的是，将其与潘峦编纂《古先君臣图鉴》万历十二年(1584)益藩刻本之"屈原"像相较，可以发现，二者如出一辙。故可推断，此两种书中之君臣图像当是出于同人之手，而传赞则是在刊刻过程中所分别增补者。

---

①（清）万斯同等：《明史·艺文志》，见《二十五史艺文经籍志考补萃编》第 24 卷，北京：清华大学出版社，2014 年，第 178 页。

　　在传赞中,刊刻者先录《史记·屈原列传》文以明屈原生平行迹,继而作赞词曰:"楚僭称王,凭陵周邦。异才肯放,溺死湘江。《离骚》寓怨,一览心降。"以宗周正统观念来对楚及屈原进行审视,只肯定屈原为"异才",且《离骚》寄予其怨情,而未从"忠君爱国""清洁自守"等层面来进行称赞,这种做法可能与其时益王府有意借刊书来表示对中央政府之服从有关。

　　总体看来,明代所刊行的这些"圣贤像""名人像""君臣图鉴",皆附有政治教化功用,图像在这里的基本功能是"感发"阅读兴趣,以辅助读者阅读;刊行者期冀民众在观览历代圣贤、名人图像的过程中,冥想他们被目为"圣贤"的诸多事迹,进而以潜移默化的方式引领和感化其思想,陶冶其精神,以期能够培育其"忠孝"的道德品格。

　　值得注意的是,大清政权建立以后,仍然延续明代版刻"圣贤像""名人像"画册的传统,一批新的"圣贤像册"亦有编纂与刊行,其中自然也包括作为圣贤名臣的屈原像。

　　道光庚寅十年(1830)夏,由长洲顾沅辑录、孔莲卿绘像的《古圣贤像传略》开雕,其中收录自上古仓颉至明末冒襄共四百二十五幅人物画像,凡十六卷;每人一图一传,图为半身像,图的正上方为小篆书人物称号,次页为人物小传。

　　其卷二有"屈大夫像",绘一老者,头戴巾帕,身着长袍,双手拢于袖中,置右胸前,其颜色憔悴,形容枯槁,胡须稀疏,正侧首左视,启齿欲言。

　　其小传曰:

　　　　屈原名平(此本《史记》。按:《离骚》名正则,字灵均),楚之同姓也,为楚怀王左徒,拜三闾大夫,明于治国,达于辞令。上官大夫与之同列,心害其能,与靳尚辈谮平于王,王怒而疏

 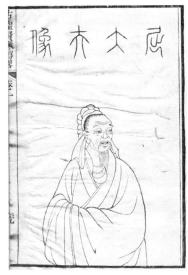

之，故忧愁幽思而作《离骚》。及顷襄王立，复遭谗谪迁于江南，遂被发佯狂，行吟泽畔，作《怀沙》之赋，自投汨罗以死。

传文以《史记·屈原列传》与王逸《楚辞章句序》为据，对屈原姓名、仕履、疏放问题，以及绝笔、自沉问题皆有所说明，言简而蕴涵丰富。

是书卷首载有钱塘屠倬作于道光七年(1827)之序，其辞曰：

古者图、史并重，而未有文字之先，则先有图，至殷之求傅说，且审象旁求，而汉之图功臣，乃彬彬称盛焉……是图之悉抚古本，不仅图其爱慕之志乎！图凡四百余人，自上古迄乎明代，依史乘所载，有图者抚之，其中若舜五臣、殷三仁夐乎不可尚已，其他或以功业著，或以文学称，汇为一图，不几与班史人物表分品之意。……顾子既有《圣庙祀典图考》行世,今复有是图,使览者其必思所以效法。

从中可以看出,顾沅、孔莲卿辑录图绘古圣贤像,既寄予着对古圣贤的景仰爱慕之情,也承载着其希望通过对圣贤图像的刊行,以"表分品",传递评判历史人物高下的价值标准,并进一步发挥图像的道德教化功能,"使览者其必思所以效法",以实现延续传统忠孝仁义观念的功能。

对于孔莲卿所绘之图的来源,屠倬序中指出其"悉抚古本",可以推知,其所绘之屈大夫像对前人所绘屈原像当有所借鉴,或是即参考明人圣贤像册中的屈原形象,故附录于此,以见明代圣贤像之流波余绪情况。

二、庙祠中的屈原像

明洪武三年(1370)六月,朱元璋下诏对历朝礼制封号进行整治,"依古定制,凡岳、镇、海、渎,并去其前代所封名号,止以山水本名称其神;郡县城隍神号,一体改正;历代忠臣烈士,亦以当时初封以为实号,后世溢美之称,皆与革去"①,而对前朝所追封屈原的"昭灵侯""忠洁侯"等称谓,悉行革去,"复其号曰:'楚三闾大夫屈平氏之神',命有司岁以五月五日致祭"。是故,有明一代,关涉屈原之庙祠多名之曰"屈原庙""三闾大夫庙"之类,无有名之"忠洁清烈公庙"者,其中多有与屈原及《楚辞》相关之图像。

(一)嘉靖十六年(1537)小青滩屈大夫庙中的屈原像

据《秭归县志》载:嘉靖十六年(1537),商人曹端福出资,请匠人镌成屈原石像一尊,置于兵书宝峡南岸小青滩"屈大夫庙","是国内

---

① (明)孔贞运:《皇明诏制》卷一,明崇祯七年(1634)刻本。

今存最早的一尊屈原石雕像"。① 后存于秭归凤凰山屈原祠中。

　　此像所塑之屈原,头戴进贤冠,身穿圆领宽袖长袍,腰系革带,抱手端坐,而其容貌与前圣贤像册中的屈原颇为不类:明目短须,方面丰颊,大耳垂肩,显得端庄肃穆,颇有几分佛教造像风格,

---

①湖北省秭归县地方志编纂委员会编:《秭归县志》,上海:中国大百科全书出版社,1991年,第356页。

不似前人所摹绘之"颜色憔悴,形容枯槁"者。

像座一侧刻有铭文,其辞曰:

> 荆州府归州桐油沱信人曹端福,善同妻朱氏四(子),发心舍造屈原相公一尊,入白狗峡庙中,永镇四方,保安家犬。明嘉靖十六年丁酉三月吉旦。同男:田中、执中、秉中、守中立。匠人陈伯伏。

据此可知,此尊屈原像乃是荆州府归州桐油沱信人曹端福"发心舍造",并将之置于庙中祭祀,以求"永镇四方,保安家犬",其雕成时间当在嘉靖十六年(1537)丁酉三月。

至于此像所体现出的宗教风格,显然与曹端福希望通过塑像以保安宁的信仰有关,从中亦可见出,此时民众心目中的屈原,除却依旧被赋予传统的忠君蕴涵外,更多地被视为地方神灵,寄予着民众以其"永镇四方,保安家犬"的期望,这种观念在前代庙祠中体现得未有如此之明显,在一定程度上反映出民众对屈原认知的嬗变。

(二)夏原吉所见三闾祠中的图像

夏原吉(1366—1430),字维喆,其先德兴人,徙居湘阴。洪武二十三年(1390),举乡荐入太学,擢户部主事;建文初,擢户部右侍郎;永乐七年(1409)北巡,命兼摄礼、兵部及都察院事;宣宗时入阁预机务,卒于官。谥忠靖。

夏氏作有《谒三闾祠》诗,其辞曰:

> 先生见放事何如,薪视椅桐梁栋樗。忍使清心蒙世垢,宁将忠骨葬江鱼。西风楚国情无限,落日沧浪恨有余。我拜遗祠千古下,摩挲石刻倍欷歔。[1]

---

[1] (明)夏原吉:《夏忠靖集》卷四,清文渊阁《四库全书》本。

据此可知,三闾祠中有令夏原吉摩挲不已的"石刻",或即屈原造像及与《楚辞》相关之图像。夏氏拜谒屈原于祠中,观其图像,思及屈原清心蒙浊、忠骨葬江的人生遭遇,由是而生悲伤之情,欷歔不已。

(三)史谨所见屈原庙中的图像

史谨,字公谨,又作公敏,号吴门山樵。生卒年均不详,昆山人。洪武初,因事谪居云南。后荐为应天府推官,又降补湘阴县丞。寻罢归,侨居金陵,构独醉亭,卖药自给,以诗画终其身。有《独醉亭集》,显是取意于《楚辞·渔父》篇"举世皆浊我独清,众人皆醉我独醒"句意而名之者也。

史氏有《屈原庙》诗,其辞曰:

> 江边遗庙掩松筠,檐际云霞互吐吞。地接武关龙去远,枭临阿阁凤难存。湘兰日老春风佩,楚些谁招月夜魂。留得生前诸制作,千年光焰烛乾坤。①

《明会典》卷八十五:"湘阴屈原庙,今称楚三闾大夫屈平氏之神。"可知明时湘阴有屈原庙。清《湖广通志》卷二十五:湘阴县"汨罗庙,在汨罗江上,祀楚屈原"。知此庙位于江畔。史谨曾降补湘阴县丞,其所咏之"屈原庙"乃"江边遗庙",合而论之,此屈原庙或为明时湘阴屈原庙。

就诗作来看,史氏所见屈原庙,坐落于江畔,为松林所掩映;其睹庙而思往事,为怀王不明,终致楚国覆亡而叹惋。庙中当有屈原之神主或画像、造像,以至史氏观于其前,发出其人虽已没,然其作品却流传千载、烛照乾坤之感慨,表达对屈子其人其文的

---

① (明)史谨:《独醉亭集》卷中,清南荔草堂抄本。

景仰之情。

（四）帅机所见屈原祠中的图像

帅机（1537—1595），字惟审，号谦斋，临川（今江西抚州市）人。嘉靖三十一年（1552）举人，隆庆二年（1568）进士。擅文、赋，多读古文奇书，与汤显祖等诗赋唱酬。著有《南北二京赋》《阳秋馆集》等。

帅机有《端阳日适过长沙吊屈原祠》诗，其辞曰：

湖天漂泊届端阳，敬吊三闾倍慨慷。耿介明时仍失路，周流无计可投湘。饭同旧俗徒追愤，服艾何人独揽芳。祠下羞苹逢此日，松阴雨黑重凄凉。①

据此可知，长沙屈原祠中当有让帅机"倍慨慷"的三闾大夫画像或造像，当其敬吊之时，思及屈原耿介失路最终自投汨罗之事，心生凄凉之情。

（五）合祀庙祠中的屈原像

有明一代，不少州县还建有诸多将屈原与其他贤人并祀的庙祠，如茶陵屈贾祠、平江三贤祠、辰州三贤祠等。作为祀主之一，屈原神主、造像或画像也应存在于其中。

这其中，有茶陵屈贾祠。清苏佳嗣修、谭绍琬纂《（康熙）长沙府志艺文志》载明人李多见《书屈贾祠壁》文，言及其于万历甲午（1594 年）春日，奉檄丞茶陵州，遂赴"屈贾二先生祠"谒二先生，九顿首而跽。据此可知，明万历年前，长沙茶陵建有"屈贾二先生祠"，祠中当供奉有供人拜谒之图像。

有平江三贤祠。清李元度《天岳山馆文钞》卷十五《平江县重

---

① （明）帅机：《阳秋馆集》卷十七，清乾隆四年（1739）修献堂刻本。

建三贤祠记》："三贤祠,旧祀楚左徒屈子、宋丞相王文正公、参政唐质肃公,以屈子靖节汨罗江,二公皆起家平江令也。祠创于明嘉靖十四年,知县宋公越。"①据此可知,明嘉靖十四年(1535),岳州府平江县建三贤祠,纪念屈原、王旦、唐介;康熙六十一年(1722),复又重建。至李元度时,三贤祠虽已经残破,然其中仍可见"栗主"。

　　有辰州三贤祠。据徐学谟撰《(万历)湖广总志》卷四十二载："三贤祠,县内祀善卷、屈原、宋均三人。国朝成化中知府易贤建。"据此可知,明成化年间,辰州知府易贤曾建有"三贤祠",屈原为"三贤"之一,祠中当有屈原形象。

　　有江夏三忠祠。清裴天锡修、罗人龙纂《(康熙)湖广武昌府志》卷三载："三忠祠,祀楚三闾大夫屈原、汉长沙傅贾谊、唐工部杜甫,明末提学高世泰建。"据此可知,明末提学高世泰曾于武昌府江夏县建有"三忠祠",屈原为"三忠"之首,祠中当有屈原形象。

　　尽管魏晋之际,屈原庙祠已有建置,然其中祀主实物,皆未留存;而明代则留存了现今所能见到的最早的庙祠中的屈原石像,这对了解屈原祭祀及民间信仰诸问题,皆有重要参照价值。同时,明代所出现的诸多将屈原与他人合祀于庙祠之现象,在一定程度上,也反映出屈原在民众信仰体系中神圣地位的下降,当然,这与明代中央政府取消宋、元之时对屈原的"溢美之称"有关。

---

① (清)李元度撰,王澧华点校:《天岳山馆文钞》,长沙:岳麓书社,2009年,第361页。

第二节　尚友骚人寄悲郁：
朱约佶与杜堇的《楚辞》图像

朱明宗亲朱约佶，受政治斗争之牵连，心生"鸟笼终习习，锻翮羁斗储"之感，遂绘《屈原像》；古狂杜堇于成化中举进士不第，遂绝志进取，萌生不遇之悲，亦作有《离骚九歌图》。这些图像作者，在社会生活中遭罹坎坷，遂将不遇之悲寄予诗文，具化为图像，在图绘屈原、描摹《楚辞》中，抒写悲郁之情。

一、朱约佶《屈原像》

朱约佶，字云泉，号云仙，又号弄丸山人，安徽凤阳人。生卒年不详①。工诗，亦善书画。著有《观化集》，"集中所载诗，皆论内丹之旨，篇首有三图，亦内养之法"②。

---

① 林京海《明代画家朱约佶及其〈屈原像轴〉》对朱约佶生平有考证："是朱约佶以辈分论，乃清代著名画家石涛（朱若极）六世祖。"林氏据朱约佶之母《靖江王府封奉国将军夫人鲁氏墓志》推知："朱约佶为第三代靖江庄简王朱佐敬重孙。朱佐敬于永乐九年（1411）继朱赞仪后袭封王位，成化五年（1469）卒。……朱约佶父名规玼……朱规玼弘治三年庚戌（1490）娶夫人鲁氏，正德十年乙亥（1515）鲁氏去世，生子三人，朱约佶行居二。是朱约佶生年必在此二十五年之间。"又据桂林朱约佶《古光尊师像诗》碑推知："弘治十二年（1499）是即朱约佶之生年无疑。"万历十八年庚寅（1590）"朱约佶九十二岁，仍然健在"。

② （清）永瑢等：《四库全书总目》卷一四七《道家类存目》，北京：中华书局，1965年，第1264页。

　　今南京博物院藏有其所绘《屈原像》轴,绢本,设色,纵153.2
厘米,横 78 厘米。"图写屈原被谗放逐,行吟山泽间。画中屈子
席地安坐悬崖下,面临深谷,仰望长空,太息不已。表现了屈原
'举世混浊而我独清,众人皆醉而我独醒','不以身之察察,受物
之汶汶'的胸怀。"①

────────────

①《中国美术全集》编辑委员会编:《中国美术全集·明代绘画》,上海:上海
　美术出版社,1988 年,第 204 页。

画面右上有作者自题五言诗：

> 未裔耻孤生，卓然启前哲。怀我三闾君，同门异幽辙。骚经褒圣流，图议自昭烈。勉赤非存心，名逾遭忌洁。周鼎爨鸱鸮，土罍焚美玦。世故此同然，扪心常涕咽。①

款识为："云仙诗画书于弄丸深处。"下钤"靖池仙吏"白文圆印，"云泉印记"朱文方印，另左下钤清成亲王永瑆"皇十一子"朱文方印，右下钤"废雅"白文方印。

有明初立之时，封王建藩，意欲借宗亲势力，屏护皇室。洪武二年（1369），太祖颁定分封诸王制，三年（1370），分封秦、晋、燕、吴、楚等九王，诏称"天下之大，必建藩屏，上卫国家，下安生民，……为久安长治之计"。诸王无不"外镇偏圉，内控雄域"，拥有地方军政权力，时人遂有"诸王得专制国中，提兵防御，地大权重，易生骄僭"之议论。迨至燕王朱棣为帝后，立即"矫枉鉴覆"，实行削藩，并对诸王制定了峻刻的约束管理制度，"宗室诸侯微弱与系囚无异者"。而身为朱明宗亲的朱约佶，亦为"系囚"之一。是故，尽管其有"砥湍期满腹"之雄心壮志，却因宗亲之身份而注定只能面对"鸟笼终习习，锻翮羁斗储"的悲哀现实，"卞氏泣中途"的不遇之悲也成为其心中挥之不去的伤痛，故而，其将此种伤痛发以为文字，则有《感寓古诗十四首用答古光师》；而《屈原像》轴，在一定意义上可视为是其此种心情的图像化表现。

其图除直观描绘屈原的孤独身影之外，还用题诗将自我衷肠倾诉出来，其所谓"未裔耻孤生，卓然启前哲。怀我三闾君，同门异幽辙"语，即是将自我与屈子联系起来，以为自己为帝室宗亲，

---

① 该诗又见于《观化集》，为"感寓古诗十四首用答古光师"之一。唯诗句稍有不同，第五句"流"字作"移"，末联作"世故此扪心，江蓠徒自苗"。

屈子为楚之同姓,身世颇有相类之处,然"周鼎攫鸥鹠,土鬶焚美玦",亦即《卜居》所谓"世混浊而不清:蝉翼为重,千钧为轻;黄钟毁弃,瓦釜雷鸣;谗人高张,贤士无名"之意,是故,其不由"扪心常涕咽"。可见,朱约佶图绘屈原形象,既有效法圣哲以为偶像之意,亦有借咏屈来表达自我对现实的不满与无奈之心。

二、杜堇《离骚九歌图》

杜堇初姓陆,又作陆谨①,字惧男,有柽居、古狂、青霞亭长之号,江苏丹徒(今江苏镇江市)人。

其生卒年月,史籍未见。《西清札记》著录其《散牧图》款署为"成化元年(1465)秋七月",《离骚九歌图》款署作"明癸巳中秋念有一日",即成化九年(1473),《古贤诗意图卷》书金琮记年为弘治十三年(1500),据此可推知,其主要活动年代为明成化、弘治、正德年间②。

据韩昂《图绘宝鉴续编》:杜堇勤学经史及诸子集录,虽稗官小说,罔不涉猎,举进士不第,遂绝意进取,为文奇古,善绘事,其山水、人物、草木、鸟兽,无不臻妙。在当时影响很大,如李开先《海岱诗集序》曰:"我朝名画,比之宋元虽少,总之似不下百人,而

---

① 陆谨即杜堇,《画史会要》作"陆堇",云始姓杜。考"堇"乃"谨"字之省,《礼内则》"涂之以谨","涂"《郑注》作"墐",《玉篇》引作"堇",居隐切,《江村销夏录》载"仇英《停琴听阮图》,署款云'仇英实父堇制'",英未必通六书,亦足证前明人谨、堇二字之通用矣。

② 王丽娟《杜堇活动系年及生卒略考》(《美术学报》2012年第4期)以为:杜堇绘画及其他活动早至天顺八年(1464),晚至正德七年(1512),主要集中于成化、弘治时期。杜堇约生于正统九年(1444)前后,卒于正德末年(1521)前后,历经正统、景泰、天顺、成化、弘治、正德六朝。

以戴、吴、陶、杜为最。……陶云湖之细润，杜古狂之精奇，皆擅长伎圃，流声艺林者也。"①以为杜堇之画作"精奇"，在明代画家中堪为出类拔萃者。

其画作流传至今者有二十余件，其间鱼龙混杂，今人有据其时画坛风格、文献著录、前人鉴定意见而综合考察，认定《邵雍像》《仕女图》《古贤诗意图卷》《玩古图》《伏生授经图》《梅下横琴图》《花卉泉石图卷》等为真迹者。②

据清胡敬《西清札记》卷二著录，杜堇作有《离骚九歌图》。

今北京故宫博物院藏此图，纸本，白描，纵 26.5 厘米，横534.18 厘米。其所图绘内容为屈原《九歌》中的众神灵，计有东皇太一、云中君、湘君湘夫人、大司命、少司命、东君、河伯、山鬼、国殇，以及屈原肖像，共十段。

起首钤有朱文"嘉庆御览之宝"玺，"石渠宝笈""宝笈三编"朱文印。

---

① (明)李开先著，卜键校：《李开先全集（修订本）》，上海：上海古籍出版社，2014 年，第 475 页。
② 蒋欧悦：《杜堇人物画初探》，南京大学 2012 级研究生毕业论文。

　　首为《东皇太一图》,绘有二人立于云中,居中者方面髭须,束结式幞头,身着宽袖深衣,腰束帛带,右手执如意,左手垂于袖中,侧身面右而立,身形高大;其右侧绘一总角童子,双手捧卷,身躯微屈,神情拘谨,紧随其后。

　　次为《云中君图》,绘一四爪之龙,夭矫前御,载一车穿行于云中,车上安坐一人,头戴通天冠,身着纱袍,佩白罗方心曲领,手捧玉圭,当是据《云中君》中"龙驾兮帝服"之语而图绘者;左右两史,夹辀相向而立。

次为《湘君湘夫人图》,亦是二神合绘者,图中二女子,一正一侧,立于云中,头梳双蟠髻,发簪宝钗,身着袆衣揄翟,腰系佩玦,拱手前后相让,似明长幼尊卑之别,或为娥皇、女英欤?

次为《大司命图》,绘一老翁策杖,一龙于云中微露头角。

次为《少司命图》,绘有一人,头戴高冠,身着宽袍,双手交拱,侧身立于云中,其后有一总角童子,拥簇向外而随,飞扬晻暧。

次为《东君图》,绘有一人,垫巾掎裳,面右立于云中,双手交叠,揩弓矢于腰带,当是据《东君》篇中"举长矢""操余弧"诸语而

图绘之细节。

次为《河伯图》,绘一莲冠道装,昂首趺坐鼋背。

次为《山鬼图》,绘一女子,头梳盘髻,肩披女萝,腰带杜衡,手执芳馨,跣足跨乘于赤豹之上,豹往前行,女子回首而视,极为不舍,若有所待,当是描摹《山鬼》篇中所展示的"期候不至"情境。

次为《国殇图》,绘有甲胄之士三人,一前二后,狞然执戈矛与殳,正相与交谈,作前行之状,周遭有云气缭绕。

　　末绘有一人，头束发冠，肩披荷芰，腰佩秋兰，形容枯槁，双手拢于袖中，面右而立者，当为屈原像也。其身披香草，当是据《离骚》中"制芰荷以为衣，集芙蓉以为裳"诸语而为之，意在暗示出屈原的高洁情志。

　　尾端题款"明癸巳中秋念有一日，隗台陆谨写于娄文昌云泉山房"，钤"古狂"印。钤有"嘉庆鉴赏""宜子孙"白文印，"三希堂精鉴玺"朱文印。据此可知，杜堇此图当绘制于明成化九年（1473）癸巳。

　　接幅有陈道复行书《九歌》及《卜居》篇文辞，款署"庚子年大日白阳山人道复书于五湖田舍之浩歌亭"，钤"白阳山人"印。其后有文伯仁、沈明臣、王百谷、王世贞诸人题跋。

　　由以上图像可以看出，杜堇《离骚九歌图》中将《湘君》《湘夫人》合绘一图，未绘《礼魂》，或是其以"九歌"之"九"为实数，故图九以合其数；而末附有屈原像，或是渊承张渥诸人之余绪。其图亦多只是白描人物，而少景象，当是沿袭了李公麟"无景本"《九歌图》表现方式，以神为主背景来突出主体形象，而这也是元代以来诸多艺术家所习用之方式。

　　清代徐沁在《明画录》中认为杜堇"人物亦白描高手"①,杜瑞联《古芬阁书画记》亦指出:杜堇"仿龙眠之大成,但同时又能推陈出新,而意想形识,具脱然也。"在此《离骚九歌图》中,人物用淡墨作铁线描,流畅婉转,工中带写,可见伯时遗韵。而且,图中所绘诸神,不少有侧身回首之动作,加之其间亦有以线条勾出的缭绕云气,遂使画面彼此之间显示出过渡连接之迹象,使得整体构图显得紧凑,从而在一定程度上避免了因无景象而可能显示出的局部片段性特征。

　　至于其作此《离骚九歌图》之动因,或可据题署作一推测。据《明画录》载,杜堇"成化中举进士不第,遂绝志进取"。而此《离骚九歌图》作于明成化九年,或是其因"举进士不第",萌生不遇之悲,遂思及屈子,念想《九歌》所创"期候不至"情境,遂图绘以寄意。而款署中不题"杜堇"而作"陆谨",或许是因其"绝意进取",遂更"陆"为"杜",以示决绝之志也。

　　清李楷序萧云从《离骚图》曰:"楚大夫之《骚》,继三百,启六朝,悲吟唏嘘,尤于今时为宜。……尚友乎骚人,惟其有之,是以似之。"而"尚友乎骚人",借图绘屈原作品的艺术形象,以寄托主体悲郁愤感之情感,亦可谓是朱约佶与杜堇《楚辞》图像的特征。

第三节　书画并佳咏骚雅:
吴门画家的《楚辞》图像

　　元、明以来,东南苏州、无锡、松江、吴兴等地是文人荟萃之

---

①（清）徐沁:《明画录》,见《美术丛书》第二册,南京:江苏古籍出版社,1986年,第1712页。

所,诸多诗人、画家活动于此,"画人中若倪元镇,遁身湖泖之间;王叔明隐迹于黄鹤山。然而考其往来之迹,时或萃止于吴。元镇与陈叔方、周南老为知交,叔明有吴门兵舍之作,托交于沈兰坡。兰坡曾孙沈周,遂开吴派画之盛,王百穀之称周曰:'相城乔木,代禅吟写;下逮僮隶,并谙文墨。'盖流风余韵,前沾后渍,萃乎一人。于是一时名士唐寅、文壁之流,咸出于沈周之门。寅不永其年,而艺足以垂千古。壁更名徵明,享年九十,子彭、嘉,犹子伯仁,门生若陈复父、陆叔平、钱叔宝、王禄之、周公瑕、陆子传辈,并皆才藻锋发,足以振其余绪。仇英自太仓来,虽问业于周东村,然而沾溉之润,时挹注于文、沈。画坛人文之盛,一时乃尽萃于吴"①。他们或结社会友,或游冶江湖,或著书立说,或闭门课徒,师友之间,唱酬推毂,在文艺界产生重要影响,颇令学人瞩目,以至于后人有"书至董、赵,画至文、沈、唐、仇,天地精英尽矣,何必唐宋哉"之褒誉。可见,以沈周、文徵明、唐寅、仇英等为代表的这一地方艺术流派,于明代中叶在江南地区的崛起,已是无可置疑的历史事实。

对于这一艺术家群体,董其昌曾在题杜琼《南村别墅图册》中将其名曰"吴门画派"②,后之学者,亦多承其说,如钱谦益谓:"吴门前辈,自子传、道复,以迄于王伯谷、居士贞之流,皆及文待诏之门,上下其论议,师承其风范,风流儒雅,彬彬可观,遗风余绪,至

<hr>

① 蒋复璁:《吴派画九十年展·序言》,台北故宫博物院,1980 年。
② 上海博物馆藏杜琼《南村别墅图册》上有董其昌题跋,其文曰:"沈恒吉学画于杜东原,石田先生之画传于恒吉,东原已接陶南村,此吴门画派之岷源也。"明确提出"吴门画派"这一概念,并梳理其渊源关系。而薛冈《天爵堂笔余》曰:"余谓丹青有宗派,姑苏独得其传。"亦认为吴门画家已形成宗派。

今犹在人间。"①既定为"吴门",又析其源流。可见,至明末清初,"吴门画派"这一称谓,已为学界普遍知晓了。

就地域范围而言,"吴门画派"的核心人物沈周和文徵明均为长洲人,其周围所聚集的友朋子弟,亦大多为苏州地区人士,同时还有邻近之地如江宁、昆山、太仓、松江、常熟等地人士,多生于江南。就时间界限而言,学界一般认为此一画派当肇自明初徐贲、赵原、谢缙、陈继等人,他们上继"元四家"文人画之风气,影响着沈周等人的艺术成长;成化至嘉靖年间,以沈周、文徵明、唐寅、仇英等为代表的艺术家活动频繁,影响广泛,为"吴门画派"声势最炽时期;万历以后,此一画派代虽有传人,但只多囿于成法,缺少创造性,气格也渐趋软疲,一般认为渐趋式微。

一、吴门画家与《楚辞》

这一画派中的艺术家,多具有精深广博的文化素养,如沈周不仅有家学渊源,曾祖父、祖父、伯父、父亲均为吴地著名画家,且极为勤奋,少时即遍观群书,"凡经、传、子、史、百家、山经、地志、医方、卜筮、稗官传奇,下至浮屠、老子,亦皆涉其要"②,对典籍文化多有了解;文徵明出身于官僚世家,少时即有优裕的学习条件,多师名家,画学沈周,诗文学吴宽,书法学李应祯,涉猎广泛;唐寅家学渊源虽不如沈周、文徵明,但其自幼聪颖,勤勉好观书,亦是饱学博识之士。凡此种种,不一而足。这样一来,被刘勰认为"衣被词人,非一代也"的《楚辞》,能使得"才高者菀其鸿裁,中巧者猎其艳辞,吟讽者衔其山川,童蒙者拾其香草",自然

①(清)钱谦益:《列朝诗集小传》,上海:古典文学出版社,1957年,第474页。
②(明)王鏊:《王鏊集》,上海:上海古籍出版社,2013年,第410页。

也成为吴门诸家的重要知识储备,为其艺术创造与发展提供了文化基础。

《明史·顾得辉传》载:"士诚之据吴地,颇收召知名士,东南士避兵于吴者依焉。"①钱溥《云林诗集序》中述到:"东吴当元季割据之时,智者献其谋,勇者效其力,学者售其能,惟恐其或后。"②张士诚占据苏州时,幕下曾聚集有一批文人画家。在明政权建立后,王蒙、陈汝言、张羽、徐贲、赵原、高启等皆被迫害致死,而苏州地区的文人也遭到严酷压榨,加之皇权旁落,宦官干政,"自顷权奸偷国柄,一时在位食相竞。剥民膏血输权门,廉耻扫地宁复存",与沈周、文徵明等人交厚的官员王鏊、陆粲、徐缙、王毅祥、陆师道等人,皆在与宦官权臣的斗争中败落,多辞官退隐,更有遭致祸患者。是故,"吴门画派"的诸多艺术家多心有余悸而不敢入仕,这显然不是其本心。这样一来,《楚辞》中所蕴含的"不遇"之悲也就获得了吴门诸家的心理认同,其在进行艺术创作时,往往以之为素材,借书写、图绘《楚辞》,来抒泄主体之忧郁,由之而生成了诸多《楚辞》图像作品。

二、吴门画家的《楚辞》图像

吴门画派源远流长,人才辈出。嘉靖年间,王穉登写下《丹青志》,为二十五位名家立传。民国时,徐澂《吴门画史》辑录六朝至清代吴中画人一千一百余位,可谓蔚为大观。而据李维琨先生《明代吴门画派研究》厘定,明代吴门画派画家主要有沈周

---

① (清)张廷玉等:《明史》,北京:中华书局,1974年,第7326页。
② (清)卢文弨撰,庄翊昆校补:《常郡八邑艺文志》,清光绪十六年(1890)刻本。

及其弟子孙艾、吴天麟，以及追随者周用、李著、王纶、陆文、陶浚、宋旭、杜冀龙、陈天定、沈颢、孙克弘等；文徵明及其子文彭、文嘉、侄文伯仁、孙文元肇、文元发、文元善、曾孙文从简、文从昌，弟子陈道复、陆师道、王穀祥、陆治、钱谷、朱朗、周天球、居节、孙枝、段衔、蒋守成、王复元、严宾、王皋伯、陆炳等；沈、文的再传弟子如张复、殳君素、刘原起、侯懋功、陆士达、陈栝、张元举、吴枝、陈焕、居懋时、关思、陈元素、钱贡、张宏、盛茂烨、陈裸、袁孔璋、李士达、邵弥、袁尚统、王綦、沈硕、尤求、沈完、黄景星等；以及与沈周、文徵明、唐寅、仇英四人或师或友、或交往甚密的画家如杜琼、赵同鲁、刘珏、徐有贞、陈宽、周臣、张灵、陈沂、谢时臣、徐霖等。① 这其中，诸多画家皆制有不同类型的《楚辞》图像作品，兹择其要予以考述。

（一）沈周所绘屈原图像

沈周（1427—1509），字启南，号石田，又号白石翁、玉田生、有竹居主人等，长洲（今江苏苏州市）人。不应科举，绝意仕途，以为"肮脏功名何物忌，畸零天地一夫闲"（《题画寄北海先生》），专事诗文、书画，被学界视为"吴门画派"的开创者。

其诗才情风发，天真烂漫，抒写性情，牢笼物态；其画"初得法于父叔，于诸家无不漫烂，中年以子久为宗，晚乃醉心梅道人，酣肆融洽"②，著有《石田集》，一般认为存世画作有《沧州趣图》《卧游图》《庐山高图》《烟江叠嶂图》《两江名胜图》《京江送别图》等。据文献载录，其曾图绘有《楚辞》人物像、故事像，主要有：

---

① 李维琨：《明代吴门画派研究》，上海：东方出版中心，2008 年，第 192—194 页。
② （明）李日华：《六研斋笔记》，南京：凤凰出版社，2010 年，第 7 页。

1.《屈原像》

《石田诗选》卷八载有《屈原像》诗,其辞曰:

> 逐迹遑遑楚水长,重华虽远未能忘。鲁无君子斯当取,殷有仁人莫救亡。鱼腹何胜载忧怨,凤笈终不蔽文章。忠贞那得消磨尽,兰芷千年只自芳。①

据此可知,沈周曾作有题咏《屈原像》之诗,并在诗中表达对屈原的怀念与景仰:尽管去楚已远,然屈子却让人"未能忘",其忠贞之志亦流芳千载。

2.《渔父问屈原图》

明欧大任《欧虞部集》卷四载《题沈周画〈渔父问屈原图〉》诗,其辞曰:

> 避世吾堪老一蓑,江潭憔悴尔如何。远游未可南疑去,犹及沧浪咏《九歌》。②

欧大任(1516—1595),字桢伯,号仑山,广东顺德人。历官国子博士,终南京工部郎中。据其诗可知,沈周曾绘有《渔父问屈原图》,当是据《楚辞·渔父》篇而绘制,其中或摹有屈原、渔父问答之形象。

(二)文徵明的《楚辞》图像

文徵明(1470—1559),原名壁,或作璧,字徵明。四十二岁起,以字行,更字徵仲,长洲(今江苏苏州)人。

据史籍载,文徵明之父文林曾登成化壬辰(1472)科进士,后曾任温州永嘉知县,故文徵明三岁时就举家搬迁至温州,后又随

---

①(明)沈周:《沈周集》,上海:上海古籍出版社,2013年,第576页。

②中山大学中国古文献研究所编:《全粤诗》第9册,广州:岭南美术出版社,2009年,第584页。

父至博平、南京、滁州等地。

徵明少时不慧,科举之路亦异常坎坷,从弘治乙卯(1495)至嘉靖壬午(1522),凡十试有司,每试辄斥,以至于其感慨"时事多艰惭酒盏,功名无效悔儒冠"。嘉靖癸未(1523),徵明始由巡抚李充嗣举荐,以贡生待诏翰林院。嘉靖丙戌(1526),请辞归田,筑"玉磬山房",以翰墨自娱。其诗、文、画无一不精,能青绿,亦能水墨,能工笔,亦能写意。著有《甫田集》,编有《停云馆法帖》等,传世画作有《千岩竞秀》《万壑争流》《湘君夫人图》《石湖诗画》《横塘诗意》《虎丘图》《洞庭西山图》《潇湘八景册》《江山揽胜图》《惠山茶会图》《春到寒林图》《溪山对弈图》《江南春图》等,传世书作有《醉翁亭记》《滕王阁序》《赤壁赋》《琵琶行》《西苑诗》《渔父辞》《离骚》《北山移文》等。其所制之《楚辞》图像类型不一,数量众多,题材广泛,在吴门诸家中几可谓首屈一指。

1. 法书

有宋以降,文人多倡言"痛饮酒,熟读《离骚》",标举名士风度。迨至明时,作为吴中风雅主盟的文徵明,对《离骚》之癖亦不浅。他不但取《离骚》"惟庚寅吾认降"句作印文治印,钤于书画之作上,还屡屡书写《离骚》《九歌》《九章》诸篇文辞,聊以寄意。

(1)小楷《离骚经》(1550)

在文徵明的各体法书中,尤以小楷最为人所重,其子文彭评曰"小楷虽自《黄庭》《乐毅》中来,而温纯精绝,虞、褚而下弗论也"①,以为其"温纯精绝",可直追唐人;而周之士亦谓其"出之右军,圆劲古淡,雅不落宋、齐蹊径,法韵两胜",别具一格。其作于

---

① (明)文嘉:《先君行略》,见文徵明著,周道振辑校:《文徵明集》(增订本),上海:上海古籍出版社,2014年,第1726页。

晚年的小楷《离骚经》，即充分体现出其既严守晋唐法度又能独运
风神之特征。

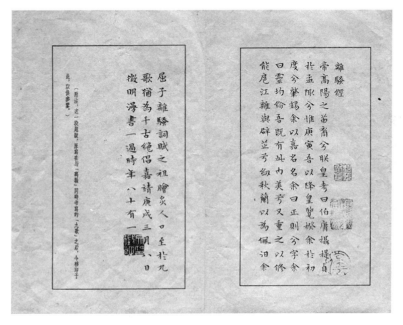

文徵明《离骚经》(1550)局部　　人民美术出版社1962年影印

人民美术出版社曾梓行《文徵明小楷离骚经》册，二十三页，
每页七行，行约十六字；其中有一题跋，原在与《离骚》同时书写之
《九歌》文辞后，曰：

　　屈子《离骚》，词赋之祖，脍炙人口。至于《九歌》，犹为千
　　古绝倡。嘉靖庚戌三月八日徵明漫书一过，时年八十有一。
其下钤有白文"文徵明"方印。据此可知，此帖当写于嘉靖二
十九年(1550)三月八日，文徵明时年八十一岁。

文徵明小楷《离骚经》(1550)局部　　人民美术出版社1962年影印

　　此册卷首为文氏以小楷书"离骚经"题,下钤有白文"松年所藏"印,朱文"停云"印,次自"帝高阳之苗裔兮"句写起,然缺失自"及余饰之方壮兮"至"吾将从彭咸之所居",凡四十三句二百八十字,后清人邵松年曾于光绪二十二年(1896)年正月二十日予以补写,使之文字完整。

　　此卷字极娟秀挺拔,颇能见出晋人笔意,而松年所书,颇有唐人写经体之风,故姜亮夫先生以为"非明以来台阁体可比"①。

―――――――――

① 姜亮夫:《楚辞书目五种》,见《姜亮夫全集》第五册,昆明:云南人民出版社,2002年,第574页。

（2）小楷《离骚经并九歌》（1555）

　　清顾复《平生壮观》卷五、清倪涛《六艺之一录》卷三百七十九皆著录有文徵明小楷《离骚经并九歌》册，作于嘉靖三十四年（1555）。徵明闲居之日，曾作有《闲兴》诗，曰：“端溪古砚紫琼瑶，班管新装亦兔毫。长日南窗无客至，乌丝小茧写《离骚》。”①或即谓此也。

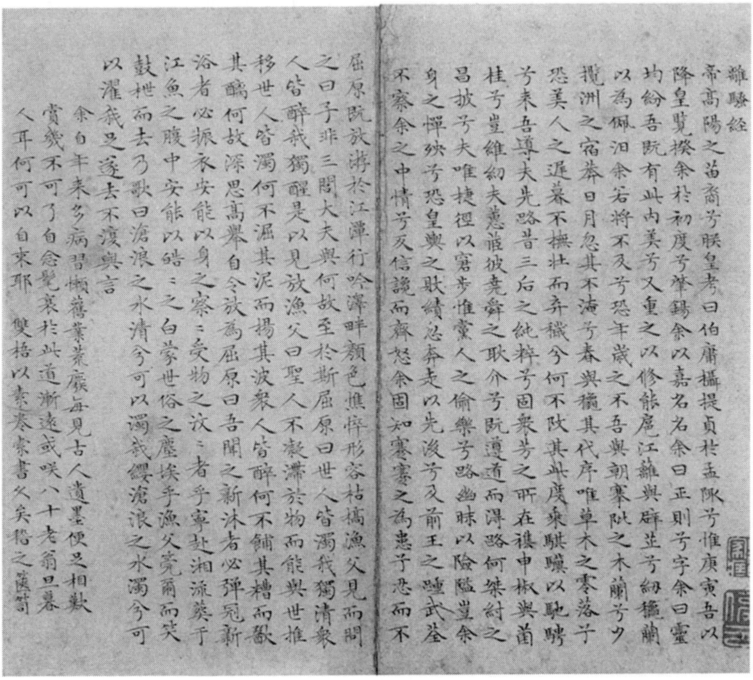

　　此册共八页半，每页二十四行，行约二十五字，所书文辞为

---

①（明）文徵明著，周道振辑校：《文徵明集》（增订本），上海：上海古籍出版社，2014年，第428页。

《离骚》《九歌》六首(《东皇太一》《云中君》《湘君》《湘夫人》《司命》《山鬼》),《九章》一首(《涉江》),《卜居》《渔父》诸篇。

起首楷书"离骚经"篇题,其下钤有"毕氏家藏""停云"白文长方印,后入《离骚》正文。篇末有作者跋曰:"余自年来多病习懒,旧业荒废。每见古人遗墨,便足相叹赏,几不可了。自念髦衰,于此道渐远,或笑八十老翁旦暮人耳,何可以自束耶?双梧以素卷书久矣,稽之箧笥,今岁检出书此。然比来风湿交攻,臂指拘窘,不复向时便利矣。乙卯十月廿又四日徵明识。"交代了作此书的缘由及时日。其后钤有朱文"徵明"长方印,白文"衡山居士"方印。

文中所谓"双梧",或为道士,据周道振等《文徵明年谱》卷七"嘉靖二十四年(1454)"条记载"(闰正月)十一日,游玄妙观,历诸道院,晚登露台,乘月而归,有诗七首,写寄道士双梧"[1],则此册当即应其所请而作。

此册今尚存明代旧锦面板装裱本,流传有序,迭经名人鉴藏。

册后有"睢阳袁氏珍藏印记",盖明末曾为袁枢家藏;入清曾为毕沅、毕泷所藏,有其"毕氏家藏""秋帆过眼""毕沅赏鉴""毕泷审定"等印。

有赵成穆题跋,其辞曰:"文待诏小楷为有明书家之冠,此又文书小楷之冠,洵至宝也。"推许此帖为明人小楷之冠,褒誉之情溢于言表。钤有朱文"鹿坪"长方印。

又有诸锦跋文,其辞曰:"衡山先生人品冠中吴,年九十余,书法至大耋益加精进,南华所谓葆光者与。然余向所见,率暮年行楷大书,未有蝇楷如此本之遒秀清劲者。昔人书《九歌》多矣,兼

---

[1] 周道振、张月尊纂:《文徵明年谱》,上海:百家出版社,1998年,第554页。

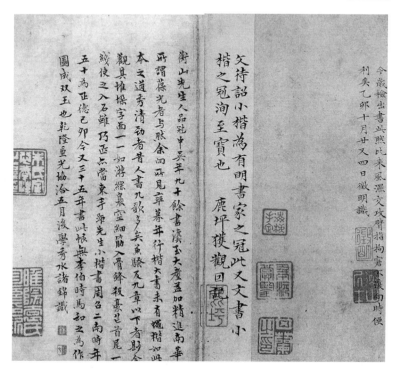

《骚》及《九章》以下者尠。今观其堆垛字面，一一如游丝袅空，细筋入骨，锋杀豪芒，首尾一线。使之入石，虽巧匠亦当束手。距先生小楷书周召二南，时年五十，为正德己卯，今又三十五年。书此恨无李伯时、马和之为作图成双玉也。乾隆重光协洽五月，后学秀水诸锦识。"对此帖之结构、笔势、风格诸问题进行品评，并认为其可与李伯时《九歌图》并驾。钤有白文"锦"、朱白文"襄七"方印。

其后，此册归李祖年，钤有"武进李祖年所得金石书画印"。近代归广东番禺女史、南社社员朱兰英所藏，有其"朱纫秋鉴赏"

"朱氏定心养性之斋"诸印。朱氏之后,归吴南生。

民国年间,此册有珂罗版单行本。1987 年,江苏广陵古籍刻印社有《文徵明书离骚经》本。1992 年,岭南美术出版社有《文徵明小楷楚辞精品册》单行本。2006 年,岭南美术出版社《憨斋珍藏书法集》亦有此册。

(3)行草《离骚》

文徵明行草《离骚》(1555)局部

文徵明又有行草法书《离骚》,纸本,朱丝栏,凡二百四十八行,行十至十一字,凡二千四百七十六字。卷末署"嘉靖乙卯二月既望",可知其书于嘉靖三十四(1555)年,为徵明耄耋之际所作也。

2.绘画

(1)《湘君湘夫人图》

清高士奇《江村销夏录》卷三、吴升《大观录》卷二十皆著录有文徵明《湘君湘夫人图》。其图现藏北京故宫博物院,纸本,立轴,淡设色,纵 100.8 厘米,横 35.6 厘米。

　　图上方有作者手书《湘君》《湘夫人》全文文辞,清劲有致,后署"正德十二年(1517)丁丑二月己未停云馆中书"。钤有白文"文徵明印"、朱文"衡山"印。

　　画中部有文徵明之子文嘉万历六年(1578)题跋:

　　　　先君写此时,甫四十八岁,故用笔设色之精,非他幅可拟,追数当时,已六十二寒暑矣,藏者其宝惜之,万历六年七月仲子嘉题。

　　载录此图作时,盛赞其用笔设色之精妙。其下钤有"休承"朱文印。

　　画左下有文徵明手书文辞,交代作画缘由:

　　　　余少时阅赵魏公所画《湘君湘夫人》,行墨设色皆极高古,石田先生命余临之,余谢不敢,今二十年矣。偶见画娥皇、女英者,顾作唐妆,虽极精工,而古意略尽,因仿佛赵公为此,而设色则师钱舜举,惜石翁不存,无从请益也,衡山文徵明记。

　　自言少时得见赵孟頫《湘君湘夫人图》,行墨设色皆高古,沈周曾命其临摹,未果;其后所见他者绘娥皇、女英像者,多作唐妆而无古意,颇觉遗憾。因此模仿赵孟頫、钱选之作,绘为此图,兼怀其师。

　　画右下有王穉登题跋:

　　　　少尝侍文太史,谈及此图,云使仇实父设色,两易纸,皆不满意。乃自设之,以赠王履吉先生。今更三十年,始获观此真迹,诚然笔力扛鼎,非仇英辈所得梦见也。王穉登题。

　　据此可知,徵明本嘱仇英作《湘君湘夫人图》,然仇英两易其稿,徵明皆不满意,遂自为之,以赠王宠。

　　图中湘君、湘夫人高髻长裙,帔帛飘举,衣裙舞动,形象纤秀,有飘飘御风之态,二人一前一后,前者手持羽扇,侧身后顾,似与后者对答,神情生动。

清顾文彬《过云楼书画记》卷四载《文待诏仿赵魏公〈湘君湘夫人图〉轴》,其辞曰:

> 是帧见吴子敏《大观录》。据休承、百榖二跋,为先生四十八岁时作,以赠王履吉者。使仇实父设色,易两纸,皆不满意,乃自设之。观其高髻切云,长裾御风,一执扇,一亭亭独立,衣裳皆作浅绛色。先生自云"设色师钱舜举"者,盖二十年前,石田命临赵魏公所画《湘君湘夫人》,先生以年少谢不敏。后见画娥皇、女英者,皆作唐妆,古意荡然,因仿佛为此。然则斯图虽未知于松雪翁何似,要如《历代名画记》所谓吴道子画仲由,便戴木剑;阎令公画昭君,已着帏帽;不今不古,良无讥已。上方楷书《九歌》二首,亦出入《莲华经》《闲邪公家传》间,使与吴兴并驱中原,鹿死谁手,未可知也。本幅有"都尉耿信公"及"耿嘉祚"等印。信公名昭忠,号在良,由多罗额驸加太子少保,和硕额驸品级,进太子少师,再进太子太保,授光禄大夫。子嘉祚候补某官。见《憺园集额驸将军勤僖耿公墓志铭》。①

顾氏描述了此图的创作缘由、过程及图绘内容,并对楷书《九歌》文辞予以极高评价,认为可与赵孟頫楷书《妙法莲华经》《闲邪公家传》相提并论。

其上钤有"都尉耿信公书画之章""琴书堂""珍秘""公""信公珍赏""耿嘉祚印"等印信,则此图曾为耿昭忠父子所藏。

---

① (清)顾文彬等撰:《过云楼书画记》,上海:上海古籍出版社,2011 年,第140—141 页。

画左中部钤有"古董周氏宝米室秘笈印""湘云秘玩"印,则此图在清末民初曾为周湘云所藏。

对于徵明题跋中所谓"少时阅赵魏公所画《湘君湘夫人》"语,黄小峰先生以为存在三种可能:"一种,元代确实已有专门描绘二湘之作,文徵明看到了赵孟𫖯的画,我们却无缘得见。第二种,文徵明看到的并非赵氏真迹,而是后人伪托的《湘君湘夫人》。第三种,他说的并不是专门的二湘图,而是《九歌图》长卷中的一部分。"①因这三种可能性皆能成立,故其另寻因由,认为徵明《湘君湘夫人图》乃是据顾恺之《洛神赋图》而得来,因《洛神赋图》中的南湘二妃的组合关系与文徵明的湘君、湘夫人完全一致,所不同者仅在于《洛神赋图》中娥皇、女英的发式一致,而《湘君湘夫人图》中弱化了女英的发式以强调娥皇的尊长地位。也正因如此,才使得文徵明画中弥漫强烈的魏晋古风。

(2)《落木寒泉图》

顾文彬《过云楼书画记》卷四又载录有文徵明之《落木寒泉图》,其文曰:

> 墨笔写坡,二古木萧惨,小树丛杂,其下泉流动荡,波光明灭,落叶三五,飘浮水面。是从古晞得法,而自具面目者。上方精楷十五行,行二十三字,其末云"正德丙子秋日,过王氏小楼,同履约兄弟诵宋玉《九辩》之一章,因写《落木寒泉》,并书此辞"。按:王氏小楼在城外南濠,先生有《留南濠王氏溪楼与履约昆仲夜话诗》,见《甫田集》。丙子为武宗十一年,

---

① 黄小峰:《古意的竞争——文徵明〈湘君湘夫人图〉再读》,《苏州文博论丛》,2015 年,第 125 页。

时先生四十七岁,盛年笔也。①

据此可知,正德丙子(1516)秋,徵明曾与王守、王宠兄弟一同诵读宋玉《九辩》,并绘《落木寒泉图》以为纪念,且于图上题写楷书十五行,行二十三字,当《九辩》前二章。

徵明曾作《题履约小室》诗,其辞曰:"小室都来十尺强,纤尘不度昼偏长。逡巡解带围新竹,次第移床纳晚凉。石鼎煮云堪破睡,楮屏凝雪称焚香。关门不遣闲人到,时诵《离骚》一两章。"②以《世说新语》所载王孝伯之典,称赞王氏昆仲为高士。而绘此《落木寒泉图》,或亦是渊承《楚辞》传统,以古木寒泉形象,来表达对高士身份之认同。值得注意的是,在顾炳辑《顾氏画谱》中,代表文徵明的即是一幅《古木高士图》,而这也正显示出时人对徵明形象的认识。

(三)祝允明的《楚辞》法书

祝允明(1460—1526),字希哲,又作晞哲、晞吉,因右手多生一指,故号"枝指生""支指生""支指山人""枝指山人""枝山""枝山道人"等,长洲(今江苏苏州)人。

据王宠《明故承直郎应天府通判祝公行状》载:祝允明"生有殊质绝伦,五岁能作径尺大字,读书过目不忘。九岁病疡,寝处有古诗一编,因和之名已隐起"③。其博学多识,才气纵横,"贯综群籍,稗官、杂家、幽遐、嵬琐之言,皆入记览,发为文章,崇深巨丽,横纵开阖,茹涵古今,无所不有。或当广坐,诙笑杂沓,援毫疾书,

---

① (清)顾文彬:《过云楼书画记》,清光绪刻本。
② (明)文徵明著,周道振辑校:《文徵明集》(增订本),上海:上海古籍出版社,2014年,第865页。
③ (明)祝允明:《怀星堂集》,杭州:西泠印社出版社,2012年,第643页。

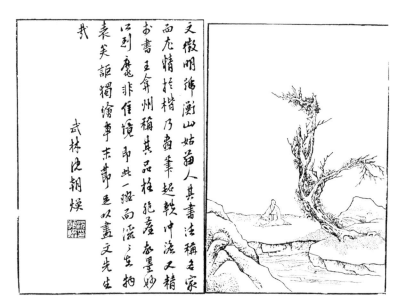

顾炳辑《顾氏画谱》之"文徵明"

思若泉涌,一时名声大噪"①。在书法领域,其传世作品深受历代文士推崇,据《吴郡二科志》记载"弘治戊午,太仓建州成,巡抚彭公礼曰:'不可无书,然书所以垂后,必得祝允明。'"②可见祝氏书法在当时人们心目中的影响。王世贞《艺苑卮言》曰:"京兆楷法自元常、'二王'、永师、秘监、率更、河南、吴兴,行草则大令、永师、河南、狂素、颠旭、北海、眉山、豫章、襄阳,靡不临写工绝,晚节变

①（明）陆粲:《陆子余集》卷三,清文渊阁《四库全书》本。
②（明）文震孟等撰:《吴中小志续编》,扬州:广陵书社,2013年,第202页。

化出入,不可端倪,风骨烂漫,天真纵逸,真足上配吴兴,他所不论也。"①可见其在书法史上的地位甚为尊崇。传世书迹有楷书《燕喜亭记》《饭苓赋》、行草《离骚》《归田赋》、草书《箜篌引》《云江记》《闲居秋日》等。《明史》本传称他"著诗文集六十卷,其他杂著百余卷",其中以《祝氏集略》《怀星堂集》较知名。

自青壮之岁,至耄耋之年,祝允明用不同书体书写《离骚》,留下了多本法书名帖。兹稽考文献,梳理如下:

1. 行草《离骚》卷

明李日华《味水轩日记》卷六载:

> 三日,苏人王生以卷轴来,余购得祝京兆行草《离骚经》一卷,结法如右军《洛神赋》,而波掠取妍处,时涉虞、褚。此公少年时最用意笔也。诸跋亦胜。②

据李氏所载,祝允明少年时曾有行草书《离骚经》,章法结构取法王羲之,起承转合处效虞世南与褚遂良,其上还有诸人题跋。

其中,祝允明的挚友谢雍题跋为:

> 祝京兆草书为国朝第一,此定论也,抑孰知其行草之妙乎?是卷既不入时,亦不放纵,骨俊而构严,足可称右军狎盟。

推许祝允明的草书为有明一代执牛耳者,并以为其行草亦不逊色,此《离骚》骨俊构严、张弛有度,可与王右军并峙。

又有与祝允明并成为"吴中三家"的王宠题跋:

---

① (清)孙岳颁等:《佩文斋书画谱》卷四十二,清文渊阁《四库全书》本。
② (明)李日华著,屠友祥校注:《味水轩日记》,上海:上海远东出版社,1996年,第426页。以下诸跋文,皆出此书。

吴中书家首称祝京兆、文内翰二公,予每见其手书,辄临摹数过,方始弃去。京兆生平得意书有《千文》《月赋》及休承氏所藏《古诗十九首》,种种妍妙,余皆及见之,独此《离骚》卷未入鉴,今日偶得披阅,爱之而不能学,徒有击节叹赏。刘君其世珍之。

据此可知,祝允明草书《离骚》,流传不如其楷书《千字文》、行草《古诗十九首》般广,故王宠偶得披阅之时,击节叹赏,以为其当可"世珍之"。

又有书家陈鎏题跋:

祝京兆素性豪宕,最喜横书大纸,此卷笔法非凡,信草书之宗匠也。孔子曰"老子犹龙",予亦曰"祝公笔亦犹龙"云。

以为祝允明喜横书大纸,而此卷《离骚》笔法非凡,"笔亦犹龙",乃草书之宗匠。

又有书家彭年题跋:

枝山先生以草圣冠名一时,顷见其《离骚经》一卷,不觉惊异,此大手笔,似非食烟火人,即张颠之雄壮,藏真之飞动,视此俱退三舍矣。

彭年推许祝允明为草圣,褒誉其草书《离骚》乃大手笔,风格雄壮飞动,几乎超出张旭、怀素。

又有书家陆师道题跋:

右《离骚》一卷,为枝山翁行草第一,神情萧散,结体俊逸,诚希世珍也。

认为此《离骚》卷神情萧散,结体俊逸,在祝允明诸行草法书中,可推为第一,乃稀世之宝也。

又有游于允明之门的许初题跋:

嘉靖甲辰之三月既望,同河南陆治叔平、汝南袁褧尚之过芝室,刘君阅观此卷,盖枝山先生最用意笔也,宝之当并于连城哉。

在此题跋中,许初记载其曾于嘉靖甲辰(1544年)三月,与陆治、袁褧等人同观祝允明草书《离骚》,以为此卷为祝氏最用意者也,其珍贵程度可想而知。

又有文徵明之子文嘉的题跋:

我朝称草圣者,惟祝京兆为第一,此卷《离骚经》,因座师之命,不欲违逆,且少年英锐之笔,点画金石,人所莫及,即王右军遗风,不减《圣教帖》也。后尾已隔十有八年,尤见苍劲。余欲双钩入石,与《停云馆帖·古诗十九首》并行于世,奈老眼昏花,力不足耳,抚卷展玩,不胜三叹,以俟后之君子。

此跋交代了祝允明草书《离骚》的创作背景,以为其是允明少年时因座师之命而作,故英锐之笔,点画金石,人所莫及,颇有王羲之遗风。其后文嘉欲将其摹勒刻石,纳入其父所选编之《停云馆帖》中,然精力不济,终未能行。

据诸跋文观之,祝允明此行草《离骚》卷,为其少年时所书,结体俊逸,笔法非凡,其上有谢雍、王宠、陈鎏、彭年、陆师道、许初、文嘉诸人题跋,曾经刘氏递藏,后入文嘉之手,其后情况未明,存以俟考。

2. 楷行《离骚经九歌》

明张丑《清河书画舫》卷十二著录有祝允明楷行《离骚》法书的情况,其辞曰:

祝京兆楷行《离骚经九歌》、行草《孔雀东南飞》二卷,并藏中吴王氏,是盛年妙迹,在吾家《庄子逍遥游》卷之上,用意购求,卒未得,记此以当铭心。①

据此可知,祝允明书有楷行《离骚经九歌》,为其盛年妙迹。

今日本澄怀堂美术馆藏有题署为"弘治庚戌(1490年)秋八月晦日,枝指道人祝允明"的楷行《离骚经九歌》,学者多以为即是张丑所用意购求而未得者。②

3. 行草《离骚首篇》

据清张照《石渠宝笈》卷三十一著录,祝允明有草书《离骚首篇》一卷,为素笺本,款识云:"弘治九年(1496)秋九月朔日既望书于日新堂,枝山祝允明",则祝允明书此草书《离骚首篇》时,时年三十七岁。

此卷今藏于香港艺术馆虚白斋藏中国书画馆,2003年香港艺术馆所出版的《虚白斋藏中国书画·书法》收入。

4. 行书《离骚》

今广州市美术馆藏有祝允明所书《离骚》一卷,其自题曰:"《离骚》乃楚三闾大夫屈平所作。平之尽忠于楚,其志可与日月争光。怀王信谗而见疏,襄王听谐而见逐,遂至怀愤投汨而死。悲夫,三闾被谗于遂,不以怨诽,而惓惓愈慕之诚,至死益切。嗟夫,世之载高位、享厚禄、谀佞固宠,而终身不知图报者,观是作,能不厚颜而忸怩哉。弘治甲子秋七月望后,书于元和聘君楼中,枝指道人祝允明并识。"③

---

① (明)张丑:《清河书画舫》,上海:上海古籍出版社,2011年,第600页。

② 戴立强:《〈祝允明年谱〉增补》,见上海书画出版社编:《金朝书法史论》,上海:上海书画出版社,2005年,第83页。

③ 戴立强:《〈祝允明年谱〉增补》,见上海书画出版社编:《金朝书法史论》,上海:上海书画出版社,2005年,第94页。

　　据此可知,此卷书于弘治十七年(1504)七月。元和乃谢雍之字,吴郡长洲人,其家与祝氏世有交谊。其后于嘉靖二十三年(1544)抄写过祝允明《枝山先生诗文集》。

　　5.章草《离骚》

　　清刘献廷《广阳杂记》卷四载:

　　　　西溟出手卷二:一明祝枝山《离骚经》墨迹,一宋拓定武本《兰亭》。枝山《离骚经》纯本章草,其结构转换,多得之孙过庭《书谱》,西溟以为似藏真,闻余言深以为然。自始至终二千余言,无一笔溢出规矩之外,绝无平日狂怪怒张之态,非此卷几不识枝山本领矣。①

　　据此可知,清人姜宸英曾收藏有祝允明章草《离骚》手卷,结构转换,多有效孙过庭处,谨守规矩,无狂怪怒张之态,与时人谓京兆草书"丝持浪转信神动,筋迥墨纵皆春敷。分明造化宰君手,左攒右剪形形殊。天愁鬼器不宁岁,鸾惊龙骇谁争驱?迩来南海作仙令,难筹历险笔愈圣"②之风格不类。

　　其上有允明小楷跋文:

　　　　东国纸,此佳品,其笔亦甚好,予有而失之,使用此写,不啻尚可观也。"两美难合",《骚》中语,亦世事人情。丙戌佚老堂记,六十七岁祝允明。

　　祝允明于嘉靖五年(1526)草书《离骚》手卷,而是年十二月二十七日,允明殁,此卷为允明所书《离骚》之最后者。

　　其上有王宠题跋:

①(清)刘献廷撰,汪北平、夏志和点校:《广阳杂记》,北京:中华书局,1957年,第219页。
②陈麦青:《祝允明年谱》,上海:复旦大学出版社,1996年,第147页。

> 山居雨雪,长林风吼,塞墐拥炉,纸窗明映,但闻竹树浙沥,寒鸟悲哀。著笋时荐展枝山翁《离骚经》,快读数次,真觉太古以前人也。壬辰仲冬廿又三日雅宜道人王宠识。

据此可知,王宠曾于嘉靖十一年(1532)冬快读祝允明草书《离骚》卷,以为其书风超凡拔俗,几为"太古以前人"。

其上有姜宸英跋文:

> 此书虽本章草,其结构之法,多得之藏真。余所见枝山《十九首》真迹,远不如此脱尽蹊径,独造天然。明一代书法,推枝山第一,此帖又枝山第一。乙丑六月,因暑展玩终卷,遂记之。

据此可知,姜西溟于康熙二十四年(1685)六月,观览祝允明章草《离骚》卷,已为其脱尽蹊径,独造天然,多有效法唐人怀素之处,可推为允明诸帖之魁首。

6. 楷书《高唐赋》

《石渠宝笈》卷三著录有祝允明临帖一册,列入上等,凡二十六幅,幅高六寸,宽三寸五分,素笺本,楷书,临萧子云书三则,薛稷书一则,并有允明书《高唐赋》,款识云"成化丙午仲夏望后二日枝山老樵祝允明书",后有"允明""希哲"二印,首幅有枝山印,第三幅有"冒嵩少家藏图书记""冒起宗之印"。

据此可知,祝允明于成化二十二年(1486)楷书宋玉《高唐赋》,曾为冒起宗所藏,至清时,入内府。

7. 草书《钓赋》

明武宗正德二年丁卯(1507)年春仲,祝允明偶于庆云真率斋玩赏,桃花盛开,兴致勃然,遂以小楷随录宋玉诗赋一过于侧,以明笔意;又作草书《钓赋》卷。

今美国大都会艺术博物馆（Metropolitan Museum of Art）藏有祝允明草书宋玉《钓赋》（Prose Poem on Fishing Attributed to Song Yu）①，或即此页。

此卷为水墨洒金笺（Ink on Gold-flecked Paper），纵 32.7 厘米，横 943.6 厘米。起首钤有"枝山"朱文长方印，卷末有作者自跋："正德丁卯夏日，过钓访尚古华公于阆庄旧第，憩于成趣园中。赏花钓鱼，不觉移晷就暮。灯下拈秃笔为书《钓赋》，以纪一时之兴云。长洲乡贡进士祝允明记。"下有朱文"允明"、白文"希哲"印。

关于此卷真伪问题，学界多有争议，如翁万戈编《美国顾洛阜藏中国历代书画名迹精选》："不见各著录中，其上收藏印，仅顾洛阜者，所以难于搜考其流传之迹。但全卷雄浑放荡，一气呵成，其

① https://www.metmuseum.org/art/collection/search/45749.

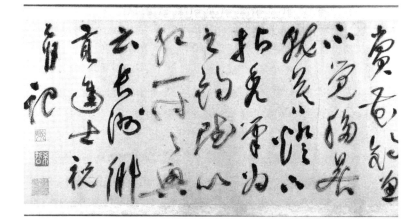

为真品无疑。"①傅申则《海外书迹研究》以为:"在当时分析《钓赋》此卷书法时,已觉有异,但仍以为真迹。在刘九庵先生发现吴应卯为祝书作伪者之一后,此卷或可定为吴应卯伪作。"②今录以俟考。

（四）仇英《九歌图》

仇英（1502—1552）③,字实父、实甫,号十洲,原籍太仓（今属江苏）,后移居苏州。其画"秀雅纤丽,毫素之工,侔于叶玉。凡唐宋名笔,无不临摹,皆有稿本,其规仿之迹,自能夺真"④,文徵明

———————

①翁万戈编:《美国顾洛阜藏中国历代书画名迹精选》,上海:上海人民美术出版社,2009 年,第 209 页。

②傅申著,葛鸿桢译,贺哈定校译:《海外书迹研究》,北京:故宫出版社,2013年,第 217—218 页。

③徐邦达:《历代书画家传记考辨·仇英生卒年岁考订及其他》,上海:上海人民美术出版社,1983 年版,第 41 页。

④（清）姜绍书撰,张裔校注:《无声诗史》,太原:山西教育出版社,2015 年,第 51 页。

曾以为其画"深得松年、千里二公神髓,诚当代绝技也"①,评价甚高。仇氏尤擅绘仕女,神采生动,以至于姜绍书赞之曰:"虽周昉复起,未能过也。"

据安岐《墨缘汇观》、张丑《清河书画舫》、吴升《大观录》、邵松年《古缘萃录》、汪珂玉《珊瑚网》诸书载,其绘有《临宋人山水界画人物画册》《临宋人花果翎毛画册》《临贯休白描十六罗汉卷》《摹李昭道海天落照图》《摹松雪沙苑图》《摹赵伯驹桃源图》《临赵伯驹光武渡河图》《临王维辋川图》《仿李龙眠揭钵图》等。

据明王世贞《弇州山人四部续稿》卷一百七十载:仇英作有《九歌图》,有文徵明法书,有数本,其所见者多缺《礼魂图》,有与《国殇图》一并佚去者,"其仪从人物均不详,仅《云中君》有少云气,《河伯》持杖御一龙,《山鬼》乘赤豹,乃类虎而已,《山鬼》殊窈窕,令人消魂,其他种种有生气"②。孙鑛《书画题跋》卷三、陆时化《吴越所见书画录》卷一诸书亦有著录。

今安徽博物院藏有仇英《九歌图》册,纸本,水墨,白描,凡十页,图绘东皇太一、湘君、湘夫人、大司命、少司命、东君、山鬼、国殇八神,并附有二题跋。内幅纵25.8厘米,横24.3厘米。册名为文徵明所题。

首为《东皇太一图》,以春蚕吐丝笔法,勾勒太一形象:头戴莲冠,身着褒衣,足蹬舄履,隆首细目,鬓发稀疏,左手持如意,右手掩于袖中,侧身而立,神情安详肃穆。右上署"东皇太一",下钤有

---

①(明)文徵明著,周道振辑校:《文徵明集》(增订本),上海:上海古籍出版社,2014年,第958页。

②(明)王世贞:《弇州山人题跋》,杭州:浙江人民美术出版社,2012年,第562页。

朱文"陆时化藏"方印,图左下钤有白文"仇氏十洲"方印。画右裱边钤有白文"黄熙之印"、朱文"云松珍赏"方印。对页为文徵明行书《东皇太一》文辞,乌丝栏,凡九行,行十字,下钤有朱文"徵明"长方印。

次为《湘君图》,绘一女子,向左而立,丰面圆颊,蛾眉秀眼,头

梳双髻，发饰繁密，身着祎衣，腰系佩饰，袄带翻飞，双手拱于袖中，目光含情，作满心期候之状。对幅为《湘君》文辞，凡十四行，行十七字，左下钤有白文"徵明"长方印。

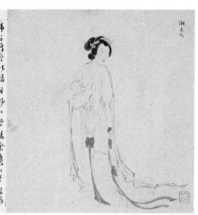

次为《湘夫人图》，绘一女子，面右而立，似与"湘君"相对，身形相对瘦小，头梳重髻，插金丝花簪，身着长裙，腰系佩玦，长袖轻

拢，托腮回望，满面怅然，整体妆饰不如《湘君》繁盛，当是为区分长幼尊卑而有意为之。对幅为《湘夫人》文辞，凡十五行，行十七字，左下钤有白文"徵明"长方印。

　　次为《大司命图》，绘有一人，广额方颐，鬓发须髯，作帝王装扮，其头戴梁冠，身着纱袍，腰佩蔽膝绶带，双手拱抱，侧身面左而立，神色严肃。对幅为徵明手书《大司命》文，凡十二行，行十四字。末钤朱文"徵明"长方印。

　　次为《少司命图》，绘一男子侧面形象，其头束缙撮，身着长袍，腰系帛带，右手捻须，左手端于胸前，作若有所思状。对幅为《少司命》文辞，凡十一行，行十七字，末钤有白文"徵明"长方印。

　　次为《东君图》，绘一男子，长面微须，头戴小冠，身着袍衫，腰系帛带，足蹬乌履，左手运掌于胸前，右手挥举，作陈词之态，情状激越。对幅为《东君》文辞，凡十一行，行十四字，左下钤有白文"徵明"长方印。

　　次为《山鬼图》，绘一女子，发垂双髻，肩披薜荔，腰系女萝，右手持石兰，左手抚豹身，屈膝盘腿跨乘于赤豹之上；豹目圆瞪，长尾高飙，步履矫健。对幅为行书《山鬼》文辞，凡十三行，行十六字，末钤有白文"徵明"长方印。

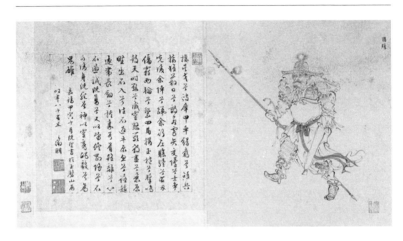

末为《国殇图》，绘一武者，头戴缠棕大帽，身披胄甲，虎瞪圆目，密须浓髯，右手持长戟，左手握剑正迈步急行，似奔战沙场。对幅为《国殇》文辞，凡十行，行十三字，末署"嘉靖甲寅十月既望书于玉磬山房，时年八十有五，徵明"，则其当署于嘉靖三十三年（1554）。钤有白文"文徵明印""停云馆"方印。

其后有二跋文，一为陆时化所制，其文为：

> 仇实父图《九歌》凡九章，章各有徵仲待诏书。弇州见数本，皆阙《礼魂》，或并《国殇》而去之，其仪从人物都不详，仅《云中君》有少云气，《河伯》持杖御一龙，《山鬼》乘赤豹，乃类虎而已，《山鬼》殊窈窕，令人消魂，其他种种有生意。屈子偶歌此以下神，后人各自出意摹写，其繁简工拙之不同宜也。仇实父笔简而意足，胜于他本。弇州之言如此，曾跋一本，载之于《续稿》中。此乃弇州所见数本之一，乃先君朴野公得之弇山后人。今出而视之，知仇实父之技不下于龙眠。他人习春蚕吐丝法，虽极工整而笔笔都死，此则笔笔飞动，其开拓处如作擘窠大字耳。六三老人陆时化。

题前引首钤有朱文"丘园聊自适"方印，末钤白文"陆时化印"方印。

据此跋可知，仇英《九歌图》并文徵明书《九歌》文，王世贞曾见及数本，皆不完整，有阙《礼魂》，有缺《国殇》《礼魂》者，其中所绘图像，基本皆只有主神，而甚少仪从人物，陆时化以为其"笔虽简而意足"，胜于他人所摹绘本。

一为江州程绍寓所制，其文曰：

白描《九歌图》，曾见宋李伯时真迹，又见元张叔厚二卷，亦皆妙品。今玩十洲此册，其笔力飞动，不让伯时，觉叔厚束于规抚矣。昔为弇州所赏之物，后归陆氏，听松老人前跋已

白描九歌圖曾見宋李伯時真跡又見元張□厚
二卷亦皆妙品今玩十洲此冊其筆力飛動不
讓伯時覺叔厚束枯規撫矣昔為俞州所賞之
物次歸陸氏聽松老人前跋已詳其畚尺寸以及
文衡山行書九歌對題載于吳越所見畫錄中
至人物之細勁神情如生當前無古人後準來
學誠希世之寶且收藏裝潢精妙已極尤為難
浮後之鑒者慎毋忽焉
道光十一年元宵後三日雲松程紹寯題

详。其图尺寸以及文衡山行书《九歌》对题，载于《吴越所见书画录》中。至人物之细劲，神情如生，当前无古人，后准来学，诚希世之宝。且收藏装潢，精妙已极，尤为难得，后之鉴者，慎毋忽焉。道光十一年元宵后三日云松程绍寯题。

末钤有白文"绍寯"、朱文"云松"方印。

在跋文中，程氏对仇英《九歌图》所绘人物特征进行概括，并称赞其收藏装裱的精妙之功，以为此卷乃稀世之宝，前无古人，后准来学，其中亦当不无溢美之词。

由此看来，仇英《九歌图》在明万历年间为王世贞所藏；在清代乾隆年间为苏州文人陆时化所得；道光年间，此图落入江州程绍寓之手。据汪平《仇英〈九歌图〉辨识》载：仇英《九歌图》曾于1949 年后在芜湖市郊一居民家拆迁的屋檐里被发现，后被芜湖市文物商店征集；20 世纪 80 年代初，被移交到安徽省文物总店。①

不过，李鹏《图像、书辞、观念——〈九歌图〉研究》却认为此卷作品受到张渥《九歌图》的影响，同时又有明代晚期写意画风的特点，虽造型与仇英作品有某些相同处，然风格差别较大，故当非仇英所作②。

（五）朱吉《九歌》法书

朱吉（1342—1422），字季宁，长洲（今江苏苏州市）人。洪武中以荐授户科给事中，后以善书改任中书舍人，寻又改侍书，出为湖广佥事。工诗能文，著有《三畏斋集》。

明吴宽有《题〈九歌图〉后》文，其辞曰：

> 朱子之注《离骚》，可谓无遗憾矣，后人既无容赘词，则有为《九歌图》者，其初盖出李龙眠，人从仿之。此本则昆山许君鸿高所藏也，图后各系其歌，许君谓为其乡先辈朱季宁中书之笔。予观之，信其书之妙，犹有晋唐人遗意也。歌名九，其为章实十有一，《楚辞辨证》亦以为不可晓。至于《礼魂》，则画家所不能及者，故其图缺云。③

在吴氏看来，朱熹以文注骚，已曲尽其妙，后人难以超越，故转而尝试从图像角度来表现《楚辞》。显然，其以为文字注与图像

①汪平：《仇英〈九歌图〉辨识》，《书画世界》，2008 年第 5 期。
②李鹏：《图像、书辞、观念——〈九歌图〉研究》，中国美术学院 2017 年博士学位论文，第 149 页。
③（明）吴宽：《匏翁家藏集》卷五十，《四部丛刊》景明正德本。

是注释《楚辞》的两种工具,从而从载体层面为理解《楚辞图》生成原因问题提供一种思路。

据其文可知,昆山许鸿高藏有李公麟《九歌图》摹本,图后系有朱吉所书之《九歌》原文,其书体高妙,有唐人遗意;因《礼魂》为送神曲,文辞简略,画家难以图写其形象,故此《九歌图》中亦缺《礼魂图》。

昆山许氏所藏李公麟《九歌图》摹本,甚少见诸著录,而朱吉所书之《九歌》,亦仅知其名目,姑存以俟考。

(六)王宠草书《离骚》

王宠(1494—1533),字履仁、履吉,号雅宜山人,吴县(今属江苏苏州市)人。初为邑诸生,屡试不第,以诗文书画名世,擅小楷,行草尤为精妙。著有《雅宜山人集》,书迹有《离骚》《千字文》《古诗十九首》《李白古风诗卷》等。

清卞永誉《式古堂书画汇考》卷二十六著录王履吉书《离骚并太史公赞》卷,草书,藏经纸,九接,高一尺,长二丈。

其上有王宠题跋:"屈平疾王听之不聪也,谗谄之蔽明也,邪曲之害公也,方正之不容也,故忧愁幽思而作《离骚》。离骚者,犹离忧也……虽与日月争光可也。丙戌(1526)秋七月廿一日,雅宜山人王宠书。"

并有项元汴行书款识:"明嘉靖乙卯岁月正元日,古槜李墨林山人项元汴拜观于博雅堂中,时梅芳兰吐,甚有兴趣",并有"吴门王雅宜行草书楚屈平《离骚》,槜李项墨林山人家藏幽赏,求书银十五两。明嘉靖卅二年二月得于池湾沈氏,时加五两共廿两"①。

---

① (清)卞永誉:《式古堂书画汇考》,清文渊阁《四库全书》本。

据此可知，王宠于嘉靖丙戌（1526 年）秋七月廿一日以草体书屈原《离骚》文辞，其后流入嘉兴池湾沈尔侯、仲贞兄弟处。嘉靖三十二年（1553），项元汴以高出售价三分之一的价格收入囊中；两年后，项氏又有题跋。其后情况不明，存以俟考。

（七）陆治的《楚辞》图像

陆治（1496—1576），字叔平，号包山，吴县（今属江苏苏州市）人。曾从祝允明、文徵明学诗文、书画，擅花鸟，以工笔见长，深得徐熙、黄筌旨趣；亦工山水，用焦墨皴擦，风骨峻削。著有《包山遗稿》，作有《麓山吊屈图》《端午即景图》《春山晓霭图》《榴花小景图》等。

1. 王穀祥行书《九歌》、陆治《麓山吊屈图》合卷

嘉靖甲午（1534 年）秋八月，王穀祥偶读《骚》至《九歌》，适有素卷在几，遂援笔书之，成行书《九歌》。其后，嘉靖乙卯（1555 年）仲秋，陆治补作绢本设色《麓山吊屈图》，二者合为一卷。

此卷今藏于天津市艺术博物馆，王穀祥行书《九歌》为乌丝格，高七寸四分，长一丈四尺九寸七分，钤有朱文"穀祥""辛复""紫伯"方印，朱文"酉室"椭圆印，朱文"言氏学道堂珍藏书画印"长方印，白文"王禄之印""章绶衔印"方印，骑缝钤有白文"章怀"方印，朱文"紫伯秘玩"方印。陆治《麓山吊屈图》高七寸四分，长二尺七分，后钤白文"陆氏叔平""包山子"方印，朱文"章紫伯鉴藏""平叔审定""言氏学道堂珍藏书画印"方印。

其后有二题跋，其一为孙穀跋文，其文曰：

　　穀以乙未春日过王先生酉室中，得其所书《九歌》以归。越八年，罪谪浮湘，便道登麓山，看夕阳江面，展王翁所书，讽咏久之，觉林木皆振响也。笛庵吴君为作《麓山吊屈序》。丁

卯蒙恩得归，姑苏舟次，遇旧交陆叔平，更为之图，且命毅以序、与歌合成一卷，周黄中又为篆其首，侈哉！独以当日直慕好吏部笔法，袖以出入，不意成谶；至笛庵谬以屈子相仿，则过矣过矣。然一时放逐之地，偶同古人，二三子文致一佳话，是亦不可忘也。竹叟毅谨识。

其后钤有白文"钱塘孙毅""雕云鉴赏"方印，朱文"莒上章仔百流览所及"方印。

据跋可知，王毅祥行书《九歌》写成后，即为孙毅所得；其后孙氏罪谪浮湘，道登麓山，随身携带有毅祥此卷；而后孙氏于姑苏遇旧交陆叔平，陆氏乃补作《麓山吊屈图》，并由周黄中篆书题其首。毅祥行书《九歌》可以说是孙毅罪谪经历的见证，故而，其还于跋文中感叹，当日只是慕好王毅祥书艺，而袖其行书《九歌》以出，不料自己却也经历了如同屈原般被贬谪沅湘的命运。

其二为署"塞翁"及孙尔准跋文，署"塞翁"之文曰：

王禄之书法流丽，略从哀册出入，有时作小诗杂画，意致殊绝。官吏部时，严分宜有所属，即挂冠归。问学品格，皆迥然尘外。今日尚得此等人耶？余更收其手札一通，蝇头小楷，即在名字之左。近来吏部只费浓墨作名帖耳，孙竹叟不知何人，跋语亦可观。彼时能入禄之之室，想非凡流。陆包山又其旧交，盖可想见。子长云"附青云之士以自见"，使孙公数笔，不缀于王、陆二君墨迹之后，安得存留于世乎？隆武二年（1646）初夏，塞翁识。

跋中盛赞王毅祥学问品格之迥然出众，推许其诗文、书画成就，并对此图之于孙毅书迹保存之功用进行了评说。

其后钤有白文"磐生""吴道荣印"方印，朱文"苏祐"方印，朱文"章氏子柏过目"长方印,朱文"紫伯秘玩"钱式印。

后为孙尔准跋文,其辞曰:

> 包山画峥泓萧瑟,如临洞庭之野,欲脱屣湖上青峰,御风而去,可谓能移我情矣。禄之书亦是文氏门庭中人,而疏隽别具标格,足称合璧。惜周黄中篆书不可复见。此卷戊寅岁曾一见之,而不能有,今乃为可樵司马所藏,喜而志此,庆名迹之遭也。嘉庆庚辰(1820)端午后二日,句吴孙尔准书。

其后钤有"尔准私印"一朱文三白文方印,朱文"卧咏闲诗侧枕琴"长方印。

孙尔准(1772—1832),字平叔,一字莱甫,号戒庵,金匮(今江苏无锡)人。善诗词,兼工书法,著有《泰云堂集》。据其跋文可知,在嘉庆庚辰(1820)时,周黄中所篆书已经亡佚。

2.《端阳即景图》

上海博物馆藏有陆治《端阳即景图》,纸本,设色,纵133.1厘米,横64.3厘米。

图为描绘端午所见之景,画蜀葵两株,并立倚石而生,背衬两枝石榴,一枝上翘,一枝向右方伸展,遥相呼应,坡地亦生有萱草若干。葵、榴花、叶,均用没骨法,以色彩点染而成,湖石用水墨晕染,略作勾勒。全图花石构图清隽,布局考究,设色清丽,用笔或繁或简,活泼有意趣。

画幅右上方,有陆氏行草自题一绝:"葵榴花下自称觞,南极星辉满华堂。况是江南多胜事,朱明佳节正端阳。"款署"嘉靖癸亥仲夏,包山陆治画并题"。钤"陆治之印"白文方印、"包山子"白文方印。可知此图作于嘉靖四十二年(1563)端午。

（八）周官白描《九歌图》

周官,字懋甫,吴人,生年不详,明张凤翼《处实堂集》后集卷五曾感叹"天不假年",则推测其卒年甚早。其善画人物,精于白描,得李伯时笔意,大为唐文诸公所推重。其画作流传绝少,故得其片纸可当拱璧。据《石渠宝笈续编》《吴越所见书画录》诸书所载,其画迹有《临李伯时罗汉图》《九歌图》《椿下吟诗图》等。

据清人陆时化《吴越所见书画录》卷二载:周官白描《九歌图》卷为纸本,高七寸五分,长一丈七尺七寸五分,其中懋甫依《九歌》图绘形象,而王宠则以小楷题写《九歌》文辞,懋甫之图"笔如游丝,远望竟如素纸,细看则人物森严,云气瀹郁,如出鬼工",而每一图毕，王宠则以小楷书相应文辞于其间，书与画相间。书毕，钤"王宠私印"，至《礼魂》后书款识"嘉靖丙戌（1526 年）之秋七月既望后学王宠书"。其间钤有"周官""简静斋""臣岱私印""王氏履仁""竹窗""采芝堂""高士奇图书记""旷庵""江村士奇之章""不以三公易此日"等印。

尾白宋纸两张，高与本身同，长四尺八寸七分，有高士奇跋文：

> 周懋甫笔墨精妙，世不多见，此《九歌图》，临李龙眠，细若游丝，神采具足，王雅宜楷书其辞，二者皆不易得，故项氏珍之"天籁阁"，不知何时流落都市。余于旧书摊中获之，跋尾已失。戊寅春，萧兀斋重装。近人于人物则重仇实甫，于书则重董文敏，其他虽有佳迹，目不一顾，而董书、仇画，又往往以鱼目乱珠，如兹卷，即杂宋元诸迹，亦当以坐席，是赏鉴物也，不为标显，何以示后？今岁自四月末，梅雨湿冈，五月望，酷暑灼人，几难可耐，两日略有凉风，而炎气未减，闽兰初开，列斋槛下，以清泉沃地。展阅旧题，随笔题识，淡中滋味，不足为外人道也。前十日得大儿与读书中秘之信，次儿轩侍侧。康熙庚辰六月四日江村高士奇。①

据此可知，周官此《九歌图》乃是临摹李公麟《九歌图》而作，其上有王宠楷书《九歌》文辞，曾入嘉兴项元汴天籁阁，后为高士奇于旧书摊中购得，并于康熙戊寅（1698 年）春重装。后未见及。至若周氏此图所临为六段、九段，抑或是十一段本，则难考实。

---

① （清）陆时化撰，徐德明校点：《吴越所见书画录》，上海：上海古籍出版社，2015 年，第 145 页。

（九）周天球的"兰图"

周天球（1514—1595），字公瑕，号幼海，一作幻海，又号六止生、六止居士、止园居士、群玉山人、群玉山樵等，长洲（今江苏苏州）人。少时曾从文徵明习书法，徵明赞之曰："他日得吾笔者，周生也。"以诗文、书画名世，擅大小篆、古隶、行楷，尤擅绘兰，《明画录》谓："墨兰自赵松雪后失传，惟天球独得其妙。"画迹有《丛兰竹石图》《墨兰图》《兰花图》等。

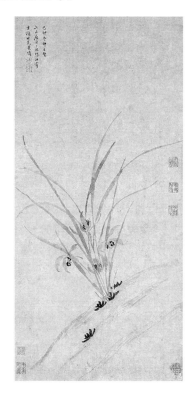

南京博物馆藏有周天球作于万历十五年(1587)之《兰花图》，纸本，墨笔，纵 50.3 厘米，横 24.2 厘米。

图仅绘一束兰花，兰叶细长柔和，左右舒展，有迎风舞动之情致；花瓣随意点簇，俏丽秀美；叶用重墨为之，花之墨色稍淡，似融入书法笔意；坡石则绘以飞白，变化多端。

左上款曰："乙卯冬仲之望六止居士天球作此寄玄搢世兄见情"。下钤朱文"周""天球"方印。右下钤有白文"周公瑕氏"方印。

就此图绘来看，周氏亦当是延续《楚辞》"香草美人"传统，借图绘兰以寄自我清洁之志。

(十)董其昌的《楚辞》图像

董其昌(1555—1636)，字玄宰，号思向、思翁，别号香光居士，华亭(今上海松江)人。万历十七年(1589)进士，历任翰林院编修、湖广提学副使、太常寺少卿、礼部侍郎、南京礼部尚书等职。卒赠太子太傅衔，谥文敏。董氏能诗能文，工于书画，精于鉴藏，为晚明艺坛之巨擘。董文敏曾面对"亭亭盆中菊"而"读《离骚》，不觉"心魂坐莹澈"①；曾于《题刘金吾牛山读书图》中描绘"青藜山馆瞰澄江，左手《离骚》右玉缸"②的读书情境，于《题画赠眉公》中感慨"随雁过南岳，冲鸥下洞庭。何如不出户，手把《离骚经》"③。足见其对《楚辞》之喜爱与熟知，与之相应，其亦书写《楚

①(明)董其昌著，邵海清点校：《容台集》，杭州：西泠印社出版社，2012 年，第 3 页。

②(明)董其昌著，邵海清点校：《容台集》，杭州：西泠印社出版社，2012 年，第 95 页。

③(明)董其昌著，邵海清点校：《容台集》，杭州：西泠印社出版社，2012 年，第 54 页。

辞》,图绘《离骚》《九歌》,创作有诸多《楚辞》图像作品。

1.行书《骚经二十八行》

据中国古代书画鉴定组编《中国古代书画目录》、郑威《董其昌年谱》、郑晓华《董其昌行草书字典》诸书所载:万历四十年(1616)壬子秋,董其昌观钱塘潮,于嘉兴道中漫书《诗》《骚》;崇祯八年(1635)乙亥,董其昌作《行书骚经二十八行》,现藏于北京故宫博物院。

据此可知,董其昌曾多次书写《离骚》,即便在其辞世的前一年,他还行书有《离骚》文辞二十八行。

2.《离骚图》

北京匡时国际拍卖有限公司 2015 年春季拍卖会中,曾有题署董其昌之《离骚图》,绢本,设色,纵 97 厘米,横 38.5 厘米。

画面前方分布五树:最前一木四面出枝,主干婉转疏朗,以侧锋点染积墨,松秀又浑然;中心四木似攒足并发,彼此纠结相夺,树冠左右一高一低分头映出枯柯与红叶,顶上一株青松亭亭若华盖。庐屋之中有两人对坐,一着绯衣正面,一着素披巾侧倾,似问论禅机者。

右上题"山中人兮芳杜若,饮石泉兮荫松柏。玄宰写《离骚》"。乃是取用《山鬼》篇中文字。

有程瑶田题签条并跋裱边,题签:"董思翁写《离骚图》。松溪珍藏,葺庄题签。"裱边:"杳杳深林飒飒枫,尚书拂素写孤忠。鸾凰伏窜秋风里,兰蕙萧条暮雨中。山鬼有情虞岁晏,湘君元信肯心同。洛阳年少虚凭吊,今古何人解养空。松溪居士题。葺庄程瑶田书。"化用《楚辞》诗意,抒泄不遇之悲。

钤有"董其昌印""暝梧馆藏""法书名画""磨兜坚室所藏书画记""益斋平生真赏""杜吾心盦"等印。

由此题跋可知,此图曾经程瑶田、章绶衔、许增等人收藏。至若此图之真伪,姑存以俟考。

3.《九歌图》

据吴修《青暇馆论画绝句》载:"董文敏为焦弱侯竑作《九歌图》,仿李伯时白描人物,工细绝伦,余得于金陵,后为江心农购去。"[1]

吴修(1764—1827),字子修,号思亭,浙江海盐人。工诗古

---

[1] 姜亮夫:《楚辞书目五种》,见《姜亮夫全集》第五册,昆明:云南人民出版社,2002 年,第 413 页。

文,精于鉴别古今字画金石。著有《湖山吟中啸集》《思亭近稿》《曝书亭诗集笺注》《纪元甲子表》等。

据此可知,董其昌曾模仿李公麟《九歌图》而作《九歌图》,用以赠送焦竑。传至有清,此画为吴修得于金陵,其后为江心农所购去。

(十一)张宏《龙舟竞渡图》

张宏(1577—1652),字君度,号鹤涧,长洲(今江苏苏州)人。善画山水,有元人古意;所作写意人物,形神俱佳,散聚得宜。有《栖霞山图》《浮岚暖翠图》《延陵挂剑图》《西山爽气图》等画作。

上海朵云轩拍卖有限公司 2015 年春季艺术品拍卖会中,有题署张宏之《龙舟竞渡图》轴,纵 138 厘米,横 63 厘米,作于明崇祯十二年(1639)。

图绘端午时节,民众于湖中举行龙舟竞渡活动时的情景:湖中有三只龙船,每船有桨夫十余人,身着绛衫,全力挥桨,船首立有一人,正挥旗施令,旌旗翻飞,竞相前行;湖畔二柳树下,泊有四船,数人立于船首,或绛或素,正观湖中龙舟之竞;岸上立有二农夫,正荷锄而谈,似论湖中舟之先后。

左上有作者款识:"龙舟竞渡,己卯端阳日写,木石居张宏。"钤有白文"张宏之印""君度氏"印二方。

画左侧有凌宴池所题签条"明张君度龙舟竞渡堂轴,宴池",钤有白文"凌霄凤印"。有朱文"盘斋珍秘"鉴藏印。

(十二)项圣谟《楚泽流芳图》

项圣谟(1597—1658),初字逸,后字孔彰,号易庵,别号甚多,已知者有子璋、子毗、胥山樵、兔鸣叟、莲塘居士、松涛散仙、大酉山人、烟波钓徒、狂吟客、鸳湖钓叟、逸叟、不夜楼中士、醉疯人、烟雨楼边钓鳌客等,浙江秀水(今浙江嘉兴)人。其山水、人物、花鸟无一不精,董其昌称"古人论画,以取物无疑一合,非十三科全备,未能至此。范宽山水神品,犹借名手为人物,故知兼长之难。项孔彰此册,乃众美毕臻,树石屋宇、花卉人物,皆与宋人血战,就中山水,又兼元人气韵,虽其天骨自合,要亦功力深至,所谓士气、作家俱备。项子京有此文孙,不负好古鉴赏百年食报之胜事矣"①。著有《朗云堂集》《清河草堂集》《历代画家姓

────────────

① 严文儒、尹军主编:《董其昌全集》第八册,上海:上海书画出版社,2013 年,第 636—637 页。

氏考》《墨君题语》等。

北京故宫博物院藏有其《楚泽流芳图》，纸本，墨笔，纵46.2厘米，横1232厘米。

卷首篆书标题："楚泽流芳"。又自题："丁卯十二日戊辰，在三笑堂作此兰卷，计纸十有二幅，自午捉管，薄暮而成。项圣谟记于即夕灯下。"钤"孔彰""逸居士墨戏""项圣谟画""大酉山人"白文印。

据此可知，项氏此图当作于天启七年（1627），项氏年方而立。而题曰"楚泽流芳"，即是点出所绘诸物与《楚辞》之联系：所绘皆为楚地所生之物，尤以兰为代表，借描摹其形象，以其芳草特质来寄予自我清芬高洁之情志。

　　图用纸十二幅,描摹兰草之不同情状:或生于溪畔崖边,或与杂树荆棘、枯木竹石伴生,皆远离尘嚣,清幽空灵。

　　钤有收藏印"惠孝同鉴赏章""乾玉堂"朱文印,以及"澄虚道人""杜敬征家藏"白文印。

　　(十三)郑重《龙舟竞渡图》

　　郑重,字重生,号千里、无著、天都懒人、风道人、潭上居士等,歙县人,生卒年不详。一般认为,郑重属晚明新安画派之属,但新安画派的发展兴起,正是建立在晚明吴门画派没落的基础上,而郑重等徽州画家,正是在临摹学习吴门画派的基石上,发展、演变而壮大的,故可认为他们是吴门画派余波所及者。

　　郑重擅作山水小景,人物画亦佳,而佛画深得丁云鹏赞许。万历四十二年(1614),绘《法海图》进呈,得神宗嘉许,传旨命绘《御书华严经》引首。画作有《临王叔明葛仙移居图》《幽壑飞泉图》《山水图》《仿王右丞雪栈图》《松下听泉图》《龙舟竞渡图》等。

北京故宫博物院藏有其《龙舟竞渡图》,绢本,设色,纵129.5厘米,横58厘米。

此图以青绿山水风格展现端午时节南方地区龙舟竞渡活动场景。画面正中为浩渺湖泊,其上有四龙舟、一凤舟,正挥桨竞渡;远处为连绵群山,若隐若现;右下近处岸边,观者群集,少长毕至,掩映于湖光树石之间。画面构图布局灵动,敷彩勾勒工丽细致,所描绘的风俗情景生动写实。

款署"千里郑重",钤有"三希堂精鉴玺""宜子孙""嘉庆御览之宝""石渠宝笈""宝笈三编""宣统御览之宝"诸印。

三、吴门画家《楚辞》图像的特点

在吴门画家绵延百余年的艺术生涯里,对《楚辞》的关注及对《楚辞》图像的创作是他们父子相传、师友因袭的突出特色。吴门巨擘沈周、文徵明、祝允明、仇英等人皆制有《楚辞》图像作品,如沈周作《屈原像》《渔父问屈原图》,文徵明作有小楷《离骚经》、小楷《离骚经并九歌》、行草《离骚》、绘《湘君湘夫人图》《落木寒泉图》,祝允明作有行草《离骚》卷、楷行《离骚经九歌》、行草《离骚首篇》、行书《离骚》、章草《离骚》、楷书《高唐赋》、草书《钓赋》,仇英作有《九歌图》,董其昌作有行书《骚经二十八行》、绘《离骚图》《九歌图》,等等,为数不一,成就卓越,影响甚大;他们的子侄,亦多沿袭父辈,赓有续作,如文徵明子文彭、文嘉,侄伯仁,曾孙文从简,玄孙女文淑等等,亦作有《楚辞》图像;至于其弟子辈,创作《楚辞》图像者为数更多,如周用、陈道复、王穀祥、陆治、周天球、张宏等,皆属其中成就较突出者。可以说,在整个吴门画家的艺术创作中,《楚辞》图像乃是重要的组成部分。

吴门画家的《楚辞》图像作品还在类型、主题等方面呈现出多样化特征。就图像类型而言,其中既有法书,又有绘画,还有书画合卷之图像如王穀祥行书《九歌》、陆治《麓山吊屈图》合卷;在法书类图像中,亦是篆书、楷、行、草等众体皆备,风格多样,如文徵明以楷、行书《离骚》,祝允明用楷、行、草诸体撰写《楚辞》等等;在绘画图像中,亦是形制纷纭,诸法并存,风格各异,有纸本,有缣帛本,有手卷,有扇面,有立轴,有册页,有白描,有设色,在一定程度上可谓是吴门画家绘画形制的缩影。就图像主题而言,有对《楚辞》作者如屈原之肖像,亦有取材于《史记》《楚辞》而创作的《楚辞》人物故事图,也有根据《楚辞》文本而进行图绘表现的法书、绘画作品,还有《楚辞》香草图,以及描摹与屈原有关的“端午”节俗之际所见景致与龙舟竞渡等图像,几乎涵盖《楚辞》图像所涉及的各类主题。

　　吴门画家的《楚辞》图像创作出现这些特征,当与其人员构成及艺术旨趣有关。吴门画家大都是当时著名的文士,一般都接受过良好古典经史教育以及艺术熏陶,但却或因仕途不济,或无意功名,往往多寄情闲居,饮酒读骚,营造名士、高士的自我形象,书写文士情怀。这种生活情况和精神状态影响着创作,使得其在艺术创作之际,多有取材《楚辞》之处。

第四节　墨花怒卷湘江潮:
萧云从及其《楚辞》图像

　　在《楚辞》图像史上,姑熟萧云从当是首次尝试对屈原及其“授经之士”如宋玉、景差诸人全部作品进行系统图像表现者。

　　尽管因《香草图》“有志未逮”,《远游图》因“兵燹阙失”,他实际上并未能完成此鸿愿。今所能见者,亦仅《三闾大夫卜居渔父图》《九歌图》《天问图》部分。然而,其整体图绘之构想及实践,既有首创之功,又为清人门应兆补绘《离骚》"全图"导夫先路,且其"图注"《天问》之作,更是别辟蹊径,创造了《天问》阐释的新方式,于后世产生重要影响,厥功甚伟。

一、萧云从及其图像创作

萧云从(1596—1673)①,字尺木,号默思、无闷道人、玉砚山人、石人、于湖渔人、梅石道人、江梅、梅主人、钟山梅下、东海萧生、谦翁等②,晚号钟山老人,姑熟(今安徽当涂)人③。

云从自幼聪慧,"八、九岁从师讲《孟子》六律五音","亦自解诂章句"。二十五六岁时,"复从《左传》《国语》《史》《汉》注疏,历代志论及程、朱、邵、蔡所著,广为阅心",同时,亦着力于算学、艺术,"学算术及歌唱,琴、筝、箫、管,无不替之精熟"。三十六岁时,

①萧云从的生卒年,张庚《国朝画征录》、周亮工《读画录》、冯仙《图绘宝鉴续纂》诸书皆无明确记载。今之学者有以黄钺《于湖画友录》所载"卒于康熙七年己酉,年七十八"之语为据,推定萧氏当生于1591年或1592年,卒于1668年或1669年者(如顾平《萧云从里籍及生卒年考》)。沙鸥先生据广东省博物馆所藏萧云从《梅石水仙图》轴款署、《石渠宝笈续编》"乾清宫"册所录萧云从画《秋山行旅》款文、《虚斋名画录》卷十著录《萧尺木山水轴》款识及萧云从所常用之"岁丙申生""前丙申生"二方印章,推定其当生于1596年,卒于1673年。其说详实有据,多有可取之处。

②据萧云从《太平山水图》题画署名及印章可知。

③关于萧云从的里籍问题,学界有二说:其一以为系安徽当涂,如《清史稿》、张庚《国朝画征录》、蓝瑛《图绘宝鉴》、窦镇《国朝书画家笔录》诸书皆持此说;其二以为系安徽芜湖,如黄钺《壹斋集》《芜湖县志》以及诸多书画字典等。

"忽然悟子产'七音、六律以奉五声'"①。崇祯十一年(1638),携其弟云倩加入"复社";次年,中乙卯科副榜第一准贡。崇祯十五年(1642),再次参加科考,却仍旧落为壬午副榜。久困场屋而不得志的云从,遂无心仕进,绝意科考,乃"筑舍于姑熟大江之湄,门枕寒涛,邑山交拥,篱落下有精舍数间,左右老梅数株,松石映带"②,幽游于其间。崇祯十七年(1644),云从避兵燹而至高淳。顺治四年(1647)秋,由高淳返归。康熙十二年(1673)秋,云从"执诸同志手,曰:'道在六经,行本五伦,无事外求之,仍衍其旨。'赋诗毕,瞑去"③。

据文献载录,云从著有《韵通》《易存》《杜律细》④。其弟子张秀璧、朱长芝等曾将其诗文汇集成册,名曰《梅花堂遗稿》。清人黄钺《壹斋集》有《萧、汤二老遗诗合编》,收云从七言律诗三十首。今人沙鸥《萧云从诗文辑注》辑录云从诗文近300首(篇)。

据黄钺《画友录》载:"云从始生之夕,慎余梦郭忠恕至其门,曰:'萧氏将昌,吾当为嗣。'"⑤从这一梦兆记载不难看出,其父当

---

① (明)萧云从:《易存》,清钞本。此处转引自沙鸥先生《萧云从与姑熟画派》。

② (明)宋起凤:《稗说》,见《明史资料丛刊》(第二辑),南京:江苏人民出版社,1981年,第78页。

③ 沙鸥:《萧云从诗文辑注》,合肥:黄山书社,2010年,第265页。

④ 黄钺《画友录》载:"(云从)著《易存》《杜细律》若干卷,《四库全书》载存目中。诗文集藏芜湖沈氏,未刊行。"《四库全书总目·经部·易类存目》载:"《易存》,无卷数,大理寺卿王叔家藏本。国朝萧尺木撰。"傅增湘《藏园群书经眼录》著录《杜律细》,署"清钟山梅下萧云从尺木笺读",有张九如、朱有章、张秀璧序,又有自序、后跋。

⑤ (明)黄钺:《壹斋集》,合肥:黄山书社,1999年,第779页。

是期望云从能成为像郭忠恕样的大画家,以光耀门庭。① 而云从习业之暇,亦笃志绘事,寒暑不废。其初学唐寅,后博采唐宋元明诸家之长,笔墨娱情,不宋不元,自成其格。

萧云从一生创作了大量图像作品,据文献著录及公私藏品目录统计,其数有 300 余,其间既有法书,又有卷轴画作,还有版画,以及壁画,且多长幅巨制。尽管这些画作多流向国外,然据殷春梅统计,留在国内的存世书画作品仍然有 73 幅②。

就题材而言,云从"工画山水、人物,具有北宋人遗法",其描摹山水之图像"高森苍润,具有格力,遂成姑熟一派",有《秋山行旅图卷》《岩壑幽居图》《云台疏树图卷》《江山览胜图卷》《归寓一元图卷》《谷幽深卷》《秋气涵空图》《太平山水图》等;人物画有《钟馗图》等,其中尤以《离骚图》最为代表。

此外,云从曾自作《题梅诗》,汤燕生亦有《题萧尺木画兰》诗,可见其还图绘过兰、梅等花卉。今北京故宫博物院藏有其《梅花图》,天津艺术博物馆藏有其《梅花图》,上海博物馆藏有其《三清图》,广东省博物馆藏有其《梅石水仙图》等等。

---

① 慎余予其子以"尺木"之字,亦能见出此种用心。《论衡·龙虎篇》:"《短书》云:'龙无尺木,不能升天。'"《三国志·吴书·太史慈传》注引晋虞溥《江表传》:"龙启腾骞,先阶尺木。"段成式《酉阳杂俎·鳞介篇》:"龙头上有一物,如博山形,名尺木。龙无尺木,不能升天。""尺木"即龙角,乃是决定龙能否升天的重要物件,其重要性不言自明。慎余以此字其子,其间多有寄予厚望之意。

② 殷春梅:《萧云从在国内的存世书画作品目录》,见马鞍山历史与文化研究会编《历史与文化研究》(第一辑),合肥:黄山书社,2006 年,第 213 页。

二、《离骚图》的成书及版本

（一）《离骚图》的刊刻时间

萧云从《离骚图序》款署"乙酉中秋七日，题于万石山之应远堂"，而其弟子张秀壁《天问图跋》中有"余侍师侧，备较录，计逾年而图始成"诸语，学界多有以此为据，推定其《离骚图》当是刊刻于明弘光乙酉（1645）年，如沙鸥《萧云从年谱》以为"1645年……中秋七日，（萧云从）完成《离骚图》并题《离骚图序》于万石山之应远堂"①，顾平《萧云从研究》指出："1645年，他作《离骚图》，以发内心悲愤之情"②，姜亮夫《楚辞书目五种》、陈传席《萧云从的〈离骚图〉》③、刘尚恒《萧云从事迹考》④等皆主此说。

明弘光乙酉即清顺治二年（1645），是年五月二十三日，多铎率清军攻下扬州，并乘胜南下，于六月一日抵达长江北岸，南明朱由崧逃往芜湖，而清兵旋即亦进驻芜湖，无奈之下，萧云从避居至高淳。故而，潘啸龙先生以为：在考察萧云从《离骚图》成书时间时，需要区分萧云从完稿时间与《离骚图》上版梓行时间，二者颇有时日间隔。萧氏自序作于乙酉（1645年）中秋，当为其完成书稿之时间，而此时他却正避居外地，不太可能与歙县刻工合作镌刻，故《离骚图》的上版初刊时间应是在顺治四年（1647），萧氏回到芜

①沙鸥：《萧云从与姑孰画派》，合肥：黄山书社，2014年，第159页。
②顾平：《泩皋文存·顾平美术论集》，沈阳：辽宁美术出版社，2014年，第335页。
③陈传席：《陈传席文集·绘画卷（上）》，合肥：安徽美术出版社，2007年，第60页。
④刘尚恒：《二馀斋文集》，天津：天津古籍出版社，2013年，第364页。

湖之后不久。① 以理推之,其说可从。

(二)《离骚图》的主要版本

萧云从《离骚图》自刊刻后,便出现如初刻本、汤用先绣梓本、文渊阁《四库全书》门应兆摹本、钱塘丁氏影摹本、江阴缪氏摹本、蟫隐庐影印《陈萧二家绘离骚图》本、武进陶湘《喜咏轩丛书》本等多种古本;而二十世纪以来,人民文学出版社(1956)、中华书局(1961)、新北广文书局(1976)、上海书画出版社(1988)、河北美术出版社(1996)、上海古籍出版社(1988,2013,2016)、广陵古籍刻印社(1997)、山东画报出版社(2003,2016)、浙江人民美术出版社(2013)、安徽人民出版社(2013)、线装书局(2014)、河南美术出版社(2016)、文物出版社(2017)等又有不同形式的萧云从《离骚图》出版。

这其中,初刻本流传至今,甚为稀见,偶有所获,或图文漫漶,或残佚不全;而摹写本、影印本等,或据初刻本原貌影印,或合拼《离骚图》《九歌图》初刻本与《天问图》原刻本印行,或径取初刻图像而删去《楚辞》原文及云从注文以成书,或选取部分图像另行翻印,面目甚为复杂。孰优孰劣? 何去何取? 往往难有定夺。学界贤达在取用萧云从《离骚图》作为研究材料时,往往不辨底本:或依武进陶湘《喜咏轩丛书》本,或取今之合拼本,竟或不言所据何本而径行展开讨论。书经传抄,虽生衍讹,然大旨无殊;画经摹临,笔意多失,往往形似而神非。倘不明源流,不计优劣,难免有失之毫厘而谬以千里处。至若诸多出版社所新出者,更是瑕瑜错陈,掩卷之余,往往令人喟叹不已。今在搜讨旧刻、手检目验之基

①潘啸龙等:《萧云从〈离骚图〉及序跋注文研究》,《安徽师范大学学报(人文社会科学版)》,2012年第3期。

础上,对萧云从《离骚图》版本嬗变诸问题进行考察,冀使学界能明其源流,识其优劣,于研治中国古版画、探寻美术史时可择善而从,在翻印古籍、影写画册之际能有所依凭。

据现存文献,萧云从《离骚图》主要有以下版本:

1.初刻本

顺治四年(1647),萧云从由高淳返芜湖,刊刻《离骚图》,由汤复上绣梓①,是为初刻本。此本半页九行,行二十四字,注双行,行二十二字。白口,四周单栏。扉页中为篆字"离骚",右上题"萧尺木先生手授图画",左下署"汤复上绣梓";次为李楷《离骚图经序》;次为萧云从《离骚图序》,署"区湖萧云从尺木甫著";次为《三闾大夫卜居渔父图》;次为《离骚图目录》,后附凡例六则,署"石人识";次为《离骚经》,署"区湖萧云从尺木甫校",无图;次为《九歌传》,署"石人萧云从尺木甫画",小字"附注",凡九图,每图皆有萧氏篆书图名;次为《天问传》,署"区湖萧云从尺木甫画",小字"附注",录王逸序文后,接萧云从《画〈天问图〉总序》,以下为五十四图;次为《九章传》,署"区湖萧云从尺木甫较",止录王逸序文及《九章》原文,无萧氏注文,亦无图,以下《远游传》《卜居传》《渔父传》《九辩传》《招魂传》《大招传》诸篇皆如是。

图中绘有阳文"萧""云从""区湖""萧云从""尺木氏""尺木子""石人云从""尺木萧云从",阴文"萧""云从""萧云从"诸印章样。

萧云从《凡例》曰"《远游》原有五图,经兵燹阙失,俟续之",可见萧氏在弘光甲申(1644)至乙酉(1645)年间曾绘有《远游图》,后因避

---

① 对此"汤复上绣梓"之款署,学界多将其理解为"汤复,上绣梓",以为刻工乃"汤复"。陈传席先生《〈离骚图〉考释》认为"应读作'汤复上——绣梓',则刻工姓汤,名复上"。可备一说。

居高淳而亡佚之。至刊刻时,《离骚图》已非为图绘之旧貌矣。

乾隆时,皇帝欲令门应兆补绘此书,所睹见之原本内容乃是"以三闾大夫、郑詹尹、渔父合绘一图,冠于卷端。及《九歌》为九图,《天问》为五十四图",凡六十四图,而"目录、凡例所称《离骚经》《远游》诸图,并已阙佚。《香草》一图,则自称有志未逮"。亦足证此本初刻之时已非完璧。

1951年,皖南人民文物馆在歙县许承尧家征集初刻本,后入藏安徽省图书馆。

1961年,中华书局上海编辑所据南京图书馆所藏,征集于江苏宝应县乔家的萧云从《楚辞图》原刻初印本重印,收入《中国古代版画丛刊》(第五函),末有周村跋。

2013年,上海古籍出版社将中华书局上海编辑所重印原刻本之《离骚图》《九歌图》部分与浙江图书馆所藏原刻本中之《天问图》部分合缀重印,成今所最易得之初刻本。

此本在流传过程中,又出现纯图而无注文本。1953年,郑振铎辑《楚辞图》,上卷第九收入此本,只存图像,全无注文。1988年,上海书画出版社选取此本中部分人物画页,原大出版,名之曰《离骚图人物画选》。1988年,上海古籍出版社编纂《中国古代版画丛刊》;1996年,河北美术出版社编纂《中国古代版画精品系列丛书》;2016年,河南美术出版社编纂《古版画丛刊》,皆全删文辞,径取此本之图像而影印之,名曰《离骚图》。

2. 汤用先绣梓本

上海博物馆藏有汤用先绣梓本,系原上海文物保管委员会故物,其款式、字体与初印本相同,惟扉页、目录位置有别:

其一,扉页文辞不同。此本扉页篆书"离骚"二字字样与初刻本有别,且右题"区湖萧尺木先生图画",左署"汤用先绣梓",亦与初刻本不一。

　　其二，顺序有别。初刻本扉页后即为李楷、萧云从二序，萧序后附《三闾大夫卜居渔父图》，次为目录、凡例；而汤用先绣梓本则在李序与萧序间插入"《离骚图目录》（后附凡例）"，这样一来，就使得《三闾大夫卜居渔父图》直接位居于《离骚经》前。汤用先绣梓本的此番调整，大抵是为与目录中所列"离骚经第一（一图）"之序相应。

　　姜亮夫先生《楚辞书目五种》将其定为康熙本，后多有因袭者①。

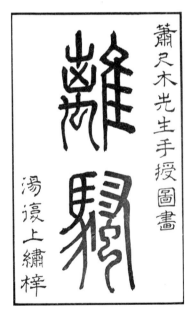

初刻本　　　　　　　　　　　汤用先绣梓本

---

①如孙文良等《清史稿辞典》、韦力《鲁迅古籍藏书漫谈》皆以为萧云从《离骚图》有康熙刊本。

　　崔富章先生以为"藏家著录为乾隆刻本，未知何据"①，是也。或为书商翻印时射利为之也，故此处名之曰"汤用先绣梓本"，以求其真。

　　天一阁博物馆亦藏有此本，钤有"萧山朱鼎煦所藏书画""戴氏珍藏""马琳之印""紫胅"等印。

　　晚清潘祖荫曾将所得萧云从《离骚图》汤用先绣梓本剪贴重装，分为四卷庋藏之，后入藏美国国会图书馆。

　　3. 文渊阁《四库全书》门应兆摹本

　　乾隆修《四库全书》时，曾令四库馆绘图分校官门应兆补绘萧云从《离骚图》。门氏费时两年，摹写萧氏原六十四图，补绘九十一图，成《钦定补绘萧云从离骚全图》。是书文渊、文溯、文津三阁库书皆为三卷，然《四库全书总目提要》著录"二卷"，误。文澜阁库书原本亡佚，今存民初钱恂主持补写本，三卷三册，依文津阁本临摹，无注，"临摹再临摹，更无可观矣"②。

　　文渊阁《四库全书》门应兆摹本萧云从《离骚图》半页八行，行二十一字。白口，红鱼尾，版心题"钦定补绘萧云从离骚全图"，四周朱丝双栏，红线格。首乾隆四十六年（1781）十二月十五日令门应兆补绘之旨；次为御制《题补绘萧云从离骚全图八韵》；次为遵旨补绘萧云从《离骚全图》凡例；次为萧云从《离骚图》原序；次为目录；次为署纪昀等之提要；次为王逸《离骚序》；次为门应兆所补《离骚图》三十二图，一页文字，一页图画；次为《九歌图》九图，删去原图名、题署、萧云从注文及《画〈九歌图〉自跋》，画面内容基本依萧云从原图；次为《天问图》，删去原图名、题署、萧云从注文及

①崔富章：《四库提要补正》，杭州：杭州大学出版社，1990年版，第455页。
②崔富章：《四库提要补正》，杭州：杭州大学出版社，1990年版，第456页。

《画〈天问图〉总序》,以及张秀壁《天问图跋》;次为门应兆所补《九章图》九图,《远游图》五图;次为《三闾大夫卜居渔父图》,原在萧云从《离骚图》之《离骚》前,此本置于《卜居传》《渔父传》前;次为门氏所补《招魂图》十三图,《大招图》七图,《九辩图》九图,《香草图》十六图。末署"总校官候补中允臣王燕绪""校对官学录臣谢登隽""誊录监生臣韦协恭"。钤有"文渊阁宝""乾隆御览之宝"等朱文印。

1930年,武进陶湘依文津阁本《四库全书》重印,又据江南图书馆藏宋本《楚辞》校字,收入《喜咏轩丛书》戊编。

20世纪80年代,台湾商务印书馆影印文渊阁《四库全书》,集部第1062册有是书。

2002年,上海古籍出版社又据文渊阁本原本而单行影印行世,一函三册。

2004年,东方出版社《四库全书图鉴》第十册据文渊阁本缩影拼版印行。

又有节略本。如郑振铎《楚辞图》即以文津阁《四库全书》本为底本,将其中所涉《楚辞》文字有所删减,与图画汇为一页而印行。

4.钱塘丁氏影摹本

丁丙《善本书室藏书志》卷二十三著录:"《离骚图》一卷,精写本,区湖萧云从尺木甫。云从,当涂贡生。前有自序,凡绘《离骚》一图,《九歌》九图,《天问》五十四图,附《凡例》六则。目录所列《远游》五图,并已缺佚,《香草》一图,则自云'有志未逮'。是图刻本甚稀,此虽影摹,尚得神似。"①可见,丁丙八千卷楼藏有萧云从

---

①(清)丁丙:《善本书室藏书志》,清光绪刻本。

《离骚图》摹本。

　　罗振常于《陈萧二家绘离骚图》序中指出："萧图则钱塘丁氏有影摹本，江阴缪氏又因丁本而重摹之，均极工细，窃疑原刻亦无以逾此。"据此可知，江阴缪荃孙亦有萧云从《离骚图》摹本，乃是据丁丙摹本重新影写者。罗氏以为丁摹、缪摹皆极工细，与原刻本几无差别。

　　丁摹本原藏江苏省立国学图书馆，有题识"精写本，丁书善甲十七号"，后归南京图书馆。缪本则未见。

　　5. 蟫隐庐影印《陈萧二家绘离骚图》本

　　陈洪绶、萧云从所绘《离骚图》原刻本世所罕见，藏家得一残帙，即珍贵非常。民国时，上虞罗振常于邵祖寿处得见萧云从《离骚图》初刻本，然印墨过重，不尽明晰。其后复于陈乃乾处得见萧书残帙，仅存《天问》以后部分，墨甚淡，故其去瑕留瑜，于民国十三年（1924），合此二本，并其所藏陈洪绶为萧山来钦之《楚辞述注》所绘之图，付之影印，以存其真，成《陈萧二家绘离骚图》。

是书扉页左右分书"陈萧二家绘离骚图"八字,牌记"岁在阏逢困敦蟾隐庐影印"居页正中,标明其为甲子岁所印行。

次为罗振常序,其辞曰:

> 昔屈子彷徨山泽,见楚先王及公卿庙堂中图绘神灵圣贤怪异之事,爰书壁而问之,即《天问》是也。夫当日既因图而作《骚》,读者苟不以图参之,欲明其旨趣,得乎?余所见《离骚图》,绘者有李龙眠、陈章侯、萧尺木三家,李、陈均图《九歌》,萧则兼及《天问》。论其笔意,则龙眠高古,章侯奇诡,尺木谨严,同绘一图而落墨不同,为状各异,其不肯苟且沿袭,而能自用其心,思以各臻妙境如此,古人所为不可及也。李图为画卷,藏家珍重,仅获一观。陈图初刻于崇祯戊寅,再刻于康熙辛未,两本余均先后得之。萧图则钱塘丁氏有影摹本,江阴缪氏又因丁本而重摹之,均极工细,窃疑原刻亦无以逾此。某年返淮安,于邵叔武茂才祖寿许,得见刻本,乃知摹本徒工细,而笔意均失,固不逮刻本远甚。当时即欲取陈、萧两本重为摹刻,顾陈图原刻印本漫漶,重刻印差佳,笔意似又略逊。萧本之图亦有印墨过重,不尽明晰者,遂置之。去年冬杪,海宁陈君乃乾,为访得萧图残帙,仅存《天问》以后,印本甚早,而墨又太淡。合两本去瑕留瑜,乃成完帙。而陈图之原刻早印者,迄不可得。夫当萧氏之世,所谓宋史艺之《渔父图》、李公麟之《郑詹尹图》,今日已均不得见。今之诸本,存于天壤间者,亦几如凤毛麟角,不急为传布,更数十百年,安知不并此而亦失之?古人墨妙,将不可复睹。板刻之稍稍优劣,更何论乎?以剞劂氏今无良手,乃付之影印,冀不失真。印既成,流观忘倦,盖神游于太古,而不知所居之为叔世矣。顾不得龙眠画卷,相与同传,则美犹有憾也夫!时甲子孟春

上虞罗振常识于海上寓居之修俟斋。

在序中,罗振常强调了图像对于理解《楚辞》的意义,并以"龙眠高古,章侯奇诡,尺木谨严"之语,精要概括了李公麟、陈洪绶、萧云从三家《楚辞图》的风格差异,其说颇能切合诸作实际,故多为学人所援引。

同时,其序还交代了陈洪绶为萧山来钦之《楚辞述注》所绘之图的初刻、重刻时间,以及其所见之萧云从《离骚图》刻本、钱塘丁氏影摹本、江阴缪氏影摹本的版本情况,为今人考索陈、萧二家《楚辞》图像的版本流传情况提供了佐证。

在此序后,罗振常又有题识:

> 陈图原书为明萧山来钦之《述注》图,列书前,自为一卷。来氏第参取王、朱两注,无多发明,不如萧本自有考证。今故于萧本印全帙,来书但取图一卷及其序目,而舍其余,庶无骈拇之嫌。又,此书原刻,每卷署名为"萧山黄象彝、象玉、象霖同校",字画欹斜,审为挖补。盖黄氏得来刻书板,遂去来氏名,以己名易之。明季风习如此,不足异也。萧本书衣有"孝友堂印",当是孙夏峰所藏;其"颐志斋主人"一章,为山阳丁俭卿晏藏印;"伯容"二章,则山阳陈伯容明经墉藏印。明经博雅好古,安贫乐道,虽冻馁不为干谒,喜临米襄阳书,每蹀躞市上,遇人或作奇语,疾恶甚严,辄至怒詈,人群以痴目之。尝遭之于途,便邀至其家,观所藏宋拓《十七帖》,环堵萧然,而检点丛残,有自得之色。今明经下世已久,偶观此帙,仪想其人,窃叹为今世所不易睹也。

在此文中,罗振常先说明其纂辑陈、萧二家《楚辞》图像之时的区别:因陈图乃是附于来钦之《楚辞述注》中,而来氏之书只是因循王逸、朱熹之说,无个人见解,为避冗余,其遂舍弃来氏"述注",但取陈氏之图及序目,与萧氏全书,汇为一帙,成《陈萧二家绘离骚图》。

继而,其对来钦之《楚辞述注》原刻本中署名"萧山黄象彝、象玉、象霖同校"问题,予以辨识,认为当是黄氏得来氏书版后,挖补而成,或为炫名。

接着,罗氏还对萧氏书中的印鉴进行考索,明其递藏情况,并叙及山阳陈墉安贫乐道、傲而不群之逸事,表达自我的景仰与怀念之情。

次为《陈萧两先生事辑》,涉及萧云从者,乃录清人彭蕴灿《画史汇传》"萧云从"条文字、《钦定四库全书简明目录》及丁丙《善本书室藏书志》中关于萧云从《离骚图》之叙述以充之。其后,有振常案语二则:

> 两先生均前明遗逸,生虽并世,然似陈之生卒,均先于萧,故以陈图居前,萧次之。萧图诸书多著录,陈图独否,亦想见其传本之少。至敕补之图,必出名手,然未见刻本。盖四库各书皆写本,天府所藏,固非人间所得而窥也。

> 莫子偲《郘亭知见传本书目》亦载《补绘离骚图》,然叙述多舛,故不录。最谬者谓乾隆四十七年萧云从奉敕补绘《离骚图》三卷。夫尺木之没,虽似后于老莲,然至乾隆四十七年,当及一百七八十岁,安有补绘之事? 盖萧之原图一卷,补绘乃成二卷,合之遂误为三卷。又谓每半页九行,行二十四字,则与刻本相同。盖所见仍为原图,而又知补图之事,遂妄牵合为一耳。①

罗氏案语中论及其编次陈、萧二家《楚辞》图像所用之先后次

序的原委：因陈年长于萧，且其《楚辞图》诸书中著录不多，故其所纂辑之《陈萧二家绘离骚图》乃先陈而后萧，其间并未有据图画之优劣、价值之高下而别其先后之用意。

同时，罗氏还对莫友芝《郘亭知见传本书目》中对《钦定补绘离骚全图》著录讹误加以辨正，认为其对萧云从《离骚图》的补绘者、《钦定补绘萧云从离骚全图》的卷数及行款信息的著录皆有误。究其因由，盖因莫氏未能目睹手验《钦定补绘萧云从离骚全图》，乃依原刊本之形貌而推测补绘本之情状，遂至"叙述多舛"也。

次为陈洪绶《离骚图》，一册，兹不叙录。

是书之二、三、四册为萧云从《离骚图》。扉页"楚辞图注"，右署"区湖萧尺木较"，左题"皋园藏书"。首为李楷《离骚图经序》。次为《离骚图目录》，后附凡例。次为萧云从《离骚图序》。次为《三闾大夫卜居渔父图》。以下与汤用先绣梓本同，兹不赘录。

1976 年，新北广文书局曾翻印此本，改题《离骚图》，署清陈洪绶、萧云从绘。

6. 武进陶湘《喜咏轩丛书》本

民国十八年（1929），江苏武进人陶湘刊行了《喜咏轩丛书》丙编中的部分书籍，其中包括萧云从《离骚图》。

此本扉页正中有篆文"离骚"二大字，右上题"萧尺木先生手授图书"，左下署"汤复上绣梓"。

次为牌记，其文曰："枣板绣梓，刷印无多，今包刻价一钱五分，纸选精洁者，每部二钱七分五厘，用上品墨屑，并刷工食费七分五厘，共纹银五钱，今发充每部一两，为不二价也。装订外增二钱。书林汤复识。"

次为李楷《离骚图经序》，次为萧云从《离骚图序》，次为《三闾大夫卜居渔父图》，次为《离骚图目录》，后附凡例。以下篇次同初刻本，兹不赘列。

又，郑振铎有《离骚图》文，对其搜求萧云从《离骚图》之情形进行介绍，从中亦可见出萧氏之书的流传情况，兹抄录如下：

余初得罗振常复印《陈、萧二家绘离骚图》四册，以未见陈章侯、萧尺木二氏原刊本为憾。后于中国书店得陈氏绘《九歌图》初印本，须发细若轻丝，黑如点漆，大胜罗氏所据之本。然于萧氏书则遍访未得。武进陶氏模本《离骚图》出，虽经重绘，甚失原作精神，然明晰却过于罗氏本。民国十九年（1930）冬，余至北平，即历访琉璃厂、隆福寺诸肆，搜购古版画书，所得甚多，而于萧氏《离骚图》则未一遇。后二年，乃终于文禄堂得之。价甚昂，《天问图》且阙其半，以陶氏本配全。

虽于心未惬,而甚自喜。其衣冠履杖,古朴典重,雅有六朝人画意,若"黄钟大吕之音",非近人浅学者所能作也。国军西撤后,古籍狼藉市上,罕过问者。三五藏书家,亦渐出所蓄。余认友人之介,获某君所藏《山歌》及《离骚图》,虽亦在朝不保夕之景况中,竟毅然购之,不稍踌躇。一以敬重某君之节概,一亦以过爱此二书也。此本大胜余在平所得者,极初印,且完整不阙。访求近十五年始得其全,一书之难得盖如此;诚非彼有力之徒,得之轻易,而惟资饰架者所能知其甘苦也。尺木为明遗民,故绘《离骚》以见志;仅署"甲子"而不书"顺治"年号。李楷序云:"尺木穷甚于洛阳、河东,能以歌呼哭啼尚友乎骚人。惟其有之,是以似之。余于此盖有不忍悉者矣!"清辑《四库全书》时,为补绘《九章》《卜居》诸图,大非尺木原意,而图亦庸俗不足观。陶氏模本首附扉页,有"书林汤复"语。惜此本无之。①

可见,郑振铎曾于民国二十一年(1932)于北京东南园王文进之文禄堂中以高价寻得萧氏《离骚图》初刻本残本,观览之下,颇觉其"衣冠履杖,古朴典重,雅有六朝人画意","非近人浅学者所能作";至于其中所缺失的《天问图》部分,郑氏乃用陶湘《喜咏轩丛书》本之《离骚图》配齐,以成完帙。抗战爆发,郑振铎虽亦在朝不保夕之境况中,然得知有萧云从《离骚图》全本出售,竟毅然购之,不稍踌躇。这其中,除着眼于艺术视野,重视此图在古版画史上的价值外,景仰其"绘《离骚》以见志"的用心,钦佩其仅署"甲子"而不书"顺治"年号的遗民气节,亦是郑氏长期关注萧云从《离

---

①郑振铎:《西谛书话》,北京:生活·读书·新知三联书店,1983年版,第210—211页。

骚图》,且屡耗重金以求购之的重要因由。

7. 残本

前文言及,罗振常曾于海宁陈乃乾处访得萧图残帙,仅存《天问》以后,印本甚早,墨淡,当为初刻本散出者。

据《中国古籍总目》著录,上海今存有萧云从《离骚图》清康熙间刻本,然其非为完帙,仅存《离骚图》《九歌图》①,存之备考。

浙江图书馆藏萧氏《天问图》一册,盖为萧书佚去前后诸册者,其上有清人蔡名衡、姚燮跋文,并曹峋题款。

据姜亮夫先生《楚辞书目五种》载:日本静嘉堂书目著录有《天问传》一卷,乃萱荫楼旧藏,卷首有"大梅山馆丛书""大梅山民丁肇基印""崎公"诸印,及曹峋题字、姚梅伯题识,惜无刻书年月。该馆附识,以为清初刻本,或即弘光乙酉原刻,精妙尤在上海文物保管委员会所庋之上。② 兹录之俟考。

(三)《离骚图》传世诸本优劣异同论

张秀壁《天问图跋》以为其师《离骚图》能使"苏兰借灵",观者指顾欢跃,"若观郭秃之呈于中宵灯下也,不知其出于铅椠,而属腐枣尔",可见萧云从《离骚图》初刻本生动传神,极得绘事之妙,乾隆所谓"六法道由寓,三闾迹以呈"之语,也展示出云从"图以见志"的用心及高超的艺术表现力。

文渊阁《四库全书》门应兆摹本,图虽多据萧氏原作,却有所更改,且笔力纤弱,偶见板滞拘束者,不能见出云从精神。尤需注

---

①中国古籍总目编纂委员会:《中国古籍总目·集部》,中华书局、上海古籍出版社,2012年版,第14页。

②姜亮夫:《姜亮夫全集·楚辞书目五种》,昆明:云南人民出版社,2002年,第420页。

意者在于,萧氏《九歌图》《天问图》初刻本中,有"博考前经,义存规鉴"的数千字注文,乾隆以为"颇合古人'左图右书'之意",然门氏摹本中却全部删除,这对于理解云从图绘之意而言,当为憾事。故今欲考索云从《离骚图》者,断不可用此本。

钱塘丁氏摹本、江阴缪氏重摹本均极工细,然笔意均失。

武进陶氏《喜咏轩丛书》摹本《离骚图》虽经重绘,甚失原作精神,然明晰却过于罗氏《陈萧二家绘离骚图》本。

中华书局上海编辑所据南京图书馆藏萧云从《离骚图》初刻本所重印之本,以及上海古籍出版社取此本《离骚图》《九歌图》部分与浙江图书馆所藏原刻本中之《天问图》部分合缀而成的重印本,为今所见之最近原貌者,当为研究之首选。

总体看来,萧云从版画《离骚图》传本主要有初刻本、摹写本、影印本三种形态,其间复存足本与节本之别。初刻本今存全本与残本,残本以别行之《天问图》最为常见;摹写本存有图无注本、图注俱足本二类,前者以文渊阁《四库全书》门应兆摹本为代表,后者以《喜咏轩丛书》本为典型;影印本有全影、节影、影全图及影部分图诸种类型,其中以中华书局上海编辑所本最肖原作,可谓后出转精者。书经传抄,虽生错讹衍夺,然大旨无殊;画经摹临,形似而神非,笔意多失;至若去取删汰者,则更失原貌,难得其真。是故,倘欲取萧尺木《离骚图》以为观照对象,则务需明各本之由来,并有所分别:置摹本、删注本、节略本于不顾,径寻善本为是。惟其如此,方能避鲁鱼亥豕之失,见及全豹。

三、《离骚图》之图像描述

萧云从所制《离骚图》距今已近四百年,其初刻本甚为稀见,见诸馆藏者,或图文漫漶,或残佚不全,故长期以来,学者研究之底本,多为后出诸本。

1961年,中华书局上海编辑所曾据江苏宝应县所发现之较完整的原刻初印本而重印,遂使其化身千百,易为人见。2013年,上海古籍出版社将中华书局上海编辑所重印原刻本之《离骚图》《九歌图》部分与浙江图书馆所藏原刻本中之《天问图》部分合缀,新造一本而梓行之,成今所易得之最近初刻本原貌者。本书即以此本为据,来考察萧云从《离骚图》的诸种特征。

(一)序文、《三闾大夫卜居渔父图》及凡例

此本为白口,单边,半叶九行,行廿四字。

前有扉页,大字篆书"离骚"二字,右题"萧尺木先生手授图画",左署"汤复上绣梓"。

次为李楷《离骚图经序》,其辞曰:

> 蜀人柳中丞客广陵,为余谈《毛诗》画卷,盖所见仅"墓门有棘"数帧,精妙非近代作者所能伦。异时得《山海经图》刻本,诡奇生动,疑即古人之缋法,为陶渊明之所流观者。然楚大夫之《骚》,继《三百》,启六朝,悲吟唏嘘,尤于今时为宜。若《天问》等篇,神怪恍惚,实有与伯益《经》、景纯《传》相发明者,是不可以无图。而中江萧尺木氏始为之。或曰:"萧精于画,故尝图姑苏山水,宝于一时,此其再举也。"或曰:"应东海宋荔裳之请也,民部远怀其宗玉,故章之。"或曰:"尺木博学不乐仕,七音、六书、九章,无不淹入,是其豹之斑也。"尺木之言曰:"予何能创? 固前人之陈迹,而视之以为新也欤?"余惟贾傅、柳柳州凭吊三闾,则以汉、唐之世有似楚怀;而汉、唐何时? 贾、柳何遇? 其亦未可跻之于正则也。尺木穷甚于洛阳、河东,能以歌愕哭啼,尚友乎骚人。惟其有之,是以似之。

余于此，盖有不忍悉者矣。

李楷（1603—1670），字叔则，号河滨、岸翁，后号枣柏居士，朝邑（陕西大荔县）人。天启四年（1624）举人。入清后，官宝应知县。有《河滨全集》一百卷。

在序中，李楷有感于《毛诗》《山海经》皆有图之情形，以为《楚辞》亦当有图。继而，其借"或曰"之语道出萧云从所图绘《楚辞》的由来乃是"应东海宋荔裳之请"；荔裳乃宋琬（1614—1673）之号。琬少负异才，与其仲兄璜、族叔继澄皆曾为"山左大社"①之成员。崇祯八年（1635），琬拔贡，入太学，然此后竟屡试不第，仕途偃蹇。崇祯十六年（1643），清兵攻莱阳，宋琬之父宋应亨遂组织族人及乡民抗清，城破，应亨殉国。为避兵燹，宋琬遂挈家南徙，投奔宋璜，先后辗转流落于苏州、杭州、金陵等地。宋氏入"大社"、科场失意、为清廷所破家而颠沛流离之境遇，与萧云从的人生经历颇为相似。是故，由其请绘《离骚》，而云从"同情"故慨然应允，此说或非向壁虚造也。

此外，李楷还以为，云从作《离骚图》，乃是"尚友乎骚人"，借图绘《离骚》来抒泄自我不遇之悲，标明其忠于旧朝、不仕清廷的遗民志节，亦能符合萧氏之衷情。

次为萧云从《离骚图序》，题"区湖萧云从尺木甫著"，其辞曰：

宋郭思《画论》始例规鉴，谓其"与六籍同功，四时并运"也。夫有图而后有书，书义有六，而象形、指事，犹然图也。《六经》首《易》，展卷未读其词，先玩其象矣。楚三闾大夫作《离骚》《九歌》《天问》《九章》《远游》《卜居》《渔父》，而其徒

---

① 民国《莱阳县志》卷三《宋继澄传》："云间有几社、浙西有闻社、江北有南社、江西有则社、武林有读书社、山左有大社。"

宋、景，以企淮南、长沙、朔、忌、向、褒辈，皆拟之，遂尊为经。岂不以《骚》者，经之变也，《诗》无楚而楚有《骚》，文王化行南国，《汉广》《江氾》皆楚属，已列十五国之先。《骚》为经，而经有图，不啻溯源于《河》《洛》矣。窃见信州石本《六经图》，如律吕、衡璿、礼器、《小戎》、《豳风》，每多讹谬，僭意纠订之矣。近睹《九歌图》，不大称意，怪为改窜，而《天问》亦随笔就稿。大约征形烁理，使后人翻覆玩绎，凄蓁以想古人处乱托忧之难，而瑰琦卓谲，足以惊心动魄，知阴阳鬼神之不可测，俾明治乱之数，芳秽之辨，有自来尔。如穷文绝艳，以视楚《骚》者，则不知《骚》之为经故也。然吾尊《骚》于经，则不得不尊《骚》而为图矣。况《离骚》本《国风》而严断于《书》，《九歌》《九章》本《雅》《颂》而庄敬于《礼》，奇法于《易》，属辞比事于《春秋》，司马氏称其"志洁行广，与日月争光"，而汉宣帝以为合于经术，岂余之臆说耶？盖圣人立象以尽意，而书不尽意，言不尽意，一画之中，隒栝遐渺，乃世亦尊六经于文词而不研其义；不研其义，则制器尚象，上绣下绘，以目治之者鲜矣。马鄱阳《通考》载《六经谱》数百条，亦谓《骚》有《香草》《渔父》诸本，乃知覃精于经者，必稽详于图而已。紫阳夫子深惜《乐记》说理而度数失传，《易》脱卦象，《离骚》无能手画者。索图于《骚》，与索图于经并论又可知矣。余不敏，纾毫补缀，一宗紫阳之注，用备后来之劝惩，而终叹古人之不见我也。乙酉中秋七日，题于万石山之应远堂。

此序款署之"乙酉"，即顺治二年（1645），正是国破家亡，云从避居高淳之时。

在序中，云从先节录宋人郭思《画论》中所引唐张彦远《历代名画记》论画功用之文字，以为绘画具有"成教化，助人伦，穷神变,测幽微"之功用,与"六经"相同;继而,其认为《楚辞》多为战国秦汉间人所追摹,其地位当与"经"同,而"六经"多有图,《楚辞》亦当有图;然其所见之《九歌图》颇有"改窜"之处,且《天问图》亦有"随笔就稿"处,多不称意,就连宋人朱熹,也曾发出"《离骚》无能手画者"的感慨。由此可见,萧云从纾毫补缀,作《楚辞图》,既有推尊《楚辞》地位、提升其价值之用心,还有发挥图像的教化功能以"备后来之劝惩"的用意,更有弥补《楚辞》阐释史上所存在的缺憾之目的。

云从此序后,即接《三闾大夫卜居渔父图》。

《卜居》载"屈原既放,三年不得复见。竭知尽忠而蔽障于谗,心烦虑乱,不知所从",于是就去见太卜郑詹尹,想请他替自己解答疑惑,而郑詹尹则端策拂龟,应对屈原。《渔父》载"屈原既放,游于江潭,行吟泽畔,颜色憔悴,形容枯槁",遇一渔父,二人进行一番言谈,最终屈原道出其"宁赴湘流,葬于江鱼之腹中。安能以皓皓之白,而蒙世俗之尘埃乎"之清洁不群志向,而渔父则莞尔而笑,"鼓枻而去"。

在此幅图中,云从将屈原见郑詹尹、屈原遇渔父二事合为一处场景而图绘之,其中之原由,萧云从在《凡例》中作此番解释:"屈子有石本名臣像暨张僧繇图,俱丰下髭旁,不类枯槁憔悴之游江潭者也。又见宋史艺作《渔父图》,李公麟作《郑詹尹图》,皆有三闾真仪,如沈亚之《外传》,戴截云之冠,高缨长铗,拭巾以明洁也。今合为一图矣。"

图右上篆书"三闾大夫卜居渔父"八字,其下绘有白文印"萧云从"式样。图中有三人:最右一人,面左侧立,头戴高冠,身着深衣,腰系大带,佩有长铗,右手托白练,搭于左腕,面容憔悴,清癯有须,当为屈原;居中者头系缁撮,身着深衣,丰面浓眉,双手抱持策龟，当是太卜郑詹尹；左侧有一人，赤足而立，头束发髻，身着襦、裤，右手握钓竿，左手持桨，臂弯处挂有斗笠与鱼篓者，渔父也。这其中，云从绘屈原手持拭巾形象，当是以此物来将《渔父》中屈原陈说"安能以皓皓之白，而蒙世俗之尘埃乎"之情境予以再现；而策龟暗示太卜身份；钓竿、鱼篓、船桨诸物，则将渔父身份予以固化；可见，云从此图以《楚辞》文本为据，用典型器物、服饰来暗示人物身份。

次为《离骚图目录》，并有小字注明"后附凡例"。在目录中，于《离骚经第一》下小字注明"一图"，于《九歌传第二》下小字注明"九图"，于《天问传第三》下小字注明"五十四图"，次《九章》，于《远游传第五》下小字注明"五图"，以下依次为《卜居》《渔父》《九辩》《招魂》《大招》。据此目录可知，萧氏《离骚图》原本应有六十九图。又，萧云从在目录中依王逸之例，称《离骚》为"经"，其他诸

篇皆为"传"，"传"以解"经"，显是出于"尊经"之虑①，以推尊屈原。

萧云从在"凡例"中阐明了其对《楚辞》的诸多理解、对《楚辞图》创作的设想等问题，其文如下：

一、编《楚辞》如《惜誓》《吊屈原》《招隐士》《七谏》《哀时命》《九怀》《九叹》《九思》，皆从《离骚》发源，宋儒汇《楚辞》而削经之名矣。且《骚》本行世已多，兹集意在图画，故略之不载，亦"尊经"之义也。

一、《九辩》《招魂》《大招》，附存者为宋玉、景差，皆三闾授经之士，亲炙休风，不可遗也，而王注疑为屈子所作，遂存之。

一、屈子有石本名臣像暨张僧繇图，俱丰下髭旁，不类枯槁憔悴之游江潭者也。又见宋史艺作《渔父图》，李公麟作《郑詹尹图》，皆有三闾真仪。如沈亚之《外传》，戴截云之冠，高缨长铗，拭巾以明洁也。今合为一图矣。

一、《九歌图》，宋、元人皆有画本，而杜撰不典，何足观也？今本传注以吮豪，差可尽变矣。

一、《远游》原有五图，经兵燹阙失，竢续之。

一、《香草图》，名载之《蜀中画纪》，乃黄荃所作，皆寡陋不能读。草木之经，不复纪录，然愚亦有志未逮尔。石人识。

王逸《楚辞章句》中除收归入屈原名下之《离骚》《九歌》《天问》《九章》《远游》《卜居》《渔父》诸篇之外，还收入宋玉及部分汉

---

① "《离骚》称经"的时代、人物、因由诸问题，向来是诸多楚辞学者所关注之问题，见解亦甚为多样。鲁瑞菁先生《〈离骚〉称经与汉代章句之学》（载《静宜人文社会学报》2007年第一卷第二期）对此问题有集中考察，此处从其说。

人作品:《九辩》《招魂》《大招》《惜誓》《招隐士》《七谏》《哀时命》《九怀》《九叹》《九思》。萧云从在图绘《楚辞》之时,于篇目选择上,保留了全部屈原作品,以及《九辩》《招魂》《大招》,认为这三篇作者相传是宋云、景差,为屈原弟子,其文辞中当能体现屈原思想;加之王逸《大招》注中认为"《大招者》,屈原之所作也,或曰景差,疑不能明也",故亦存之。至于汉人续骚、拟骚之作,萧云从则以为其为《离骚》余绪,在《楚辞》研究史上曾多为学者所略去,且其所作《离骚图》的主要用意在于图绘形象,故其亦略去未录。

同时,萧云从还对其所制之《楚辞》图的相关情况进行了说明:

其一,先前有以"枯槁憔悴之游江潭者"形象图绘屈原者,似非"三闾真仪"。因此,萧云从参佐石本屈原像,以及史艺《渔父图》与李公麟《郑詹尹图》,着力于表现屈原丰下髭旁、戴截云之冠、高缨长铗等特征,并将屈原置于与郑詹尹、渔父同时出现的场景,合绘为一图。

其二,宋元图画《九歌》者,多有"杜撰不典"之处,故其在图绘之时,多稽考原作与前人注释,力求有所依据。

其三,《远游》篇,其原本绘有五图,然因战事而散佚,故其书目录中虽注有"《远游》五图",然书中却只是径录文辞而无图绘。

其四,五代黄荃曾作《香草图》,然寡陋不能读,其所有志于图绘《楚辞》草木,然却未及。其后,门应兆在补绘萧云从《离骚图》时,完成其未竟之业。

(二)离骚经

次为《离骚经》,署"区湖萧云从尺木甫校",录王逸《离骚序》而略有差别:如王逸原序中言"屈原与楚同姓,仕于怀王,为三闾大夫"①,而在萧氏书中为"屈原名平,与楚同姓,仕于怀王,为三间大夫",增入对屈原名的介绍,究其因由,或是萧氏于此明确表现出自己对屈原名字问题的看法②;王书中作"屈原序其谱属",萧书中讹为"屈景序其谱属"。

王逸《离骚序》后即入《离骚》正文。无图。

《目录》"离骚经第一"下小字注明之"一图",即前所列之《三闾大夫卜居渔父图》。

(三)九歌传

次为《九歌传》,署"石人萧云从尺木甫画",其下有小字"附注",标明云从亦对《九歌》有所注释,其中多能见出其对屈原及《楚辞》之理解,以及其图绘《九歌》之用意。

在录王逸《九歌序》后,萧云从注曰:

> 《九歌》如《凫鹥》诸诗也,朱子谓"本以恩忱,不忘吾君故国"之义,令读者不见其奇而规于正也,庶无愧于丹青矣。

《毛序》:"《凫鹥》,守成也。太平之君,能持盈守成,神祇祖考安乐之也。"于此,萧氏将《九歌》比作《大雅·凫鹥》,并引朱子之说以为佐证,标明其图绘《九歌》之用心乃在于使得观者从中感受到不忘君国之意,不沉溺于图绘之奇幻玄诞,为其表象所迷惑,从而"规于正"。这种用心与萧云从在创作《离骚图》时的境遇是有

---

① 此处所用之《楚辞》原文及王逸注文,乃是据黄灵庚先生《楚辞章句疏证》(中华书局2007年版)。以下皆用此本比对上海古籍出版社2013年版萧云从《楚辞图》。

② 关于屈原名、字问题,学界有"名原字平""名平字原""名正则字灵均"等多种不同见解,拙作《楚辞文献研读》对此有考察。萧云从大抵是持屈原"名平字原"之见。

关联的,其中不无借图绘《楚辞》来表达忠君爱国之志、鼓舞明遗民的抗清斗志之用心。

《东皇太一》篇,萧云从录原文后,注曰:

> 太乙,天之尊神。祠在楚东,以配东帝,故曰东皇。玉琳、璆锵、琼芳、兰藉,献享之丽也;繁会、乐康,礼乐之盛也。生为圣君,没为明神,昭格篓诚,幽显不二,和平之听,神具醉饱矣。昔人谓屈子爱君无已之义,非幻也。苏氏曰"爱君莫先于尊君",故圜丘方泽,以祖配天,忠孝之至也。

在此节文字中,其先解释了"东皇太一"得名的由来;继而,指出《东皇太一》文中屈原之所以将迎神之礼描绘得盛大丰富,乃是希望借此体现爱君尊君之心,表达自我的忠孝之情。故而,萧云从在图绘时,以王者风范来表现"东皇太一"——头戴冕旒,身着衮服,腰配蔽膝、绶带,左手握玉圭,右手持玉珥长剑,面容丰润,

神情庄严肃穆,宛若人间帝王。围绕在其周围的是四名女子,分为二组:一女位于东皇太一前方远处,侧首回望,其手中持有托盘,放置酒具食器若干,并一花瓶,中有兰、蕙等香草,显是"蕙肴蒸兮兰藉,奠桂酒兮椒浆"之语的图像表现;另有三女环绕东皇太一身侧,有左手扬枹而右手拊鼓者,有执竽昂首吹奏者,有俯身弹奏前置之瑟者,神情和悦,疏缓安歌,展示出迎神之际"扬枹兮拊鼓,疏缓节兮安歌,陈竽瑟兮浩倡"的情境。图之右上隶书"东皇太一",右下绘有"萧""云从"二方朱文印图样。在此图中,萧云从"本传注以吮豪",依据《东皇太一》原文,按"一神四巫"之布局来构图,展现出东皇太一居中,四名迎神女子呈半环绕状分布于周边的画面,这与元人张渥、赵孟𫖯等绘"一神一巫"形象迥异。

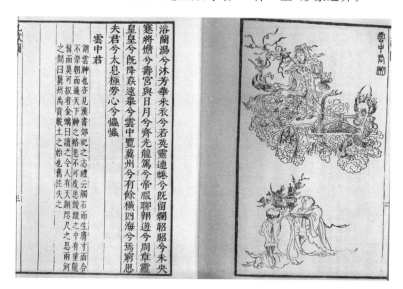

《云中君》篇,萧云从亦有注文,其辞曰:

谓云神也,亦见《汉书·郊祀》之志。《礼》云:"触石而

生,肤寸而合,不崇朝而遍天下。""神之格思,不可度思",暧
曃之中,有望龙鬐而莫可扳者。金螭日读之,令人有天颜咫
尺之思。两河之间曰冀州,禹贡敷土之始也。旧注失之。

《云中君》之所祭神灵问题,学界素有歧见,或曰风神,或曰云
神,或曰雷神,或曰云梦之神等等。王逸以为系"云神丰隆也",朱
熹谓其乃"云神也",而萧云从此处注文所持之论亦与二家同。继
而,云从引《春秋公羊传·僖公三十一年》(案:云从误记为《礼》)
对泰山之云的描绘来阐释云之特征,并用《诗经·大雅·抑》之语
来阐明云神的飘忽难以捉摸特点。在图绘《云中君》时,萧云从采
用了二段式布局:上部分所图绘之对象为云中君,其身着彩衣华
服,侧身立于虬龙所驾之车上,左手握二辔,右手持一鞭,驭龙车
于云中穿行,虬车及其周身皆为云气萦绕,飘摇恍惚;下部分为二
迎神者,仰面跪地,其一双手托盘,中置美酒香草,以为敬献。图
右上书"云中君",绘有朱文"云从"方印式样。

《湘君》《湘夫人》二篇,云从合之而作注:

舜陟方于苍梧,二女死于湘江,今有黄陵庙焉。昌黎谓
"娥皇正妃,故称君;女英自降,称夫人也",据此,则两章应合
图之矣。昔以为非尧二女也,湘江之中有二神焉,水属阴,故
以女名也。夫驾飞龙而荔拍,蕙绸荪桡兰旌,翩翩容与,不可
再得,岂非遂古之荒诞,而飞仙神嫔幻于从霄之上哉?虞庭
制度,虽未极备,而袗衣鼓瑟,岂必蒙茸飘忽以敝天下,后世
如是也。第《感甄赋》以宓妃,《高唐》歌于神女,美人君子,所
以极婉恋爱慕而莫得竟者,自古然也。嗟乎! 心之悲矣! 瞻
靡定矣。昔考亭为道学,宗其注,此篇极尽情致,皆本于天性
彝伦而出之,岂拾香草于江沅者哉? 吹参差,怨长期,麋在
庭,蛟在裔,九嶷逍遥者谁乎? 则沉湖之鼎,号乌之弓,具存

焉尔,经营惨淡,不独在"解衣磅礴"间矣。

在注中,云从沿用刘向《列女传》之说,以舜与二妃故事作为理解《湘君》《湘夫人》之语境,并援引韩愈《黄陵庙碑》"娥皇为君,女英为夫人"之说,作为将此二篇合绘为一图的依据。同时,其据《湘君》《湘夫人》所涉之文辞,批驳了那种以"二湘"为湘水之神的说法。继而,云从以《高唐神女赋》《洛神赋》为例,认为这类作品皆表现美人与君子间"极婉恋爱慕而莫得竟"之情状,而《湘君》《湘夫人》亦是与之相类,"本于天性彝伦而出之",大抵是借"二湘"期候舜而不至之情境来表达屈原"不遇"之情怀,并非只是"拾香草于江沅",乃是作者用心经营别有寄托之作。

其在图绘之时,采用上下呼应型布局:左上乘有双翼之龙凌

空飞翔者为湘夫人,其妆容整饬,发髻间插有香草,双手齐举,右手执薜荔,左手握芙蓉,衣袂翻飞,俯视下界;右下策马疾行者为湘君,披头散发,侧身回望上天,其手执杜若,身披香草,有袂带绕身,马右侧有一回首仰望上天之兽,即诗中所谓"麋何食兮庭中"之麋。湘夫人、湘君之间,环绕着各种香草,诸如薜荔、蕙、荪、兰、杜若、白薠之类。图右上隶书"湘君湘夫人",左下绘朱文"萧"、白文"云从"二方印式样。

与《湘君》《湘夫人》相似的是,《大司命》《少司命》二篇,萧云从也合注曰:

> 《周礼·大宗伯》"以槱燎祀司中、司命",《疏》引《星传》云"三台曰司命①:上台曰司命。"又:"文昌宫第四亦曰司命。"故有两司命,而大、小辨之也。大司命阳神而尊,故为主祭者之词。夫人之夫,音扶,如《左传》之言"不能见夫人"也。旧图作美妇人状,失之矣。"九坑"即会稽、衡山、华山、沂山、岱岳、医无闾、霍山、恒山是也。夫圣人在天之灵,如元气鸿钧,有何夭寿?其下视洪州如烟九点,而开疆拓土为蜗角之战、蚁穴之梦而已,况无道行之者乎。悲莫悲兮生别离,乐莫乐兮新相知,此复追念始者相知之乐也,岂舍旧图新、去枯集菀之市心邪?但阳阿晞发,浩歌临风,孔盖而拥幼者,则又望其诛除凶秽,休戚善良而宜为民之所取正也。此考亭先生之注义尔,余宗其说,以仿佛豪楮间,乃知悠悠古人,实获我心矣。

由其此注文可知,云从于《大司命》《少司命》之意旨,全然认同朱熹之说,故其在图绘之时,亦是因朱注而挥毫落纸的。其图

---

① 此处"曰司命"三字为衍文。

虽也是采用上下呼应型布局,然与《湘君湘夫人图》布局所不同的是,其人物布局采用右上左下式结构:右上侧身乘飞龙翱翔于天宇间者为大司命,其身着灵衣,头束发冠,身披玉佩,袂带飘飘,首微下倾,目视左下,有祥云缭绕;左下方一披头散发以背相向者为少司命,其身着荷衣蕙带,左手执翠旍,右手握幡,正踢踏起舞。右下为碎石九,或为行祀神之礼时所用欤。图左上隶书"大司命少司命",右侧中下绘有朱文"萧"、白文"云从"二印式样。

《东君》篇,萧云从注曰:

　　《礼记》谓:"天子朝日于东门之外。"又曰:"王宫祭日也,日辰纪寸应律则干支合,而万物燠阳春矣。"故青衣、白霓、驾龙、射狼、寅宾而出者,《礼》所谓"大明生于东"是也。

《东君》所祀之神问题,学界素有日神、木神等不同说法。云从于此援引《礼记》之说,以为《东君》篇乃是祭祀日神,故其图绘之时,于图之正中偏上部分绘一男子双手托日,立于由龙及雷神所驱动之车上,旌旗委蛇,飞翔云端,当为东君也,其后尾随二人,一男子作武将状,身披铠甲,背弓捧矢,一女子双手执酒器,当是供东君享用之"桂浆"也;图画的下半部分为歌舞娱神之祭祀者,凡六人,分左右二部分,左部分为环装站立之五名男子,分执瑟、鼓、编钟、簏、竽五种乐器,正在演奏,右部分为一女子,手持迎神仪仗,应律合节,翩然起舞。图左上隶书"东君",右下钤阳文"萧云从"印。

《河伯》篇,萧云从注曰:

> 旧说三闾大夫至此而始叹君恩之薄,噫! 是何言与?《注》云:河伯为黄河之神,禹治水至兖州,分为九道,以杀其势,其间相去二百余里。徒骇北,鬲津南,登之四望,澌纷来下,滔滔邻邻,曷穷极乎,人之一身,自昆仑以极尾闾,膏液周环,连天济泽,是谁之润邪? 而可判厚薄于始终者哉。天地人三才一理而已,驾龙乘鼋,鳞屋贝阙,令人望洋而莫可极。岂若决西江以活枯肆也乎! 或曰:"河伯,冯夷也。"冯夷击鼓,嬴女吹箫,夷即姨,私字之转音也,乃作丽姝焉。

萧氏先是批驳那种以为《河伯》体现出屈原对君王之怨恨的观点,继而渊承朱熹注文,以为《河伯》当是祭祀河神。同时,从音韵学角度认为"夷即姨,私字之转音",故而其所图绘之《河伯》,乃是一"丽姝",披散头发,肩披荷盖,骑乘于白鼋之上,身旁有蝙为骖乘,波浪翻腾。图左上角涌起波浪中有一宫阙,当是诗句"鱼鳞屋兮龙堂,紫贝阙兮朱宫"的图像化表现。图左上隶书"河伯",右中上部钤阳文"萧云从"印。

《山鬼》篇，萧云从注曰：

> 画工狗马难，作鬼魅易，言尝目之，莫欺也。使含睐宜笑，相遇于榕阴，讵漫焉省识邪？故写山鬼如蒙棋者，谬矣。

云从据《九歌》文辞，将山鬼图绘为一"含睐宜笑"之女性，其身披薜荔石兰，左手持桂旗，腰佩杜衡女萝，乘赤豹与文狸所拉之辛夷车上，车旁有一猿猴，欲啾啾作鸣。图的左上部分，为踏云飞行之雷师。图右上为隶书"山鬼"，右下为阳文"萧""云从"二印。

《国殇》篇，萧云从注曰：

> 《尔雅》云："无主之鬼为殇。"王注谓："死于国事也。"不然何以思慕悲伤，丹青描貌，迎其魂魄于原野邪！人非视死

如归则不能错毂争先,首离而心不惩也。魏文帝图庞德不屈状于壁,而于禁惭郁自绝。彼倾人社稷以延吾,旦暮之生又何忍乎！此先师之所以恸锜童也,故画其败绩,而后知武终鬼雄,生死无二,亦拟其古战场之吊云尔。

在注文中,云从赞同王逸之说,以为"国殇"即是死于国事者,故生者为表思慕景仰,乃以丹青图其形貌,于原野行招魂之礼以祀之。继而,云从乃举三国时庞德与于禁二人事以表现对敢于捐躯赴国难而不苟活者的褒扬态度。接着,其标明绘制《国殇图》的构思及用意,借描摹"败绩"情境以表现对死国事者的吊唁。在其《国殇图》中,萧云从未曾描绘众多士卒,而是集中笔力勾勒一位将领,其全幅铠甲,左手握弓,右手挥剑,立于两匹披甲之马所驾之战车上,面微右倾,回顾侧畔,似在招呼众将士冲锋陷阵。战车旁立有长柄斧与旌旗,彰显出此人物的将领身份。图右上隶书"国殇",左下钤阴文"萧云从"印。

《礼魂》篇,萧云从注曰:

> 《周礼》:"男曰觋,女曰巫。"《说文》谓"巫字从工",徐锴曰"巫虽虚幻,亦必以规,寓旁两人舞之长袖也"。古者雩祷用舞如风云之蹁跹焉;女巫者,使阴气之上接也。自秦汉不用,而郊祀之歌求唐山夫人致辞,亦各从其类也钦。乃画女巫。

于此,云从引《周礼》《说文》诸说,标明"巫"字之蕴意,继而因古雩祷时用女巫以使阴气之上接之故实,亦在《礼魂图》将人物绘制为一女子,脸侧微扬,神情祥和,左手执春兰,右手握举芭蕉秋菊,正蹁跹起舞。图左上隶书"礼魂",右上钤阳文"萧云从"印。

绘制完《九歌图》后,萧云从作《画〈九歌图〉自跋》,其文曰:

> 余老画师也,无能为矣,退而学诗。耽精《文选》,怪吾家昭明,黜陟《九歌》。取《离骚》读之,感古人之悲郁愤懑,不觉潸然泣下。复见世工,山鬼如狰狞,而太一、东君、两司命殊无分辨;二湘同宎嫔,河伯类天吴。遂落笔改定,粉匀丹垩。同人竞丽,供役玩好,取贱一时,懊悔无及矣。画成,复赘数语,以见良工苦心,不敢炫鬻奇诵,而一本于紫阳先生之义,明其非戏事也。沈亚之谓三闾大夫作《山鬼》篇成,四山忽啾啾号啸,声闻十里外,草木皆萎死,抑何幻邪? 忠臣贾霜,孝妇降旱,一念之诚,惨动天地,理或难钦? 仆本恨人,既长贫贱,抱疴不死。家区湖之上,秋风夜雨,万木凋摇,每霄要眇之音,不知涕泗之横集,岂复有情之所钟乎? 谢皋羽击竹如意,哭于西台,终吟《九歌》一阕。雪庵和尚,泛舟贵阳河,读《楚辞》毕,则投一纸于水中,号呜不已。两人心湛狂疾,恋慕各有所归。使见《九歌》之图,则必有天际真人之想,飏拜旧识,破涕为笑,或未可知尔。余浮沉斯世,既不为广文,亦不

为水部,戴种种之发,拾古人之残膏剩馥,而渲朱染碧,照耀
自娱,樗散而终天年,则亦已矣,宁欲其见知于后世也哉。况
图之所载,总非人世间事,故得纵其哀惫之才力,以极人耳目
之不经。然而冥心澄虑,寄愁天上而幻出之,所谓思之思之,
鬼神通之者,画师亦难言矣。嗟乎! 屈子栖玉笥山作《九歌》
以乐神,又托以讽谏,彼其时尚有摈之者也,有谗之者也,我
将何求乎? 吾用此与《天问》诸图锢铁函中,沉于幽泉,使华
林诸君子,庸补萧选之阙云尔。

在跋文中,萧云从标明其创作《九歌图》的原因有二:一则是
因个人之际遇与屈子遭遇有相似处,故觉《九歌》颇能得其心,然
萧统《文选》于《九歌》却有所节略,其对此有所不满;再则是因其
不满足于其他画家所绘制之《九歌图》,觉得其或狞娠,或雷同而
无所分别,或炫鬻奇谲,或为供役玩好之戏作,于《九歌》之表现多
有未切理厌心处,故而其遂参佐朱熹注文,落笔改定,图绘《九
歌》。

(四)《天问传》

次为《天问传》,署"区湖萧云从尺木甫画",下有"附注"小字。
在录王逸序文后,以小字接入《画〈天问图〉总序》:

萧子曰:画家之工于堵壁,其楚先王之庙之遗乎? 古者
尸居监观,以为天道人事之正,象物而动,神禹铸鼎,文周勒
钟,其来远矣。茉美迪则吉,从匿则凶,俯仰之间,忧乐之
顷,相应如响。乃暴者自谓有命在天,投龟詈之,囊血射之,
悠悠苍天,亦无可如何于若辈矣。然则天至此,其不可问
邪? 问之不可而复有对之者乎? 对之不得而复有画之者
乎? 抑何愚哉! 夫嬴秦恃其富强,鞭笞天下,屈子见宗庙祠

堂，不忍复会于荆棘中，而不甘遽死，逐事呵而问之，彼其中岂不知福善祸淫之若循环然邪？意谓天必有不可明告于人者，与人之必有不可解于天之故者，只此残粉沉丹，照耀四壁间者，凄凄然可相索也。独怪楚之筚路蓝缕，启于山林，而博物如倚相者，尚未数数。何独考上国之制作文章而为之钦？彼巢冕卷衣，则五帝之绣会，三王之𫄸收牟追也，简镛圭瓚，象珥鱼箙，则元公之记于《考工》也。图其事者，先稽其典，则明法物之不可废也。至于舞干蛮遏，环珌戎归，则知远方之宜率服也。鼓刀负鼎，则庆贤人之遇也。醢身披发，则恸忠直之穷也。石腹桑育，虎乳乌煖，脱焚出泉，则纪圣人之生不偶也。烛龙之启其长夜也，岐蛇之毙于自噬也，缝裳乱伦之殄首也，棘林肆情之蒙羞也，牛饮之臕也，虫尸之争也，此其仪型可鉴，而报复无殊者尔。若夫大荒内外，亦何所不有！兽作人言，鸟倾仙药，长蛇吞象，委虵负熊，白龙轻身，赤乌解羽，此岂寓言托讽哉。征于形，格于理，宛然目前在也。乃如八柱之为干维，九城之不撞折，出汤谷者次蒙汜，安属放者恒曜灵，三足之乌，缺唇之貌，贞明于亘古者，孰得而翳之哉？合而观之，无幽淑而不彰，无隐悖而不䴔。被谗者有早名，窃据者无蟜类。不得之于身，必得之于子孙。卜吉凶于大《易》，详褒刺于《春秋》，何如披图而按，虽强梁汶暗之夫，未有不悚然知惧者矣，而况有屈子之问，反复悲吟以发其深思哉！夫秦有天下，焚燔诗书，坑绝儒行，此其罪其恶，较之无德而鲸吞四海者，更极大也。天岂容之乎？嗟夫！秦方自谓一世万世矣，孰知宫中嫪毒，身为奇货。伯翳非子之祀，斩之久矣。苏轼谓"六国未亡而秦先亡者"，是也。又何待楚之三户也钦？屈子固明知之，

而不敢道也。不然。左图右史,岂欺我哉。经曰"惟庚寅吾
以降",尝读《楚世家》,吴回代重黎与昭王卒军中,年日皆系
此,以为荆楚岁时之重。余为图之纪,适相遘也,乃作谷斗
(按:当为斗谷)於菟终焉。

在此序文中,云从以画师之身份,对画壁传统源于楚先王庙
堂壁画之观念提出疑问,其以"神禹铸鼎,文周勒钟"之事来推定
"天道人事之正"取法于物象,来源甚古。继而,其对《天问》篇所
创作之背景与因由问题进行了讨论,认为其乃是屈子于楚宗庙祠
堂中见四壁间之残粉沉丹,遂逐事呵而问之,乃成《天问》。接着,
萧云从通过对《天问》所涉文辞之分析,标明其"博考前经,义存规
鉴"之图绘意旨。最后,萧云从还结合《离骚》《史记·楚世家》,认
为"庚寅"日乃是"荆楚岁时之重",而其图绘《天问》最后一图"环
间穿社爱生子文"时,亦是庚寅日。

《天问》开篇即问及天地开辟、万物化生、日月列星运行、阴阳
季候变幻诸事之由来问题,多悬而未决,颇涉虚幻玄怪,且与玄理
关系颇深,故先前之图绘者于此多未曾涉猎。云从在图绘之时,
取《天问》篇起首至"厥利维何,而顾菟在腹"为第一图,题曰"日月
三合九重八柱十二分图"。其注曰:

> 十二辰豫,本《诗》之庚午祃祭,《史》"二首六身",三月龙
> 见仓颉,巳蛇寅虎是也。柳《对》:乌,俟即三足在日中者也,
> 月则顾菟矣。尝见《皇极图》,三合九重八柱具焉,为《洛书》
> 之畴数也,即三百六十一为象山方野,京房之律原也,非敢
> 臆也。

故而,其所绘之图亦分为上下二部分:上部分为"日月三合"
图,以太极图居中,日、月分居左右,颇合"易有太极,是生两仪"之
说,其所绘之太极图被八等分,象征四正四隅,所绘之日图中有展

翅三足乌,月图中有蒐,二者皆回望太极;下部分为"九重八柱十
二分"图,图分三重,居中心者为九重图,象征天之九重,第二层为
八卦图,象征天之八柱,外层为十二辰二十八星宿图,乃是图绘
《天问》中"十二焉分""列星安陈"之情境。

次为《女岐九子图》。云从注文曰:

> 柳《对》以"岐灵而子"也。朱子引释氏"鬼子母"证之,
> "鬼"字即"九"字。纣醢鬼侯,《淮南》曰"九侯"。又曰:"九
> 者,阳之数也,阴极而生之也。"

王逸以为"女岐,神女,无夫而生九子也",盖上古之交感化生
万物者也,与简狄姜嫄之生契稷类也。从云从注文可以看出,其
虽列举了学界关于九子之"九"系实指或虚指的两类见解,然其还

是渊承柳宗元、朱熹之说,以九为实指之数也,故其在图绘之时,于画面中央绘一女子,面容圆润,发髻秀美,身着绣凤之衣,头戴珠花,左手抱起一小儿,右手轻抚一牵衣小儿之顶,面露慈爱之情;其左右分立八小儿:右侧五小儿分两组次第排列,距女岐稍远处有二小儿,其一匍匐于第,一手抚地,一手轻握前伸作爬行状,又一小儿蹲坐于地,伸出右手食指指向女岐所怀抱之幼儿,似欲取而代之,另有三小儿站立偎依于女岐身畔,最低者正牵引其母之衣,似欲求其怀抱,二稍高者正回视前方二小儿,作嬉笑貌;左侧为三小儿,依高低秩序排列于女岐身畔。整幅图画成塔状组合,层次明晰,人物神态各异,洋溢着幸福慈爱的母子天伦之情。

次为《伯强图》。云从注曰:"道书有'伯强',云古之愤忠战殇

者,如睢阳,所谓死当为厉是也。或曰,'伯强'即《周礼》'方相'二字转注,故虎、豹、熊、罴,黄金四目从之。"王逸以为"伯强"乃是"疫鬼",所至伤人,朱熹则以为"伯强"乃是指"气之逆者",因其强暴伤人,故为之名字以著其恶,并非是实有此人也。萧云从对"伯强"之理解不从王、朱二说,而是列举出两种不同观点。其一以"伯强"古之愤忠战殇者,其二以"伯强"为《周礼》所载之"方相",其"掌蒙熊皮、黄金四目、玄衣朱裳、执戈扬盾,帅百隶而时难,以索室驱疫"。而在图像"伯强"时,萧云从显然是据《周礼》对"方相氏"之描述而加以改塑的:伯强为一人形兽身之物,兽首四目,头生犄角,毛发上指,身披兽皮,手似熊掌,左掌心向地,右掌心外翻,口中正朝一小兽喷火,形象狰狞可怖。

　　次为《角宿耀灵图》。云从注曰:"角,东方星也。曜灵,日也。按:大角为帝座之首,故画鲛,对以苍龙,则亢矣,于问无取。《地肺经》谓'东海日出,其光九轮,下有神鲛,蜿蜒吞吐之状'。"大角为亢宿七星之一,亢宿为东方青龙七宿第二宿,故云从将角宿表现为蜿蜒盘旋之青龙,其复又参佐《地肺经》之记载,以为日出东海,其光九轮。故而,其图亦分成两部分:上部分为波浪所托起的九重光环,即是取意于《地肺经》;下部分为蜿蜒盘旋之青龙,正以口喷水,作吞吐状。显然,云从以此图回答了《天问》中"角宿未旦,曜灵安藏"的疑问,暗示出当东方未明之时,太阳藏于东海之中,为蛟龙所吞吐。

　　次为《鸱龟曳衔永遏羽山图》。萧云从注云:"王逸云:'汨,治也,鸿鸿,水也,师,众也。'尧放鲧于羽山,飞鸟虫曳鲧而食之,三年不舍其罪。鲧狠愎而生禹,遂平九土。嗟乎!为国而死,蒙罪何辱,况有盖愆之圣邪?世乂水经,代有天下,食报宜矣。故悉画之,以劈符命之说。又按:汨,谓乱也。《书》曰:'鲧堙洪水,汨陈

其五行。'王逸,东汉人,未见《古文尚书》尔。"对鲧理水之事,王逸
以为是因"鲧才不任治鸿水",而众人强举以试用之,遂因事不成
而殛死,于鲧之死全无怜惜之意,甚至不乏批评之辞。而洪兴祖
《楚辞补注》引《洪范》云"鲧堙洪水,汩陈其五行。帝乃震怒,不畀
洪范九畴,彝伦攸斁。鲧则殛死,禹乃嗣兴,天乃锡禹洪范九畴,
彝伦攸叙",更是将鲧治水失败之因归结为其"汩陈其五行",得罪
上天,以至上天未赐予洪范九畴,故遭殛死,显是以"符命"之说来
解释此事。萧云从则一反前人这种论调,明确指出:鲧治水虽然
失败,然其之死纯是为国事,其子禹能弥补乃父之过失,治平水
患,能拥有天下,也算是对其父行为的一种回报。显然,云从在注
中避开鲧治水失败的结果,转向对鲧勇于为国家献身之精神的歌

颂与宣扬,而在图绘时,其以鲧为表现对象,描绘出这样的画面:波涛汹涌的洪水中,鲧裸身伏尸于石上,当是为尧所放杀于羽山,两只飞鸟和一只大龟正在衔食其尸体,充满悲壮气息。

次为《应龙画河海图》。萧云从注文曰:"注:禹治水时,有神龙以尾画,导水径焉。余见唐李昇作《禹贡图》,末有龙以曳尾于九山,水气腾沸如是。"引王逸注中"或"语及所见之李昇《禹贡图》,作为图绘之依据。云从绘一道装男子,骑于应龙之上,翱翔天宇,其面斜倾,注视下界,其下为奔腾涌动之洪水,其中凸出九块山石,而龙尾于山石间隙蜿蜒盘旋,当是图绘应龙以尾画地疏导洪水之情境也。

次为《康回冯怒东南倾增城九重西北辟图》。萧云从注文曰：

> 康回，共工名也。共工与颛顼争为帝，不得，怒而触不周山，天维绝，地柱折，故东南倾。夫匹夫之勇，紊坠纲常，倒替天泽，大概如是。"小儿骇汝"之对，诚蓸蓸也。洿，深也。柳曰："州错富媪，爰定于趾。"按，《前汉书·礼乐志》：媪神宴嬉。愚谓淳潴之义见两间，于古何所不容，则"东流不溢，孰知其故"。楕音妥，狭长也。昆仑山在西北，其巅曰悬圃，上通于天，不必蓬首虎齿为西王母之对也。《淮南子》：昆仑之山，其高万五千里。天地四方之门。嗟乎！事理盛衰，如气寒暑迭陈，炎炎者灭矣。楚怀秦政，今安在我？

在注文中，萧云从承袭王逸对康回之事的解释，并加以评判，认为此种紊坠纲常倒替天泽之行为，纯属逞匹夫之勇者所为，而柳宗元所谓"彼回小子，胡颠陨尔力！夫谁骇汝为此，而以天极"之对，实为昏昧之词。《天问》之"九州何错"问，柳宗元对曰"州错富媪，爰定于趾"，认为九州乃是由地神所安置，萧云从亦从此说。对于"增城九重"，云从并未解释，只是在注末感慨：事物盛衰更替变化，如寒暑更迭一般，秦虽代楚，然秦亦为汉所代之而久不存，兴亡更替，乃是古今常理。在图绘之时，云从亦分两部分来构图：左下部分表现康回怒触不周山之情境，一獐首人形者，面带喜色，其身着铠甲，右手举长剑，左手伸直，掌心向地，身躯斜倾，目视左前方，在其脚下与右前方，散布着大小碎石，当是折断之天维地柱；而右部分的"增城九重"几乎占据整个画面的五分之四，作者描绘了岑崟参差的山石，其间由下至上隐藏着九座城楼，山石上稀疏散布着一些矮树，山石前则生长着大树。两部分内容相较，"康回冯怒"所占画面比例极小，其间当体现出云从对康回"匹夫之勇"的轻视。

次为《烛龙华光图》。萧云从注文曰："西北有幽冥无日之国，有龙衔烛而照之。羲和，日御也，若华，若木也。北有冰山，故夏寒，南有炎州，故冬暖。此亦漫漫长夜之间尔。见僧繇作《山海经》有此图。许慎谓'扶桑若木，东方之神也'。"在注文中，萧云从渊承王逸注，以为烛龙衔烛以照西北幽冥无日之国，而这就构成了其图绘的核心内容。同时，云从还交代了其曾见过梁时张僧繇所作之《山海经图》①，其中即绘有"烛龙图"，这也为他提供了参考。其在图绘之时，以近半篇幅描摹隆崇崔嵂之山峰，试图营造出幽冥无日之情境，而在画面中央部分，作者图绘出一龙首及半身，其后半身隐于山峰之中，额上有"王"字纹，正张牙舞爪，口中有火喷出，乃烛龙也。画面的右下角，微微露出几株扶桑若木，似乎在回答"羲和之未扬，若华何光"之问题：正是因为有龙衔烛而照之，故日未出之时，若木方能有明赤之光华。

次为《石林兽言图》。《天问》"焉有石林？何兽能言"句，王逸注曰："言天下何所有石木之林，林中有兽能言语者乎？"当是以为兽在石林中。而洪兴祖则不认可此说，以为"石林与能言之兽，各指一物，非必林中有此兽也。……石林当在南也"②。萧云从注文曰："石林有木猩猩能言。按：西极有不木之山。"显然，其从王说，而对"石林"之位置，其亦以为当在西极。在图绘时，其于画面四周绘制参差之石林，地面与石上，略绘些许小草与径寸之苗，以

---

① 《中兴馆阁书目》："《山海经图》十卷，本梁张僧繇画，咸平二年校理舒雅铨次馆阁图书，见僧繇旧踪尚有存者，重绘为十卷。"关于《山海经图》的流传问题，马昌仪《山海经图的传承与流播》[《广西民族学院学报》(哲学社会科学版)2004年第2期]有系统考察。

② (宋)洪兴祖《楚辞补注》，北京：中华书局，1983年版，第94页。

表现其"不木"之特征,画面中央部分,为一跳跃而起之猩猩,豕面而人形,长舌尺余,伸于口外,当是以近乎夸张之笔触凸显其能言之特征。整幅画将宁静之石林与跳跃之猩猩结合起来,动静相宜。

　　次为《虬龙负熊图》。萧云从注文曰:"王逸云:'有无角之龙,负熊兽以游。'柳《对》:'不角不鳞是也。'或曰:寓周比为恶之义。"在注文中,云从取王逸与柳宗元之说,作为图绘依据,故其图中,一无角无鳞之龙形生物,蜿蜒而立,为虬龙也,其背立有一怪兽,左手轻握,屈于胸前,右手握虬龙尾。大抵是云从以为"虬龙负熊"寓有周比为恶之意,故其所图绘之二物,皆丑陋不堪,面目可憎,令人视之顿生厌弃之心。

次为《雄虺九首图》。萧云从注文曰："《注》：'虺，蛇也，倏忽，
电光也。'《庄子》：'南方之帝曰倏，北方之帝曰忽。'恐非电光也。"
引《庄子·应帝王》之语来否定王逸以"倏忽"为"电光"之见解，而
这显然又与洪兴祖以为"倏忽"之事乃是"寓言尔，不当引以为证"
相悖，足见萧氏在对《天问》的理解上能不囿前人，有所扬弃。而
对虺之特征，王逸以为"一身九首"，未言及小大，而洪兴祖则曰
"虺，小蛇也"，然又引《尔雅》"蝮虺博三寸，首大如擘"之说，以为
"虺亦有大者，其类不一"①。而朱熹则渊承《尔雅》之说。云从在
图绘时，画一长身屈曲蛇，生有九首，口中喷火，显是取王逸与朱
子之说而合用之的。

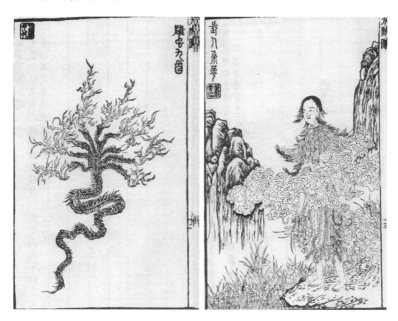

①（宋）洪兴祖《楚辞补注》，北京：中华书局，1983 年版，第 95 页。

次为《长人枲华图》。萧云从注文曰："《括地象》曰：'有不死之国，长人防风氏，又长狄。'愚谓：上古有无路之人，举步千里，身半绕云，下视五岳，如部娄也。萍，水草，而生于九衢之路。枲，麻也。"于此，萧云从先引王逸之说，用纬书来解释"长人"；继而，其根据《神异经·西北荒经》关于"无路之人""长二千里，两足中间相去千里，腹围一千六百里"之神异叙述，进一步将"长人"之特征加以具体化，作为图绘的依据。故而，其图中绘左右二山，一人立于地面，高竟与左山齐，而云雾缠绕其腰间，以见其长也。此人披散头发，身披枲麻垂草，立于石上，足畔生长着萍草与枲花。萧氏此图当是对《天问》王注、洪注、朱注的一种补充，使得其内容更为具体详细。

次为《巴蛇吞象图》。云从注曰:"南方有灵蛇吞象,三年,然后出其骨是也。蛇属巳,巴益以舌,画者象形也。他本作灵蛇,柳作巴蛇。"在引《山海经》释"一蛇吞象"事后,云从还解释了"灵蛇"作"巴蛇"的由来,认为蛇在地支上配属巳,后世有为求其形象者,于巳添加表示蛇舌形状之符号,遂变为巴,实则灵蛇、巴蛇,一物也。为使其此种说法更为具体,其在书写图画名称时,特地将巴写作"弓",可谓是"以图注骚"者也。其画中,绘一蜿蟺长蛇,大抵是取意于《山海经》之"巴蛇身长百寻",口衔一萎缩之象,当非活物也,作欲吞噬之状。

次为《黑水延年鲮鱼魊堆图》。萧云从注文曰:"玄趾、三危,皆山名,黑水出昆仑。柳《对》'胡纷华漫汗,而潜谓不死',言名生而实死也。王逸云:'鲮鱼,鲤也,四足,出南方;魊堆,奇兽也。'然旧注《山海经》:'鲮鱼在海中,近列姑射山。堆当为雀。魊雀在北号山,如鸡,虎爪,食人。'观柳《对》,知前注误矣。"从中可以看出,对于王逸注,云从持扬弃态度,一方面,承继其对"黑水玄趾"的解释,另一方面,对其于"鲮鱼""魊堆"之解释不满,认为其系误解。继而,云从依《山海经》之记载,与洪兴祖一样,对柳宗元《天对》"鲮鱼人貌,迩列姑射。魊雀峙北号,惟人是食"之说作出肯定,然而其在图绘鲮鱼之时,却多依凭王逸之说。在图画中,云从分四个板块从上、中、下三个层面来进行描绘:"黑水玄趾三危"部分位居图画的上部,左右并峙二山,当为玄趾、三危,其下有波纹,当为黑水也;画面中部为一平坦处,左右分绘一人一兽,其人方面大耳,披散头发,肩披树叶,腰束藤蔓,盘膝坐于草丛中,左右手相牵,置于胸前,其首微倾,斜视前方,身畔有丹炉罐,当是为凸显其"延年不死"之身份,右侧之兽,其状如鸡,爪类虎爪,正凝视左前下方而鸣叫,全身羽毛立起,作愤怒欲搏之状,当为魈雀也。画面下部深陷处,为翻腾之海水,其上跃起一有须之鱼,极似鲤,有四足,当为鲮鱼,其形状全然不类柳宗元所谓"人貌"之说,而与王逸"鲤也,四足"之说相类,可见,萧云从对"鲮鱼"之描绘当是依据王逸注文而为之的。

次为《弹乌解羽图》。萧云从注曰:"《淮南子》:'尧时十日并出,尧令羿射中九日,日中九乌皆死,堕其羽翼。'夫甲癸循环,谓尽于十日,非十日并出也,兹姑从其妄。又旧注《山海经》'大泽千里,群乌之所',乌当作鸟,亦柳《对》也。"其先引《淮南子》材料阐明"弹乌解羽"之由来,继而认为所谓"十日",当是如《山海经·大荒经》所谓"一日方至,一日方出",由甲而至癸,依次迭出运照也，并非是十日并出。同时，其还援引柳宗元《天对》之观点，"群乌之所"为"群鸟之所"，尽管这种做法被洪兴祖批评为"虽有所据，近乎凿矣"①。在图画中，云从绘一男子，身披甲胄，腰佩箭壶，正引满弓欲射，其脚下散落着三只死去的乌鸦，周围有几株枯枝，无片叶只草，当是暗示出"十日并出，草木枯焦"之情境。

次为《献功得女曟饱离蟹作革播降九辩九歌图》。萧云从注文曰：

> 曟，早也，与朝同。离，遭也，蟹，忧也。台桑，地名，拘，隔也，射，行也，鞠，穷也。谓有扈氏之所行皆穷恶也。棘，陈也。宾，列也。商，宫商也。《九辩》《九歌》，启所作乐也。屠，膈剥也。王逸云："禹膈剥母背而生，其母之身分散竟地。"朱子曰："启棘宾商当作启梦宾天，如秦穆公、赵简子梦上宾于钧天，九奏万舞也。古篆梦字似棘，天字似商。"愚谓身本九宫，如《考工》"股唇恕以制弇郁之器于簴簨"也。制失久矣，聊存于此。

其综合王逸、朱熹之注，对禹、启之事进行了解释，认为有扈氏之所行皆可归于穷恶，故启诛之，长无害于其身也。而对《九辩》《九歌》之来源，萧云从虽然列举了王逸、朱熹二家之说，然其在图绘之时，当是采用朱熹"启梦宾天"之说。其图亦分两部分：前部分为"献功得女"，一男子侧身而立，头戴发冠，手扶锄柄，侧视前方，前方地面上散落有镃、犁、耙、筐之类的农具，乃治水之禹也，其身畔立美貌女子，怀抱香草，正凝视禹，充满关切，当为涂山氏；后半部分为"启得帝乐"事，一白面无须之青年男子，头戴珠

---

① (宋)洪兴祖《楚辞补注》，北京：中华书局，1983年版，第97页。

冕,手捧笏板,立于右侧,当是启也,另一垂须中老年男子,身着帝服,当是天帝,二人皆手执笏板,钟、鼓、磬、鼎等礼乐之器在侧,当是暗示《九辩》《九歌》者也。

　　次为《羿射河伯妻彼洛嫔图》。萧云从注文曰:"河伯化为白龙,羿射眇其一目也。羿又梦与洛水神宓妃交。'冯珧利决,封豨是射'者,言不德,唯恃其弓,以射神兽,为畋猎之娱也。按:王注与柳《对》皆错杂无叙,而白龙鱼服,则子胥有豫且之喻,想原本于是邪?"从中可以看出,云从在阐释"羿射河伯"事时,虽节录王逸注文,然却以为其错杂无序。而对王逸注中所引"传曰"对河伯因羿射眇左目而上诉天帝之事的解释,云从则以为当是出于刘向《说苑·正谏》中伍子胥谏吴王之说辞,二者相较,觉其亦不无可能。在图画中,云从于空中绘一盘曲飞翔之龙,鳞爪张扬,额头有"王"字纹,左眼插有一箭,当是为羿所射眇者;图画下方,远处绘有翻涌波浪,近处岸边岩石旁立有二人,一俊美男子,头束发冠,腰佩箭壶,左手执弓,斜视为其所射中之龙,右手环抱一美艳女子,宽袍博袖,袂带飘飘①,当是洛嫔也。可见,云从此幅图画基本是据王逸注文而作的。

次为《岩越黄熊鲧疾修盈图》。萧云从注文曰:"熊音奴来切,三足鳖也。鲧入羽渊,巫医莫活之矣。或曰,熊力能刊木,灵助禹功,遂能播黍,岂疾恶修长而贯盈哉?说异,取而为图。"其中,以"三足鳖"释熊,当是取洪兴祖之说;而"鲧入羽渊,巫医莫活之"之语,乃是取王逸之说,至若"或曰"所谓"熊力能刊木"之语,当是取意于《尚书·禹贡》,将原为禹所为之"随山刊木"事转移到鲧之上。可见,萧云从对《天问》之理解,博采众说,不宗一家而有所创新。而在图绘之时,亦表现出此种综合性、创新性特征:高峻陡峭的岩石占满画面的大部分空间,突显出岑岩之险,中央部分为一熊,正将一棵大树连根拔起,乃是死后化身为熊的鲧,正在刊木助禹平治水土,画面最前方低陷处为曾经的葀菫之地,而今尽为良田,其上还生长着秬黍,以见出禹治水功成。此幅画一反王逸所谓"鲧恶长满天下"之批评话语,转而赞扬鲧生死不渝的奉献精神:其虽因治水不遂而殛死,然却无所怨恨,而是化身为熊,继续"随山刊木"以助禹,直至功成。倘若将此图与前《鸱龟曳衔永遏羽山图》相对,则更能见出萧云从对鲧勇于为国家献身精神之

①陈传席先生《〈离骚图〉考释》以为"洛嫔是洛水之神,故身后也拖有一尾巴",当是误以洛嫔左侧曳地之衣带而为之也。实际上,从其上之纹饰不难看出,左右相同,乃是衣带也。

赞扬。

　　次为《白蜺婴茀天式纵横图》。萧云从注文曰："蜺，云之似龙者；茀，云之似蛇者。蜺茀相婴，在此祠堂也。崔文子学仙于王子乔，化为白蜺而婴茀，持药与文子。文子惊怪，引戈击蜺，因堕其药，视之，则子乔之尸也。崔文子取子乔之尸，覆之以敝筐，须臾，化为大鸟，飞鸣而去。注：事奇特，与柳《对》凿凿有据，遂画之。"可见，其对《天问》"白蜺婴茀"之解释多是依据王逸注，而其又因此事极为"奇特"，遂决意以之为图绘对象。从中不难看出，云从图绘《天问》，有"好奇"之思想。在绘画中，云从于图上方绘有祥云缭绕，一长尾大鸟正振翅高飞，画面下方一人，披发赤足，肩披树叶，腰系藤蔓，半裸身体，斜视上方飞翔之鸟，其右手握戈，搭于肩上,左手提一葫芦,身后有一床榻,床榻旁有丹炉、药碾等器物,当是炼制丹药所用也。

次为《萍号协胁鳌戴陵行图》。萧云从注文曰:"萍翳,雨师名,号呼则雨兴。天撰十二神鹿,一身八足两头。鳌,大龟也。击手曰抃。巨灵之鳌,背负蓬莱山而抃献于海若舟,使龟舍水而行于丘陵,何能迁徙此山乎?皆本注也。或曰:释舟陵行,即裹荡舟也,是不然。"与王逸注文相较,可见云从注皆本之也。其图分两部分:上半部分为一秀美男子,头戴发冠,右手执瓶,左手掐指,骑龙翱翔于天宇,有云从其所持瓶中涌出,而其所骑之龙也正吐雨,当是萍翳号呼而兴雨也;下方为二兽,外侧为一鹿,一身二首八足,作前行貌,内侧为一巨鳌,身负大山,正在陆上前行。可见,云从之图绘当是依据王逸注文而成的。

次为《少康逐犬图》。云从注文曰："朱、杨注云：'浇多力，至嫂之户，佯有所求而遂淫之。少康因猎放犬，遂袭浇而断其首。'王注云：'误断其嫂首也。'今因之特图以为禽兽行者之诫。"图中身背弓箭的少康，右手挥剑，左手提女岐头颅，肩挎弓箭，正奋力追赶浇，而猎犬随奔其侧；浇则是袒胸露乳，一手护头，一手拿衣，丢帽弃鞋，仓皇逃窜。值得注意的是，王逸以为少康所斩者为女岐，而朱熹、杨万里注文中则以为浇，而萧云从在图画时，显然是认同了王逸的观点，其所谓"特图以为禽兽行者之诫"之语，或是因为"女歧缝裳，而馆同爰止"而发出的，表现出对女歧行为的批评。

次为《汤谋易旅图》。萧云从注曰："汤谋变夏众以从己也，少康灭斟寻氏，疑错简。然图已多矣，附是不赘。"其在用王逸之说的基础上，提出个人见解，以为此句有错简，因先汤灭夏，而后却反说夏少康灭斟寻氏，错杂无序。其在图绘时，绘一男子身穿龙袍，头戴珠冕，左手握挂于身后之剑，右手持朝笏，一派王者之像，当是汤王也，其右前方绘两男子，作平民装扮，皆跪于地上，一人五体投地，一人双手高拱，作诚服状，当是臣服于汤的有夏民众。

次为《桀伐蒙山汤殛妹嬉图》。萧云从注文曰："桀伐蒙山之国而得妹嬉，汤乃殛之。"王逸注文中言及桀为汤放之南巢，未提诛杀之事；洪兴祖注文引《说文》释"殛"为"诛"，然未明言诛杀妹嬉事。在云从画中，左侧两位男子，一人身着龙袍，头戴宝冠，右手执长斧，左手直伸胸前，以指指向右前方，另一男子左手挥剑，作砍杀状，当是商汤君臣；画面右侧为身形矮小之二人，一人头戴王冠，身着帝服，身材短而硕，络腮连鬓，面容丑陋，双手斜前身，作劝阻乞求状，当为桀，其身畔为一秀美女子，头戴发髻，身着丽装，腰系玉佩，面部向右倾斜，作不惧貌，当为妹嬉。可见，萧云从

乃是以图画暗示出，汤所要诛杀者为妹嬉也，其观点当是对王、洪二家之注的综合。

　　次为《舜闵尧女图》。云从注文曰："注：桀作玉台十里，此语冤哉！故附于舜闵在家后。"王逸注曰"纣果作玉台十重"，未言桀；而《淮南子》云"桀、纣为琁室、瑶台、象廊、玉床"，注者大概是据此而衍生出"桀作玉台十里"之说，故云从以为"此语冤哉"，亦未选择此部分内容作图绘对象，而只是勾勒"舜闵尧女"之事。图中，左侧为三人，二宫女相向而立，向者手捧蕉伞，目视帝尧，背者右手轻轻抬起，掌心向上，似在示意右方跪地者起身，中有一人，方面大耳，隆鼻微须，头戴珠冕，身着龙袍，踞坐于龙椅上者，当为帝尧也，其神情和悦，面露喜色；其面前跪伏三人，居中之青年男子为舜，正仰首倾听，神情谦恭，左右为尧之二女，一向一背，背者目视舜,向者目视尧旁宫女。可见,萧云从在图绘尧以二女妻舜之事时,展现出的是尧将二女许配于舜的关键时刻,而未曾勾勒舜之父母形象,这种做法当是对"尧不告舜父母而妻之"这一观念的认可。

　　次为《女娲图》。萧云从注曰:"女娲人头蛇身,一日七十化,其体如此。柳《对》曰:工获诡之,谓画师所致也,何独不然。《路史》谓:登立即女娲名,故合图。"对女娲形象问题,《山海经》《淮南子》诸书有所谓"人面蛇身"之说,王逸注亦用此说,而柳宗元《天对》则曰"娲躯尨号,占以类之。胡曰日化七十,工获诡之",认为是因画工在画壁时所诡制,而屈原呵壁时因其像而为辞。云从此注,当是渊承王、刘之说而来;至于其以《路史》为据,以为

"登立即女娲名"，疑误。在其图中，绘女子头像，漂浮于空中，披散头发，双手捧起石块，面露欣慰之色，而其颈项以下为蛇身，盘绕在下方的巨石之间，其手捧之石与躯体缠绕之石旁，皆有燀炎之火，合而观之，当是描绘女娲炼石补天之情境。可见，云从在图绘之时，除参佐旧注，赋予女娲以人首蛇身之形象外，还根据自己的意愿，额外增补入内容，将女娲所最广为人知的"炼石补天"一事作为绘画素材，予以形象表现，以凸显出女娲救民苦难的精神，这与其在绘制鲧之形象时所遵循的赞颂人物为国为民精神的观念是一致的。

次为《舜害不危图》。萧云从注文曰："注但云其肆犬豕之心，不能危败舜之身也。至柳《对》始有'毕屠水火'之说，惟《孟子》亦云然也。"王逸注有"烧廪填井，欲以杀舜"之语，这与柳宗元《天对》"舜弟视厥仇，毕屠水火"之语是一致的，故云从注文中认为柳《对》始有"毕屠水火"之说，不妥。在其图绘中，左侧为二女子，华服丽饰，面右而立，一女子斜捧琴，另一女子左手轻举至颔，右手斜伸，二人皆面带喜色，当为舜之二妃，所执之琴，为尧所赐也；画面中央处为一井口，其上有石填塞，当是暗示舜穿井而瞽叟与象填塞井口之事；右侧一人，首似龙形，当是取意于《列女传》所谓"龙工入井"也，其右手上举，其上生出火束，当是暗示涂廪之时瞽叟从下纵火焚廪之事，左手执长矛、弩弓，似乎蕴涵其为瞽叟与象所欲杀之事。从画作可以见出，云从绘制"舜害不危"之图时，综合取用《史记·五帝本纪》《列女传》中关于舜、瞽叟与象之记载作为素材，将与不同故事相关的典型人物、器具片段式地呈现出来，并加以有机组合，从而引起观者对某一部分或片段之背景的记忆与联想，并经由多个片段的组合，唤起观者对事件的完整记忆，在读图时完成审美自足。

　　次为《南岳两男子图》。萧云从注文曰："自泰伯、仲雍去吴，太史公以吴始世家，传首伯夷，贵让也，荆蛮之逃而复有季札之苗裔，奇哉！"可见，其渊承司马迁之说，以为《史记》中，将吴太伯作为三十世家之首，伯夷作为七十列传之首，乃是要表彰太伯、伯夷让位这一历史行为所表现出来的崇高政治品格。在图画中，云从分两部分来构图：左上部分为巍峨之山崖，其中伸出树枝数支，垂下藤蔓几缕，当是南岳也；右下方的山路上，一高一矮两男子正徐行，高者白面有须，目视前方，当为年长之太伯，其头束发冠，身着绣有凤鸟之衣，肩扛药锄，右手扶锄柄，左手提篮中有花草果实等，当为王逸注中所谓"采药于是"所得之药材也，矮者面朝太伯而立，不见面目，以带束发，身着绣虬之衣，左手提篮，空无一物，当是仲雍也。可见,萧云从在图绘时,当是参佐了王逸之说。

次为《缘鹄飨帝降观罚黎图》。萧云从注文曰:"伊尹缘烹鹄羹,饰玉鼎以事汤,汤以为相。又云:汤出观风俗而逢伊尹也。然画师取异事以图而观者,以子舆氏为正。"对于汤举伊尹之事,王逸注中列举两种说;云从在注《天问》时,先列出此二种不同观点,继而,出于好奇尚异观念之影响,以伊尹烹鹄羹饰玉鼎以事汤作为图绘素材,故而,其图中右下侧立者当为伊尹,其双手捧鹄鸟,背负三足鼎,将要"烹鹄鸟之羹,修玉鼎,以事于汤"也。其图左侧,绘一甲胄武士,右手执斧,左手斜指前方,当是汤在伊尹辅弼之下,行天之罚,以伐桀之情境。可见,云从图绘汤与伊尹之时,乃是选择最具代表性的物象,抓住典型事件的关键时刻来进行布局的。

次为《玄鸟贻喜图》。萧云从注文曰："简狄侍帝喾于台上,有鸑堕卵,吞而生契。《诗》言之矣。《礼》云'仲春高禖之祀',有自来尔。"萧云从将玄鸟释为鸑,或是因《离骚》有"鸑鸟之不群兮"语。同时,其还以为,《礼记·月令》中所载"高禖之祀",亦是由简狄吞玄鸟卵而得契所衍生者,与蔡邕等以为禖神是高辛以前旧有之说不类。在图绘时,其于空中绘一翻飞之玄鸟,其下为简狄侍帝喾于台之场景:帝喾背向而立,头戴王冠,身着绣神兽图形之服,左手轻举,右手蜷于胸前,简狄面向侧立,头戴珠花,身着华服,右手正拿起鸟卵欲吞食之。

次为《该秉季德图》。萧云从注文曰:"蓐收为少皞氏之少子,虎爪手钺,尸刑以司愿。言该之德能嗣于癸,故列于神以主天下之刑令,所为白虎神也。陆探微有《五方司天图》,加以金钟,亦兑西之义也。"《春秋》昭公二十九年,《左传》曰:"少昊氏有四叔,曰重、曰该、曰修、曰熙,实能金木及水使。重为勾芒,该为蓐收,修及熙为玄冥。"是故云从乃以"该"为少皞氏之少子蓐收。《山海经·海外西经》云:"西方蓐收,左耳有蛇,乘两龙,人面白色,有毛、虎爪、执钺,金神也。"故而,萧云从在注"蓐收"之形貌时,亦取用柳宗元《天对》之说。在图画时,云从绘一人形异物,兽首虎面,毛发森然,一蛇缠绕肩脖间,右手握蛇头,一钺置于左肩,左手扶钺柄,身披甲裙,腰佩弓箭,双脚踏风火轮,正前行。可见,云从在图绘时,既依据《山海经》、柳宗元《天对》诸书来勾勒"蓐收"的相关特征,又有新的创造,如将文献中所载蓐收"左耳有蛇"改为右手握蛇,"乘两龙"改为脚踏二风火轮,"人面"改为"虎面",为凸显出其"虎神"之身份,以及"主天下之刑令"的职能。

　　次为《牧夫牛羊图》。萧云从注文曰："有扈,羿国名也。浇灭夏国相,相之子少康为有仍牧正,典牛羊,乃灭浇而复夏。则圈杸之不可测,况一成一旅邪?"当是对王逸注文的因袭。在图画中,萧云从采取了背向式画法,从背面勾勒少康典牛羊的场景:一巨牛背向观者,身体健硕,其尾摇曳,怡然自乐,其后随一牛犊,正仰头吮乳,其旁则有一人背向而立,不见面目,正右手挥鞭,驱赶右边二羊。

　　其次为《干协时舞图》。《天问》之"干协时舞"句,王逸注曰:"言夏后相既失天下,少康幼小,复能求得时务,调和百姓,使之归己,何以怀来之也?"以为此乃少康之事也。洪兴祖则引《尚书·大禹谟》"三旬,苗民逆命……帝乃诞敷文德,舞干羽于两阶,七旬,有苗格"语补注之,以为其当为论及禹使边民臣服之事也。萧

云从注文曰："'舞干格苗',《书》载之矣。字学谓舞下从舛,象两
人对舞也。但籥翟干勺,今不具见。故存之于图。"可见,其于此
当是不从王说而认同洪兴祖之见解。其又因《尚书·大禹谟》中
所舞之"干羽"于今日多不能全部见到,故而决意将其图绘于画
中。是故,云从此图由前后两部分构成,后部为二男子,身着华
服,头束发带,一人一手持干盾,一手握排箫,另一人一手持籥,一
手握翟,正蹁跹起舞;前部分图绘一戈横置于地上,一男子跪伏于
地,短发纹身,斜披皮毛,当为苗也,其正双手拱起,向舞者跪拜,
以示臣服也。

　　次为《平肋曼肤图》。萧云从注文曰:"《对》云:辛后骇狂也。
嗟乎,不类之! 夫啬宝克膏,大率如是,故脐可燃而帝可耙矣。"其

引柳宗元《天对》之语，以为商纣呆狂，诸侯背叛，天下乖离，其本应怀忧愁癯瘦，却反而形体曼泽，平肋肥盛，概因其肆荡无所思虑也。同时，萧云从还对君王的此种行为进行批评，认为其脐可燃，其肉可羓。故而，其在图绘时，围绕"平肋曼肤"之特征，着力描绘出呆狂之纣形象。图画中，一肥硕男子，相貌丑陋，袒胸露乳，作呆滞状，令人见之顿生厌弃之感，即纣也；围绕在其周围有四人，正前方为一美貌女子，丰面细颈，头戴凤冠，身着凤袍，当为纣之妃也，左、右、后分立三男子，有年少者，有年长者，作恭敬、谄谗之状，当是宵小党人也。

次为《击床图》。萧云从注文曰："有启时，有扈氏本牧竖，何逢而得侯？及启攻之，亲杀于床。夫以贱竖窃神器，天人共愤。剥床者，寓言不安也。"当是对王逸注文的因袭。洪兴祖以为"牧竖"非有扈氏，而是因有扈之国为启所灭，其后子孙遂为民庶，牧夫牛羊，为萧云从所不取。在画中，萧云从于中央部分绘一桌，其上放置着钟、鼎、罍等青铜器，画面左侧为一雕花床，窗前有两人，一人身着龙袍，跌落地上，当为有扈氏，另一人身穿铠甲，背负长剑与弓箭，右手抓住有扈氏头发，左手握斧欲斩其首。

次为《秉德朴牛往营班禄图》。萧云从注文曰："汤能常秉契之末德，出猎得大牛之瑞，而还以禽遍班禄惠于百姓也，专恩溥利，理之所有。柳之《对》亦泥矣。"乃是对王逸、朱熹之注文的因袭，其图绘亦是据此而为之。图分两部分构成，上半部分描绘汤得朴牛之情景，汤头戴发冠，身着铠甲，右手以剑拄地，左手放置于一大牛首上，立于大牛所拉之车前，身边围有三侍者，左侧侍者正拉大牛缰绳，目视牛，左侧侍者左手提箪，左肩挂弓箭，正斜视前方，牛车后亦有一侍者，正双手握旗，目视前方；下半部分为文臣武将将猎物分给百姓的场景，右侧有二人，一白面微须男子，左

手握一鹿，右手握一动物腿肉，作欲分发之状，一络腮男子立于其后，身着铠甲，剑挂箭壶，在二人前面的地上，跪坐有握杖老者一，持筐幼童一，青壮者二，当是在接受汤所分发猎物的百姓。

　　次为《繁鸟萃棘图》。《天问》"繁鸟萃棘"句，萧云从注文曰："注：晋大夫解居父聘于吴，过陈之墓，见妇人负其子，欲肆情焉。妇人引《诗》刺曰'墓门有棘，有鸮萃止'，独不丑鸮乎？盖循暗微之迹而有夷翟之行，不可以宁其身。柳子《对》以彼衷之不目而徒以色视，则解父是也。嗟乎！祖戏于朝，陈事也，《墓门》之诗，愧《株林》矣。秋之世，鹑奔鹿聚，非圣人防维几何，而禽兽之不若矣。是图可补《烈女传》。"可见，其此文乃是径取王逸注而为之。同时，萧云从还对春秋之世败国亡家的淫乱之行提出强烈批评，认为这种做法禽兽不如。又,《列女传》亦载解居父使于宋时欲调戏陈辩女事,萧云从亦有认为图像能补充文字之不足的观念。在图画中,萧云从于画面中央绘出一棘枣树,树干屈曲多结,枝刺崚嶒,其顶端蹲立一鸟,当为鸥鹀也,树下左侧为一美貌女子,华衣绮带,背负一幼童,仰首侧视,右侧为一背向侧立之男子,依稀见出侧脸轮廓,头戴发冠,身佩长剑,有玉佩悬挂于腰间,似正与女子搭讪状,当为解居父也。

次为《眩弟图》。萧云从注文曰:“象眩惑其父,以危兄弟。问者虚词,对者实指为象也。特有鼻之祠至唐不坠,又岂亲爱所及哉?”依前人之说,释象眩父而危舜之事,并认为《天问》“何变化以作诈,而后嗣逢长”为虚指,而柳宗元《天对》则以“象不兄龏,而奋以谋盖。圣刡凶怒,嗣用绍厥爱"来应对,以为其当实指为象。同时,对有鼻之地设象祠至唐不坠一事,萧云从以为并不是仅仅因为人们因爱戴舜而延及至其弟,乃是借象祠来表达对舜之功德的感怀之情。明人王守仁《象祠记》亦曾曰:"君子之爱若人也,推及于其屋之乌,而况于圣人之弟乎哉? 然则祀者为舜,非为象也。意象之死,其在干羽既格之后乎? 不然,古之鸷桀者岂少哉? 而象之祠独延于世。吾于是益有以见舜德之至,入人之深,而流泽之远且久也。"①可见,对有鼻之象祠功能的理解,二人是相同的。在图绘时,萧云从采用对称式结构,右上方为一老者,鹄面鸠形,拄杖而立,作聆听状;左下方一男子背向而立,依稀可见侧面,头束发冠,身着华衣,左手伸开,食指前伸,右手伸出摊开,作诉说状,当是象,正在言舜之过而诳瞽叟。

次为《有莘吉妃水滨小子图》。萧云从注文曰:"杨《注》:伊尹母妊身,梦神女告之曰:'白灶生蛙,亟去。'母走其邑,尽大水,母溺死,化为空桑。有儿啼,即尹也。'柳子曰:'或者为是说,以蠹伊尹之圣也。'然空桑、重泉皆地名也,或即是而名其地邪! 遂画之。然历阳之人化为鱼鳖,如前注所云,又复可疑。"援引旧注,解释"水滨小子"的由来。同时,对前人注释提出疑问,以为历阳之人化为鱼鳖之说不可从,而空桑、重泉诸地名的由来,或是因民间流传有伊尹母化为空桑故事,而后因之命名者。在图绘时,萧云从采用超时空组合法,将汤得有莘氏之妃与伊尹生于空桑这两件不同时期发生的事情组合在同一画面。左侧绘一幼儿,赤身坐于枯桑树下,伸出右手,向人示意,右边是滚滚河水,右侧绘二人,一头戴王冠,身穿铠甲,右手执剑,倚于肩上,左手抚剑者,为汤也,一

---

① (明)王阳明:《阳明先生道学钞》卷三,明万历琥林继锦堂刻本。

蝤首蛾眉之女子,身着彩衣,其上绣有祥云图案,右手斜置于胸前,左手上捻,当为明而有序之有莘氏女,乃汤东巡狩至有莘氏时所得吉善之妃也。

　　次为《会朝争盟苍鸟群飞图》。值得注意的是,萧云从绘制此图时,只对"会朝争盟,何践吾期"句作注,而将"苍鸟群飞,孰使萃之"并入下图中作注。其注此图曰:"武王将伐纣,纣遣胶鬲视师,还,报以甲子日。会大雨,武王曰:'吾甲子日不至,纣必杀胶鬲,吾欲救贤者之死。'图中奋驱,以想圣人之仁;若安于清尘洒道,则灌坛令之《阴符》也,何足问。"其说与《吕氏春秋·贵因》及王逸注文等一致。萧云从还交代出图绘之时的用意:之所以勾勒大雨之时武王却率军昼夜前行的场景,是想让读者通过这一场景来感知武王的仁义救贤之心。在具体构图时，萧云从还参佐了《史记·周本纪》中的相关叙述。此图是萧云从《天问图》中描绘人物数量较多者，全图共绘十人，其中，武王端坐于车中，左右车辕，皆雕刻有龙，车左麾旄，有仗钺，旌旗飘摇，在武王所乘之车的周围，簇拥九人，有文士，有武将，有年少者，有年长者，亦有发饰仪容不类中土之蛮夷者，当是所谓"司徒、司马、司空，亚旅、师氏、千夫长、百夫长，及庸、蜀、羌、髳、微、纑、彭、濮人"等，他们有的负弓背向而立，有的执斧，有的握盾挥剑，有的持矛负箭，正疾行于道，以见出武王"救贤者"之急迫。

次为《叔旦揆命并驱击翼图》。萧云从注文曰："武王之将帅如鹰之群飞，此孰聚之者？白鱼入舟，周公曰'虽休勿休'，故曰：'叔旦不嘉'。见人心之附聚，则奋于苍鸟；征天道之灵耻，则跃于白鱼。"对武王伐纣事之解释，几全同王逸。对"白鱼入舟"事，马融曰："鱼者，介鳞之物，兵象也。白者，殷家之正色，言殷之兵众与周之象也。"而萧云从亦从瑞应之角度来理解此事，并以之作为图绘对象。此图是萧云从《天问图》中描绘人物数量最多之图，其于图中勾勒之人物有近二十人，分两组呈现。左侧蜿蜒崎岖的山道上，十余名军士执戈、矛等诸种兵器，挥舞旗帜，或骑马，或徒步，当是如鹰鸟群飞般集聚于武王身畔之将士；右下方绘有一龙舟上行于湍急的河流，舟上设斾，绘有龙蛇状图案，舟中端坐二人，居中身着龙袍，头戴珠冕者，为武王也，其身旁有一老者，神态和蔼，似正向武王陈词，当是周公旦也，舟上另有五人，四人执兵器，环绕武王周公，另有一人，蹲于舟首，正在抓跃入舟中之鱼。

次为《昭后逢白雉图》。萧云从注文曰："昭后于越裳氏逢白雉，而后有南土之底也。'献鸟者，佛其首'，画其《礼》也。"在战国秦汉思想文化领域中，流传着周公制礼作乐天下和平，而越裳氏

献白雉的瑞应观念，王逸注《天问》时，亦用此说，萧云从则渊承王逸之说，作为图绘素材。又，据《后汉书·南蛮西南夷列传》载：越裳国在交阯之南，道路悠远，山川阻深，风俗殊绝，然其使却在进献白雉时言："受命吾国之黄耇曰：久矣，天之无烈风雷雨，意者中国有圣人乎？有则盍往朝之。"①足见其亦为当时中土礼乐文化之流风所波及，故而，萧云从以《礼记·曲礼》"献鸟者，佛其首"之语为据，试图通过细节来展示出越裳氏为中土礼制文化所影响。其在绘画时，于左下图绘一越裳氏形象，摩顶放踵，身着异服，肩插号旗，腰配弯刀，左手抱夹一白雉，右手掾转其首，即所谓"佛其

---

① （南朝宋）范晔：《后汉书》，北京：中华书局，1965 年，第 2835 页。

首"者,恐鸟喙害人也。画面中上部图绘四人,中间一老者,头戴珠冕,身着绘有龙凤图案服饰,盘膝而坐于榻上,其身旁之几案上,搁置有酒器食器,当为昭王也,右前立一丽姝,衣饰华丽,颔首浅笑,当为其妃嫔,其后立二宫女,右执障扇,其上绘有虎首图像,左者手持铜状礼器,正浅笑而视越裳氏献白雉。图中对越裳氏挼转雉首的细节勾勒,颇能见出云从对礼制的谙熟。

　　次为《穆王环理图》。萧云从注文曰:"柳《对》:'穆憺《祈招》,倡佯以游。轮行九野,惟怪之谋。……儒贼厥诡,爰屡其弧,幽祸挐以夸,惮褒以渔。'故画者略幽而详穆也。然得狼鹿以归,本之《国语》,其云'巧挴'者,或造父之诡御也,若瑶池'白云'之谣,则幻矣,曷足问? 或曰:'古无骑。'然'左师展将以公乘马归',刘炫注:'公单骑而归'。《礼》曰'前有车骑'者可证。"其先引柳宗元《天对》之语,说明图绘只及穆王而不涉幽王之缘由。继而,其对周穆王征犬戎之事进行解释,以为其原本出于《国语·周语》,穆王不听祭公谋父劝谏,征犬戎,"得四白狼,四白鹿以归。自是荒服者不至",其所谓"巧挴"者,乃是形容造父精于驱车策马之术也,这与王夫之《楚辞通释》以"枚"解"挴",释之为"马策"的看法是一致的①。对于《穆天子传》诸书所载西王母于瑶池为穆王歌"白云"之事②,萧云从以为其虚幻不足问。对于穆王得白狼白鹿

---

① 姜亮夫先生亦有类似见解,其《重订屈原赋校注》以为:"枚者,《左传·襄十八年》'以枚数阖'注'枚,马棰也',即王氏所本。则'巧枚',谓喜驱策耳。"

② 《穆天子传》卷三:"天子宾于西王母,天子觞西王母于瑶池之上。西王母为天子谣曰:'白云在天,山陵自出。道里悠远,山川间之。将子无死,尚能复来。'天子答之曰:'予归东土,和治诸夏。万民平均,吾顾见汝。比及三年,将复而野。'"

从犬戎归时骑乘问题,萧云从引《左传·昭公二十五年》刘炫注及
《礼记·曲礼》为证①,认为"古者服牛乘马,马以驾车,不单骑"之
观点不足信,以为其图绘穆王"单骑而归"形象提供依据。在画作
中,萧云从采用对称式构图,于左上方绘昭王及其随从图,昭王头
戴珠冕,身着龙袍,苍然有须,骑乘于马上,其左侧随一步卒,左手
执旄,右握弓弩,身披铠甲,髡首牛鼻,须发直指,不类中土人士,
或为犬戎;右下方为一牧人,右手握鞭,左手拉缰绳,栓有二鹿二
狼,乃穆王所获归之物也。

　　次为《齐桓身杀图》。萧云从注文曰:"齐桓九合,卒至身杀,
知假之不可久也。取尸虫出户,五子争立,以为不远之戒。"齐桓
任管仲,九合诸侯,一匡天下,后因任竖刁、开方、易牙,却招致死
后虫流出户的结局。对此,萧云从感慨"假之不可久",天命无常,
罚佑无恒,故欲图绘此事为后世之鉴戒。其在构图时,选择桓公
死后,其五子相互争吵之场景作为表现对象。图中五人,分背、向
之二组排列,背者二人皆面右倾斜而立,一人身着龙螭祥云纹饰
之衣,面带嬉笑,右手微外摊,另一人负剑,右手食指伸出,作辩论
状,向者三人,最左者年最长,其左手握弓,右手持箭,中立者次
之,头戴束发冠,手握虎首纹饰之盾,最右者年最少,其双手拱于
袖中,腰佩长剑,五人正为嗣立问题争论不休。而齐桓尸身出虫
之场景,图中并未呈现。

---

① 《左传·昭公二十五年》"左师展将以公乘马而归,公徒执之"句,杜预注
　曰:"欲与公俱轻归。"陆德明《经典释文》:"乘,如字。骑马也。"孔颖达《正
　义》:"古者服牛乘马,马以驾车,不单骑也。至六国之时始有单骑,苏秦所
　云'车千乘、骑万匹'是也。《曲礼》云'前有车骑'者,《礼记》汉世书耳。经
　典无'骑'字也。炫谓:'此左师展将以公乘马而归,欲共公单骑而归。此
　骑马之渐也。"

　　次为《箕狂梅醢图》。萧云从注文曰："雷开受赐不足画，止以箕狂梅醢为图，著古人顺受之正。"纣赐金玉而封佞人雷开，却菹醢梅伯，奸佞得宠，忠直穷厄，这不由得让久试不中而有"不遇"心态的萧云从产生共鸣，为之而悲恸。故而，其在图绘这一事件时，未曾勾勒雷开，而只是描摹了箕子与梅伯，试图通过对忠直之士的图绘，来宣扬那种"顺受"观念，"莫非命也，顺受其正。是故知命者不立乎岩墙之下。尽道而死者，正命也；桎梏死者，非正命也"。这大抵与萧云从绝意仕进之后，悠游山林泉石间的旷达心态有关。

　　次为《元子挟矢伯昌秉鞭作牧赐醢上帝罚殷图》。萧云从注文曰："宜分作四图，然周以后稷，积功累代，数十圣，而后王天下，

卜年八百，则'一心之运'也，故合之。"对《天问》"稷维元子"节所
论之商周更替事，萧云从以为可作四图：《元子挟矢图》，大抵是表
现稷持弓矢而有将相之才之情状①；《伯昌秉鞭图》，描绘文王执
鞭持政之情形；《作牧赐醢图》，描绘纣王菹醢梅伯以赐诸侯而文
王受之之情状；《上帝罚殷图》，描绘武王伐纣灭殷之情形。然而，
萧云从在具体创作时，以为这些事件背后，皆能见出周之君主的

---

① 对于"挟矢"者谁问题，王逸以为系后稷，"持大强弓，挟箭矢，桀然有殊异，
　将相之才"；洪兴祖以为系武王，"言冯弓挟矢，而将之以殊能者，武王也"。
　朱熹则因王、洪之说"未知孰是，今姑阙之"。从注文与图像可以看出，萧
　云从当从王说。

圣德之心,而正是这种圣德之心传承,即其所谓"一心之运",才使得周最终代纣而王天下,卜年八百。是故,其选择周之历史上的三位君王:稷、太王、文王,作为图绘对象。在画中,萧云从采取"三足鼎立"式构图方法,稷立于图中,其头戴王冠,身穿铠甲,丰面隆鼻,神情和悦,左手握黍稷,右手握弓弦,弓挂于右肩,腰间佩有箭壶,另有二禽,分飞于其左右;左下一人,背向而立,头束发冠,身着龙袍,左手握鞭,右手托一首级,当是文王所接受的纣所赐之梅伯之醢,此当是文王受醢之后,"祭告语于上天"时之情境①;右下绘五人,一人侧立居中,头戴发冠,身着祥云图案服饰,有王者姿仪,其左立三人,一男、一女、一稚子,皆平民装扮,男子肩负有补缀痕迹之橐,作举家迁徙状,右侧亦立一人,圆面虬髯,肩上挑有行李,亦作搬迁状,此四位平民皆喜笑颜开,作愉悦状,当是描绘太王居岐之时,百姓来就岐下,依徙而随之也。可见,萧云从将稷、太王、文王之事迹图绘于同一画面,以其皆具圣德之心而一以贯之,体现出其对传统政治文化中"德治"观念的认同。

　　次为《鼓刀图》。萧云从注文曰:"吕望在肆鼓刀,文王问之,对曰:'下屠屠牛,上屠屠国。'文王喜,载以归。武王缵文之绪,故

---

① "纣醢梅伯"事,《史记》无载,《韩非子》《晏子春秋》《吕氏春秋》《淮南子》《春秋繁露》《韩诗外传》中有所涉猎。王逸注《天问》"受赐兹醢"句曰"纣醢梅伯,以赐诸侯,文王受之,以祭告语于上天也",洪兴祖补注时,但引《史记》所载之纣"醢九侯""脯鄂侯",而"西伯闻在窃叹"事,未涉梅伯也。朱熹《楚辞集注》则从王说而又有申发,以文王受醢且以祭告语于上天后,"帝乃亲致纣之罪罚,故殷之命不可复救也",以"天人感应"观念解《骚》,表现出对"天命"观的认同。萧云从所图绘之《作牧赐醢图》,所体现出的认识与王逸、朱熹是一致的。

奉木主伐纣，则太公之事也。乃不分图。"其对"吕望鼓刀"之事的
解说遵从王逸之说①。在图绘时，萧云从采取对角线式布局，自
右上至左下，依次呈现人物。左下一人，皓首苍颜，衣着褴褛，腰
中系有一小篓，左手反握屠刀，右手食指中指作敲击刀身状，面前
横置一案，案上有牛，案旁有犬形物，蜷伏于地上，为正鼓刀之吕
望也；中部位置立有一人，头戴通天冠，身着衮衣绣裳，双手合拱
于袖中，神色和悦谦恭，为文王也，其左侧侍者手持障扇，其上绘
有二龙戏珠图样；右上方为文王所乘华盖车，有三侍者立于车旁。

_____

① 对"吕望鼓刀"事，朱熹以为是"当时好事者之言"，而《天问》"鼓刀扬声，后
　何喜"之问，亦"不足答"。

次为《伯林雉经图》。萧云从注文曰："伯，长也，林，君也。晋太子申生雉经也。又，杂纪云：'伯，迫也，迫于林中也。'王充云：申生雉经，林中震陨，自古忠孝未有不感天地也。'持此又可辩子厚'蚓讼蛢贼'之对。"可见，其除援引王逸注外，还以王氏"申生雉经，林中震陨"之说，从"天人感应"的层面，来宣扬忠孝观念，而这也体现在其画作中。萧云从于画面右侧整幅绘一大树，粗壮挺拔，一男子头戴发冠，身着彩衣，自挂于树枝，其双目紧锁，肢体僵直，了无生气，当为申生也，在画面左侧，有十余树叶正在坠落，当是图绘"林中震陨"之情境，以表现申生之忠孝感动天地，树叶陨落以为之悲也。

次为《集命承辅图》。萧云从注文曰："'皇天'节，或有连及下文者，或有虚说者，今合之。汤初臣伊尹，后乃师承，足官天下而垂绪。今画作北面相揖，微有谦逊，不遑之义学焉，后臣岂欺我哉！"先对此图绘所依据《天问》章节问题进行说明，继而渊承前说而又有所申发，以为"汤初臣伊尹，后乃师承"①。基于此，其还对图绘之构思进行了说明，要勾勒君臣"相揖""谦逊"之情状。在图绘时，萧云从采用对角线式布局，由右上至左下来描摹人物，右下一人，头戴珠冕，身着衮衣绣裳，腰佩玉饰，背向而立，双手捧朝笏，正向对面人物作揖，当为汤也；其对面一人，头戴发冠，身着彩衣，腰佩长剑，正双手拱起作揖至鼻端，神情恭谦，当为伊尹也。

---

① 对于汤与伊尹之关系问题，《孟子》以为是"学焉而后臣之"，王逸以为"汤初举伊尹，以为凡臣耳，后知其贤，乃以备辅翼承疑，用其谋也"，洪兴祖以为"伊尹初为媵臣，后乃以为相耳"。可见，萧云从"先臣后师"之说，当是在承继王逸、洪兴祖之说的基础上而又有所申发，意在宣扬理想君臣关系。

次为《勋阖壮武图》。萧云从注文曰："阖阖,少亡在外,壮厉武以自威。"为其注《天问》文辞之最少者,其说亦与王逸、朱熹诸人一致。在图绘时,萧云从着眼于凸显阖阖之勇武威仪而构图:一身材健硕、丰面浓眉者,头戴鸟形帽盔,身穿铠甲,腰间系有鹰隼图案之护甲,右手执弓,左手握三尖两刃剑及旄,腋下悬有箭壶,背负盾牌,一派勇武健硕姿态。

次为《彭铿斟雉飨帝寿长图》。萧云从注文曰:"彭祖进雉羹事尧,八百岁犹自悔不寿,恨枕高而唾远。注奇,因附之。"从中可以看出,萧云从因觉王逸注中所释彭祖之事极为奇特,故欲图绘之。图中一人,珠冕衮衣,安坐于几案旁,为尧也,右侧立一侍女,双手捧觞欲进,左侧一宫女,身形修长,容貌姣好,双手持旄,神色和悦；右下为一老者，鬓发稀疏，面容苍老，双手托举一盘，其中有雉，其身后有炉、尊等器具，当为进献雉羹之彭祖也。

次为《共牧微命图》。萧云从注文曰："牧，草名。中州有岐首蛇，共争食以自啮。王注：喻夷狄之自相残噬者是也。柳《对》以'细腰群飞，夫何足病'。乃画蜂。"乃是节引王逸注与柳宗元《天对》文字作为图绘依据。在画中，上部分为十六只翻飞昆虫，即所谓"细腰群飞"也，下半部分绘生有牧草之广袤原野，其上有一身而岐首之怪兽，其二首相向，作张口欲啮之状。值得注意的是，对《天问》"中央共牧"句，王逸以为是中央之洲有岐首之蛇，洪兴祖因之，然在萧云从图中，此物却被绘制为龙形、有角、身覆鳞片之物，极类龙。究其因由，或是因王逸以为岐首之蛇有喻夷狄之意，云从为汉人，视满族之人为夷狄，其对满族入主中原，代明而立，极为不满，故于图绘中绘蛇为龙形，以其为满族之象征，借以表达对清廷的不臣之情。

次为《惊女图》。对《天问》"惊女采薇"节，王逸注曰："昔有女子采薇菜，有所惊而走，因获得鹿，其家遂昌炽，乃天佑之。"洪兴祖无注。朱熹以为"此章未详，故当阙"。萧云从注文曰："昔有女子采薇，惊走，回水上，止而得鹿，家遂福，喜也。"可见，其当是以王逸之说作为图绘依据。画作中，一女子侧身而立，首向左倾，头戴珠钿，身着彩衣，外披帛帔，腰佩玉环，一派富贵气象，其右手提篮，中有薇菜，左手微伸，掌心向下，身后横立一毛发散乱之鹿，首向右，作欲行状。按王逸注，女子得鹿后，家遂昌炽，其始初或为平民。而萧云从画中，女子衣帔华丽，当为富贵家之子也，而这正是萧云从在图绘之时的一个典型技法：通过勾勒局部图像，反映事件的不同发展阶段，让读者通过连贯若干局部，来完成对故事的理解，实现审美自足。

次为《噬犬百两图》。萧云从注文曰："秦伯有犬，弟针请之。百两，车也。鲁昭元年，针奔晋，其车千乘，坐多，故出奔。画犬车上，本'载猃歇骄'义也。"对王逸注中以为"百两"乃"百两金"之说提出质疑，以为其当为车，与柳宗元《天对》之说一致。基于此，其复据《春秋》所载"针奔晋"事及《诗·秦风·驷骥》所载"辑车鸾镳，载猃歇骄"语作为图绘依据。图中一人，头戴首盔，身着铠甲，手握缰绳，立于四甲马所拉之战车上，战车前部上方绘有龙、虎图文，中间绘有一犬，即云从所谓"本'载猃歇骄'义"之体现，车左挂弓，右挂箭壶，旌、旄分置于车后，车下左右，二兵士相向而立，一人腰中配剑，右手握之，背向而立，其对面之兵士，左手挥鞭，似正驱马前行。

　　次为《环间穿社爰出子文图》。萧云从注文曰:"'薄暮伏匿'
'荆勋'等问,不能为图,故略之,止以'环间穿社,爰出子文'者画
之。杨、柳《对》曰'於菟不可以作',遂为图,本非臆也。"在《天问》
末节中,萧云从只图绘"何环穿自间社丘陵,爰出子文"句而未及
其余,大抵是因"薄暮雷电""伏匿穴处"诸语,事非奇特,与其"好
奇"之图绘观念不合,因故略去。在图画中,萧云从绘一丘陵之
地,其间颇生草木,一虎居其中,首右斜,尾竖立左斜,其腹下有一
赤身小儿,正张口作吞食状,当是子文初生时为虎所乳之情景。

　　此图后为萧云从弟子张秀璧《天问图跋》,其辞曰:

　　　　余师之学,博而能精。不能遍观而尽识者,独绘事也欤
　　哉?然而麟角专场,虎头让席。即以绘事名天下矣。极古今

名象之微,天地事物之变,可喜可愕之情,濡以蛾绿,运以鼠须,稗观者疑胸顿开,饥目得饱。如兹《天问》之图五十有四册,附以自注,编系于下,错取叔师之义、子厚之对、晦庵之注、万里之解,包举折衷,略无剩蕴,可不谓神哉! 余待师侧,备较录,计逾年而图始成。于是苏兰借灵,妇驵竞市,而购者欲穿铁限矣。故自闾巷以迄四方,后生耆宿,莫不捐百虑,奉一函,指顾欢跃,未能罢去,若观郭秃之呈于中宵灯下也[1],不知其出于铅椠,而属腐枣尔。画师行且老,非深思好古,殚心绝技,谁肯任是者? 令及门之徒,赞一辞于雁骛之尾,既不可得。世且谓屈子取不根之说,愤激彷徨,上咨真宰,非如腾兰水陆之教,能肖其情,则当日古庙长墙,金碧森列,启王孙之呵殿者,盖亦取意不取像,安能与刻舟、索骏之徒同类而共笑之哉? 世如通其说,一言之知,或以余为哀梨,不知其出于精且博之外者,又非款启之所能识也。门人张秀璧百拜敬题。

于其中,张氏先从学识之渊博与画艺之高超角度,对其师萧云从进行宣扬。继而,对萧云从图绘《天问》之时,综取诸家之说以为构思依据的情况进行阐释,认为其注能包举折衷,尽发《天问》之意蕴,就前文所引萧氏注文来看,张秀璧此说亦不为浮夸。复次,张氏交代了《天问图》绘制过程与梓行影响。此图由萧云从绘制,文字钞校迻录工作,则由秀璧完成,师徒二人费时年余,方成斯书;《离骚图》梓行之后,男女老幼,皆争相购置,以至于书肆

---

[1] 北齐颜之推《颜氏家训·书证》:"或问:'俗名傀儡子为郭秃,有故实乎?'答曰:'《风俗通》云:"诸郭皆讳秃。"当是前代人有姓郭而病秃者,滑稽戏调,故后人为其象,呼为郭秃,犹《文康》象庾亮耳。"

之铁门槛亦被磨损,而众人观书之时,兴趣极高,如同看傀儡戏般,引人入胜。其说虽有夸张,然亦能见出是书在当时的受重视情况。再则,张氏还以为《天问》乃是屈原"呵壁"之作,当其观看庙中壁画之时,心生感触,遂就画意而发辞,以寄愤激彷徨之情,故《天问》之文辞,绝非仅仅是对庙中壁画进行刻舟求剑、按图索骥般的文字描述。当然,这种见解也是诸多《楚辞》学者的共识。

以下为《九章传》《远游传》《卜居传》《渔父传》《九辩传》《招魂传》《大招传》,皆署"区湖萧云从尺木甫校",径录王逸注文与《楚辞》诸篇原文,无图。

四、《离骚图》的特征

就以上对文字与图像之关系的分析可以见出,《离骚图》具有以下特征:

(一)画以见志的图绘目的

在图绘《离骚》之时,萧云从于其中寄予诸种意旨,主要有:

1. 心系故国不仕清廷之志

处在明清易代的动荡时期,萧云从极其重视民族大义,不与清廷合作,有孤臣孽子之心。而在《离骚图》中,萧云从更是怀着遗民苍凉孤傲之情,以己之笔图绘胸中意气。

清朝建立之后,即革正朔,更年号,以示正统。然萧云从却在图绘《离骚》之时,仅署"甲子"而不书"顺治"年号,表现出心系故国的遗民情怀。

在图绘《九歌》时,萧云从录王逸《九歌序》后,指出:"《九歌》如《凫鹥》诸诗也,朱子谓'本以惓忱,不忘吾君故国'之义,令读者不见其奇而规于正也,庶无愧于丹青矣。"《毛序》:"《凫鹥》,守成

也。太平之君，能持盈守成，神祇祖考安乐之也。"于此，萧氏将
《九歌》比作《大雅·凫鹥》，并引朱子之说以为佐证，乃是标明其
图绘《九歌》之用心乃在于使得观者从中感受到不忘君国之意，从
而不沉溺于图绘之奇幻玄诞，为其表象所迷惑，以"规于正"。这
种用心与萧云从在创作《离骚图》时的境遇是有关联的，其中不无
借图绘《楚辞》来表达忠君爱国之志、鼓舞明遗民的抗清斗志之
用心。

　　图绘《天问》之时，萧云从更是通过画面来传递遗民情结。
如《日月三合九重八柱十二分图》之蛇，颇类龙。在图绘《巴蛇吞
象图》时，萧云从在引《山海经》释"一蛇吞象"事后，又详细解释
"灵蛇"作"巴蛇"的由来；然而其笔下的巴蛇，却为龙形。《女娲
图》中之女娲，萧云从引王逸注文曰"人首蛇身"，图绘中却绘人
首龙身女子。《天问》之"中央共牧，后何怒"句，王逸以为是中央
之洲有岐首之蛇，洪兴祖因之，萧云从注文亦曰"中州有岐首之
蛇，共争食以自啮"，然在其图中，岐首之蛇却被绘制为龙形、有
角、身覆鳞片之物，极类龙。究其因由，或是因王逸以为岐首之
蛇有喻夷狄之意，云从为汉人，视满族之人为夷狄，其对满族入
主中原，代明而立表示不满，故于图绘中绘蛇为龙形，以示遗民
不臣之心。

　　亡国之痛持续影响着萧云从的精神与生活。在完成《离骚
图》后，他曾应张万选之请作《太平山水图》，图中钤有"忍辱金刚"
"仆本恨人""梁王孙""萧天子裔"等印，足见其所具之心怀故国、
不与清廷合作的情怀。

　　萧云从还据宋末谢羽《西台恸哭图》而作同题画作，勾勒一位
身着汉服的士人站立在山巅的高台之上，面对大好河山掩面恸
哭，其曲折地反映了画家对亡国家破后的沉痛心情。

　　清人沈祥龙有《过萧尺木墓》诗,其辞曰:"家国沧桑一慨中,《离骚图》就思无穷。遗民老去诗心苦,古壁长留画本工。"①以为云从乃遗民,故其《离骚图》中寄予无限家国沧桑之意,当为得之。

　　2.俾明治乱劝惩后来之志

　　在《离骚图序》中,萧云从陈述其图绘《楚辞》的用意乃在于使得后人通过翻覆玩绎其图,能够"明治乱之数,芳秽之辨","用备后来之劝惩",以发挥其图的劝善惩恶、镜鉴教化之功用。

　　其在《画〈天问图〉总序》中指出:"舞干蛮遏,环誓戎归,则知远方之宜率服也。鼓刀负鼎,则庆贤人之遇也。醮身披发,则恻忠直之穷也。石腹桑育,虎乳鸟燠,脱焚出泉,则纪圣人之生不偶也。"即是通过对上古圣贤神话传说的征引,来表达其对神话观念的认同,从而为其图绘《楚辞》俾明治乱的意旨提供依据。而其所谓"烛龙之启其长夜也,岐蛇之毙于自噬也,缝裳乱伦之殒首也,棘林肆情之蒙羞也,牛饮之膘也,虫尸之争也"诸语,则是为宣扬其"无幽淑而不彰,无隐悖而不殄。被谗者有早名,窃据者无蹠类。不得之于身,必得之于子孙"的因果循环报应观念,赋予图像传递出"仪型可鉴,而报复无殊"的劝惩功能的依据,从而使得观看图像之后,"虽强梁汶暗之夫,未有不悚然知惧者",充分发挥其俾明治乱劝惩后来之功能。

　　如《东皇太一》篇,萧云从既在注文中引前人"屈子爱君无己之义,非幻也"之说,强调屈原爱君之义,又在图绘神灵之东皇太一时,按人间君主模样进行构图,使得观者在目触图画之时,产生东皇即是楚君王之喻的认知,进而通过对《东皇太一》文中所涉及"圜丘方泽,以祖配天"等文辞的理解,体会出屈原的借尊君以见

―――――――――

①(清)徐世昌:《晚晴簃诗汇》卷一百六十七,民国退耕堂刻本。

爱君之心。基于此,萧云从盛赞屈原是"忠孝之至",试图通过此种判断,来认同并宣扬忠孝观念。

《国殇》篇,萧云从援引王逸注,以为其是纪念死于国事者;惟其为国事而死,方才使得人们为之思慕悲伤,并丹青描其形貌,迎其魂魄于原野。显然,其注文中体现出对爱国思想的推崇。

对鲧理水之事,王逸以为是"鲧才不任治鸿水"而殛死,洪兴祖将鲧治水失败之因归结为其"汩陈其五行"。萧云从则不满意前人这种论调,明确指出:"为国而死,蒙罪何辱?况有盖愆之圣邪,世义水经,代有天下,食报宜矣。"以为其为国而死,虽蒙罪而荣。在绘制《鸱龟曳衔永遏羽山图》时,萧云从亦以鲧为表现对象,表现出对鲧勇于为国家献身精神的肯定。而在《岩越黄熊鲧疾修盈图》中,萧云从更一反王逸所谓"鲧恶长满天下"之语,转而图绘这样的情境:鲧死后化身为熊,继续"随山刊木"助禹,直至功成。可见,在图绘中对鲧事迹的选取与形象的表现,充分见出萧云从对勇于为国献身精神之推崇与赞扬。

《女娲图》中,萧云从特意补入"炼石补天"形象,以凸显出女娲救民苦难的精神,这与其在绘制鲧之形象时所遵循的赞颂人物为国为民精神的观念是一致的。

萧云从据《天问》"会朝争盟,何践吾期"句绘有《会朝争盟苍鸟群飞图》,着力于表现武王率军冒雨昼夜行进的情景,究其因由,乃是"图中奋驱,以想圣人之仁",通过图绘此情景展示武王之仁:不顾困难,一心救贤。

《天问》之"康回冯怒"节,萧云从以为共工怒触不周山乃是"匹夫之勇,紊坠纲常,倒替天泽",不足为法。故在图绘之时,将共工绘制成獐首奸邪之相,令人生厌;且与其他图中人物相较,共工在此画面中所占比例极小,或许现出云从对康回"匹夫之勇"的轻视。

《天问》之"平胁曼肤,何以肥之"句,萧云从引柳宗元《天对》
之语后,发出"夫啬宝克膏,大率如是,故脐可燃而帝可耙矣"的感
慨,认为像商纣一样的呆狂之君,脐可燃,肉可以为耙,表现出对
昏庸君王的批判。

《少康逐犬图》,萧云从"特图以为禽兽行者之诫"。

《天问》"何繁鸟萃棘,负子肆情"句,萧云从作有《繁鸟萃棘
图》,并与注文指出:"鹑奔鹿聚,非圣人防维几何,而禽兽之不若
矣。"对春秋之世败国亡家的淫乱之行提出强烈批评,认为这种做
法禽兽不如。

对于"齐桓九会,卒然身杀"之事,萧云从感慨道:"齐桓九合,
卒至身杀,知假之不可久也。取尸虫出户,五子争立,以为不远之
戒。"其在构图时,选择桓公死后,其五子相互争吵之场景作为表
现对象,欲为后世之鉴戒。

《天问》载"雷开阿顺"与"梅伯受醢,箕子佯狂"事,萧云从在
图绘时,未勾勒雷开,只描摹箕子、梅伯,用意在于"著古人顺受之
正",试图通过对忠直之士的图绘,宣扬"顺受"观念。

《天问》"稷维元子"节载周初先君之事迹,萧云从以为其皆能
见出君主圣德之心,而正是此圣德之心的"一心之运",才使得周
代纣而王天下,卜年八百。是故,其将稷、太王、文王事迹图绘于
同一画面,以其皆具圣德之心而一以贯之,体现出对"德治"观念
的宣扬。

绘《伯林雉经图》时,萧云从在画面左侧勾勒有正在陨落的十
余片树叶,对此,其注文中引王氏"申生雉经,林中震陨,自古忠孝
未有不感天地也"以为说明,认为此乃申生之忠孝感动天地之征
也。对于此种观念,萧云从在《画〈九歌图〉自跋》中指出:"忠臣殒

霜,孝妇降旱,一念之诚,惨动天地,理或难钦"即是从"天人感应"层面来宣扬忠孝观念。

《集命承辅图》中,萧云从"画作北面相揖,微有谦逊,不遑之义学焉",在承继王逸、洪兴祖之说的基础上而又有所申发,意在宣扬理想君臣关系。

可见,其在图绘《天问》所涉诸多传说、史事之际,多寓鉴戒之意,以期使得观者从图中获得关于善恶、贤不肖的教化体验。

3.怀才不遇尚友骚人之志

萧云从少赋异秉,矢志好学,博而多能,怀济世之志。然世事无常,其于科场屡屡失意,仕进无门;复又有国破家亡之恨,为避兵燹而奔波流离,心中颇有不遇之悲。故其自称为"恨人",过着"长贫贱,抱疴不死"的生活,而"秋风夜雨,万木凋摇,每听要眇之音,不知涕泗之横集","取《离骚》读之,感古人之悲郁愤懑,不觉潸然泣下"(《画〈九歌图〉自跋》),这种情感状态与《离骚》中屈原所表述出的"长叹息以掩涕兮,哀民生之多艰","揽茹蕙以掩涕兮,沾余襟之浪浪"情感状态颇有相似之处。故而,萧云从"尚友乎骚人"(李楷《离骚图经序》),从屈原的人生际遇中获得共鸣,借诠注《楚辞》,图绘形象来抒写个体怀才不遇之悲情,表现出对屈原的认同与景仰。这种意旨在其《画〈九歌图〉自跋》中有鲜明体现:

> 谢皋羽击竹如意,哭于西台,终吟《九歌》一阕;雪庵和尚泛舟贵阳河,读《楚辞》毕,则投一纸于水中,号鸣不已。两人心湛狂疾,恋慕各有所归。使见《九歌》之图,则必有天际真人之想,飏拜旧识,破涕为笑,或未可知尔。

至元二十七年(1290),谢翱登严子陵钓台,设文天祥牌位于荒亭隅,以竹如意击石,歌招魂之词曰:"魂朝往兮何极,暮归来兮关塞黑，化为朱鸟兮有味焉食。"亡国之痛溢于言表，歌罢，竹石俱碎。雪庵和尚好读《楚辞》，时买一册袖之。登小舟急棹滩中流，朗诵一叶，辄投一叶于水，投已辄哭，哭已又读，叶尽乃返。二人借歌招魂之词，吟《九歌》，诵《楚辞》并投之于水中等行为来抒泄自我的不遇之悲。萧云从以为二人"见《九歌》之图，则必有天际真人之想，飐拜旧识，破涕为笑，或未可知"，能从图中感知到作者所传递出的情志，并获得认同。这正表明，萧云从乃是借《九歌图》来抒泄自我不遇之悲与尚友骚人之志。

　　倘欲"尚友乎骚人"，对骚人所传之文本的研习与推尊乃是首要之务。是故，萧云从在《离骚图序》中即论及其通过图绘来推尊《楚辞》，提升其地位的用心。在文中，萧云从依经立意，以为"《离骚》本《国风》而严断于《书》，《九歌》《九章》，本《雅》《颂》而庄敬于《礼》，奇法于《易》，属辞比事于《春秋》"，通过对《楚辞》与经学的比附，以及援引司马迁"与日月争光"与汉宣帝"合于经术"之论断为依据，试图将《楚辞》上升至"经"的地位，即所谓《骚》为经。经有图，"《六经》首《易》，展卷未读其词，先玩其象"，一画之中，槃桓迤逦，而覃精于经者，必稽详于图；是故，倘若"尊《骚》于经，则不得不尊《骚》而为图"，而读者索图于《骚》，与索图于经并论。如此一来，图绘《楚辞》，自然是提升其地位，尊《骚》于经，表现自我"尚友乎骚人"观念的一种有效途径了。萧云从在《离骚图目录》后所附在"凡例"中指出："且《骚》本行世已多，兹集意在图画，故略之不载，亦'尊经'之义也。"即此之谓也。

　　（二）左注右图的结构方式

　　《天问》洋洋千余字，浩浩百余问，且"文意不次，又多奇怪之事"，遂使"微指不皙"，淹博如朱子者，于集注时亦屡屡有"未详"

"不可解""不可考也""未知其果然否"①之感慨。后之学者，多于发明其意之先，首论篇章结构。这其中，不少学者认为《天问》存在"错简"，当理顺其秩序②；亦有学者对《天问》结构层次、类型进行多维研究者③；聚讼纷纭，莫衷一是。萧云从"图注"之先，需考虑以何种结构来组织图像，诠释意旨。就《天问图》观之，可以见出：萧氏先分章摘句，化整为零，依据内容将《天问》全文划分为少则八字、多则一百四十六字不等的五十四个句群，确定图绘片段；继而，对不同句群内容予以筛选，抉择图绘素材，纡毫补缀，或全景呈现，或局部描摹，绘制出五十四幅独立的题名图像；再则，云从还"附以自注，编系于下"④，对所析分的《天问》句群之字词、意

①（宋）朱熹：《宋端平本楚辞集注》，北京：国家图书馆出版社，2017年版。
②此类研究可分为三种类型：有"错简"，但仍其旧貌，如汪瑗、蒋骥、刘尧民、姜亮夫、褚斌杰、杨义等；局部有"错简"，需调整顺序，如夏大霖、胡文英、唐兰、游国恩、汤炳正、金开诚；大规模调整原文顺序以"正简"，如屈复、郭沫若、孙作云、苏雪林等。李川《〈天问〉"文义不次序"问题谫论》（《文学遗产》2009年第4期）则别辟蹊径，认为《天问》"文义不次序"不属文献学整理问题，而是文学阐释问题，颇具思致。
③从层次角度考察《天问》结构者，多主张对其进行段落划分，主要有："两分说"如屈复、马其昶、游国恩、黄寿祺、龚维英、毛庆等，"三分"说如黄文焕、李陈玉、熊任望等，"四分"说如钱澄之、王夫之、蒋骥、胡念贻、陈子展等，"五分"说如苏雪林等，"六分"说如刘永济、竹治贞夫等，"七分"说如谭介甫、朱碧莲等，"八分"说如徐焕龙、张惠言、刘梦鹏、林庚等，"十分"说如陈本礼等，"十一分"说如林云铭等；从类型角度研究者，多着眼于全文而提出《天问》结构的不同理解，如聂恩彦"回环连锁"说，潘啸龙"不断转换的问难"说，郑丹平"创世史诗"说，翟振业"戏剧"说，张宏洪"一元与多元结合"说，杨义"有序与无序之间的双构性诗学结构"说，殷光熹"树状结构"说，毛庆"二元对立转化结构"说，等等。
④（清）张秀璧：《天问图跋》，萧云从《离骚图》初刻本。

旨进行简单的文字说明,作为图绘补充;在完成图绘形象与文字说明后,其依"左图右史"原则,将《天问》原文以大字形态、自己所作的文字说明以双行小字形态组合为一叶,置于书左,将图绘形象置于书右,创造性地开辟了"左注右图"的篇章结构方式,使得观者能"索象于图,索理于书",于《天问》有更为直观、明晰之理解,使人亦易为学,学亦易为功。

（三）包举折衷的图绘依据

图绘《楚辞》之先,需对《楚辞》蕴涵有所了解。宋元之际的艺术家,曾图绘过《九歌》,然萧云从以为其"杜撰不典"而不足观,显然是不满足于艺术家未曾对《楚辞》蕴涵进行其来有自之理解。然《楚辞》"书楚语、作楚声、记楚地、名楚物",且多"说迂怪",有"诡异之辞"及"谲怪之谈",博学如朱子者,于集注时亦多有"不可解"之感慨。这就给画家带来了理解障碍:仅仅直接阅读《楚辞》文字,难以明晰其蕴涵。加之《楚辞》研究亦为学者所乐于从事之事,倘从刘向计起,至萧云从时,前人解《骚》、注《骚》之作已甚为繁多,如《隋书·经籍志》就著录有王逸《楚辞十二卷(并目录)》、郭璞《楚辞注》、皇甫遵训《参解楚辞》、徐邈《楚辞音》、孟奥《楚辞音》、释道骞《楚辞音》、刘杳《离骚草木疏》诸书,《宋史·艺文志》著录有晁补之《续楚辞》《变楚辞》、黄伯思《翼骚》、洪兴祖《补注楚辞》、周紫芝《竹坡楚辞赘说》、朱熹《楚辞集注》、黄铢《楚辞协韵》、钱杲之《离骚集传》诸书,其他如扬雄《反离骚》、刘勰《文心雕龙·辨骚》、柳宗元《天对》、沈亚之《屈原外传》、王勉《楚辞释文》、杨万里《天问天对解》、吴仁杰《离骚草木疏》、林至《楚辞补音》、谢翱《楚辞芳草谱》、高似孙《骚略》等诸书,更难厘清。丰硕的成果虽给图绘者带来能参考的便利,却也制造了另一大难题——关涉

《楚辞》之歧说甚为繁多,孰从孰否? 何取何弃? 惟有所本,方能思量应物象形、随类赋彩、经营位置诸问题。

面对这一困难,"博而能精"的萧云从,采取了包举折衷、典而有据的做法,于图绘之时,先对所欲图绘之文字进行注释,在注释中,或"一宗紫阳之注",依朱熹之说;或"本传注以吮豪",从王逸、洪兴祖之说;或"错取叔师之义、子厚之对、晦庵之注、万里之解",不专从某一家,据《楚辞》文意而综合考量,作为图绘依据,姜亮夫《楚辞书目五种》以为:"尺木用力真实,考据精慎,特有独到"①,即此之谓也。

这其中,有径依一家之说而图绘者。

具体说来,有从朱熹之说者,如《云中君》篇,朱熹以为"谓云神也,亦见《汉书·郊祀志》"②,萧云从注文全取其说,可视为其"一宗紫阳之注"的佐证;《大司命》《少司命》篇,萧云从在释"司命"之意及二篇之意蕴后,明确指出"此考亭先生之注义尔,余宗其说,以仿佛豪楮间",以示其来有自。

有从洪兴祖之说者,如《天问》之"干协时舞,何以怀之"句,洪庆善则引《尚书·大禹谟》补注之,以其论及禹使边民臣服事;萧云从注文及其图绘皆能见出,其从洪说。

有从柳宗元之说者,如《噬犬百两图》中,萧云从绘有四甲马所拉之战车,正是其对"百两"之理解不取王逸"百两金"之说,而从柳宗元《天对》之说的体现。

至若从王逸之说者,则更为繁多。如《天问》"焉有石林? 何

---

① 姜亮夫:《楚辞书目五种》,昆明:云南人民出版社,2002 年,第 387 页。
② (宋)朱熹:《宋端平本楚辞集注》,北京:国家图书馆出版社,2017 年,第 66 页。

兽能言"句,王逸以为乃"言天下何所有石木之林,林中有兽能言语者乎"? 洪兴祖则曰:"石林与能言之兽,各指一物,非必林中有此兽也。"而在萧云从《石林兽言图》中,一长舌之兽跳跃于石林间,显是从王逸之说而未依洪兴祖之见,而《烛龙华光图》,萧云从绘龙衔烛而照,也是根据王逸注"西北有幽冥无日之国,有龙衔烛而照之"而来。其他如《羿射河伯妻彼洛嫔图》《萍号协胁鳌戴陵行图》《少康逐犬图》《南岳两男子图》《击床图》《繁鸟萃棘图》《叔旦揆命并驱击翼图》《鼓刀图》《惊女图》等,皆是依据王逸注文而绘制的。

有于一家之说有所扬弃者。

萧云从在图绘《天问》之《角宿耀灵图》时,先从王逸之说,释"角"及"耀灵"之意,继而,又据《地肺经》诸书之记载,图绘出青龙于东海之下吞吐有九轮光环的太阳形象,来回答王逸注中"言东方未明旦之时,日安藏其精光乎"的疑问,可谓是据王说而又有所推演者。而《长人枭华图》中,萧云从先引王逸之说,用纬书来释"长人",继而复据《神异经·西北荒经》将"长人"具体化,作为图绘依据,可谓是渊承王注而又有所补充,使之更为具体。《天问》"雄虺九首,倏忽焉在"句,王逸以为"倏忽"乃"电光也",萧云从引《庄子·应帝王》中所载"南方之帝曰倏,北方之帝曰忽"故事为据,以为"恐非电光也",对王说进行质疑。尽管萧云从在注《九歌》时多次言及宗朱熹之说,"一本于紫阳先生之义,明其非戏事",但也非是全然接受考亭之说而无所思虑的,如《河伯》篇,朱熹注曰:"三闾大夫岂至是而始叹君恩之薄乎?"①对此,萧云从未

---

①(宋)朱熹:《宋端平本楚辞集注》,北京:国家图书馆出版社,2017年,第86页。

为认可，其于注中直接反驳道："是何言与"可见，其对朱熹之说亦有摈弃之处。

有兼容并包多家之说者。

如《湘君》《湘夫人》篇，萧云从于注文中参佐刘向《列女传》、王逸《楚辞章句》之说，并援引韩愈《黄陵庙碑》为据，将此二篇合绘为一图。《天问》之"河海应龙"节，萧云从于引王逸注中"或"语及所见之唐人李昇《禹贡图》之情状，作为绘制《应龙画河海图》的依据，体现出其注释、图绘之时的兼容并包特征。《虯龙负熊图》中，萧云从绘一无角无鳞之龙形生物，背负一怪兽，据其注文，这乃是综合取用王逸所谓"无角之龙，负熊兽以游"与柳宗元"不角不鳞"之说而构图的。《雄虺九首图》中，萧云从绘一长身屈曲蛇，生有九首，口中喷火，对"雄虺"之图绘乃是据王逸注中"一身九首"与朱熹注中所引《尔雅》"博三寸，首大如擘"诸特征而综合成形。图绘《献功得女鼋饱离蠥作革播降九辩九歌图》时，萧云从注文综合王逸、朱熹之注，对禹、启之事进行了解释，认为有扈氏之所行皆可归于穷恶，故启诛之，长无害于其身也。而对《九辩》《九歌》之来源，萧云从虽然列举了王逸、朱熹之说，然在图绘时，却采用朱熹"启梦宾天"之说。其他如《桀伐蒙山汤殛妹嬉图》，系合王逸、洪兴祖二家之说而为之；《女娲图》，系合王逸、柳宗元二家之说而为之；《秉德朴牛往营班禄图》，乃是合王逸、朱熹二家之说而为之。

有折衷诸家而自为新说者。

如《三闾大夫卜居渔父图》中的屈原形象，乃是萧云参佐石本屈原像、张僧繇《屈子图》、史艺《渔父图》、李公麟《郑詹尹图》中的屈原形象，以及沈亚之《屈原外传》中关于屈原衣着服饰的文字描摹后，综合构图的，在屈原图像史上，颇具特色。《天问》之"伯强",王逸以为是"疫鬼",朱熹以为系"气之逆者",非实有者。萧云从不依王、朱二说,而是别有所征,以"伯强"为《周礼》所载之"方相",并在图绘时,据《周礼》所载"方相氏……掌蒙熊皮、黄金四目、玄衣朱裳、执戈扬盾"诸特征而图绘,可谓是有别与王、朱而自为之者。《岩越黄熊鲧疾修盈图》注文中,萧云从以"三足鳖"释熊,当是取洪兴祖之说;而"鲧人羽渊,巫医莫活之"之语,乃是取王逸之说,至若"或曰"所谓"熊力能刊木"之语,当是取意于《尚书·禹贡》。可见,其观点博采众说,不宗一家而有所创新。《女娲图》注文中,萧云从除引王逸注、柳宗元《天对》为图绘依据之外,还在图画中补入"炼石补天"形象,可谓是折衷诸家而自为新说者。《该秉季德图》中,萧云从既据《山海经》、柳宗元《天对》来勾勒"蓐收"特征,又将文献中所载蓐收"左耳有蛇"改为右手握蛇,"乘两龙"改为脚踏二风火轮,"人面"改为"虎面",为凸显出其"虎神"身份,显示出其创新性。《天问》有"胡射夫河伯,而妻彼洛嫔"句,云从在阐释时,虽节录王逸注文,然却以为其"错杂无叙",而对王逸注中所引"传曰"对河伯因羿射眇左目而上诉天帝之事的解释,云从则以为当是出于刘向《说苑·正谏》中伍子胥谏吴王之说辞,二者相较,觉其亦不无可能。

　　萧云从之所以多有依傍来选择图绘素材,是因为他在看过前人图绘《楚辞》作品后,觉得其中多有"改窜"之处,遂"不大称意",故倡言"图其事者,先稽其典",对《天问》所涉神话传说、历史人事等详加考索,力求典而有据,以期为表现于图绘之形象的由来提供充分依据。清人罗振常比较陈、萧二家《离骚图》时,以为"尺木谨严""萧本自有考证",亦是据此而论的。

　　(四)多维组合的经营方式

　　《天问》以宏大无比的思维空间和奇异无侔的表现方式,将自宇宙起源、天地结构、神话传说、夏商周三代历史更替,以至于楚史等诸多内容汇聚成"以时空漫无头绪的对撞来激发语义活力的奇迹",具有意义非常丰富的审美含量,甚至"引起历代注释者和解读者的困惑不安"①。这种不安对于"图注"者而言,尤为严重。这是因为,"诗中有画而又非画所能表达"②,图像作为视觉对象只能再现"有"而不能再现"无","有"作为"画得就"的首要条件,还在于它必须属于视觉的对象,具有"有形"的特征③。以此论之,"图注"者之"困惑不安"当更甚于"文字注"者。有鉴于此,萧云从在图绘《天问》之时,别具匠心地采用超时空、超类属的多维组合方式,将已取用的图绘素材,以局部片段化呈现的方式组合于同一画面中,让观者看图时,通过对不同局部与片段的感知,有序调动已有知识储备,完成审美自足,实现被图像的"明见性召唤默存的事迹在读者心目中苏醒"④,从而在读懂图画所指内容的基础上,进行全局性、整体性思考,以领悟《天问》文辞之蕴意与注者之用心。

这其中,有将分属不同历史时期的素材组合于同一画幅者:

据《楚辞》本文,屈原乃是流放三年后,乃往见太卜郑詹尹以决疑,而其与渔父相遇,则是在江潭泽畔行吟之际,这两件事情断非发生在同一时间段、同一地域。萧云从在图绘时,作有《三闾大

---

① 杨义:《〈天问〉:走出神话和反思历史的千古奇文》,《中国社会科学》,1998年第1期,第177—191页。

② 钱锺书:《读〈拉奥孔〉》,《七缀集》,北京:生活·读书·新知三联书店,2002年,第37页。

③ 赵宪章:《诗歌的图像修辞及其符号表征》,《中国社会科学》,2016年第1期,第171页。

④ 赵宪章:《小说插图与图像叙事》,《文艺理论研究》,2018年第1期,第6页。

夫卜居渔父图》,将屈原见郑詹尹、屈原遇渔父二事合为一处场景。之所以如此,或是因为在《卜居》篇中,屈原向郑詹尹表达"世混浊而不清","谁知吾之廉贞"的怨艾,《渔父》篇中,作者向渔父宣称"举世皆浊我独清,众人皆醉我独醒",皆表现出屈原身处浊世而独立不迁、好修为常的高洁人格。故而,云从立足于此,选择屈原向郑詹尹、渔父表达这一观念的典型时刻作为图绘场景。《天问》"稷维元子"部分论及商周更替事,本"宜分作四图",然绘者却只是选择周历史上的三位贤君:稷、太王、文王,作为图绘对象,将稷持弓矢、太王居岐百姓来就、文王执鞭持政三个不同时期的事迹,以独立片段式的方式呈现于同一画面,究其因由,乃在于"周以后稷,积功累代,数十圣,而后王天下,卜年八百,则'一心之运'也,故合之"①,借此种超越历史时期之组合方式来展示出对"仁政德治"观念的推崇与宣扬。《献功得女虿饱离蟹作革播降九辩九歌图》中,萧云从将禹遇涂山氏与启得帝乐《九辩》《九歌》这两则不同时期的神话传说安置在同一画面中。《有莘吉妃水滨小子图》,萧云从采用超时空组合法,将汤得有莘氏之妃与伊尹生于空桑这两件不同时期发生的事情组合在同一画面。

　　亦有将不同空间发生的事件组合于共同画面者:

　　《黑水延年鲮鱼魃堆图》,乃是萧云从据《天问》之"黑水玄趾,三危安在? 延年不死,寿何所止? 鲮鱼何所? 魃堆焉处?"文辞,将黑水之地、延年不死之人、鲮鱼、魃堆等来源、属性皆不同之四物,按高山、大地、河海之空间顺序组合于同一画面中。《舜害不危图》中,萧云从综合取用《史记·五帝本纪》《列女传》中关于舜、瞽叟与象之记载作为素材,将瞽叟与象纵火焚廪、下土实井,以及

———————

① (清)萧云从:《天问传》,萧云从《离骚图》初刻本。

象谋二妃绤衣鼓琴等发生在不同场所的事件，通过典型人物、代表性器物的片段式描摹而呈现于同一画面，从而引起观者对各个片段背景的记忆与联想，形成碎片性认知，而后经由多个片段认识的组合，连贯成为完整记忆。

还有将不同类属的文化符号、神话素材组合为一图者：如《日月三合九重八柱十二分图》将太极、日月、八卦、九重、十二辰、二十八星宿以不同符号体系合绘于一图，在有限的画面中包涵丰富的文字意蕴。

（五）细节暗示的表现技法

罗振常《离骚图序》中认为："夫当日既因图而作《骚》，读者苟不以图参之，欲明其旨趣，得乎？"在渊承王逸"呵壁"而作《楚辞》作品之观点的同时，也对人们理解《楚辞》提出建议：需以图参佐，方能明其意旨。为使观者准确把握图绘形象之特征，领会作者在图中所展示出的对《楚辞》之理解，萧云从在图绘之时，尤其注意通过设置细节、勾勒局部形象来暗示人物身份或事件过程，借以表现出个体对《楚辞》之理解。

这其中，有通过对生物特征的勾勒来解《天问》者：

如《石林兽言图》画面中央部分为一跳跃而起之猩猩，豕面人形，长舌尺余，伸于口外，当是以近乎夸张之笔触凸显其"能言"特征；《黑水延年鲮鱼虼堆图》中绘水中之鱼生二须与四足形象，当是为表明对王逸注"鲮鱼"为"鲤也，四足"之说的认同；《元子挟矢伯昌秉鞭作牧赐醢上帝罚殷图》中绘一人手握黍稷，标明其为稷；《石林兽言图》四周绘制参差之石林，于地面与石上略略绘出些许小草与径寸之苗，意在表现"不木"特征；《弹乌解羽图》中但绘几株枯枝，而无片叶只草，当是暗示"十日并出，草木枯焦"情境；《伯林雉经图》左侧有十余树叶正坠落,当是图绘"林中震陨"情境,表现申生忠孝感动天地,树叶陨落以为之悲的情境。《天问》之"女岐无合,夫焉取九子"句,学界有以"九"为实指或虚指两类见解,云从《女岐九子》图,绘有九小儿,可见其持论与王逸、柳宗元、朱熹等同,以"九"为实指之数。

有通过对器物服饰诸物之图绘来释《天问》者:

在《三闾大夫卜居渔父图》中,萧云从通过图绘屈原双手托起拭巾之细节,借物喻言,"拭巾以明洁",来向二人表达自我不与世人同流合污的明洁之志。《白蜺婴茀天式纵横图》中人物身畔有丹炉、药碾等器物,当是为揭示仙人炼丹药之情境;《舜害不危图》中所绘井上有石填塞,当是意指瞽叟与象填塞井之事,右侧绘一人,右手上举,其上生出火束,当是关联瞽叟纵火焚廪事,左手执长矛、弩弓,似乎指向其为瞽叟与象所欲杀之事。

亦有借图绘行为事件来注《天问》者:

《天问》末节"薄暮雷电,归何忧"部分,萧云从止以"环间穿社,爰出子文"者画之。原因在于,屈原在《离骚》中极其自豪地声称"惟庚寅吾以降"之"庚寅",乃是荆楚岁时之重要时日:《楚世家》载吴回代重黎、昭王卒军中事,年日皆系此;斗谷於菟亦出生于此日。故云从通过对虎乳子文图像之勾勒,暗示出屈原身世之不凡。《昭后逢白雉图》中,对越裳氏掜转雉首的细节勾勒,颇能见出云从对礼制的谙熟。

总体看来,萧云从图绘《离骚》,寄予了其心系故国不仕清廷之志、俾明治乱劝惩后来之心、怀才不遇尚友骚人之情。在图绘时,其采取了"左注右图"的结构方式进行整体安排;依据王逸、洪兴祖、朱熹诸家对《楚辞》之阐释观点来选择图绘对象,间有自行发挥者;采用超时空、超类属的多维组合方式,将已取用的图绘素材,以局部片段化呈现的方式组合于同一画面中,让观者看图时,通过对不同局部与片段的感知,有序调动已有知识储备,完成审美自足;注意通过设置细节、勾勒局部形象来暗示人物身份或事件过程,借以表现出个体对《楚辞》在理解。通过综合取用以上方式,萧云从完成了对《楚辞》的图像表现。

五、《离骚图》的价值与影响

自扬雄、王逸以来,学者多将对《楚辞》之理解与诠释付诸文字,相应著述皆呈现为书面文字形态,可视为"文字注"。萧云从造性地以"图注"方式来阐释《楚辞》,实现了研究方式的一大变革;而且,与文字的"言事""析理"不同,图可以象,可以法,具有直观呈现事物的表达功能和解释功能,其以"图注"方式诠释《楚辞》,将图像引入文本,与文字一并呈现于观者面前,使得读者可以通过观摩"图"以追溯作者所图绘之"事",在解读"事"的过程中感知画家用意,思索人生哲理,这三者形成了具有"对话性"及"互文性"的复合文本,以及解释上的循环①;对于扩大《楚辞》在市民阶层的影响、丰富知识阶层的文化生活,甚至于《楚辞》的传承而言,都具有一定意义。

（一）"图注"方式的开创

自刘向编纂《楚辞》后,学者对其多有注诠,如扬雄"援引传记以解说"之"解",王逸决章断句、依经立意之"章句",郭璞以方言释语词、引纬书诂名物之"注",柳宗元、杨万里答"问"之"对"与"解",洪兴祖著录佚说、阐释义理之"补注",朱熹于疑惑处存而不

①乔光辉:《明清小说戏曲插图研究》,南京:东南大学出版社,2016年,第8—78页。

论、结穴意旨于忠君爱国之"集注",汪瑗"务为新说以排抵诸家"①之"注补",黄文焕评点字句、厘分结构之"听直",以及周用"注略"、赵南星"订补"、林兆珂"述注"、陈第"音义"、张之象"绮语"、李陈玉"笺注"、刘永澄"纂注"、张京元"删注"、钱澄之"诂"、陆时雍"疏"等②,这些注诠之作虽然立意非同、方法有别、成就不一、影响存异,却有共同之处:皆是以文字为载体来传递对《楚辞》的理解,相关著述亦呈现为书面文字形态,可笼统视为"文字注"。

郑樵《通志·图谱略》云:"图,经也,书,纬也,一经一纬,相错而成文;图,植物也,书,动物也,一动一植,相须而成变化。"③亦即,文字与图像是传递人类思想的两类工具,二者相互依存,如车之双轮,并行不悖,共同承载知识之舆行进于文明之途。这样看来,除却用文字来诠解"当日既因图而作"的、"神怪恍惚,实有与伯益经、景纯传相发明"④的《楚辞》,出现"文字注"外,图像也可作为诠释载体,用以传递注家的理解与认知,从而生成《楚辞》"图注"。而"明清版画史上的双峰"⑤之一的萧云从,有感于《骚》"本行世已多",但却多是以"文字注"形态而呈现的,遂别蹊径,"意在图画"⑥,创造性地以"图注"这一特殊方式来对《楚辞》进行系

①(清)永瑢等:《四库全书总目》,北京:中华书局,1965年,第1269页。
②关于历代《天问》研究情况,拙著《楚辞文献研读》(广西师范大学出版社,2011年版)中有详细讨论。
③(宋)郑樵:《通志》,北京:中华书局,1987年,第837页。
④(清)罗振常:《陈萧二家绘离骚图序》,《陈萧二家绘离骚图》,民国十三年(1924)蟫隐庐影印本。
⑤顾平:《沚阜文存——顾平美术论集》,沈阳:辽宁美术出版社,2014年,第356页。
⑥(清)萧云从:《离骚图序》,萧云从《离骚图》初刻本。

统、完整阐释,实现了研究方式的一大变更。对其进行系统考察,于理解《楚辞》阐释形态的演变历程、感知中国文学阐释的"图注"方式而言无疑都具有参照意义。

(二)扩大《楚辞》的影响范围

"图像与自然人的视觉与客观的外部空间具有某种同一性",即存在一种视觉优势而带来"图画的暴政",因此,以"图注"方式诠释《楚辞》,将图像引入文本,与文字一并呈现于观者面前,不但可增添文字的美学意味,引发读者的阅读兴趣,还能予文字以说明、印证、强调、填补,以"弥合'所指意'和'完满意'之间的断裂和缝隙",使得"密闭在语言符号中的诗意被切换到图像中直接绽开"[1],从而营造出"语象"与"图像"对话和交融的阅读情境,生成一种不同于全然依凭文字的、"文—图"互文的、富有阅读张力的新注本样式。这种注本使《楚辞》意旨由"可想的"变成"可见的"——本是通过"识读"而想象出来的意境,变成了可以直接观看和体感的世界,呈现为更简洁精要、具体可感之形象,且富有故事性、趣味性,从而拉近民众有限知识修养与《楚辞》诘屈古奥之抽象文字叙述间的距离,引起他们的阅读兴趣,激发其热情去了解图像背后的故事和故事背后的道理,使他们"疑胸顿开,饥目得饱",较之"文字注"而更容易接受,这对于扩大《楚辞》在市民阶层的影响、吸引文士的阅读兴趣而言,都具有重要意义。

云从之书甫一梓行,即甚受欢迎,"自闾巷以迄四方,后生耆宿,莫不捐百虑,奉一函"以观之,指顾欢欣,"若观郭秃之呈于中

---

[1] 赵宪章:《诗歌的图像修辞及其符号表征》,《中国社会科学》,2016年第1期,第165页。

宵灯下也"①,如傀儡戏般吸引民众,以至于有从事商品买卖之"妇姐",贩书以鬻利,而书肆之"铁限"几被踏穿矣!云从为画坛高手,颇为时人所重,原刻抢手,属常情也;而后翻印之作,亦有售价不菲且无所折扣者②,从中亦可见出世人对"图注"的喜好之情。对于《楚辞》而言,这种"图注"方式无疑能使其受众群体更为广泛,从而扩大其传播范围,提升其影响力。

不仅如此,对于文士等知识阶层而言,"图注"这一阐释方式迥异前人的"文字注",自然引起了他们的关注。

文人观图之后,认为其中所展示出之技艺可与画史巨匠媲美,甚者有超越之处,如王士禛《萧尺木楚辞图画歌》赞许道:

> 大江秋老歌离骚,江波瑟瑟风习习。怪石龙挺压崩涛,猩猩啸雨悲猿猱。楚累一去二千载,使我后死心劳忉。啗桑败盟西帝骄,商于六百横相要。武关一入不复返,章华台殿生蓬蒿。江潭憔悴子兰怒,蛾眉谣诼羌安逃。长楸龙门望不见,木兰桂树栖鸱枭。骐骥不御愁踽跳,菉葹蘪蓁糅申椒。呵壁荒唐罢天问,沅湘西逝魂难招。萧梁王孙笔俋儴,攀挐顾陆提僧繇。丹黪粉默写此本,墨花怒卷湘江潮。湘君夫人降荒忽,国殇山鬼来萧飕。青枫斑竹染啼血,灵风神雨纷飘

飘。酒阑歌罢老蛟泣，星辰迸落江天高。①

为其变换笔法、生动气韵所折服，并将其推许至与顾恺之、陆探微、张僧繇等相攀挈的高度。

方以智更是感叹"李昭道、赵伯驹皆其衙官矣"②，服膺之情，溢于言表。

更重要的是，云从所"图注"之书，甚至成为文人交往的媒介，在师长亲友的馈赠、索题、借阅、归还等行为中，深化着彼此间的情谊。萧云从在书成之后，曾将《离骚天问图》一册馈赠给友人施男，而施男收到书后，认为其"图割骚句，句貌方帧，衣棱容止，忠回圣狂，生动逼古"，形象再现了"灵均妙手苦心"，可谓穷神极化而妙绝等伦，遂作《天问图》诗："铸鼎当年想贡金，东迁谁复忆销沉。丹青楚庙犹存古，缣素兰陵喜嗣音。图就龙螭悲沴气，摊看鬼魅笑痴心。滔滔天意真难问，抚卷苍茫起哀吟。"③指出云从"图注"之作，乃是渊承"铸鼎象物"传统、延续南楚庙祠图绘遗风，继而认为其图具有极强的形象性与感染力，能让观者随画面转换而或喜或悲，产生情感反应，在统览全图后，能唤起其哀思。可见，施氏并未沿袭那种比附古人以赞誉萧云从的评价方法，而是从审美感受层面切入，分析"图注"带给读者的影响，以肯定其价值。

翁方纲在收到丁受堂赠送的萧氏"图注"书后，作诗报之：

---

① (清)王士祯著，(清)惠栋、金荣注，宫晓卫、孙言诚、周晶、闫昭典点校整理：《渔洋精华录集注》，济南：齐鲁书社，2009年版，第286—287页。
② (清)方以智：《浮山集》卷二，清康熙此藏轩刻本。
③ (清)施男：《卭竹杖》卷四，清初留髡堂刻本。

　　杜老曾见天皇图，五云太甲同歌呼。苍梧冥冥帝子渚，楚宫泯灭知有无。又闻右军访汉画，五帝以前疑可摹。西蜀讲堂一堵壁，未知蓝本谁操觚。屈子辞本观画得，先王庙想临湘湖。琦玮僪佹古贤圣，仰瞻愤懑生嗟吁。阴风惨淡木叶下，陵陆变见川原纡。冯翼惟象何以识，泪作西海眼可枯。九辩九歌皆古乐，飞龙弭节来笙竽。当时无人写此本，日暮惆怅雷雨俱。徒使柳子臆作对，蓬首虎齿爰处都。二千年后忽落笔，无闷道人何感乎。雷硠摇撼五岳手，一丝一发情踟蹰。羽人丹邱赪旸谷，兰皋江水招神巫。叔师景纯未注处，神采浮动穷锱铢。峰青树绿罢歌舞，傥有真见非模糊。莫共龙眠道园说，太乙气始参丹炉。①

　　则是从"图注"以明前人之晦、补先贤不足层面来认识其价值。

　　翁长庸在得到萧云从所绘《杜子美诗册》后，曾向宋琬索诗，宋琬在诗中写道：

　　萧生画手称绝妙，风格远过文待诏。曾貌《天问》与《九歌》，荒唐隐怪皆殊肖。三闾大夫色憔悴，山鬼乘狸善窈窕。解衣磅礴余在旁，举杯向天发狂啸。翁侯酷爱少陵诗，惊人佳句常相随。手裂生绡三十幅，萧生一一丹青之。浣花草堂若在眼，剑门栈道横参差。罢权归来无长物，独携此册还京师。长安公卿颇好事，书画宁复论真假。百镒始购宣窑杯，千金赝买铜台瓦。此图一出价必高，翁侯爱玩不肯舍。即今迁谪转萧瑟，欲归无舟陆无马。翁侯翁侯谁令尔爱杜陵翁，千年坎壈将无同。芦花采采雁南度，笠泽烟水秋濛濛。君归

①（清）翁方纲：《复初斋诗集》卷十二，清道光二十五年（1845）刻本。

结庐在何处，余欲携琴学梁鸿。萧生夙有五湖志，何不招隐来江东。呜呼何不招隐来江东。画君与余持竿垂钓秋风中。①

指出其图绘之作具有写实特征，并认为其画风超过文徵明，而其图传至京师，为众人所喜好，"一出价必高"，在其时产生重要影响。

端木子畴曾借阅叶名澧所藏之萧书，在归还时，以酒见饷，并系以诗，而叶氏亦有次韵奉答之作，其中写道：

> 君言借书还以瓻，成例岂向朋交欺。匝旬正苦兴萧索，获此颇与枯喉宜。读骚君昔禀家学，善本搜采多瑰奇。金陵灰劫留不得，宵梦往往长思随。空具崎抱述山鬼，欲浮远棹寻湘蘺。淮夷未献泮宫馘，江介久卓将军旗。殷勤向我叩梅筑（萧尺木所居曰梅筑），匠心所至光烛魑。三闾大夫尚忠爱，范冶名象风诗追。荒庐恍惚有神降，连篇积案形累累。叔师以还说者盛，才人异代心同悲。矧兹精灵炯图绘，六法足挽流风漓。朝吟夕咏从所好，羡君不异儿童时。茹家精楷欣眼福，何以酬答增恧恡（君以明万历时茹天成懋集写刻楚辞本见示）。凋年急景雪风作，典衣垆侧同襟期。②

从阐释史的角度，指出萧云从以高超画艺来"图绘"《楚辞》，是对自王逸以来诸多说者所取用的"文字注"形态的有意区别，可谓颇具慧眼之论。

---

① （清）宋琬：《安雅堂诗》，清顺治十七年（1660）刻本。
② （清）叶名澧：《敦夙好斋诗·续编》卷十，清光绪十六年（1890）叶兆纲刻本。

清刘彬华①《岭南群雅》载冯敏昌②《萧尺木楚辞图歌》：

　　诗人无媒安问天，画手欲并前人肩。谁云画史胸次狭，有此人物神鬼仙。潇湘洞庭渺风烟，苍梧北渚云连绵。屈子神游向何处，飘荡恍惚凌风船。天阊不开吁可怜，鸾凰蛟龙空后先。湘君夫人环佩捐，云之君兮下翩翩。幽丛山鬼媚余笑，坐使狸豹工攀牵。猿狄悲哀草木泣，雷雨昏绝枫篁颠。呜呼重华不可作，汤禹祗敬忧其愆。王佐霸功几遭遇，孤臣孽子多迍邅。不闻逸鼎铸饕餮，共说飧雄私彭篯。女娲炼石补不尽，缺恨首在磨兜坚。搔首问之不得对，无声但写愁诗篇。古来作者俱精专，妙手须附词人传。略如蝉媛有苗裔，鬼才贮锦仙青莲。我昔长江浩洄沿，太白楼高矶势偏。匡庐峨眉接云气，云台日观森钩缠。谁呵四壁吐墨沛，七日不食愁笞鞭。画成长嗟果绝笔，事过感激难为缘。再游京国今几年，萧斋寄寂来僧毡。读罢想象得真契，使我坐叹心茫然。昔画何减吴道玄，今图何谢李龙眠。谁能御气出天地，披发往逐烦忧蠲。③

　　在描绘云从《离骚图》之内容的基础上，抒写观图后的感受，并将萧氏的艺术成就推崇至与吴道子、李龙眠并轸的高度。

---

① 刘彬华(生卒年不详)，字藻林，一字朴石，番禺(今广州)人。嘉庆六年(1801)进士，翰林院编修。性澹泊，不乐仕进，乞假归。先后主端溪、越华书院讲席。著有《玉壶山房诗钞》，辑《岭南群雅》初、二集。
② 冯敏昌(1747—1807)，字伯求，号鱼山，壮族，钦州(今属广西)人。乾隆四十三年(1778)进士，授编修。后改官户部主事，调补刑部河南司主事。好游历，足迹半天下。前后主讲端溪、越华、粤秀三书院，学者称鱼山先生。有《小罗浮草堂诗集》传世。
③ (清)刘彬华辑：《岭南群雅》卷一，清嘉庆十八年(1813)玉壶山房刻本。

　　值得注意的是,萧云从《离骚图》初刊时,全书共有三册,而在流传过程中,多有散佚。这其中,绘有《天问图》之册,以残本形式传世者甚多,如清人罗振常曾于海宁陈乃乾处访得萧图残帙,仅存《天问》以后;今浙江图书馆藏萧氏《天问图》一册,盖为萧氏书之佚去前后诸册者;日本静嘉堂书目亦著录《天问传》一卷,乃萱荫楼旧藏①;凡此种种,皆能见出人们对"图注"《天问》之珍视。

　　这些现象的出现,应该与萧云从创造性地以"图注"方式对《楚辞》进行诠释、别开《楚辞》研究之生面不无联系。

第五节　章侯醉笔写秋情:
陈洪绶的《楚辞》图像

　　陈洪绶(1598—1652),字章侯,幼名莲子,一名胥岸,号老莲,别号小净名,晚号老迟、悔迟,又号悔僧、云门僧,浙江绍兴诸暨人。明代著名画家、诗人。

　　年少师事刘宗周,补生员,后乡试不中。崇祯间,召入为内廷供奉,不拜。清占南京时,为固山额真所得。固山慕其名,优遇之。明亡,归卒于家。时顺天崔子忠亦善人物,与洪绶齐名,号"南陈北崔"。

　　陈洪绶一生以画见长,尤工人物画,所画人物躯干伟岸,衣纹线条细劲清圆,晚年则形象夸张,或变态怪异,性格突出;花鸟等描绘精细,设色清丽,富有装饰味;亦能画水墨写意花卉,酣畅淋漓;还长于为文学作品创作插图,能表现出原作人物的精神气质。

―――――――――――

① 姜亮夫:《楚辞书目五种》,昆明:云南人民出版社,2002 年,第 420 页。

清人秦祖永《桐阴论画》首卷将其列入"神品",并称赞道:"陈章侯洪绶,深得古法,渊雅静穆,浑然有太古之风。时史靡丽之习,洗涤殆尽。至其力量宏深,襟怀高旷,直可并驾唐、仇,追踪李、赵,允为画人物之宗工。"①高度肯定其人物画在艺术史上的地位与成就。清张庚以为"洪绶画人物,躯干伟岸,衣纹清圆细劲,兼有公麟、子昂之妙;设色学吴生法,其力量气局,超拔磊落在仇、唐之上,盖三百年无此笔墨也"②,更将其人物画之成就推许为三百年来第一人。

陈洪绶工诗善书,有《宝纶堂集》,另有版画《水浒叶子》《博古叶子》《西厢记》《九歌图》,以及卷轴画《黄流巨津图》《蕉林酌酒图》《梅花书屋图》《戏婴图》《仕女图》《雅集图鉴》《宣文君授经图》《老子骑牛图》《龙王礼佛图》《秋林策杖图》《归去来图》等。

一、《九歌图》

崇祯十一年(1638)戊寅,来钦之所撰之《楚辞述注》即将付梓,遂拟以陈洪绶十九岁时所作的《九歌图》十一幅(依次为东皇太乙、云中君、湘君、湘夫人、大司命、少司命、东君、河伯、山鬼、国殇、礼魂)作为该书插图,兼及《屈子行吟图》。来氏请序于陈洪绶,洪绶遂于善法寺中撰文:

> 丙辰,洪绶与来风季学《骚》于松石居。高梧寒水,积雪霜风,拟李长吉体,为长短歌行,烧灯相咏。风季辄取琴作激楚声,每相视,四目莹莹然,耳畔有寥天孤鹤之感。便戏为此

---

① (清)秦祖永编,余平点校:《桐阴论画　桐阴画诀》,杭州:浙江人民美术出版社,2019年,第30页。
② (清)张庚:《国朝画征录》卷上,清乾隆刻本。

图，两日便就。

　　呜呼！时洪绶年十九，风季未四十①，以为文章事业，前途于迈；岂知风季羁魂未招，洪绶破壁夜泣。天不可问，对此宁能作顾、陆画师之赏哉！第有车过腹痛之惨耳。一生须幸而翁不入昭陵，欲写吾两人《骚》淫情事于人间，刻之松石居，且以其余作灯火赀，复成一段净缘。当取一本，焚之风季墓前，灵必嘉与，亦不免有存亡殊向之痛矣！戊寅暮冬，诸暨陈洪绶率书于善法寺。②

　　据此可知，万历四十四年(1616)丙辰，陈洪绶年方十九，与萧山来风季习《骚》于松石居。时值秋冬季节，二人拟李长吉体以自娱，来风季取琴奏高亢凄清之音，这触发了陈洪绶的创作激情，遂据《九歌》而绘制图像，"两日便就"。

　　而后，来风季之子来钦之《楚辞述注》梓行③，这些图像便作为插图而附于其中。图在书前，自为一卷。萧山来氏之书初刊于崇祯十一年(1638)，其中收有陈洪绶所制之图十一幅，每幅后有陈洪绶所手书图名。

----

① 据楚默先生《陈老莲研究》：手稿本"风季未四十"句旁当有一颠倒符号，为"风季未十四"之误；转抄时，未曾留意此符号，故误传至今。

② (明)陈洪绶著，吴敢点校：《陈洪绶集》，杭州：浙江古籍出版社，1994年，第10—11页。

③ 清丁丙《善本书室藏书志》、胡玉缙《四库未收书提要续编》著录《楚辞述注》时，均将来风季、钦之父子混为一人。罗剑波、昂俞暄《〈楚辞述注〉作者来钦之家世及其与陈洪绶关系考论》文据《萧山来氏家谱》诸书对此有考辨，定风季为来钦之父亲来道巽之字，而松石居亦是来道巽书斋名。

东皇太一　　　　　　　　　　　　云中君

　　首为《东皇太一图》,绘有一人,高冠长髯,宽袍大袖,面左侧立,左手握剑,右手持印玺,身微前倾,作目视下界状。据图观之,萧氏当是侧重表现《东皇太一》"抚长剑兮玉珥"之形象。

　　次为《云中君图》,绘有一人,立于云中,头簪香草,方面无须,身着铠甲,大腹鼓鼓,右手持戟,右手握箭,目视正前方,可见,洪绥乃是据《云中君》"灵皇皇兮既降,焱远举兮云中"句而作为图绘依据的。

　　次为《湘君图》,绘一女子,头梳高髻,下垂及项,身着彩衣,肩披帛带,腰系玉佩香囊,正侧身面左,肩负荷花而立,目眇眇而忧伤。

　　次为《湘夫人图》,绘一女子,背向而立,头梳双髻,身着华衣,腰佩宝珠,左手握旌旄,右手挽帛带,衣袂迎风翻飞。

湘君

湘夫人

大司命

少司命

　　次为《大司命图》,绘有一人,头戴梁冠,身着圆领袍,腰佩绶带,面目清癯,双眉高扬,神情冷漠严肃,其双手捧长卷,似为掌寿天者。

　　次为《少司命图》,绘有一人,莲冠道服,手捧笏板,腰佩长剑,背身而立于云车之上,不见面目。

　　次为《东君图》,绘有一人,宽额长髯,头戴翎帽,身着护腰皮甲,左手握戟,其上挂有弓,右手挂箭袋于肩,侧身面左而立。据图观之,当是取《东君》中"载云旗兮委蛇""举长矢兮射天狼"之语而为构图依据的。

　　次为《河伯图》,绘有一人,长面有髯,头戴发冠,身着胄甲,外披道袍,左手挂桨状物,右手隐于袖中,其前有一蜿蜒游龙。与李

东君　　　　　　　　　　　河伯

公麟、张渥等以《河伯》篇中"乘白鼋兮逐文鱼"为主要图绘内容所不同的是，洪绶改绘为一人一龙形象，或是据"乘水车兮荷盖，驾两龙兮委蛇螭"之语而为图绘依据的。

次为《山鬼图》，绘一老者，面容丑陋，毛发浓密，肩披薜荔，横坐兽身，荫于系有香草之桂旗下，与《山鬼》篇中所谓"既含睇兮又宜笑，子慕予兮善窈窕"之貌有别，亦与李伯时、张叔厚所绘山间乘赤豹而从文狸者之形象迥然不同。

次为《国殇图》，绘一军士，侧身而立，头戴毡帽，身着铠甲，腰负箭囊，左手握弓，右手引刀作自刎状，其前地上，散落一柄战斧，传递出极其浓郁的悲壮惨烈气氛。

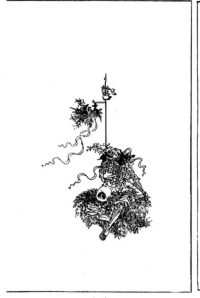

山鬼　　　　　　　　　　　国殇

礼魂　　　　　　　　　　屈子行吟

　　末为《礼魂图》,乃前人多所未图绘者,绘一女子,背向而立,不见面目,其头盘发髻,簪以香草,身着华衣,佩带诸种珠玉宝饰,左手握鼓,右手执秋菊,似在送神。显然,其当是以具体形象来展现《礼魂》篇中"姱女倡兮容与,春兰兮秋菊"之文辞者。

　　后有陈洪绶题署《屈子行吟图》,绘有屈原形象:其头戴切云之冠,身着圆领袍衫,腰佩陆离之长铗,胡须稀疏,神情忧郁,正侧身面左而行,与《楚辞·渔父》篇中所描摹的"游于江潭,行吟泽畔,颜色憔悴,形容枯槁"情形相类。周围山石寥落,草木隐约,一派旷寥萧瑟。因此图所表现之屈原形貌,较为契合人们的心理预期,故后人在取用屈原图像之时,多用之。

　　此《九歌图》虽为陈洪绶年轻之时的即兴创作,"在表现技法上则尚嫌稚嫩,还未发展出自己标志性的奇古人物风格"[1],然从中却不难看出作者对《九歌》之理解,以及其在图像表现上与前人《九歌图》之不同。

就陈洪绶所图绘之形象来看,其多是依据《九歌》文辞及王逸、洪兴祖诸人之理解而构图布局的,如《东皇太一图》所绘之神,头戴金冠,手握印玺,作王者装扮,当是显示其"天之尊神"身份;《湘君》《湘夫人》所祀之神,学界素有争论,洪兴祖、朱熹皆以其为舜之二妃,即湘君为娥皇,湘夫人为女英,而陈洪绶所绘之图为二女子形象,其持论显然与洪、朱同,不仅如此,其所绘《湘君图》中,女子侧身而立,作欲行又止状,当是表现"不行兮夷犹"之形象,而《湘夫人图》中,绘女子背向而立,作张望状,当是表现"骋望"之情景,其佩有数串珠玉饰物,衣袂翻飞,或是据文中"捐余玦兮江中,遗余佩兮醴浦""捐余袂兮江中,遗余褋兮澧浦"诸语而为之;《大司命图》绘神灵手捧长卷,当是据文中"寿夭兮在予"之语而为之;《少司命图》绘一神腰佩长剑,当是据"竦长剑"语而为之;《东君图》绘一武者旌旄上挂有弓箭,当是凸显文中"举长矢兮射天狼"之形象;《河伯图》绘一龙蜿蜒盘旋,当是表现文中"驾两龙兮骖螭"之情境;《国殇图》中绘一身着铠甲之士兵,侧身而立,右手挥刀,左手握弓,腰间佩有箭壶,其左前方横陈一斧,当是据文中"被犀甲""短兵接""挟秦弓"诸语而为之;《礼魂图》中绘一女子侧身而立,左手持鼓,右手握有兰、菊,身着彩衣,腰佩宝珠玉珞,正翩跹起舞,当是据文中"会鼓""传芭兮代舞""姱女""春兰兮秋菊"诸语而图绘之。可见,陈洪绶所绘之《九歌图》,每一图皆据《九歌》

---

① 吴敢、王双阳:《丹青有神:陈洪绶传》,杭州:浙江人民出版社,2008年,第231页。

原文,选取典型语象而予以图绘表现,使之构成图绘的重要组成部分,从而既使得其图多有依据,又能予观者以细节暗示,使之在感知图像的基础上,与《九歌》文辞相印证,从而在以《九歌》文辞及历代学者之阐释观点为理解语境的基础上,感知陈洪绶《九歌图》的图像构成及其艺术蕴涵。

与先前诸人所绘《九歌图》相较,陈洪绶所绘《九歌》图像多是表现单独神灵形象,而未曾将《湘君》《湘夫人》及《大司命》《少司命》合绘为一图;同时,每一图"只在中央描绘了不大的人物像,背景则完全省略,与前人所画的腾云驾雾的姿态截然不同"①,且神灵形象在图画中所占的空间位置都较小,四周留有大量空白,与前人不类。

陈洪绶《九歌图》梓行流布之后,儒生文士在观图之后,多生感触,并有将其形诸文辞,作诗文以记之。

新安程象复在初刻《宝纶堂集》题跋中写道:"因忆髫年客游浙中,捧读《楚辞》,见卷首叙述并绘《屈子行吟图》,次第抽毫,骤括殆尽,是章侯陈先生笔,传布海内,亦志屈子之所志也。"②认为洪绶所绘"屈子行吟",能志屈子之所志。

清人彭孙贻《茗斋集》卷二载《陈章侯〈九歌图〉引》,其辞曰:

> 幽斋细响鸣楚猿,巴巫姱女吹铁埙。垂帘点易意萧瑟,
> 文狸窈窕窥书园。悲秋狂客饮不足,梦枕楚骚醉中读。沉吟
> 不共哀虫语,河伯湘君愁似雨。湘灵洗云沉水湄,烟丝雨丝

---

① 吴敢、王双阳:《丹青有神:陈洪绶传》,杭州:浙江人民出版社,2008 年,第 230 页。
② 陈洪绶著,吴敢点校:《陈洪绶集》,杭州:浙江古籍出版社,1994 年,第 584 页。

织桂旗。幽篁含睇女床笑，芙蓉落尽苍梧庙。章侯醉笔写秋情，十二峰尖画研青。墨痕刻露孤袅袅，绣枣佳梨镌手灵。古帘勾出松肪暗，雕发镂眉宛无憾。潇湘衣帻洞庭舄，印来阿堵神明澹。颊毛奇崛卷虬螭，云中君亦烟其姿。应知笔力盘沉鸷，诘屈摧崴带愁字。嵯峨鬼腕呕孤心，巧得《离骚》《天问》意。《九歌》夜诵寒茫茫，夜深山鬼摇仓琅。凝思敛手一展卷，啾啾苦狄鸣空堂。烟霏添楮灵均活，司命婆娑礼魂祓。应毁长沙吊屈篇，女嬰押尾为题跋。①

其在诗中既称赞此版画制版时取材优良，刻工技艺高超，人物形象纤毫毕现，生动传神，又认为陈洪绶笔力沉鸷，且在图绘之时于形象中有所寄托，能传递屈子作诗之意，使观者有如在目前之感。

清梦麟《大谷山堂集》卷四亦载《陈洪绶〈九歌图〉歌》，其辞曰：

> 天门菈猎翻秋飔，翠旓孔盖驱狞飙。雷辕高驼翠曾下，如云绛气趣鸾镳。水车桂楫现恍惑，荒滨骋骛凌寒鼍。空桑撰翠杂瑶象，紫坛不动嵯峨高。湘累汩罗恸谣诼，青鸾枭鸟嗟同巢。蕙苓化茅鴝鸟诉，菉葹萧艾纷盈腰。蹇修勿顾夜猨叫，灵氛不协巫咸招。传芭会鼓鹜迟异，目成幽怪相招要。大江扬灵集龙驾，丹铅俶傥穷煎焦。琳琅玉珥青霞交，姣服繁饰云中朝。皇灵远举褰龙绡，周章寿宫何烂昭。二妃凝睇携苏桡，飞龙翩翩颜若茗。芙蓉寂寞夫君遥，思君不来中郁陶。九坑仿佛驰云梢，东君乘雷河伯遨。天狼镞矢哭山鬼，殇魂毅魄群奔跳。怒灵鸣啾百怪集，雾昏坏壁颠风

---

①（清）彭孙贻：《茗斋集》，四部丛刊续编景写本。

骄。龙堂绲瑟水蛟立，朱暾不出云生坳。投袂遗绁降晻霭，青螭赤豹当天号。扶桑匿景荔帷晦，彗星十丈横丹霄。灵衣偃蹇詄荡下，鬼物攫挐牙须豪。顾予要眇降忽逝，阴堂白昼回羴旄。玉佩锵鸣八琅奏，风楸三日声嘈嘈。老莲母亦悲媒劳，神君鬼伯供爬搔。枫林月落暗丛桂，窥檐飒沓来山魈。九嶷高高洞庭阔，敷衽便拟麾云夔。兰菊终古永无绝，叫阍谁蹑昆仑尻。扬枹送神夜天黑，墨云堕地翻灵旗。①

梦麟（1728—1758），字文子，号午堂，西鲁特氏，蒙古正白旗人。清高宗乾隆十年（1745），未弱冠中进士，选庶吉士，散馆授翰林检讨；乾隆十八年（1753），典江南乡试，未几视学江苏，既而召陟工部侍郎，旋改户部侍郎，忽病瘵以殁。著有《大谷山堂集》及《喜堂诗》等。其诗化用《离骚》《九歌》中的诸多辞语，对陈洪绶《九歌图》所绘诸神进行歌咏。

清人景云有《陈章侯〈屈子行吟图〉》诗，其辞曰：

　　湛湛江水上有枫，江天黯淡云气蒙。猩猩泣雨猿啸风，潜蛟起舞波涛汹。三闾大夫楚国宗，来迁于南心忡忡。强嬴挟诈欲霸熊，劝王毋行王似聋。西入武关不复东，可怜荆棘章华宫。菉葹兰蕙器不同，蛾眉谣诼兰所工。驽骀骋路骐骥庸，雷鸣瓦缶毁黄钟。江潭亍彳悴其容，长吟问天天梦梦。嗟吾道离此奇穷，已矣卜居鱼腹中。老莲当日牢骚胸，大招累魂用笔锋。渺茫树杪坐渔翁，凄迷寒渚宿莽丛。我展此图吊孤忠，晴轩日色暗不红。苍茫世代神相通，虽欲不悲情肯

---

① （清）梦麟：《大谷山堂集》，民国九年刘氏嘉业堂刻本。

从。歌成四壁闻飞涑，为我立洗离忧衷。①

景云(1768—1800)，字舜卿，号雪窦，余姚人。工诗擅书，著有《雪窦集》。该诗起首用《招魂》"湛湛江水兮上有枫"句，勾勒屈子行吟江畔之环境，继而袭用《离骚》《卜居》之文辞，将屈子不与世俗同流之志节体现出来，接着作者追叙陈洪绶绘此图之意，表达观看此图之感受。

由此可见，陈洪绶《九歌图》以版画这一艺术式样行世后，就使得原来寥寥可数、不易见到的图像作品化身百千，易于得见，从而为读者之感知提供了较大便利，并促使了诸多因观图而生的诗文的大量出现。

二、《饮酒读骚图》及《痛饮读骚图》

传世图像作品中，还有系于陈洪绶名下之《饮酒读骚图》《痛饮读骚图》，此二图上题跋甚多，真伪问题，学界亦多歧见。

(一)《饮酒读骚图》

崇祯十三年(1640)正月，洪绶复生仕进之心，遂重返京师，捐资入国子监。嗣后，被召为舍人，入宫临摹历代帝王像，并因之得观内府藏画，艺事益进，名声也日盛，与顺天府人物画高手崔子忠并称"南陈北崔"，公卿大夫均以识面为荣，得其片纸，则珍若圭璧。然洪绶却意滋不悦，以为专擅绘事非其所喜者，"李贺能诗玉楼去，曼卿善饮主芙蓉。病夫二事非长技，乞与人间作画工"②，

① (清)潘衍桐编纂，夏勇、熊湘整理：《两浙轩续录》(第16册)，杭州：浙江古籍出版社，2014年，第4520页。

② (明)陈洪绶著，吴敢点校：《陈洪绶集》，杭州：浙江古籍出版社，1994年，第260页。

《饮酒读骚图》　　　　　　《痛饮读骚图》

其志向乃在于致君尧舜,于国衰之际施展才能,重整家国。

　　然天不遂人愿,崇祯十六年(1643)十月,李自成破潼关,旋即入主西安,大明王朝风雨飘摇。崇祯十七年,大明王朝灭亡后,朱明皇族在南京建立南明王朝,在友人的劝说下,洪绶意欲南下。离京时,同乡倪元璐写诗劝阻,洪绶借酒谢绝道:"两袖清风归去时，家人应有铺糜词。不知饮尽红楼酒，又得先生送别诗。"①怀着无限惆怅与忧伤，洪绶离别京都，舟过天津杨柳青，其取来纸笔，泼墨挥毫，抒写心情，一幅《饮酒读骚图》跃然纸上。

今上海博物馆藏有老莲《饮酒读骚图》，绢本，设色，纵 98.5 厘米，横 41.7 厘米。绘有一人，摊书而坐，置罂盂二器，手持杓若，有所杅抱，瓶一，供梅桂。

图右上为桂馥题签，题"老迟饮酒读骚"，次为翁方纲题跋：

> 莲也每画人，瘦削如枯禅。或疑自貌欤，今审知不然。昨见所画扇，一人卧石间，二女侍于旁，高歌和清弹。今此读骚者，貌即其人焉。丰颐目曼视，意与万古言。读骚亦借境，饮酒亦设论。有能观莲者，试与穷其原。饮酒是何境，大抵纯乎天。恍莽虚无中，必有所寄焉。宜读庄周书，何关楚骚篇。昔闻放翁诗，每感韩子言。以骚并庄称，千古具眼诠。往记畔牢愁，得之盖未全。酒人与骚人，且勿借口传。所以师林轴，老苔晤老莲。题未谷四兄所藏陈章侯《饮酒读骚图》二首，丙辰（1796）秋七月望前一日北平翁方纲。

钤有"翁方纲""覃溪"二白文印。

从诗中可以看出，翁方纲认为陈洪绶图画中所表现之人物，多为消瘦形象；而《饮酒读骚图》中所绘"读骚者"却是"丰颐"者，或许即是老莲自写其貌也；其借"读骚""饮酒"，以寄托不遇情感。

本幅图左上题"老迟洪绶画于柳桥书屋"，右下题"师子林收藏"。

左上为桂馥边跋：

> 顾容堂同年旧藏此本，不知为《饮酒读骚图》也，余告之，始

---

① （明）陈洪绶著，吴敢点校：《陈洪绶集》，杭州：浙江古籍出版社，1994 年，第 258 页。

信。余将出都，容堂持此以易拙书，大愧！老莲每一题辄作数十本，各不相同。此是真本。顷颜心斋亦有《饮酒读骚》一帧，与此迥异。予又见其《索句图》五六本，或坐或立或行，或一人或二人，各极其妙。嘉庆丙辰(1796)新秋，渎井复民桂复书。

钤有"渎井复民""桂馥信印"白文印，"未谷"朱文印。

从桂馥跋文可以见出，陈洪绶曾作有数本《饮酒读骚图》，其所题跋本乃太仓顾玉霖所藏本，顾氏欲以此图易桂馥法书。

底端为孙原湘边跋：

> 桂未谷定为《饮酒读骚图》，蒋伯生辨为《调羹图》。予两置之，两存之。为作是诗：

> 作画必此画，遂令画理窒。读画非读书，勿尚考据切。谓是调羹耶，梅枝岂梅实。谓是读骚耶，终疑醴不设。一笑置勿论，但论画工拙。笔遵法士点，墨用道子骨。衣冠阎立本，瓶罍赵松雪。证以西河云，的系莲也笔。不闻霓裳图，定自王摩诘。初题曰奏乐，谁审拍第一。不闻幸蜀图，出自汝南忽。讳称曰摘瓜，以避名不吉。君但识其真，毋考名得失。必欲定一尊，请并存两说。若置觞咏地，便为铜阳毕。如悬政事堂，即当傅岩说。老迟闻此语，亦应笑吃吃。佛法最圆通，可入画禅室。

> 心青居士孙原湘。

钤"心青居士"白文印。

据孙原湘此跋可知，关于陈洪绶此图的命名，清际学界还有争议，蒋伯生以为乃是《调羹图》，非为《饮酒读骚图》；而孙原湘则跳出命名争议，以为就笔墨、技法来看，其的确是陈洪绶真迹，故"但识其真，毋考名得失"，关于此图之命名的二种不同说法可以并存，可谓圆融汇通之说。

　　值得注意的是,翁方纲弟子梁章钜,曾于道光年间刊印《退庵金石书画跋》,其中也有"陈老莲饮酒读骚轴绢本"条,并以为"翁覃溪师见而极赏之,为作诗"。

　　据以上题跋可知,在清代,陈洪绶《饮酒读骚图》由顾容堂而至传桂未谷,复传蒋伯生,转至梁章钜之手,后辗转为上海博物馆所收。

　　(二)《痛饮读骚图》(附:郑旼《扁舟读骚图》)

　　上海博物馆还藏有陈洪绶《痛饮读骚图》,绢本,设色,纵100.8厘米,横49.4厘米。画幅左上题有"老莲洪绶写于杨柳青舟中,时癸未孟秋",下钤"洪绶私印""莲白衣""章侯氏"朱文方印。

　　孔东塘《享金簿·陈章侯饮酒读书图》载:"陈章侯人物一轴,乌帽朱衣,坐对书卷,手持把杯,盖《饮酒读骚图》也。瓶插梅花竹叶,皆清劲。题云:'老莲洪绶写于杨柳青舟中,时癸未孟秋。'乃避乱南下时作也。言之慨然。"①

　　此图曾为孔尚任所藏,并在画上留有四题:

　　其一为:

　　　　别故园兄弟七度重阳矣!乙丑在京邸,至次日方想起;
　　丙寅在鼍社湖堤马背上,与李季霖言及今日是节;丁卯在兴
　　化海光楼,同家樵岚、吕长在小饮②,看尚以朋画菊;戊辰在扬

①(清)孔尚任著,汪蔚林编:《孔尚任诗文集》,北京:中华书局,1962年,第605页。
②潘建国《孔尚任艺术鉴藏与文学创作之关系考论——以新见孔氏题陈洪绶〈饮酒读书图〉跋文为缘起》(《文学遗产》2011年第6期)文以为:"吕长在",应为"柳长在"之误,《湖海集》卷三"丁卯存稿"有《端阳后五日宋既庭招饮,同蒋玉渊、柳长在、李沂孙分赋》《过熊质均寓楼,同柳长在、蒋玉渊、汪柱东》等诗多首,另卷五"戊辰存稿"有《送柳长在谒选北上》诗。

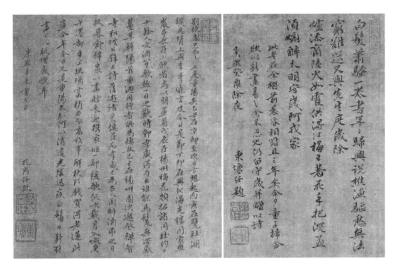

其一　　　　　　　　　　　　　　　　其二

州梅花岭，招诸同社约二十余人，文酒笙歌，极一日之欢。时
邓孝威得句云："谁能马鬣无深感，蔓草斜阳首重回。"同行者
俱为凄然；己巳在扬州园次，邀登禅智寺，和坡公壁上诗，旧
游诸君俱在，而孝威已为古人，因酹酒吊之。日抵暮，俞锦泉
以画舫来迎，携家姬一部，缓歌低吹，载月入城；庚午还都，步
上琉璃窑，稍应登高故事，解杖头钱买得老莲此画；今年今日
又是重阳，不知何以消遣。光阴迅疾，白须日新，对画上人只
增感慨耳！康熙辛未重九日，孔尚任跋。

此跋文起首钤有"东西南北之人"白文长方印，文末钤有白文
"孔尚任印"、朱文"东塘"两印。

孔尚任于此跋中言及"庚午还都，步上琉璃窑，稍应登高故
事，解杖头钱买得老莲此画"，证之其《庚午二月自淮南还朝》诗及
《燕台杂兴四十首小序》之"蜗居在宣武门外，距太学十五里"句可

知，康熙二十九年（1690）二月，孔尚任返京，寓所距离琉璃厂不远，陈洪绶此幅《痛饮读骚图》为其从琉璃窑购得；嗣后，康熙三十年（1691）重阳，孔尚任在京城作此题跋。

其二为：

> 白发萧骚一卷书，年年归兴说樵渔。驱愁无法穷难送，又与先生度岁除。炉添商陆火如霞，供得江梅已着花。手把深杯须烂醉，分明守岁阿戎家。

> 此老在余榻前，晨昏相对，且三年矣。今夕童子扫舍，欲以新画易之，余不忍也，仍留守岁，并赠以诗。康熙癸酉除夜，东塘任题。

此跋文起首钤有"石门山居"朱文长方印，文末钤有白文"孔尚任印"、朱文"孔河"两印。

据文中"晨昏相对且三年"之语可推知，此跋当题于康熙三十二年（1693），而"又与先生度岁除"语交代出其作诗时间当为除夕，故"童子扫舍，欲以新画易之"，以示除旧迎新之意，然东塘"余不忍也，仍留守岁，并赠以诗"句，足见出其对洪绶此图的喜爱之情。

其三为：

> 辛未跋此画后，又七度重阳矣！景事模糊，不复记忆，其客况可知也。今岁己卯，重付装潢。落成之日，又值重阳登高，宾客多旧游者，览物兴怀，盖不知涕泗何从耳。

此跋文末钤有白文"孔尚任印"、朱文"东塘"两印。

据此可知，孔尚任于康熙三十八年（1699）己卯，重新装裱《痛饮读骚图》；而装裱完成之时，恰值重阳之季，东塘不由得回忆起康熙三十年（1691）重阳时，其题跋此图的情境，览物兴怀，不由顿生感伤。

其三　　　　　　　　　　　　其四

其四为：

　　岁己卯重装此画，又九历重阳。庚辰罢政，淹留三年，从
游多燕赵悲歌之士，亦不记落帽何所矣。癸未在乡园，携子
侄辈登鲁南城，甲申登鲁北城。乙酉、丙戌两登大庭之库，丁
亥行邯郸道上，与佃野弟稍憩黄粱梦处。今年戊子，予花甲
一周，贫病且甚于昔年，黄花糕酒俱费拮据，尚未卜登临之
地，兀坐空堂，郁郁书此。

此跋文末钤有白文"孔尚任印"、朱文"东塘"两印。

据其文可知，康熙三十八年(1699)己卯重装《痛饮读骚图》后
九年，孔尚任又作跋文。

据翁方纲《复初斋诗集》卷四十四载：乾隆五十六年(1791)，

翁方纲题端作"痛饮读骚"，并为东塘所藏此画而作诗二首，名为《陈章侯〈痛饮读骚图〉》二首，诗云：

> 世说高华推孝伯，写生赖古属周郎。忽雷海雨江风思，底事相关孔岸堂。

> 扣角商歌碎唾壶，湘江涛卷百千舻。山阴试共萧家笔，对写天皇古画图。

诗题之下又有自注云："孔东塘旧藏者，东塘题数段于轴。"①可知此图其时传入翁方纲之手。

值得注意的是，大抵与陈老莲相先后的郑旼，也作有《扁舟读骚图》。

郑旼（1632—1683），字慕倩，亦作穆倩，号遗甦、梦香、慕道人、荆蛮民、雪痕后人。署有寓学斋、榆廖馆、正己居、拜经堂、致道堂等。歙县人，郑澹成子。工诗、书、篆刻，善画山水，画法高古，凭气韵生动示意，能追步元人。画作有《雨气真寂图》《林泉小亭图》《溪山泛舟图》《香烟诗意图》《九龙潭图》《山水图》《扁舟读骚图》等。除绘画外，其诗名也远近闻名，其时有人论及郑旼的诗作是"大而感慨世变，小而驰赏物情，莫不措思凄婉，抒情深厚"②。著有《拜经斋集》《致道堂集》《正己居集》等。

据黄宾虹《黄山丹青志》载：明亡后，郑旼"隐于狂疾，服如野僧，或有言触往事者，辄哭不休，或望空下拜，拜凡以三。簪绂中人，有愿近昵者，哭以拒之，或先避之，虽坚请不出也。饥则以诗画易米，然以金帛易之，则必不予，即或成幅，亦毁之。时画兰，有

---

① （清）翁方纲：《复初斋诗集》，清刻本。
② 滋芜：《历代黄山图题画诗考释》，上海：上海三联书店，2016年，第9页。

小印曰'郑所南后身',又曰'井心未了前因'"①。可见其注重民族气节,有强烈的遗民情绪。

今安徽博物院藏有其《扁舟读骚图》,纸本,墨笔,纵202.7厘米,横78.4厘米。

图画采用对称式结构,江流横亘画面中央,上方为巍峨连绵的群山,山下清江旷远,近岸陂陀疏林,苇草处扁舟静泊,一人独坐船头,捧卷读《骚》。

左上有其自署题识:"雪庵遁居夔庆,尝棹扁舟读楚骚,随读随弃。居民延其诵经,乃诵《易》辞以应,杜景贤知其志,请习梵经。噫!乾坤不息,经理焉穷。此真善读书者。余尝图此,以助征贤之思。郑旼并识。"钤白文"不知有晋""留作忠魂补"、朱文"郑旼慕倩"印。

题跋中所涉之"雪庵",一说为明末之叶希贤,如《明史·练子宁传》:"希贤,松阳人。亦坐奸党被杀。或曰去为僧,号雪庵和尚云。"叶希贤,生卒年不详,号雪庵,又名云,松阳县人。永乐靖难初,希贤走重庆善庆里,隐士杜景贤知其非常人,恒与游于白龙山。山旁有松柏滩,滩水清驶,萝筿交映。雪庵顾而乐之,遂祝发焉,景贤营刹以居。雪庵好饮酒,日储一壶候客,至辄酌之,不则拉樵牧竖入饮,饮半酣呼儿童歌,歌尽瞑焉而寐。兴到落笔成章,词不甚工密,而意气愀然,大能感怆人。常夜梵诵朗然,人或窥之,乃易乾卦也。时棹小舟中流,携《楚辞》诵之,诵一叶辄投一叶于水,已,辄哭。人莫能测。哭已又读。叶尽乃返。众莫之知。可见,雪庵和尚忠于旧朝,气节坚贞,常于舟中读骚以泄遗民之

---

① 黄宾虹:《黄宾虹文集·书画编(下)》,上海:上海书画出版社,1999年,第253页。

恨。故郑旼绘《扁舟读骚图》,借表现雪庵和尚事迹,来表明自我心迹。

三、陈洪绶之人生际遇与《楚辞》图像创制

据现存文献,陈洪绶所制之《楚辞》图像,能见者主要有早期的《九歌图》《屈子行吟图》及晚期的"读骚图"两种,这些图像的生成,皆与其人生际遇不无关系。

前文业已叙及,《九歌图》及《屈子行吟图》乃是洪绶十九岁时,学骚于来风季松石居中所绘。老莲与来风季过从甚密,其《日课自序》曰:"予多作诗,稿多失去,长公来辇常惜之。癸亥游天津,得数百首,归来余其十之二三,长公梓而存之,戒予后作毋失。予曰:'诗苦不佳,品复无称,今以长公命,故勉遗其秽,后当覆诸酱瓿耳。'长公曰:'是将慢我。'予谢曰:'古人不德厚爵而死知己,予敢不重君爱而固埋其瑜乎? 请存其稿,以佞君之痂癖。'故有是脱稿,若打油、铰丁之语,来辇不得辞点铁之劳也。何者? 惜予之诗,得无惜予之丑露哉!"①来辇即来风季②,文中记风季为其刻版留存诗作,语多戏谑,然二人互引为知己,交谊深厚却由此而可见一斑。陈洪绶与来风季还有诸多唱和赠答诗作,如《与来风季共吟》:"日日出看山,柏塘过柳陌。将手数酒徒,酒徒一当百。方来与辇公,章鲁多诗伯。辇诗写霞天,赵饮浮溪碧。履生年少郎,短衣披秋色。一笑爽我心,书纸积盈尺。佳会句如此,酒兴弗可测。"《寄来季》:"别后多沉酒,闲时画美人。开尊眠画侧,飞梦入临春。"《寄来辇》:"拄杖到时俱是酒,芒鞋踏处尽成诗。诗成虽有惊人句,不与君商辄自疑。"皆能见出二人之深厚情谊。天启五年

---

① 陈洪绶著,吴敢点校:《陈洪绶集》,杭州:浙江古籍出版社,1994年,第16页。
② 罗剑波、昂俞暄:《〈楚辞述注〉作者来钦之家世及其与陈洪绶关系考论》,《吉林大学社会科学学报》,2017年第6期,第157页。

(1625)乙丑,来风季过洪绶,洪绶作有《寄梅与风季》诗,其辞曰:"乙丑花时君过我,坐君花下和君诗。此绢写赠君知否,开看应思过我时。"后又作《寄来季》,既于其中感谢老友教诲,又悲叹岁月倏忽,而功业未就,"二月载生魄,我来慰君思。连床半月归,秋天复可迟。我如不得来,君来慰我志。踪迹莫疏远,弗为古人愧"。故而,当崇祯十一年(1638),来风季子来钦之《楚辞述注》刊刻时,老莲将当初在松石居与风季共读《楚辞》时所绘之十二图交付钦之。

陈洪绶所处的时代,朝野混乱,党争不断,政权更替,百姓生活疾苦。洪绶总角之时,即思"以吾力普济众生",然其科举仕途却并不顺利,屡试不第,遂"伤家室之飘摇,愤国步之艰危,中心忧悄,往往托之于酒,颓然自放。或至使气骂坐者,人或绳认礼法,而不知其意有在也"①。而后,其妻过世,因与亲戚不合,洪绶遂北上谋生,然无所得,又辗转回乡。崇祯十二年(1639),洪绶宦游京城,又以捐赀入国子监,召为舍人,后被皇帝任命为内廷供奉,然这却并非其本心。洪绶作有《问天》一诗,抒泄此际心境:"李贺能诗玉楼去,曼卿善饮主芙蓉。病夫二事非所长,乞与人间作画工?"②三年后,其决意南归,并于舟中作《痛饮读骚图》。

明人罗明祖《离骚序》曰:"骚也者,烦乱愤懑而出者也。……夷之歌、原之骚,卒世而莫登之乐,知音者操而登之乐,必使人泣血,必使人肠断,必使人以魂语,以魄告。……余十余年托于骚久

---

① 孟远:《陈洪绶传》,见(明)陈洪绶著,吴敢点校:《陈洪绶集》,杭州:浙江古籍出版社,1994年,第587页。

② 陈洪绶著,吴敢点校:《陈洪绶集》,杭州:浙江古籍出版社,1994年,第260页。

矣,吾友陈章侯绘《九歌》而终之《行吟》者何？曰东皇太乙,曰云中君,曰湘君,曰湘夫人,曰大司命,曰少司命,曰东君,曰河伯,曰山鬼,曰国殇,曰礼魂,曰屈原,焄蒿凄怆,其为物一也。故从而刍灵之,刍灵之,故俯而诺来圣源之请也,骚流而东已。"①从中不难看出,在明季的社会文化背景中,陈洪绶有与屈原相同的忧国忧民和忠愤之情,其读《骚》,创制《楚辞》图像,皆有借以寄寓不遇之悲与忠于君国之志的用意。

第六节　湘花湘草寄情深：
女性创制的《楚辞》图像

有明一代,诸多不同社会阶层的女性,如闺秀名媛、青楼歌妓等,皆参与《楚辞》图像创作,她们往往以《楚辞》作品及兰、蕙等香草为图绘对象,或将《楚辞》文本予以图像化呈现,或描摹香草、香木情状,创作诸多题名《九歌图》《天问图》《墨兰图》《兰石图》之类的图像作品,借以寄托情志,并作为与人交际之中间物,构成了蔚为壮观的《楚辞》图像群。

一、闺阁名媛的《楚辞》图

闺阁名媛,一般是指诞生于官宦与商贾之家的女子。② 她们

---

① (明)罗明祖:《罗纹山先生全集》,见《四库禁毁书丛刊·集部》(第84册),北京:北京出版社,1997年,第54页。
② 就汤漱玉《玉台画史》来看,其列闺阁画家之时,多是记作某某之女、某某之妹、某夫人、某某妾、某氏,乃至于某某曾孙女、某姑母等等,将其依附于男性之下,强调其出身、家庭诸因素,以示区别。

生活在翰墨飘香的家庭环境中,亲受父兄师友的文化熏陶,与夫君相唱和,有机会观看、研习《楚辞》以及相关图像,并受"善鸟香草以配忠贞"之比兴传统的影响,遂图绘兰、蕙等香草,消闲寄情,展示个人雅趣。这其中,尤以文徵明玄孙女文淑、卢雍之女卢允贞等为代表。

(一)文淑所制之《楚辞》图像

文淑(1595—1634,一说为 1594—1634),一作俶,字端容,长洲(今江苏苏州市)人。其父文从简,祖父文嘉,曾祖文徵明,皆擅绘事,极有名望。文淑天性明慧,其书画得家风熏陶,擅花卉,长于写生,多绘幽花异卉、小虫怪蝶,能曲肖物情,鲜妍生动,深得时人赏识,如张庚《国朝画征录·续录》即赞曰"吴中闺秀之丹青者,三百年来推文淑为独绝"[1],可谓推许备至。

据钱谦益《初学集》卷五十五载:文淑"图得千种,名曰《寒山草木昆虫状》,摹内府《本草》千种,千日而就。又以其暇画《湘君捣素》《惜花美人图》,远近睹者填塞,贵姬季女,争来师事,相传笔法"[2]。可见,作为女性画家的文氏,其草木昆虫图、美人图在当时赢得人们的普遍认可;而其所绘《湘君捣素》图,"湘君"之名,或是其有意引发观者联想起《湘君》《湘夫人》而为之者。

王士禛《池北偶谈》卷十五载:"寒山赵凡夫子妇文俶,字端容,妙于丹青。自画《本草》一部,楚词《九歌》《天问》等皆有图,曲

①(清)冯金伯:《国朝画识》卷十六,清道光刻本。
②(清)钱谦益著,钱仲联标校:《钱牧斋全集》,上海:上海古籍出版社,2003年,第1382页。

臻其妙。"①据此可知,文淑曾绘有《九歌图》《天问图》,且颇具造诣,故王渔洋乃有"曲臻其妙"之语。然今亡佚,难知其貌。

这样看来,文淑所创作的《楚辞》图像主要包括两种类型:其一,《楚辞》作品图,即其曾据《九歌》《天问》文辞,图绘《九歌图》《天问图》,其具体内容,当是对《九歌》所涉神灵或《天问》所涉诸问予以图像呈现者;其二,《楚辞》作品衍生图像,即其《湘君捣素》图,当是着眼于与《湘君》《湘夫人》所关联之"舜与二妃"故事而命名者。

(二)卢允贞《九歌图》

卢允贞,字德恒,号恒斋,江宁(今江苏南京市)人。生卒年不详,为卢雍(1474—1521)之女,倪岳(1444—1501)之妻,则当活动于明弘治、正德前后。

据明焦周《焦氏说楛》载:卢允贞年十八,即嫁倪岳。后来,倪岳为编修,与卢归省,其翁倪谦家遭遇火灾,允贞乃尽出奁资,购屋材,建大楹,以纾其忧。允贞为文毅置姜,略无妒忌,能诗,有《恒斋稿》;复能图染,有《璇玑图》《九歌图》,甚精妙。卒后,文毅自志其墓,后追赠夫人。② 则卢氏当作有《九歌图》,应亦是据《九歌》而图绘者。

据明朱谋垔《画史会要》载:卢氏"白描精妙,有《九歌图》《璇玑图》二卷藏于家。文毅公曾孙蕲水令民悦者,曾出以示之"③。

---

①(清)王士祯著,文益人校点:《池北偶谈》,济南:齐鲁书社,2007年,第286页。

②(明)焦周:《焦氏说楛》卷五,明万历刻本。

③卢辅圣主编:《中国书画全书》第4册,上海:上海书画出版社,2000年,第495页。

则其所制《九歌图》，当是以白描之法而为之，或亦是模仿李公麟者。其图原藏于家，后归倪民悦（1532？—1582），曾以此图示朱谋垔，后不知所踪。

二、青楼歌妓的《楚辞》图像

伴随着商品经济的发展，明代的娼妓业亦获得了广阔的发展空间，明政府实行罚良为娼之策，使得大批有较高文化素养的"犯官"妻女沦落青楼，在一定程度上提高了妓家的文化素养，官方还在金陵官办南市、北市、鹤鸣、醉仙等十六楼，也助推了歌妓这一群体的形成。另一方面，其时文士亦不以狎妓为耻，多以能与有才艺之歌妓相交为雅事，如唐寅《桃花庵歌》云"酒醒只在花前坐，酒醉还来花下眠……但愿老死花酒间"，吴伟也创作了《歌舞图》《铁笛图》《武陵春图》等关涉妓女题材的画作。歌妓在与文人交往程中，有机会观摩当时乃至古代绘画珍品，聆听文士的艺术观点，甚至还可得到文人们在笔墨方面的指点，这对提升其艺术素养，在审美趣味上体现出文士气无疑具有重要作用。

歌妓在表现自我情志，与文士相交接之际，亦创作出诸多图像作品，然其"缺少与大自然的亲融性，故对山水画题材始终淡漠并远之"，加之花鸟画创作难度较大，"要求作者具备较高的艺术素养、造型能力"①，故亦甚少为歌妓们所着力，如此一来，明代歌妓所制图像中，表现最多的就属兰、竹诸物了。而这其中，有《楚

---

① 李湜：《明代青楼文化观照下的女性绘画》，《美术研究》，1999 年第 4 期，第 50 页。

辞》文化渊源的、能标示自我高洁情怀之兰,"有着丰富的互文性含义,既意味着遗世独立和纯洁,又具有美妙迷人的性吸引力"①,尤其成为她们所热衷表现的题材,产生了如马守真、顾眉、薛素素等极具影响力的代表人物,并有《墨兰图》《兰石图》等诸多以表现"兰"为题材的画作流传至今。

（一）马守真的"兰图"

马守真(1548—1604),字湘兰,小字玄儿,又字月娇,有小印曰"献廷",金陵(今江苏南京市)人。以歌舞、诗、画擅名一时;轻财任侠,与太原王穉登友善。王氏为之作传,其中言及:"嘉靖间,海宇清谧,金陵最称饶富,而平康亦极盛。诸姬著名者,前则刘、董、罗、葛、段、赵;后则何、蒋、王、杨、马、褚,青楼所称'十二钗'也。马姬高情逸韵,濯濯如春柳闻莺,吐辞流盼,巧伺人意。诸姬心害其名,然自顾皆弗若,以此声华日盛。凡游闲子,沓拖少年,走马章台街者,以不识马姬为辱。"②虽有溢美之词,然亦足见其影响之大。

明姜绍书《无声诗史》认为她"兰仿赵子固……其画不惟为风雅者所珍,且名闻海外,暹罗国使者亦知,购其画扇藏之。"③如此一来,一些惟利是图者便利用她的名声造假,以至于其赝品画较多,葛嗣浵在《爱日吟庐书画续录》中著录马湘兰《飞

---

① (英)柯律格著,黄晓鹃译:《明代的图像与视觉性》,北京:北京大学出版社,2011 年版,第 187 页。
② (明)王穉登:《马姬传》,见(明)潘之恒辑:《亘史》卷十八,明天启刻本。
③ (清)虫天子辑:《香艳丛书十集》卷一,北京:人民文学出版社,1994 年版,第 2698 页。

白竹》轴后，断曰："世所见湘兰女史画，皆伪品也。"①虽嫌武断，然亦足见题署马守真画作之多且滥也。

据郝俊红考辨，较为可信的马守真"兰图"主要有作于1572年藏于广东省博物馆的《兰竹石图》轴、作于1589年藏于上海博物馆的《兰竹》扇、作于1590年藏于上海博物馆的《兰竹湖石》扇、作于1594年故宫博物院藏的《兰竹石》扇、作于1604年藏于故宫博物院的《竹兰石图》卷，以及苏州博物馆藏的《兰竹图》等。②

1.《兰竹石》扇面

今北京故宫博物院藏有马守真《兰竹石》扇页，金笺，墨笔，纵17.8厘米，横49.8厘米。

图以淡墨绘没骨兰一株，兰叶十余，参差分敷扇面左右，最长者蔓生至扇左题署处，兰花四朵，左右各二，吐蕊绽放；兰畔以润

①（清）葛金烺、葛嗣彤撰，慈波点校：《爱日吟庐书画丛录》，杭州：浙江人民美术出版社，2012年，第421页。

②郝俊红：《关于马守真绘画的若干真伪问题》，见薛永年主编：《鉴画研真》，南昌：江西美术出版社，2004年，第98页。

笔散锋勾出一石,其后生有细竹四五,高低不一。

扇页有自题:"甲午中秋日写。湘兰马守真子。"钤"湘兰"白文印、"守真玄玄子"朱文印。据此可知,此图当是作于明万历二十二年(1594)。

整幅图中,行笔流畅,线条飘逸,墨点聚散有致,似重兰之精神,借以抒发心中逸气。

2.《兰竹图》扇页

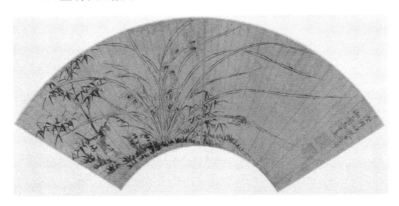

北京故宫博物院又藏有马守真《兰竹图》扇页,金笺,墨笔,纵15.8厘米,横48.2厘米。

图中绘有丛兰修竹,生于坡地,兰叶繁盛,兰花众多,皆作左右对称分布,其中扇右叶长而有花朵,其下有短竹隐于叶下,扇左则绘二竹,生于石畔,枝繁叶茂,与兰并峙。

扇页有自题:"癸卯仲秋日写。湘兰马守真。"钤"湘兰"白文印、"守真玄玄子"朱文印。据此可知,此图作于明万历三十一年(1603)。

图中以双勾白描写兰,以墨笔绘竹,运笔率意洒脱,线条舒展飘逸,展现出叶片随风而舞的摇曳之姿。

又，美国大都会艺术博物馆藏有马守真《兰石图》，纸本，墨笔，绘有兰花一丛，飘然而立，其后为一勾勒皴擦所成之湖石，又有一墨笔小竹作为衬景斜出其下。

画右上方有款识："翠影拂湘江，清芬泄幽谷。壬申清和写于秦淮小阁。湘兰马守真。"将兰与湘江联系起来，引起读者关于《楚辞》香草的比兴联想。据汤漱玉《玉台画史》载，此图原藏于广陵马半槎处①,后辗转流落海外。

其后有薛明孟题诗:"空谷幽兰茂,无人亦自芳。迎春舒秀色,浥露发清香。"歌咏兰之清芬幽洁特质,似暗喻对马守真的褒誉之情。

其后有王穉登题诗:"芳泽三春雨,幽兰九畹青。山斋人独坐,对酒读骚经。"借摹写雨后幽兰之景,标明山斋之人所处环境的幽清,而独坐对酒读骚之行为,又颇能传递出其作为风流名士形象而存在的特征。

(二)顾眉的"兰图"

顾眉(1619—1664),初名媚,字眉生,又字智珠、眉庄,号横波,应天府上元县(今江苏省南京市)人。后为龚鼎孳侧室,改姓徐,字智珠,号横波,龚鼎孳号之曰"善持"。入清后,接受朝廷诰封,又被称为顾夫人、徐夫人、横波夫人。

顾氏工诗词,通音律,擅书画,尤擅绘兰,能出己意,为时人所称道,如清张庚《国朝画征录》称其"工墨兰,独出己意,不袭前人法"。清秦祖咏《桐阴论画》称"横波夫人顾媚,姿态闲逸,丰致绝佳,脱尽闺阁妍丽之习。余昔见一长卷,画兰各种,风晴雨露,均极传神,笔墨外更有一种妩媚之趣,引人入胜"②。足见其所绘之兰在文士中已产生影响,而尤侗、朱彝尊、彭孙遹、龚鼎孳等为顾眉所画之兰题诗,更可见出此点。

顾氏著有诗文集《柳花阁集》,有《兰花图》扇面、《九畹图》卷、《丛兰》卷(与范珏合制)、《墨笔兰花》等画作传世。

---

① (清)厉鹗等辑:《玉台书史 玉台画史》,杭州:浙江人民美术出版社,2012年,第163页。

② (清)秦祖咏:《桐阴论画》,清同治三年(1864)刻本。

1.《兰花图》扇页

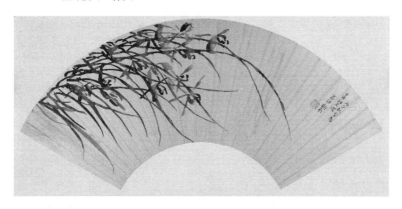

北京故宫博物院藏有顾眉《兰花图》扇页,金笺,墨笔,纵 16.3 厘米,横 52.1 厘米。

此图绘没骨兰花一丛,布局新颖,借扇面弧形结构,描摹兰叶、兰花嫣然下垂之景致,兰叶长短不一,似正随风舞动,婀娜飘逸。

扇面右上有作者自题:"丙子秋望为子寅词宗写。秦淮顾眉。"钤"眉生之印"白文印。据此可知,此图作于明崇祯九年(1636)。

2.《九畹图》

北京故宫博物院还藏有顾眉《九畹图》,其命名当取意于《离骚》"余既滋兰之九畹兮"。

此图为绫本,墨笔,纵 28.5 厘米,横 183 厘米。

图中绘有起伏不平之坡地,其上丛兰与竹石交错伴生,坡陀间幽兰披拂偃仰。

款题"癸未菊月偶写《九畹图》,共孝升作笑而已"。钤"眉生"印。据此可知,此图当是作于崇祯十六年(1643)。

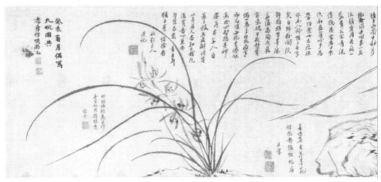

空隙处有龚鼎孳的墨题。

顾眉所绘兰图,在当时影响很大,不少文人皆有题咏,如戴明说《题顾夫人兰卷诗》曰:"孤根耿耿护阳春,许伴三闾问凤因。仿佛鸥波亭子上,湘烟清照管夫人。"①将兰孤根护阳春之生物属性与屈原忠贞佐国相联系,并将顾眉、龚鼎孳与管道昇、赵孟頫相提并论。

---

① 李濬之编著:《清画家诗史》,杭州:浙江人民美术出版社,2014年,第18页。又,清人梅成栋纂《津门诗钞》中该诗作"孤根耿耿护阳春,许伴三闾问鬼神。多少须眉不敢画,香烟清照管夫人"。

（三）薛素素的"兰图"

薛素素，名五，字润娘，又作润卿、素卿，号雪素，吴县（今江苏苏州）人，一作嘉兴人，寓居南京。生卒年不详，约活动于万历（1573—1620）年间。《无声诗史》《明画录》《玉台书史》《玉台画史》《图绘宝鉴续纂》《珊瑚网》《列朝诗集》《曝书亭集》《式古堂书画汇考》诸书皆载录其人其事；其于诗、书、画、琴、弈、绣无所不能。尤工兰竹，各具意态。又喜驰马挟弹，百不失一，自称女侠。有《南游草》《花琐事》，惜多散佚。

其画作中，绘兰尤多，今北京故宫博物院藏其《兰竹松梅图》《兰石图》《兰竹图》，上海博物馆藏其《兰石图》，美国火奴鲁鲁美术馆藏其《墨兰图》等。

1.《兰石图》（1598）

上海博物馆藏有薛素素《兰石图》，纸本，水墨，纵 77.5 厘米，横 31.6 厘米。

图中绘有两丛幽兰，几枝细竹，生长于坡石之间，似以石之坚硬，以衬兰之俊雅与竹之挺峭，其中兰叶流畅潇洒，神韵飞扬，颇有管仲姬遗韵。

左上有薛素素款署"戊戌上元日，薛素素写于叔清兄之西斋"，据此可知，此图作于万历二十六（1598）年。

图上有汪之范、方问孝、米云卿、方瀛等人之题跋。

其中，方问孝题诗曰："美人起披衣，但取西斋适。不事歌舞场，口耽文墨癖。爱君庭户静，遂留方中迹。涂抹八九兰，绝倒两三客。……鄙夫一见之，徘徊讵忍释？嘉会安可期，心神倘能获？乐矣不知劳，西山日已夕。"以为薛素素不事歌舞而着意文墨之志趣有别于其他歌妓，并称赞其所绘之兰颇具艺术魅力，为

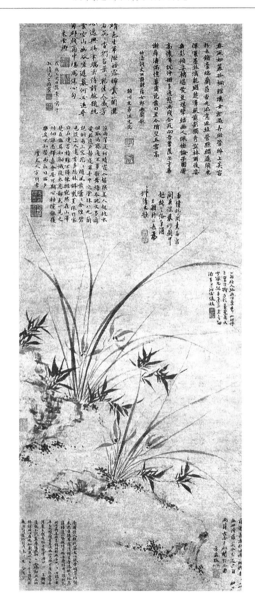

人所欣赏。而米云卿题诗曰:"晴色生草际,皓露晞丛兰。洒石花花香,扪苔叶叶干。佳人感芳心,逸兴接笔端。柔情弱腕题纨素,空山幽谷嗟迟暮。何必遥寻蜀郡笺,个中堪写伤心句。"描摹薛氏《兰石图》所勾勒之形象,并以为其有借图绘空山幽谷无人赏之景致,来表达美人迟暮之哀伤。

2.《墨兰图》(1614)

吉林省博物院藏有薛素素《墨兰图》,绢本,水墨,纵90.6厘米,横32.7厘米。

图上半为楷书杨炯《幽兰赋》,其下绘有生长于两石之间的一

簇幽兰,兰花或含苞待放,或正在盛开,姿态各异,舒展飘逸,其间杂生疏密得当之竹叶。

有薛素素款署:"甲寅八月望前一日闻窗戏笔,薛氏素君。"据此可知,此图作于明万历四十二(1614)年。

钤有"薛素君""第五之印""许闻藏印""燕赏斋"等印。

又,据陈传席先生所叙,现藏于美国火奴鲁鲁美术馆的薛素素《墨兰图》为纸本,水墨,纵31.8厘米,横60.3厘米。图绘兰草生于水畔山石之间,兰图双勾,花叶交叉,水草用墨笔撇出,山石又下笔迅扫,颇见气势。卷末自题"辛丑春正月写,薛素素",则此图作于明万历二十九(1601)年。①

由此可见,明代青楼歌妓们图绘了诸多兰之形象,且多将其与竹、石联系起来进行表现,这其中,除却兰的清幽、竹的虚静、石的坚实"便于映衬出妓女们的某种特殊心态",且"形象简单,创作时所需的时间较短,纵情涂抹三二枝,便可形完气足,从而以助一时之兴"②外,《楚辞》中所构建的、并经由历代文士袭用与认同的以兰来象征高洁清芬情志之文化蕴含,是她们图绘之时的审美价值预设。也就是说,她们试图通过图绘兰花,来标示出自身的高洁情怀,表达对男性审美意趣的迎合与追随。

---

①陈传席:《明代女侠薛素素的〈墨兰图〉》,见《陈传席文集》,郑州:河南美术出版社,2001年,第772页。

②李湜:《明代青楼文化观照下的女性绘画》,《美术研究》,1999年第4期,第51页。

第七节　寄形于文字中的明代《楚辞》图像

在明代及后来的文字文献中,还存在不少题咏产生于明代的《楚辞》图像作品,今难见其形象,惟借有限之文字,遥想其图画之内容。故而,囿于眼界之限,在没有充分、可靠材料厘定这类图像的具体归属之时,本书拟将之归于"寄形于文字中的《楚辞》图像"之属。

为行文之便,本部分也拟以图像题材类属为限,按屈原图像、《楚辞》作品的图像呈现、《楚辞》衍生图像三部分予以编排,每部分中,又依据载录图像的文献作者生活时代之先后顺序予以编次,不明者附于最末,以求条清缕析。

一、屈原图像

文字文献中所涉及的明代屈原图像,主要可分为两种类型:一类题署为"屈原像""三闾大夫像",据文推之,可能是单体人物肖像;一类题署中有"屈原""渔父"等人物,或是有"问答""问津"等事件,据文推断,可能是据《楚辞·渔父》《史记·屈原列传》文辞而创作的故事图。兹分别论录如下。

(一)人物像

1.龚诩所咏《屈原图》

龚诩(1381—1469),一名翊,字大章,号纯庵,昆山(今江苏昆山市)人。建文帝时,曾守卫南京金川门。靖难兵入城,诩恸哭遁至江阴、常熟间。后返乡,安贫绩学。周忱巡抚吴中时,两次荐其为昆山、太仓校官,坚辞,曰:"诎仕无害于义,恐负往日城门一恸耳。"①卒后门人谥曰"安节先生"。有《野古集》,卷下载《屈原图》诗,其辞曰:

> 爱君惟欲悟君心,歌罢《离骚》抱石沉。忠义一心如许切,汨罗千丈不知深。②

由前文可知,龚诩之遭遇,与屈原颇为相似,故其在观看《屈原图》后,产生情感认同,借歌咏屈原"爱君"之情志,表达自我"忠义一心"而不仕新朝的志向。门人谥曰"安节先生",亦是标榜其师忠贞不二之坚贞志节。

龚诩于诗中论及,屈原"歌罢《离骚》"后,抱石自沉于汨罗,意在"悟君心"。显然,其观点与洪兴祖、朱熹等一致。

至于其所题咏之《屈原图》,究竟是否为自作,抑或出于他者之手,皆难考实。

2. 张凤翼所题《三闾大夫像》

张凤翼(1527—1613),字伯起,号灵虚,别署灵墟先生、冷然居士,长洲(今江苏苏州)人。与弟燕翼、献翼并有才名,时人号为"三张"。嘉靖四十三年(1564)中举,然会试屡不中。晚年不事干谒,鬻书以自给。好度曲,为新声,著有传奇《阳春集》。诗文有《处实堂集》八卷,以及《梦占类考》《海内名家工画能事》《文选纂注》《四书句解》《国朝诗管花集》等。

《处实堂集》卷三载《阅〈三闾五羖二大夫像〉》诗,其辞曰:

> 每于青史得吾师,忽复披图慰所思。泽畔行吟忧楚日,虞庭缄默入秦时。三闾自葬千秋骨,百里非轻五羖皮。此日

---

① (明)文震孟等:《吴中小志续编》,扬州:广陵书社,2013年,第177页。
② (明)龚诩:《野古集》,清文渊阁《四库全书》本。

神交小窗下，不须庙貌肃神祠。①

据此诗可知，张伯起素来景仰屈原、百里奚二人勇于国事之精神，尊以为"吾师"，今日于室内窗下得观二人合绘之图画，形象具体，目之所视，心生所感，几达与先贤神交之境界，颇觉"慰所思"。其中"不须庙貌肃神祠"语，亦反映出其所见及的与百里奚合绘之屈原像，神态较为亲切，与庙祠中庄严肃穆以唤起观者尊崇膜拜之心的造像有别。

至于此《三闾五羖二大夫像》之作者、作时，亦难考索。

（二）故事图

1.黄仲昭所题《屈原渔父问答图》

黄仲昭（1435—1508），名潜，号退岩居士，学者称未轩先生，兴化府莆田（今属福建莆田市）人。成化二年（1466）进士，选庶吉士。次年（1467）十二月，谪湘潭知县，又改南京大理评事。弘治元年（1488），任江西提学佥事。久之乞归，日事著述，应福建镇守太监陈道之请，编成《八闽通志》八十七卷。后与周瑛合作，在南山广化寺修纂《兴化府志》五十四卷。晚年还编撰《延平府志》《邵武府志》《南平县志》。有诗文集《未轩文集》十二卷，其卷十一载《题〈屈原渔父问答图〉》诗，其辞曰：

放逐江潭恨不平，偶逢渔父话衷情。可怜狂楚无情甚，竟使忠臣殒此生。②

据此可知，黄仲昭曾见及《屈原渔父问答图》，图中当描绘有屈原放逐之际，行吟泽畔，与渔父"话衷情"之形象。观图之后，黄

①（明）张凤翼：《处实堂集》，明万历刻本。
②（明）黄仲昭：《未轩文集》，清文渊阁《四库全书》本。

氏表达了对楚王狂怒无情的不满,对屈原忠贞君国却自沉殒身之悲剧命运的叹惋。

仲昭的此种观感,恐怕也是其来有自。成化三年(1467)十月,其被授翰林院编修,初出茅庐,踌躇满志,一心君国;十二月,宪宗将以元夕张灯,遂命词臣预撰烟火花灯诗,仲昭却与章懋、庄昶联名上《谏元宵赋烟火诗疏》,以为"今川东未靖,辽左多虞,江西、湖广赤地数千里,万姓嗷嗷,张口待哺,此正陛下宵旰焦劳,两宫母后同忧天下之日。……古帝王慎小谨微必矜细行者,正以欲不可纵,渐不可长也"①,要求皇帝以为国民排忧解难为重,停止烟火。上大怒,将三人廷杖,贬官,而仲昭又被贬谪到湖南湘潭县,正是屈原当年所流放的楚南郢之邑,沅、湘之间。尽管在刑科给事中毛弘等的劝谏下,他并未南行;然而这种忠心为国却受辱遭贬的经历,自会让他在观看《屈原渔父问答图》时产生共鸣,遂有借屈子酒杯浇心中块垒之举。

此图之作者及作时诸问题,今难知悉,存以俟考。

2.陈昌所题《屈原渔父图》

陈昌,字颖昌,号菊庄,平湖(今属浙江嘉兴)人,生卒年不详,大约活动于明正统、天顺(1436—1464)前后。据《光绪平湖县志》《静志居诗话》卷八载,陈昌为庠生,有诗名,才思藻丽,长于七言,与里中沈琼兄弟交善,著有《菊庄集》,惜其不传。

曹学佺《石仓历代诗选》卷四百载陈昌《屈原渔父图》诗,其辞曰:

> 一从恩谴出銮坡,辞却襄王到汨罗。渔父不知忧国恨,

---

① (清)张廷玉等:《明史》卷一百七十九,中华书局,1974年,第4751页。

相逢但和濯缨歌。①

陈昌所咏之图，作者、作时诸信息皆不详。

据其诗题及诗句来看，显然是据《楚辞·渔父》篇而为之："一从恩谴出峦坡"句，或是"屈原既放"而出；"相逢但和濯缨歌"句，或是据篇末所载渔父"鼓枻而歌"之事而为之。至于图中所表现之内容，如屈原、渔父形象，或亦多依傍《楚辞·渔父》文辞而描摹。

在诗中，陈昌还标明对屈原疏放问题的看法：其中"辞却襄王到汨罗"句，即可见出陈氏乃是以为屈原作《渔父》是在顷襄王朝被放流至汨罗时也。

3. 邵宝所题《楚江渔父图》

邵宝（1460—1527），字国贤，号泉斋，别号二泉，无锡（今属江苏）人。成化二十年（1484）进士，授许州知州。弘治七年（1494），入为户部员外郎，历郎中，迁江西提学副使。弘治十八年（1505）起，历任浙江按察使、浙江右布政使、湖广布政使。正德四年（1509）擢右副都御史，总督漕运。因忤刘瑾，遂被劾致仕。瑾败亡后，复起为贵州巡抚，寻迁户部右侍郎，进左侍郎。寻疏请终养归，御史唐凤仪、叶忠请用之留都便养，乃拜南京礼部尚书，再疏辞免。世宗即位，起前官，复以母老恳辞。卒，赠太子太保，谥文庄。著有《简端二余》《慧山记》《漕政举要》《大儒奏议》《学史》《容春堂集》等。

《容春堂集》前集卷二载《楚江渔父图》诗，其辞曰：

> 有癯一夫立荒浦，人云三闾问渔父。楚江风景是邪非，
> 而况原心越千古。原心上有先王知，天地可质中无疑。夫岂

①（明）曹学佺：《石仓历代诗选》，清文渊阁《四库全书》本。

不解渔父意,扬波啜醨焉用之。物无滞碍能推移,是圣者事
吾何知。苍苍故吾山,湛湛故吾水。宗国如何吾病矣,九死
侵寻无一是。苍梧帝远天闾幽,上下四方徒远游。云骖风驾
倏万里,归来江上令人愁。长揖向渔父,渔父难与谋,誓将鱼
腹为狐邱。君不见,沧浪歌,渔父去,烟雾茫茫不知处。①

据此诗可知,邵宝所见《楚江渔父图》,亦当是图绘"有瘭一
夫"屈原于泽畔行吟之际,问答渔父之形象也。

观图之后,邵宝思接千载,仿佛化身屈原,身临其境,代屈原
发言,陈述其心理活动,描摹其与渔父问答的过程,最终以渔父咏
《沧浪歌》而去、茫然不知所踪的情境收束全诗。

此图作者、作时诸问题,亦难知悉,留俟后来。

4. 汪应轸所题《屈原问津图》

汪应轸,字子宿,号青湖,山阴(今属浙江绍兴)人。生卒年不
详,正德十二年(1517)进士,选翰林院庶吉士。正德十四年
(1519),武宗南巡,临清以南百姓不堪重负,相率弃业罢市,逃窜
山谷。应轸遂会同舒芬、曹嘉、江晖、马汝骥等抗疏以谏,受廷杖
几毙。后出任泗州知府,出资买桑,劝民种植,又募江南女工,教
以养蚕、缫丝、织作,由是民足衣食。世宗即位,召为户科给事中,
离泗之日,父老送者,无不泣下。应轸孝友廉介,与人交坦然无城
府,瓶无宿储,亲友有难,必倡议告有司,未尝干以私。病卒于家,
乡人私谥为"清献先生"。著有《青湖先生文集》十四卷,卷九有
《题〈屈原问津图〉》诗,其辞曰:

纷纷马首皆欲东,江蓠绿映芙蓉红。四时不断楚天雨,
万里长吹巫峡风。行吟泽畔色枯槁,青天白日怜孤忠。行藏

_____

① (明)邵宝:《容春堂集》前集,清文渊阁《四库全书》本。

何必问詹尹,鹤长凫短云千重。秦人变诈不可测,怀王愤气横秋空。谁言三户终翘楚,隆准真人天下同。子胥宰嚭适吴国,一蛇为祟一为龙。紫阳千载托知己,我今读罢《离骚》吾周从。①

据此诗可知,汪应轸所见《屈原问津图》中,描绘有屈原形象,他形容憔悴,颜色枯槁,行吟泽畔,正向渔父"问津"。图中所表现的这一故事情节,当有双重含义:既是询问现实道路之"津",又是困于用舍行藏,思索人生抉择之"津"。

在对屈原的评价问题上,还存在着一种批评论调,如班固、颜之推等认为其"露才扬己""显暴君过",扬雄也有"君子得时则大行,不得时则龙蛇,遇不遇命也,何必湛身哉"之说,而朱熹在《楚辞集注序》中说:"原之为人,其志行虽或过于中庸而不可以为法,然皆出于忠君爱国之诚心。原之为书,其辞旨虽或流于跌宕怪神、怨怼激发而不可以为训,然皆生于缱绻恻怛、不能自已之至意。"在《楚辞后语·反离骚后序》中指出:"屈原之忠,忠而过者也。屈原之过,过于忠者也。故论原者,论其大节,则其他可以一切置之而不问。"这就将前人对屈原的非议之辞总合于"忠君爱国"的大节之下,为其"怨君""自沉"等行为寻找到合理性依据。

汪氏之所以在观此图后,认为朱熹是屈原千载后的知己,他自己"读罢《离骚》吾周从",当是为其政治行为寻找依凭。据《明史·汪应轸传》载:除于正德十四年(1519)谏武宗南巡外,汪氏任泗州知州时,"帝方南征,中使驿骚道路,应轸率壮夫百余人列水次,舟至,即挽之出境",而后,车驾驻南京,命州进美妇善歌吹者数十人,汪应轸亦不应命,乃托辞言:"州子女荒陋,无以应敕旨。

----

① (明)汪应轸:《青湖先生文集》,清同治十一年(1872)广州刻本。

臣向募有桑妇,请纳之宫中,传受蚕事。"①使此事遂寝。这些虚与委蛇的行为,倘若按照朱熹对屈原的解释,也可以理解为是出于"忠君爱国之诚心",故不遵上命自可"置之而不问"。至于此图之具体信息,亦难知悉。

二、《楚辞》作品的图像呈现

明清以来的文字文献中,还能见及诸多歌咏明代《楚辞》作品(如《九歌》《高唐赋》《神女赋》)图像之作。就其题目来看,这些图像作品取材范围多样:既有对一组作品如《九歌》进行系统描摹者,亦有选取某一篇章如《湘君》进行个案勾勒者,还有选取关涉《楚辞》作品的某一部分——如与《湘君》《湘夫人》相关的"湘妃泣竹"、《高唐赋》《神女赋》中"楚襄王梦遇神女"故事,或某一自然物象——如巫山等,进行图绘者。兹据王逸《楚辞章句》所列《楚辞》作品先后顺序,予以考述。

1. 魏骥所跋《九歌图》

魏骥(1375—1472),字仲房,号南斋,萧山(今属浙江)人。永乐三年(1405),举乡试,授松江训导。宣德元年(1426),为吏部考功员外郎,转任南京太常寺少卿。正统三年(1438),诏试行在吏部左侍郎,次年实授。正统八年(1443),改任礼部左侍郎,不久以年老请求致仕,不许,乃改任南京吏部侍郎。正统十四年(1449),升任南京吏部尚书。景泰元年(1450)致仕。家居余二十年,惟以文学自娱。卒谥"文靖"。著有《南斋前后集》《松江志》《理学正义》《南斋先生魏文靖公摘稿》等。

《南斋先生魏文靖公摘稿》卷七载《跋〈九歌图〉》,其辞曰:

---

① (清)张廷玉等:《明史》卷二百八十,中华书局,1974年,第5487页。

　　昔楚三闾大夫屈原,名平,芈姓,博闻强志,明于治乱,为怀王左徒,王甚任之。有上官大夫者,与之争宠,造其隙而谮之于王,王遂怒而疏平,故平忧愁悲思,作《离骚》,以明己志,若《九歌》是也。夫《九歌》者,楚巫乐神之歌,平以其辞多鄙亵,故易其辞,且托其辞以寓其忠爱之心焉。上称帝喾,下道齐桓,中述汤武,其于道德治乱,明之于辞,甚约而甚微,忠爱之心,蔼然溢于言表。先儒谓其有"《国风》之不淫,《小雅》之不乱",诚如其所许也已夫何。宋李伯时以墨妙一世,乃图其歌之所事之神,以传于世,故世辄以伯时之墨妙而宝之也。噫,鬼神无形与声,其可以想象而图之者邪?然世之好事者,惟知伯时之墨妙之为好,又其可不详平之文所寓之忠爱,而好其《九歌》,以察其心哉?予邑乔木故家陈氏多藏法书名画,是图盖其所藏之一也。兹其家曰"竹逸处士"者,以是图出示于予,故予得识诸左方云。①

　　在此题跋中,魏骥先据《史记·屈原列传》、王逸《九歌序》对屈原其人及《九歌》创作背景进行介绍,尤其强调屈原作《九歌》"以寓其忠爱之心";继而,其对后世读者观李公麟《九歌图》时,沉迷于精妙笔墨而忽略《九歌》文辞中所寄予的忠君爱国之情这一现象提出批评;接着,其交代作跋缘由:萧山陈氏藏有《九歌图》,魏骥应邀于图左作此题跋。

　　至于此图是否是李公麟《九歌图》之别本,抑或是摹本,今难考实。

　　2.吴正《临赵孟頫〈九歌图〉》

　　吴正(1398—1454),字希纯,号静斋,浙江东阳人。明正统丁

---

① (明)魏骥:《南斋先生魏文靖公摘稿》,明弘治刻本。

巳（1437）被举荐博学鸿儒，入翰林院。后擢中书舍人，迁吏部稽勋司员外郎，阶奉直大夫。卒于官。工楷书，擅绘山水、花卉。

张丑《清河书画舫》卷八载"余尝得观杨文贞公家东阳吴希纯所临赵松雪《九歌图》"之语，据此可知，吴正曾临摹有赵孟頫《九歌图》，藏于杨士奇家。

至其由来，杨士奇《〈九歌图〉后》文有陈说，其辞曰：

> 余尝于秘府见李伯时画《九歌》，今又见赵文敏公之画于李祭酒时勉所，大同而小异，亦各极其趣也。遂属东阳士吴希纯临写赵图，殆亦唐临晋帖者矣。吴并用篆古书《九歌》，分置各图之右，时一展图诵辞，如亲见千载之上于目前。①

可见，杨士奇曾于内府见及李公麟《九歌图》，后又于李时勉处见及赵孟頫所绘《九歌图》，以为二者大同小异，各极其趣。又因觉吴希纯"字画之工，绘素之精，超出伦辈"，故命其仿赵孟頫图而临摹之。

图今未见及，据杨士奇文可知，其所绘内容除摹赵松雪《九歌图》外，尚有吴正篆书《九歌》原文，左图而右文。

3. 吴节所见《九歌图》

吴节（？—1481），字与金，号竹坡，江西安福人。宣德五年（1430）进士，选为翰林院庶吉士，授编修，秩满升侍读。景泰初，升南京国子祭酒。官终太常寺卿，兼侍读学士。

节为人平易质直，信人不疑，为文援笔立就，滔滔不竭，无刻苦窘态；于诗五七言古今体随题命意，开合起伏，不拘摹拟，而自矩度。有《吴竹坡先生文集》五卷、《吴竹坡先生诗集》二十八卷，并行于世。

----

① （明）杨士奇：《东里集》续集卷二十二，清文渊阁《四库全书》本。

《吴竹坡先生诗集》卷十一载《〈九歌图〉代李先生作》诗,其辞曰:

　　东皇之居大微庭,神光照烛烂晶荧,力干造化惟天成,扬桴拊鼓竭忠诚,事神愿神怡且析。茫洋浮空昼冥冥,倏忽变态无留行,龙章帝服世所凭,焱然远举情相倾。湘江渺渺连洞庭,江流不动波不兴,灵神不来更何营,捐玦遗珮搴杜蘅。大钧播物难可名,贵贱寿夭谁主令,司命柄之莫敢撄,拥良殄秽为民正。海天将旦霞流赪,望舒启驭中天升,弯弧射藩天狼星,四方万国皆澄明。黄河声激如雷霆,朱宫具阙何峥嵘,河伯一去纷扬灵,鲸鱼远送波浪迎。山中之人幽怪形,尝乘赤豹袭芳声,幽篁欲出离郊坰,风光萧萧猿夜鸣。提戈衷甲事长征,奋忘效勇气凭陵,殪躯丧元心不惩,生无愧怍死亦宁,千秋享祀终相承。楚人事神词不经,三闾大夫人中英,删除燕昵歌德声,寄以忠君爱国情,昭乖万古畴能评。①

就此诗来看,此《九歌图》亦是组图。

首先是《东皇太一图》。《楚辞·远游》有"召丰隆使先导兮,问大微之所居"句,王逸注曰:"博访天庭在何处也。大,一作太。"则"东皇之居大微庭"即谓东皇太一居天庭之中,乃天之尊神,而"扬桴拊鼓竭忠诚"句,可以见出图中当绘有事神者扬桴拊鼓,以歌舞娱神之形象。

其次为《云中君图》。诗句"龙章帝服世所凭,焱然远举情相倾",当是化用《九歌·云中君》之"龙驾兮帝服,聊翱游兮周章;灵皇皇兮既降,焱远举兮云中"句而为之,亦见出图中所绘之云中君,当身着帝服,飞行于云中。

---

① (明)吴节:《吴竹坡先生诗集》,清雍正三年(1725)吴琦刻本。

其次为《湘君湘夫人图》。诗以四句描写《九歌》中《湘君》与《湘夫人》二篇之情境,依全诗四五句为一图之例,则此图画中湘君、湘夫人当是合绘为一图,而"捐玦遗珮搴杜蘅"句,亦可见出图中人物当身着玦珮,手搴杜蘅等香草。

其次为《大司命少司命图》。诗中有"贵贱寿夭谁主令",系意指大司命,且化用《大司命》中"固人命兮有当,孰离合兮可为"之语,而"拥良珍秒为民正"当是用《少司命》"竦长剑兮拥幼艾,荪独宜兮为民正"之意而为之,则此《九歌图》中,二司命亦是合为一图而绘之。

其次为《东君图》。诗中有"海天将旦霞流赪,望舒启驭中天升"句,乃是言及图中绘有日从海上升起之情境,而"弯弧射藩天狼星"句,则是化用《东君》之"青云衣兮白霓裳,举长矢兮射天狼"句而为之,亦可见出图中所绘人物,当正作弯弓仰射之形象。

其次为《河伯图》。诗中有"河伯一去纷扬灵"语,直接点出所绘之神为河伯,而"鲸鱼远送波浪迎"句,则是化用《河伯》之"波滔滔兮来迎,鱼邻邻兮媵予"句而为之,将其与"朱宫具阙何峥嵘"句合而观之,可推知图中描绘有宫阙及鲸鱼穿行于波涛中之形象。值得注意的是,诗中有"黄河声激如雷霆"句,此可见出吴节认为《九歌·河伯》所祭祀之神灵为黄河神也。

其次为《山鬼图》。诗中"山中之人""乘赤豹""幽篁""猿夜鸣"诸语,皆是直接取用《九歌·山鬼》之文辞,亦可见出图中所绘形象,当森然可怖,幽怪不类人形,且身披香草,骑乘于赤豹之上,行于幽篁之中。此外,图中或许还描绘有猿猴形象。

其次为《国殇图》。诗中言及"提戈衷甲事长征",乃是化用《国殇》之"操吴戈兮被犀甲"句,"殪躯丧元心不惩"句即是《国殇》"首身离兮心不惩"之意,而图中人物,当是操戈的甲胄武士。

　　在诗末,吴节认为《九歌》本楚人事神之词,多涉鄙陋,屈原予以修删,在文辞之中寄予"忠君爱国"之情。显然,这是对王逸《九歌序》中观点的因袭。①

　　至于此《九歌图》之作者、作时诸问题,以及此"李先生"究竟是绘此《九歌图》者,还是藏此《九歌图》者,皆难以考实,姑存之以俟后来。

　　4.宋应宿藏李东阳题《九歌图》

　　松江府陆深(1477—1544)作有《跋〈九歌图〉》文,其辞曰:

　　　　《楚辞·九歌》凡十一首,盖以九命篇,非必取于数也,自后遂为文章家之一体。此卷《九歌》,歌为之图,才具十首,而《礼魂》一首阙,岂亡其末简耶?太原宋进士应宿文明所藏。古之君子,左图右书,所以取至近而游高明也。此卷合图书为一,所取尤近文明,尚因其奥雅高古之辞,以识夫鬼神祭祀之理,不益有裨于学耶?书作隶古不俗,首有西涯李文正公题篆,尤可重云。②

　　据此文可知,正德十四年(1519)进士太原右卫人宋应宿,曾藏有《九歌图》卷,图书合一,其上以隶书录《九歌》文辞十首,阙《礼魂》篇,所绘图像或亦有十,卷首有李东阳篆文题签。

　　至于此《九歌图》之其他信息,今亦难知。

———————

① 王逸《楚辞章句·九歌序》曰:"昔楚国南郢之邑,沅湘之间,其俗信鬼而好祠,其祠必作歌乐鼓舞以乐诸神。屈原……出见俗人祭祀之礼,歌舞之乐,其词鄙陋,因为作《九歌》之曲。上陈事神之敬,下见己之冤结,托之以讽谏。"吴节此诗末句"楚人事神词不经,三闾大夫人中英,删除燕昵歌德声,寄以忠君爱国情,昭垂万古畴能评",乃是化用叔师之语而为之。
② (明)陆深:《俨山集》卷八十九,清文渊阁《四库全书》本。

5. 李藩《九歌图》

清彭孙贻《茗斋集》卷十七载《李行人存我题李藩〈九歌图〉正书行草引》：

> 镇西兵散屠茸城，行人未得从屈平。忠肝涂地遗墨在，铁石棱棱劲骨成。云间近推董文敏，媚色妍姿笔端尽。存我后起掩昔人，柳骨颜筋气凄临。斯图奇秀追占贤，长康实父腕力传。摧藏掩抑灵均意，《天问》《离骚》思宛然。湘君芙蓉木末搴，山鬼冥冥雷雨前。骚人千古哀怨句，苦竹黄陵何处边。正则精灵李藩手，飒沓云旌上楚天。李公虎吻屈鱼腹，故国兴亡同一哭。国殇应为李先生，展卷才闻风谡谡。我家上海赐此图，画法楷法皆绝殊。松江战后燹满野，石刻凋零访亦无。春兰秋菊礼魂客，流涕宁因楚大夫。①

彭孙贻（1615—1673），字仲谋，号茗斋，自号管葛山人，嘉兴海盐人。明末以明经首拔于两浙，入清不仕，闭门著述。工诗善画，著有《茗斋集》《五言妙境》等。其诗中所涉之李存我，即李待问（1603—1645），松江府华亭人。崇祯十六年（1643）进士，授中书舍人。顺治二年（1645）与沈犹龙、陈子龙等起义抗清，身任守东门之职；八月初三，李待问引绳自缢，气未绝，后被捕杀害。彭孙贻诗中所谓"镇西兵散屠茸城，行人未得从屈平"，即谓此事。

据彭氏之诗可知，李藩作有《九歌图》，摹绘二湘、山鬼等形象；李待问于其上有楷书文辞，"画法楷法皆绝殊"；彭孙贻观此图文之后，为李待问等的忠贞君国、不惧殒身的精神所感动，遂作诗赞之。

---

① （清）彭孙贻：《茗斋集》，《四部丛刊续编》本。

6.高启所题《湘君图》

高启(1336—1373),字季迪,号槎轩,长洲(今江苏苏州)人。元末隐居吴淞青丘,自号青丘子。与杨基、张羽、徐贲齐名,称"吴中四杰"。洪武初,诏修《元史》,为翰林院国史编修,受命教授诸王,擢户部右侍郎。后因被疑歌颂张士诚,连坐腰斩。学问渊博,能文,尤精于诗,著有《高太史大全集》《凫藻集》等。

高启作有《题〈湘君图〉》诗二首,其一曰:"祠前修竹楚山青,风珮时来过洞庭。月夜莫弹瑶瑟怨,夫君不见有谁听。"①其二曰:"怅望南巡竟不还,泪如湘雨暮斑斑。须知竹死愁方尽,莫恨秦人便赭山。"②

据此二诗可知,高启曾见及《湘君图》。诗中有"祠前修竹楚山青,风珮时来过洞庭"句,或可推知此《湘君图》并非单纯绘制湘君或湘夫人像,而是绘有洞庭及湘君祠作为背景;而"月夜莫弹瑶瑟怨"句,似点明此图中所绘之时间为夜晚,画面中或图绘有明月形象。

7.朱同所见《白描湘妃图》

朱同(1338—1385),字大同,号朱陈村民,又号紫阳山樵,休宁(今属安徽)人。洪武十年(1377)举明经,任本郡教授,修《新安志》,后迁礼部右侍郎。因坐蓝玉案,赐自缢。朱同文才武略,图绘丹青,无所不精,著有《覆瓿集》,其中载有《白描湘妃图》诗,其辞曰:

---

① (明)高启著,(清)金檀辑注:《高青丘集》,上海:上海古籍出版社,2013年,第758页。
② (明)高启著,(清)金檀辑注:《高青丘集》,上海:上海古籍出版社,2013年,第793页。

苦竹岭头啼鹧鸪,潇湘江上是苍梧。月明犹记当年梦,
仙袂蹁跹淡欲无。①

据此诗可知,朱氏曾见及《白描湘妃图》,就其题名来看,此画
显然是用白描技法而绘成;其中有"仙袂蹁跹淡欲无"句,可推知
其画迹线条纤细,或为因袭李公麟之作而为之。

8.倪宗正所见《湘妃泣竹图》

倪宗正(1471—1537),字本端,号小野,余姚人。弘治十八年
(1505)进士,历迁兵部武选司员外郎,尝以言事受廷杖,终于南雄
府知府。卒谥"文忠"。著有《突兀稿》《观海集》《太仓稿》等。

倪氏有《湘妃泣竹图》诗,其辞曰:

君心为天下,忆君二妃心。南巡不复返,望断苍梧阴。
凤凰候翠华,熏风想鸣琴。云重不可见,驻辇湘水浔。日暮
思无极,泪下湿罗襟。飘洒沾江竹,暗暗泪痕深。几度经风
雨,末代难消沉。至诚动天地,可贯石与金。况复圣过化,古
迹寒萧森。②

就其诗作来看,其当曾见过《湘妃泣竹图》,图中所绘者为二
妃哭舜于湘水浔之事,诗中有"驻辇湘水浔""飘洒沾江竹",画中
或许绘有湘妃所乘之车辇、江畔竹丛等景物。

9.于谦书《天问》

于谦(1398—1457),字廷益,号节庵,汉族,浙江钱塘县(今属
杭州)人。《明史》称赞其"忠心义烈,与日月争光"。有《于忠肃
集》传世。

---

① (明)朱同:《覆瓿集》卷三,清文渊阁《四库全书》本。
② (明)倪宗正:《倪小野先生全集》卷三,清康熙四十九年(1710)倪继宗清晖
　　楼刻本。

清陈文述《颐道堂集》卷十八载《于忠肃公手书〈楚辞天问〉卷》诗,诗前有小序:"卷为仁和潘企曾所藏,公自署,正统癸亥,时王振势炽,边患日急。后五年,乃有土木之变。"其诗曰:

《天问》问天谁所作,憔悴灵均歌当哭。对者昔有柳宗元,书之今见于忠肃。书当正统癸亥年,阳德方亨阴巳伏。九重营度有深悲,痛甚湘累悲窜逐。才看奄党肆宫庭,旋见风霾陷土木。北狩黄尘阻跸途,南迁白面私乡曲。赖有忠臣任仔肩,力排众议扶坤轴。夙夜支持宗社安,经年擘画銮舆复。南城倘率百官朝,东宫不改前星卜。定知海宇颂神圣,长见天家美雍睦。肇衅无端诏易储,从此隐忧生骨肉。奸臣已叩禁门开,君王犹在斋宫宿。居然拥戴诩奇功,竟使忠良蒙显戮。金牌曾否出深宫,两字冤同三字狱。赤手丹心万古祠,青山白骨三台麓。君不见,泰伯遁荆蛮,墨台逃孤竹,周公赋常华,汉家谣斗粟,元武兵惊门外尘,金匮盟寒殿中烛,与人家国最艰辛,容易猜嫌生手足。谋国谋身不两全,千古忠臣同一局。搔首苍茫百感生,琳琅镌刻珍都穆。钱塘江上夜潮来,我欲招魂书宋玉。①

据此诗可知,于谦所书《天问》,当在正统癸亥(1443)前后,其时王振专权,朝政昏庸,阉党肆宫庭,前期备受重用的于谦在此时却遭受排挤打击,政治际遇与屈原极其相似,故其书《天问》以寄意,借此抒发不遇之志与忠贞之情。

于谦所书《天问》多为后人所珍赏,诸多观者因有感于于谦志节事迹而多作有诗文以表景仰服膺之情。

清阮元《两浙輶轩录》卷三十七载《于忠肃公手书〈楚辞天问〉

---

① (清)陈文述撰:《颐道堂集》,清嘉庆十二年(1807)刻道光增修本。

篇真迹为潘德园（庭筠）侍御作》诗,其辞曰：

> 明政不纲至天顺,苍苍者天那可问。夺门论功群小进,
> 伯强方行惠气逊。于公西市有余恨,公之笔力回千钧。手书
> 《天问》妙入神,书时土木犹未沦。河南山西按部巡（书题"正
> 统己未",巡抚河南山西时也）,寸心早已盟灵均。观书尚论
> 公崖略,迎藩之罪奸人托。试问九重孰营度,至今翰墨重桑
> 梓。忠名弥彰洵如此,太息流光同逝水。安在三危与交趾,
> 徐石空教冷人齿。收藏为谁潘侍御,我见未曾诧奇遇。翻念
> 易储有谏疏（齐息园侍郎、朱石君尚书皆尝记其事）,三百年
> 来无觅处,此恨茫茫向天诉。①

潘庭筠,字兰公,号德园。浙江钱塘（今属杭州）人。清乾隆四十三年（1778）进士,历任翰林院编修、御史等职。有《稼书堂集》。

据阮氏诗可知,于谦手书《天问》入清时,曾为潘庭筠所收藏；阮元于潘氏处见及此书,并应邀为之题诗,在诗中,阮元称赞于谦《天问》笔力千钧,精妙入神,并对其忠于君国之精神予以高度赞扬,为其不幸遭遇而深感叹惋。

潘庭筠所藏于谦手书《天问》亦曾为秦瀛所见及,其《小岘山人集》卷六载《书于忠肃公书〈天问〉后》：

> 有明三百年,以八股取士,其间人才辈出,而负经济大
> 略,有旋乾转坤之手者,曰惟于忠肃、王文成两公。两公皆浙
> 产,当英宗、武宗之世,扶危定倾,皆功在社稷。忠肃为石亨、
> 徐有贞所陷,身死西市；文成为桂萼等所谗,而卒免于祸。则

---

① （清）阮元、杨秉初辑,夏勇整理：《两浙辑轩录》（第10册）,杭州：浙江古籍出版社,2012年,第2670页。

两公又有幸、不幸焉，文成工于书，流传甚多，而忠肃书所见绝少，今乃于潘德园侍御家得见忠肃所书《天问》一册，呜呼！忠肃之冤，殆甚于三闾之放逐。宜观是册者，犹欲呵壁问天，而歔欷不能已也。是册故吾邑邹氏所藏，册内称邹吉敬装者。吉，一名显吉，字黎眉。同时拜观如先高祖对岩先生、严绳孙苏友、华长发商源、安璇孟公皆同邑人，邵曾训衷彝稍后出。题签者为邹士夒，则吉之子，曾官泗州学正者也。不知何时是册始归侍御家。侍御为忠肃乡后进，其珍弆固宜。今年余尝过甬江，交范孝廉永祺，其家藏前人墨迹最富，而文成书尤多，惜不与侍御共拜观之。①

据此文可知，于谦手书《天问》传至清时，初为无锡邹吉所装订收藏，同邑秦松龄（1637—1714）、严绳孙（1623—1702）、华长发（1629—1713）、安璇（1629—1703）等人皆曾拜观此帖，邹吉之子邹士夒曾有题签。

三、《楚辞》衍生图像

明人诗文中，亦有涉猎"《楚辞》香草图""潇湘图"之内容，然今难见其图像，惟就文字，窥其斑豹，存之以俟后来。兹考录如下。

1. 李祯所题《兰蕙同芳图》

李祯（1376—1452），字昌祺，一字维卿，号侨庵、白衣山人、运甓居士等，庐陵（今江西吉安）人。永乐二年（1404）进士，选庶吉士，参与修《永乐大典》。历任礼部主客郎中、河南布政使等职。著有《运甓漫稿》《剪灯余话》等。

---

① （清）秦瀛：《小岘山人集》，清嘉庆刻本。

李氏有《题〈兰蕙同芳图〉》诗,其辞曰:

> 少年遨嬉楚山麓,兰蕙苗深密如簇。推篷政爱江雨晴,沙觜崖根相映缘。芒鞋苧服偶徐步,随处搴芳清兴足。丛丛叶似剪春罗,个个花疑刻寒玉。新茎窈窕凝嫩紫,疏蕊参差飘远馥。燕姞曾征梦里祥,宣尼屡操琴中曲。于今老作汴梁客,采摭无由到空谷。生绡忽睹精妙画,况有珠玑动盈幅。吴兴王孙差可拟,茂苑禅僧难并躅。狂尘旷野萧艾繁,惊见联芳开病目。藓沿怪石傍荆棘,芣苢湘筠伴幽独。宝之不啻径尺璧,藏以橐函惟恐渎。龙眠底用写《九歌》,掩却《离骚》观此轴。①

李氏所题《兰蕙同芳图》,作者、作时皆不明,其命名之由来,当是取意于《离骚》"余既滋兰之九畹兮,又树蕙之百亩"语。因诗中有"生绡"语,可知其为绢本。

李诗开篇以楚山兰蕙具有苗深茎新、形态窈窕、疏蕊飘馥之特征,映衬少年风华正茂,当有所作为;继而以人"老作汴梁客",而"空谷"亦难见兰蕙,抒写"老冉冉其将至兮"的感伤;接着,用"狂尘旷野萧艾繁"隐晦传递出对党人日盛的不满,而观此"精妙"的《兰蕙同芳图》,既可"开病目",更可兴起主体对贤能之士的期冀,故其"宝之不啻径尺璧,藏以橐函惟恐渎",既是宝画,更是对"兰蕙同芳"这一物象所象征的贤能并举的政治理想的珍视与憧憬。可见,"兰蕙同芳"这类图像,已在文士所共同的认知视域中具有了比譬贤才在位有所作为的隐喻意义。

2. 刘昌所藏《兰图》

史鉴(1434—1496)《西村集》载《题刘大参(名钦谟)所藏〈兰

---

① (明)李祯:《运甓漫稿》卷二,清文渊阁《四库全书》本。

图〉(图上逐段摘书〈离骚〉句)》诗,其辞曰:

> 秋兰何青青,罗生湘水旁。芳馨随风发,菲菲久弥章。
> 嗟哉好修士,采撷纫为缫。人多贵萧艾,谓斯为不芳。草木
> 犹未得,珵美奚能当。若人写毫素,鉴之宜不忘。灵修苟见
> 察,萎绝亦何伤。毋为玩形似,无实徒空长。浩歌《离骚》经,
> 余襟涕浪浪。①

据此诗可知,刘钦谟藏有《兰图》。刘昌,字钦谟,号樱园,吴县(今江苏苏州)人,生卒年不详。正统年间进士,官至广东参政。工诗文,擅书法,著有《中州名贤文表》《河南志》《姑苏志》等。

刘氏所藏《兰图》,作者、作时皆不详;就史鉴所见,图上逐段摘录有《离骚》文辞,则其上所绘之兰,当有数段,非为一图也。

隐居不仕,却留心经世之学的史鉴,在观图之后,思及屈原在《离骚》中借人多贵萧艾而谓兰蕙不芳之语象所传递出的贤人失志情怀,不由心生感慨,襟涕浪浪。这不由让人想到,其“不仕”,或许是时局使然而“不能仕”,故在观《兰图》后,产生与屈子的情感共鸣。

3.张宁所咏《丛蕙图》

张宁,字靖之,号方洲,海盐(今属浙江)人,一作吴县(今属江苏苏州)人。生卒年不详。景泰五年(1454)进士,授官礼科给事中。天顺元年(1457)使朝鲜,归国后被排挤出朝,出为汀州知府,不久称病归。张氏诗文书画皆有名,曾写兰竹赠朝鲜王李扰。著有《方洲集》,是书载《丛蕙图》诗,其辞曰:

> 二月忽已迈,庶草三春时。九畹有余秀,百亩多芳蕤。
> 光风转幽馥,湛露增华滋。箽笪拂琨璞,揭车被留夷。朋从

---

①(明)史鉴:《西村集》卷二,清文渊阁《四库全书》本。

汇如故,气质相交蘦。手抚宣尼琴,再诵骚人词。时哉未终老,荪芷来何迟。①

此《从蕙图》是否为张氏所作,实难考订。张氏化用《离骚》"余既滋兰之九畹兮,又树蕙之百亩"句,作诗以咏歌之,表达期冀贤能以及时建功立业之愿望。

4.唐桂芳所题《巫山图》

唐桂芳(1308—1380),一名仲,字仲实,号白云,徽州歙县(今属安徽)人。弱冠即有志于仕途,然乡试不中。客金陵,士大夫多折节与交。先后聘明道书院训导、集庆路学训导。未几,列为教官,授建宁路崇安县儒学教谕,再任南雄路儒学正,以忧归。著有《武夷小稿》《白云文稿》等。

唐氏撰有《题〈巫山图〉》文:

> 昔楚襄王梦与巫山女遇,其事甚异,宋玉想象而赋之,良工又从而想象图画之,其失益远矣! 世之人往往以淫媟籍口,殊不知赋极道神女之美丽,考其中云"怀正亮之洁清兮,卒与我乎相难。颜薄怒以自持兮,曾不可乎犯干",玉之意,庶几不戾于正矣! 卷有乡先生方史君翰墨,尤为瑰特,予展卷不得不辩。②

据此可知,有良工以宋玉《高唐赋》《神女赋》为题材,想象而图画之,成《巫山图》卷,其上有方回题跋。然不知此良工为谁,而图作于何时。

唐氏观图之时,认为宋玉赋虽极道巫山神女之美丽,然其大

---

① (明)张宁:《方洲集》卷四,清文渊阁《四库全书》本。
② (明)唐桂芳:《白云文稿》卷二十,见(明)程敏政编《唐氏三先生集》,明正德十三年(1518)张芹刻本。

旨却在于规劝。世人却多见及其中之艳事，而忽略此点，可谓失其本旨。可备一说，亦与诸多《楚辞》学者持论同。

5.朱有燉所题《巫山图》

明藩王朱有燉(1379—1439)，曾作有《题〈巫山图〉卷》诗，其辞曰：

> 春风缥缈绿汀洲，忆得巫山是旧游。回首朝云无处觅，楚江空自向东流。堆蓝迭翠倚晴空，晓色才分十二峰。已是世间奇绝处，可知难与众山同。二六峰头紫翠烟，为云为雨事堪怜。春风别有多情处，不是襄王梦里仙。自别阳台数十程，楚云湘水不堪情。残春谁道无佳景，尚有莺啼四五声。①

不仅如此，其还作有《人月圆(题〈巫山图〉)》词：

> 阳台千古闲云雨，此处梦游仙。当时佳遇，共期百岁，人月团圆。　　从前限隔，千重楚岫，万里湘川。可怜惟有，景遗图画，情在诗篇。②

据此可知，朱氏曾见及以宋玉《高唐赋》《神女赋》为题材而绘制的《巫山图》。其在观图之后，于诗中化用宋玉辞赋之语，描摹巫山奇绝而不与众山同之特征；在词中，借由《巫山图》而联想起的宋玉辞赋中襄王与神女"人神道殊"故事，抒发物是人非之感伤。

6.倪宗正所咏《巫山神女图》

倪宗正(1471—1537)有《巫山神女图》诗，其辞曰：

> 巫山有神女，十二峰模糊。为云又为雨，倏有而倏无。

---

① (明)朱有燉著，赵晓红整理：《朱有燉集》，济南：齐鲁书社，2014年，第670页。

② (明)朱有燉著，赵晓红整理：《朱有燉集》，济南：齐鲁书社，2014年，第725页。

意态春空满,姿容新月孤。造化亦何意,神仙本凌虚。尘梦
既以妄,文藻成其诬。私邪附丹青,至今传画图。①

其中"为云又为雨,倏有而倏无"语,当是化用《高唐赋》中巫
山之女自言其"旦为朝云,暮为行雨"诸语而为之;而"私邪附丹
青,至今传画图"语,更是点出此《巫山神女图》乃是依附于宋玉辞
赋而生成的。

至于此《巫山神女图》之作者、作时诸信息,皆不详。诗中有
"意态春空满,姿容新月孤"句,或为其在观画时有感于巫山神女
姿仪之美而为之词。

7. 谢肇淛所题《巫山图》

谢肇淛(1567—1624),字在杭,号武林、小草斋主人,晚号山
水劳人。福建长乐人。万历二十年(1592)进士,授湖州推官,终
官广西布政使。著有《五杂俎》《滇略》《麈史》《小草斋集》等。

谢氏有《为张侍御题〈巫山图〉》诗,其辞曰:

> 吾闻巫山十二峰,攒青削翠浮芙蓉。为云为雨互变幻,
> 虚无合沓藏仙踪。云翻雨覆朝复暮,鹤驾鸾骖杳何处。宝地
> 空瞻神女祠,行人解诵《高唐赋》。高唐主人张令君,政成五
> 载天下闻。柱后已寒乌府栢,梦中犹忆巫山云。披图仿佛见
> 神女,神光离合共谁语。有时骢马载云行,四海苍生待
> 霖雨。②

据此可知,巫山十二峰自然景观奇秀,变幻恍惚。自宋玉《高
唐赋》《神女赋》流布以后,其地更添文化意蕴,立有神女祠,以祀

---

① (明)倪宗正:《倪小野先生全集》卷四,清康熙四十九年(1710)倪继宗清晖
楼刻本。
② (明)谢肇淛:《小草斋集》卷十七,明万历刻本。

巫山神女,而过往行人,亦多思及《高唐赋》。绘者亦画有《巫山图》,辗转而至张侍御处,谢肇淛或受其请,乃题诗于其上,对张侍御"政成五载天下闻"的功绩进行歌颂。

此《巫山图》作者、作时不详,就谢诗"披图仿佛见神女"句来看,其中或许绘有巫山群峰及神女形象。

当然,明人诗文集中所论及的、仅知其目录的《楚辞》图像,为数定然不止以上数种,虽难以一一厘清,然仅就以上所论数种,即可见出:其时《楚辞》图像类型多样,流传范围极广,受众群体多样,自王公重臣至市井民众,皆有题咏之作。这也表明,《楚辞》图像已广泛参与其时的文艺活动,成为人们抒情达意的一种载体,由之而生的诸多诗文,既丰富了明代文学的内容,亦为人们了解明代文士心态,认知《楚辞》在当时的传播接受情况,提供了依据。

第八节　明代《楚辞》图像的特征及其成因

在"延续精英图像与民间图像并存的历史和传统,并在多元文化与商品经济推动下加速了世俗化进程的"①社会文化环境中,明代《楚辞》图像也展示出附着旌表劝善之教化功能、注重抒情性和自娱性等特征,并在出版业迅速发展的大潮中,产生了新的图像艺术样式。

首先,《楚辞》图像被较多地赋予了旌表劝善的教化功能。明代统治者较为重视图像的"经夫妇、成孝敬、厚人伦"的教化功能,而作为在文化传统中被塑造为"忠君爱国"典范的屈原,自然也是

---

① 李永明:《中华图像文化史·明代卷》,北京:中国摄影出版社,2017年,第41页。

统治者用以教化民众的模范,自也应将其图绘形象,让民众有所感知,是故,有明一代,在官方主持、知识阶层的广泛参与下,屈原像大量出现在《历代圣贤像册》《历代圣贤名人像册》《历代古人像赞》《古先君臣图鉴》《圣君贤臣全身像册》等图册中,并得以广泛流传,从而在潜移默化中影响着民众的思想观念。

　　其次,《楚辞》图像中的抒情性与自娱性成为其中所展示出的重要特征。与宋、元时期相较,明代的《楚辞》图像在前期、中期多是与创作者的个体情怀相联系,绘制者作图之际,或是出于延续《楚辞》传统,表达对屈原的崇敬与景仰之情,寄予主体不遇之悲,彰显自我清洁之志,或是图以自娱,借对《楚辞》"香草美人"的描摹,展示自我的审美品位与文人雅趣,甚少将之与君国情怀联系在一起,诸如吴门诸家的《楚辞》图像,以及部分女性所制之图像,多是出于此种思虑。不过,明末清初之际,受江山改易之时代变局的影响,对家国情怀的表达,又成为《楚辞》图像作者的一种创作意旨。

　　再则,出现了以版画形态而存在的新的《楚辞》图像式样,并得以广泛传播。伴随着市民阶层的崛起与商业贸易的繁荣,版刻业也得以迅速发展,与之相应,《楚辞》图像的表现样式也得以突破,产生了以插图和专书等样式而存在的版刻图像作品,其中插图类版画作品以陈洪绶《九歌图》为代表,专书类版画作品以萧云从《离骚图》为代表。

　　明代《楚辞》图像出现这些特征的原因,大抵与政治教化举措、思想文化环境之影响及出版业的发展等因素有关。

　　首先,统治者对图像教化功能的重视,促使了屈原图像的大量生成。

　　经过元末农民起义的冲击,明政权建立之初,社会生产遭到极大破坏,满目疮痍,百废待兴。在巩固与建设政权的过程中,统治者开始确立程朱理学的正统地位,建立完备的礼仪制度规范,以便在"寓教于政"中掌控国家。朱元璋认为元朝灭亡的一个重要原因乃在于社会风气衰败,"流于僭侈,闾里之民,服食居处与公卿无异,而奴仆贱隶往往肆侈于乡曲,贵贱无等,僭礼败度"①。于是,他于洪武十七年(1384)颁布法令,乡会试《四书》义以朱熹的《章句》《集注》为基础,经义以程颐、朱熹及其弟子等的注解为标准,代圣贤立言;而后,成祖朱棣也认为"惟又大混一之时,必有一统之制作,所以齐政治而同风俗",他还命人编纂《五经大全》《四书大全》《性理大全》,希望合众途于一轨,会万理于一原,使家不异政,国不殊俗,以期能在制度上规范等级与礼仪,为社会秩序与伦理关系的建立提供基础。除采取这种文化制度措施予以规定之外,统治者还试图在潜移默化中对民众传递教化观念,而图像因具有显而易见之特征,足以资通人、学士以及妇孺之观感,使之较易产生情感共鸣,从而实现劝善褒贤的鉴戒功能,故也屡屡被作为教化工具而采用。成祖朱棣就曾命画工绘《汉文帝止辇受谏图》《唐太宗纳魏徵十疏图》,悬于文华殿左右,向群臣宣扬净谏精神;宣德、成化、弘治年间,宣宗、宪宗、武宗广征画师入内廷,并命宫廷画师制"历代帝王名臣像",除藏于宫廷,悬于朝堂外,还曾赐予臣下;而作为在文化传统中被塑造为"忠君爱国"典范的屈原,自也应将其图绘形象,遂使宫廷与官方制作中,出现诸多屈原图像。

再则,明代思想文化领域中对屈原精神及《楚辞》价值的认识,使得明代的《楚辞》研究在一定程度上出现向评点艺术技法、

---

① (明)余继登:《典故纪闻》,北京:中华书局,1981年,第36页。

赏鉴审美特征的研究转型,加之此期部分文人士大夫寄情山水,
醉心田园,沉浸奇情异趣,注重怡情写意和笔墨情趣,亦使得此期
《楚辞》图像创作中出现抒情性与自娱性特征。

　　元治下,学校之教,其弊极矣,"上下之间,波颓风靡,学校虽
设,名存实亡"①!故明政权建立后,统治者力主"治国以教化为
先,教化以学校为本……讲论圣道,使人日渐月化,以复先王之
旧"②。一方面,推尊孔孟,定程朱理学为正统;另一方面,科举考
试专用儒家经典命题,应试者需以八股体例,用程、朱道学释经观
点来代圣人立言③,儒生文士思想备受限制,个体才性亦遭严重
桎梏,而对先儒成说之遵从研习亦成为其多所专事者。如此一
来,露才扬己、显暴君恶的屈原,以及作为衰世之音的《楚辞》,并
未受到足够重视。台阁众臣多依朱熹之说,不将屈原纳入儒者范
畴,只是肯定其"尊君亲上"的忠贞情怀。如宋濂《楛散杂言序》称
"夫《诗》一变而为《楚骚》,虽其为体有不同,至于缘情托物,以忧
恋恳恻之意而寓尊君亲上之情,犹夫《诗》也"④,认为《楚辞》继承
《诗经》"主文而谲谏"的缘情托物之法,寄予着屈原的忠君爱国之
情;杨士奇跋其家藏《楚辞》曰"《楚辞》出于忠臣爱君,忧国恻怛之
诚,故先正以为《三百篇》之续"⑤,持论亦与宋濂同。与此相应的

---

①(清)张廷玉等:《明史》,北京:中华书局,1974年,第1686页。
②(清)张廷玉等:《明史》,北京:中华书局,1974年,第1686页。
③据《明史》载:其时科举考题一般为《四书》义三道,经义四道;在作答时,应
　试者需有所依傍,《四书》义主《朱子集注》,《易》主程《传》、朱子《本义》,
　《书》主蔡氏《传》及古注疏,《诗》主朱子《集传》,《春秋》主左氏、公羊、谷梁
　三传及胡安国、张洽传,《礼记》主古注疏,不能自行发挥。
④(明)宋濂:《宋文宪集》,清文渊阁《四库全书》本。
⑤(明)杨士奇:《东里集》续集卷十七,清文渊阁《四库全书》本。

是,诸多台阁臣僚还渊承朱熹对屈原"忠而过,过于忠"之批评,认为屈原为势所屈,未达中庸之道,如周叙指出:"为士者当法孔孟,为人君者当法尧舜而已矣。否焉,其不失中道耶! 尝诵屈贾文,悲其志,惜未达孔孟之道者"①;何乔新则更将屈原与朱熹作比,对其提出批评:"朱子以豪杰之才、圣贤之学,当宋中叶,厄于权奸,迄不得施,不啻屈子之在楚也。而当时士大夫希世媚进者,从而沮之排之,目为伪学,视子兰上官之徒,殆有甚焉。然朱子方且与二三门弟子讲道武夷,容与乎溪云山月之间,所以自处者,盖非屈子所能及。"②可见,其显然是以道学观念来作出此种评判的。这种审视标准在一定程度上造成了《楚辞》研究风气的低落,故而,从太祖登极至孝宗宾天近 140 年的时间中,除朱熹《楚辞集注》时有重刊以及桑悦在弘治间著成未刊本《楚辞评》外,几乎没有新的《楚辞》研究专著问世。

明弘治、正德之际,"前七子"师古说盛行,王阳明心学滋生,学术风气大变。到了万历以后,学术界普遍开始反思,并对程、朱理学进行质疑。前代各种楚辞学著作相继得到重刊,王逸《楚辞章句》得以重梓面世,当时台阁重臣、文坛耆宿王鏊为之作序:

> 自考亭之注行世,不复知有是书矣。余间于《文选》窥见一二,思睹其全,未得也。何幸一旦而读之! 人或曰:"六经之学,至朱子而大明,汉唐注疏为之尽废,复何以是编为哉?"余尝即二书而参阅之,逸之注,训诂为详。朱子始疏以诗之六义,援据博、义理精,诚有非逸之所及者。然予之惛也,若

①(明)周叙:《吊屈三闾贾长沙词》,见马积高、曹大中等编:《历代词赋总汇·明代卷》(第 6 册),长沙:湖南文艺出版社,2014 年,第 5021 页。
②(明)何乔新:《椒邱文集》卷九,清文渊阁《四库全书》本。

《天问》《招魂》谲怪奇涩,读之多所未解,及得是编,恍然若有开于予心,则逸也,岂可谓无一日之长哉。①

王鏊倡导参阅王逸《楚辞章句》的主张,标志着明代《楚辞》研究走出朱注独尊的时代,进入一个崭新的阶段。自此以后,"天下之士,厌常喜新,风气之变,已有所自来……嘉靖以后,从王氏而诋朱子者,始接踵于人间"②。《楚辞》研究领域也相继出现了一批有影响的著作,学人或以注疏、或为评点、或为诗话,对《楚辞》在文本上所展示出的艺术技法、读者之于文本的审美感受等问题进行细致剖析。在这一研究趋势的影响下,诸多本就崇尚琴棋书画的精神生活方式、以之修养身心感悟天道的文人士大夫,在进行图像表现之时,多于其中寄予自我的雅趣,视其为学识与修养的外化,并在创作中获得审美愉悦,这样一来,明代《楚辞》图像领域中,就出现了大量书家以各体所书写之《楚辞》,以及诸多《楚辞》香草图像,因而成为艺术家抒情与自娱的表征。

同时,明代教育、刻书业、出版业的发展,也促进了版画这种新的《楚辞》图像艺术样式的生成。

黄佐《南雍志》载朱元璋言:"朕谓治国之要,教化为先;教化之道,学校为本。今京师虽有太学,而天下学校未兴,宜令郡县皆立学。"③明朝积极兴办学校、开科取士、废除书籍税,为百姓创造教育机会,整个社会逐渐形成了以读书为荣的风尚,为书籍的大量刊刻出版准备了条件。明太祖曾于洪武元年(1368)八月下诏

---

① (明)王鏊:《震泽集》卷十四,清文渊阁《四库全书》本。
② (清)顾炎武著,黄汝成集释,栾保群、吕宗力校点:《日知录集释》,上海:上海古籍出版社,2014年,第1065页。
③ (明)谷应泰:《明史纪事本末》,北京:中华书局,1977年,第204页。

宣布"除书籍田器税，民间逋负免征"，同时还免除了笔、墨等刻书所需要材料的赋税，鼓励元代遗留书坊继续经营；洪武二十三年（1390）冬，"命礼部遣使购天下遗书善本，命书坊刊行"①，由中央政府大规模收购图书，并让利于民，刺激图书业的发展，从官府机构到私人坊肆，明代刻书机构遍地林立，数量远超以前任何朝代。对刻书事业政策的宽松，导致了明代图书出版的发展和繁荣，不仅有官方机构刊刻大量书籍，还以官方的名义不断向民间发行，民间私人刻书也较为兴盛，印行了大量书籍。而随着书籍出版业的日益繁盛，以书籍插图或版画的形式将《楚辞》图像上版印行，并经过发行、销售等一系列流通渠道，迅速而大量地走向市场，进入大众视界。与前代以手写为主的创作式样相较，这种以版画样式对《楚辞》图像进行集中呈现的变化，使得图像的大规模生产变得更为便利，读者更容易获得，从而扩大了《楚辞》图像的受众范围与接受群体，极大增强其影响力。

---

① （清）张廷玉等：《明史》，北京：中华书局，1974 年，第 1686 页。

第六章　清代《楚辞》图像

　　清朝建立之初，皇太极"参汉酌金"，建立各类统治机构，其所设之内务府，负责宫内典礼、仓储、财物、工程、警卫、刑狱诸事宜。迨其问鼎中原后，这一机构曾有一短暂时期被取代，随即于顺治十八年(1661)重新恢复，并得以扩大，组织和职能也有所发展，其中的画作、画院处、如意馆专门负责绘画事宜。不过，这一时期，国家草创，图像作者与作品尚未形成规模和特色，与《楚辞》有关者，似仅有黄应谌奉旨所作之《屈原卜居图》等寥寥数种。

　　雍正、乾隆之时，政局逐步稳定，文化勃兴，图像创作机构亦日趋完善，如雍正时见于档案文献记载的即有"画作""画院处"等，至乾隆元年(1736)，内务府建"如意馆"，"在启祥宫南，馆室数楹，凡绘工文史及雕琢玉器、裱褙帖轴之诸匠皆在焉"[1]，专司文史图像及各类装饰物的制作。这样一来，众多艺术家如焦秉贞、冷枚、金廷标、丁观鹏、姚文瀚、唐岱、徐扬、张宗苍、方琮、蒋廷锡、邹一桂等，聚集宫廷，他们根据圣意及实际需要，大量绘制各类图像，"凡象纬疆域、抚绥挞伐、恢拓边徼、劳徕群师、庆贺之典礼、将作之营造，与夫田家作苦、藩卫贡忱、飞走潜植之伦，随事绘图，昭

---

[1]（清）昭梿撰，冬青校点：《啸亭杂录续录》，上海：上海古籍出版社，2012年，第282页。

垂奕祀"①,而描绘帝后、臣僚、少数民族领袖的人物像,表现帝后生活的宫廷像,载录重大历史事件的纪实像,以及装饰观赏的山水花鸟画等,成为其所图绘的主要内容,其中亦有关涉《楚辞》之作品,如禹之鼎作有《端阳观竞渡吊屈原图》;丁观鹏曾于乾隆二十五年(1760)六月奉敕仿李公麟白描《九歌图》作设色《九歌图》;姚文瀚于乾隆五十年(1785)奉旨绘制《九歌图》手卷;门应兆遵乾隆旨意完成的《钦定补绘萧云从离骚全图》,成为《楚辞》图像史上图像数量最多、涉及《楚辞》作品最广的作品。不少异域画家也在其中供职,如意大利人郎世宁、安德义、潘廷章,法兰西人王致诚、贺清泰,波希米亚人艾启蒙等,他们不仅在宫廷中作画,创作风格迥异中土的《楚辞》图像,如郎世宁《午瑞图》等,还以欧洲绘画技法影响中国画家,在一定程度上促成了"中西合璧"风格的《楚辞》图像的形成。

雍正、道光时期,政治局势相对稳定,商品经济进一步发展,一批文人画家和有文化修养的民间职业画家,如石涛、汪士慎、黄慎、金农、高翔、李鱓、郑燮、李方膺、罗聘、边寿民、高凤翰、杨法、李葂、闵贞、华岩、陈撰等,都曾汇集于经济文化名城扬州,鬻画谋生,相互推毂,形成"扬州画派"。他们一反清初"四王"等竞尚山水的创作风气,以雅作俗,以梅、兰、竹、菊等花卉入画,抒发世俗生活的情趣,寄托对民间疾苦的关怀,其图像作品也由自娱而娱人,体现封建士大夫的审美理想转向个性抒发和独特生活感受之表达②。在他们的图像作品中,也出现诸多取法《楚辞》香草而生成的《墨兰图》《兰蕙图》《兰竹石图》等作品,形成《楚辞》图像面向

---

①(清)胡敬:《国朝院画录》,清嘉庆二十一年(1816)仁和胡氏刻本。
②薛永年、杜娟:《清代绘画史》,北京:人民美术出版社,2000年,第106页。

世俗的一种表征。

第一节 五采彰施状诡丽：
宫廷画家的《楚辞》图像

清代宫廷绘画发端于清初，而兴盛于雍正、乾隆年间，绘画机构与相关制度不断完善，人才蔚起，作者相望，作品极盛，题材画风亦极其丰富多彩①。同时，一些学养既富、地位亦显的大臣或宗族擅长绘事，他们秉承圣意，在作品上同专职供奉的宫廷画家一样，署"臣"字款，于《楚辞》图像多有创制。

这其中，最为典型者当是门应兆奉帝命补绘萧云从《离骚全图》，因其在《楚辞》图像史上意义甚大，故单列专节，予以考察。此部分主要讨论曾在朝中任职，或是因画艺而供职于内廷的艺术家的《楚辞》图像创作情况。

总体看来，清代宫廷画家、朝臣的《楚辞》图像亦可分为屈原图像、《楚辞》作品的图像呈现、《楚辞》衍生图像等类型。兹考叙之。

一、屈原图像

清代宫廷画家、朝臣所绘之屈原图像，主要取材于《卜居》《渔父》及《史记·屈原列传》诸篇，以描摹屈子行迹故事为表现内容，今所可见者尚有黄应谌《屈原卜居图》、张若霭《屈子行吟图》等。

---

① 薛永年、杜娟：《清代绘画史》，北京：人民美术出版社，2000年，第84页。

（一）黄应谌《屈原卜居图》

　　黄应谌（1597—?）①，字敬一，号创庵，顺天大兴（今属北京）人，世居京师。顺治时，以画艺供奉内廷，极受宠幸，后遣任上元县（今南京江宁区）知县。康熙初，回宫供职，赐官中书，养老荣之。

　　黄氏工书，精鉴赏，善画人物，兼工山水。传世作品有《屈原卜居图》《陋室铭图》《迎春送岁图》《山静日长图》《满城风雨图》等。

　　今河北省博物院藏有其《屈原卜居图》，绢本，设色，纵132厘米，横202厘米。其图当是据《楚辞·卜居》篇而为之，绘屈原被谗放逐，往见太卜郑詹尹，问卜自处之道事。

―――――――――――

①河北省博物馆藏有黄应谌《满城风雨图》，款作"甲寅"，"七十八叟"，据此可推知黄氏当生于明万历二十五年（1597）。

画面左侧较为空疏,巍峨高山,险峻岩石,其下为空地。右侧则相对密集,绘有一群松掩映之庭院,房舍半露,二长者于室外执礼相见;头束缁撮,身着青色深衣,腰系红色佩带,拱手而立者,当为屈原;头戴幞头,身着褐色深衣,拱手立于案几之册,须髯皆白者,当为《卜居》篇中所谓"太卜郑詹尹"者,屈原左侧,立有一童子,其后松下,侍者牵马侍立。黄氏当是选择屈原初见郑詹尹之时的场景予以图像表现,人物形态安详,衣纹简练流畅。

右上有小楷录《卜居》原文,自识"顺治庚子春日,小臣黄应谌奉旨恭画并书"。据此可知,此图当作于顺治十七年(1660),乃是黄应谌奉旨而为之者。至若圣意缘何命黄氏作此图,则难考实。

(二)张若霭《屈子行吟图》

张若霭(1713—1746),字景采,号晴岚,又号炼雪、炼雪道人、晴岚居士,室名藕香书屋,安徽桐城人。若霭自幼颖慧,勤奋好学,雍正八年(1730),奉旨承袭一等轻车都尉。雍正十三年,迁日讲起居注官,奉命入直南书房。乾隆二年(1737),升翰林院侍讲。乾隆九年三月,升通政使司通政使,奉命品定内府书画,编辑《秘殿珠林》二十四卷、《石渠宝笈》若干卷。乾隆十年十二月,迁升内阁学士兼礼部侍郎。乾隆十一年,扈从乾隆西巡,归途患疾,回京后病逝。

若霭酷嗜文墨,诗作多存世;亦善书法,工山水、花鸟鱼虫,得王毂祥、周之冕遗意。其书画入《石渠宝笈》,乾隆为之御题者甚多。著有《蕴真阁诗集》《晴岚诗存》等。有《岁寒三友图》《仿王元章疏影寒香图》传世。

李公麟《九歌图》拖尾部分,有张若霭奉敕"敬写"的《屈子行吟图》。

　　图面左上描绘远处群山景象,隐约起伏,绵延至江畔,畔上有岩石二三,芦荻成片;画面正中为奔流大江,波涛浩渺;画面右下绘杂树数株,其下间以乱石,一人头束缁撮,身着长袍,形容憔悴,颜色枯槁,身形佝偻,右手执仗,正踽踽独行,似在吟咏,当为屈原是也。

　　画面右上题"屈子行吟图",下署"臣张若霭敬写"小字,钤朱文"乾隆御览之宝"椭圆印,图末骑缝钤朱文"御赏"长方印、白文"稽古右文之玺"方印。

二、《楚辞》作品的图像呈现

　　在皇帝圣意的要求下,不少宫廷画家,以图像形式对《楚辞》本文进行了直观具象呈现,生成了诸多《楚辞》图像作品,其中较有代表性的除门应兆《钦定补绘萧云从离骚全图》外，尚有丁观鹏《九歌图》、姚文瀚《九歌图》等。

（一）丁观鹏《九歌图》

丁观鹏（1736—1795），顺天（今北京）人。雍正四年（1726），入宫为画院处行走，与唐岱、郎世宁、张宗苍、金廷标等齐名。曾得乾隆帝赏识，为《圣制诗》初集、二集、三集之多幅画卷题诗。丁氏绘画工道释、人物、山水，亦能作肖像，尤擅仙佛、神像，以宋人为法，不尚奇诡，画风工整细致。其画作有《法界源流图》《乞巧图》《无量寿佛图》《宝相观音图》《说法图》等，其中奉敕仿李公麟笔意而作《九歌图》，为其所制《楚辞》图像之代表。

据胡敬《国朝院画录》卷上载："丁观鹏克传家学，仰蒙璿题出蓝之奖，其所造者深矣。"有《九歌图》一卷，曾收藏于清宫如意馆。

《石渠宝笈续编》著录丁氏此图之具体情况：宣纸，设色，界画，纵一尺四寸三分，横二丈三尺四寸五分。款署"乾隆二十五年六月，臣丁观鹏奉敕恭仿李公麟笔意。"钤有"臣""观鹏"朱文印。

其上还有乾隆帝御题行书：

内府旧藏李公麟白描《九歌图》卷，意匠经营，曲尽其妙，所谓铁线蛛丝，笔力尤高出古今。因命丁观鹏仿为之，殆欲与龙眠争胜。盖观鹏善临摹，兼工设色，余故用其所长，而歌辞中，若青云衣、白霓裳、孔盖翠旌、龙堂贝阙，非五采彰施，不足以状其诡丽，是图且可为前人补阙矣。向曾于李卷中按图书《九歌》其上，今仍依此书之，并识缘起如右。庚辰夏六月，御识。①

---

① （清）张照等：《石渠宝笈初编》，见《秘殿珠林·石渠宝笈合编》（第4册），上海：上海书店出版社，2011年，第725页。

　　据此可知,丁观鹏此图乃是在乾隆帝的授意下,以内府所藏李伯时白描《九歌图》为蓝本,摹绘而成。又因《九歌》文辞极具色彩美,伯时墨笔,"不足以状其诡丽",故乾隆帝令丁氏彰施五彩,成设色本《九歌图》,既补前人之阙,又有以此"与龙眠争胜"之用意。

　　此卷引首有乾隆御笔"湘流藻采"四字,次绘东皇太一、云中君、湘君、湘夫人、大司命、少司命、东君、河伯、山鬼九段图像。

　　据清宫内务府造办处档案载:九月二十五日,接得员外郎安泰、库掌德魁押帖,内开本月二十四日,太监张良栋持来李公麟白描画《九歌图》手卷一卷,胡世杰传旨着丁观鹏仿着色画一卷。①

　　次年七月初四日,接得员外郎安泰、金辉押帖一件,内开本月初三日首领桂元交……御笔引首大字一张……李公麟《九歌图》手卷一卷、丁观鹏画《九歌图》横披画一张……传旨将……李公麟《九歌图》手卷换引首大字、丁观鹏画《九歌图》裱手卷一卷。②

　　则此卷是乾隆二十四年(1759)九月,丁观鹏接到旨意,仿李公麟白描《九歌图》作设色画。次年(1760)七月,丁观鹏本交如意馆装裱成手卷,并入藏内府。

　　今中国第一历史档案馆编《溥仪赏溥杰宫中古籍及书画目录》载:溥仪曾于1922年"十一月二十日"将此图赏溥杰,则其时此图已流出宫中。

---

①中国第一历史档案馆、香港中文大学文物馆:《清宫内务府造办处档案总汇》(第24册),北京:人民出版社,2005年,第693页。
②中国第一历史档案馆、香港中文大学文物馆:《清宫内务府造办处档案总汇》(第25册),北京:人民出版社,2005年,第508页。

（二）姚文瀚《九歌图》

姚文瀚，号濯亭，顺天（今北京）人。生卒年不详。乾隆时供奉内廷，工道释、人物、山水、界画。《石渠宝笈》著录其曾作《仿清明上河图》卷，乾隆喜而题诗并注："此卷较择端原本尺幅纵横倍减，而临摹毕肖，人物益小，尤见精能。"[1]绘有《梧阴清暇图》《春朝婴戏图》《岁朝欢喜图》《观音像》《文殊像》《仿宋人文会图》《紫光阁锡宴图》《四序图》等。

据《清宫内务府造办处档案总汇》载：乾隆五十年（1785），"五月十七日，接得郎中保成押帖，内开四月二十六日鄂鲁里传旨：着姚文瀚画《射猎图》条画一张、《十八学士》《九歌图》手卷二卷。钦此。"[2]据此可知，姚文瀚曾奉帝命而绘制《九歌图》手卷。乾隆五十一年（1786），"六月二十九日，接得郎中保成押帖一件，内开五月二十六日懋勤殿交……姚文瀚画《九歌图》横批一张，传旨交如意馆裱手卷……钦此。"[3]则姚氏此图之绘制，前后历时一年有余。

今中国国家博物馆藏有姚文瀚此图，纸本，设色，纵42厘米，横727厘米。

首为《东皇太一图》。画面右侧有九人，皆头束缁撮，身着宽袖深衣，或蓝或青，或橙或褐，坐于瑶席之上，吹竽奏瑟，五音繁会，欲以"愉兮上皇"；左侧有二男子，一冠通天，着橙色氅衣，一莲冠，着浅紫色宽袍，衣带翻飞，正于一方形祭坛前跪祷，旁列尊罍兰

---

①（清）胡敬：《国朝院画录》，上海：上海人民美术出版社，1963年，第25页。

②中国第一历史档案馆、香港中文大学文物馆：《清宫内务府造办处档案总汇》（第47册），北京：人民出版社，2005年，第794页。

③中国第一历史档案馆、香港中文大学文物馆：《清宫内务府造办处档案总汇》（第49册），北京：人民出版社，2005年，第571—572页。

藉,坛前一着蓝服而盛饰者,正手持琼芳而欲献;画面中央上方绘有重重密云,隐约露出伞盖障扇,其中当是所祀之神"东皇太一"。图右上钤有"乾隆御览之宝""石渠宝笈"二玺。

次为《云中君图》。绘有一人,位于画面正中,头戴通天冠,身着蓝色深衣,双手拢于袖中,正安坐于朱红色车中,而以靛蓝之龙为驭;前有四武士夹侍,旁二侍者执节,后八校执旌幢步从,于云气间翱游周章,显示出神灵"焱远举兮云中"之情境。

次为《湘君图》。绘一浩淼大江，其上有一舟正在激流中穿行，中坐二人，一衣蓝，一衣褐，舟首尾执兰桡者二人，波际层云叠涌，一龙从江中腾空飞去，或是对文中"飞龙兮翩翩"的图像表现；右上江渚，有二侍女，手持旌节，拥立二女子，一衣浅紫，一衣青绿，皆雍容华贵，或是娥皇、女英之形象；左下江岸边有一茅亭，一人循江皋而行，似正投佩于江。

　　次为《湘夫人》图。画面中有鱼罾悬树,树底坐一人,以荷葺屋,阶前有二麋,沿阶香草丛生,其下濒大江;江渚一骑,一人衣蓝,握节前进;其上云气掩蔼,云中麾幢森列,荫华盖、挥羽扇者凡十四人,前二人秉珪,容甚肃;山间云气如带,与山巅层云高下掩映,一冕服者,拱立卫士在后,一执旗,或是图绘"九嶷缤兮并迎,灵之来兮如云"之情境。

　　次为《大司命图》。画面正中绘一着橙色衣者,跨龙上升,云气迷离,若带风雨云之下,其后有一修髯而衣蓝者立云中,七侍史擎旍随之,其下为隆崇崔崒之群山,出没于云气间,或是摹绘"乘龙兮辚辚,高驼兮冲天"之情景。

　　次为《少司命图》。画面正中绘一黄瓦蓝檐朱户之单檐歇山式斗拱房屋,堂宇轩敞,一人身着黄色深衣,盘膝中坐,环榻侍立者六人,着红、蓝、青、紫、橙等彩衣,或是表现"满堂兮美人"之情

境,一衣蓝而佩剑之男子将升阶;堂之右,云气回翔,若旋风状,其端一神人当风立,身着朱袍,从者手搴旗在后;堂之左,云气喷薄,状如灵芝,旁有星芒,如彗怒指,一神人乘云,二从者分执旌旃;堂之上,层峦高耸,东向扶桑,阳乌流光,云气纠缦,层峦中有人一晞发,一抗首而歌。

次为《东君图》。画面右下方绘有六位男子,头束红色缃撮,身着橙、青、蓝、褐等彩衣,缅瑟交鼓,萧钟瑶簴,鸣篪吹竽,其前有四位女子,着红、青、紫、蓝之衣,展诗会舞,应律合节;右上方绘一蓝衣男子,正持弓而射,当是表现"举长矢兮射天狼"之情境;左上方的祥云丛中,隐约露出龙车及伞盖仪仗,当是表现"驾龙辀兮乘雷,载云旗兮委蛇"之情境。

次为《河伯图》。画面中部绘二神人,在水中央,一乘朱色之车,无帷,御以双龙,以螭为骖,前后导从者五人,或举旄,或执旆,或拥盖,显是依据"乘水车兮荷盖,驾两龙兮骖螭"而图绘的;一衣青而乘鼋狎浪,导以两异鱼,当是图绘"灵何为兮水中?乘白鼋兮逐文鱼"之情境;最后奇峰插天,崖下有矶,二人临流晤语,当是表现"子交手兮东行,送美人兮南浦"之情境;云中屋宇参差若鱼鳞。

次为《山鬼图》。绘崇山峻岭间,云雾缭绕,中央一高髻女子,身着蓝衫,窈窕乘车,驾以四豹,一青衣女郎挈香草立车前,从以三鬼,二执盖,一执旗,又一鬼骑文狸,一狸前窜崖上,一鬼被薜荔,当是表现"乘赤豹兮从文狸,辛夷车兮结桂旗"之情境;上方二山之间的云丛中,有一女子,孑然而立,当是表现"表独立兮山之上,云容容兮而在下"之情境;画面左上方绘有一巨松,生于崖畔,

有一长髯卉服者危坐，执兰荃，上荫松柏，当是表现"山中人兮芳
杜若，饮石泉兮荫松柏"之情境。卷末署款"臣姚文瀚恭绘"，钤有
朱文"文"、白文"瀚"方印，有"三希堂精鉴玺""宜子孙"二玺。

　　可见，姚文瀚以九图之样式，图绘《九歌》，在构图命意上或许
是直接临仿自李公麟《九歌图》"七月望日"本而为之①，而在公麟
白描之外，施以设色，既是对圣意的遵从，更能体现出《九歌》因多
涉"青云衣、白霓裳、孔盖翠旌、龙堂贝阙"而具有的诡丽之美，对
于历代《九歌图》之艺术式样的丰富而言，也具有拓展作用。

　　（三）余集《湘君图》

　　余集（1738—1823），字蓉裳，号秋室，浙江仁和（今杭州）人。
乾隆三十一年（1766）进士，候选知县，官至侍讲学士。乾隆三十
八年，荐修《四库全书》，授翰林院编修，累迁至侍读学士。

　　据清人俞蛟《读画闲评》载：余集自幼神情萧散，读书之暇，留
心绘事，以逸笔写生。凡丛兰、修竹、花草禽鱼，无不入妙。作有

①姜鹏：《中国国家博物馆收藏的两卷〈九歌图〉》，《书画世界》，2015 年第 4
　期，第 4—19 页。

《文姬归汉图》《梅下赏月图》等。

浙江浙商拍卖有限公司 2010 秋季艺术品拍卖会拍品中有余集《湘君图》,设色,纸本,纵 108 厘米,横 38 厘米。①

图右上有余集行楷《湘君》文辞,款署"秋室居士余集写",钤有"余集"朱白文方印、"秋室居士"朱文方印。

图面中央绘一女子,梳双髻,簪凤钗,身着华服,肩披绘有祥云纹饰彩帔,左手持薜荔,右手举芙蓉,正驾飞龙翩翩飞翔;四周有兰、桂、薜荔、蕙、菊等十余种香草环绕。

就图中形象来看,余集此图多是据《湘君》文辞来选取素材而图绘具体物象的,篇中所言诸种香草,图中多能见及;而且,为凸显文中"飞龙兮翩翩"句之飞龙,余集在图中给龙绘上了双翅,以求直观形象。

对于《九歌》之"二湘",《楚辞》学界多有以为乃是祭祀配偶神之说,《湘君》篇是从湘夫人之视角出发,抒写其候湘君而不至的怅惘失落心情,而余集将《湘君》图绘为一女性神灵,或许正是此种观点的形象化体现。

(四)钱沣《大招》

钱沣(1740—1795),字东注,号南园,云南昆明人。乾隆三十六年(1771)进士。历任翰林院编修、监察御史、湖南学政、通政司副使、江南道监察御史、通政司参议加太子太保、吏部尚书等职。工楷书,学颜真卿,笔力雄强,结构严谨,气格宏大;行书参米南宫笔意,峻拔多恣;又擅画马,神俊形肖,世争宝之。其诗文苍郁劲厚,正气盈然。

乾隆五十七年(1792),钱沣为邓明远书《大招》册,正书,纸本,水墨,纵21厘米,横28厘米,凡十六开。

起首楷书"大招",次入正文,末有钱沣题识:"邓大弟明远当庚辰、辛巳间尝同受学于先师王素翁夫子。自戊子岁,沣幸窃乡举北上,后不相觌者十余年。前年不幸以忧归,蒙其吊唁周至,遗是本属书,时方大事,且阁之忽忽,三易鹈蜍,昨偶捡及,无任怀报,案头适有《楚辞》第十,遂率染退笔为之塞白。壬子岁,六月五日。"钤有"钱沣之印""东注""海内存知己"诸印。有鉴藏印"天籁欣赏"。

北京中汉拍卖有限公司2014年春季拍卖会拍品中有此册,卷首有题签"南园书大招册。瓶斋藏,郑沅题"①,则此册后为谭泽闿(1889—1947)所藏。

三、《楚辞》衍生图像

直观表现端午节日景致,描摹"午日竞渡"形象,亦是清代宫廷画家与朝臣们所创作之《楚辞》图像的重要内容,出现了禹之鼎《端阳观竞渡吊屈原图》、郎世宁《午瑞图》、余穉《端阳景图》、董邦达《竞渡图》等作品。

(一)禹之鼎《端阳观竞渡吊屈原图》

禹之鼎(1647—1716),字上吉,一字尚基,号慎斋,兴化县(今江苏兴化市)人,后长居江都。早年师蓝瑛,后出入宋、元诸家,擅人物、仕女,尤工肖像,多作白描,不袭李之旧,而用兰叶描写衣纹,弥复古雅。据《扬州画舫录》载,禹之鼎于"康熙中,授鸿胪寺序班一职",后曾于康熙二十一年(1682)随正使汪楫等出使琉球,自此在肖像画上声名鹊起,名播中外。常与王原祁、王士祯、徐乾学等名士交游,为其画像,作行乐图,遂有"一时名人小像皆出其手"之誉。作有《城南雅集图卷》《王会图》《王士祯放白鹇图》《念堂溪边独立图》等。

---

①https://auction.artron.net/paimai-art5050620684/.

　　北京故宫博物院藏有禹之鼎《端阳观竞渡吊屈原图》，纵 55.5
厘米，横 249.2 厘米。

　　图中所绘，当是民间午日竞渡之场景。画面正中横亘大江，
浩淼开阔，左上为一前一后相随之二龙舟，正奋力疾行，右后靠柳
荫处有一龙舟，作追赶状，其后有三小舟，似为环卫侍者；右上为
江畔长堤，绵延生长着诸多树木；左下岸边，泊有游船，有人于其
中饮酒赏乐观渡，岸边观者云集，人头攒动。

　　作为宫廷画家的禹之鼎，对民间午日竞渡的情状进行了图像
表现，从而与诸多勾勒宫廷竞渡活动的图像一起，共同构成了古
代"竞渡"图像的重要组成部分。

　　（二）丁观鹏《十二月令图》之"五月图"

　　台北故宫博物院藏有清院本《十二月令图》①，绢本，设色，纵
175.0 厘米，横 97.0 厘米。虽未题作者姓名，学界一般认为是丁
观鹏等人的作品。②

　　《十二月令图》中"五月图"部分，主要描绘了"龙舟竞渡"
场景。

----

① 此图未收入《石渠宝笈》。《故宫书画录》定名为《清画院月令图十二轴》，
　《故宫藏画大系》名曰《清院画十二月令图》。
② 巩剑：《清代宫廷画家丁观鹏的仿古绘画及其原因》，中央美术学院 2008
　年硕士学位论文。

《十二月令图》之"五月图"　　　　余穉《端阳景图》

　　图中有高士策杖而行、童仆随侍,有丽人执扇凭栏,也有民众在水榭中和坡岸上及远处茅舍间争相观看龙舟,水面以弯曲形状从画面左上缓缓流至右下,周围环绕亭台楼阁等建筑,十数艘龙舟,皆擎华盖、飘彩旗,浩浩荡荡,争相竞渡,远处则是连绵起伏之群山,云烟掩映下,屋舍俨然,一派祥和升平的景象。

　　(三)余穉《端阳景图》

　　余穉,生卒年不详,字南洲,虞山(今江苏常熟)人。约于乾隆二年(1737)与其兄余省一同进宫作画,供奉内廷。工花鸟,擅院体画。

北京故宫博物院藏有其《端阳景图》,绢本,设色,纵 137.3 厘米,横 68.8 厘米。

画面呈对称式布局:左侧绘有蜀葵,枝繁叶茂,有红、粉二色花朵点缀其间,其下深蹲一蟾蜍,作欲跃之势;右侧为一丛菖蒲,壮硕挺拔,苍翠欲滴,其后掩映一小丛野菊,正绽开红、白小花;画面中上部分绘有两只豆娘,或有以为是蜻蜓者,正上下翻飞,蹁跹而舞,其下为一只青蛙,蓄势待跃。

此画以挺秀细润之笔法,将菖蒲、蜀葵、蜻蜓、蟾蜍和青蛙等与端午时节之风俗习惯有关联的代表性动植物形象生动逼真地勾勒出来。

款署"臣余穉恭画",钤"臣余穉"朱白文方印、"恭画"朱文方印。

(四)郎世宁《午瑞图》

郎世宁(1688—1766),意大利耶稣会士,原名约瑟·迦斯提里阿纳(Giuseppe Castiglione)①,中文名作"郎宁石""郎士宁""郎石宁",乾隆年间,统一记录为"郎世宁"。

郎世宁既是十八世纪意大利派遣来华的使者,又是历经康、雍、乾三朝的宫廷画家,因其特殊的来华使命,和前清森严的禁教政策,以及中华民族强大的传统文化和审美趣味,造就了其"中西合璧"的绘画风格。②

---

① (日)石田干之助:《郎世宁传考略》,见贺昌群译:《贺昌群译文集》,北京:国家图书馆出版社,2009 年,第 92 页。

② 张燕:《郎世宁绘画艺术研究》,西安美术学院 2018 年博士学位论文,第 13 页。

郎世宁《午瑞图》　　　　　　董邦达《竞渡图》

　　北京故宫博物院藏有郎世宁《午瑞图》轴,绢本,设色,纵140厘米,横84厘米。

　　图中所绘青瓷瓶内插着蒲草叶、石榴花和蜀葵花,托盘里盛有李子、樱桃等水果,几个粽子散落一旁。就构图而言,画中物品聚散有致,呈正三角形布局,给画面稳定感,而色彩深浅及光影明暗的变化展示了花叶、水果和瓷瓶的立体感,尤其是瓷瓶肩部,见于欧洲绘画的"高光"手法,能令观者清晰地体会到油画的技巧。《午端图》虽无落款,但根据清内务府造办处的档案记载,此图作于清雍正十年(1732),是郎世宁在中国的早期作品。

款署"臣郎世宁恭画",下钤二印,印文模糊不辨。鉴藏印有"乾隆御览之宝"。

(五)董邦达《竞渡图》

董邦达(1696—1769),字孚存,一字非闻,号东山,富阳县(今浙江富阳市)人。雍正十一年(1733)进士,授庶吉士,散馆后授翰林院编修。曾参加《石渠宝笈》《秘殿珠林》《西清古鉴》诸书编纂。入值内廷后,授起居注官、右中允,迁侍讲,再迁侍读学士。乾隆十二年(1747),擢内阁学士兼礼部侍郎衔。其后,又历刑部侍郎、吏部侍郎、翰林院掌管学士兼教习庶吉士、工部尚书、礼部尚书等。

北京保利国际拍卖有限公司 2013 秋季艺术品拍卖会拍品中有董邦达《竞渡图》①,纸本,水墨,纵 112 厘米,横 52 厘米。

此图当是描绘端午时节,民众观看龙舟竞渡之习俗。画面最上方为连绵起伏之远山,草木丰沛,意境深幽,中央部分为开阔大江,波浪如鳞,不激不怒,近大远小,水天一色,上有龙舟四只,正竞相争渡,画面下方为布生群树、巨石之堤岸,杂树屈曲丛密,山石巨大圆浑,众多民众或立或坐,正在观看江中龙舟竞渡场景。

右下有董氏自题款识:"竞渡图,董邦达画。"钤有朱文"孚存"长方印。

左侧题签"文恪公渡图,乾隆癸巳敬装",并钤有"问苍山房珍藏"鉴藏印一方。

总体看来,受皇帝意旨之影响,清代宫廷画家于《楚辞》图像主要进行了"为前人补阙"、彰施五采"以状其诡丽"等方面

---

① https://auction.artron.net/paimai-art5042263397/.

的工作；门应兆等完成了对《楚辞》的首次系统化补绘，创作"全图"，丁观鹏、姚文瀚等人在师法李公麟的基础上，以设色图绘《九歌》，从而延续了传为张敦礼等的对《九歌》予以设色表现的艺术传统，并与李公麟所开创的白描技法一起，共同构成古代《九歌图》艺术样式的两种主要类型；而域外画家郎世宁等融汇西洋油画技法，图绘端午景象，也丰富了《楚辞》图像的艺术表现范畴。

第二节　体物摹神无剩义：
门应兆《钦定补绘萧云从离骚全图》

　　门应兆，一作应诏，一作应召，字吉占，正黄旗汉军人，善界画楼阁、人物及花卉，并善写真，能吸取西洋画法之长处，参合中西，别开画坛生面。

　　清乾隆年间，纂修《四库全书》时，门应兆由工部主事派充四库馆绘图分校官。乾隆四十七年，帝因萧云从《离骚图》绘图不全，遂命门应兆"仿照李公麟《九歌图》笔意"补绘，以使得该书完备。门应兆遵旨补绘《离骚》三十二图、《九章》九图、《远游》五图、《九辩》九图、《招魂》十三图、《大招》七图、香草十六图，计九十一图，加上摹绘萧云从原六十四图，共一百五十五图，题名《钦定补绘萧云从离骚全图》。

　　此外，他还参加了《皇朝礼器图式》《西清砚谱》《清高宗实录》等书的编绘。

　　1930年，武进陶湘依文津阁本《四库全书》重印此书，又据江南图书馆藏宋本《楚辞》校字，收入《喜咏轩丛书》戊编。

　　1935年，商务印书馆出版《影印文渊阁四库全书四种》，收入此书。

20 世纪 80 年代，台湾商务印书馆影印文渊阁《四库全书》，集部第 1062 册有是书。

2002 年，上海古籍出版社又据文渊阁本而单行影印行世，一函三册。

2004 年，东方出版社《四库全书图鉴》第十册据文渊阁本缩影拼版印行。

又有节略本。如郑振铎《楚辞图》即以文津阁《四库全书》本为底本，将其中所涉《楚辞》文字有所删减，与图画汇为一页而印行。

一、《钦定补绘萧云从离骚全图》的图像描述

此本半页八行，行二十一字。白口，红鱼尾，版心题"钦定补绘萧云从离骚全图"，四周朱丝双栏，红线格。

首乾隆四十六年十二月十五日令门应兆补绘之旨：

> 四库全书馆进呈书内有萧云从画《离骚图》一册，盖踵李公麟《九歌图》意而分章摘句，续为全图，博考前经，义存规鉴，颇合古人"左图右书"之意。但今书中所存各图已缺略不全。又如苏荃兰蕙，以喻君子，寄意遥深，云从本未为图，自应一并绘入，以彰称物芳。著于《古今图书集成》内采取补入，南书房翰林等逐一考订，将应补者酌定稿本，令门应兆仿照李公麟《九歌图》笔意补行绘画，以臻完善。书仍旧贯，新补者各注明，录旨简端，即以当序，钦此。

其中先对萧云从《离骚图》的体例、特征进行概括，继而不满其书对《楚辞》图绘不完备，并要求南书房翰林先据《古今图书集成》拟定萧书所缺略者之稿本，在此基础上，令门应兆沿用萧云从

之书的体例,用李公麟《九歌图》笔意予以补绘,使得其书臻至完善。其中,乾隆帝明确要求将圣旨置于门应兆补绘之书的卷首,作为序而存在,当有褒奖之意;而这对于该书的传播而言,无疑具有积极意义。

次为御制《题补绘萧云从离骚全图八韵》:

> 画史老田野,披怜长卷情(《四库全书》馆进呈萧云从所著《离骚图》,始知其善画。侍郎曹文埴因进所藏萧云从山水长卷,末自识云"河阳李晞古作大障,为高宗所眷爱,余草野中人,无缘献纳,虽衰老,极力勉为此卷,藏之以俟知我"云云,词颇诚恳,因为题句)。不缘四库辑,那识此人名。六法道由寓,三间迹以呈。因之为手绘,足见用心精。岁久惜佚阙,西清命补成。共图得百五(云从踵李公麟《九歌》为《离骚图》,颇合古人"左图右书"之意,但今书只存《卜居》《渔父》合绘一图,《九歌》九图,《天问》五十四图,其余或原本未画,或旧有今阙,因命南书房翰林等逐一考订,今门应兆补绘九十一图,合之原书六十四图,共一百五十五图,俾臻完善),若史表幽贞。姓屈性无屈,名平鸣不平。迁云可以汲,披阅凛王明。

诗中提供了乾隆帝为门应兆补绘萧云从《离骚图》题诗的原因:侍郎曹文埴进献萧云从山水长卷,其上有云从款识,以诚恳言辞表达了对清廷的效忠之情,打动了高宗,高宗因此为之题诗。云从为明遗民,应不会因李唐之画作为高宗所眷爱而生欲献媚求宠之心,此题识或非为云从所自作也,俟考。而高宗之所以愿意为萧云从之图题诗,除却艺术欣赏之心外,其中当也蕴含着安抚汉人、感化遗民的用心。

次为《遵旨补绘萧云从离骚全图凡例》,凡六条:

一、萧云从原书目录载有《离骚》全图,今已逸去,应为补绘。按:《离骚》一篇,屈原一生梗概,备载其间,非片楮所能殚其义。因绎三间之词,复考诸家之注,分文析句,厘为三十二图。盖准原书《天问图》分绘之例。

一、原书目录《九章》无图,盖萧云从初辑是编,未经绘画者也。按:《九章》为屈原既放江南以后之作,时序不同,景物亦异,所宜分图布景,指事传神,于每章各绘一图,与原书《九歌》同例。

一、原书凡例所载《远游》五图阙。今详加参考,仍厘为五图,以合原书之数。至《卜居》《渔父》二篇,原书既有合图,兹不复绘,免致繁复。

一、《九辩》《招魂》《大招》三篇,原目凡例中既以宋玉、景差为屈原授经之士,并引王注疑为屈子所作,附存于后,则亦宜据云从纂辑体例,一律补图。今《九辩》按章为九图,《招魂》分段为十三图,《大招》分段为七图。

一、《楚辞》各篇皆借香草以喻君子,诚宜殿以芬芳,写其高洁,云从原书凡例亦称“香草”一图有志未逮。今按名别类,分为十六图,以附于后。至于椒榝为木本,芰荷为水花,已散见于各篇所补图内。他如茅蕡菉葹之类,凡所指为恶草者,概不阑入。

一、原书只有三间大夫、郑詹尹、渔父合绘之一图,《九歌》九图,《天问》五十四图,今自《离骚》篇起,至“香草”止,为补绘九十一图,共成一百五十五图,庶几图既补亡,篇无剩义云尔。

其中对补绘萧云从《楚辞图》的体例、依据、构思诸问题皆进行了说明:

　　补绘《离骚图》时，"准原书《天问图》分绘之例"，即根据文辞将全文划分为三十二个句群，并细绎《离骚》原文，参佐诸家之注，对相关句群之内容予以去取，选择特定素材予以图绘，成三十二图。

　　补绘《九章图》时，因考虑《九章》为屈原既放江南之后所作，其间所涉时间跨度较长，时序不一，景物有别，于是就分图布景，每一章绘一图，以效仿萧云从《九歌图》之例。

　　补绘《远游图》时，门应兆据萧云从原书《凡例》之说明，详加参考，作五图以合萧氏原数。

　　补绘《九辩图》《招魂图》《大招图》时，门应兆以为萧氏原书中将文辞附存于后，故补绘时当遵从"萧云从纂辑体例"，予以图画。在补绘时，其根据篇章，将《九辩图》划分为九图，而《招魂》《大招》则据其段落层次情况，分别补绘有十三图、七图。

　　补绘《香草图》时，门应兆按名别类，分为十六图，附于全书之末。这十六图中，因椒榝、芰荷等，已散见于各篇所补图内，故不可另行补绘；而茅藑菉葹等恶草，不合香草之名，则略去未绘。

　　因《卜居》《渔父》二篇，萧云从于《离骚》篇前绘有《三闾大夫卜居渔父图》，故门应兆略而未补，以避免重复。

　　次为萧云从乙酉中秋七日题于万石山之应远堂的《离骚图》原序，本书"明代楚辞图像"部分已有著录，兹不赘列。

　　次为目录：卷上，离骚经（三十二图，今补）、九歌传（九图，旧有）；卷中，天问传（五十四图，旧有）；卷下，九章传（九图，今补）、远游传（五图，今补）、卜居传渔父传（二篇合为一图，旧有）、九辩传（九图，今补）、招魂传（十三图，今补）、大招传（七图，今补）、香草图（十六图，今补）。尾题"臣等谨案"文。

次为纪昀等所撰之提要：

　　《钦定补绘离骚全图》三卷，国朝萧云从原图，乾隆四十七年奉敕补绘。云从字尺木，当涂贡生。考《天问》序称"屈原放逐，彷徨山泽，见楚有先王之庙及公卿祠堂，图画天地山川神灵琦玮谲诡，及古圣贤怪物行事，因书其壁，呵而问之"，是《楚辞》之兴，本由图画而作。后世读其书者，见所征引，自天文地理虫鱼草木，与凡可喜可愕之物，无不毕备，咸足以扩耳目而穷幽渺，往往就其兴趣所至，绘之为图，如宋之李公麟等，皆以此擅长。特所画不过一篇一章，未能赅极情状。云从始因其《章句》，广为此图。当时咸推其工妙，为之镌刻流传。原本所有，只以三闾大夫、郑詹尹、渔父合绘一图，冠于卷端，及《九歌》为九图，《天问》为五十四图，而目录、凡例所称《离骚经》《远游》诸图，并已阙佚，《香草》一图，则自称有志未逮。核之《楚辞》篇什，挂漏良多。皇上几余披览，以其用意虽勤，而脱略不免，特命内廷诸臣，参考厘订，各为补绘。于《离骚经》则分文析句，次为三十二图，又《九章》为九图，《远游》为五图，《九辩》为九图，《招魂》为十三图，《大招》为七图，《香草》为十六图，于是体物摹神，粲然大备，不独原始要终，篇无剩义，而灵均旨趣，亦藉以考见其比兴之原。仰见大圣人游艺观文，意存深远，而云从以绘事之微，荷蒙宸鉴，得为大辂之椎轮，实永被荣施于不朽矣。乾隆四十九年十一月恭校上。总纂官臣纪昀臣陆锡熊臣孙士毅、总校官臣陆费墀。

　　据此可知，乾隆四十六年（1781）十二月下旨后，次年门应兆等即着力于补绘工作，至乾隆四十九年（1784）十一月方才校理完毕而呈上，历时近三年。

　　提要对萧云从《离骚图》的价值进行了肯定,认为其是《楚辞》史上的首次系统图绘之作,有别于先前那些仅仅图绘"一篇一章"者。而对萧氏之书于《楚辞》图绘未为完备这一现象,提要也认为"挂漏良多",故乾隆帝以为其"用意虽勤,而脱略不免",遂有补绘之举。

　　提要还对门应兆补绘之作的特征进行概括,认为其"体物摹神",系统地对《楚辞》篇章进行图绘,使得《楚辞》图像至此而"粲然大备",而对《香草图》的补绘,则更能使得《楚辞》借"善鸟香草以配忠贞"的比兴之意得以形象化地体现。

　　最后,提要也对乾隆帝《题补绘萧云从离骚全图八韵》诗创作因由问题进行了回应:传萧云从自题山水长卷,表现出期望为皇帝所"眷爱"的用心,而高宗的题诗既实现了萧云从的夙愿,也使得其"永被荣施于不朽",充分体现出对遗民不计前嫌的奖赏,语中当蕴教化感召之意。

　　又,为呈现原貌,本书所取用之图像为台北故宫博物院藏门应兆进呈者,非文渊阁《四库全书》影写者。

　　(一)《离骚图》的基本情况

　　次为王逸《离骚序》,兹不赘录。次为门应兆所补《离骚图》,凡三十二图,均采用"左文右图"结构,皆左录原文,右为图绘。

　　图一左叶录有《离骚》"帝高阳之苗裔兮"至"惟庚寅吾以降"节文字。图上绘有七星,明"摄提"之意;绘有桃花,明为孟春之季,合于原文"孟陬"之意;绘一女子双手抱小儿,正凝视之,明"下母体而生"之意;尤其值得注意的是,图中房顶上绘有祥云图样,或为明此降生之日"庚寅"乃楚俗中之吉祥日也,谓之"降世图"可也。

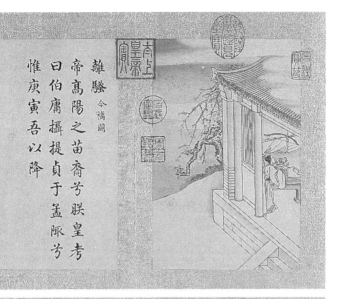

離騷 今補圖

惟庚寅吾以降
曰伯庸攝提貞于孟陬兮
帝高陽之苗裔兮朕皇考

余曰靈均
以嘉名名余曰正則兮字
皇覽揆余初度兮肇錫余

　　图二左叶录"皇览揆余初度兮"至"字余曰灵均"节文字。图中绘有三人,左侧为一有须髯之长者,面右而立,身体微屈,头扬起,呈恭敬色;右侧立有一人,方面有须,头戴远游冠,身着衮衣,右手高托一爵,左手斜收于胸前,似正举爵祝词;中间立有一小子,头戴冠,身着礼服,腰佩玉环,双手拱于袖中,身体前倾,作认真倾听状。王逸注:"《礼》曰:子生三月,父亲名之,既冠而字之。"据此来看,则门氏所补绘图像乃是屈原于冠礼时被赐"灵均"之字的情形,谓之"冠礼赐字图"可也。

　　图三左叶录"纷吾既有此内美兮"至"何不改乎此度也"节文字。图中绘一男子,头戴发冠,肩披江离辟芷,腰佩秋兰,正站在岸边,弯腰拔取水边的荄草;其背后为生在山坡上的两棵高大挺拔的木兰树,远处两山交叠处,亦有诸多木兰。显然,此图主要根

据"朝搴阰之木兰兮,夕揽洲之宿莽"句而绘制的,朱熹以为"所采取皆芳香久固之物,以比所行者皆忠善长久之道也"①,或即门氏于此节文字中遴选此二句予以图绘的用意所在,谓之"揽洲宿莽图"可也。

　　图四主要描绘"乘骐骥以驰骋兮,来吾导夫先路也"句之意蕴。画面中绘有二人:右前一人,作仆从状,左手握缰,右手挥鞭,驱马疾驰;左后一人,头戴发冠,身着祥云纹饰衣服,双手握缰,乘马驰骋。值得注意的是,在王逸、洪兴祖、朱熹等传统注释中,多以为此"乘马驰骋"乃是臣"为君导入圣王之道也"②,门应兆所补

---

①（宋）朱熹:《宋端平本楚辞集注》,北京:国家图书馆出版社,2017年,第16页。
②（宋）洪兴祖:《楚辞补注》,北京:中华书局,1983年,第7页。

绘之图则描绘出的是主仆关系,似是仆人引导主人,谓之"导夫先
路图"可也。

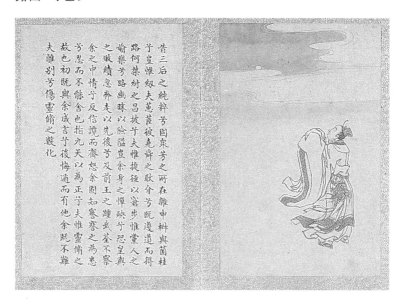

　　图五左叶录"昔三后之纯粹兮"至"伤灵修之数化"节文字。
图中绘有一男子侧身而立,头戴发冠,身着绣有祥云纹及香草纹
样服饰,腰佩香草,首上昂,双手拱起,作祷告状,当是表现"指九
天以为正"之情境,谓之"九天为正图"可也。
　　图六左叶录"余既滋兰之九畹兮"至"恐修名之不立"节文字。
图中绘有一男子,头束发冠,腰佩香草,左手提水罐,右肩荷锄,右
手握持锄柄,正行走在田间小径上。四周为广阔的田畦,其间分
垄种植着留夷、揭车、杜衡、芳芷等香草;远处山脚,有一茅亭,或
为休憩之所。据此而论,则门氏当是补绘种植香草之图画,谓之
"滋兰树蕙图"可也。

余既滋蘭之九畹兮又樹蕙之百畝畦留
夷與揭車兮雜杜衡與芳芷冀枝葉之峻
茂兮願竢時乎吾將刈雖姜絕其亦何傷
兮哀眾芳之蕪穢眾皆競進而貪婪兮憑
不厭乎求索羌內恕己以量人兮各興心
而嫉妒忽馳騖以追逐兮非余心之所急
老冉冉其將至兮恐脩名之不立

朝飲木蘭之墜露兮夕餐秋菊之落英苟
余情其信姱以練要兮長顑頷亦何傷擥
木根以結茝兮貫薜荔之落蕊矯菌桂以
紉蕙兮索胡繩之纚纚謇吾法夫前脩兮
非世俗之所服雖不周於今之人兮願依
彭咸之遺則長太息以掩涕兮哀民生之
多艱余雖好脩姱以鞿羈兮謇朝誶而夕
替既替余以蕙纕兮又申之以攬茝亦余
心之所善兮雖九死其猶未悔

　　图七左叶录"朝饮木兰之坠露兮"至"虽九死其犹未悔"节文字。画面左侧为两株高大的木兰,下方绘有一男子,头束发冠,腰佩香草,双手捧朝笏,正拾级而上,当是欲朝见君王。台阶右侧有龙形图案,上部为宫门,一宦者提灯,作引领状,一侍者双手握持兵器,神情严肃。文中有"謇朝谇而夕替"句,王逸以为"谇,谏也。……朝谏謇謇于君,夕替而身废弃也"①。据此,则门氏此图当是补绘屈原进谏君王场景,谓之"朝谇图"可也。

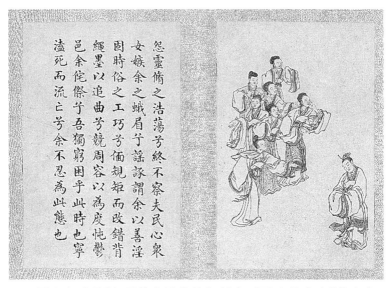

　　图八左叶录"怨灵修之浩荡兮"至"余不忍为此态也"节文字。图面由两部分组成:左侧绘有七位女子,侧右向而立,束发髻,衣着华丽,或伸右手,或提举左手食指,或轻举左掌,或平摊右手,或双手平举于胸前,作说理状,盛气凌人;右下方为一男子,身形前

①(宋)洪兴祖:《楚辞补注》,北京:中华书局,1983年,第14页。

屈,双手合拢于衣袖内,头低垂,面带委屈神色。左侧人物群像所占画面比例大,右下所占比例极小,画家似乎通过这种比例上的差别来展示出一方对另一方的压迫。就此图左侧诗文来看,当是图绘"众女嫉余之蛾眉兮,谣诼谓余以善淫"之情境,谓之"众女谣诼图"可也。

图九左叶录"鸷鸟之不群兮"至"夫孰异道而相安"节文字。图中绘一丛树枝,其上方独立一鹰,当是取意于王逸"鸷……鹰鹯之类"之说,其下方枝头,分别立有乌鸦、喜鹊、麻雀等鸟。鸷鸟孤立树梢,其他鸟结群立于其下,正是"鸷鸟之不群"的形象化表现,谓之"鸷鸟不群图"可也。

　　图十左叶录"屈心而抑志兮"至"退将修吾初服"节文字。与前图显著不同的是,尽管此图所绘之男子冠式、服饰与前面图画中的人物相同,然而其脸型却已消瘦,并且生有胡须。显然,门应兆是通过这种细节勾勒,来暗示出屈原在经历过诸多坎坷后,已由青春年少而渐趋衰老,而这正能体现出《离骚》中屈原感慨"老冉冉其将至兮"的情境。此男子骑乘于马上,正徐行于生长着诸多香草的山边,当是勾勒"步余马于兰皋"情境,谓之"步马兰皋图"可也。

　　图十一左叶录"制芰荷以为衣兮"至"岂余心之可惩"节文字。图中绘有一男子,肩披荷叶,身着绘有荷叶图案与祥云图案服饰,腰佩玉璜、香囊,而连缀之带甚长。显然,门应兆抓住"芰荷""长余佩""佩缤纷"等关键词,将其具体化为物象,附着于画中人物身上,以回应原文中"制芰荷以为衣兮,集芙蓉以为裳""长余佩之陆

离""佩缤纷其繁饰兮"等语言描述,传递出"佩服愈盛而明志意愈修而洁"①之意,可谓"缤纷繁饰图"也。

　　图十二左叶录"女媭之婵媛兮"至"夫何茕独而不余听"节文字。画面由二人组成:一女子发挽成髻,以簪束之,佩耳饰,着华服,其上有诸多花草纹饰,左手置于袖内,回挽胸前,右手斜前伸,食指、拇指伸出,其余三指屈回,立于门前台阶上,似正呵斥他人;右下庭中立一男子,头戴发冠,身着有祥云、香草纹饰之衣,腰佩玉环,其面斜倾,不与女子视线交接,右手掩耳,左手平举至面侧,掌心朝向女子,作摆手拒绝状。就其形象来看,当是描绘"女媭见

────────────────

① (宋)朱熹:《宋端平本楚辞集注》,北京:国家图书馆出版社,2017 年,第29 页。

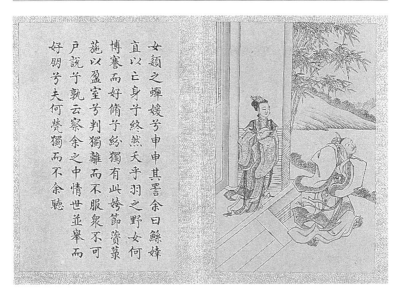

女頟之嬋媛兮申申其詈余曰鯀婞
直以亡身兮終然夭乎羽之野女何
博謇而好修兮紛獨有此姱節薋菉
葹以盈室兮判獨離而不服衆不可
戶說兮孰云察余之中情世並舉而
好朋兮夫何煢獨而不余聽

己施行不与众合，以见放流，故来牵引数怒，重詈我"①的场景，谓之"女嬃詈余图"可也。

图十三左叶录"依前圣以节中兮"至"就重华而陈辞"节文字。画家以极富想象力的笔触，将人间与天上的不同情境笼括于笔端：浩淼的江水上，漂浮一船，只露出船头部分，一男子立于船头，身体前屈，双手合拱，首昂起，似在极其虔诚地诉说衷肠，其上方祥云中，出现一架龙车，一头戴珠冕，身着帝服，手持笏板之王者端坐于其中，其顶上有羽盖，左右二侍者，一人手持羽毛旗帜，一人手持旄旌，身后立一侍者，手持祥云状障扇。就图绘形象而言，名之"陈辞重华图"可也。

---

① (宋)洪兴祖：《楚辞补注》，北京：中华书局，1983年，第19页。

依前聖以節中兮喟憑心
而厤玆濟沅湘以南征兮
就重華而陳辭

啓九辯與九歌兮夏康娛
以自縱不顧難以圖後兮
五子用失乎家巷

　　图十四左叶录"启九辩与九歌兮"至"五子用失乎家巷"节文字，对"夏康娱以自纵"句，王逸以为系"言太康……更作淫声，放纵情欲，以自娱乐"，洪兴祖以为此说"未知所据"，而当是指"太康……盘游无度，田于有洛之表，十旬不反"，朱熹亦认同洪说。就此图来看，画面上半部分中有一人，身着龙服，腰佩长剑，正骑乘于马上，回望后方，似在吩咐事宜；其周围有三侍者，一人手持旗帜，腰佩箭壶，一人右手持弓，左手拊剑，作欲射之状，又有一人，反持长斧，跃马疾驰，作欲追杀状，合而论之，当是勾勒王者田猎之情境，显然是以图绘方式表达与洪兴祖、朱熹等相类似之观点。

　　"五子用失乎家巷"句，王逸以为此句言"兄弟五人，家居闾巷"，以"巷"为具体实指之"闾巷"；洪兴祖不认可其说，以为"五子岂有家居闾巷之理"①。朱熹则以为"家巷，宫中之道，所谓永巷也……五子用此亦失其家巷，言国破而家亡也"，主张"家巷"连言，代指政权。然就此图之下半部分来看，所描绘之情境为五人环立于山坡，神情沮丧，或以手抱头，或双手轻扬作抱怨状，当是勾勒五人相互抱怨之情形。《古文尚书·五子之歌》："太康尸位以逸豫，灭厥德，黎民咸贰。乃盘游无度，畋于有洛之表，十旬弗反。有穷后羿因民弗忍，距于河。厥弟五人，御其母以从，徯于洛之汭。五子咸怨，述大禹之戒以作歌。"②以为是太康的五个弟弟为有穷后羿所房，徯于洛汭，遂有所怨。显然，画家乃是据此而图绘之的。合而论之，此图描摹二事可谓之"夏康自纵五子咸怨图"也。

---

① (宋)洪兴祖：《楚辞补注》，北京：中华书局，1983年，第21页。
② (汉)孔安国传，(唐)孔颖达疏：《尚书注疏》卷七，清嘉庆二十年(1815)南昌府学刊本。

　　图十五左叶录"羿淫游以佚田兮"至"沾余襟之浪浪"节文字。画面中一人头束发冠，身着劲装，腰佩箭壶，正骑乘于飞奔之马上回首射狐，其左手握弓，右手后举，拇指、食指伸出，明箭已射出。沿其弓箭所射方向，可见一狐正于山坡草丛上疾行，然颈部已然中箭。据其内容，名之"羿射封狐"可也。此节文字中，门应兆之所以选取此一内容进行图绘而不及其余，或是取意于王逸所谓"羿……荒淫游戏，以佚田猎，又射杀大狐，犯天之孽，以亡其国"之语，借图绘射狐形象以唤起观图者对亡国之君放纵之行的反思。

　　图十六左叶录"跪敷衽以陈辞兮"至"吾将上下而求索"节文字。画中下半部分分层勾勒，最外者为连绵不绝之云气，其中隐现出半座宫室，其后为高耸入云之二山，一可见及陡峭山巅，一仅见出崚嶒侧面，当为悬圃之灵琐也，而右下角云中，有一正在降落

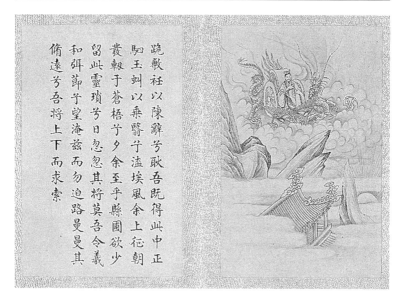

跪敷衽以陈辞兮耿吾既得此中正
驷玉虬以乘鹥兮溘埃风余上征朝
发轫于苍梧兮夕余至乎县圃欲少
留此灵琐兮日忽忽其将莫吾令羲
和弭节兮望崦嵫而勿迫路曼曼其
修远芳吾将上下而求索

之日，依稀放出光芒，当为"日忽忽其将暮"之情境也；画面上半部分绘有一人，头戴发冠，身着彩衣，丰面有髯，安坐于虬龙、鹥鸟所牵引之车，行进于云中。据图绘内容，名之"驷虬乘鹥少留灵琐图"可也。

图十七左叶录"饮余马于咸池兮"至"聊须臾以相羊"节文字。图分两部分，上部分为浩淼波浪，其中掩映着太阳，当是画家描摹出的日浴咸池景象，而这显然与王逸、洪兴祖等人以"咸池"为"日浴处"的见解是一致的。图画的下半部分，画家勾勒一人立于池畔，面向太阳，左手扶于身旁马鞍上，其身旁有一马，正俯首张口，作欲饮之状。据图绘内容，名之"饮马咸池图"可也。

图十八左叶录"前望舒使先驱兮"至"斑陆离其上下"节文字。图中绘一男子，束发冠，着香草纹饰之衣，侧身立于云气之中，其右前方一女子装扮者，左手举香草，右手平举，作先导貌，其头上

聊須臾以相羊
乎扶桑折若木以拂日兮
飲余馬于咸池兮總余轡

紛總總其離合兮斑陸離其上下
飄風屯其相離兮帥雲蜺而来御
具吾令鳳鳥飛騰兮繼之以日夜
鸞皇為余先戒兮雷師告余以未
前望舒使先驅兮後飛廉使奔屬

绘有圆形饰物，当是为暗示其月神之身份，乃"望舒"也；"望舒"上方有一形象，正飞行于云中，袒胸露腹，背插双翅，神情狰狞，左手执楔，右手持锤，呈欲击状，显是"雷师"也；男子顶上，有二凤鸟，当为先戒之"鸾皇"；画面右下角云中亦有一神灵，右手挥旗，左手前举，身着豹纹服饰，当是暗示其为风伯"飞廉"也①。统观全图，可知门氏主要图绘"余"饮马咸池后，率领神灵于云中飞行之情境，谓之"望舒前驱飞廉奔属图"可也。

图十九左叶录"吾令帝阍开关兮"至"好蔽美而嫉妒"节文字。

①《汉书·武帝纪》有"还，作甘泉通天台、长安飞廉馆"，晋灼注"飞廉"曰："身似鹿，头如爵，有角而蛇尾"。《三辅黄图》："飞廉，神禽，能致风气者，身似鹿，头如雀，有角而蛇尾，文如豹。"据此可以推知，门应兆施其形象以豹纹饰，乃是暗示其为飞廉也。

图中云气弥漫,所绘为天上情境,右下一男子,头戴发冠,身着祥云纹服饰,侧身而立,腰弯曲,首微抬,面带谄色,似在恳请他人通融;左上一人,与男子相向而立,身着铠甲,面色凶狠,双手外推,作严拒状。画面上半部分为一宫门,其右前立有盘龙柱,其上有犹,明其为帝王宫室者也。据图绘内容,名之"帝阍望予图"可也。

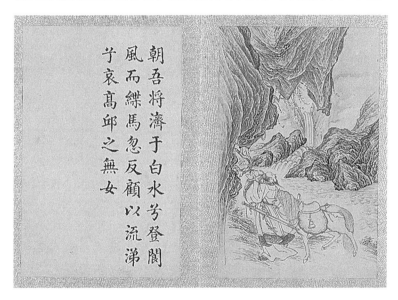

图二十左叶录"朝吾将济于白水兮"至"哀高邱之无女"节文字。图中以大量篇幅勾勒连绵起伏的高峻之山,山间有溪水泻下,汇聚于山脚。此当是画家采用多维组合方式,将阆风山与白水组合为一体而图绘者。画面前方,一男子头戴发冠,身着祥云、香草纹饰之衣,腰佩长剑及玉环、玉璜,正双手将马缰绳系于身畔的藤蔓上。显然,作者是图绘"登阆风而绁马"的情境,名之"阆风绁马图"可也。

　　图二十一左叶录"溘吾游此春宫兮"至"相下女之可诒"节文字。图之上半部分绘一宫殿台阶,其旁有两株高大的木兰,木兰树下侧立一男子,腰佩长剑,左手秉一木兰枝叶,作交叉之状,其斜前方为一女子,衣饰华丽,腰佩玉瑗,正伸出左手,俯身作欲接受状。根据图绘内容,名之"折枝诒女图"可也。

　　图二十二左叶录"吾令丰隆乘云兮"至"来违弃而改求"节文字。王逸注曰"丰隆,云师,一曰雷师",就此图右上角所绘神灵形象来看,则门应兆当以其为雷师也。画面中部绘有一女子,身着华服,正下蹲在水边濯洗长发,当是濯发洧盘的宓妃,而其身畔所绘之山,当是取意于王逸注引《禹大传》所谓"洧盘之水,出崦嵫之山"也。在画面右下,宓妃斜对面,立二男子,右手执玉璧,左手食指、中指轻拈胡须,正斜视前方者,当为欲"解佩"而结言者,在其对面,一男子面向内而立,双手摊开,似正与执佩者交谈,当为"謇

無禮兮来違棄而改求
以驕敖兮日康娛以淫遊雖信美而
次于窮石兮朝濯髮乎洧槃保厥美
總總其離合兮忽緯繣其難遷夕歸
佩繽以結言兮吾令蹇脩以為理紛
吾令豐隆乘雲兮求宓妃之所在解

修"也。就图绘内容而论,名之"解佩结言图"可也。

　　图二十三左叶录"览观于四极兮"至"余焉能忍与此终古"节文字。画面右上角云中立有一人,头戴发冠,身着香草纹服饰,腰佩长剑,正从云中俯视下界;其旁为高峻崚嶒之山,其下有一高台,一女子头挽发簪,身穿绣有诸多花草纹饰之华服,双手拢于袖中,临风而立,衣袂飘飘,当为立于九成之台的有娀氏之佚女。在女子头上,有一突兀岩石,其上立有一鸟,当为鸩也。就图绘内容而论,名之"瑶台佚女图"可也。

　　图二十四左叶录"索琼茅以筵篿兮"至"谓申椒其不芳"节文字。图中绘有一桌,桌上竹筒中放置有薆茅与竹枝,二人相向伏于桌边,左边一人,头戴发冠,身着祥云、香草纹饰之衣,双手正弯折一节薆茅;其对面之人,左手微伸,屈中指、无名指,右手中握一竹,当为灵氛也。整幅图画勾勒了"取神草竹筵,结而折之","使明

覽觀于四極芳周流乎天余乃下望瑤臺之偃塞芳見有娀之佚女吾令鴆爲媒芳鴆告余以不好雄鳩之鳴逝芳余猶惡其佻巧心猶豫而狐疑芳欲自適而不可鳳皇既受詒兮恐高辛之先我欲遠集而無所止芳聊浮游以逍遥及少康之未家兮留有虞之二姚理弱而媒拙芳恐導言之不固世溷濁而嫉賢兮好蔽美而稱惡閨中既以邃遠兮哲王又不寤懷朕情而不發芳余焉能忍與此終古

索瓊茅以筳篿兮命靈氛爲余占之曰兩美其必合兮孰信脩而慕之思九州之博大芳豈惟是其有女勉遠逝而無疑芳孰求美而釋女何所獨無芳草芳爾何懷乎故宇世幽昧以眩曜兮孰云察余之善惡民好惡其不同兮惟此黨人其獨異戶服艾以盈要兮謂幽蘭其不可佩覽察草木其猶未得兮豈珵美之能當蘇糞壤以充幃兮謂申椒其不芳

智灵氛占其吉凶"①的情境,名之"灵氛篿占图"可也。

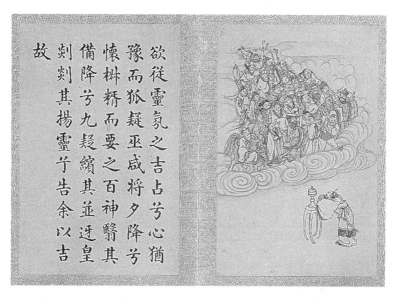

　　图二十五左叶录"欲从灵氛之吉占兮"至"告余以吉故"节文字。图分上下两部分,下部分绘人间景象:一男子正俯身祈祷,其面前置放有椒糈等物,似在降神也;上半部分为天上景象:隐约有二十七位有面目的天神,正从云中降下,他们佩饰不同,形态各异,身份有别,或作王者装扮,或作文臣姿态,或作武将装扮,或着道者服饰,或戴僧人帽饰,或骑乘于狮上,或抱持仙鹤,凡此种种,不一而足,可谓"百神备降图"也。

　　图二十六左叶录"曰勉升降以上下兮"至"武丁用而不疑"节文字。画面左上绘有一株大树,树下为一堵围墙,一半已经筑好,

<hr />

①(宋)洪兴祖:《楚辞补注》,北京:中华书局,1983年,第35页。

另一半已安置好夹板，填土于其中，一人双手举杵，正用力捣实；画面右下有二人，正牵引一图，图中绘有一男子捧筑形象，二人中居左者头戴发冠，身着华服，正侧首观望前方筑墙者，作比对状，而居右者则作仆从装扮，目视画像。就图画内容来看，当是勾勒傅说因遭刑罚而操筑作于傅岩，"武丁思想贤者，梦得圣人，以其形像求之"①情境，谓之"傅说操筑图"可也。

图二十七左叶录"吕望之鼓刀兮"至"齐桓闻以该辅"节文字。画面主体为城外原野，两座山间的蜿蜒道路上，行进着一队人马，最后者为三人环绕一帷车，一人手持障扇，其上绘有龙纹，一人手持兵器，作侍卫状，一人手持拂尘，面向右巡视，两山之间，有一人肩负蛇矛，面左观看，作巡视貌，画面前方左侧，一人头戴王冠，

① (宋)洪兴祖：《楚辞补注》，北京：中华书局，1983年，第38页。

身着帝服,以手捻须,斜视前方,身旁有宦御者,双手提灯,以作引导,而其右前方,一人以布裹头,骑于牛背之上,右手握有一枝,似正敲击牛角作歌。就绘者所勾勒之内容来看,当是表现"桓公夜出,宁戚方饭牛,叩角而商歌"①之情景,谓之"宁戚饭牛图"可也。

　　图二十八左叶录"及年岁之未晏兮"至"芬至今犹未沬"节文字。图中绘有二树,左右有翻飞之二鸟,当为鹈鴂也;树下土坡间,遍生菅茅;左下侧立有一人,头戴发冠,腰佩长剑,系玉环,左手低垂,右手轻捻胡须,正斜视右前之菅茅,当是图绘灵均观"兰芷变而不芳兮,荃蕙化而为茅"之景象而生感慨之场景,名之曰"荃蕙化茅图"可也。

――――――――

① (宋)洪兴祖:《楚辞补注》,北京:中华书局,1983年,第39页。

及年歲之未晏兮時亦猶其未央恐鵜鴂之先鳴兮使夫百草為之不芳何瓊佩之偃蹇兮眾薆然而蔽之惟此黨人之不諒兮恐嫉妒而折之時繽紛其變易兮又何可以淹留蘭芷變而不芳兮荃蕙化而為茅何昔日之芳草兮今直為此蕭艾也豈其有他故兮莫好脩之害也余以蘭為可恃兮羌無實而容長委厥美以從俗兮苟得列乎眾芳椒專佞以慢慆兮樧又欲充夫佩幃既干進而務入兮又何芳之能祗固時俗之流從兮又孰能無變化覽椒蘭其若茲兮又況揭車與江離惟茲佩之可貴兮委厥美而歷茲芳菲菲而難虧兮芬至今猶未沬

和調度以自娛兮聊浮游而
求女及余飾之方壯兮周流
觀乎上下靈氛既告余以吉
占兮歷吉日乎吾將行折瓊
枝以為羞兮精瓊爢以為粻

　　图二十九左叶录"和调度以自娱兮"至"精琼靡以为粮"节文字。山间小路上,有主仆三人行进:前行者头戴发冠,腰佩长剑,双手捧一琼玉,举足而行,其后跟随二童仆,一仆以肩负担,分系箱箧与包裹,一仆抱持琼枝,盖是据"折琼枝以为羞兮,精琼靡以为粮"而为图。三人身后为连绵起伏的群山,其上生有树木。就图绘内容看,当是描绘灵均听从灵氛之占后,挑选吉日以远行的情景,谓之"吉日远行图"可也。

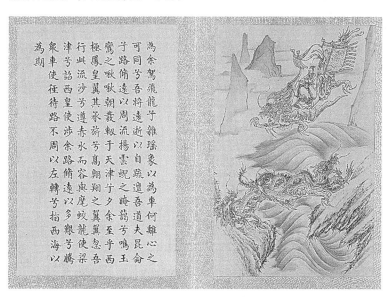

　　图三十左叶录"为余驾飞龙兮"至"指西海以为期"节文字。画中一人,端坐于玉瑶、象牙所为之车,车后有旌旗二面,其上绘有凤、祥云图案,一飞龙鳞爪飞扬,正拉车飞行;其下有左右相对二山,为浩淼海水阻隔。尤令人称奇的是,四蛟龙身体交错,横亘于水上,以为桥梁。就图画内容而言,名之曰"蛟龙梁津图"可也。

屯余車其千乘兮齊玉軑
而並馳駕八龍之婉婉兮
載雲旗之委移抑志而弭
節兮神高馳之邈邈奏九
歌而舞韶兮聊假日以媮
樂

　　图三十一左叶录"屯余车其千乘兮"至"聊假日以媮乐"节文字。图由两部分构成,上部分绘有一人,高冠华服,形容憔悴,坐于车中,车顶有伞盖,八龙并排荷车穿行于云中;下部分为二舞者,相向起舞,左侧一人,面向外,左手举盾,其上绘有龙形图案,右手持短柄斧,腾挪跃动,右侧一人,面向内,正挥动羽毛,疾行作舞。合全图而论之,可名之曰"驾龙弭节奏歌舞韶图"也。

　　图三十二左叶录"升皇之赫戏兮"至"吾将从彭咸之所居"节文字。图中绘有一人,头戴发冠,身着香草纹饰之衣,正立于云中,俯视下界;在其目光所视处,有几处宫殿檐角挑入画中,檐瓦上排列有数只蹲兽,明此宫殿等级非凡,或为王宫也;宫殿旁掩映树梢,或为暗示宫殿之高也。就其图画内容来看,名之"临睨旧乡图"可也。

（二）《九歌图》《天问图》的基本情况

次为《九歌图》，首列王逸序文，以下依次仿萧云从《九歌图》样式而为之，画面内容基本依原图而无所变化，只是删去萧氏自题图名、印章图样、注文及《画〈九歌图〉自跋》。

次为《天问图》，首列王逸序文，以下依次仿萧云从《九歌图》样式而为之，删去原图名、题署、萧云从注文及《画〈天问图〉总序》，以及张秀璧《天问图跋》，于细节部分对原图有所更改：

"中央共牧，后何怒？蜂蛾微命，力何固"句，门氏亦据萧云从"共牧微命"图而构图，分别描绘岐首蛇争食牧草以自相残噬、细腰群峰纷飞两种场景。所不同的是，萧云从所绘之岐首蛇，其身布满鳞片，极似龙；而门应兆则更绘以斑点状纹，使之更肖蛇。可见，门应兆应是领会到云从有意将蛇绘为龙形来表达对清朝政权之不满的用心，使其回到王逸所谓"岐首之蛇"的原貌，从而消弭云从图绘中暗示与隐喻的可能。

　　"惊女采薇，鹿何佑？北至回水，萃何喜"句，门应兆亦如萧云从般，依王逸之说而构图。所不同的是，萧云从图中的女子，于彩衣之外，身披帛帔，腰佩玉环，似在暗示得鹿后"其家遂昌炽"之结果；而门应兆图中之女子，有衣而无帔，腰中所佩，亦只是香囊类饰物，当为平民女子。二者相较，可以见出，萧云从图绘之时，通过局部细节勾勒，暗示了事件的不同阶段，让观者可从图中领会出此女子遇鹿而后"家遂昌炽"的全过程，而门应兆则是选择平民女子遇鹿的特定场景进行描绘，未及其余，难以见出事件的发展，这也就缩小了观者的审美自足空间。

　　其他如《女岐九子图》，门氏更改了萧云从原图中女岐的发饰及服装上的纹饰样式，并对"九子"的发式与服装上的花纹也有所改变；《伯强图》中，门氏为萧氏图中几近裸身之伯强补绘上衣裳；《牧夫牛羊图》中，门氏将萧氏图中的纵向图绘之牛改绘为横向图绘之牛，在犄角勾勒上有所不同，而牧人所牵之羊，俯仰姿态亦有区别。

　　(三)《九章图》的基本情况

　　次为门应兆所补《九章图》，首为王逸序，次依章绘图，每章一图，凡九图：

　　其一为据《惜诵》所绘之图。据王逸《楚辞章句》,《惜诵》乃是"言己以忠信事君,可质于明神,而为谗邪所蔽,进退不可",故"使圣人咎繇听我之言忠直与否",即文中所谓"俾山川以备御兮,命咎繇使听直"之意也。至于"咎繇"其人,一般多认为乃"舜士师,能明五刑者"①。而在此图中,门应兆绘有隔案几相向而立之二人,居右者头戴发冠,身着祥云香草纹饰之衣,腰佩玉环,与《离骚图》中所绘之主人公形象相同,其俯首弯腰,右手伸于胸前,掌心向上,左手轻举,伸食指、中指,作陈述衷情之状;其对面一人,以簪束发,面容苍老,鬓发稀疏,左手拇指、食指相拈,其余三指微屈,掌心向上,右手掌心向下,食指、中指伸出。案几之上,排列三

────────────

① (宋)朱熹:《宋端平本楚辞集注》,北京:国家图书馆出版社,2017 年,第141 页。

小棍。就图绘内容来看，当是勾勒屈原正在向咎繇诉说自己作忠造怨遭谗畏讥之意，以使咎繇听其词之曲直，故可以认为其是图绘"咎繇听直"这一场景，而这也与《惜诵》篇所表达的主要意旨相合。

　　其二为据《涉江》所绘之图。画面正中为一人，头戴切云冠，身着奇服，肩披明月珠璐，腰佩长剑，正骑龙驾祥云飞行，龙旁又有身形稍小者，为螭也，当为据原文"奇服""长铗之陆离""被明月兮佩宝璐""驾青虬兮骖白螭"诸语而图绘；在其所驾之祥云下，为浩淼江水，当为其所济之湘江，两岸是盘纡萉郁的群山，上生松柏类树木，而画面左上角，还图绘有雨雪状线条，当是据"霰雪纷其无垠兮"而构图。由此可见，门应兆在补绘此图时，采用组合式构图法，将《涉江》中所描绘的屈原"驾青虬兮骖白螭"及其"济乎江湘"，以及入溆浦后于深林中遭遇"霰雪纷其无垠兮"之情形组合于同一画面，通过碎片式表现，暗示出《涉江》的行进路线，让观者在见及相关图像时，唤醒对于《涉江》文辞的记忆，可谓颇具匠心者。

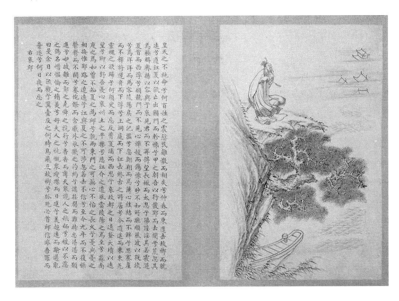

其三为据《哀郢》所绘之图。《哀郢》篇之创作时地、因由等问题，学界虽多有歧见，然基本认为是屈原远离郢都、流落他乡过程中所创作的。文中描写了屈原发郢都、过夏首、上洞庭而下江的行进路程，其中有"登大坟以远望兮，聊以舒吾忧心"句，交代其在行进中曾登水中高地以远望，试图想见郢都宫阙廊庙的情景，而这，正是门应兆图绘《哀郢》的依据。就其图绘来看，浩瀚的江水，一叶小舟停靠在山岩之畔，左边的山岩上，有一突出的平台，其上立有一人，头戴高冠，腰佩长剑，正侧身引领远望，画面右上角，远处云中，隐约可见宫阙廊庙之轮廓。门氏图绘此种景象，盖是表达屈原虽流放而始终心系郢都的情怀。

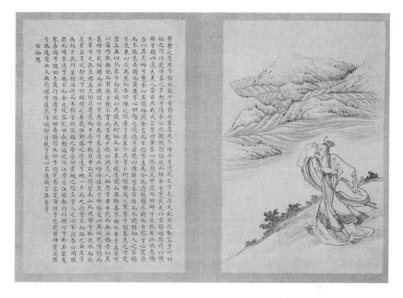

　　其四为据《抽思》所绘之图。《抽思》篇乃屈原因对国君"信谗
而自圣,眩于名实,昧于施报"①而生忧愁,然却无所赴诉,故反复
其词,以泄忧思。门应兆所补绘之图中,远处是崴嵬参差的群山,
山下为湍濑江流,岸边一人,右手伸出衣袖,作搭额远望状,身形
倾斜,似正疾行于道中,而这也正交代出屈原此篇乃是"道思作
颂,聊以自救兮"的创作背景。就图绘内容而言,门氏似选取文中
的"长濑湍流""狂顾南行""轸石崴嵬"等关键词,将其所生成的语
象图绘为形象,传递出屈原"中道作颂,以舒怫郁之念,救伤怀之
思"的用意。

---

① (宋)洪兴祖:《楚辞补注》,北京:中华书局,1983年,第141页。

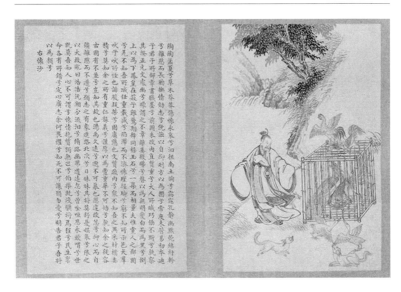

　　其五为据《怀沙》所绘之图。司马迁《史记·屈原列传》有"乃作《怀沙》之赋，于是怀石，遂自投汨罗以死"之语，后世遂多有以《怀沙》为屈原绝笔者也，然亦有歧见。篇首有"滔滔孟夏兮，草木莽莽"语，学者多以为是屈原自记其行程：仲春去国，以孟夏徂南土。在此过程中，屈原看到草木之类"莫不莽莽盛茂"，联想到自己为小人群起而攻之，亦不蒙君惠，而独放逐，不免自伤"曾不若草木也"①，遂作斯文，以明己志。门应兆在图绘之时，勾勒此种画面：左上角为高山深泽，以明为南土之地，右上角绘有一山坡，上生许多草木，其旁有一木兰，高大挺拔，画面近处，一人侧身而立于草地上，头戴发冠，身着华服，腰佩玉环，正斜视右前方的场景，二凤凰被囚禁于笼中，郁郁不欢，二鸡立于笼顶上，展翅高歌，

①（宋）洪兴祖：《楚辞补注》，北京：中华书局，1983年，第141页。

二鸭于笼边空地处展翅跳跃，作欢欣状，画面最前端，有二犬左右相向，一立一卧，作狂吠状。显然，门氏此图是选取原文中"草木莽莽""凤皇在笯兮，鸡鹜翔舞""邑犬群吠"等关键词语作为素材，将《怀沙》中所表现出的作者对奸佞用事而忠贞见弃之不满用物象加以表现出来。

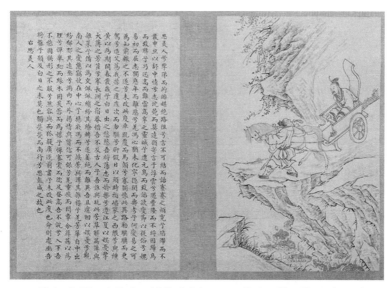

　　其六为据《思美人》所绘之图。《思美人》篇，学界多以为乃屈原流放南土之际，为表思念君王之意而作。其中有"知前辙之不遂兮，未改此度。车既覆而马颠兮，蹇独怀此异路"句，朱熹以为"知直道之不可行而不能改其度，虽至于车倾马仆，而犹独怀其所由之道，不肯同于众人"，亦即屈原以行车之事为喻，标明其虽因矢志君国而遭疏放，然却不改初衷的"不迁"志节。而"勒骐骥而更驾兮，造父为我操之"句，则是以"更驾"为喻，传递出屈原在屡遭挫折之后，所产生的那种"知世路之不可由，而欲远去以

侯命"的心理变化,这与《离骚》中屈原"历吉日乎吾将行""吾将
远逝以自疏"的蕴涵是相同的。门应兆之图绘,即是选取此一情
节而构图:崎岖的断崖边缘,一御者正尽力挽缰勒马,力图使得
马车不坠落悬崖,车上乘坐有一人,身形前倾,手抚车辕,目视御
者,面带忧色。值得注意的是,崖下的山涧中,门氏还补绘有诸
多荷花,显然是取意于文中"因芙蓉而为媒兮,惮褰裳而濡足"之
语而构图的。

　　其七为据《惜往日》所绘之图。《惜往日》篇有"临沅湘之玄渊
兮,遂自忍而沉流""不毕辞而赴渊兮,惜壅君之不识"诸语,故学
界多有以为此篇乃屈原绝笔者也,而在门应兆所补绘之图中,用
图像来认同了此一观点。门氏图中所展示之场景为沅湘江畔,其
间生有芦苇草木,右上角有一马,低头作欲饮水状,画面中部有一
人,头戴发冠,身着有香草纹饰之衣,身形前倾,正迈起一脚,作欲

赴江流而自沉状。就图绘内容来看,门氏当是抓住"临沅湘""赴渊"等关键词语来构图的。

其八为据《橘颂》所绘之图。在门应兆所补绘之图中,将"人颂橘"与"橘励人"两重场景有机组合于一图中①。画面左侧为二橘树,一高大茁壮几近全景勾勒,一细小柔弱只局部展现,茂盛的树叶间,遍生着诸多橘,当是据《橘颂》"绿叶""曾枝剡棘""圆果"诸语而图绘的。画面右侧为一石洞,其中有一少年,正盘膝而坐,作沉思状,当是《橘颂》文中所赞誉为"可师长兮""置以为像兮"的有"独立不迁"之志者。

①罗建新:《〈橘颂〉的诗学结构》,《玉溪师范学院学报》,2003 年第 1 期。

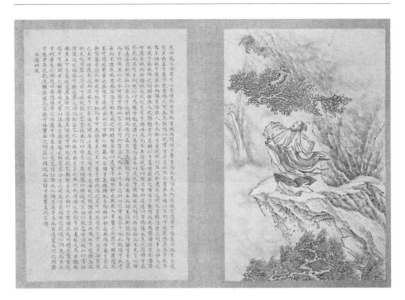

其九为据《悲回风》所绘之图。《悲回风》篇,学界多以为乃屈原"托游天地之间,以泄愤懑"①之作,文中有"登石峦以远望兮,路眇眇之默默"诸语,言及其远游之中,曾升彼高山,回望楚国之情境,表达出其对君国的深沉眷怀之情。门应兆正是选取这一典型场景而展开图绘的。其画作中,险峻的高山边,旁逸出一树木,其下有悬空岩石,上有一人,戴冠有髯,形容憔悴,正侧身远望,若有所思。

(四)《远游图》的基本情况

门应兆图绘《远游》之时,参佐萧云从《离骚图·凡例》,据其载录,详加参考,意欲以五图来结构《远游》,以合萧氏之数。

今就其图来看,在录王逸序文后,其将《远游》全文分为五个

①(宋):洪兴祖《楚辞补注》,北京:中华书局,1983年,第162页。

板块，并配以五图，依"左文右图"之结构而成书。

　　图一取"悲时俗之迫阸兮"至"骖连蜷以骄傲"节文字为一句群，图绘云气缭绕的天宇，几重宫室檐顶出现于其间，一人作道者装扮，正骑鹤飞行。其下有众多神灵鬼怪，并排驾车御云飞行：最左侧之龙车上安坐一人，头戴珠冕，方面有髯，作帝王装扮，其前后环绕三人，或执旄节，或捧羽扇，或持旌旗；中间一人，丰面大耳，袒胸露乳，踞座于龙车上，其前有豺狼状神兽并行；偏右一人，头戴高冠，身着道服，面狭而多须髯，正以右手揽辔，驭龙车而行；最右侧之龙车后有二旗，上绘凤纹，车上安坐一人，身形右倾，正与车畔所立之人目接神遇。众车之后，有二神于云中紧随，一人手捧火焰，一人背生双翼，正振翅飞行。就图绘内容来看，门氏当是受王逸注文启发，将屈原"托配仙人，与俱游戏，周历天地"的场景勾勒了出来，其所图绘之诸神形象，乃是以文中"因气变而遂曾

举兮，忽神奔而鬼怪""屯余车之万乘兮，纷容与而并驰。驾八龙
之婉婉兮，载云旗之委蛇"诸语而为据的。

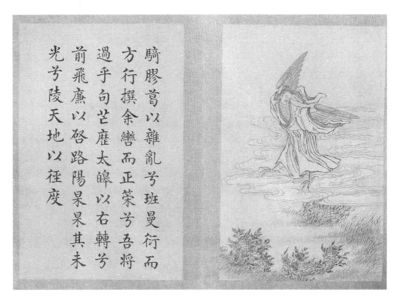

　　图二取"骑胶葛以杂乱兮"至"陵天地以径度"节文字为一句
群。此节文字中有"吾将过乎句芒"句，考《山海经·海外东经》
"东方句芒，鸟身人面，乘两龙"，则此图中所绘之人当为句芒，其
人首鸟身，正飞行于云中，其下则生有芙蕖等香草。
　　图三取"风伯为余先驱兮"至"聊娭娭以淫乐"节文字为一句
群。此节文字描绘作者想象自我统帅风伯、雨师、雷神、玄武、文
昌等神灵，神游西海之津的情境，其中有"遇蓐收乎西皇""右雷公
以为卫"等言及其行程中的遭遇与仪仗侍从情况的文字。《山海
经·海外西经》载："西方蓐收，左耳有蛇，乘两龙。"郭璞注曰："金

神也；人面、虎爪、白毛，执钺。"①就门氏此图来看，其中所绘形象为人面而虎身，肩负长蛇，左手握蛇头，蛇身缠绕其臂膀，右手反握钺，蛇尾缠绕钺柄，正脚踏云气而飞行，当为蓐收也。其右侧云间，雷神背插双翅，左手执锲，右手执锤，作欲击状。蓐收头顶，绘有七星，当是取意于原文"举斗柄以为麾"而图画的。

图四取"涉青云以泛滥兮"至"焉乃逝以徘徊"节文字为一句群。《远游》此节文字描摹作者在想象神游中亦眷顾楚国而不能远行之情境，其中有"吾将往乎南巍"句，明言其欲过衡山而观九巍，在此过程中，因"祝融戒而还衡"，屈原得祝融止已，即时还车将往中土，乃使仁贤若鸾凤之人，因迎贞女，使达己于圣君，欲与建德成化，以安黎庶也。而在迎贞女的过程中，其又联想到舜，以

①（晋）郭璞：《山海经传》，《四部丛刊》影明成化本。

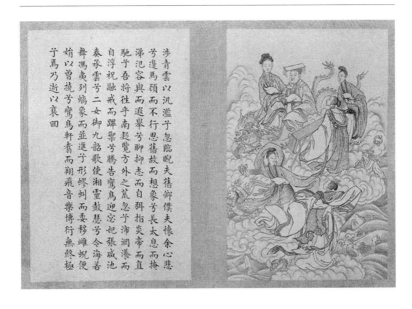

其遭值于尧以治天下而自伤己遭浊世，不被任用反遭斥责。门应兆在图绘时，分两组进行表达，一组为于画面上方，一人头戴珠冕，身着龙服，驾驭二龙于云中飞行，当为舜也，其左右分立二女，当为二妃，其旁另有一女子，正作鼓瑟状，当为湘水之神①也；画面下方为翻涌之水面，其上穿行着河海之神与鬼魅神兽，二女子身着彩衣，正相向而起舞，当是据文中"雌蜺便娟以增挠兮"之语而图绘者也。

———————

① 《远游》"使湘灵鼓瑟兮"句，洪兴祖《楚辞补注》曰："上言二女，则此湘灵乃湘水之神，非湘夫人也。"故而门氏图绘舜之时，于其周围绘有三位女子，即娥皇、女英及湘灵也。

舒并節以馳騖兮逴絕垠乎寒門軼迅風
于清原兮從顓頊乎曾冰應元冥以邪徑
兮乘間維以反顧名黔蠃而見之兮為余
先乎平路經營四荒兮周流六漠上至列
缺兮降望大壑下峥嵘而無地兮上寥廓
而無天視儵忽而無見兮聽惝怳而無聞
超無為以至清兮與太初而為鄰

图五取"舒并节以驰骛兮"至"与太初而为邻"节文字为一句群。图中绘有三神,最上者头戴发冠,身着虎皮裙,背生双翅,双手操持二蛇,另有数小蛇出没于脑后,驭二龙而飞行,形貌较为近似之前所绘之蓐收;中部左侧立有一驼背老翁,皓首苍髯,双手扶杖,与李公麟、张渥等人所图绘之"大司命"形象近似;画面右下角为一女子,头戴凤形饰物,身着彩衣,双手执镜,有闪电从镜中射出,当为传说之电母。

(五)《卜居图》《渔父图》的基本情况

《卜居》《渔父》二篇,门应兆先仿照萧云从《三闾大夫卜居渔父图》而补绘一图,略去云从图中自题画名,次列王逸《卜居传》《渔父传》,次入《卜居》《渔父》篇正文。

(六)《招魂图》的基本情况

门应兆图绘《招魂》时,首列王逸序,继而将《招魂》分为十三个句群,并从中选取素材,图绘十三幅图画,采用"左文右图"的方式加以组织。

图一取《招魂》起首至"而离彼不祥些"节文字为一句群。绘一女子头挽发髻,身着彩衣,面容姣好,正侧身立于云端,俯瞰下界,其左手牵引衣带,右手低垂,食指、中指伸出;沿其手指所示方向,一人头戴发冠,丰面有髯,正跌坐于地,双目紧锁,不作生人颜色,而其斜前方,一魂魄自云端女子手指所示方向飘摇而下。就其内容看,当是图绘"巫阳招魂"情境。王逸注曰"女曰巫,阳其名也",故门氏图绘一女子为招魂者;文中有"魂魄离散,汝筮予之"句,乃是"言天帝哀悯屈原魂魄离散,身将颠沛,故使巫阳筮问求索,得而与之,使反其身"①,故而门应兆画中有魂魄

---

① (宋)洪兴祖:《楚辞补注》,北京中华书局,1983年,第198页。

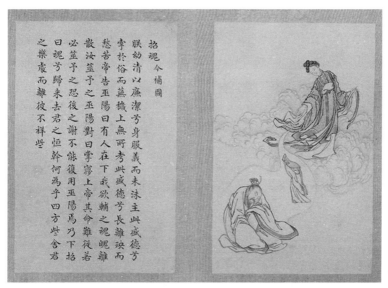

返归至死者之身形象；文中又有"上帝其难从；若必筮予之，恐后之谢，不能复用"句，乃是巫阳意不欲以筮与招相次而行，以为不筮而招，亦足可也，而门氏图中，亦未勾勒卜筮场景。可见，门氏大致依据原文文辞及王逸注来图绘《招魂》首图的，画面对文辞有直接之体现。

　　图二取"魂兮归来东方不可以托些"至"归来归来不可以托些"[1]节文字为一句群。画面上方，有十日或隐或现于云间，此当是据文中"十日代出"而图绘；画面右侧有高耸入云之树木，当是据王逸注文"东方有扶桑之木"而图绘者；画面左侧，一巨人披散头发，身披蕉叶类植物，面带狞笑，赤足空手，正弯腰欲捕捉一魂魄，当是据文中"长人千仞，惟魂是索"而图绘者。魂魄难以直观

---

①此处所衍之"归来"，当为四库馆臣所重书者也。后数图同。

展现，故而门应兆在图绘时，先在地面图绘一死者形象，然后于其顶处绘二线条作雾气状，并于其间绘一着衣之人形轮廓，以表现此为出窍之魂魄形象。合而论之，此图主要勾勒了东方之情境。

　　图三取"魂兮归来南方不可以止些"至"归来归来不可以久淫些"节文字为一句群。画面上部分为一九首之蛇，穿行于草丛中，正以口喷火，乃是图绘"雄虺九首"之情境；下半部分图绘一人，披散头发，身着豹纹裙，额头有刺青，口唇牙齿为黑色，手足多毛发，正作欲捕之状，当是图绘"雕题黑齿"之南蛮也；其旁汇聚有一奔跑之狐与多条蛇，当是据文中"蝮蛇蓁蓁，封狐千里"而图绘者。可见，门应兆抓住《招魂》中所涉及的南方的集中可怖物象，综合成图，增加了恐怖感。

　　图四取"魂兮归来西方之害流沙千里些"至"归来归来恐自遗

魂兮归来南方不可以止些
雕题黑齿得人肉以祀以其
骨为醢些蝮蛇蓁蓁封狐千
里些雄虺九首往来儵忽吞
人以益其心些归来归来不
可以久淫些

魂兮归来西方之害流沙千里
些旋入雷渊麋散而不可止些
幸而得脱其外旷宇些赤蚁若
象元蠭若壶些五谷不生藂菅
是食些其土烂人求水无所得
些彷徉无所倚广大无所极些
归来归来恐自遗贼些

贼些"节文字为一句群。画面下方为翻涌之河水,其中涌现一神
怪,背身双翼,下颏长而锐,左手执楔,右手执槌,作欲击状,为雷
神也,而此亦是据"旋入雷渊"句而图绘者;画面上方为三只巨型
蚂蚁与两只巨型蜂,显示根据文中"赤蚁若象,玄蜂若壶"而图绘
者。在勾勒西方图像时,门应兆将雷渊、赤蚁、玄蜂予以形象表
现,而略去"流沙千里""丛菅是食""其土烂人"等情境,当是与前
图保持一致风格,以具体物象来传递出森然可怖之情。

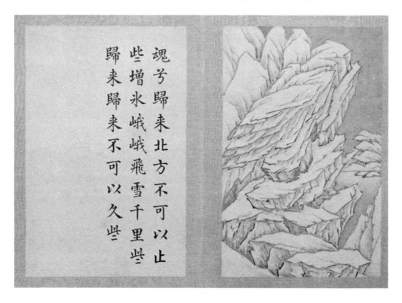

　　图五取"魂兮归来北方不可以止些"至"不可以久些"节文字
为一句群。《招魂》有"增冰峨峨"句,王逸以为"北方常寒,其冰重
累,峨峨如山"①,这也就成为门氏补绘之时的依据。就其图来

---

① (宋)洪兴祖:《楚辞补注》,北京:中华书局,1983 年,第 201 页。

看,其近处绘有散布之碎冰,远处绘有层层碎冰堆积如山,意在渲染寒气逼人不可久留之情境,以对文辞进行形象化展示。

　　图六取"魂兮归来君无上天些"至"往恐危身些"节文字为一句群。门氏所补绘之图,分上下两部分勾勒天上地下情境。右上角云中微微露出的宫阙外,有三只虎豹盘踞其间,当是驻守天门啄齿欲登天之人者也;其下有一九首而一身之人,身着短衣,腰系豹纹裙,双臂孔武有力,正拔取右侧树木,而其脚下,已有诸多树木横置于地上;画面左下角为一豺狼,纵目长尾,后肢立起,前肢捧一人首级,作嬉戏状。显然,门氏此图乃是选取《远游》中"虎豹九关""一夫九首,拔木九千"、豺狼"悬人以嬉"等文辞以为素材而为之的。

魂兮归来君无下此幽都些
土伯九约其角觺觺些敦脄
血拇逐人駓駓些参目虎首
其身若牛些此皆甘人归来
归来恐自遗灾些

　　图七取"魂兮归来君无下此幽都些"至"恐自遗灾些"节文字为一句群。画面左侧立有物,虎首而人形,面生三目,身材硕大如牛,左右手交握而立,当是表现幽都土伯所具有的"参目虎首,其身若牛"特征;右侧绘有一物,头生犄角,双目圆睁,张口作啸,獠牙森然,其身姿屈曲,正张开双臂,迈出右脚,作欲搏人之状,当是表现"土伯九约,其角觺觺"特征。可见,门应兆在图绘幽都之时,将文中所言及的土伯特征分绘于二形象之上,以见出其可畏之情。

　　图八取"魂兮归来入修门些"至"纂组绮缟结琦璜些"节文字为一句群。在陈说天地四方皆多残贼事后,《招魂》篇复欲造设君室,法像旧庐,以招得魂归。而门氏此图,即是依据文中对"像设君室"的叙述而勾勒的。画面远处,有四重檐脊隐约出于云间,当是表现堂宇之高显与深邃之特征;画面近处的山石间,生长着三

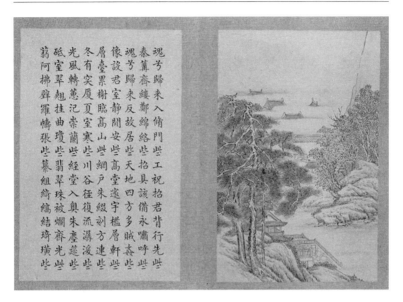

魂兮歸來入脩門些　工祝招君背行先些
秦篝齊縷鄭綿絡些　招具該備永嘯呼些
魂兮歸來反故居些　天地四方多賊姦些
像設君室靜閒安些　高堂邃宇檻層軒些
層臺累榭臨高山些　網戶朱綴刻方連些
冬有突厦夏室寒些　川谷徑復流潺湲些
光風轉蕙汜崇蘭些　經堂入奧朱塵筵些
砥室翠翹挂曲瓊些　翡翠珠被爛齊光些
蒻阿拂壁羅幬張些　纂組綺縞結琦璜些

株挺拔的松树,树下有蜿蜒连绵之台榭,乃是表现台榭临于高山且蜿蜒重累之特征;台榭右侧,作者绘有水流,水流右侧,绘有崚嶒山石,其上生有众多乔木,乃是表现所居之室"激导川水,径过园庭,回通反复"①之特征。对于居室之描摹,门氏从远处着笔,勾勒其所处环境及外部轮廓,将文中所谓"经堂入奥,朱尘筵些。砥室翠翘,挂曲琼些。翡翠珠被,烂齐光些。蒻阿拂壁,罗帱张些"等内部景致隐藏于其中而未有表现。

———————————

① (宋)洪兴祖:《楚辞补注》,北京:中华书局,1983 年,第 203 页。

图九取"室中之观多珍怪些"至"靡颜腻理遗视矊些"节文字为一句群。图中绘有十六名女子,作二排相向排列,每排八人,正操持乐器,演奏音乐,或击柷、磬,或奏琴、瑟,或吹笙、篪、凤箫,或击编钟,或奏排箫,或吹埙,当是展现"二八侍宿,射递代些"之情景。而对"珍怪""兰膏明烛""九侯淑女"诸语,图中未予展现。

图十取"离榭修幕侍君之闲些"至"魂兮归来何远为些"部分为一句群。画面主体绘有一座离宫别馆,其后生长着高大的芭蕉,其前下临曲池,其中盛开着荷花;六位武士,头戴发冠,身穿豹纹服饰,腰佩长剑,分三排而立,最前者为一人,与其余五人相向而立,次者为二人,环顾左右,其后有三人并排而立,作警戒状。门氏此图亦是着眼于屋宇外部而展开描绘的,对于其中"离榭修幕""悲帷翠帐""红壁沙版,玄玉梁些"等内部景象未有描绘,而将文中"兰薄户树"改绘为芭蕉。

離榭脩幕侍君之間些翡帷翠帳飾高
堂些紅壁沙版元玉之梁些仰觀刻桷
畫龍蛇些坐堂伏檻臨曲池些芙蓉始
發雜芰荷些紫莖屏風文緣波些文異
豹飾侍陂陁些軒輬既低步騎羅些蘭
薄戶樹瓊木籬些魂兮歸來何遠為些

室家遂宗食多方些稻粢穱麥挐黃粱些大苦醎酸辛
甘行些肥牛之腱臑若芳些和酸若苦陳吳羹些
胹鱉炮羔有柘漿些鵠酸臇鳧煎鴻鶬些露雞
臛蠵厲而不爽些粔籹蜜餌有餦餭些瑤漿蜜勺
實羽觴些挫糟凍飲酎清涼些華酌既陳有瓊漿
些歸反故室敬而無妨些肴羞未通女樂羅些
陳鐘按鼓造新歌些涉江采菱發揚荷些美人
既醉朱顏酡些娭光眇視目曾波些被文服纖
麗而不奇些長髮曼鬋豔陸離些二八齊容起
鄭舞些衽若交竿撫案下些竽瑟狂會搷鳴鼓
些宮庭震驚發激楚些吳歈蔡謳奏大呂些士女雜
坐亂而不分些放陳組纓班其相紛些鄭衛妖玩來雜陳些激楚
之結獨秀先些

　　图十一取"室家遂宗食多方些"至"激楚之结独秀先些"部分为一句群。图里屋宇之中，一人头戴发冠，身着便服，丰面有髯，神色和悦，正安坐于几案旁，品享食物；其前方有五仆从，双手托起食器，高举过顶，正鱼贯而入，欲呈于主人席前；另有二乐工，一人敲钟，一人击鼓，正在演奏新曲之歌；庭中有三女子，头挽发髻，着华彩之衣，正挥舞长袖，回旋起舞。门氏在图绘时，亦采用留白技法，于美食表现时，未曾逐一如实再现，而是仅勾勒食器，而将文中"稻粱穱麦""肥牛之腱""腼鳖炮羔""鹄酸臇凫，煎鸿鸧些""露鸡臛蠵"等具体物象暗涵于其中，足见其构思之巧。

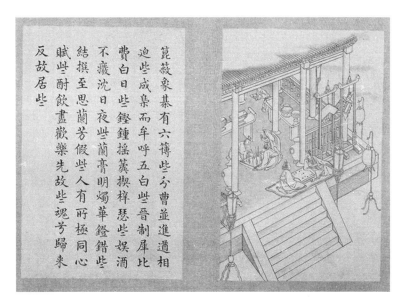

　　图十二取"菎蔽象棋有六簿些"至"魂兮归来反故居些"部分为一句群。图中绘一广阔之宴会厅堂，其中分陈案几，案几上摆放各种食器，一童仆手捧托盘，其中盛放一碗，正向厅堂走来；宾

客正进行六簿之戏,以为娱乐,他们分为二组,一组二人席地对局,另一组席地对局之二人旁,立有观者;廊檐上摆放着磬、钟各一架;庭院中张设有三华灯。门氏在图绘宾客娱乐情境时,选取"六簿"之戏作为勾勒场景,并对文中所涉之"铿钟摇簴,揳梓瑟些""兰膏明烛,华灯错些"进行加工,有选择地予以图像再现。

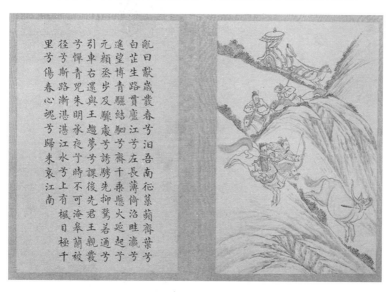

图十三取文末"乱曰"部分为素材,所绘内容如下:崎岖的山岭间,一队人马正在田猎,为首一人,头戴发冠,身着龙袍,腰佩箭壶,右手握弓,骑乘于马上,正追逐前方一青兕,或为楚王也,而青兕头生独犄角,身体健硕,正放足狂奔,虽左耳中箭,然不至伤性命;其后有二人骑行于山道间,一人双手握缰绳,或为从楚王游猎之屈原也,一人左手握缰,右手持长兵器,当为侍卫也;队伍末尾有一御者,正驾空马车追随。可见,门氏当是选取文中所言及之屈原与楚王俱田猎于云梦泽之场景以为图画素材的,其勾勒出青

兕中箭图像,当是据王逸释"惮青兕"时所谓"怀王是时亲自射兽,惊青兕牛而不能制也"之语而为之的。

（七）《大招图》的基本情况

图绘《大招》时,门氏先录王逸序,继而据其文辞意旨脉络,分为七部分,绘为七图。

图一取《大招》起首至"魂乎无东汤谷寂寥只"部分为素材,绘广远无涯的海面上,波涛起伏,浪花翻涌,足见水流迅疾之貌;画面上、下方有二龙随流起伏,并行游戏,出没于波涛之中:一龙潜行于水中,止现龙首、一爪及些许躯体,目视左前方,又一龙出水遨游,仰天长啸,鳞爪飞扬,激起漫天浪花。就其内容来看,门氏当是图绘东海溺水浟浟、螭龙并流之情状,而文中"雾雨淫淫""汤谷寂寥"等语象,未予示现。

　　图二取《大招》"魂乎无南"至"蚳伤躬只"部分为素材。图中以爓炎之火作为背景,乃是基于文中"南有炎火千里"语而为之的。正上方立有一虎,正矫首昂视,乃是据文中"山林险隘,虎豹蜿只"而予以表现的,只是因为凸显南方之炎火,而未将险隘山林予以图画。画面下方,门氏据《大招》文中之语象,图绘了六种生物:其一曰蚳,王逸注曰"蚳,短狐也……水中多蚳鬼",狐而生水中,似于理未妥,故洪兴祖补注引陆机语云"一名射影。人在岸上,影见水中,投人影则射之,或谓含沙射人",又引《说文》曰"蚳,似鳖,三足,以气射害人"①,门氏图中所绘之物,形似鳖,三足,正昂头喷吐砂砾,可见,其或是据洪兴祖补注所引诸人之语而图绘蚳之形貌的;其二为短狐,即画面左侧一肥壮而短尾之物,于此,

①(宋)洪兴祖:《楚辞补注》,北京:中华书局,1983年,第218页。

门氏亦未从王逸以"短狐"为"鬼蜮"之说，而是就其语义为图；其三为王虺，门氏图中绘有一大蛇，正昂首举头，口吐蛇杏，此一特征乃是依王逸以"骞"为"举头貌"之意而为之者；其四为蝮蛇，与王虺并行，身躯盘曲，当是体现其"蜿蜒而长"之特征；其五、其六为鰝鱹，图中下方绘有二鱼，以首相对，左右并置，据其形而论，门氏当是未用王逸以"鰝鱹"为"短狐类"之意，而是将其表现为鱼，这与洪兴祖补注所谓"鰝，鱼名，皮有文。鱹鱼，音如"之观点是一致的。门氏于此图中，采用疏密结合之方式，集中图绘多种南方生物，以营造出其可怖之景象。

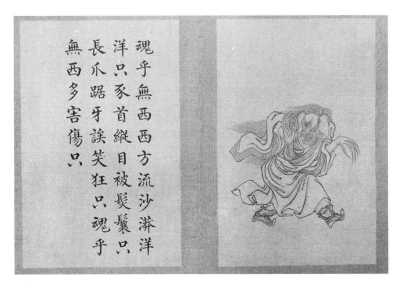

　　图三取《大招》"魂乎无西"至"多害伤只"部分为素材。图中绘有一物，人形而猪首，身着长袍，足蹬轻靴，纵目披发，长爪而獠牙，正张开双臂，迈出左足，倨屈身形作欲搏人之状。依此形象，可推知门氏在图绘之时，当是参佐王逸注文，据之而图绘西方之

神者也。

魂乎無北
北有寒山逴龍
艶只代水不可涉深不可
測只天白顥顥寒凝凝只
魂乎無往盈北極只

　　图四取《大招》"魂乎无北"至"盈北极只"部分为素材。画面左侧为铺满诸多碎冰的斜坡，有几处大冰凸出于其间，右侧为隆崇崔崒之冰山，蜿蜒伸出画面之外，足见其高峻。就内容来看，门氏当是图绘出寒山之"阴不见日……不生草木"之特征，其以"逴龙"为山名之见解与王逸一致。洪兴祖曾据《山海经》所载"烛龙"之叙述，推测"逴龙"或为"烛龙"，乃"身长千里，人面蛇身而赤"①之神，亦备一说。

---

① (宋)洪兴祖:《楚辞补注》，北京:中华书局，1983年，第218页。

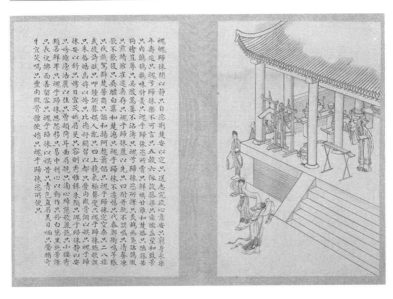

　　图五取《大招》"魂魄归徕闲以静只"至"魂乎归徕恣所便只"部分为素材。画面采用侧透视构图，以正在举行宴享歌舞之厅堂的一角为表现对象，展示荆楚之饶乐，以与前数图所表现之危险与可怖形成对比，展示出楚地"可以恣意，居之安定，无危殆也"之情状，以求招得魂灵归来。画面中的宫廷里，一人头戴发冠，身着华服，左手捧酒爵，正侧身观看歌舞；其左前方，设有两张案几，其上摆放着鼎、炉等食器，当是体现《大招》文中所出现的"鼎臑盈望"之情境，其正前方摆有琴一张，悬钟、悬磬各一架，一名女子立于钟磬前，当是据文中"叩钟调磬"诸语而为之，以展示其音乐场景；阶下庭中有五名女子，二名女子正对着室内之男子蹁跹起舞，另三名女子在庭中左上角处，作鱼贯而入状，当是表现"美女五人，仪貌各异，恣魂所安，以侍栖宿"之情状。

魂乎归徕居室定只
永宜歆身保寿命只室家盈廷爵禄盛只
魂乎归徕凤皇期只暴澤怡面血气盛只
鹍鸿群晨雜驚鵠只鸿鹄代遊曼鹔鷞只
魂乎归徕恣志虑只孔雀盈園畜鸞皇只
瓊毂錯衡英華假只菎蔽树鬱彌路只
曲屋步壛宜擾畜只腾駕步遊獵春囿只
夏屋廣大沙堂秀只南房小壇觀絕霤只

图六取《大招》"夏屋广大"至"魂乎归徕居室定只"部分为素材。画面采用远观之视角，勾勒高殿峻屋与曲屋之局部外景，其中高殿峻屋为左侧之高大香木所掩映，仅见出一角，足见其"广大"之特征，右侧曲屋蜿蜒，延伸之右侧高峻之山间，足见其"周旋曲折"之特征；画面近处树下，绘有三只孔雀，当是为描摹文中"孔雀盈园，畜鸾皇只"之情境，而远处山石、屋顶、树梢间，也栖息着鹍鸡、鸿鹄、鸳鸯、鹔鷞等生物。这些物象皆是据《大招》文中"夏屋"及园圃诸物之语象而生成的。

图七取《大招》"接径千里出若云只"至文末部分为素材。图中勾勒楚王于乡射选士之场景：庭院中张设有大侯，三男子并排而立，准备射侯，大侯背后，有二男子排列等候；台阶之上有三男子，左一右二，正相向作揖，仰视堂中，当是通过乡射而欲升堂者；庭堂之中，立有二组人物，一男子头戴发冠，手捧笏板，正俯身拱

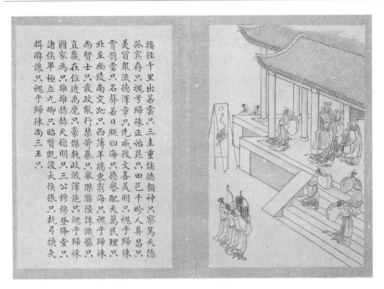

手，当为乡射中选者，其对面有四人，皆头戴珠冕，手捧笏板，一人在前，三人在后，与男子相对而拱手，当是国君"其位尊高，穆穆而美，上下玉堂，与君议政"之三公也。就其内容而言，门氏当是以图像来传递"楚国举士，上法夏、殷、周，众贤并进，无有遗失"之意旨，以招徕亡魂。

（八）《九辩图》的基本情况

《九辩图》部分，门应兆题曰《九辩传》，次录王逸《九辩序》，继而据文辞将全文分为九个句群，并逐一配图，按"左文右图"之结构加以编排。

图一取起首至"塞淹留而无成"部分为素材。画面中勾勒出许多云气形状，标明其时为天高气清之秋季，一队大雁排成"一"字形，正廱廱而南游，高低起伏的群山上，生长有挺拔的松树、屈曲的灌木，作者采用对比之绘法，近处高大硕壮，远处细小如点，

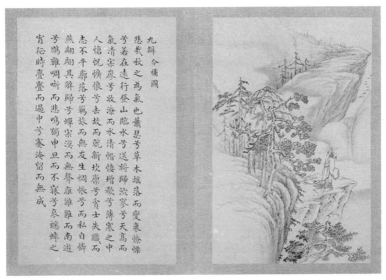

以见其辽阔广袤；一人头戴发冠，身着长袍，正侧立于山岩之上，其右手高举，身体前倾，作远眺状。《九辩》起首部分书写悲秋之情，素为学人称道；门氏在图绘之时，于文辞所涉之诸种语象中，选取"登山临水分送将归"这一情境作为主要表现对象，并将"天高而气清""雁廱廱而南游"等语象组合于其中，使得人之悲情与秋景混融一体。

　　图二左录"悲忧穷戚分独处廓"至"心怦怦分谅直"节文字。图分两部分：上部分为起伏连绵的山丘，其稍近处生长着五株粗硕之树，寥远处为丛生之树林；下半部分绘一马车行进于道路之情境，童仆牵马，正迈步疾行，车中坐有一人，头戴发冠，身着华服，正斜依车辕之上，举袖而揾泪；道路两旁，丛生修竹。门氏当是选取"车既驾分揭而归"这一特殊时刻予以表现，通过勾勒人物倚结轸而涕潺湲之形象，来展示作者去乡离家而悲忧穷戚之情。

悲憂窮戚兮獨處廓有美一人兮心不繹
去鄉離家兮徠遠客超逍遙兮今焉薄
思君兮不可化君不知兮可奈何蓄怨
積思心煩憺兮忘食事寧一見兮道余意
君之心兮與余異車既駕兮朅而歸不得
見兮心傷悽惻兮長太息涕潺湲兮
下霑軾兮忉怛絕兮不得中瞀亂兮遄惑私
自憐兮何極心怦怦兮諒直

皇天平分四時兮竊獨悲此廩秋白露既下百草兮每
離披梧楸去枝兮昭昭兮天之氣高
之方壯兮余悲約而悽愴之慘慄
申之以嚴霜兮厲先戒以白露之為冬又
而凋色兮枝煩挐而交橫顏淫溢而將罷兮柯仿佛而
蕭條兮命將悽愴而常悲霜露慘悽而交下兮柯彷佛而
落兮時亹亹而無當悽恨恨兮形銷鑠而瘀傷兮
菱黃剪揃兮可哀其失時而無端悽愴立以相
遠兮恨其失時而無當悽愴涕流以相
伴奐世之不居兮西堂心怏怏而相
傷歲此蟪蛄鳴此西堂心怏怏
遙此世之莫吾知兮懷憂窮蹙兮寤寐
惕而震盪兮何所憂之多兮仰明月而太息兮步列星
而極明

图三左录"皇天平分四时兮"至"步列星而极明"节文字,右图展示出凛秋夜悲之情境。画面右上角,勾勒出圆月与斗星之形状,暗示场景为夜晚,左侧为交错相依之二树,一树笔直挺拔,一树枝丫蔓生,据《九辩》文辞,当为梧桐与楸树也;树下一人背向而立,正双手背负,仰头凝望空中,当是表现作者"周览九天,仰观星宿,不能卧寐,乃至明也"①之人生处境。

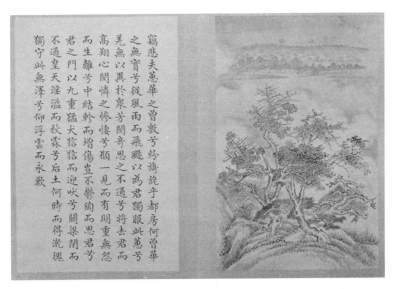

图四左录"窃悲夫蕙华之曾敷兮"至"仰浮云而永叹"节文字,右图展示出秋霖淫溢之情境。图中以密布的斜线状浓淡墨条,勾勒出"皇天淫溢而秋霖"的久雨连日场景,远处景致为连绵不绝之城墙,墙内隐约见出楼台顶部轮廓,墙外亦有众多房舍之轮廓,其最外为密布之树林,城墙、房舍、树林皆横贯整个画面,予观者以

①(宋)洪兴祖:《楚辞补注》,北京:中华书局,1983年,第187页。

阻隔之感,门氏当是以此表现"关梁闭而不通"之情境。近处景致为山坡上所生长的三株虬屈树木,枝繁叶茂,正为雨水所濡泽而现出勃勃生机。据《九辩》文意来看,门氏当是依"块独守此无泽"句而绘此种景致的,意在借草木蒙泽反衬作者因不蒙君王恩施而独枯槁的悲伤之情,即五臣所谓"众人皆蒙君泽,而我独不沾,故仰望而长叹"①之意也。

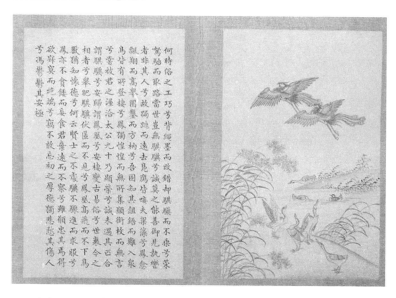

　　图五左录"何时俗之工巧兮"至"冯郁郁其安极"节文字,右图展示出凤凰高举而凫雁唼梁藻之情境。《九辩》有"凫雁皆唼夫梁藻兮,凤愈飘翔而高举"之语,列举两类生物的不同生活状态,王逸以为此语象中寄予作者对"群小在位食重禄"而"贤者遁世窜山谷"的愤懑之情,而门氏亦分两部分来构图:上部分为两只凤凰,

---

① (宋)洪兴祖:《楚辞补注》,北京:中华书局,1983 年,第 188 页。

其首向左,展翅飞行;其下为水洲,生有芦苇与水草,其中有七只
凫雁分布于其中,或昂首振翅,或向天而歌,或浮游于水中,或浸
首水中而觅食。门氏绘制此图之意旨,大抵亦与王逸相类。

　　图六左录"霜露惨凄而交下兮"至"不得见乎阳春"节文字,右
图展示出隆冬降雪之情境。《九辩》描述作者处浊世而耿介不随,
食不偷而为饱,衣不苟而为温,故于隆冬时分,因"无衣裘以御冬
兮,恐溘死不得见乎阳春"而无限悲伤,门氏之图,即是选取作者
抒发此种悲伤之时刻而予以图绘的。画面所展示之季节为隆冬,
其时天降大雪,山石树木皆被覆盖,远处峻岭已一片茫然,近处的
山石上,丛生着数株落叶与常青树木,枝叶间已一片莹然,树下露
出茅舍之侧影,房顶也为雪所覆盖,而《九辩》文中作者因无衣御
冬而心生愤懑之场所,亦当在此茅舍中。

靚杪秋之遙夜兮心憀悷而有哀春秋逴
逴而日高兮然惆悵而自悲四時遞來而
卒歲芳陰陽不可與儷偕白日晼晚其將
入兮明月銷鑠而減毀歲忽忽而遒盡兮
老冉冉而愈弛心搖悅而日幸兮然怊悵
而無冀中憯惻之凄愴兮長太息而增欷
年洋洋以日往兮老嵺廓而無處事亹亹
而覺進兮蹇淹留而踌躇

　　图七左录"靓杪秋之遥夜兮"至"蹇淹留而踌躇"节文字，右图展示出作者倚枯树而感慨之情境。《九辩》中的此节文字主要表达作者因春秋代序而志愿不得、久处不成的缭悷之哀，多是主体感慨之词，较少具体语象，故而门应兆在图绘之时，未着力于难以具体再现的文辞，而转向图绘这些文辞的生成情境，勾勒了这样的场景：远处为连绵群山，其上生长着数株挺拔树木，近处则为一老枯之树，屈曲而立，其上不见繁茂枝干，仅存些许残枝，附着稀疏的树叶，似距枯死之期已不远，其下横伏一枯木，枝丫几已腐朽殆尽，一形容憔悴之男子，背靠枯木，目视左前方，似正忧愁，为"岁忽忽而遒尽兮，老冉冉而愈弛"而叹惋，此图以枯树与人之年老相互依托，足见门氏之匠心。

　　图八左录"何泛滥之浮云兮"至"暗漠而无光"节文字，右图展示出浮云蔽月田野芜秽之情境。画面上方，门氏以线条勾勒云气

遮天而不见明月之形象,当是据原文中"何泛滥之浮云兮?焱壅蔽此明月"而为之者,借浮云翳月之象暗示谗佞妨害忠良之现象;下方的田畦里,两片杂草丛生于禾苗之间,一片高大茂盛,完全掩映禾苗,一片交错连绵,已然覆盖阡陌,此种景象亦是据原文中"农夫辍耕而容与兮,恐田野之芜秽"语而图绘者,依王逸之见,乃是农夫因"愁苦赋敛之重数",故"失不耨锄,亡五谷也"[1],以见出乱国之象也。

　　图九左录"尧舜皆有所举任兮"至文末之文字,右图展示出升云远游之情境。图中绘有四神:左上一神,头戴发冠,身着彩衣,右手握宝剑,左手挥起,正驾云飞行,当为朱雀也;右上为一虬龙,止露首及一爪,身体大部潜行于水中,当为苍龙也;左下为雷神,右下一人,正双臂举起,握旗挥舞,或为飞廉也。显然,门氏此图

――――――――――

[1]（宋）洪兴祖:《楚辞补注》,北京:中华书局,1983年,第194页。

乃是据文中"左朱雀之茇茇兮，右苍龙之躣躣。属雷师之阗阗兮，
通飞廉之衙衙"而勾勒的。

（九）《香草图》的基本情况

门氏在补绘香草时，按名别类，分为十六图，亦按"左文右图"
之结构而进行编排。

其一为江蓠。门氏于图左书曰："江离，大叶芎藭也，清芬似
芹，性能御湿。"

按："江离"于《楚辞》中凡三见，即《离骚》"扈江离与辟芷兮"，
"又况揭车与江离"；《惜诵》"播江离与滋菊兮"。对"江离"之指属，
王逸《楚辞章句》但言"香草名"，而于形貌、性质未予详诠①，其性状

———————————

①《集百家注分类东坡先生诗》卷一之《和子由记园中草木十一首》有"秋风
　咏江离"语，对于其中之"江离"，王十朋曾引王逸注曰"香草生于江中，故
　曰江离"，未知所据，疑为附会之言，或误录晦庵之语以为叔师之言。

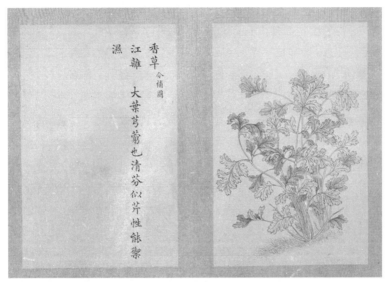

问题，学界多有歧论，或以为"蘼芜"者，如许慎《说文解字·艹部》："䕲，江䕲，蘼芜。""虈，楚谓之蘺，晋谓之虈，齐谓之茝。"[1]李陈玉《楚辞笺注》以为"䕲即蘼芜，生江中，故曰江离"，皆以二者为一物也；或以为"芎藭"者，如《山海经》郭璞《注》"芎藭，一名江离"[2]，唐陆善经《文选·离骚》注曰"江蓠，芎藭"，皆属此类；又有学者对其予以析分，以之为芎藭苗者，如西晋张华《博物志》卷四指出"芎藭，苗曰江蓠，根曰芎藭"，《尔雅·释草》"蘼芜"条陆德明释文引《本草》"蘼芜，一名微芜，一名江离，芎藭苗也"，《后汉书·张衡传》"又缀之以江蓠"唐李贤注"江蓠，即芎藭苗也"，持论皆

―――――――――

① （汉）许慎：《说文解字》，北京：中华书局，1963年，第16页。
② 袁珂校注：《山海经校注（增订修补本）》，成都：巴蜀书社，1993年，第327页。

同;或以为"海苔"者,如晋人张勃以为"江蓠出海水中,正青,似乱发"①,《文选·左思〈吴都赋〉》有"江蓠之属,海苔之类"句,刘逵以为"江蓠,香草也,《楚辞》曰'扈江蓠'。海苔,生海水中。正青,状如乱发,干之亦盐藏,有汁,名曰濡苔,临海出之",则张勃所谓"江离"即刘逵注所谓"海苔"也;吴仁杰《离骚草木疏》则曰"芎䓖也,江蓠也,蘪芜也,三者异名而同实"②;而王夫之描绘其形貌为"大叶芎䓖,叶似芹者"③。据此论之,门氏对"江蓠"属性之见解与王夫之相类,至于其所谓"性能御湿"之语,当是参佐《左传》杜注而为之者。④

　　在图中,门氏绘有两株丛生之江蓠,生旱地,叶对节而生,形似芹叶。

　　其二为芷。门氏于图左书曰:"右芷,白芷也,或谓之莀,《礼记》所称'莀兰'是也,其叶婆娑,佩之可以辟恶。"按:"芷"于《楚辞》中凡六见,即《离骚》"扈江离与辟芷兮"⑤,"杂杜衡与芳芷","兰芷变而不芳兮",《湘夫人》"沅有芷兮澧有兰","芷葺兮荷屋",

---

① (宋)洪兴祖:《楚辞补注》,北京:中华书局,1983年,第5页。

② (宋)吴仁杰撰,黄灵庚点校:《离骚草木疏》,上海:上海古籍出版社,2017年,第35页。

③ (明)王夫之:《船山遗书》(第7卷),北京:北京出版社,1999年,第4122页。

④ 《左传·宣公十二年》:"楚师伐萧……还无社与司马卯言,号申叔展。叔展曰:'有麦麹乎?'曰:'无。''有山鞠穷乎?'曰:'无。'"杜预注曰:"芎䓖,所以御湿。欲使无社逃泥死暑。"则门氏以为芎䓖"性能御湿",或是据此而为之。

⑤ 此"辟芷"之"辟",王逸解为"幽",并曰:"芷幽而香芳也。"则其当以"辟"为"芷"之修饰语。从此说者有朱熹、汪瑗、胡文英、董国英、朱骏声、闻一多、游国恩等。陆善经以为"辟"为"薜荔",实非。考此句文法,"辟芷"当与"江离"对举,盖各指一物也。

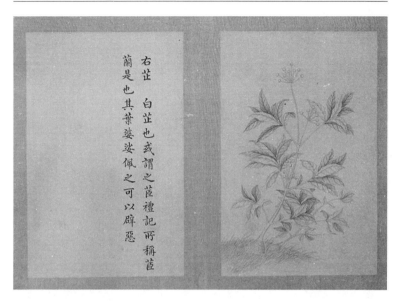

《招魂》"菉蘋齐华兮，白芷生"。王逸以为芷为香草，未论及其所指，洪兴祖补注指出："白芷，一名白茝，生下泽，春生，叶相对婆娑，紫色，楚人谓之药。"①可见，门氏注文或对洪兴祖之说有所参佐。至于其中所引《礼记》之语，见于《内则》篇，其中有言："妇或赐之饮食、衣服、布帛、佩帨、茝兰，则受而献诸舅姑，舅姑受之则喜。"②可见，其时"茝兰"为所习见之赠贻物也，被人们认为具有辟邪之功用。

　　门氏所绘之图中，芷根甚肥硕，呈圆锥状，茎亦粗壮，抱茎生枝，长尺有咫，对叶密挤，锯齿槎枒，龈齶翅起，涩纹深刻，枝丫间结有簇生之细小圆果实。

①（宋）洪兴祖：《楚辞补注》，北京：中华书局，1983年，第5页。
②（唐）贾公彦：《礼记疏》卷二十七，清嘉庆二十年（1815）南昌府学刊本。

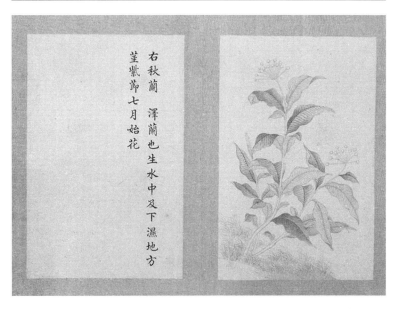

　　其三为秋兰。门氏于图左书曰："右秋兰，泽兰也，生水中及
下湿地，方茎紫节，七月始花。"

　　按：《楚辞》所取之"兰"类型甚多，有泛称之"兰"，有具体之
"春兰""秋兰""幽兰""石兰"等，还有与其他事物所搭配之"兰皋"
"兰藉""兰汤""兰旌"等。对《离骚》"纫秋兰以为佩"之"秋兰"，王
逸以为泛指秋季芳香之兰；陆玑《毛诗草木鸟兽虫鱼疏》："萰即
兰，香草也。《春秋》传曰'刈兰而卒'，《楚辞》曰'纫秋兰'，孔子曰
'兰当为王者香草'，皆是也。其茎叶似药草泽兰，但广而长节，节
中赤，高四五尺，汉诸池苑及许昌宫中皆种之。可著粉中，故天子
赐诸侯菮兰，藏衣著书中辟白鱼也。"① 则其以为"兰"似"泽兰"。

---

① （晋）陆机：《毛诗草木鸟兽虫鱼疏》，见《丛书集成初编》，北京：中华书局，
　　1985 年，第 1 页。

而洪兴祖补注以为二者非一物，"泽兰如薄荷，微香，荆、湘、岭南人家多种之，此与兰草大抵相类，但兰草生水傍，叶光润尖长，有歧，阴小紫，花红白色而香，五六月盛；而泽兰生水泽中及下湿地，苗高二三尺，叶尖，微有毛，不光润，方茎紫节，七月八月开花，带紫白色，此为异耳。"①据此可见，门氏之说，乃是将秋兰与泽兰视为一物，而对其形貌特征之描述与洪庆善对泽兰之描述相类。

在图画中，门氏绘有三株泽兰，似生泽傍，茎秆粗壮，叶对节生，有细齿，叶片多皱缩，顶端簇生有细小果实。

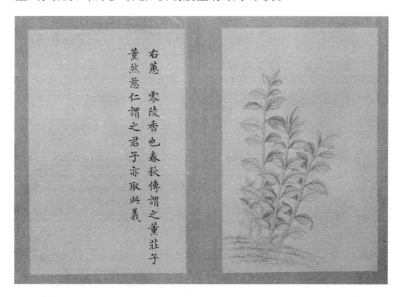

其四为蕙。门氏于图左书曰："右蕙，零陵香也，《春秋传》谓之'蕙'，《庄子》'蕙然慈仁，谓之君子'亦取此义。"

按：蕙于《楚辞》中凡二十余见，或单言，或与兰、芷、若、蘅等

①（宋）洪兴祖：《楚辞补注》，北京：中华书局，1983年，第5页。

并举。《离骚》"岂维纫夫蕙茝"句,王逸笼统以为蕙乃"香草",以喻贤者,而未论及其形貌;《本草》曰:"零陵香,生零陵山谷,今湖岭诸州皆有之,多生下湿地,叶如麻,两两相对,茎方,气如蘼芜,常以七月中旬开花,至香,古所谓薰草是也。"①陆农师《埤雅》:"蕙,今之零陵香也。"则门氏以其为零陵香者,或有佐于此类论述。其所引《春秋传》,即《左传·僖公四年》所谓"一薰一莸,十年尚犹有臭"也,杜预注曰"薰,香草;莸,臭草。十年尚有臭,言善易消,恶难除",门氏引此及《庄子·天下》篇之语,解释着意于蕙为香草所具有的象征意蕴。

对蕙之具体形貌,门氏于图中有所表现:单株草本植物,茎秆有棱,单叶互生,叶片呈椭圆形。

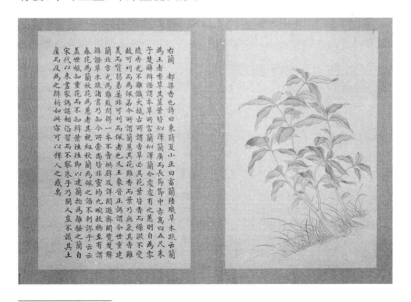

---

① (宋)唐慎微:《证类本草》卷九,《四部丛刊》影金泰和晦明轩本。

　　其五为兰。门氏于图左书曰:"右兰,都梁香也。《诗》曰'秉蕳';《夏小正》曰'畜兰';陆玑《草木疏》云:兰为王者香草,其茎叶皆似泽兰,广而长节,节中赤,高四五尺;朱子《楚辞辩证》谓:《本草》所言兰似泽兰,今处处有之,蕙则自为零陵香,尤不难识,大抵古所谓香草,必其花叶皆香,而燥湿不变,故可刈而为佩,若今所谓兰蕙,其花虽香,而叶乃无气,其香虽美,而质弱易萎,非可刈而佩者也;又王象晋《正讹》谓今世重建兰,北方尤为难致,间得一本,不啻拱璧。及详阅《遁斋闲览》《楚辞辩证》《草木疏》诸书,乃知今所崇尚,皆非灵均九畹故物,至有谓春花为兰,秋花为蕙者,其视'纫秋兰为佩'之语不刺谬乎云云。盖世只知重花而不知辨叶,往往即以建兰指为《离骚》之兰,自宋代以来,画家讹误,相沿习而不察,朱子乃闽人,岂不识其土产而反为之辨析如此,亦可以释人之惑矣。"在此节文字中,门氏在引《诗》、陆玑《毛诗草木鸟兽虫鱼疏》诸材料后,以朱子之说为依托,认为诸多学者以兰科的建兰为《离骚》之兰,而画家亦多沿袭,实则皆非是!《离骚》中滋于九畹之兰当为菊科泽兰属的兰草或泽兰,亦被称为都梁香①。

　　至于都梁香之形貌,门氏于图中有表现:草本,根端肥硕,茎秆粗壮,叶与泽兰相似,对节生,有细齿。

　　门氏图中绘有秋兰、兰,亦即其所谓之泽兰与都梁香,皆为菊科泽兰属之生物,二物之别,李时珍《本草纲目》有论述,其语曰:"兰草、泽兰一类二种也。俱生水旁下湿处。二月宿根生苗成丛,紫茎素枝,赤节绿叶,叶对节生,有细齿。但以茎圆节长,而叶光

---

① 至其得名因由,《尔雅翼》卷二引盛弘之《荆州记》曰"都梁县有山,山下有水清浅,其中生兰草,因名为都梁",而此物"可杀虫毒,除不祥",亦与《诗经·溱洧》中所涉三月上巳时,士女秉蕳祓禊、消除不祥之俗相应证。

有岐者，为兰草；茎微方，节短而叶有毛者，为泽兰。"①言之甚明，姑存之。

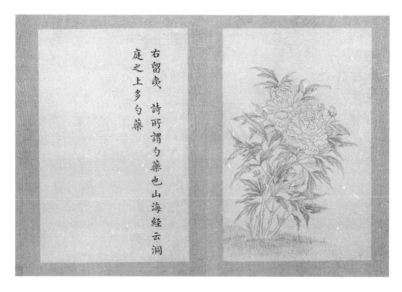

其六为留夷。门氏于图左书曰："右留夷，《诗》所谓'勺药'也，《山海经》云'洞庭之上多芍药'。"

按：《离骚》有"畦留夷与揭车兮"语，王逸以为留夷乃香草，然未明言其指属。洪兴祖《楚辞补注》："相如赋云：杂以留夷。张揖曰：留夷，新夷。颜师古曰：留夷，香草，非新夷，新夷乃树耳。一云：留夷，药名。"②则留夷为何物问题，学界颇多异说，《广雅疏证》卷十："挈夷即留夷，留、挈声之转也，张注《上林赋》云：'留夷，新夷也'，新与辛同。王逸注《楚辞·九歌》云：'辛夷，香草也'，郭

①（明）李时珍：《本草纲目》卷十四，清文渊阁《四库全书》本。
②（宋）洪兴祖：《楚辞补注》，北京：中华书局，1983 年，第 10 页。

璞注《西山经》云:'芍药,一名辛夷,亦香草属。'然则《郑风》之'勺药',《离骚》之'留夷',《九歌》之'辛夷',一物耳。《毛诗溱洧传》云:'勺药,香草。'"①则门氏以其为芍药,并佐以《诗》及《山海经》之说,其依据或与此类。

　　至其性状,李时珍引苏颂语曰"春生红芽作丛,茎上三枝五叶,似牡丹而狭长,高一二尺。夏初开花,有红白紫数种,结子似牡丹子而小"②,对其不同生长时期所展示出的特征进行介绍。而在门氏图中,留夷为草本植物,茎秆根部簇生,叶互生,小叶狭卵形、披针形或椭圆形,枝顶有单生大花,花瓣呈倒卵形,为数众多。

①（清）王念孙著,钟宇讯点校:《广雅疏证》,北京:中华书局,1983 年,第 311 页。
②钱超尘等校:《金陵本〈本草纲目〉新校正》,上海:上海科学技术出版社,2008 年,第 564 页。

其七为揭车。门氏于图左书曰:"右揭车,艼舆也,生山谷中,熏衣辟蛀,厥用为多。"

按:"揭车"于《离骚》中凡二见,王逸注"畦留夷与揭车兮"之"揭车"曰"亦芳草,一名艼舆",但以之为芳草,不论其余;洪兴祖引《本草拾遗》语云"藒车味辛,生彭城,高数尺,白花"①,对其产地、形状、味道有所描绘,对其功用有叙述。门氏对揭车指涉问题之见解当是综合前人之说而为之也。

值得注意的是,在诸多本草类著作与《楚辞》著作中,对"揭车"形貌之描绘多未详细,而门氏以图绘之方式,描摹其形状:草本,丛生,茎秆纤细,叶对生,叶片呈手掌形,有锯齿状边缘,顶端簇生有花,五瓣一蕊。这对于读者感知揭车之形貌,无疑具有直观意义。

其八为杜衡。门氏于图左书曰:"右杜衡,《尔雅》谓之土卤,《广雅》谓之楚蘅,根类马蹄,又呼为马蹄香。"

按:《楚辞》之中"杜蘅"凡三见,即《离骚》"杂杜衡与芳芷",《湘夫人》"缭之兮杜衡",《山鬼》"被石兰兮带杜衡"。王逸但言"杜衡"为香草,未及其余。洪兴祖《楚辞补注》曰:"《尔雅》:'杜,土卤。'注云:'杜衡也,似葵而香。'《山海经》云:'天帝山有草,状似葵,其臭如蘼芜,名曰杜蘅。'《本草》云:'叶似葵,形如马蹄,故俗云马蹄香。'"②对其异名及形状、味道皆有描述。而门氏之注文,亦只是对"杜衡"之异名进行介绍;至于其具体形貌,则在图画中有所表现:草本,生于林下或草中,根粗,形如马蹄,茎如麦藁粗细,每窠上有五七叶或八九叶,别无枝蔓,叶似槐,顶端有细小花,

---

① (宋)洪兴祖:《楚辞补注》,北京:中华书局,1983年,第10页。
② (宋)洪兴祖:《楚辞补注》,北京:中华书局,1983年,第11页。

呈伞状排列,果实如穗状悬于枝头。吴仁杰《离骚草木疏》"(杜
蘅)江淮间皆有之,今人用作浴汤及衣,香甚佳"①,亦是言及其实
用价值。

　　其九为菊。门氏于图左书曰:"右菊,真菊与苦薏异,其叶柔,
其花小,《神农书》以菊为养生上药。"

　　按:《离骚》"夕餐秋菊之落英"句,王逸以为秋菊为"香净"之
物,未及其余,而五臣因之。《尔雅翼》卷三:"菊与薏花相似,菊甘
而薏苦,所谓苦如薏者。"《本草纲目》卷十五引陶弘景曰:"菊有两
种,一种茎紫气香而味甘,叶可作羹食者,为真菊。一种青茎而
大,作蒿艾味,味苦不堪食者,名苦薏,非真菊也。叶正相似,惟以
甘苦别之。"则门氏对菊之属性之叙述,或是据此而为之。洪兴祖

---

①（宋）吴仁杰:《离骚草木疏》,宋庆元六年(1200)罗田县庠刻本。

注"夕餐秋菊之落英"时引魏文帝语曰："芳菊含乾坤之纯和,体芬芳之淑气。故屈原悲冉冉之将老,思餐秋菊之落英,辅体延年,莫斯之贵"①,则于香草以喻清洁之志外,还强调菊所具有的药用功能,而门氏引神农书之语,亦是着眼于此。

在图中,门氏所绘之菊生于山崖岩畔,基部半木质化,单叶互生,叶片边缘有缺刻及锯齿,头状花序顶生,数朵簇生。

其十为荃。门氏于图左书曰:"右荃,菖蒲之无剑脊者,《广雅》谓之'昌阳',或谓之'尧韭'。"

按:《离骚》有"荃不察余之中情兮"句,王逸以"荃"为香草,并因人君被服芬芳而以之为喻,洪兴祖《楚辞补注》以为"荃与荪同",并引陶隐居语云"东间溪侧有名溪荪者,根形气色极似石上

——————————————

①（宋）洪兴祖:《楚辞补注》,北京:中华书局,1983年,第12页。

菖蒲，而叶正如蒲，无脊，诗咏多云兰荪，正谓此也"，对荃之形态
进行描绘；而门氏对荃形状之叙述，与之相类。《广雅》卷十："卬、
昌阳，菖蒲也。"王念孙引《艺文类聚》所载吴普《本草》语云："菖
蒲，一名尧韭，一名昌阳。"然则门氏注中对荃之别名的论述，亦与
此类。

　　就门氏所绘之图来看，荃为草本植物，根茎横走，多分歧，叶
丛生于根茎先端，叶片剑状线形，中肋在两面均明显隆起，侧脉数
对，平行，大都伸延至叶尖。

　　其十一为蘼芜。门氏于图左书曰："右蘼芜，芎䓖苗也，生于
五沃之土，其叶小于江离。"

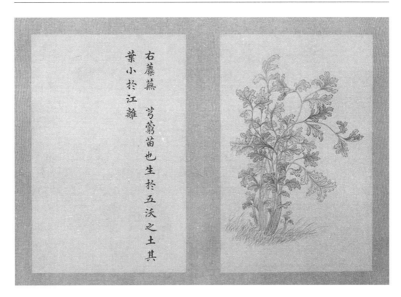

　　按:《少司命》有"秋兰兮蘼芜"语,王逸亦泛言蘼芜为香草,洪兴祖《楚辞补注》:"《本草》云:'芎藭,其叶名蘼芜,似蛇床而香,骚人借以为譬,其苗四五月间生,叶作丛,而茎细,其叶倍香。或莳于园庭,则芬香满径,七八月开白花。'《管子》曰:'五沃之土生蘼芜。'相如赋云:'芎藭菖蒲,江蓠蘼芜。'师古云:'蘼芜,即芎藭苗也。'"①对蘼芜之别名、生长时间、形状、味道等问题都进行引证说明,门氏于蘼芜之注,或是参佐洪庆善补注所取诸书而为之。

　　在图注,门氏绘有一丛蘼芜,生于草中,其茎秆纤细,叶繁芜而小,可与李时珍"嫩苗未结根时,则为蘼芜;既结根后,乃为芎

---

①(宋)洪兴祖:《楚辞补注》,北京:中华书局,1983年,第71页。

劳;大叶似芹者为江蓠,细叶似蛇床者为蘼芜"①相印证。

其十二为杜若。门氏于图左书曰:"右杜若,叶似姜而有文理,亦名良姜,即今之高良姜。"

按:"杜若"三见于《九歌》中,王逸于《湘君》"采芳洲之杜若兮"注中指出"芳洲,香草聚生水中之处",但言芳草,而未明何属。沈括《梦溪笔谈》卷三以为"杜若即今之高良姜"。而《本草纲目》卷十四引陶弘景曰"(杜若)今处处有之,叶似姜而有文理,根似高良姜而细,味辛香,又绝似旋葍根,殆欲相乱,叶小异尔。《楚辞》云'山中人兮芳杜若',是矣",则又以为杜若与高良姜形状相似却并非一物。李时珍又有折衷之论,其以为"杜若人无识者,今楚地

①钱超尘等校:《金陵本〈本草纲目〉新校正》,上海:上海科学技术出版社,2008年,第559页。

山中时有之。山人亦呼为良姜，根似姜，味亦辛。甄权注'豆蔻'所谓'獠子姜'，苏颂《图经》外类所谓'山姜'，皆此物也。或又以大者为高良姜，细者为杜若。唐时峡州贡之。"①则"杜若""良姜""高良姜"，同实而异名也。门氏之见，亦与此类。

在图中，门氏所绘之杜若为高大草本植物，生于山野斜坡，叶二列互生，呈长椭圆状，叶脉分明，背面有纵横交错线条，或为展示其所具之有"文理"特征，顶端有实，左右对生，排成穗状。

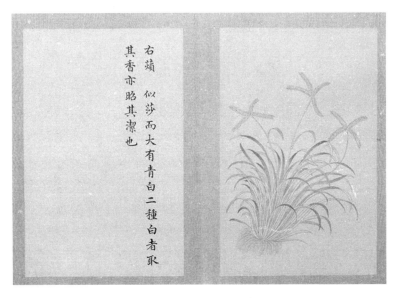

其十三为蘋。门氏于图左书曰："右蘋，似莎而大，有青、白二种，白者取其香，亦昭其洁也。"

按：《湘夫人》有"登白蘋兮骋望"句，王逸注曰"蘋草秋生，今

---

①（明）李时珍：《本草纲目》卷十四，清文渊阁《四库全书》本。

南方湖泽皆有之"，但言其生存季节与环境，未及其余。洪兴祖《楚辞补注》曰："《说文》云：'青蘋似莎者。'司马相如赋注云'似莎而大，生江湖，雁所食'"①，言及青蘋之形状及功用。段玉裁《说文解字注》卷一："《楚辞》有白蘋，殆与青蘋一种，色少异耳。"②又言及有白蘋者，其与青蘋之别乃在于颜色稍异。门氏注文，除言及蘋之形状色泽诸特征外，还沿用"善鸟香草以譬忠贞"的比兴阐释方法，对《湘夫人》中取用"白蘋"的寓意进行了阐述。

在图画中，门氏则对蘋之形状进行描绘：草本，须根细长，叶片繁盛，茎秆丛生，顶端有对生之穗，结有细小籽实，或即雁所食者。

其十四为三秀。门氏于图左书曰："右三秀，芝也，一岁三华，

①（宋）洪兴祖：《楚辞补注》，北京：中华书局，1983 年，第 65 页。
②（清）段玉裁：《说文解字注》，清嘉庆二十年（1815）经韵楼刻本。

古称瑞草。"

按：《山鬼》有"采三秀兮于山间"语，王逸以"三秀"为芝草，洪兴祖《楚辞补注》引《尔雅》注曰："一岁三华，瑞草也。"门氏注文，或出于此。

对于芝草之生长环境，学界多有论述，如王充《论衡·验符》："芝生于土，土气和，故芝生。"洪兴祖《楚辞补注》曰："《淮南》云：紫芝生于山而不能生于磐石之上，则芝生于山间耳。"而门氏图之左侧以晕染点法绘出山形轮廓，其下为生出几缕草叶之土壤，可见其以图画传递出芝草为生于山间土中之物的认识。对于芝之形状，诸多本草类著作皆有描述，以为其多单头而生，有柄，菌盖半圆形，表面有环状棱纹；而门氏所图之芝，乃为多头而生者，显示为凸显出其为"瑞物"之属性。

其十五为薇。门氏于图左书曰："右薇，《尔雅》云'薇，垂水'，《说文》云'薇似藿'，茎叶气味与豌豆同。"按：薇见于《天问》，王逸以其为薇菜，未论形状特征。门氏所引《尔雅》之语，孙炎注曰"薇草生水旁，而枝叶垂于水，故名垂水也"，对薇之生存环境、形态及异名之由来进行说明；其所引《说文》所谓"似藿"语，原文为"菜也，似藿"，"藿"乃"尗之少也"，则薇之叶与豆叶相似。李时珍《本草纲目》"薇生麦田中，原泽亦有，故《诗》云'山有蕨、薇'，非水草也，即今野豌豆，蜀人谓之巢菜。蔓生，茎叶气味皆似豌豆，其藿作蔬、入羹皆宜"①，据此不难看出，门氏对薇之茎叶气味的见解与其相类；而《尔雅》孙注以为"薇"生水旁②，《本草纲目》以为其非水草，门氏注文中，此二说似乎并存，或为疏忽耶？

就图画来看，门氏所绘之薇，生长之环境乃在山坡林缘，未为水边，蔓生，茎弱不能自立，攀缘一荆棘而生，羽状复叶，叶片长椭圆形，生有三对荚果，而门氏在绘荚果时，采用剖面透视之法，将荚壳中所整齐排列之果实一一描绘出来。吴其濬曰"薇为野豌豆，自是确诂，然亦有结实不结实之分：不结实者，茎、叶可食，所谓巢菜是也；结实者可舂为面，即《野草谱》'野菉豆'也"③，则门氏所图绘者，为野豌豆之结实者也。

其十六为荠。门氏于图左书曰："右荠，味甘，师旷所谓'岁欲丰，甘草先生'者是也。"

---

① 钱超尘等校：《金陵本〈本草纲目〉新校正》，上海：上海科学技术出版社，2008 年，第 1120 页。

② 亦有学者以为孙氏此说乃是据《尔雅》"垂水"之字面意而附会为之，存之俟考。

③（清）吴其濬：《植物名实图考长编》，北京：中华书局，1963 年，第 284 页。

　　按：《悲回风》有"故荼荠不同亩兮"句，王逸以"荼荠"喻"忠
佞"，而未及其属性。洪兴祖转引《本草》曰"荠，味甘，人取其菜，
作菹及羹"①，对荠之味道及用途进行补充。至若门氏所引师旷
之语，乃出自相传之《师旷占》，"黄帝问师旷曰：'吾欲知苦乐善
恶，可知否？'对曰：'岁欲丰，甘草先生，甘草，荠也。岁欲苦，苦草
先生，苦草，亭苈也。岁欲恶，恶草先生，恶草，水藻也。岁欲旱，
旱草先生，旱草，蒺藜也。岁欲潦，潦草先生，潦草者，蓬也。岁欲
疫，病草先生，病草，艾也。"②可见，在天人感应的思维谱系中，荠
还被视为祥瑞之物，作为预示岁丰之征兆而出现。
　　在图中，门应兆则对注文中未曾涉及的荠之形态特征进行描

①（宋）洪兴祖：《楚辞补注》，北京：中华书局，1983 年，第 156 页。
②（唐）欧阳询：《艺文类聚》卷八十一，清文渊阁《四库全书》本。

绘:大叶舒展铺张,叶片羽状分裂,两侧裂片作不规则的粗齿状,茎高五六寸,总状花序顶生或腋生,整整如一,集成花簇。这些形态摹绘,与《本草纲目》所载之莽极为相似。

末署"总校官候补中允臣王燕绪""校对官学录臣谢登隽""誊录监生臣韦协恭"。钤有"文渊阁宝""乾隆御览之宝"等朱文印。

二、门应兆《香草图》的特征

自刘向编纂《楚辞》后,汉、宋学者予其草木多有注诠,形成了蔚为壮观的《楚辞》草木阐释文献群。受历史背景、学术思想、主体观念诸因素影响,这些成果对草木名实蕴涵、形态、功用、意义诸问题之解说有异,所用方法也展示出阶段性特征。

西汉司马迁谓屈原"志洁,故其称物芳",将主体情志与草木属性联系起来进行理解。王充《论衡·谴告》曰"屈原疾楚之臭污,故称香洁之辞"①,视《楚辞》中香洁之象为南楚政治生态之对立物。至王逸时,其复因循此种思路并有所具体化,将草木之"香、莸"与道德的"忠、佞"进行匹配,形成《楚辞》草木训释的道德比附形态。后之学者训释《楚辞》草木,多有渊承王逸者,如唐时五臣注《离骚》,时可见及此类文辞:"兰、芷,喻己之善""杜若,以喻诚信""茅,恶草,以喻谗臣""百草喻百姓,林木喻贤人"②,足见其在诠释方法与语言表述结构上,对王逸多有因袭③。宋人朱熹

---

① 黄晖撰:《论衡校释》,北京:中华书局,1990年,第638页。
② (南朝)萧统编,(唐)李善等注:《六臣注文选》,北京:中华书局,1987年,第601—626页。
③ 五臣注《离骚》时,屡屡有"(刘)良同逸注""(张)铣同逸注""(吕延)济同逸注""(张)铣曰:……余同逸注""(李周)翰曰:……余同逸注"诸文字,可见,其注骚观点基本是立足于王逸之说的。

则对王逸之法有所承续与发挥：一方面，仍将草木之"香、荗"属性与"君、臣"等级称谓及"贤、不肖"之道德称谓相比附，认为"荃与荪同……亦香草，故时人以寓意于君也""茅，恶草，以喻不肖"，另一方面，在对由草木所兴起的道德蕴意的阐释上多有自出机杼者，如其释木兰、宿莽时，以为"所采取皆芳香久固之物，以比所行者皆忠善长久之道也"①，这就将王逸因草木所具"芳香久固"属性而引起的对屈原不可变易之"天性"的比附，转移至主体认知领域中的"忠善长久之道"这种价值观念之上，从而拓展了《楚辞》草木的道德阐释空间。

　　与王逸、朱熹等不同的是，魏晋刘杳、郭璞等多着眼于生物属性角度对《楚辞》草木进行训释，甚少比附道德观念。而后，洪兴祖则延续此种思路又有所补充：以草木的名实辨析、生物属性考察为中心，广征文献，依历时顺序予以呈现，于疑惑处或存而不论，或有所考索，以求能厘清其名实蕴涵。如其释"江蓠"，先列草木名称，继之以"说者不同"语，引起下文，复征《说文解字》《上林赋》《本草》文辞，用以辨别"江蓠、蘼芜"名称及其指涉问题，然后引郭璞、张勃、郭龚义诸人语，以见其形态属性之别，以"未知孰是"之语作结，存而不论；释"兰"时，先引司马相如《子虚赋》颜师古注及《本草》注文，以标明"兰草、泽兰"之关联，复征《水经》《毛诗草木鸟兽虫鱼疏》文字及《文选》五臣注文，区分二者在生物属性上的差异，又对王逸不辨《楚辞》中"秋兰、春兰、石兰"之别而概以"香草"之名称之的做法提出质疑，并以刘次庄《乐府集》文句、

---

① (宋)朱熹：《宋端平本楚辞集注》，北京：国家图书馆出版社，2017年，第16页。

黄鲁直《兰说》为据,阐明"兰、蕙"有异,点明"楚人贱蕙而贵兰"之
俗①;其他如引《本草》文以明"木兰"形态,用任昉《述异记》语见
其地域;征《博雅》《本草》句以释"菌桂"花色;用《淮南子》《本草》
《广志》之辞以析"蕙、茝"在生长环境、颜色、味道等方面的特征;
采《山海经》《尔雅》《本草拾遗》之语以别"揭车、杜衡"性状之不
同,兹不赘列。庆善从稽核名实角度训释《楚辞》草木,"援据赅
博,考证详审,名物训诂,条析无遗"②,使读者能对《楚辞》草木训
释成果的多样特征及嬗变过程有所知悉。与洪兴祖依《楚辞》篇
次顺序、于注中兼训草木不同的是,吴仁杰别辟蹊径,以"香草、良
草、嘉木、恶草"四卷架构全书,将五十五种草木分置于其中,实现
了以草木为本体的训释结构之转变。在具体训释时,吴仁杰则瞩
目于草木名实问题及其生物属性,用稽核考证之法开展研究:先
列草木名称,次录《楚辞》原文以明其出处,继之以王、洪注文,兼
及他人见解,以见众说不同;复次,以"仁杰按"之语,引起文献考
证,探源溯流,评骘得失;有不能断者,则罗列众家之说,存以俟
考。如"蘪芜""江蓠"异同问题,前人多有论争,仁杰于"香草"卷
中将二名并置为一目,继而明其所来,并引五臣、洪兴祖、郭璞诸
人语及《管子》文辞,以见他者对"蘪芜"名称、形状之见解;复次,
加"仁杰按"之语,录《山海经》《本草》《本草经集注》《图经本草》
《嘉祐图经》诸书对其产地、别名、形状、生长周期等问题的论述;
接着明"江蓠"由来,继之以王逸、洪兴祖注文,复以"仁杰按"方
式,据《说文解字》《山海经》郭璞注而得出论断:"芎䓖也、江蓠也,

①(宋)洪兴祖:《楚辞补注》,北京:中华书局,1983年,第5—6页。
②姜亮夫:《楚辞书目五种》,昆明:云南人民出版社,2002年,第369页。

蘪芜也,三者异名而同实"①。又如释"杜衡",先明其出处,次列王逸注、五臣注,复以"仁杰按"引入《山海经》《尔雅》《本草经》《本草经集注》《唐本草》《图经本草》《梦溪笔谈》诸书对杜衡名称、产地、形状、味道、用途之见解,然只罗列众说,而未作论评。经由刘杳、郭璞等导其源,洪兴祖等扬其波,吴仁杰乃总其成,形成《楚辞》草木训释的另一方式,即淡化道德蕴涵探析,以草木名实辨析问题为中心,博征文献,类列考校,辨别优劣,间出己见,实现研究重心由比附政教到疏证草木的转换,"不惟有功于楚学,亦可裨《仓》《雅》之所遗"②,故四库馆臣赞之曰:"博物者恒资焉,迹其赅洽,固亦考证之林也。"③

　　总体看来,汉、宋之际的学者训释《楚辞》草木蕴涵,虽然立意非同、方法有别、成就不一、影响存异,却有共同之处:皆以文字为寄意工具,其著述亦呈现为文字书写形态,可笼统视为"文字注"。然"虫鱼之形,草木之状,非图无以别"④,故至有清时,门应兆于注文之外,复又图绘草木形象,生成文释蕴涵与图绘形象相结合的新训释形态——图注,实现《楚辞》草木训释方式的一大转变。

　　从符号角度看,文字与图像是两种不同的表达与交流手段,因能指与所指不同,与客观事物产生联系的方式有异,二者所表现的对象之属性亦有所差别:文字更容易表征世界的概念、属性、

---

① (宋)吴仁杰撰,黄灵庚点校:《离骚草木疏》,上海:上海古籍出版社,2017年,第35页。
② (宋)屠本畯:《离骚草木疏补》,明万历刻本。
③ (清)永瑢等:《四库全书总目》,北京:中华书局,1965年,第1268页。
④ (宋)郑樵:《通志》,北京:中华书局,1987年,第1830页。

规律等抽象的方面,图像更容易表征世界的表象。① 文字与图像的这种功能差异,影响着主体表现自我认识的准确性、全面性、深刻性。是故,门应兆以"图像"来诠释《楚辞》香草之时,亦展示出与"文字注"不同的特征。

(一)集中阐释与分散表现相结合的注释形式

《楚辞》所涉草木种类甚多,欲以其为对象而进行图注,就需董理秩序,以特定标准予以取舍,而乾隆帝指出"荪荃兰蕙,以喻君子,寄意遥深",强调《楚辞》香草的道德教化意义,并要求补绘《楚辞》草木以"彰称物芳",发挥劝善表彰功能。在此种政治要求下,门应兆遂将"茅、薋、菉、葹之类,凡所指恶草者,概不阑入",只以"香草"为阐释对象,"殿以芬芳,写其高洁",以集中阐释与分散表现相结合的方法构架篇章。

在进行具体图注时,门应兆一方面依名别类,选择江蓠、芷、秋兰、蕙、兰、留夷、揭车、杜衡、菊、荃、蘪芜、杜若、蘋、三秀、薇、荠共十六种植物作为表现对象,进行集中图绘,并将其作为整体附于书末,构成全书的重要部分;另一方面,还采取分散表现方法,将其他草木形象"散见于各篇所补图内",如《离骚图》中穿插绘有木兰、椒、芰荷,《九歌图》中点缀有薜荔、芙蓉、荷、辛夷、芍药、女萝、桂、石兰,《天问图》中有作为背景而出现的棘、桑,《九章图》中有橘树,《九辩》图中有梧、楸、梁等。这种集中与分散相结合之形式,使得其"图注"成果既能鲜明体现出对圣意的遵从,也能对《楚辞》所涉草木有相对全面之表现,实现了政治需求与学术阐释地

---

①赵炎秋:《实指与虚指:艺术视野下的文字与图像关系再探》,《文学评论》2012年第6期,第171—179页。

有机统一。

（二）"左文右图"的书写结构

乾隆帝在圣旨中要求门应兆必须"仍旧贯"，沿用萧云从《离骚图》体例进行补绘。而云从在图注《楚辞》之时，乃是"分章摘句，续为全图，博考前经，义存规鉴"，依"左图右史"原则，将《楚辞》原文以大字形态、自作说明以双行小字形态组合为一叶，置于书左，将图绘形象置于书右，创造性地开辟了"左注右图"的篇章结构方式，使得观者能"索象于图，索理于书"，于《楚辞》有更为直观、明晰之理解，使人亦易为学，学亦易为功。

而门氏所补绘的《楚辞》草木图像，基本遵从萧云从"图注"之法，只不过在具体操作时又有所改造：整体结构沿袭云从"左文右图"方式，在"左文"部分径行删除萧云从的全部注文，题写自注，而在"右图"部分，亦仅仅影写图像，将云从原来的图名、作者印章图样等全部删去。

经由门氏此番改造，"图注"之书遂"体物摹神，粲然大备，不独原始要终，篇无剩义，而灵均旨趣，亦藉以考见其比兴之原"，而乾隆帝也作《题补绘萧云从离骚全图八韵》，谓萧云从"图注"之时"用心精"，故而"六法道由寓，三闾迹以呈"，以高超的图绘技巧再现了《楚辞》，在一定程度上与其心理预期相符，遂要求将圣旨置于门应兆补绘之书的卷首，作为序而存在，当有褒奖之意。这对于该书的传播而言，无疑具有积极意义。

（三）图像予文字以佐证、补充与互足

门氏在图绘《楚辞》香草时，根据注文所述内容，有意识地对笔下所绘形象予以匠心安排，以期能与注文内容构成佐证、补充与互足关系，进而使得其对《楚辞》香草之阐释更为具体全面，充分展示其基本蕴涵。

　　这其中，有根据注文内容，予香草以图像化再现，使之对文字形成佐证者。如《江蓠图》中绘有一芹状植物，其叶甚大，当是据注文中"清芬似芹""大叶"诸语而图绘者，而《蘼芜图》中所绘之物，与江蓠极其类似，只是叶片稍小，可与注文之"其叶小于江离"相印证；《秋兰图》中所绘之兰，茎秆粗壮，叶对节生，有细齿，顶端簇生有细小花朵，当是将注文中"方茎紫节""七月始花"之语予以图像呈现；而《菊图》中，菊生于山崖岩畔，单叶互生，叶片边缘有缺刻及锯齿，头状花序，数朵簇生，亦是据注文中关于其叶、花之特征而图绘者。门氏此类图像能与文字形成互证，让观者对注文中所阐明的《楚辞》草木特征有较为具体直观之感受，易于形成具体明晰之认知。

　　《楚辞》香草的生物属性较为多样，注文中往往言及局部，未见全豹，而门氏则在图像中对文字注释之不足进行补充，使其形貌有更为全面之展现。如"芷"之注文于其形态仅言"叶婆娑"，而图中之芷，除绘其对叶密挤、锯齿槎枒、龈龉翅起、涩纹深刻之叶外，还勾勒出其肥硕呈圆锥状之根，粗壮之茎，以及抱茎而生之枝和枝丫间簇生之细小圆果，可谓是对注文的图像补充；注文中只是言及"杜衡"具有"根类马蹄"之特征，其具体形貌则在图画中有所表现：草本，根粗，形如马蹄，茎如麦藁粗细，每窠上有五七叶或八九叶，别无枝蔓，叶似槐，顶端有细小花，呈伞状排列，果实如穗状悬于枝头；"藄"之注文亦只是言及其形态"似莎而大"，而在图画中则对其形状进行细致描绘：草本，须根细长，叶片繁盛，茎秆丛生，顶端有对生之穗，结有细小籽实，或即雁所食者；"揭车"一物，注中但言其生长环境及功用，未及其余，在诸多本草类著作与《楚辞》著作中，对"揭车"形貌之描绘多未详细，而门氏则以图绘之方式,描摹其形状:草本,丛生,茎秆纤细,叶对生,叶片呈手掌形,有锯齿状边缘,顶端簇生有花,五瓣一蕊,从而让人对其形貌有所认识。门氏以图像来补充文字注释之不足的诠释方法,对于读者感知《楚辞》香草之具体形貌而言,无疑具有直观意义。

因香草蕴涵涉及面广,而门氏的注文多极简短①,未详明其状,故其又或通过图绘方式来将文字中所未曾言及之内容予以形象化展示,或借助图绘来表达对关涉草木特征争议之见解,使得图像描摹与文字注释共同构成对香草之完全阐释,实现彼此意义的自足。

这其中,有通过图像来传递文字注中所未言及之内容者,如"蕙"之注文中,门氏引《春秋传》《庄子》语阐释其所具有的象征意蕴,未涉及生物特征,而在图中则对"蕙"之具体形貌有所表现:单株草本植物,茎秆有棱,单叶互生,叶片呈椭圆形;"留夷"亦如此,文字注中但言其为芍药,并佐以《诗》及《山海经》之说,对其具体形貌则于图中表达:草本植物,茎秆根部簇生,叶互生,小叶狭卵形、披针形或椭圆形,枝顶有单生大花,花瓣呈倒卵形;又如"荃",注文中仅言其为"菖蒲之无剑脊者",而就门氏所绘之图来看,"荃"为草本植物,根茎横走,多分歧,叶丛生于根茎先端,叶片剑状线形,中肋在两面均明显隆起,侧脉数对,平行,这些直观属性能对注文形成有效补充。

更有通过图绘形象,来传递出作者对《楚辞》香草生物特征与

---

① 与前人博征文献、勾稽众说而不避繁冗有别的是,门氏训释《楚辞》香草之文甚为简短,除注"兰"时因辨析建兰、泽兰差异,厘定绘事者辗转因袭的"以建兰指为《离骚》之兰"之讹误,有百余字考释外,其余十五种香草之注文皆三十字以下。

文化蕴涵之见解者,如"薇"之注文中,门氏引《尔雅》之语,点明学界有因其"生水旁,而枝叶垂于水,故名垂水"之说,又引《说文解字》"似藿"诸语,以示学界有"薇生麦田中,原泽亦有,故《诗》云'山有蕨、薇',非水草也,即今野豌豆,蜀人谓之巢菜。蔓生,茎叶气味皆似豌豆"①之说,而就图画来看,门氏所绘物为蔓生,茎弱不能自立,攀缘一荆棘,羽状复叶,叶片长椭圆形,生有三对荚果,其生长之环境在山坡林缘,未为水边,当是以图绘形象来传递其对薇非水草观点的认可;而对《山鬼》篇所涉及"三秀"的具体形貌,王逸、洪兴祖、罗愿等多未言及,门氏以晕染点法于图左绘出山形轮廓,其下有生草叶之土,当是以图画传递出芝草为生于山间之物的认识;此外,诸多本草著作所绘之芝,多单头而生,有柄,菌盖半圆形,表面有环状棱纹;而门氏图中之芝为多头而生者,当是为凸显出其为"瑞物"之属性。这样一来,注文中所强调的香草文化蕴涵与图绘中所展示的香草之生物特征互相补充,使得主体对《楚辞》香草阐释得更为全面。

三、体物摹神粲然大备:《钦定补绘萧云从离骚全图》的意义

门应兆《钦定补绘萧云从离骚全图》在图绘《楚辞》本文的全面性与使用的"图注"方法的创造性上,皆具有重要意义。

首先,门应兆《钦定补绘萧云从离骚全图》实现了《楚辞》图像发展史上真正意义上的"全图"的生成。尽管早在汉代,《楚辞》图像即已生成,然在很长时期内,《楚辞》图像的存在形态多是单幅或单篇作品的图像呈现,且主要集中在屈原像与《九歌图》之上。

①钱超尘等校:《金陵本〈本草纲目〉新校正》,上海:上海科学技术出版社,2008年,第1120页。

直至明人萧云从作《楚辞图》,此一情状方有所改观,然其图绘亦只存《九歌图》《天问图》《三闾大夫卜居渔父图》,至若王逸《楚辞章句》中所载题署为屈原、宋玉的其他诸作的图像,则付之阙如,以至于乾隆帝对其有"缺略不全"之评。门应兆在萧云从《离骚图》的基础上,首次完成了对《离骚》《天问》《九歌》《九章》《远游》《卜居》《渔父》《招魂》《大招》诸篇的系统图绘,"于是体物摹神,粲然大备,不独原始要终,篇无剩义,而灵均旨趣,亦藉以考见其比兴之原",对于人们形成对《楚辞》图像的整体感知而言,无疑具有重要意义。

再则,门应兆补绘《离骚图》之时,采用的"图注"形式,在《楚辞》图像发展史上也具有极其重要的意义。"图像与自然人的视觉与客观的外部空间具有某种同一性",即存在一种视觉优势而带来的"图画的暴政",因此,门应兆别辟蹊径,以"图注"方式来诠释《楚辞》,将主体认识形诸图绘,引图像入文本,与文字一并呈现于观者面前,增加文本的美学特征,这就在阐释方法与文本形态上有别于前人旧著,能抓住读者的好奇心理,引发其阅读兴趣,催生其观看愿望,从而使得其成果能在诸多《楚辞》阐释著作皆呈现于受众群体面前时,具有一定程度上的、先入为主的选择优势。

不仅如此,门氏书中所图绘之形象,并非单纯的物象展示,而是通过细节、场景、环境及典型特征的勾勒,展示出形象所具有的多重属性及文化蕴涵,以期能与《楚辞》文字之间形成说明、印证、强调、填补等多重关系,以"弥合'所指意'和'完满意'之间的断裂和缝隙",使得"密闭在语言符号中的诗意被切换到图像中直接绽开"①,

――――――――――

① 赵宪章:《诗歌的图像修辞及其符号表征》,《中国社会科学》,2016 年第 1 期。

营造出"语象"与"图像"之间对话和交融的阅读情境,生成一种不同于全然依凭文字的、"文—图"互文的、富有阅读张力的新注本样式,从而拓展了《楚辞》阐释的方法空间,丰富了阐释成果的种类。

第三节　丹青欲补《离骚传》：
石涛及扬州画派的《楚辞》图像

雍正、道光时期,政治局势相对稳定,商品经济进一步发展;与之相应,市民审美需求也有了极大增长。在此背景下,江浙地区的一些经济文化名城如扬州,文化产业亦因之而有极大发展。伴随着盐运业的繁荣,一批积累巨额财富的商人,遂有志于文化事业,他们建造园林,广泛收集各类艺术品,热心赞助画家诗人进行艺术创作,积极组织诗文书画雅集活动,还热心资助书籍刊刻出版,这就有力地推动了扬州文化艺术的发展与繁荣,并使得当时一批文人画家和有文化修养的民间职业画家汇集于此。据统计,先后汇聚扬州的画家有100余名之多,石涛、郑燮、黄慎等都曾于扬州鬻画谋生,其作品中多有《楚辞》图像。

一、石涛及其与扬州画派之关系

潘天寿先生曾曰:"石涛之艺术,登峰造极,其声望之鹊起扬州,与后起之'八怪'之画艺画风,不能不有深厚之影响。故世人评为'石涛开扬州',极为准确。"①其语点明了石涛对扬州画派所具有的先导意义。

---

① 潘公凯:《潘天寿谈艺录》,杭州:浙江人民美术出版社,2017年,第168页。

石涛(1641—1707),俗姓朱,名若极,后更名原济、元济,号大涤子,又号清湘老人、清湘遗人、粤山人、湘源济山僧、零丁老人、一枝叟等,晚号瞎尊者,自称苦瓜和尚,广西桂林人。其曾先后数次往返于扬州、南京与北京之间,与京城官员和商贾皆有交往,但他野逸纵横、枯笔重墨的画风在当时京师艺术领域中并未得到赏识,怅然之下,遂于康熙二十六年(1687)前后,离京南下,辗转定居于扬州静慧园,以卖画为生,并由此而引领了扬州画坛艺术创作的新风尚。石涛论绘画力主"师造化",反对师法古人,旗帜鲜明地提出"一画""借古开今"等理论主张,如其《画语录》中就倡言:"我之为我,自有我在,古之须眉,不能生在我之面目;古之肺腑,不能安入我之腹肠。我自发我之肺腑,揭我之须眉。纵有时触着某家,是某家就我也,非我故为某家也。天然授之也。我于古何师而不化之有。"①要求摒弃摹古之习气,进行独立创作,展示出创作主体的自我感受。

而在雍正、乾隆年间,扬州地区活跃着一批画家,被后人称为"扬州画派",其人员诸家所论不一,或曰"八怪",或有推衍而至百人之多者。据《扬州画苑录》《天隐堂集》《古画微》诸书载录,代表性人物有汪士慎、黄慎、金农、高翔、李鱓、郑燮、李方膺、罗聘、边寿民、高凤翰、杨法、李葂、闵贞、华嵒、陈撰等。他们大都出身寒贫,有的终生不仕,如金农、汪士慎、罗聘等,过着"居士常断炊"的生活;有的虽做过级别低微的官吏,但也遭到冷遇与排挤,以至于被罢官免职,如郑燮、李鱓、李方膺、高凤翰等。他们体察民生疾苦,敢于表达对社会现状的不满,有的利用自己身为官吏的条件,

---

① (清)道济著,俞建华注译:《石涛画语录》,北京:人民美术出版社,1959年,第28页。

采取利于百姓之措施,但却因之遭致厄运者,如郑燮"以岁饥为民请赈,忤大吏",遂乞病归,李方膺"仕三十年,卒以不能事太守得罪。初劾擅动官谷,再劾违例请粟,再劾阻挠开垦,终劾以赃,皆太守有意督过之"①,凡此种种,不一而足。面对此种人生际遇,这些画家在进行艺术创作之时,多延续《楚辞》传统,把宦途失意的牢骚、不合理社会现象的批判、自我坚守的高尚清洁之志等情感借诗文书画抒写出来,在艺术领域中生成了诸多令人瞩目之作品,其中多有关涉《楚辞》者。

在此过程中,石涛的人生经历、思想主张、创新精神及其画风等对扬州画派及其创作皆有影响,如高翔"与僧石涛为友,石涛死,高翔每岁春扫其墓,至死弗辍"②;郑板桥笔墨直接取法石涛,简洁清新,纵情豪迈,在一定程度上是继承石涛"借古开今""用我法"诸观念的艺术体现;李鱓《墨荷图》钤印"用我法",华嵒力主"我自用我法,孰与古人量",李方膺主张"画家门户终须立,不学元章与补之",金农评高翔山水画曰"先生自是如云手,洗脱南宗与北宗",诸如此类,皆可见出石涛以"我"为中心的艺术理论之影响。可以说,石涛拉开了扬州画派艺术家创作革新的序幕。③

二、石涛的《楚辞》图像

清人洪嘉植曾指出:"清湘道人出自潇湘,故所见皆是《楚

①(清)袁枚:《小仓山房文集》卷五,清乾隆刻增修本。
②(清)李斗:《扬州画舫录》,北京:中华书局,1960年,第92页。
③孟繁昕:《"扬州画派"山水画创作革新研究》,渤海大学2018年硕士学位论文。

辞》，其画笔所到，无不可从《九歌》《山鬼》中想见之。"其语点明石涛之号与潇湘之联系①，并认为《楚辞》对其画作多有影响。闵华亦有类似观点，其《过石涛上人故居》曰"泽兰丛与潇湘竹，迅扫霜毫忆《楚辞》"②，持论与洪氏同。对于艺术创作的《楚辞》渊源问题，石涛自己则说得更为明白："丹青写春色，欲补《离骚传》。"这样看来，石涛笔下所绘之诸多草木形象，如"兰图""菊图"等等，在一定程度上便带有楚骚意味了。

（一）兰图

据刘建平等《石涛书画全集》诸书载，石涛创作有不少"兰图"，庋藏于各美术馆、博物院，如北京故宫博物院藏有其《兰竹图册》十八开，上海博物馆藏有其《丛竹兰石图》《兰竹图》《兰竹水仙图》，吉林省博物院藏有其《兰竹图》，天津博物馆藏有其《兰花图》，南京博物院藏有其《芳兰图》，普林斯顿大学美术馆藏有其《兰竹图》，这些"兰图"有单独出现者，亦有与梅、竹、菊等共生者，石涛图绘这些形象之时，多有着眼于《楚辞》，在其中寄予自我衷肠者。对此，洪嘉植亦有论述："木本而花，梅为绝；草本而花，兰菊为绝；其非草非木，自成名物，曰竹。此在洞庭以南，幽深邃远之地。故吾谓过洞庭而南，满眼皆《离骚》也。然《楚辞》不及梅花，其云'滋兰九畹''树蕙百亩'，是可采而佩，非今

----

①朱良志《石涛艺术世界中的"楚风"》（《荣宝斋》2005年第2期）从地理空间层面点明石涛之号与潇水、湘水的关系："石涛乃广西全州人，此地位于潇水和湘江的交界处，故石涛号清湘老人、湘源谷口人。"

②于玉安辑：《中国历史美术典籍汇编》（第11册），天津：天津古籍出版社，1997年，第265页。

所画之兰,惟曰'绿叶紫茎'也。"①即是点明石涛创作受《楚辞》影响,在图绘兰、梅诸物之际,寄予了自我不与世俗合流的高尚香洁之志。

（二）《醴浦遗佩图》

美国克利夫兰艺术博物馆（Cleveland Museum of Art）藏有款署石涛而题名"兰石竹图"（Rocks，Orchid，and Bamboo）之手卷②,纸本墨笔（Ink on Paper）,纵31.8厘米,横266.7厘米,诸多画册皆将其记作是"石涛《醴浦遗佩图》"。

其卷端有隶书"醴浦遗佩"四字,当是从《湘君》"捐余玦分江中,遗余佩分醴浦"而来;末署"雨山居士甲题端",钤朱白文"长尾甲印""雨山"二印。

长尾雨山（1864—1942）,原名长尾甲,字子生,通称模太郎,号雨山、石隐、无闷道人等。曾应聘于商务印书馆十余年,结识郑孝胥、吴昌硕等。后返日本,在京都以讲学、著述及书画为生。此卷当为长尾之藏品,后流转至克利夫兰。

---

① 汪世清编著:《石涛诗录》,石家庄:河北教育出版社,2006年,第330页。
② https://www.clevelandart.org/art/1952.589.

　　图中兰、石、竹铺排错落成趣,落墨爽利峻迈,运笔淋漓清润。

　　卷尾自题诗一首:"磊上几块石,馥上数枝兰,写得其中意,幽情在笔端。"款署"壬寅清和于一枝阁下石涛济山僧"。钤有朱白文"小乘客"方印等。据此可知,此图作于康熙元年(1662)四月。

　　赵子泗评石涛《花卉图》曰:"吾友方子愚巢惠我画谱一册,题曰'香缘意'。欲与香作缘耶？……抑身入众香国中,大地恒河嗅之皆作旃檀味,其许我为童蒙之求否？ 则亦对此芳馨,纫秋兰以为佩,缘此以识不忘云尔。"作为潇湘之人,石涛继承了《楚辞》"香草美人"的文化传统,在图像创作中,借图绘香草,"在尘世中寻找自己的众香界"①。

（三）菊图

庞莱臣《虚斋名画录》卷十五载有石涛《山水花卉册》,纸本,凡十帧,高五寸七分,宽七寸六分。其中第六帧为水墨菊花,上有题跋云:"人言菊不落,而骚人用以供夕餐,自来菊无实而又有吞以仙去者,乃知灵异之变,何所不有？ 偶因点染而并及之,以广异闻。"款署:"时乙亥春寄呈季翁先生博教,济。"②其后钤有"原济"白文方印、"头白依然不识字"白文长方印。

《离骚》有"朝饮木兰之坠露兮,夕餐秋菊之落英"句,屈原用此语,以明好修为常之心。石涛此水墨菊图中所题跋语,亦是用《离骚》之意而为之。

三、扬州画派的部分《楚辞》图像

总体看来,因扬州画派诸家的身份构成极为多样,人生经历亦多有别,故其创作题材相对较为广阔,有对历史故实、神话传说的图像表现,有对自然山川河流等景观之勾勒,也有对自身隐逸生活环境的展示,还有对花鸟草木等物象的呈现,凡此种种,不一而足,"丰富而广阔的表现对象,多侧面、多层次地表现了艺术家

---

① 朱良志:《石涛艺术世界中的"楚风"》,《荣宝斋》,2005 年第 2 期,第 63 页。
② (民国)庞元济撰,李保民校点:《虚斋名画录　虚斋名画续录》,上海:上海古籍出版社,2016 年,第 932 页。

内在丰富而深刻的思想感情"①,这其中,对《楚辞》作者屈原的描绘、对《楚辞》所涉香草的勾勒,也是其绘画的重要组成部分。

(一)黄慎《纫兰图》

黄慎(1687—?),初名盛,字恭寿、恭懋、躬懋、菊壮,号瘿瓢子,别号东海布衣,福建宁化人。工草书,法怀素;所绘人物多以神仙故事为素材,笔姿放纵,气象雄伟,间作山水、花鸟,得荒率之致。作有《十二司月花神图》《商山四皓图》《伏生授经图》《芦鸭图》等。

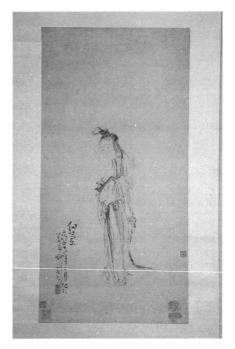

---

①施荣华:《论扬州画派的美学风格》,《云南师范大学学报》(哲学社会科学版),2003年第1期。

今重庆博物馆藏有其《纫兰图》，纸本，水墨，纵 66 厘米，横34.8 厘米，绘有美人素手秉兰形象，其回首而顾，衣带迤逦，似凝思，若含情。

右下款"纫兰，雍正七年二月作于美成草阁，黄慎"。钤"遣兴"白文印及"浣云阁书画印"。据此可知，此图当作于雍正己酉（1729），"浣云阁"之别号多人，此为何人，俟考。

《离骚》有"扈江离与辟芷兮，纫秋兰以为佩"句，《少司命》有"秋兰兮青青，绿叶兮紫茎。满堂兮美人，忽独与余兮目成"句，黄氏当是以此命意，以美人纫兰来寄予清洁好修、不与世俗同流之情志。

（二）李方膺的"兰图"

李方膺（1695—1755），字虬仲，号晴江，别号秋池、抑园、白衣山人，通州（今江苏南通）人。出身官宦之家，曾任乐安县令、兰山县令、潜山县令、代理滁州知州等职，因遭诬告被罢官，去官后寓金陵借园，自号借园主人，以卖画为生，与李鱓、金农、郑燮等往来。工诗文书画，擅梅、兰、竹、菊、松、鱼等，注重师法传统和师法造化，能自成一格。有《兰石图》《风竹图》《游鱼图》《墨梅图》等传世。著《梅花楼诗钞》。

就现存图像来看，李方膺所绘之诸多"兰图"，多与《楚辞》有关联。

1. 沈阳故宫博物院藏《兰石图》

沈阳故宫博物院藏有其作于乾隆辛未（1751）之《兰石图》，纸本，墨笔，纵 86 厘米，横 53 厘米。

图呈对称式构图，左上、右下分绘两丛生于岩间之兰，石用淡墨写出，兰用重墨粗笔勾出，新花相映，长叶挺拔，运笔随意，粗犷豪放。

左上题"辛未八月二十日写于五柳轩中，晴江李方膺"，其下钤有"小窗夜雨"白文方印。据此可知，此图当作于乾隆十六年（1751）。

右下题有诗句"会须君子折，佩里作芬芳"，又有小字"日注山人摘唐句"，其后钤有"南通费佰子所藏书画印"朱文印。此所题之诗，出于太宗李世民之《芳兰》，亦是取用《楚辞》"香草美人"传统，以佩兰喻己具清洁之志。

沈阳故宫博物院藏《兰石图》　　　北京故宫博物院藏《兰石图》

2. 北京故宫博物院藏《兰石图》

北京故宫博物院藏有其作于乾隆十八年(1753)之《兰石图》，纸本，墨笔，纵110.8厘米，横48厘米。

图以淡墨横扫绘岩石嶙峋，以淡墨勾勒苔点，以焦墨写兰叶，兰花于山坡石隙间生长开来，雄肆浑厚，拙中见秀，呈现出与众不同的风格特色。

右下署"乾隆十有八年写于金陵借园之梅花楼,李方膺自号啸尊在"。

因李方膺于乾隆十六年(1751)被诬贪赃而被撤职查办,故学界多有以为此画乃是其激愤心情之写照,可备一说。

3.《三清图册》之"兰""蕙"

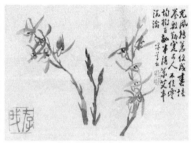

《三清图册》之三　　　　　　　　　《三清图册》之五

上海博物馆藏李方膺《三清图册》,纸本,水墨,纵 23.5 厘米,横 32.5 厘米。

其三所绘为"兰图",右上题诗曰:"镂琼结佩露风清,千古痴人一屈平。峻茂曾娇三百亩,芳心何处立修名。"署"写于秦淮河之石家亭"。

其五所绘为"蕙图",右上题诗曰:"光风转蕙便成春,培养殷勤实可人。不信灵均树百南,半随萧艾半沉沦。"

《离骚》有"余既滋兰之九畹兮,又树蕙之百亩"诸语,以滋兰树蕙喻培育贤才,用众芳芜秽喻贤能变节,李方膺亦是取意于此,而勾勒此"兰""蕙"图像。

(三)罗聘《吴彩鸾图》(旧作《山鬼图》)

罗聘(1733—1799),字逐夫,号两峰,别号金牛山人、衣运道人、蓼州渔父等。祖籍安徽歙县,其先辈迁居扬州。聘博学多才,能诗善画,善写墨梅、兰竹,古趣盎然而极超妙。传世作品有《丁静像》《金农像》《三色梅图》《秋兰文石图》等。

清华大学美术学院藏有罗聘一图,纸本,设色,纵91厘米,横35厘米,曾题为《山鬼图》,学界多有因之者。

图中绘一女子,丰面秀颜,头束发髻,身穿罗裙,肩披薜荔,腰佩藤蔓,手捧香草,身旁立一斑斓猛虎,作欲搏人之状。后人定此图为《山鬼图》,当是以《山鬼》中"被薜荔兮带女萝""乘赤豹兮从文狸"诸句判定之。

然细审此图,可以发现,《山鬼》篇中言"乘赤豹兮从文狸",然罗聘图中所绘动物,显系一虎,而非赤豹;且右上有罗聘题诗:"玉骨冰肌吴彩鸾,开轩写韵办朝餐。天明跨虎归山去,笔墨淋漓尚未干。"显然,此女子当为吴彩鸾,而"天明跨虎归山去",亦正与画中所绘之虎相贴合。

吴彩鸾,生卒年不详,唐豫章武宁(今江西武宁)人。《宣和书谱》:"彩鸾为以小楷书《唐韵》一部,市五千钱为糊口计,然不出一日间,能了十数万字,非人力可为也。钱囊羞涩,复一日书之,且所市不过前日之数,由是彩鸾《唐韵》世多得之。……《唐韵》字画虽小,而宽绰有余,全不类世人笔,当于仙品中别有一种风气。"①则其为能书者,有小楷《唐韵》,今藏台北故宫博物院,刊于台湾《故宫历代法书全集》。唐裴铏《传奇》、杜光庭《仙传拾遗》诸书有关于吴彩鸾之传说:彩鸾乃三国时吴西安令吴猛之女,本为得道仙姑,后邂逅书生文箫,因私欲泄天机,谪为民妻,遂与文箫结为连理。文箫家境清贫,彩鸾每天抄写韵书一部,

---

① (宋)《宣和书谱》,北京:中华书局,1985年,第128—129页。

出售以维持生计。十年期满，夫妇各跨一虎入山，道成升仙。

旧题罗聘《山鬼图》　　　　　　　　　陈撰《屈原图》

　　罗聘题画诗中有"开轩写韵办朝餐"句，即是点出吴彩鸾婚后依赖书写法帖度日之情形，而"天明跨虎归山去"则谓其跨虎升仙。就此诗观之，罗聘此图当是描绘吴彩鸾跨虎升仙之事，与《山鬼》无涉。诸书题署《山鬼图》者，误矣。

　　据《扬州画派书画全集》著录，罗聘作有诸多"兰图""兰竹图"

之类画作皆藏于各美术馆、博物馆,如苏州市博物馆藏有《兰花图册》,北京故宫博物院藏有《深谷幽兰图》,广西博物馆藏有《盆兰图》,广州市美术馆藏有《蕙兰竹石图》,天津博物馆藏有《兰石图》《竹石兰花图》,重庆博物馆藏有《兰竹图》,南京博物院藏有《秋兰竹文石图》,广东省博物馆藏有《兰竹图》,浙江省博物馆藏有《墨兰图》,安徽博物院藏有《幽篁兰石图》,扬州市博物馆藏有《兰花图》,苏州市博物馆藏有《兰竹石图册》等等。诸图多沿袭《楚辞》"香草美人"传统,借绘兰来寄予自我高洁之情志。

(四)陈撰《屈原图》

陈撰(1677—1758),字楞山,号玉几、玉几山人等,浙江鄞县(今宁波鄞州区)人。乾隆元年(1736),荐举"博学鸿词"不就,而以书画游于江淮之间。

陈氏善写生,水墨数笔,若不经意而萧疏闲逸。秦祖永《桐阴论画》三编评其画云:"此老性情豪迈,落墨布景,均极随意。故所作点刷纵恣者多,格律精细者少也。"①传世画作有《梅花图轴》《荷香十里图轴》《折枝花卉图册》等,著有《玉几山房吟卷》《锈铗集》,另有《玉几山房画外录》二卷。

清人杭世骏撰有《玉几山人小传》,对其生平事迹有所介绍:

> 玉几山人者,钱塘陈撰楞山也。自言鄞人,家世系出句甬,居杭非一世矣。性孤洁,不肯因人以热,煦鲜荣而侈泠汰。诗有逸才,天然高澹,不琢自雕。……游道甚广,胸中无轩冕。……举鸿词不就。……灵秀钟于五指,书无师承,画

---

① (清)秦祖永:《桐阴论画》,上海:上海古籍出版社,2015年,第187页。

绝摹仿。每一纸落，人间珍若珙璧。①

从中可以看出：陈撰性情古怪，不屑和光同尘；读书应举，却屡试不第，有怀才不遇的苦闷；在艺术上却能独树一帜。孤洁的脾性、不遇的经历，使陈撰对屈原产生认同。故而，他挥毫图绘屈原，于景仰先贤之外，抒发了自我怀才不遇的愤懑之情。

今天津博物馆藏有陈撰《屈原图》轴，纸本，设色，纵 61.5 厘米，横 30 厘米。图绘一人，头戴发冠，身着长袍，侧身而立，白眼向天，怀才不遇、郁郁难平之情表现得淋漓尽致。

款署"乙酉午日玉几陈撰写"，钤"陈撰之印"白文印，则此画作于雍正七年（1729）端午，作者为表纪念屈原之意而为之者也。

四、扬州画派《楚辞》图像的特征

总体看来，扬州画派诸家的《楚辞》图像创作，主要集中在图绘《楚辞》香草之上，除上述提及各位外，其他画家亦多有相关作品，如汪士慎有《兰石图》（广东省博物馆藏）、《兰花图》（天津博物馆藏）、《春风三友图》（北京故宫博物院藏）、《春风香国图》（北京故宫博物院藏）、《兰竹图》（上海博物馆藏）；金农有《兰花图》（沈阳故宫博物院藏）、《兰花图》（南京博物院藏）、《红兰花图》（北京故宫博物院藏）；郑燮有《兰竹石图》（北京故宫博物院藏）、《墨兰图》（北京故宫博物院藏）、《兰竹图》（上海博物馆藏）、《兰花竹石图》（上海博物馆藏）、《兰竹荆棘图》（常州市博物馆藏）、《兰竹图》（扬州博物馆藏）、《兰图》（济南市博物馆藏）、《竹石幽兰图》（广州市美术馆藏）、《幽兰图》（辽宁省博物馆藏）、《荆棘丛兰图》（南京

---

① （清）杭世骏著，蔡锦芳、唐宸点校：《杭世骏集》（第 2 册），杭州：浙江古籍出版社，2015 年，第 499 页。

博物院藏)、《兰竹石图》(重庆博物馆藏)、《兰芝图》(安徽博物院藏)等;李鱓有《兰竹文石图》(沈阳故宫博物院藏);华喦有《墨兰卷》(北京故宫博物院藏);凡此种种,不一而足。可见,涉及作家广泛、创作数量众多、表现内容多样,是扬州画派的《楚辞》香草图像创作所具有的显著特征;而诸如对《楚辞》作者及其人物故事进行表现、对《楚辞》文本进行图像呈现等内容,在扬州画派的作品中较少见到。

　　扬州画派诸家之所以普遍选择《楚辞》所涉香草为表现对象,当与其对"香草美人"文化传统的沿袭与化用有关。这些画家多具有一定的文化修养,对《楚辞》所开创的"善鸟香草以配忠贞,恶禽臭物以比谗佞"之比兴传统较为熟悉,故在图像创作中,自觉沿用此种传统,绘兰以为君子,以喻清洁之物,绘荆棘等物以为小人,以寄批判之情,对此,郑燮在其《荆棘丛兰图》之题跋中即有论述,其辞曰:"满幅皆君子,其后以棘刺终之,何也?盖君子能容纳小人,无小人也不能成君子,故棘中之兰,其花更硕茂矣!"①此语在一定程度上可以视为是扬州画派诸家创作《楚辞》香草图的用意之所在。

第四节　品高艺精明厥志:
周璕等人的《楚辞》图像

　　清初以善画龙而著称的周璕,亦创作有被胡同夏誉为是"希世之珍"的《九歌图》;《芥子园画传》主要编绘者王概,在见及汪士裕《竞渡行》诗后,作有《龙舟竞渡图》;道光年间,任熊据姚燮诗作

---

① 卞孝萱、卞岐编:《郑板桥全集(增补本)》,南京:凤凰出版社,2012年,第422页。

有《纫兰撷蕙楚臣骚图》《山鬼睇笑拖兰裳图》,又作有《湘夫人图》。这些图像多具有较高艺术价值,并在学界赢得称许,然以往之《楚辞》图像研究者关注不多,故本书于此合并考述之。

一、周璕《九歌图》

周璕(1649—1729),字昆来,上元(今南京)人①。工人物、花卉、走兽,尤善画龙,以绘墨龙著称。作有《铁骊图》《墨龙图》等。

据张照《石渠宝笈》卷四著录,周璕有素绢本白描《九歌图》,图左方为胡同夏书《离骚》本文,前副页胡同夏识云:

　　昔人论书画,先人品,次师法,人品高则道理明澈,师法古则所学有凭,方可与言笔墨,不然直是俗笔耳。余素不解画,第信其理。然每遇古今名画,以不解解之,所谓一石不晓而有画意也。今得交周子湛园,喜其品高学邃,每与谈论理道,无不超人意表,而周子复精于画,每一画成,必先示余,凡其用意所在,及与古人优劣处,无不为余言之,以故余得深明画理,顿悟前身。一日,周子出白描《九歌图》十二帧示余,其人物不逾寸许,而须眉状貌,尽态极妍,神气飘扬,令人目炫心摇。至其用笔微妙,几令龙眠无处生活矣。洵希世之珍也!余因深服周子之品高,而又服其艺之精妙如此,世虽有知之者,恐亦未知其用心之独苦也。夫屈子乃切于忧国者,而忠不见用,故发之歌骚,以明厥志,周子绘斯图,或亦有所谓也耶?复属余书《九歌》于后,余书奚足观? 未可违其意,勉为涂鸦,得无似太

---

① 戴望《颜氏学记》卷十以为周璕乃"河南人",李世倬《读画辑略》作"河南嵩山人,后入江宁籍"。

冲之与安仁游而不自知为丑也。澹斋胡同夏识。①

据此可知,周璕有白描《九歌图》十二帧,极精细,人物虽小,然须眉状貌尽态极妍,神气飘扬,被胡同夏推许到"几令龙眠无处生活"之高度。同时,胡同夏又认为周璕品高学邃,然不为世用,故其《九歌图》非纯为绘事,有借图画以明其"忠不见用"之意。

其画为绢本,水墨,画心纵约 15 厘米,横约 18 厘米,今藏武汉博物馆。

首为《东皇太一图》。图左楷书《东皇太一》原文;右绘一老者,广额长须,神情安然,头束发冠,身着宽袍大袖,腰佩绶带,双手捧笏板,俯身侧立,似在瞰视下界。图中钤有"张五典印"白文方印,则此册曾为清乾隆年间陕西泾阳人张五典所藏。

次为《云中君图》。图左楷书《云中君》原文;右绘一人,面右侧身而立云中,其头梳小髻,身着短装,腰佩长剑,左手握旌旄,右手前伸,似正翱翔天宇中。

---

① (清)张照:《石渠宝笈》卷四,清文渊阁《四库全书》本。

　　《湘君》《湘夫人》二图,亦如前例,皆左列原文,右绘图像,其所绘之"二湘"皆为女子,侧身面左而立,头束发髻,身着华衣,腰佩玉玦,袂带飘飘。

　　《大司命图》中人物呈交叠双腿而坐之姿,面右,须眉皓然,头戴发冠,身着长衫,双手抱持一卷帛,当是为凸显其"寿夭兮在予"之职掌。

　　《少司命图》绘一老者,面左而立,鬓发稀疏,神情苍然,身着长袍,其上绘有星象图案,双手握持一杆状物,拢于胸前。

《东君图》中绘一清癯老者，面左而立，头束发冠，身着劲装，腰佩长刀，右手握弓，左手秉箭置于身后，当是据文中"举长矢兮射天狼"而为之者。

《河伯图》绘一人，俯身正向，以布帛包裹头部，身着宽袍大袖，立于水中鳌鼋之上，波浪翻腾。

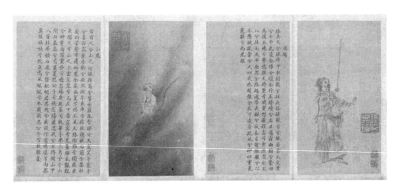

《山鬼图》中绘有一人，无须发，项戴环佩，手秉一长杆，乘坐在一猴首豹身之兽上，正侧首斜视，面露喜色。

《国殇图》中绘有一人，侧身面右而立，头戴巾帕，身着劲装，右手竖握长剑，左手立起，作欲拒外推之状。

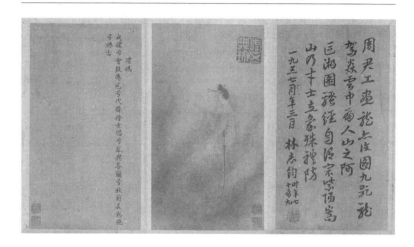

　　《礼魂图》中绘一女子背影，不见面目，以带束发于顶上，身着华衣，腰佩饰物，双手横举，作起舞之状。

　　后有鉴赏者林志钧、郭沫若、文怀沙等人题跋、钤印，以及分属于张难先、齐白石、傅抱石、关山月、黎雄才、柯广长、张国淦、陆和九、巴南冈等人的鉴藏印。

　　自李公麟以白描之法图绘《九歌》以来，踵继者在图式、构图之上，对其多有因袭，如以帝王形象图绘东皇太一、东君，以披薜荔、戴女萝、乘赤豹、从文狸之女性或男性形象表现山鬼，将《国殇》篇表现为一队铠甲将士形象，等等。周璕此图，则在龙眠的基础上，别开生面：以十一图，对《九歌》十一篇皆进行图绘，既显示出其当是视"九"为虚数的《楚辞》观，亦能让观者对《九歌》图像有较为全面之感知，形成整体性认识。同时，其所绘诸神形象，基本与龙眠不类，如东皇太一为一持笏板之老者，有类三闾大夫，河伯之衣着饰物与蛮夷服饰形制颇为相似，或是为显示其为南楚河神之身份，山鬼之形象，难辨性别，或是为体现其为山神之属性等等,正是这种与李公麟已有图式的有意识区分,才使得胡同夏有"用笔微妙,几令龙眠无处生活"之评论。

又,据雅昌艺术品拍卖网载录[1],中国嘉德 2003 秋季拍卖会拍品中有周璕《九歌图》册页,凡十二开,绢本,设色,纵 26 厘米,横 20 厘米。其图绘内容为:一开"东皇太一",二开"云中君",三开"湘君",四开"湘夫人",五开"大司命",六开"少司命",七开"东君",八开"河伯",九开"山鬼",十开"国殇",十一开"礼魂",十二开"卜居"。每开均有张天球楷书《九歌》原文,末开落款"庚子春三月,江东张天球晓夫氏谨书"。钤有"张天球印""晓夫"等印共计 33 方。

页前有原藏者林熊光款署"右《读画辑略》(燕京大学图书馆藏写本),颇异于诸画谱,故录而存之。丙子(1936)八月,朗庵"。钤"熊光"印。后页林熊光、逸园主人三跋。林跋款署"乙亥(1935)孟冬,台北博览会闽贾携此来售,亟以重值收之,并为题志。宝宋室主人"。钤"朗庵长寿"印。未见原作,存以俟考。

二、王概《龙舟竞渡图》

王概,初名丐,一作改,亦名丐,字东郭,又字安节,后改今名,秀水(今浙江嘉兴市)人,久居金陵(今江苏南京市)。王氏以花鸟擅名,兼善诗文、治印,与汤燕生、李渔、程邃、孔尚任、周亮工等有交。作有《玉山观画图》《采芝图》《秋山喜客图》《幽溪积雪图》《山卷晴云图》《龙舟竞渡图》等,著有《画学浅说》《山飞泉立草堂集》《澄心堂纸赋》等。

北京故宫博物院藏有王概《龙舟竞渡图》,纸本,设色,纵 18.2

---

[1] https://auction.artron.net/paimai-art23610179/.

厘米,横 359 厘米。

画面分三段,以江河为主线,勾勒午日龙舟竞渡之场景。

第一段采用对称式结构,勾勒大江两岸的景致:江左为连绵起伏的丘陵,其中有一村落,村中立一塔楼,或为观景瞭望之用,江右岸为一渡口,有草棚数间,以供旅客等候休憩之用,江畔有二渡船,其一已载乘客,正扬帆渡向对岸,又一正欲靠岸,以渡岸边候者;江右为簇聚之山,其上丛生树木,山巅耸立一塔,山脚为渡口,有房舍数间,渡口处一舟载二人,正欲靠岸,山后隐约有连绵房舍。

画幅右端题:"丁丑重五,左岩汪子为见翁公祖老先生赋《竞渡行》,中及布泽邗郡。是日京岘飞帆如鹜,公载枌载客,旷揽江天,为之称快不已。遂成一图,作此诗笺注。秀水王概记于卢易郡斋之葵轩。"钤"王概"朱文方印、"安节"白文方印。左岩即汪士裕，江都人，康熙二年（1663）举人，官太湖教谕，有《适园诗钞》。此图当是王概见汪士裕《竞渡行》诗后所作也。而汪氏之诗亦紧接其后，起首"竞渡行恭呈张老夫子老大人教正"，次为诗作正文：

> 五月扬舲竞画桡，浴兰籍柳皆连朝。曲成楚些堪《哀郢》，人比吴儿解弄潮。到处欢娱矜是日，红丝络臂倾城出。珠祝云裾约束新，短箫横笛歌声溢，冲融穿破碧琉璃。容与渐进群龙嬉，少焉鼓勇擢讴发。榜人狃浪争凫鹥，瞥潎洄洑更追逐。游人傍岸陈丝竹，云鬟子弟按霓裳。雪面将军舞鸲鸽，酒半移船向柳堤。雕盘角黍水晶斋，骈筵合座传盃斝。不惜濡霑醉似泥，我公在昔官瓜渚，常见蛟螭戏江浒。时乐年丰士女欢，迄今犹指甘棠树。揭来金斗岁华迁，低徊往事忆当年。芳草尚留歌扇绿，榴花还照绣衣鲜。莫教胜日寻常过，投壶散帙延参佐。祥雨和风政自平，公余但解焚香坐。噫嘻！公是皇家楫与舟，应同仙宴赐瀛洲。由来自有横汾曲，不羡江干旧日游。

诗中描摹午日竞渡之盛况：时维午日，民众身着盛装，红丝络臂，倾城而出观渡；江中画桡追逐，舟中少年擂鼓，榜人竞相挥桨

争渡；岸边丝竹陈设，短箫横笛，歌声洋溢；达官贵人于江上舟中观竞渡，饮酒赏乐，陈设棕子等节俗食物，饱醉尽欢。

第二段由两部分内容构成：江中有一大龙舟，正疾行向前，舟中立有一人，身着红衣，其后有童仆举华盖以荫之，舟旁簇拥有三小舟，当为护卫伺奉之用，可见此舟中所立之人地位尊崇；江畔有蜿蜒连绵的草亭，官员、民众正在其中观看。

后接王概《和左岩午日竞渡行》诗，其辞曰：

> 庐阳郡伯嘉绩多，瑞麦两歧时序和。重五焚香坐小阁，白鹅黄绢工临摹。公于利民无不举，时集多士酌澹河，沘水远自紫蓬蔟。入城淤淀填清波，会当奋锸讲农隙。流声澎澎通芍坡，大舟小舟任来往。汪子预将竞渡诗，余谓是举犹有待。公心自有澄陂在，词源学海验汪洋。大江濊湖同灌溉，郑祥远弁奏功能。张路斯尤称爱戴，亦复潮汐应天时。竞渡擘桡纷报赛，我既稔识语汪子，再图博公笑者再。

后署"和左岩《午日竞渡行》并补《龙舟载作》一图，请海正，五月六日秀水王概"。据此可知，作罢前图后，王概于次日又有和诗，并复作一图。

此《龙舟载作图》，单绘一青一褐二龙舟，竞渡于江面，舟首皆立一人，手执号旗，迎风而舞，舟中皆绘有罗伞，其下各立一人，一衣红，一衣黄，皆举手作指挥状。

其后为王方歧、徐扬题跋两侧。钤"王概""安节"二朱文印，"张之鉴藏""楚南周氏晓初珍藏"等鉴藏印四方。

王氏此《龙舟竞渡图》，以文字与图像之形式，展示了其时午日竞渡的节俗，为了解屈原在民间节俗中的影响提供了素材。

三、任熊的《楚辞》图像

任熊（1823—1857），字渭长，一字湘浦，号不舍，浙江萧山人。

少有逸才,弱冠即工画,尤善人物,宗老莲法,三十后遂自成家。善山水、人物、花卉、翎毛、虫鱼、走兽,无一不精;其笔力雄厚,气味静穆,深得宋人神髓。传世作品有《十万图册》《姚大梅诗意图》《自画像》《洛神图》《瑶宫秋扇图》《四季花卉图》等,其中多有与《楚辞》相关的图像。

(一)《姚大梅诗意图》中的《楚辞》图像

道光三十年(1850),任熊寄居于姚燮之大梅山馆。姚燮欣赏任熊"笔底明珠",任熊佩服姚燮的诗翰才华。于是姚燮从其所作诗集《复庄诗问》中"自摘其句",嘱任熊"为之图、灯下构稿、晨起赋色,阅二月余,得百有二十叶",成《姚大梅诗意图》。

今北京故宫博物院藏有一本,十册,绢本,设色,每册十二开,纵 27.3 厘米,横 32.5 厘米。其中第十册有与《楚辞》相关者。

1.《纫兰撷蕙楚臣骚图》

　　此图为《姚大梅诗意图》第十册第一开,其名出自姚燮《复庄诗问》卷二十一《绮碧四章示从军诸友》(其一),诗曰:"绮碧缠身金兽袍,流黄点额玉龙膏。薰心气息如醇酒,逼眼光辉似宝刀。抱月飘烟齐女怨,纫兰撷蕙楚臣骚。颇思彩笔携张敞,竟制回文寄窦滔。"①

　　任熊图绘一人,头束高冠,身着圆领长袍,右手抱持长剑,左手秉蕙,面目清瘦,形容枯槁,颜色憔悴,额头紧锁,目带忧郁,似正为国事而担忧。右上题署"纫兰撷蕙楚臣骚",点出图中人物身份为楚臣屈原。其下钤朱文"熊"方印。

　　此图衣纹圆劲,画面苍古,有极强的装饰性,且在细节表现上能突出个性,刻画人物内心情感,充分体现出任熊人物画的典型特征。

　　又,今学界多有认为任熊有单幅《屈原像》,署"永兴任熊渭长甫",钤白文"任熊"方印,然未明庋藏于何所,其图如下:

---

① (清)姚燮:《复庄诗问》卷二十一,清道光姚氏刻本。

　　将之与上图相较，可以发现，二者在构图、布局以及图像表现上皆极其相似，惟人物神情、胡须稍有差别。

　　2.《山鬼睇笑拖兰裳图》

　　此图为《姚大梅诗意图》第十册第七开，其名出自姚燮《华筵曲》，其辞曰："华筵云暖聚香麝，紫榭青芜春入画。天魔八队奏霓裳，风语吹笙极嫣妊。美人颜色殊桃李，餐嚼红冰羞月姊。澹能削俗秀可斫，缠骨轻肤润无理。结玉为意珠为情，流韵千回心寸死。高楼沉沉坐阑烛，三星在天照醽醁。鹍弦七柱合欢曲，荷华四棁露华绿。乌鸦愁雨鹊愁晓，隔幕鸳鸯自深宿。偶通幽语耐含咀，相对沉思转凄独。山鬼睇笑拖兰裳，水仙瑟瑟明月珰。芙蓉神女窈窕妆，各抱神意矜颉颃。彤霞郁彩布天阙，烂然九地生奇光。还看孤影倚灯壁，脉脉依依缋难极。生怜翠叶易成阴，三月东风愧残力。"①

──────────

①（清）姚燮：《复庄诗问》卷十二，清道光姚氏刻大梅山馆集本。

　　任熊图中,绘一女子,头饰二兽尾,身披薜荔,跨乘于赤豹之上,左手持旌旗,其上缀有石兰、杜衡、木兰等香草,其前有一文狸,正回首而视。左下书"山鬼睇笑拖兰裳",其下钤有白文"渭长"方印。

　　据此图绘内容来看,任熊当是取材于《楚辞·山鬼》篇"被薜荔兮带女萝""乘赤豹兮从文狸,辛夷车兮结桂旗"诸语而进行图像创作的。

　　(二)《湘夫人图》

　　上海博物馆藏有任熊《湘夫人图》,纸本,设色,纵 121.4 厘米,横 35.3 厘米。

　　此图当是据《九歌》之《湘夫人》篇而为之。图中所绘湘夫人,玉簪珠佩,锦衣宽带,长裙曳地,手执羽扇,神情肃穆,双眼似闭似开,无视它物,嘴唇缄默凝定,欲诉无言。背景中有据"袅袅兮秋风,洞庭波兮木叶下"句而绘之树叶,能与湘夫人"期而不至"的悲伤失落心情相映衬。

　　清人杨逸《海上墨林》载:任熊"画宗陈老莲,人物、花鸟、山水,解构奇占,画神仙道佛,别具匠心。"①就此《湘夫人图》来看,其所绘人物造型作适度夸张,但不失比例之和谐与体态之优美,设色也比较鲜艳丰富,纹饰繁缛,对比鲜明,整体色调光彩夺目,对陈洪绶所绘人物的奇异之态多有承继。

第五节　心蕴灵均九畹春:
女性创制的《楚辞》图像

　　有清一代,为数众多的女性以其情感与才华倾注于艺文创作,铸就了繁盛的艺文景观②,长期存在的那种男性文人的专属性几乎完全消解,而在一种人文气息浓厚且比较自由、开放的环境中③,大量的图像作品在女性手中产生了。她们往往以《楚辞》作品及兰、蕙等香草为图绘对象,或将《楚辞》文本予以图像化呈现,或描摹香草、香木情状,创作诸多题名《楚辞图》《高唐神女图》之类的图像作品,借以寄托情志,并作为与人交际之物,构成了蔚为壮观的《楚辞》图像群。兹参稽文献,作一考叙。

----

①(清)杨逸著,印晓峰点校:《海上墨林》,上海:华东师范大学出版社,2009年,第79页。

②据胡文楷《历代妇女著作考》收录,历代有著作成集的妇女4200人,其中清代就有3800多人。可见,清代女性艺文规模与成就都是前所未有的。

③罗时进:《清代江南文化家族的特征及其对文学的影响》,《江苏社会科学》,2009年第2期,第155页。

一、秦余女史《楚辞图》

清沈德潜《清诗别裁集》卷三十载周准《题秦余女史所画〈楚辞图〉》：

> 绕堂烟浪洞庭深，芳杜幽兰遍水浔。北渚已传湘女恨，南征更识楚臣心。云中桂棹声疑咽，天际瑶台影乍沉。写尽《离骚》无限意，《竹枝》歌罢又猿吟。①

周准(？—1756)，字钦莱，号迂村，江苏长洲(今江苏苏州)人。著有《迂村诗钞》《迂村文钞》《虚室吟稿》《瓢中》《鹤皋》《玉楮》等。

秦余女史，未详，俟考。

据周准诗可知，秦余女史绘有《楚辞图》，今虽难见及，然据诗中"绕堂烟浪洞庭深，芳杜幽兰遍水浔"，"写尽《离骚》无限意，《竹枝》歌罢又猿吟"诸句可推知，此图或是据《九歌》文辞而为之。

二、骆绮兰《佩兰图》

骆绮兰，生卒年不详，字佩香，号秋亭，又号无波阁女史，上元(今南京)人，一作江苏句容人。江宁诸生龚世治妻，早寡，移居丹徒。好吟咏，从袁枚、王文治学诗。工写生，尤喜画兰，以寄孤清之致。有自绘《佩兰图》《秋灯课女图》等，题者甚众。著有《听秋轩诗集》。

其《佩兰图》今未见及，然据《清代闺阁诗人征略》卷六载：图上有题句云"孤清看画本，骚怨得诗源"，为曾燠所题，其诗为《题句曲女史〈佩兰图〉》：

---

① (清)沈德潜等编：《清诗别裁集》，上海：上海古籍出版社，2013年，第1286页。

苍梧千古恨，帝子泣芳魂。化作湘江草，其心有泪痕。
孤清看画本（女史尝画兰），骚怨得诗源。今又披图幅，因知
性所存。①

显是道出其孤清秉性与欲借"佩兰"这一事象来认同《楚辞》
之"香草美人"传统，传递其清洁不群之衷情。

其后有王梅卿题诗："湘花湘草寄情深，纨扇将来着意吟。想
见画帘寒不卷，抱琴弹出美人心。"②亦用"湘花湘草"来点明骆绮
兰《佩兰图》所延续的楚《骚》传统。

不仅如此，诸多文人于此图亦有题咏之作。如其曾师事之的
王文治有《〈佩香图〉诗和句曲女史自题元韵》诗，其辞曰：

伊人静如兰，日夕与兰对。自是契兰心，匪惟写兰态。
生小深闺中，与世殊憎爱。芰荷制为衣，明月裁为佩。独向
风前立，幽香袭罗带。吾闻古道者，见人辄欲退。蓬艾蔽其
居，中和养其内。君夙耽幽吟，屈宋作侪辈。近复喜无生，微
尘亲人代。绘图等空花，真我应何在。只愁下界人，比作兰
香队。岁岁花放时，芳樽向君酹。③

诗作围绕"兰"而展开，将骆绮兰比作兰，并点出其因喜兰而
日夕与兰对的生活情状，继而言及其绘《佩兰图》，乃是借佩兰来
寄予高洁之意，非是只为勾勒兰之形态；接着，王文治化用《离骚》
"制芰荷以为衣"与《涉江》"披明月兮佩宝璐"语，描摹骆绮兰姿
仪，称赞其"中和养其内"之品质，并盛赞其精神可与屈宋作侪辈。

---

① （清）曾燠：《赏雨茅屋诗集》卷二，清嘉庆二十四年（1819）刻本。
② 施淑仪：《清代闺阁诗人征略》卷六，北京：中国书店，1990年，第7页。
③ 刘奕点校：《王文治诗文集》，北京：人民文学出版社，2014年，第553页。

三、《高唐神女图》

被谭献《箧中词》誉为"春兰"的叶衍兰(1823—1897),工小篆行楷,精于绘清代学者像,曾创作出诸多题咏绘画之词作。

据《海云阁诗钞》《秋梦庵词钞》载:叶衍兰有题画词《金缕曲·题友人看剑读书图》《疏影·题自画花影吹笙仕女》《绕佛阁·题圆圆小像》《台城路·题自画梅雪幽闺图》《声声慢·韩熙载夜宴图摹本和友人作》《西子妆·题玉珊寒松阁填词图》等,其中《珍珠帘·题〈高唐神女图〉》曰:

> 楚天环佩清秋迥,悄姗姗、惟见行云微步。兰泽散芳馨,压六宫眉妩。巫峡生涯原是梦,浑不怕、细腰人妒。凝伫。望缥缈仙辂,鬖鬖风雾。
>
> 休说幻想荒唐,只微词托兴,一篇遗赋。幽咽到惊鸿,写洛川神浦。翠盖霓旌无处所,总肠断、峰头朝暮。愁绪。认倩影阳台,春风留住。[1]

据此词可知,叶衍兰曾见过《高唐神女图》,图中当是据《高唐赋》《神女赋》绘有楚王与神女形象。

四、余韫珠《高唐神女图》刺绣

邓之诚《骨董琐记》卷五:"清代女子工绣者,广陵余氏女子韫珠,年甫笄,工仿宋绣,绣仙佛人物,曲尽其妙,不啻针神。曾为阮亭绣神女、洛神、浣纱诸图,又为西樵作须菩提像,皆极工。"[2]

---

[1]（清）谭献辑,罗仲鼎校点:《清词一千首》,杭州:西泠印社出版社,2007年,第322页。

[2]邓之诚著,邓珂增订点校:《骨董琐记》,北京:中国书店,1991年,第145页。

据《渔洋精华录》卷二,其事在顺治十八年(1661)。王士禛为赋《题余氏女子绣〈浣纱〉〈洛神〉图二首》,并填四词以咏之。邹祗谟《远志斋词衷》:"近阮亭、金粟,与仆题余氏女子诸绣,如《浣纱图》,则用《浣溪纱》《思越人》《西施》等名。《高唐神女图》,则用《巫山一段云》《高阳台》《阳台路》等名。《洛神图》,则用《解佩令》《伊川令》《南浦》等名。《柳毅传书图》,则用《望湘人》《传言玉女》《潇湘逢故人慢》等名。"①则王士禛所作之四词为《浣溪沙》《巫山一段云》《解佩令》《望湘人》,题《高唐神女图》者为《巫山一段云》。

据此可知,清广陵女子余韫珠工于刺绣,曾为王士禛绣有《高唐神女图》。

其后,邹祗谟、彭孙遹、陈维崧、董以宁、彭孙贻诸人皆有和作。

邹祗谟(1627—1670)《丽农词》载《阳台路·为阮亭题余氏女子绣〈高唐神女图〉》:

巫山梦,浦兰含彩照,朝云神女。谁把纤秾长短,写出迁延徐步。宋玉当时,玮态瑰姿,彩毫曾赋。梦来去。又瑶珮褰帷,杳不知处。

但见吴绫一幅,绣无双、鸿惊凤举。彩缥吹烟,香透缯云丝雨。只描到使君,银钩小字,断肠千缕。大夫枕上依依,梦魂谁主。②

词之上阕言及宋玉赋作以文字描摹高唐神女玮态瑰姿之语象,下阕称赞余韫珠用吴绫所绣之《高唐神女图》举世无双。

---

①岳淑珍校注:《杨慎词品校注》,郑州:中州古籍出版社,2013年,第339页。
②南京大学中国语言文学系《全清词》编纂研究室编:《全清词·顺康卷》(第5册),北京:中华书局,2002年,第3008页。

其他诸人词作亦多如此着笔,如彭孙遹《高阳台·题余姝所绣〈高唐神女图〉》:"帝女归来,一天秋色,楚峰十二苍苍。听说当年,曾经荐枕先王。细腰宫里颜如玉,更相寻、雾縠霓裳。问此时,翠盖鸾旌,谁见悠扬。巫山枉断人肠。纵阳台遗迹,未尽虚茫。回首宸游,沉沦幽佩堪伤。一自侍臣书好梦,千载下、云雨生香。又何人,剪雨裁云,幻出高唐。"①彭孙贻《潇湘逢故人慢·题余氏女子绣〈高唐神女图〉遥和程村阮亭》:"朝云何处,从黛里九嶷,裙端湘水。飞下岷峨路。想十二峰头,烟丝雾缕。缭绕君王,略回避、细腰宫女。暗追寻、帝子行踪,三峡碧空中住。山霭苍苍欲暮。奈花落黄陵,如花人去。肠断《高唐赋》。笑宋玉情多,楚襄梦错。仿佛搴帱,痴绝到、绣床灯洝。倩才人、云雨清词,重向巫山题过。"②陈维崧《高阳台·题余氏女子绣〈高唐神女图〉为阮亭赋》词:"巫峡妖姬,章台才子,赋成合断人肠。绣阁停针,含情想像高唐。渚宫旧迹今何在,不分明、水殿云房。斲蝉鬓、忆著行云,恰费商量。蘅皋暮雨凄凉。只楚天一碧,与梦俱长。雾縠霓旌,几时重得侍君王。小睡红绒思好事,却剪刀、声出回廊。更添些、红杜青苹,做出潇湘。"③董以宁《声声慢·为王阮亭题余氏女子绣〈高唐神女图〉》:"琵琶峰下,云雨台边,似曾亲见瑶姬。缥缈氤氲,宛如荐枕当时。只是先王曾幸,怎襄王、梦里重思。些个事,教针神代揣,欲绣还疑。莫问去来何意,更搴帱请御,整珮还

①南京大学中国语言文学系《全清词》编纂研究室编:《全清词·顺康卷》(第10册),北京:中华书局,2002年,第5927页。

②(清)彭孙贻:《茗斋诗馀》,上海:商务印书馆,1936年,第82页。

③南京大学中国语言文学系《全清词》编纂研究室编:《全清词·顺康卷》(第7册),北京:中华书局,2002年,第4132页。

持。但问图中,一行绮语谁题。好从色丝黄绢,想拈针、少女风姿。恰称得,犊车人、绝妙好辞。"①诸词皆是从余韫珠所绣《高唐神女图》的取材渊源写起,先描摹宋玉《高唐赋》《神女赋》中所刻画的"巫山之女"形象及其与楚王"人神道殊"故事,抒泄"不遇"之惆怅,继而引起余氏刺绣之图,或称赞其技艺之精,或言及其与王士祯之交情。

余韫珠取材于《高唐神女赋》,刺绣为图,以赠王士祯,既拓展了《楚辞》图像的载体样式,也扩大了《楚辞》图像的传播途径及影响空间,并在一定程度上促成了《楚辞》图像题咏诗文的生成,其意义自不容忽视。

五、吴藻《饮酒读骚图》

吴藻(1799—1862),字苹香,自号玉岑子、花帘主人,仁和(今浙江杭州)人。自幼好学,长则肆力于诗词,又善鼓琴,娴于音律,尤精倚声,亦精绘画。著有《花帘词》《香南雪北词》《饮酒读骚图曲》(又名《乔影》)、《花帘书屋诗》等。

据清彭蕴璨《历代画史汇传》卷六十七载,吴藻"每饮酒,读《离骚》,小影作男子装,自填南北调乐府,极感慨淋漓之致,托名谢絮才,殆不无天壤王郎之感耶"②。

可见,作为女性的吴藻,崇敬屈原,对体现诗人政治理想的抒情诗《离骚》异常喜爱,常年手不释卷,并饮酒读《骚》,且在自画像中将自己装扮成男儿。

---

① 南京大学中国语言文学系《全清词》编纂研究室编:《全清词·顺康卷》(第9册),北京:中华书局,2002年,第5214页。
② (清)彭蕴璨:《历代画史汇传》卷六十七,清道光刻本。

　　梁绍壬《两般秋雨庵随笔》卷二"花帘词"条载:"(吴藻)又尝作《饮酒读〈骚〉长曲》一套,因绘为图,已作文士装束,盖寓速变男儿之意。"①

　　据此可知,吴藻曾制《饮酒读骚曲》,并据曲而绘图,后多有学者为其曲及图题写诗文,如许乃毂为《饮酒读骚图》题辞云:"我欲散发凌九州,狂饮一写三闾忧。我欲长江变春酒,六合人人杯在手。世人大笑谓我痴,不信闺阁先得之。"②梁德绳有《题吴苹香〈饮酒读骚图〉》诗:"天生幸作女儿身,多少须眉愧此人。纵使空山环佩杳,斯图千载足传神。"清陆继辂《崇百药斋三集》卷三载《泉塘女士吴苹香自写〈饮酒读骚图〉作男子衣冠为题三绝句》诗:"屈刀勿作镜,还我腰间佩。齿冷王明君,画裙出边塞。笑不学梁夫人,愁不效西施矉。穷涂快意一恸,冠缨索绝臣髡。湘草湘花恨未休,《离骚》元说是离忧。如君便作黄崇嘏,那有仙人许状头。"③叶绍本《白鹤山房诗钞》卷十七载《题吴苹香女史〈饮酒读离骚传奇〉》诗:"扫眉才子蕊珠仙,何事闲愁欲问天。千古伤心兰芷地,怜他红袖吊沉渊。泡影何须辨幻真,三生偶现女儿身。班姬自有流连集,莫羡兰台珥笔人。绿么新调按红牙,玉茗风情未足夸。谱出尊前肠断句,一时清泪湿琵琶。"④皆盛赞作为闺阁女子的吴藻,却作《饮酒读骚图》,足令须眉有愧。

　　清人汤漱玉在《玉台画史》中将女性画家分为四类:宫掖、名

①(清)梁绍壬:《两般秋雨庵随笔》,清道光振绮堂刻本。
②冯沅君:《古剧说汇》,上海:商务印书馆,1947年,第375页。
③(清)陆继辂:《崇百药斋三集》卷三,清道光八年(1828)刻本。
④(清)叶绍本:《白鹤山房诗钞》卷十七,清道光七年(1827)桂林使廨刻增修本。

媛、姬侍、名妓,就创作《楚辞》图像的女性作者之身份来看,可以发现,与明代所不同的是,清代主要是名媛参与其中,姬侍、名妓之类的作者不多见。而且,这一时期女性的《楚辞》图像创作在一定程度上成为公共文化产品,在男性士人的文化空间中产生广泛影响,这是前代所未曾见到的。

第六节　古祠遗像照沧波:
庙祠中的《楚辞》图像

有清一代,屈原虽未受到最高统治者之封谥,然屈原庙祠却遍布大江南北,如《大清一统志》卷六十七载有兴化县东北四十里之三闾大夫庙,卷二百五十九载有武昌县东北、通山县南之三闾大夫祠,卷二百七十三载有归州东二里相公岭、归州西十里大江畔、兴山县北之三闾大夫祠,卷二百八十载武陵县东二里三闾大夫祠,卷二百八十七载澧州东北二里三闾大夫祠;《江西通志》卷一百八载高安县东金沙台三闾大夫庙,清江蛟湖之滨屈原庙,武宁县治南昭灵祠,永丰水南三闾庙;《江南通志》卷四十载兴化县沧浪里三闾大夫庙,卷四十一载太湖县南六十里祀三闾大夫之北神庙,卷四十一载望江县雷港镇祀屈原之忠洁王庙;《湖广通志》卷二十五载通山县通津桥南三闾大夫祠、归州清烈公祠、东安县斜溪源三闾大夫庙、沅州昭灵庙、钟祥县城威武门外三贤堂、善化县屈贾二公祠、湘阴县汨罗庙、益阳县五贤祠、平江县三贤祠、江夏县三忠祠、巴陵县城南三闾大夫庙、澧州东兰江驿屈原祠,等等。出于祭祀之需,这些庙祠中多建置有屈原神主、造像,或是绘有屈原像。兹择其要而考叙之。

一、无为州三闾大夫祠中的屈原像

清常廷璧修，吴元桂纂《（乾隆）无为州志》卷九：

> 三闾大夫祠，在南乡灰河镇。相传屈子神像自湘水漂来，泊于本镇江浒。镇人建祠祀之。一名水府庙。①

据此可知，清康乾时期，无为州（今安徽无为市）南乡灰河镇有三闾大夫祠，此祠乃是因江边有自湘水漂至的屈原像而建，故祠中当有屈原造像，或是径取漂来之像而为祀主。

二、兴化拱极台中的屈原像

兴化城（今江苏兴化市）北海子池畔有拱极台，始建于宋，依城为台，按五行方位及其对应"四象"中之玄武，取名"玄武台"，亦名"玄武灵台"。明嘉靖十七年（1538），知县傅佩开辟玉带河引水入海子池，为巩固城防重修此台，取意于《论语·为政》篇"为政以德，譬如北辰，居其所，而众星拱之"句，更名"拱极台"，以表拱卫北极、卫护君王之意。

嘉靖三十六年（1557），知县胡顺华筑城御倭，复修此台。

万历九年（1581），知县凌登瀛将此台列入"昭阳十二景"。高谷有诗赞云："台高北极隆千古，祠屋依依近水滨。香结瑞云微燕火，月团葆羽不惊尘。几株疏柳城鸦集，十里平芜野天驯。愿得居民常席庇，年年来为荐芳苹。"②

乾隆十年（1745），知县李希舜定拱极台为昭阳书院，东庑建"三贤祠"，祀明李戴、欧阳东风、刘士璟三贤令，后易名"遗爱祠"；

---

① （清）常廷璧修，吴元桂纂：《（乾隆）无为州志》卷九，清乾隆八年（1743）刻本。
② （明）胡顺华：《（嘉靖）兴化县志》卷四，明嘉靖刻本。

西庑建"屈子祠",祀三闾大夫。此祠中设有屈原造像,刘熙载在登临拱极台时,曾拜谒屈原像,并写下《拱极台谒三闾大夫像三首》,其辞曰:

> 屈子祠高夕照前,孤忠千古动流连。自知謇直匡时拙,岂谓灵修拒谏坚。虚阁回风仍飒飒,闲阶芳草自年年。一生血泪《离骚》在,不为词章重昔贤。

> 未回主志愧贞臣,侘傺频烦岂为身。溘死浑疑成僻性,客游焉可例宗亲?九年长弃皋兰老,千载还供露菊新。到此吟怀易惆怅,更堪风雨问江滨。

> 从来清浊两流歧,但立修名谤已随。贾傅异时犹吊古,上官同列故倾危。然疑满腹天难问,婞愕扬眉世讵宜?不识魂归自何处,暮烟幽树总迷离。①

据诗可知,刘熙载曾于傍晚时分伫立屈子祠畔,回风飒飒,野草萋萋,面对屈原像,思想其"謇直匡时拙"、因"恐皇舆之败绩"而矢志为国"九死未悔"的种种事迹,不由得为其"孤忠"精神而感动;"一生血泪《离骚》在,不为词章重昔贤"句,亦是点明《离骚》除却因"词章"为世人所重外,其中寄予屈原"一生血泪",展示其忠君爱国、矢志不移之精神才是令其"千古动流连"的根本原因,而这也正是后人置屈原庙祠、塑屈原像以祭祀之的重要原因。

三、平江屈原庙中的图像

据李元度《天岳山馆文钞》卷四载:光绪元年(1875),平江运

---

① (清)刘熙载著,薛正兴点校:《刘熙载文集》,南京:江苏古籍出版社,2001年,第681—682页。

淮盐者,佥议醵金立屈子庙,卜地河泊塘之邱。业操舟者闻之,翕
然输金以佽。越明年,庙成,縻白金万有奇。"庙基广轮十余亩,
为堂三成,翼以东西序。其前为门庑,厢軨庖湢、神厨神库之属咸
具。像设既肃,笾豆静嘉,父老叹嗟,饮食水旱必祭。"①

其中"像设既肃"句,即可见出,庙中当设置有供乡人祭拜之
屈原像。

李元度还撰《河泊塘新建屈子庙碑》,以为"屈子为洙泗、邹
峄后一人,其忠则关龙逄、比干之杀身以成仁也,其义则伯夷、叔
齐之举世非之不顾也,其文章则《三百篇》后、汉魏作者以前,屹
然一大宗也",而"屈子至今二千余年矣,鄢、郢既墟,秦社遽屋。
亡秦者,涉也,心也,刘也,项也,皆楚人也,屈子之孤愤宜可以
舒矣。抑自嬴颠刘蹶已来,沧桑岸谷类浮云之变,灭于太虚,
而子之节义文章,独能光日月,动鬼神,永与山川不坏。然则
昔之苦雨凄风,今宜为祥云善气矣。庶几时雨旸,袪疫疠,以
永福我湘氓,于弗替哉。……今之迎飨乐神也,宜楚声,乃为
之辞曰":

溯汨罗之瀁潚兮,陟玉笥之嶔巇。揽杜蘅以掩涕兮,謇
独怀此湘累。嗟灵均之娇节兮,佩申椒与菌桂。艺九畹及百
晦兮,又纫之以兰蕙。怅灵修之怊怅兮,信谣诼使嫉娥眉。
茷专佞以叨秽兮,萧又充乎佩帏。忳郁邑而侘傺兮,曰余式
乎前德。宁赴湘流而葬鱼腹兮,循彭咸之遗则。神溘埃风而
上征兮,望故都且焉止息。朝发轫于九疑兮,就重华以告哀。
夕弭节于洞庭兮,诉帝子而抒怀。前罗孝子使先驱兮,后贾

①(清)李元度撰,王澧华点校:《天岳山馆文钞·诗存(一)》,长沙:岳麓书
　社,2009年,第105页。

生其许追陪。神剡剡兮归来，作新庙兮汨之隈。蕙栋兮荃堂，辛夷楣兮药房，芰荷衣兮芙蓉裳。神之格兮宴嬉，援北斗兮酾天浆。神醉饱而降福兮，骖青虬与赤豹。俾江水其安澜兮，驶兰桡与桂棹。罗之国兮汨之邱，家有庆兮岁有秋。更千龄万祀兮，荐角黍而饫灵庥。①

先化用《离骚》文辞，对屈原之人生际遇进行简要勾勒，继而多用《九歌》文辞，描摹此庙之建造过程，最后表达祭祀屈原的期望，"家有庆兮岁有秋"，从中可以见出，此期的庙祠祭祀中，屈原已被赋予地方神灵的功能，寄托民众祈求岁丰年稔、人稠物穰的现实期望。

四、长沙屈贾祠中的图像

《湖南通志》载："屈贾祠在县西濯锦坊，即汉贾谊故宅。旧专祀谊，后并祀楚屈原。"②《长沙县志》载："祠建于成化元年，至万历八年兵道李天植增祀屈原，改为屈贾二先生祠。"③

据此可知，明成化元年（1465），长沙贾谊古宅曾被建置为贾谊祠，以祭祀贾谊；迨至万历八年（1573），祠中增祀屈原，祠名亦改为"屈贾二先生祠"。

清方孝标《钝斋诗选》卷十九载《过屈贾祠》诗，其辞曰：

欲寻故宅过高祠，二像巍然湘水湄。异代藻才同放逐，几朝桑海共威仪。身留宗国宁无悟，材老英君用有时。莫怪

---

① （清）李元度撰，王澧华点校：《天岳山馆文钞·诗存（一）》，长沙：岳麓书社，2009年，第106页。

② （清）汪煦等：《（嘉庆）湖南通志》卷一百八十五，清刻本。

③ （清）刘采邦等：《（同治）长沙县志》卷十四，清同治十年（1871）刻本。

史迁曾合传,半为哀怨半微词。①

诗作言及"二像巍然湘水湄",则方孝标所拜谒之屈贾祠中当有屈原、贾生二人之塑像,其时屈贾祠中仍然是二人并祀。

清嘉庆元年(1796),岳麓山长罗慎斋于岳麓山建屈子祠,该祠复独祀贾谊。

五、沙亭烟筅冈三闾大夫祠中的图像

据清人屈大均《三闾大夫祠碑》文载:沙亭乡有烟筅冈,巍然高大,其势与华山、狮岭东趋海门,绵亘不断。冈之南麓,建有"三闾大夫祠",而题向堂曰"忠过",仪门曰"日月争光",寝室曰"辞赋之祖"。"祠之中,刻司马迁所作列传于石;壁之左,书《离骚》二十五篇;右则图画先大夫放逐行吟诸事迹,使吾宗子姓有所观感,高其节行,玮其文辞,沉潜反复,嗟叹咏歌,以为事父事君之大纲在是,学诗之本亦在是,斯亦高阳苗裔一家之正学也哉。"②

据此可知,屈大均曾于沙亭烟筅冈立三闾大夫祠,祠中刻有司马迁《屈原列传》与《楚辞》二十五篇,并绘有屈原放逐行吟诸事迹图像。

其于此碑文中复言:

> 岭之南,亦楚之边境,向无大夫祠宇,今始于沙亭作之,以宋玉、景差、唐勒三高弟配享左右者,盖答其《招魂》《大招》之情谊,而昭其联藻日月、交彩风云之美者也。

据此可知,此三闾大夫祠中复有作为配享者的宋玉、景差、唐

---

① (清)方孝标撰,唐根生、李永生点校:《钝斋诗选》,合肥:黄山书社,2014年,第363页。

② (清)屈大均:《翁山文钞》卷三,清康熙刻本。

勒造像。

　　值得注意的是,在《三闾大夫祠碑》文中,屈大均在将《楚辞》与《诗》相比较的基础上,推许了《楚辞》的地位与价值:

　　　　三百五篇一正一变之源流,至《离骚》而止矣。兴观群怨之情义,亦至《离骚》而止矣! 夫《离骚》所以继《诗》,《诗》,譬之日也,《离骚》,月也,有日不可以无月,有诗不可以无骚,宜汉代自武帝淮南王而下,皆尊尚之,为之章句,而分为一经,二十有四传,以拟夫仲尼之所删□者也。盖与二曜而同丽乎天,与六经而并垂于世矣!①

　　而且,在此三闾大夫祠落成之后,屈大均还"将使吾宗操觚之子,皆以尊貌为归,凡有所作,合之为三闾家言,以附于《楚辞》之后,一以翼诗,一以翼夫春秋,斯亦先大夫之灵爽实式凭之,而乐得于其苗裔者哉"。

　　在此《三闾大夫祠碑》文中,屈大均还系以长歌作为乐神之曲,使子弟之秀者,自年十二至十五者,分行歌之,其辞曰:

　　　　扶胥流兮汤汤,烟筜蓊兮苍苍。楚同姓兮聚族,同累祖兮高阳。自华阴兮迁此,实三闾兮大宗。作尊貌兮翼翼,祀《骚》圣兮中央。配唐、景兮宋玉,三高弟兮同堂。莫直谏兮有愧,但辞令兮从容。楚好辞兮巧说,惟大夫兮作倡。羌温柔兮敦厚,与《风》《雅》兮同行。《诗》为经兮《骚》传,合为一兮斯臧。皆圣人兮膏沐,苟不学兮面墙。事君父兮由此,为忠爱兮大纲。既怨诽兮不乱,兼好色兮无荒。虽跌宕兮神怪,盖无聊兮言放。乃《风》《雅》兮再变,故比兴兮无方。薄云天兮高义,岂怨愤兮失中。廿五篇兮讽谏,长蝉连兮哲王。

---

①(清)屈大均:《翁山文钞》卷三,清康熙刻本。、

志存君兮兴国，反复陈兮精诚。宁宗臣兮可去，何故都兮可忘？同箕子兮蒙难，忍被发兮佯狂。同比干兮恩义，虽体解兮何伤？同史鳅兮尸谏，沉玉躯兮清湘。同子车兮生殉，魂西逐兮咸阳。游诸侯兮不忍，与宗社兮存亡。纷处心兮忠厚，冀感动兮多端。虽放流兮弗怼，思反国兮劻勷。报秦仇兮未得，悲客死兮豺狼。不共天兮怨毒，含垢耻兮以终。为国殇兮安得，慕鬼雄兮沙场。为君带兮犀甲，愿首离兮不惩。魂魄毅兮徒尔，憾尺寸兮无功。国无人兮已矣，任谗贼兮披猖。既张仪兮谲诈，复郑袖兮为殃。日覆军兮杀将，气衰竭兮不扬。奋吾身兮莫救，徒匍匐兮仓皇。穷呼天兮哽咽，安所排兮天阍。从彭咸兮自绝，临汨渊兮彷徨。自招魂兮来返，惟皇祖兮是凭。社稷倾兮旦夕，虽有身兮何葬。恐江鱼兮不食，让腐肉兮蛟龙。朝河伯兮交手，暮虙妃兮同寐。结洞庭兮荷屋，葺北渚兮桂宫。夏为丘兮已久，两东门兮已平。惟沙亭兮汤沐，亦大夫兮归乡。有江沱兮一曲，绕祠下兮泱泱。纷子姓兮千百，疑末胄兮伯庸。惟离骚兮衣被，咸驰骋兮篇章。传兰芭兮妇女，拾香草兮童蒙。追忠洁兮逸步，复清烈兮芬芳。变离骚兮婉顺，作乐府兮慨慷。师微辞兮乱诔，与少歌兮颃颃。望灵来兮儵忽，奠椒醑兮用享。庶一家兮楚学，世祖述兮无穷。①

　　此三闾大夫祠下临清溪，上倚高阜，有荔枝榕树之荫、禾稼蒲荷之美，屈大均乃于祠前建"水仙亭"，"奉大夫画像，而以渔父配之"，以祭祀屈原。可见，此"水仙亭"中当供奉有屈原及渔父画像。

---

①（清）屈大均：《翁山文钞》卷三，清康熙刻本。

在《水仙亭碑》中，屈大均还主张祭祀屈原当在五月之望，而不是一般民众所习惯于的五月五日，这是因为根据《隋书地理志》记载，屈原"以五月望日赴汨罗"，是故当以五月之望，为三闾讳日，不当以五日为之。屈大均在碑文后还作有骚体诗歌：

> 彼美人兮水一方，朝沅澧兮暮潇湘。乘文鱼兮何儵忽，有南海兮为归乡。白鸥飞飞兮似夫，君之为渔父而皎洁。其衣裳化水仙兮不见，与葭葰兮微茫。枫萧萧兮吟啸，水禽惊兮相叫。似九歌兮遗音，半入予兮清琴。曲未终兮风雨乱，吹涕泪兮满空林。[1]

在此三闾大夫祠之后，屈大均复作"婵媛堂"，以祀大夫之姊女媭。在其所作之《婵媛堂碑》文中，屈大均对"女媭"所指问题进行了细致讨论：

> 媭，姊也，楚人谓姊曰媭，犹诗言"彼姝者子"也。《水经注》云："屈原有贤姊，闻原放逐来归，喻之令自宽，乡人因名其地曰姊归。后以为县曰秭归。县北有原故宅，宅之东北有女媭庙，捣衣之石尚存。"又曰："屈原既放，忽然暂归，乡人喜脱，因名曰归乡。"《江陵志》云："女媭祠在原故宅之北，原故宅在姊归，乡曰姊归者，喜大夫姊之归也。"曰归乡者，喜大夫之归也。捣衣石，一名女媭砧，在祠之北，时当秋风夜雨之际，砧声隐隐可听。云婵媛者何？《离骚》经云"女媭之婵媛兮，申申其詈予。曰鲧婞直以亡身兮，终然夭乎羽之野。汝何博謇而好修兮，纷独有此姱节。薋菉葹以盈室兮，判独离而不服"，此六语，女媭之词也。王逸曰："婵媛，犹牵引也。"《湘君》之歌云"女婵媛兮为余太息"，女谓女媭也。《哀郢》云

---

[1]（清）屈大均：《翁山文钞》卷三，清康熙刻本。

"心婵媛而伤怀",《悲回风》云"忽倾寤以婵媛",亦顾恋流连
之意也。申申,舒缓也,大均曰:女婴以大夫过于刚直,恐亦
将如鲧之速祸,其爱大夫也深矣,独举鲧以为言,以颛顼五世
而生鲧,大夫与鲧同出于颛顼,故援本宗以为戒也,此骨肉一
本之情也。又以大夫博謇好修,纷有姱节,不与众人服此菉
葹恶草,抑何其善于称誉大夫也。知弟者莫若姊,如女婴者,
可谓之贤妇也已。自昔屈氏女子,能从容辞令者,自女婴始。
申申之詈,盖不得已而反言之,正言浅而反言深,此诗人怨诽
不乱之旨也。大夫爱其言之善,故书于《离骚经》以传之。嗟
乎! 古有以其姊传者,若聂政之姊婪,与三闾之姊女婴是也。
女婴贤而有文,求之于《三百篇》中,盖亦《葛覃》之妇人、《白
茅》之女子欤? 然非大夫作《离骚》,亦何从而知其名,并传其
丽则之辞于后世也? 所憾者,大夫之亡,宋玉有《招魂》,景差
有《大招》,师弟子之情,见于哀些缠绵如此,而女婴无一辞以
投汨罗之水耳。或曰:"婴先大夫卒。"嗟夫! 婴固屈氏之女
宗也,予祀之,以俾我屈氏之女,皆得所师,亦吾宗之所以为
礼也。系以辞曰:

　　《离骚》之文称父与姊,父能锡余以嘉名,姊能申申以詈
己,伤博謇之好修,终同鲧兮殛死。盛姱节兮缤纷,弃薋葹而
服琼蕊。邦无道而不能愚,徒尸谏兮湘水。待哲王兮悔悟,
应远游兮在迩。牵衣袂以婵媛,恐怀沙之不可止。念骨肉兮
至情,欲誉之兮反毁。羌大夫之丽辞,得婴言而益美。何骚
赋兮一家,有女兄兮瑰玮。迎佳人兮屈沱,见姊归兮皆喜。
遗文石兮捣衣,恍砧声兮在此。作庙貌兮祷祠,纷女巫兮作
使。爱大夫兮及婴,长思君兮姝子。灵冉冉兮来沙亭,有同
姓兮一士。为骚圣兮兰堂,画婴像兮可似。和楚辞兮娱神,

庶九歌兮风旨。①

从"画婴像兮可似"句中不难见出,婵媛堂中亦有女婴之画像。

值得注意的是,屈大均还曾在其自建之祖香园、三闾书院中供奉屈原像。

康熙二十二年(1683),屈大均于其家乡番禺建"祖香园",闭门著述。其《广东新语》卷十七中载有相关文辞:祖香园在沙亭乡,吾以园中草木,皆有先祖三闾大夫之遗香,故以名园。园之中有"骚圣堂",其木主书曰"楚左徒三闾大夫先公屈子灵均之位",旁二主书曰"楚大夫宋玉先生之位""楚大夫景差先生之位",二先生皆高弟子,故以配享,而三闾大夫画像则以渔父、詹尹参之,以尝相与问答,见诸《楚辞》者也。或谓渔父者,三闾大夫寓言,《沧浪》一歌,亦《离骚》之短篇。《离骚》之长,《沧浪》之短,是皆楚风之正。亦一说也。② 据此可知,祖香园中有"骚圣堂",堂中设屈原木主,旁边分摆宋玉、景差灵位,又挂三闾大夫像,以渔父、詹尹参之,则此图中当绘有三人,或与萧云从《离骚图》中所图绘之形象有相类似处。

第七节　寄形于文字中的清代《楚辞》图像

在清代诗文中,也存在不少题咏《楚辞》图像(包括《楚辞》作家如屈原、宋玉等人图像,《楚辞》作品图像,《楚辞》文化图像等)的作品,今难见其形象,惟借有限之文字,遥想其图画之内容。

为行文之便,本部分也根据图像题材类属按屈原图像、《楚

---

① (清)屈大均:《翁山文钞》卷三,清康熙刻本。
② (清)屈大均:《广东新语》卷十七,清康熙天水阁刻本。

辞》作品的图像呈现、《楚辞》衍生图像三部分予以编排,每部分中,又依据载录图像的文献作者生活时代之先后顺序予以编次,不明者附于最末,以求条清缕析。

一、屈原图像

清人诗文中所涉及的《楚辞》作家之图像,主要与屈原有关,且多数依据《楚辞》原文,描摹相关人物故事,其中代表性作品即是谭莹所见《三闾大夫纫秋兰图》。

谭莹(1800—1871),字兆仁,号玉生,广东南海(今广州市)人。道光二十四年(1844)举人,历官琼州府学教授,加内阁中书衔。历任粤秀书院、越华书院、端溪书院院监数十年,曾与伍崇曜编辑汇刻《岭南丛书》《粤雅堂丛书》《粤十三家集》等;擅骈文,诗词亦为人称道,著有《乐志堂诗集》《辛夷花馆词》等。

谭莹作有《题〈三闾大夫纫秋兰图像〉》诗,其辞曰:

> 山鬼女萝原别派,寒泉秋菊可同龛。千年并洒兴亡泪,剩墨离离郑所南。①

据此诗可知,其时当有《三闾大夫纫秋兰图》存世,今虽未见,然据题名推之,当是据《离骚》"纫秋兰以为佩"而图绘者,其中或有屈原及香草形象。

二、《楚辞》作品图像

清人诗文中,还能见及诸多描绘《楚辞》作品如《离骚》《九歌》《高唐赋》《神女赋》诸篇的图像之作。兹据王逸《楚辞章句》所列《楚辞》作品先后顺序,根据图像作者生活时代先后之序,予以

---

① (清)谭莹:《乐志堂诗集》卷二,清咸丰九年吏隐园刻本。

考述。

（一）乔崇烈书《离骚》

乔崇烈，字无功，号学斋，江苏宝应人，生卒年不详，康熙四十五年（1706）进士。工诗文，善书，行草运笔恣纵奇崛，刚健硬朗。著有《学斋集》等。

清朱彝尊《曝书亭集》卷二十一载《题乔孝廉（崇烈）书〈离骚〉》诗：

> 伯时图《九歌》，和仲书《九辩》。昔贤爱《楚辞》，重之若笙典。舍人工楷书，法在去肥软。三真六草间，用意带章篆。年来日临池，真迹满巾衍。《离骚》思所寄，一写一百卷。吾思屈子才，妙语恣抽演。美人与芳草，发兴义微显。灵修美始合，改路忽他践。蕙兰磐石阿，终憾托根浅。一旦化为茅，遂为菉竖蕞。冶容非不工，其奈出辞謇。扬蛾众女前，谣诼讵能免。水流岂复回，石烂不可转。斯人久沉湘，心事尔能阐。想当怀伯庸，以兹费藤茧。纸长三过读，令我亟称善。冷笑书《洛神》，取义毋乃舛。①

其中言及书《九辩》之"和仲"，即宋人叶鼎，古括（今浙江丽水）人，号山涧，生平未详②。

就诗作来看，乔崇烈工于楷书，用意带章篆，且习书勤奋，常书《离骚》以寄意。

（二）钦揖《离骚图》

钦揖，一名钦抑，字远猷，号无庄、远游子，江苏吴县（今苏州）

---

① （清）朱彝尊：《曝书亭集》卷二十一，《四部丛刊》景康熙本。
② （明）陶宗仪撰，徐美洁点校：《书史会要》，杭州：浙江人民美术出版社，2012年，第190页。

人，生卒年不详。博学通经史，书法学欧阳询、褚遂良，清雅道劲；善山水、人物、花鸟，笔力精劲，清疏淡雅，灵秀逸韵，所作《离骚图》《仪礼图解》《古诗十九首图册》《山水人物花鸟册》《山水图册》等均为时人称赏。

清人张大绪有《题钦揖画〈离骚图〉》诗，其辞曰：

> 钦子古逸民，结交半缁流。清诗诵贾岛，小楷师钟繇。
> 忽摹楚《离骚》，神鬼供冥搜。经营在象外，畦径迥不侔。疑
> 其落笔时，默与灵均游。勿携近江浒，蛟龙惧见收。①

据张诗可知，钦揖绘有《离骚图》，其中多神灵精怪形象，经营象外，具有较强的感染力，甚至能令江中蛟龙见而生惧，足见其颇为生动形象。就此内容来看，其所谓之《离骚图》，极有可能是表现《九歌》诸篇内容而题署《离骚》者也。然其图今未见及，究竟是否图绘《离骚》或是《九歌》，实难定夺，存以俟考。

（三）周瓒《离骚图》

周瓒，字翠岩，一字采岩，江苏吴县（今苏州）人。少年习花卉，又学界画、白描，用唐、宋人笔法，论者称自画家仇英之后无此种笔墨，而大幅工笔山水画出奇无穷。

据清冯桂芬《（同治）苏州府志》载：其“（周瓒）作有《离骚图》，考核详细，识者尤赏之”②。

其图今未见及，然就观者以为其所绘内容“考核详细”来看，则极有可能是图绘《九歌》诸神形象者。

（四）祝维垣《九歌图》

清吴仰贤《小匏庵诗存》卷二载《题祝（维垣）画〈九歌图〉》诗，

---

①（清）冯金伯：《国朝画识》卷五，清道光刻本。

②（清）冯桂芬：《（同治）苏州府志》卷一百一十，清光绪九年（1883）刊本。

其辞曰：

公麟画手推宣和，拂缣惨淡貌《九歌》。后来萧郎亦点笔，芙蓉缥渺连薜萝。鸳湖寓公开生面，白描不用脂粉和。歌词分写各尽态，银钩小字三折波。开图灵气怳来降，眼花闪眩烟云过。帝神肃穆饰旒冕，甲丁森卫摩佩珂。金支羽葆间玉斧，苍龙前引后白鼍。美人香草寄托远，点染山鬼兼湘娥。含颦善睐洵窈窕，修竹徙倚赤豹䮷。瞋目突鬓数壮士，短后之衣深雍靴。鬼雄铮铮有生气，橐鞬在腰手吴戈。其余摹绘尽入妙，百灵杂沓驱天魔。今我不乐适蛮土，玉京一谪伤蹉跎。搔首问天夜不寐，明月入户闻吟哦。湘累旧怨渺千载，恨不作诗投汨罗。①

吴仰贤（1821—1887），字牧驺，浙江嘉兴人。清咸丰二年（1852）进士，授云南罗次知县，调昆明，累官云南迤东道，以病乞归。参修《嘉兴府志》，著有《小匏庵诗存》《南湖百咏》等。

吴氏所咏之祝维垣，生平不详；就吴氏之诗来看，祝维垣所绘之《九歌图》亦为白描之本，其上亦抄录有《九歌》文辞，其图绘之内容，亦当是《九歌》所咏诸神，如东皇太一、云中君、湘君、湘夫人、东君、河伯、山鬼等；而且，祝维垣图绘之时，也多据《九歌》文辞，运用典型物事来体现人物身份，如"饰旒冕""赤豹""吴戈"等。而吴氏诗中有"今我不乐适蛮土"之语，则其当是调任云南之时，故观祝维垣《九歌图》，思及屈原被流放于沅湘之故事，不由心生怨情，生发出"恨不作诗投汨罗"之感。

（五）《湘君图》

清朱滋年《南州诗略》卷十一载有施道光《湘君图》诗，其辞曰：

---

① （清）吴仰贤：《小匏庵诗存》卷二，清光绪刻本。

红兰白芷潇湘滨,冷风吹雨波鳞鳞。白云微茫帝乡远,
浮岚湿翠愁千春。芳洲日出动箫鼓,花冠昼肃灵巫舞。云光
闪烁灵旗翻,环佩珊珊杂风雨。画工妙笔通仙灵,索之象外
何娉婷。苍鸾欲下复远举,九嶷数点烟流青。江风泠泠动林
樾,客散堂空望超忽。湘水茫茫天四垂,日暮哀猿叫孤月。①

施道光,字杲亭,号愚卿,安徽芜湖人。生卒年不详,乾隆戊
子举人。工诗画,著《海桐书屋集》等。②

据朱氏之诗可知,施道光作有《湘君图》,"妙笔通仙灵",其中
或绘有苍鸾欲下之形象,以及远处若隐若现的九嶷山。倘若朱氏
所记诗题不误,则施道光之《湘君图》乃是《楚辞》图像史上甚少见
及的《九歌》单幅图像,且其构图与前人多有不同。然图今未见,
姑存以俟后来。

(六)《湘灵鼓瑟图》

在清代《楚辞》图像创作领域中,"湘灵鼓瑟"亦是诸多画家所
乐于表现之题材。而且,在《湘灵鼓瑟图》创作出来之后,多有流
传,文士于观看之际,遂有题咏,并因之衍生出诸多诗文。

清人刘嗣绾(1726—1820)《尚𬘡堂集》卷三十五载《湘灵鼓瑟
图》诗:

江流曲折如三巴,数峰青断无人家。若有人兮乘湘槎,
湘夫人耶湘君耶？芙蕖笑折凌波夸,欲出天外为朝霞。九嶷
高高双髻了,惜哉不来萼绿花。手拖八幅湘裙纱,飘烟抱月
结想賖。瑟五十弦正不斜,欲鼓未鼓意思加。是时江空寂不

---

①（清）朱滋年辑:《南州诗略》卷十一,清乾隆刻本。

②于安澜等编:《画史丛书》(第五册),上海:上海人民美术出版社,1963年,
第7页。

哗，白鱼人立吹浪花。波底跳出金虾蟆，鼓声隐隐灵鼍挝，上
叩天门惊女娲，守关谒者走夜义，仙之人兮纷如麻，三三五五
垂髫娃，一声一掩水一涯，灵兮辍瑟同咨嗟，江头有客方怀
沙，渔舟慎勿烟中挐，斑竹扫天啼曙雅。①

周星誉(1826—1884)《东鸥草堂词》亦载《湘江静·题〈湘灵
鼓瑟图〉》词：

> 廿四芙蓉明镜展。怅盈盈、袜罗尘软。铢衣霭露，瑶弦
> 泛月，写红兰幽怨。一抹洞庭波，又惊起、楚天新雁。桂枝秋
> 老，萍花夜凉，刚人与、碧云远。

> 北渚遥，南浦晚。寄瑶华、鲤鱼谁倩。明珰翠羽，相思那
> 处，是黄陵祠畔。斑竹锁秋烟，怕难寄、啼红一剪。跨鸾人
> 去，愁边空剩，数峰青断。②

据诸诗词可知，其时当有《湘灵鼓瑟图》传世，图多据《九歌》，
图绘湘君、湘夫人形象。至于图之作者、作时诸问题，实难考订。

三、《楚辞》衍生图像

有清之际，绘者取意于《楚辞》，创作出诸多"香草图""滋兰树
蕙图""兰蕙同芳图""饮酒读骚图""巫山图""龙舟竞渡图"之类作
品，这些作品可视为《楚辞》作品衍生图像。文士儒生见及此类图
像，往往多有题咏之作，既传递出时人对《楚辞》及相关图像的理
解，也保存了诸多关涉《楚辞》作品衍生图像的资料。今据之略作
考录。

---

① (清)刘嗣绾：《尚䌹堂集》卷三十五，清道光大树园刻本。
② (清)黄燮清辑：《国朝词综续编》卷二十一，清同治十二年(1873)刻本。

（一）家石甫《山鬼佩兰图》

清林昌彝《衣讔山房诗集》卷七《论诗一百又五首》中论家石甫诗曰：

> 击筑狂歌碎唾壶，奇才廉悍辟千夫。离愁独向灵修拜，山鬼秋兰写画图。

其自注曰："闽县家石甫梦郊。石甫好读《离骚》，常绘《山鬼佩兰图》以自解。"①

家石甫，生卒年不详。据林氏记载，其绘有《山鬼佩兰图》，当是据《九歌》之《山鬼》篇而为之。

（二）徐维麟《艺兰图》

清黄本骐《三十六湾草庐稿》卷三载《徐芝厓司马（维麟）〈艺兰图〉》诗：

> 我亦楚狂人，吟髭沁兰芷。鼓枻汨罗江，鱼腹呼屈子。芳草思美人，女萝泣山鬼。滋彼九畹花，一缕魂未死。露凉月在天，香风满沅澧。而君秀吴门，清芬与之似。芰制夫容裳，纫佩秋蕊蕊。饮酒读《离骚》，风流真名士。绕坐幽馨来，飞飞灌寒髓。科头啸盘陀，岩窦绿齿齿。到门裛衣香，索我题此纸。臭以同心言，盟之潇湘水。②

黄本骐，字伯良，号花耘，湖南宁乡人，生卒年均不详，约道光初在世。著有《湾草庐稿》《历代统系录》《三十六湾草庐稿》《贤母录》等。据其诗可知，徐维麟绘有《艺兰图》，当是取意于《离骚》

---

① （清）林昌彝著，王镇远、林虞生校点：《林昌彝诗文集》，上海：上海古籍出版社，2012年，第192页。

② （清）黄本骐：《三十六湾草庐稿》卷三，清《三长物斋丛书》本。

"余既滋兰之九畹兮,又树蕙之百亩"而为之。

(三)黄爵滋《思树芳兰图》

黄爵滋(1793—1853),字德成,号树斋,晚号一峰居士,江西宜黄人。道光三年进士,选庶吉士,授翰林院编修。历官陕西道监察御史、工科给事中、鸿胪寺卿、大理寺少卿、礼部侍郎、刑部侍郎等职。晚年在南昌担任豫章书院、经训书院山长。著有《黄少司寇奏议》《仙屏书屋诗集》《仙屏书屋文集》等。

道光年间,鸦片流毒,侵蚀华夏。对此,黄爵滋痛心疾首,先后向朝廷上《纹银洋银并禁出洋疏》《综核名实疏》《六事疏》《严塞漏卮以培国本疏》,认为"耗银之多,由于贩烟之盛,贩烟之盛,由于食烟之众",多次提出禁银出海、严禁鸦片的主张。林则徐等赞其"以直谏负时望,遇事锋发,无所回避"。

道光十年(1830)夏,林则徐作《题黄树斋(爵滋)〈思树芳兰图〉》诗,其辞曰:

> 君何思兮思潇湘,楚佩摇落天为霜。君何思兮思空谷,孤芳无人媚幽独。人间桃李春可怜,眼中萧艾徒纷然。美人肯使怨迟暮,为滋九畹开香田。开香田,艺香祖,此品羞为众草伍。芳菲菲兮袭予,情脉脉兮系汝。清风忽来,紫茎盛开,猗猗东山,油油南陔。庭阶玉树相映发,当门之忌胡为哉?同心兮有言,仙之人兮手(如云)①。阳春不采不自献,心清乃许香先闻。君不见,秋江寂寞芙蓉老,雨露沾濡须及早。十步搴芳有几人,那知天意怜幽草。②

---

① 原稿中脱"如云"二字,今据黄爵滋《仙屏书屋初集年记》补录。

② 林则徐全集编辑委员会编:《林则徐全集》(第六册),福州:海峡文艺出版社,2002年,第2923—2924页。

　　据此可知,黄爵滋作有《思树芳兰图》,当是取意于《离骚》"余既滋兰之九畹兮,又树蕙之百亩"而为之,故林则徐于诗中以空谷芳兰"无人媚幽独"形象称誉黄爵滋,以"羞为众草伍"比拟其高洁人格。

　　对于黄氏作画之意,徐宝善《题黄树斋编修〈爵滋〉〈思树芳兰图〉》有所阐明,其辞曰:

　　　　丛生山谷间,十蕙间一兰。兰蕙族自别,况乃茅与荃。我欲取萧艾,拉杂摧烧之。芬蕴布天地,溪壑回春姿。君抱济世心,画图托深意。此意空自芳,同心复谁契。与君往空谷,为君歌南陔。融融十步中,相与娱春晖。①

　　诗中指出黄爵滋以图画来寄托"济世心",然而"此意空自芳,同心复谁契",不由让其萌生失志之悲。

　　清张际亮有《黄树斋〈爵滋〉太史〈思树芳兰图〉》诗,其辞曰:

　　　　名园桃李争春速,国香冷落多空谷。美人不来采遗谁,天寒岁暮芳馨独。披君此图足可思,一拈花笑怜幽姿。意中九畹好位置,忍使风雨摇离披。君言昨作荆楚游,湘根澧叶曾无留。我家亦近建水头,素心昔贵今贱售。万物荣枯本天意,棘偏难锄种何地。纵戒当门或惧诛,宛移入画堪流涕。此图妙宛出女士,墨痕到处忘真似。惜君孤坐拥蒲团,手无甘露洒芳蕊。无端感我莫叹嗟,飘零纫佩纷梗麻。蓬莱水浅何人间,凋尽千年琼树华。②

　　诗中以"国香冷落多空谷"比譬黄爵滋不与世俗之人般追名逐利,而是矢志家国好修为常的高洁情志,继而以"此图妙腕出女

①(清)徐宝善:《壶园诗外集》卷四,清道光二十三年(1843)徐志导等刻本。
②(清)张际亮:《思伯子堂诗集》卷七,清刻本。

士,墨痕到处忘真似"句点出黄氏此图在艺术风格上的娟秀逼真特点。

(四)谢砥山《艺兰图》

清凌廷堪《校礼堂诗集》卷七载《题谢砥山明经〈艺兰图〉》诗,其辞曰:

> 猗猗秋兰芳,渺渺秋江深。荷衣纫为佩,万古骚人心。先生静者流,国香夙所钦。九畹手自植,日夕相招寻。出处岂殊辙,契合无古今。此意谁复会,谱入白玉琴。微飔袭我袖,朗月照我襟。曲罢将折赠,迢递怀知音。①

据其诗可知,谢砥山有《艺兰图》,而"九畹手自植,日夕相招寻"句,则是点明此图的《楚辞》渊源。

(五)方观承《贮兰图》

方观承(1698—1768),字遐谷,号问亭,又号宜田,安徽桐城人。其祖方登峄、父方式济以《南山集》案于康熙五十二年(1713)遣戍卜魁(今齐齐哈尔)。观承青少年时曾历尽艰苦,赴卜魁探亲侍养;在其父卒于戍所后,盗其父与祖父骸骨,徒步负入关内。雍正十年(1732),平郡王福彭奇其才,奏为记室,旋授内阁中书舍人,次年加中书衔。乾隆二年(1737),充军机处章京,迁吏部郎中,累官至浙江巡抚、直隶总督。卒谥恪敏。著有《棉花图》《述本堂集》《两浙海塘通志》《宜田汇稿》《瓯钵罗室书画过目考》等。

清金德瑛《诗存》卷三载《题方宜田制府〈贮兰图〉小照》诗,其辞曰:

---

① (清)凌廷堪撰,纪健生校点:《凌廷堪全集》(第四册),合肥:黄山书社,2009年,第94页。

一花一干香有余,兰生独与品类殊。艺兰九畹蕙百亩,苟同臭味斯多取。江南二月微光风,幽岩自吐三两丛。采之佩之配书卷,沁入肺腑馨香融。公今拥蘘百城式,岂比闲情赏颜色。定当广贮香草俦,枝叶峻茂充王国。君子居心善善长,穰锄芟薙恐多伤。即因爱尚示风励,可化萧艾为芬芳。阴功为政昌厥后,国美亦足征家祥。试看修竹碧梧畔,蟠根舒蕊相扶将。①

据此可知,方观承当作有《贮兰图》,乃是取意于《离骚》"余既滋兰之九畹兮,又树蕙之百亩""冀枝叶之峻茂兮,愿俟时乎吾将刈"诸语,以兰喻贤才,以"贮兰"寄寓招纳贤士矢志君国之意,故金德瑛于诗中有"定当广贮香草俦,枝叶峻茂充王国"之语。图今未见,存以俟考。

(六)钱允济《纫芷图》

钱允济(1754—1814),初名允湘,易名允济,字云起(一作云眦),号芷汀,昆明人。《滇系》《云南通志》称其工诗文,善书画,负才清拔,隶书古厚,落笔不凡。著有《触怀吟》。

据刘大绅《寄庵诗文钞》载:钱允济"先世多达者",然"至芷汀而弱",这从钱氏《录别》诗中"仓空饥雀啼,家寒催别离"句中可得印证,故其遂远赴京师,以谋求衣食,后《春秋经解》告成,由内馆议叙,铨授为湖北襄阳吕堰驿巡检。巡检职掌捕盗贼、诘奸宄之事,而吕堰驿因遭白莲教事,"井里凋残,民不聊生,奸宄乘之,以劫夺为耕耨,食人之食,衣人之衣,野殣路殍,相望如阜",故钱氏到任后,即采取一系列措施予以整饬,抑制豪强,组训民众,除暴

---

①(清)金德瑛:《诗存》卷三,清乾隆三十三年(1768)刻本。

安良,防匪保家,在较短时期内即收到了"民有所居,流亡皆归"之效果。钱氏勤慎从政,清正廉明,虽赢得民众爱戴,却也召来州县其他官员的忌妒中伤,于是,嘉庆八年,他毅然推病辞官。返滇后,钱氏"唯以诗画自娱,闭户耻干谒,富贵人罕见其面,吾党以为昆明第一高士"。①

刘大绅《寄庵诗文钞》卷七载《题钱芷汀〈纫芷图〉》诗,其辞曰:

晨门封人古有数,驿官何至妨贤路。邮亭冠盖纷纷过,吕堰不是栖隐处。故园修篁覆茅亭,芙蓉芰荷悉芳馨。上书投劾只一语,众人皆醉我独醒。归帆道经沅湘水,不怪屈子悲屈子。当时未得同行吟,每忆秋风纫江芷。画师有人记姓萧,闲情曾与图《离骚》。宋玉景差侍侧否,水波木落空无聊。何似钱家画一幅,山中香草慰幽独。我亦朝暮袭兰荪,可许卜邻结小屋。②

清刘开《刘孟涂集前集》卷五载《题钱芷汀〈四丈纫芷图〉》诗,其辞曰:

沅渚夜潮起,空江秋水平。美人隔遥夕,香草露孤英。枝向云中采,寒从衣下生。三闾不可见,怀古有余情。君携芳芷去,回棹楚江滨。聊以媚幽独,休劳赠远人。香寒凝白露,日晚怨青春。岂不思公子,浮云遮满津。③

据此可知,钱允济曾绘有《纫芷图》,其画作之名,当是从《离

①万揆一:《清代昆明诗人钱允济和万本龄》,《云南师范大学学报》(哲学社会科学版),1991年第4期。
②(清)刘大绅:《寄庵诗文钞》,民国《云南丛书》本。
③(清)刘开:《刘孟涂集》,清道光六年(1826)姚氏檗山草堂刻本。

骚》"扈江离与辟芷兮,纫秋兰以为佩"句而得来。在《楚辞》中,屈
原以披纫香草比高洁不阿之志,钱氏于此显然是效法屈子,借图
绘"纫芷"形象,来寄予自己在吕堰驿为政之际,虽遭其他官员妒
忌中伤,然而却不坠好修清洁之志的情感。刘大绅显然见出钱氏
之用心,故其于诗中谓钱氏虽为驿官,却不妨碍其施展贤能之才,
然同僚心害其能,"上书投劾",其处境与屈原"众人皆醉我独醒"
相似,在钱氏辞官归滇途中,路过沅湘之时,有与屈子同悲之情,
其所绘"山中香草",亦即"纫芷"形象,有借此来"慰幽独"之意。

（七）翟涛《树蕙图》

清杭世骏《道古堂全集》卷二十一载《题翟（涛）〈树蕙图〉》诗,
其辞曰：

> 一雨土膏足,阶庭坼萌芽。夫君情信芳,钟此幽蕙花。
> 光风一以猎,馥郁芬转嘉。何必百亩多,始见修能姱。

> 昔人亦有言,蕙似士大夫。南陔足兰玉,得此兴不孤。
> 贮以黄磁斗,置之宴坐隅。为肴真可餐,令我颜肤腴。①

翟涛,字巨源,号钱江,仁和人。壮年游京师,入国子学,与吴
廷华、杭世骏、金焜、姚大吕、赵金简等多有唱和。②

据杭世骏之诗可知,翟涛作有《树蕙图》,亦是取意于《离骚》
者也。

（八）卢绱斋《滋兰树蕙图》

清杨鸾有《题卢绱斋〈滋兰树蕙图〉意》诗,其辞曰：

----

①（清）杭世骏著,蔡锦芳、唐宸点校：《杭世骏集》（第 5 册）,杭州：浙江古籍
　　出版社,2015 年,第 1196 页。
②（清）阮元：《两浙輶轩录补遗》卷七,清嘉庆刻本。

滋兰九畹蕙百亩,志洁行芳谁与耦。先生自是淡宕人,
室惟德馨佩琼玖。何须涴笔图孟公,清芬挹处转光风。援琴
鸣弦思君子,兴在潇湘春圃中。①

据此可知,卢纲斋据《楚辞》"余既滋兰之九畹兮,又树蕙之百
亩"而为《滋兰树蕙图》。

（九）蓝生《美人香草图》

清姚莹《后湘诗集二集》卷四载《蓝生复为余作〈美人香草图〉
感题一绝》诗,其辞曰:

汀洲日暮采幽芳,森森凌波翠带长。旅雁不知南望恨,
故留横影落清湘。②

蓝生,生平事迹不详,据姚莹之诗可知,其曾作有《美人香草
图》。

（十）尚镕《美人香草图》

尚镕(?—1836),字乔客,又字宛甫,江西南昌人。工诗古文
词,尤邃史学。著有《三家诗话》《持雅堂诗钞》《史记辨正》等。

清陈文述《颐道堂集》外集卷十载《题尚侨客（镕）〈美人香草
图〉》诗,其辞曰:

向秀今才子,论诗有雅音。偶将芳草意,写此美人心。
庐岳家何处,潇湘水正深。灵修最哀怨,流响入瑶琴。③

据此可知,尚镕作有《美人香草图》。

---

①（清）杨鸾:《邀云楼集》,清乾隆道光间刻本。
②严云绶、施立业、江小角等主编:《姚莹集》,合肥:安徽教育出版社,2014
　年,第499页。
③（清）陈文述:《颐道堂集》外集卷十,清嘉庆十二年(1807)刻道光增修本。

（十一）王瀛《九畹生香图》

王瀛，生卒年不详，字十洲，常熟人。善画兰，尤工诗，晚年皈依空门，著有《娱晖草》。

其作有《九畹生香图》，纸本，水墨，纵 30.8 厘米，横 280 厘米。

全卷绘"湘天风影""晴芳映日""苍涯积雨""露畹冰香"四幅图。卷上另有 33 位名家题识，如王石谷、孙永祚、冯班、陆贻典、孙朝让、严栻、王翚、吴历、钱朝鼎、钱陆灿等。

（十二）邢陶民《扁舟载酒读离骚图》

清汪学金《娄东诗派》卷二十四载《题邢陶民〈扁舟载酒读离骚图〉》诗，其辞曰：

> 秋光瑟瑟江潭上，黄叶满林山背向。阿谁移楫入空蒙，万叠银涛声正壮。随波宛转烟云堆，夕阳迎人暮色催。飒飒芦花下鸿雁，纷纷木叶飘尊罍。呼童酌酒酒未半，缥缈渔歌声不断。千秋愁杀独醒人，醉把《离骚》再三叹。搔首问天天何高，江波怒涌风刁飕。轩辕张乐老蛟舞，湘灵鼓瑟哀猿号。蕙蔽犹是当年色，憔悴忠魂招不得。酒阑歌罢悄无人，斑鸠叫雨江天黑。①

汪学金（1748—1804），字敬铭，又字杏江、敬箴，晚号静崖，江苏太仓人。著有《井福堂文集稿》《静崖诗初稿》，又辑《娄东诗派》二十八卷。

据其诗可知，其时有署邢陶民之《扁舟载酒读离骚图》。

邢陶民，未详其人，其所绘《扁舟载酒读离骚图》，亦未见及。

---

① （清）汪学金：《娄东诗派》卷二十四，清嘉庆九年（1804）诗志斋刻本。

据汪学金诗来看,图中所表现之季节当为秋季,黄叶满山,有舟泛于江潭上,有人于舟中饮酒读《骚》,搔首问天,抒泄胸中不平之气。

（十三）汤太翁《饮酒读骚图》

清李星沅《李文恭公遗集》卷八载《题汤太翁〈饮酒读骚图〉》诗：

> 读骚饮酒寄闲身,临难从容为殉亲。等是海壖狼豕突,一门忠孝有完人。①

李星沅（1797—1851）,字子湘,号石梧,湖南湘阴（今汨罗）人。道光年间进士。历任兵部尚书、陕西巡抚、两江总督等职。有《李文恭公遗集》《梧笙馆联吟初辑》等。

据其诗可知,汤太翁有《饮酒读骚图》。

（十四）《饮酒读骚图》

清孙枝蔚有《前调（题家函中小像五幅）》词,其中题《饮酒读骚图》曰：

> 太白风流,灵均著作,两贤万古鸡群鹤,余人碌碌耻相师。寻尝自怪吾轻薄。手把《离骚》,口衔杯杓,何妨任意成哀乐。轻将此事让吾兄,谁知小弟心中怍。②

孙枝蔚（1620—1687）,字豹人,号溉堂,三原（今属陕西）人。著有《溉堂集》。据其词可知,孙氏家中藏有《饮酒读骚图》等小像五幅。

---

① （清）李星沅：《李文恭公遗集》,清同治五年（1866）李概等刻本。
② 南京大学中国语言文学系《全清词》编纂研究室：《全清词·顺康卷》（第4册）,北京：中华书局,2002年,第2141页。

（十五）《雪庵读骚图》

清王岱《了庵诗文集》卷四载《雪庵读骚图（赠星南）》诗，其辞曰：

> 灵均泽畔行，沉吟自往复。欲离胸中骚，牢骚反盈幅。后世拟骚人，谁度灵均腹。独有老雪庵，知音唯熟读。读罢投诸水，悲歌当恸哭。千载有心人，三十共一毂。①

王岱（生卒年不详），字山长，号了庵、九青、石史、且园，湖南湘潭人。工诗文，能书画，擅长山水画，兼善人物、花鸟，山水奇逸，悉得前人意，而书法亦备各体。著有《了庵诗文集》《且园近诗》《且园近集》等传世。

据其此诗可知，王岱据雪庵和尚事，作有《雪庵读骚图》。

（十六）陈本礼《江上读骚图》

陈本礼（1739—1818），字嘉会，号素村，江都（今江苏扬州）人。善诗文，曾于城南角里庄立诗社，名流多与酬唱，后编为《南村鼓吹集》。著有《汉乐府三歌注》《协律钩元》《急就探奇》《屈辞精义》等。

据《屈辞精义自序》：陈本礼"幼即嗜骚，苦无善本"，曾写《江上读骚图》小影，友人石帆山人见之大为感动，"午夜苦吟三日夕，为赋读骚长歌。迄来四十四年矣……书成，爰志其始末，并载石帆先生长歌于卷首"。今《屈辞精义》卷首可见此《江上读骚图歌》：

> 骚经名篇二十五，楚国无风屈原补。后人拟骚终不似，汉王逸始能章句。惟楚山川草木奇，奇文蔚起词赋祖。辨骚有刘勰，纂骚有孝武，反骚有扬雄，诋骚有班固。痛饮读骚王

---

① （清）王岱：《了庵诗文集》，清乾隆刻本。

孝伯,投书吊骚贾太傅。挹郁哀怨情何深,以此讽君君不悟。
卒章乱词三致志,牢愁那得知其故。沉渊应共冤魂语,直接
骚人惟李杜。广陵陈君好奇古,恨不与古为俦侣。君家老莲
绣骚像,君家陈深作骚谱。我生庚寅同屈子,憔悴形容多不
遇。陈君何为亦读骚,年少风神慕轻举。君欲工诗赋远游,
远游托兴知何所。若有人兮在江渚,兰舟桂楫何容与。点点
楚山青,潇潇楚天雨,瑟瑟枫树林,黯黯浔阳路。惊澜奋湍欲
流不得流,明星皓月欲吐不得吐。长鲸苍虬偃塞亦何怒,我
欲携君洞庭之南、潇湘之浦。一读再读三四读,缠绵往复断
还续。前歌九歌后九章,猩啼鬼啸湘妃哭。天不可问,居不
可卜,忠不见信,神不能告。悲回风兮惜往日,可怜终葬江鱼
腹。醒何如醉,清何如浊,何不从众女,岂必处幽独。寂寞千
秋万岁名,眼前但得一杯足。吁嗟乎,读骚者何人? 抗志拔
流俗。古今善读骚,莫如李昌谷。左景差,右宋玉,淮南王
安,上下相追逐。江南庾信老波澜,千里哀伤空极目。陈君
读骚得骚骨,伟辞自铸气清淑。君今三十立修名,集芙蓉裳
餐秋菊。沉寥四顾莫我知,美人含睇横波绿。①

诗后款署"京江石帆山人张曾撰"。张曾(1713—1774),字祖
武,一字组五,自号石帆山人,清丹徒(今属江苏镇江)人。终生布
衣,不习制举业,以诗游沈德潜门下,负诗名,与鲍皋、余京并称
"京口三诗人"。曾客居苏州,与诸名士游宴于勺湖亭,每作一诗,
众皆叹服其才。后至京师,馆于大学士英廉家三年。著有《石帆
山人集》。

据此可知,陈本礼少时曾作有《江上读骚图》,其图今未见及,

---

① (清)陈本礼:《屈辞精义》卷首,《续修四库全书》影印清挹露轩藏本。

然就张曾之诗观之,其中当绘有"在江渚"之人物,江中之"兰舟桂楫",以及"楚山青""枫树林""浔阳路"等景物。

(十七)《痛饮读骚图》

清沈寿榕《玉笙楼诗录》卷四载《〈痛饮读骚图〉为彭古香茂才题》:

> 《离骚》发幽思,兰芷撷古艳。伟哉屈左徒,闻博而才赡。公为楚世卿,词令大邦彦。讵以信见疑,谗妒交构煽。薋菉判独醒,筳篿卜难验。忠爱为文章,日月光争见。读之苦聱牙,字句骨在咽。七十二家言,纷如五色眩。彭子善治骚,讽咏久忘倦。倒泻尽百觚,揣摩长一卷。我思含朝霞,龙辀驾雷电。高酌北斗浆,木叶秋风战。①

沈寿榕(1823—1884),字朗山,号意文,海昌(今浙江海宁盐官)人。善诗,工书,尤精鉴赏金石、书、画。著《玉笙楼诗集》《益州书画录续编》等。

据其诗可推知,彭古香喜读《离骚》,常讽咏良久而忘疲倦,揣摩研读之际,常痛饮酒,"倒泻尽百觚",故沈寿榕为其题诗于《痛饮读骚图》上。至于此图是否为彭古香所绘制,俟考。

第八节　清代《楚辞》图像的特征及其成因

作为中国古代图像艺术的集大成时代,清代的《楚辞》图像也承两千余年的发展余绪,体现出了集成性、融合性与渗透性等特征。

---

① (清)沈寿榕:《玉笙楼诗录》,清光绪九年(1883)刻增修本。

首先,在对传统的全面整理与总结的文化氛围中,出现了全景式的《楚辞》图像作品。自秦汉以来,两千余年的《楚辞》图像发展史中,艺术家多是以单幅形式图绘屈原,描摹单篇作品形象,甚少有对王逸《楚辞章句》所载屈、宋作品进行系统图绘者。而清乾隆纂修《四库全书》之际,门应兆奉旨补绘,成《钦定补绘萧云从离骚全图》,首次完成对《楚辞》的"全图",开创了全景式《楚辞》图像创作的局面。

其次,中西绘画风格的融合成为《楚辞》图像领域中出现的新风貌。明清之际,以郎世宁等为代表的域外人士来到中国,不但将西方的宗教文化思想传入中国,还在图像创作领域中,将西方绘画的写实与中国绘画的灵动相结合,给《楚辞》图像艺术创作注入了西洋画艺的成分,在一定程度上促使传统《楚辞》图像在生产形式与表现技巧上发生变化,进而开启由古代到近现代转型的历程。

第三,在"不同门类、品种的图像之间相互影响、彼此取法的现象也十分突出"[1]的清代图像文化生态背景下,《楚辞》图像作品中呈现出诗、书、画、印交融的综合性。这一时期参与《楚辞》图像创制的文人艺术家,如"扬州画派""海上画派"诸家,多有重视绘画笔法的书法韵味者,不少诗、书、画、印并擅,故在创作过程中,多于画上书写自作之诗,以书入画,并在汲取碑学之长的基础上糅合绘画的意境情趣与构图观念,创制出具有综合性的《楚辞》图像作品。

清代《楚辞》图像所展示出的这些特征,大抵与统治集团文化

---

[1] 吕晓等:《中华图像文化史·清代卷》,北京:中国摄影出版社,2018年,第45页。

策略、市民审美文化的发展及文人画商品化的影响等因素有关。

清初帝王,多雅好丹青,兼擅绘事。据《八旗画录》诸书载:世祖万几之余,游艺翰墨,时以奎藻颁赐部院大臣,而胸中丘壑,又有荆、关、倪、黄辈所不到者。尝用指螺纹印画水牛,意态生动,有为笔墨烘染所不到者;作山水,泉壑窈窕,烟云幽颐,得之者,珍逾珠宝。而后,圣祖相承,其"天纵多能,艺事无一不学,亦无一不精,几暇作画赐廷臣",厥后如仁宗、宣宗、文宗,虽身处内忧外患之时代,然亲政之暇,亦时以读画为消遣,更重视图像之于统治的辅佐作用。故而,他们重视宫廷绘画,招募画家,设置机构,鼓励图像创作,并在此种行为中寄予着日常审美之外的国家治理观念;在此种策略的影响下,以门应兆《钦定补绘萧云从离骚全图》、姚文瀚《九歌图》等为代表的奉旨作品遂得以生成,展示出《楚辞》图像对传统的延续、集成风貌。

雍正、道光时期,政治局势相对稳定,商品经济进一步发展;与之相应,市民审美需求也有了极大增长。在此背景下,江浙地区的一些经济文化名城如扬州,文化产业亦因之而有极大发展。伴随着盐运业的繁荣,一批积累巨额财富的商人,遂有志于文化事业,他们建造园林,广泛收集各类艺术品,热心赞助画家诗人进行艺术创作,积极组织诗文书画雅集活动,还热心资助书籍刊刻出版,这就有力地推动了扬州文化艺术的发展与繁荣,并使得当时一批文人画家和有文化修养的民间职业画家汇集于此。据统计,先后汇聚扬州的画家有 100 余名之多,石涛、郑燮、黄慎等都曾于扬州鬻画谋生,最终形成了美术史上所谓的"扬州画派"。不同于纯粹的职业画家,扬州画派诸家多具有文人身份,坎坷的人生经历使得其所具有的传统文人的价值观念发生了变化,而受商品经济影响,其与雇主或商人之间的密切交往,也使得他们的审美趣味发生着变化,这些因素形成合力,最终导致这些画家群体在艺术创作上表现出对传统的疏离,具有新的特征。他们一反清初"四王"等正统派文人画家竞尚山水的创作风气,以雅作俗,大都以梅兰竹菊等花卉入画,用这类高雅的题材作世俗的应酬,喜欢在日常生活题材或即便是传统题材中抒发对世俗生活的情趣,寄托对民间疾苦的关爱之情,使得其作品由自娱而娱人,由体现封建士大夫的审美理想转向个性抒发和独特生活感受的表达①,在写意花鸟画与写意人物画上发展了清初独抒个性派的艺术,提高了绘画的主体性与世俗性,并生成了大量图绘《楚辞》香草的图像,如《墨兰图》《兰蕙图》《兰竹石图》等等。

───────────

① 薛永年、杜娟:《清代绘画史》,北京:人民美术出版社,2000 年,第 106 页。

结语：三闾风神画图传

——《楚辞》的图像化进程及其特征与价值

屈平联藻于日月，宋玉交彩于风云，"唐、景诸子，以辞赋著称，汹汹乎亦风雅之流亚也"；《楚辞》亦"衣被词人，非一代也，故才高者菀其鸿裁，中巧者猎其艳辞，吟讽者衔其山川，童蒙者拾其香草"①，遂使后世文化领域中，出现浩如烟海的文字形态的关涉屈原、宋玉等《楚辞》作者之诗文，以及大量的《楚辞》研究文献，这些文献成为人们了解屈原及《楚辞》传播接受状况、认识中国古代思想文化演变历程、感知士人文化心态的重要依凭。

与这些文字文献相对应的是，还有诸多儒生文士、画师艺人，在感知屈、宋，传习《楚辞》之际，见"所征引，自天文、地理、虫、鱼、草木，与凡可喜可愕之物，无不毕备，咸足以扩耳目，而穷幽渺，往往就其兴趣所至，绘之为图"②，遂创制有诸多不同类型的《楚辞》图像。这些图像以不同方式，星罗棋布于古代中国的历史长河中，形成了蔚为壮观的《楚辞》图像文献丛。

倘若从秦末出现于楚黔中郡"招屈亭"中的屈原像算起，《楚辞》图像已经走过二千余年的发展历程，其自汉、唐时期开始萌

①（梁）刘勰：《文心雕龙》卷一，《四部丛刊》景明嘉靖本。
②（清）永瑢等：《四库全书总目》，北京：中华书局，1965年，第1268页。

生,经宋、元而兴盛,至明、清而有所转型,成长为中国古代图像艺术丛林中引人瞩目的奇葩。这其间,名家辈出,力作云集,影响甚巨,产生了《楚辞》作者图像、《楚辞》文本图像、《楚辞》衍生图像等诸多类型的作品,并在不同历史时期展示出鲜明的阶段性特征。

一、《楚辞》图像的发展历程

由秦汉至晚清,中国古代的《楚辞》图像艺术经过了一个二千余年的发展历程;根据其在不同时期所呈现出的特征,这一进程又大致可划分为三个阶段:

(一)《楚辞》图像的萌生:汉、唐时期

早在秦末,《楚辞》图像便已出现。晋人常林《义陵记》载:"项羽弒义帝,武陵人缟素哭于招屈亭。"①武陵即战国楚之黔中,郡人建亭招屈原魂魄,需"像设君室",绘制屈原像,则最早的《楚辞》图像在楚汉之际便已出现,其形制当与长沙子弹库楚墓出土的"人物御龙帛画"相类。

到了汉代,豫章建成县、长沙罗县、益阳县湘山皆建有三闾大夫庙或屈原庙,其中当有屈原神主或泥塑、木雕之屈原造像。又,《后汉书·延笃传》载:犨县人曾绘"有志行文彩"②之延笃像,以配飨屈原,则庙中当有祀主屈原之画像或造像。

魏晋六朝时,出现不少取材于《楚辞》《史记·屈原贾生列传》的图像,如东晋卫协《张仪图》、戴逵《渔父图》、南朝宋史艺《屈原渔父图》等,惜乎久佚,只知其目,未详其余。而据郦道元《水经

---

① (清)顾祖禹:《读史方舆纪要》卷八十一,清稿本。
② (南朝宋)范晔:《后汉书》,北京:中华书局,1965年版,第2108页。

注·江水二》引袁山松语"（乐平里）宅之东北六十里有女婴庙"①，则其中或许也有女婴之神主、画像或造像等图像作品。

　　作为《楚辞》图像的组成部分，《楚辞》书法在唐前文献中罕见论及。是故，传为唐人欧阳询的楷书《离骚》《九歌》，即成为今所能知见之最早者。不过，传世的拓本《离骚帖》为后人伪作；而广为流行的《九歌帖》，一般认为是真迹，观其笔意，清雅秀丽，遒劲雄强，无怪乎清人有"欧书中当推第一"之誉。在绘画领域中，唐人李思训绘有《巫山神女图》，李昭道绘有《龙舟竞渡图》，晚唐的王齐翰也绘有《楚襄王梦神女图》，丰富了《楚辞》图像的题材领域。在工艺美术领域，此期还出现了绘有《楚辞》图像的屏风：李白《观元丹丘坐〈巫山〉屏风》诗有"阳台""锦衾瑶席""楚王神女"诸语，则此"巫山"屏风当绘有与宋玉《高唐赋》《神女赋》中"襄王梦遇巫山神女"故事有关的图像。此外，在唐五代的祠庙中，除了归州三闾大夫祠、岳州洞庭三闾大夫祠中有屈原像外，还出现了湘君、湘夫人的造像，李群玉《黄陵庙》诗中有"二女容华自俨然"语，点明其时黄陵庙中有二妃塑像。萧振《修黄陵庙记》载：太尉中书令马殷重修二妃庙，"黛眉斯敛，若含黄屋之愁。绣脸如生，将下翠筠之泪"②，则二妃造像似为愁眉凝望之神态。

　　可见，在汉、唐时期，《楚辞》图像已现端倪，然此期所出现之图像主要是《楚辞》人物像，且多是用于庙宇祠堂，满足人们祭祀崇敬之需，其他类型的图像尚不多见，加之数量不多，也并未在图

①（北魏）郦道元注，（清）杨守敬等疏，段熙仲点校，陈桥驿复校：《水经注疏》，南京：江苏古籍出版社，1989年，第2837页。
②黄仁生、罗建伦校点：《唐宋人寓湘诗文集》，长沙：岳麓书社，2013年，第875页。

像艺术领域中产生较大影响，真伪颇多争议，且基本皆以早佚。故此阶段可视为中国古代《楚辞》图像艺术的萌生时期，为宋、元时期《楚辞》图像的兴盛导夫先路。

（二）《楚辞》图像的兴盛：宋、元时期

迨至有宋时期，《楚辞》图像在类型、数量、创作主体参与度等方面渐趋于彬彬之盛。就书法类图像而言，著名的书法家几乎都曾书写过《楚辞》。而且，真、行、草、隶、篆，众体皆备，如苏轼有行书《九歌》《九辩》，及有争议的《橘颂帖》；颜乐闲有篆书《离骚》；米芾有行书《离骚经》，楷书、篆书《九歌》；吴说楷书《九歌》；朱熹曾以行书写《离骚》首章等等。就绘画类图像而言，既出现了单幅的屈原肖像，如周紫芝曾见过《三闾大夫画像》并题写赞词，李弥逊等曾于壁间见屈原画像，传为李公麟的《屈原卜居图》《屈原对渔父图》、佚名《屈原餐菊图》等，也有不少对《楚辞》文辞进行表现的图像之作，如传为张敦礼《九歌图》、李公麟《九歌图》《湘君湘夫人图》、马和之《九歌图》、陈天麟《巫山图》、颜博文《大招图》等，还有"读骚图"，如《孝伯痛饮读离骚图》；《楚辞》"香草图"，如释宗本《沅兰湘竹图》、杨杰《春兰图》、陈彦直《楚芎图》、赵孟坚《兰蕙图》《墨兰图》《石兰图》、佚名《司理采芙蓉图》；与《楚辞》有关系的"潇湘图"，如胡铨《潇湘夜雨图》、黄居中《潇湘图》等等，几乎涵盖了《楚辞》图像表现题材的主要类型。

更为重要的是，此时期还出现了在《楚辞》图像艺术发展史上具有范式意义的李公麟《九歌图》。该《九歌图》及其摹本不下数十，然诸家据庋藏源流、图中跋识考定，认为可确指为真品者有二：一为纸本，即曾入宣和内府者，用澄心堂纸作，凡为十一段，伯时自书《九歌》全文，止描神鬼之像，而无景界，有"宣和中秘"印，画法灵秀生动；一为绢本，依《文选》所选六神六段，墨笔作山水、树石、屋宇、舟舆、人骑，俱极纤细，人物间施浅绛色，图之景，各随歌所诠次而描摹之，每图虚其左，曹纬为书歌，书法殊清劲有笔力，绢尾吴傅朋题小楷一行及长跋。而正是这十一段与六段、有景与无景两类，成为后世《九歌图》的主要图式，伯时于此，实有筚路蓝缕之功。

元代《楚辞》图像赓续赵宋，并有新的发展。因李公麟《九歌图》影响甚大，元人多有拟作、仿作者，如吴兴钱选有《临龙眠九歌图》，用笔精妙，有可爱玩，上有虞集隶书文辞；张渥曾多次临摹李龙眠《离骚九歌图》，被顾文斌《过云楼书画记》誉为"规制龙眠，在伯仲间"等等；也有在参稽龙眠图式的基础上，有所拓新者，如赵孟頫至少绘制有三本《九歌图》，其中大德九年（1305）本对龙眠多有模仿，而大德三年（1299）本、延祐六年（1319）本则自生新意；同时，赵子昂还运用多种艺术样式呈现《楚辞》图像，如以楷体书《离骚》，以行体书《远游》，以水墨之法绘《兰蕙图》《竹石幽兰图》，以淡青绿设色绘《洞庭东山图》，蔚然成为元代《楚辞》图像创作功绩最著者。不排除受子昂影响之因素，管道昇、赵雍等人，也作有《九歌图》《兰花图》《墨兰图》等作品，他们以湖州赵氏家族集体参与创作的形式，展示出元代《楚辞》图像有别于前代的特征。又因元政权为异族所建立，故屈原的忠贞爱国精神引起诸多南宋故臣的共鸣，他们图绘《楚辞》香草，以寓自我清洁自守之志，其中尤以郑思肖最为代表，他自称"抱香怀古意，恋国忆前身"，绘兰而不着土，心蕴灵均九畹春，泪泉和墨写《离骚》。

值得注意的是，元代实行兼容并包的宗教文化策略，接纳萨满教、佛教、道教、回教、基督教、犹太教、摩尼教、祆教等不同宗教的共存。在这种宽松的环境里，诸多佛、道方外之士也创作《楚辞》图像,如祝玄衍作有《九歌图》,无诘、明雪窗、释宗衍、释良琦等作有《沅兰湘竹图》《兰图》《兰蕙图》《兰蕙同芳图》之类"香草"图像,进一步扩大了《楚辞》图像的影响,提高了创作主体的参与度,自然也丰富了《楚辞》图像的内容。

可见,宋、元时期的《楚辞》图像数量众多,载体、样式多元,题材类型广泛,创作群体参与程度高,出现了《楚辞》图像艺术史上的第一位巨匠李公麟,且在当时及后世皆产生重要影响,可谓是《楚辞》图像的兴盛时期。

(三)《楚辞》图像的转型:明、清时期

到了明、清之际,《楚辞》图像出现了新变。由于明代统治者重视图像"成教化、助人伦"的政治宣教与社会调和功能,强调其"见善足以戒恶,见恶足以思贤"之鉴戒作用。故而,这一时期出现了大量的屈原像,有宫廷画家绘制的卷轴画,也有版画,如成化十一年(1475)《历代古人像赞》、弘治十一年(1498)朱氏刻本《历代古人像赞》、万历十二年(1584)益藩刻本《古先君臣图鉴》皆有屈原图像,有的还配有赞、颂、传等文字。

随着文人画的发展,《楚辞》也成为明代文人艺术家热衷于图像表现之重要素材,如吴门画派诸人多作有《楚辞》图像。沈周有《屈原像》《渔父问屈原图》;文徵明于嘉靖二十九年(1550)作楷书《离骚》、嘉靖三十四年(1555)作小楷《离骚经并九歌》,又有行草《九歌》,绘画《古木寒泉图》《湘君湘夫人图》;祝允明曾于成化二十二年(1486)作楷书《高唐赋》、弘治三年(1490)作行书《离骚经九歌》、弘治九年(1496)作行草《离骚首篇》、弘治十七年(1504)作行书《离骚》、正德二年(1507)以小楷录宋玉诗赋,又作草书《钓赋》等;仇英绘有《九歌图》《湘君湘夫人图》;朱吉有《九歌》法书;

王宠有草书《离骚》；王穀祥有行书《九歌》，陆治有《麓山吊屈图》《端阳即景图》；周官有白描《九歌图》；周天球有《丛兰竹石图》《墨兰图》《兰花图》等；董其昌有行书《骚经二十八行》、绘画《离骚图》《九歌图》；张宏有《龙舟竞渡图》；项圣谟有《楚泽流芳图》等等，在《楚辞》图像作品创作的类型、主题等方面呈现出多样化特征。

尽管在宋代也有刻印的《楚辞》图像，然而，在明代图书出版繁荣的背景下，真正有影响的《楚辞》版画才得以萌生，其代表即是陈洪绶《九歌图》、萧云从《离骚图》。这种新的艺术样式，使得《楚辞》图像能摆脱手卷等艺术样式数量不足的限制，化身千万，从而使得其传播对象、传播范围皆得以迅速扩大。

此外，明代庙宇祠堂中也有不少《楚辞》作者造像，如嘉靖十六年(1537)小青滩屈大夫庙中有屈原石像，岳州府平江县南三闾庙中也有屈原像，其在对屈原形象的表现上展示出不同于前代的特征。

作为中国古代图像艺术的繁荣多彩期，清代的《楚辞》图像上承明代之前千余年的优秀传统，下启民国以后近百年的艺苑新变，名家辈出，作品云集，呈现出异彩纷呈、百花齐放之局面。

清初帝王，多雅好文艺，曾于宫廷设画作、画院处、如意馆等机构，专门负责绘事，并广征善图绘者入宫，根据圣意及实际需要，绘制各类图像；同时，一些学养既富、地位亦显的大臣或宗族，亦秉承圣意，参与图像创作。在他们所创作的人物、山水、时事、风俗等各类图像中，亦不乏与《楚辞》相关者，如黄应谌曾奉旨恭画《屈原卜居图》，并以小楷录《卜居》文辞于其上，禹之鼎作有《端阳观竞渡吊屈原图》，董邦达绘有《竞渡图》，张若霭于李公麟《九歌图》拖尾部分补绘《屈子行吟图》，余集绘有《湘君图》，姚文瀚奉帝命绘制《九歌图》，丁观鹏奉敕恭仿李公麟笔意绘《九歌图》，余穉绘有《端阳景图》，郎世宁亦绘有《午瑞图》等等。这其中，乾隆四十九年（1784）十一月，门应兆奉旨绘成古代图像艺术领域中数量最多、题材最广泛的《楚辞》图像作品《钦定补绘萧云从离骚全图》，对《离骚》《天问》《九歌》《九章》《远游》《卜居》《渔父》《招魂》《大招》诸篇进行了系统图绘，并首次采取"图注"形式对《楚辞》所涉"香草"进行了阐释，为读者系统感知图像形态的《楚辞》提供了范本。

雍正、乾隆年间，扬州地区活跃着一批画家，他们虽具文人身份，但坎坷的人生经历与商品经济之影响，使得其审美趣味发生变化，并在艺术创作中体现出"以雅作俗""由自娱而娱人""抒发个体独特生活感受"等特征。在图像创作时，他们多着意于《楚辞》"香草美人"传统，借图绘"善鸟香草""恶禽臭物"来寄予自我对高尚清洁之志的坚守、对宦途失意的牢骚、对不合理社会现象的批判等情怀，生成诸多《楚辞》图像。如石涛绘有《丛竹兰石图》《兰竹图》《兰竹水仙图》《芳兰图》《醴浦遗佩图》等，黄慎绘有《纫兰图》等，李方膺绘有《兰石图》《三清图册》等，汪士慎绘有《兰石图》《兰花图》《春风三友图》《春风香国图》《兰竹图》等，金农绘有《兰花图》《红兰花图》等；郑燮绘有《兰竹石图》《墨兰图》《兰竹图》《兰花竹石图》《兰竹荆棘图》《兰图》《竹石幽兰图》《幽兰图》《荆棘丛兰图》《兰芝图》等；李鱓绘有《兰竹文石图》等；华喦绘有《墨兰卷》等。

清代的不少女性作者还将其情感与才华倾注于《楚辞》图像创作，铸就了繁盛的艺文景观。秦余女史绘有《楚辞图》，写尽《离骚》无限意；骆绮兰绘有《佩兰图》，以"契兰心"，传递其清洁不群之衷情；叶衍兰题咏《高唐神女图》；吴藻绘制《饮酒读骚图》，寓速变男儿之意，赢得了许乃毂、梁德绳、叶绍本等人的盛赞；余韫珠为王士禛绣《高唐神女图》，引起了王士禛、邹祗谟、彭孙遹、陈维崧、董以宁、彭孙贻诸人的唱和，在当时的艺坛产生广泛影响。

此外，在《楚辞》图像的不同类型里，皆涌现出大量颇值关注之作品。就《楚辞》作者图像而言，此期还有冷枚法书《屈原列传节选》、陈撰《屈原图》、孔莲卿《屈大夫像》、佚名《三闾大夫纫秋兰图》、无为州三闾大夫祠屈原像、株洲三闾祠灵均像、兴化县拱极台屈原像、平江屈原庙屈原像、沙亭烟笔冈三闾大夫祠屈原像、祖香园三闾大夫像、广州三闾书院三闾大夫像，以及陶瓷屈原像插屏等。在对《楚辞》文本进行图像呈现的过程中，涌现出宋曹楷书《离骚》、查升楷书《离骚》、钱陈群行书《离骚》、王澍行书《九歌》、湛福行书《九歌》、查士标行书《湘夫人》、钦揖《离骚图》、周瓒《离骚图》、李选《离骚图》、冷枚《九歌图》、周璕《九歌图》、汪汉《九歌图》、王素《屈子九歌图》、顾应泰《屈原九歌图》《屈原卜居渔父图》、叶原静《九歌图》、胡井农《九歌图》、祝维垣《九歌图》、彭棨《九歌图》、高其佩《湘夫人图》、吴毂祥《湘夫人图》、张国柱《湘夫人图》、费丹旭《湘君图》、改琦《云中君图》、任熊《湘夫人像》《纫兰撷蕙楚臣骚图》《山鬼睇笑拖兰裳图》、任颐《山鬼图》等，以及《楚辞》"香草图"，如家石甫《山鬼佩兰图》、徐维麟《艺兰图》、谢砥山《艺兰图》、钱允济《纫芷图》、方观承《贮兰图》、翟涛《树蕙图》、卢绚斋《滋兰树蕙图》、黄爵滋《思树芳兰图》、蓝生《美人香草图》、尚镕《美人香草图》、王瀛《九畹生香图》等。至于《楚辞》所衍生之图像，则更为繁多，如"读骚图"类有郑旼《扁舟读骚图》、陈本礼《江上读骚图》、费丹旭《竹院读骚图》、邢陶民《扁舟载酒读离骚图》、汤太翁《饮酒读骚图》，"竞渡图"类有王概《龙舟竞渡图》、汪圻《龙舟竞渡图》等，以及龙舟竞渡图挂屏、端午赛龙舟屏风、五彩龙舟竞渡图棒槌瓶、龙舟竞渡图瓷板等工艺美术品图像。所有这些，皆为了解清代《楚辞》图像的多样化特征提供了依据。

总体看来，明清时期，伴随着政治形势的变化、社会经济的发展与思想文化的嬗变，《楚辞》图像也出现了一些新特征：版画、西洋画等新的艺术样式出现在《楚辞》图像创作领域中，瓷器成为《楚辞》图像的载体，对抒情性与娱乐性的重视，成为图像作者在创作之时所具有的艺术观念，女性作者开始参与《楚辞》图像创作，并以其作品在文艺群体中产生广泛影响。这些现象的出现，使得《楚辞》图像亦逐渐进入由传统到现代的转型阶段。

二、《楚辞》图像的类型

散布于各个历史时期的《楚辞》图像作品，以平面与立体的艺术式样，展现屈原、宋玉诸人形象，图说其故事，具象化《楚辞》文本的丰沛意蕴，描绘《楚辞》在文化生活中所产生的广泛影响，构成蔚为壮观的"《楚辞》图像文献丛"，在《楚辞》学的发展与中国古代图像艺术的演进过程中，扮演着重要的角色。

这些图像作品，皆为创作主体在感知《楚辞》文本之后所生成的①。故而，在进行综合审视时，可于图像作者、作时、所属艺术门类、风格诸因素之外，依历时顺序，以《楚辞》文本为核心，着眼于构成文本的诸要素——作者、文本、读者等，将其划分为三种主

---

① 即便是对屈原、宋玉等人的认识，一般认为相对可靠者，除《史记·屈原列传》外，基本也依赖于王逸《楚辞章句》所载文辞。

要类型:《楚辞》作者图像、《楚辞》文本的图像呈现、《楚辞》衍生图像,从而使得两千余年的《楚辞》图像能纲举目张,条清缕析,明白晓畅,便于把握。

(一)《楚辞》作者图像

一般认为,《楚辞》作者有屈原、宋玉、唐勒、景差等。官方、民间在建置屈、宋庙宇祠堂时,多塑造有屈原、宋玉像,有的墙壁上还绘有反映其事迹的壁画;文士艺术家读屈原、宋玉作品,想见其人其事,不由萌生景仰缅怀之情、失志不遇之悲、同病自怜之痛等复杂情感,遂书写《史记·屈原列传》文辞,绘制表现屈原、宋玉形象的图画,以为寄托;工匠技师在制作工艺美术品之时,亦表现屈原、宋玉形象与故事。这些包含屈原、宋玉等人的图像,即可统称为《楚辞》作者图像。

就呈现形态而言,此类图像主要有平面像与立体像两大类。依图中所展示的人物、背景而论,它们又可划分为两大类型:

其一,人物像。亦即仅仅图绘或塑造屈原、宋玉等单一人物样貌,无其他人物或背景者,如《屈原像》《三间大夫像》等画卷,庙祠中所供奉的屈原像、宋玉像,以及塑造屈原、宋玉形象的器物用具等。

其二,故事像。亦即取材关涉屈原事迹之文辞,主要是《史记·屈原列传》,于图绘屈原、宋玉等单体人物形象之外,还赋予其以动作或行为,展示与其他人物如渔父、郑詹尹等进行交往之事件,如《屈原餐菊图》《屈原卜居图》《屈原渔父问答图》等。

值得注意的是,在唐以后的一些庙祠中,有将屈原与贾谊、杜甫等先贤并祀者,还有将屈原与本地乡贤或是在本地任职的历史文化名人共同进行祭祀者,其中所绘制、塑造之屈原、宋玉像,多非单一人物,故亦属于故事像之范畴。

（二）《楚辞》文本的图像呈现

与那种以文字为载体,来传递对《楚辞》作品的理解与认识、寄托主体情怀相应的是,人们还借助图像这一载体,来书写《楚辞》本文,根据自我理解将文辞具象化为图像,制作与之相关的工艺美术产品等,并直接以作品篇目来命名所作之图像作品,借以表达对屈、宋之景仰、对《楚辞》所传递出的价值观的认同,寄予自我因所处时世有类屈、宋而生的忠贞之志、不遇之悲、怨愤之情等情感,从而生成了大量立足《楚辞》文本的图像作品。

根据这些作品所依据的《楚辞》文本情况,又可划分为以下类型:

其一,全部《楚辞》文本的整体图像呈现。即尝试对《楚辞》所涉全部文本进行图像呈现,创作"全图"者,如萧云从《离骚图》、门应兆《钦定补绘萧云从离骚全图》等。

其二,单篇《楚辞》文本的图像呈现。即选择《楚辞》中的某一篇目作为素材,进行图像表现,如不同书体、书人的书法作品《离骚》《九歌》《远游》《九辩》《大招》,绘画作品《九歌图》《山鬼图》《渔父图》《大招图》等,以及石刻《九歌图》、插屏《屈子九歌图》等。需要指出的是,《九歌》为组诗,凡十一篇,其中《湘君》《湘夫人》《山鬼》,尤为读者所喜爱,后人多有单取之而作《湘君湘夫人图》《山鬼图》《山鬼佩兰图》之类图像者。与之相类,《九章》组诗中,《橘颂》亦多有单独图像表现者;因其首尾完备,分为小单篇,合为组诗形态的单篇,故可将其纳入"单篇"之范围。

其三，《楚辞》作品所涉"物象与事象"的图像呈现①。亦即依王逸所谓"善鸟香草以配忠贞，恶禽臭物以比谗佞，灵修美人以媲于君，宓妃佚女以譬贤臣，虬龙鸾凤以托君子，飘风云霓以为小人"诸语，选择《楚辞》文本中出现的草木鸟兽、山川河流、神话传说、历史故实等作为表现对象，创作《墨兰图》《兰蕙图》《纫兰图》《滋兰树蕙图》《兰蕙同芳图》《楚泽流芳图》《九畹图》《九畹生香

---

① 晋挚虞《文章流别论》"古诗之赋，以情义为主，以事类为佐"，即以"事类"为传达主体"情义"之"象"。刘勰《文心雕龙·事类》："事类者，盖文章之外，据事以类义，援古以证今者也……观夫屈、宋属篇，号依诗人，虽引古事，而莫取旧辞。"亦谓创作当援"事"以托情志。杨万里《诚斋集》卷六十七《答建康府大军库监门徐达书》："我初无意于作是诗，而是物是事适然触乎我，我之意亦适然感乎是物是事。触先焉，感随焉，而是诗出焉。"将"事"与"物"共同看作是寓"意"之"象"。清人焦循《雕菰集》卷十四《与王钦莱论文书》："百世之文也，乃总其大要，惟有二端，曰意曰事。意之所不能明，赖文以明之，或直断，或婉述，或详引证，或设譬喻，或假藻绘，明其意而止。事之所在，或天象算数，或山川郡县，或人之功业道德，国之兴衰隆替，以及一物之情状，一事之本末，亦明其事而止。"其所谓之"事"乃寄意之象，而"物之情状"是针对物质之空间属性而言的"物象"，"事之本末"就是针对物质之时间属性而言的"事象"。在《楚辞》中，"物象"可进一步析分为"自然物象"与"人工物象"两类：前者指相对于"主体"之外的、不与之发生关联的属于环境性质的客观万物，主要有动植物、地理天文、气象时节等；后者指存在于世界上的属于人的以及与人发生关联之物，主要有人之性别、器官、自身所具有的生理特点、所遭遇之疾病、所穿着之衣饰、所制造之器物以及人的社会角色定位等。"事象"亦可进一步析分为"实存事象"与"虚拟事象"两类，前者指天地间的实存事，主要有过去发生的作为历史形态而存之物事与创作主体或与之同时的他人所承担、从事之现实物事；后者指前人或创作主体所虚拟想象之事，主要有神灵鬼怪、灵禽瑞兽及登天、神游诸事等。对此，拙作《楚辞意象之构成考论》（上海大学2010年博士学位论文）中有详细考察，兹不赘列。

图》等"香草图"①,《潇湘图》《潇湘夜雨图》《洞庭东山图》《楚云湘水图》等"沅湘图"②,《巫山图》《巫山神女图》《高唐神女图》《襄王

---

① 《吕氏春秋·侈乐》"宋之衰也,作为千钟;齐之衰也,作为大吕;楚之衰也,作为巫音",至屈原时,楚国势日衰,巫风盛行,遂有"信巫鬼、重淫祀"之风习。祭祀之目的乃在于沟通人神,在此过程中,以芬芳植物作为祭品敬献神灵是实现这一目的的重要手段。是故,作为汲取南楚巫鬼文化之成分而生的《楚辞》,其间自然也有众多作为意象的植物名称,如香草有荪(荃)、芙蓉、菊、芝、兰、石兰、蕙、芷(芳)、茝(药)、杜蘅、蘼芜(江离)、杜若、芰、藟等,良草有薜荔、女萝、菌、茹、紫、华、瓜、蕈、薠、蒿、苴、蒌、蘋、胡、绳、芭、葹茅、揭车、留夷等,嘉木有橘、桂、椒、松、柏、辛夷、木兰、莽草、楸、黄棘等。自汉代开始,这些香草良木就被学者纳入考察视域,如王逸《楚辞章句》即考察了香草的比兴意义,指出"故善鸟香草,以配忠贞",认为其中之香草多比喻善良忠贞之品质。而后,不少学者在诠释《楚辞》时,多有直接将香草比附为贤良君子者,如清人叶燮言"援美人以喻君王,指香草以拟君子",朱鹤龄也在《愚庵小集》中说"离骚托芳草以怨王孙,借美人以喻君子"。同时,还有诸多学者从名物学角度出发,对《楚辞》香草进行考索者,如宋吴仁杰《离骚草木疏》、元谢翱《楚辞芳草谱》、明屠本畯《离骚草木疏补》、清周拱辰《离骚草木史》等。当然,这些成果多以文字形态展示呈现出来。在宋代,不少学者将《楚辞》中涉及的诸多香草作为素材,以图像的形式呈现出来,遂生成大量表现《楚辞》"香草"的图像作品。

② 战国南楚境内,既有欹崟崎岖的崇山峻岭,又有一望无际的平陆莽原;既有纵横交错滚滚奔涌的长江大河,又有星罗棋布而静静无语的深泽阔湖。林木蓁蓁,芳草萋萋,鸟鸣喈喈,猿啼啾啾。其复杂的地形、多样的风貌、丰富的物产,构成了光怪陆离、仪态万千的自然景观。由于气候的变迁、风雨的浸润、湖泽的氤氲、山川的秀丽,给楚地的自然景观带来了无穷的变化和奇丽的色彩,而这在一定程度上也成为激发作者创作神思的诱因,王夫之《楚辞通释·序例》指出:"楚,泽国也;其南沅湘之交,抑山国也,迭波旷宇,以荡摇情,而迫之以崟嶔戍削之幽菀,故推宕无涯,而天采矗发,江山光怪之气莫能揜抑",即是点明地理环境对文学创作能产(转下页注)

梦神女图》等"高唐神女图"①。

　　也应注意的是,"潇湘"本是地理称谓,乃潇水、湘水水系之名。《山海经·中山经》言湘水"帝之二女居之,是常游于江渊;澧沅之风,交潇湘之渊";而后,"尧二女娥皇、女英,随舜不反,没于湘水之渚",民间因之将舜与二妃故事与湘水联系,产生湘君、湘夫人传说。又,按王逸之说:屈原曾被放逐于南楚之野,沅、湘之

（接上页注）生重要影响这一现象。面对绮丽多变的自然环境,纷呈迷离的景物风貌,《楚辞》作者创作时,自觉不自觉将江湖、河流、山川、地理方位等的名称纳入其中,成为寄托主体情志之物象。这其中,有泛称之"河""江"者,如《湘君》"横大江兮扬灵""朝骋骛兮江皋",《少司命》"与女游兮九河",《河伯》"与女游兮河之渚",《悲回风》"望大河之洲渚兮"等;有具体之"沅""湘""澧""汉""江""夏"等,如《离骚》"济、沅湘以南征兮",《湘夫人》"沅有茝兮醴有兰",《涉江》"旦余济乎江湘",《抽思》"来集汉北",《怀沙》"浩浩沅、湘",《惜往日》"临沅、湘之玄渊兮",《渔父》"宁赴湘流",《哀郢》"遵江、夏以流亡",《思美人》"遵江、夏以娱忧"等;有称"洞庭"者,如《湘君》"遵吾道兮洞庭",《湘夫人》"袅袅兮洞庭波兮木叶下",《哀郢》"上洞庭而下江"。凡此种种,不一而足,共同构成了《楚辞》"辞楚"的重要依据之一——"记楚地"。在《楚辞》流传过程中,这些地理名称多与屈原情志联系起来,成为召唤读者理解语境的意象:其既以文字形态出现,又表现为图像形态。在图像领域中,《楚辞》所涉之诸多地理方位也成为艺术家所表现的重要素材。

① 宋玉《高唐赋》《神女赋》均以楚王"梦与神女遇"为题材,一写高唐雄浑奇丽之景,一写神女明妍娴淑之美,"合二篇以见抑扬顿挫之妙"(张惠言《七十家赋钞》引清人何焯语)。《高唐赋》前有序文,其辞曰:"妾在巫山之阳,高丘之阻,旦为朝云,暮为行雨。朝朝暮暮,阳台之下。"由是在文学艺术领域中衍生出诸多以巫山神女与楚王故事为题材的作品,如"云雨意象""巫山意象""遇仙故事"等,以及以图像形态呈现出的巫山形象、高唐神女形象、楚襄王遇神女故事等。

间,曾将此间之祭祀歌词改造为《九歌》,广为流传。这样一来,"潇湘"便具有了双重蕴涵:其一,地理称谓;其二,隐喻屈原之牢骚与湘妃的哀怨。面对潇湘风景,画家多纳八百里山水于胸臆,经由艺术加工而形诸尺素,在此过程中,自会于有意无意间流露出对屈原与《楚辞》的追认。不过,"有的作品虽然在标题中有'潇湘',画的景致却非湖南,例如米友仁的《潇湘奇观图》就是镇江的风光,南宋画僧牧溪和玉涧的'潇湘八景图',画的是西湖附近。'潇湘'山水画的'在地化'与'抽象化'显示画家不一定描绘湖南实景的创作现象"①,因此与屈原及《楚辞》之关联不明显,故不属于本书所考察之范围。

(三)《楚辞》衍生图像

屈原"惊才风逸,壮志烟高",而《楚辞》"乃雅颂之博徒,而词赋之英杰",其"衣被词人,非一代也",在思想文化领域中产生广泛影响:文士好读《骚》,并形成"痛饮酒,熟读《离骚》,便可称名士"的文化认同;在民俗文化生活中,亦形成端午"竞渡"以纪念屈原这一习俗,并在隋代就已经遍及全国,传播四方②。与此相应的是,在图像领域中,也生成了大量以"读骚""竞渡"为表现题材的作品,如《饮酒读骚图》《扁舟读骚图》《雪庵读骚图》《龙舟竞渡

---

① 衣若芬:《云影天光:潇湘山水之画意与诗情》,台北:里仁书局,2013年,第37—38页。

② 对"端午竞渡"文化源头的解释,学界有多种说法,如图腾崇拜说、禳灾送灾说、生产劳动和战争说、英烈祭祀说、节日庆祝说等等。其中,纪念屈原之说,在文献中广泛记载:如东晋葛洪《抱朴子》曰:"屈原没汨罗之日,人并命舟楫以迎之,至今以为竞渡,或以水车为之,谓之飞凫,亦曰水马,州将士庶,悉观临之。"可见其时端午竞渡活动已得到官方支持,(转下页注)

图《端阳观竞渡吊屈原图》等等。这些作品既非是对《楚辞》作者的图绘,亦非是将《楚辞》文本予以图像呈现,而是在《楚辞》传播过程中所衍生出的文化图像,故而将其归属于《楚辞》衍生图像之范畴。

需要指出的是,后世图像作品中,有的虽名之曰《端午图》《端午景图》,然其中也描绘有端午"竞渡"场景;还有的图像作者在《十二月令图》之《五月图》中,亦绘有此场景;所有这些,都属于《楚辞》所衍生的"竞渡"图像之所指范围。

不过,并非所有题署《龙舟竞渡图》的图像,皆与屈原有关。北宋时期,出于预防百姓借机聚众结社之虑,太宗、真宗试图把民间的龙舟竞渡活动变成"由朝廷控制的国防体育和供皇家欣赏的竞技运动,将其纳入都统司监管"①,而且,皇帝还亲自参与其中,予以导引,如淳化三年(992)三月,太宗幸金明池,"命为竞渡之戏,掷银瓯于波间,令人泅波取之……岸上都人纵观者万计";咸平三年(1000)五月,宋真宗"幸金明池观水戏,扬旗鸣鼓,分左右

_____

(接上页注)开始流行,影响也很大,将士、百姓等皆参与其中。梁吴均《续齐谐记》曰:"楚大夫屈原遭谗不用,是日投汨罗而死,楚人哀之,乃以舟楫拯救。端阳竞渡,乃遗俗也。"将"端午竞渡"习俗与纪念屈原直接联系起来。宗懔《荆楚岁时记》亦有"五月五日竞渡,俗为屈原投汨罗日,伤其死所,故命舟楫以拯之"之语。可见,魏晋南北朝时的"端午竞渡"习俗,已被赋予纪念屈原的意义。《隋书·地理志》:"屈原以五月望日赴汨罗,土人追至洞庭,不见,湖大船小,莫得济者,乃歌曰:'何由得渡湖?'因而鼓棹争归,竞会亭上,习以相传为竞渡之戏。其迅楫齐驰,棹歌乱响,喧振水陆,观者如云。诸郡率然,而南郡、襄阳尤甚。"可见,这一习俗在隋代就已遍及全国,产生广泛影响了。
① 余辉:《宋元龙舟题材绘画研究——寻找张择端〈西湖争标图〉卷》,《故宫博物院院刊》,2017年第2期,第9页。

翼,植木系彩,以为标识,方舟疾进,先至者赐之"①;大中祥符二年(1009)夏四月,真宗"赐金明池善泅军士缗钱。先是,每岁为竞船之戏,纵民游观者一月,车驾必临视之"②,可见,此期还存在着由官方组织的、从三月到五月在固定地点(金明池)开展的"龙舟竞渡"运动,参加表演和竞赛的选手皆非世俗百姓,而是归都统司管辖的军卒,其主题也与纪念屈原无关。这一活动也被纳入图像表现的领域,生成诸多题名《龙舟竞渡图》的图像作品。故而,在考察《楚辞》衍生图像时,也应对其加以区别。

三、《楚辞》图像的特征

总体看来,文化史上的《楚辞》图像呈现出如下特征:

其一,《楚辞》图像作品的生成情况与《楚辞》学的发展情况相伴生。

诚如台湾学者廖栋梁所言,历代《楚辞》图像"多是根据《楚辞》及《楚辞》的王逸、洪兴祖、朱熹注解而绘制的,当然它也蕴涵着某种有意识的选择、设计及构思,由此形成了《楚辞》—《楚辞注本》—《楚辞图》之间复调的多维度诠释活动"③。也就是说,《楚辞》图像的生成、发展、演变与《楚辞》学的发展是相互伴生的。

对屈原及《楚辞》的研究兴起于汉、唐之际,曾先后出现刘安辑、刘向续辑《楚辞》十六卷,王逸《楚辞章句》十七卷,徐邈《楚辞音》一卷,孟奥、道骞等的《楚辞音》一卷,以及《文选》五臣与李善

---

① (元)脱脱:《宋史》卷一一三,北京:中华书局,1977 年,第 2697 页。
② (宋)李焘:《续资治通鉴长编》卷七十一,北京:中华书局,1992 年,第 1599 页。
③ 廖栋梁:《象中蕴理,理以象出:论"楚辞学史"研究视野中的图像》,"科委会"专题研究计划成果报告,计划编号 97-2410-H-004-140-MY2。

等人对《楚辞》部分篇章的阐释，但这些成果在流传过程中多有散佚，尚未在学术研究领域中产生广泛影响，一般被视为是"古代楚辞学的形成期"①。与之相应的是，这一时期的《楚辞》图像也呈现出方兴未艾之局面，所出现之作品数量寥寥，题材亦多以人物像为主，主要是出于实用之需而制，且大多只见名目，未详其实。

　　迨至宋、元时期，《楚辞》学获得极大发展，研究成果丰硕，据《宋史·艺文志》等文献记载，宋代增加《楚辞》学著作 25 部，影响较大的有晁补之《重编楚辞》十六卷、《续楚辞》二十卷、《变离骚》二十卷，黄伯思《校订楚辞》十卷，洪兴祖《补注楚辞》十七卷、《楚辞考异一卷》，朱熹《楚辞集注》八卷、《楚辞辩证》一卷、《楚辞后语》六卷，吕祖谦的《楚辞章句》一卷等等，而皇家提倡、边患危机、士大夫著述、贤人失志等原因使屈原及其作品在这一时期获得更多的传播与认同，与之相应，此期《楚辞》图像也呈现出较为兴盛之面貌，在数量、类型、图式开创，在其时及后世之传播与影响等方面，皆取得了令人瞩目之成绩。

　　在《楚辞》学"处于腾飞前的蓄势阶段"的明代，受复古思潮影响，以经义注评《楚辞》之风盛行，而受心学之影响，畅所欲言、疑经质典之作亦多。而处在《楚辞》学集大成时期的清代，相关研究自是蔚为大观，不可胜数，据姜亮夫先生《楚辞书目五种》、崔富章先生《楚辞书目五种续编》、周建忠先生《五百种楚辞著作提要》统计，此期研究专著多达百余种，散见于诗话、笔记中的论述更不可胜数，与《诗经》研究几于颉颃②。在《楚辞》学发展的这种态势下，《楚辞》图像也进入总结集成式的发展阶段，并开启了向近代

① 江林昌：《楚辞研究的回顾与展望》，《文史哲》，1996 年第 2 期。
② 孙巧云：《元明清楚辞学研究》，苏州大学 2011 年博士学位论文。

转型的历程。

　　其二,在《楚辞》诸篇中,图像作者的取材范围多集中于《九歌》,使得《九歌图》成为中国古代图像艺术领域中最能代表《楚辞》特色的一类艺术式样。

　　除屈原像外,王逸《楚辞章句》所收战国屈、宋诸人作品《离骚》《九歌》《天问》《九章》《远游》《卜居》《渔父》《九辩》《招魂》《大招》中,因《九歌》所涉"贝阙珠宫,乘鼋逐鱼,亦可施于绘素",加之其中所描摹的"期候不至"情境颇能与艺术家"不遇"之衷情相契合,故成为《楚辞》中"最为历代美术家所喜爱、珍视,吸取为题材,画得又最多的"表现对象。

　　作为图像作者于千载之下"明原之心"的作品之一的《九歌图》,在历代《楚辞》图像中所占数量尤多①;且其图式之丰、观念

①　何继恒《中国古代屈原及其作品图像研究》(苏州大学 2017 年博士学位论文)据历代艺苑笔记、饶宗颐《楚辞书录》、姜亮夫《楚辞书目五种》、崔富章《楚辞书录解题》及历代"九歌图"题咏等文献资料统计,现存及见之著录的"九歌图"共 76 种,其中宋 20 种(李公麟《九歌图》13 种、《湘君湘夫人图》、马和之《九歌图册》、张敦礼《离骚九歌图卷》、佚名《九歌图》3 种、佚名《摹九歌图》)、元 17 种(郑思肖《屈原九歌图》、钱选《临龙眠九歌图》、赵孟頫《九歌书画册》《九歌图》、管道昇《九歌图》、张渥《九歌图》6 种、张伯雨《湘君湘夫人》、祝丹阳《临摹九歌图》、王子庆《九歌图》、王渊《楚辞九歌人物图》册页、佚名《九歌图卷》、佚名《九歌图》)、明 20 种(文徵明《湘君湘夫人图》、董其昌《九歌图》、杜堇《离骚九歌图》、朱季宁《九歌图》、仇英《离骚九歌图》《湘君湘夫人图》、周官《九歌图》、陆治《画湘夫人卷》《行书九歌补图》、丁云鹏《东皇太一》《湘夫人》《云中君》、陈洪绶《九歌图》、章洪《九歌图》、卢允贞《九歌图》、吴桂《九歌书画卷》、佚名《二湘图》、佚名《九歌图》2 种、佚名《湘夫人图》)、清 19 种(萧云从《离骚图》、汪汉《九歌图（转下页注）

之杂在古代人物画中鲜出其右,从而形成了独特鲜明的创作传统。①

其三,《楚辞》图像在中国古代社会生活中还肩负着形塑社会价值与抒写个体情志的双重功能。

在皇权社会中,出于"风化"等政治理念之虑,加之图像本身所具有的易于感知、兴起情感共鸣等特征,遂使得文字叙述中的屈原逐渐被塑造为中国古代政治文化中的忠君爱国者形象,成为臣子"忠正之义"的楷模②,铸刻于知识阶层的价值观念之中。同时,在民众信仰领域中,统治集团曾通过加封屈原、建置庙祠等形式来借屈原以引导"忠君爱国"观念的确立,遂使屈原造像历代皆有创制,而在明清以后,更是出现了大量置身于"历代帝王圣贤名臣像"中的屈原像。可以认为,作为《楚辞》图像重要组成部分的屈原像,在中国古代社会生活中被赋予了教化目的,它作为统治阶级政治观念与民众公共情感的传递载体,具有引导民众树立"忠君爱国"观念的功能,而一旦这些图像的权威性通过"约定俗成"这一社会文化过程得到确立,"如果巧妙地操作,有效地实行,仅仅提到某人或某地就会立刻唤起一种难以抗拒的抒情性共鸣,

---

(接上页注)卷》、罗聘《山鬼图》、余集《湘君图》、门应兆《钦定补绘萧云从离骚全图》、丁观鹏《九歌图卷》、周璕《九歌图并胡同夏书词》、任熊《二湘图》《湘夫人像》《山鬼图》、周瓒《九歌图册页》、冷枚《九歌图》、王素《二湘图》、姚文瀚《九歌图卷》、姚梅伯《九歌图》、顾应泰《屈原九歌图册》、叶原静《九歌图》、胡井农《九歌图》、祝维垣《九歌图》)。尚有缺漏,且未包括《九歌》法书,刺绣等图像作品。

① 李鹏:《〈九歌图〉与〈楚辞〉注本》,《美术观察》,2019 年第 2 期。

② 潘啸龙:《屈原评价的历史审视》,《文学评论》,1990 年第 4 期。

指向所示空间和时间,并通过人事结合起来"①,从而形成文化传统中的理解语境。

　　不仅如此,作为个体的艺术创作,《楚辞》图像具有传递出个体忠君爱国之志与清洁自守之情的作用。自宋以来,《楚辞》图像逐渐增多,历元明以迄于清,可谓蔚为大观,题材多样,形式复杂,风格不一,这固然是古代图像艺术渐行发展嬗变的结果,然而,不可否认的是,社会政治环境对创作主体的多元影响也对其生成有着密切关系。换言之,艺术家创作的《楚辞》图像,多含寓托,借他人之酒杯,浇胸中之块垒,而作品中也承载了因国运衰微而产生的悲愤抑郁,以及自我忠于故国、独善其身、不与世俗同流合污、保持清洁自守的高尚情志等人生信念,承担着抒写主体情志的重要功能。

　　四、《楚辞》图像的价值

　　中国古代的《楚辞》图像中既蕴含着不同时代的文化背景、艺术理念与主体审美趣味等信息,也体现出了诸多楚辞学观点,"灵均旨趣,亦藉以考见其比兴之原"。同时,围绕这些作品,还衍生出不少诗歌、散文、诗文评、艺术理论,对学界深入认知《楚辞》学、艺术学与文化学中的相关问题都有重要参照价值,当不容忽视。

　　(一)依《骚》作图,丰沛了中国古代图像作品的文化蕴涵

　　诚如刘勰《文心雕龙·辨骚》所言,《楚辞》"衣被词人,非一代也。故才高者菀其鸿裁,中巧者猎其艳辞,吟讽者衔其山川,童蒙

―――――――――

① (英)柯律格著,黄晓鹃译:《明代的图像与视觉性》,北京:北京大学出版社,2011年,第47页。

者拾其香草"，在中国古代思想文化领域中产生广泛而深远之影响；而"痛饮酒，熟读《离骚》，便可称名士"之说，则更可见出《楚辞》对于知识阶层价值观念之作用。

在中国古代图像艺术发展领域中，诸多图像作者以屈原、宋玉与《楚辞》为对象，参佐《史记》、民俗传说，吸收借鉴经典《楚辞》学著作如王逸《楚辞章句》、洪兴祖《楚辞补注》、朱熹《楚辞集注》的研究成果①，将《楚辞》作者、《楚辞》文本以及《楚辞》在文化生活中所产生的诸多影响等内容纳入图像表现领域，综合运用绘画、书法、造像、雕塑、石刻、版刻、瓷器等多种样式或载体，还原《楚辞》情境，改塑文学形象，重构文本情节，并在此过程中投射自我审美趣味，实现文本的意义增殖②，创作了诸多平面图像与立

①在《楚辞》图像作品里，可以发现，不少题名《楚辞图》《离骚图》的作品，实际上是表现《九歌》的内容；而不少艺术家所图绘的《九歌图》，却题署《离骚九歌图》，而一些书画目录著作，在收录这些图像作品时，也如此记载。显然，这种于《九歌图》之前题署《离骚》的做法，当是取法于王逸《楚辞章句》。而在表现图绘内容之时，图像作者也多参考《楚辞》学著作。如王逸《楚辞章句》载《九歌》十一篇，《文选》中录有六篇；因《文选》于宋时颇为流行，故有艺术家在图绘《九歌》时，遂据《文选》所收篇目，图绘六神，其中最典型者即是李公麟，其作有六图本《九歌图》，即是据《文选》篇章而为之，而张丑从王穉登处换得的一本中，曹纬所书之《九歌》文辞，亦全同《文选》。至若依据《楚辞》学观点进行布局构图，则几乎是绝大多数《楚辞》图像作者所遵从之事，如历代屈原像，所图绘之人物，大多依据《渔父》《史记·屈原列传》中"颜色憔悴，形容枯槁"诸语；萧云从绘《离骚图》时，更是自言其构图、布局等"一宗紫阳之注"，其弟子张秀壁则进一步补充到，其师云从在创作时还"错取叔师之义，子厚之对，晦庵之注，万里之解"，皆为此例。

②陈琳琳：《论中国古代诗词的图像诠释——以明代〈诗馀画谱〉为中心》，《南京艺术学院学报（美术与设计版）》，2018年第4期，第7页。

体图像,极大丰富了中国古代图像艺术品的内容。

更为重要的是,因文化史中的屈原逐渐被塑造为"忠君爱国"之楷模,而《楚辞》所运用的"善鸟香草以配忠贞,恶禽臭物以比谗佞,灵修美人以媲于君,宓妃佚女以譬贤臣,虬龙鸾凤以托君子,飘风云霓以为小人"之比兴手法,亦在文化传统中逐渐形成为"香草美人"的创作技法与理解模式。故而,当图像作者以《楚辞》为表现素材,进行艺术创作之时,就具有了一种"《楚辞》文化认同",亦即,屈原的精神蕴涵及《楚辞》的"香草美人"传统成为创作者与接受者所共同具有的认知基础。一方面,图像作者可借助对屈原与《楚辞》的图绘,将自我忠贞之情、高洁之志、不遇之悲、好修之性等情感寄予于其中,图以见志;另一方面,因"图像发挥了使历史情境现实化和在地化的功能",观者见及这些图像时,自会将已有知识储备中关于屈原与《楚辞》的认识作为理解语境,去感知、理解、评判图像作品,发掘其中所包蕴的深意。这样一来,图像作者依据《楚辞》而创制的作品,就因《楚辞》所具有的价值认同而具有了超越时间、超越空间、超越学科式样的丰沛文化蕴涵,图像的观看者与图像叙述的人物共处于同一虚拟时空,从而拉近了历史与当下的联系,产生身临其境的效果。①

(二)以图解《骚》,增加了《楚辞》学的内容

自刘向编纂《楚辞》后,学者对其多有注诠。其虽然立意非同、方法有别、成就不一、影响存异,却有共同之处:皆是以文字为载体来传递对《楚辞》的理解,相关著述亦呈现为书面文字形态,可笼统视为"文字注"。而《楚辞》图像作者,以图像作为诠释载

---

① 杜金:《故事、图像与法律宣传——以清代〈圣谕像解〉为素材》,《学术月刊》,2009年第3期,第111页。

体,改塑文学形象,重构文本情节,形象具体地展示了自我对《楚辞》的理解与认知,既保存了源自历代的大量《楚辞》原文,也丰富了《楚辞》学的内容,更为《楚辞》阐释增添了"图注"方法,实现了研究方式的一大变更。

首先,在两千余年的流传过程中,《楚辞》之文辞不免出现一些错、讹、衍、夺之现象,故而对其本文的清理,校偏纠讹,使之尽可能接近原貌,成为历代《楚辞》研究者所热衷于从事者。这其中,以往之研究多据宋元以来的诸种刻本予以比勘,董理异同,考辨正讹,已经取得了显著成就。值得注意的是,在图像作品领域中,还保存了大量《楚辞》文辞,仅就唐宋时期而言,就既有以书迹、法帖等形式存在的作品,如欧阳询《九歌帖》,苏轼行书《九歌》《九辩》,颜乐闲篆书《离骚》,米芾行书《离骚经》以及楷书、篆书《九歌》,吴说楷书《九歌》,朱熹行书《离骚》首章等等,又有在绘画作品中所书写之《楚辞》原文,如李公麟、张渥等人的《九歌图》中,多书写有《九歌》文辞。尽管因作品真伪、图像书写者书写时的依据与态度等问题,这些作品不一定能够作为绝对权威的底本来进行《楚辞》文辞的校理工作,然毋庸置疑的是,它们以写本样式,为了解唐宋时期《楚辞》的异文、编纂结集、流传等情况提供了重要线索,自当予以足够重视。

再则,与《楚辞》"文字注"著作中,以文字来表达对《楚辞》之理解所不同的是,《楚辞》图像作者乃是以图像之形式,来表达对《楚辞》之接受、理解、诠释的,不同的图式中,体现出作者的诸多不同观念,如:

《九歌》名曰"九"而实有十一篇的"名实不符"问题,历代《楚辞》注家多有讨论,产生"阳数之极""古歌旧题""实数之九神""虚指祭神之歌""九天之歌""纠歌""鬼歌""神的颂歌"等不同见解,而历代《九歌图》中,图像作者亦在其所表现的人物形象中传递出其对此问题的看法。李公麟的"七月望日"本、吴柄篆书本《九歌图》绘有《东皇太一图》《云中君图》《湘君图》《湘夫人图》《大司命图》《少司命图》《东君图》《河伯图》《山鬼图》凡九图,则其当以《九歌》之"九"为实指之数,而所未绘之《国殇》《礼魂》篇,陆时雍、王闿运等亦曾主张不计入《九歌》之数①;曹纬书辞本《九歌图》绘《东皇太一》《云中君》《湘君》《湘夫人》《少司命》《山鬼》诸篇,当是伯时根据《文选》所选之《九歌》六篇而绘制六神图像者;美国波士顿美术馆藏传为张敦礼所作《九歌图书画卷》,所绘图像为九,即《东皇太一云中君图》《湘君湘夫人图》《大司命图》《少司命图》《东君图》《河伯图》《山鬼图》《国殇图》《礼魂图》,显然,张氏也是以《九歌》之"九"为实指之数,只是在图绘时采用了"合绘"的方法,合《东皇太一》《云中君》、《湘君》《湘夫人》各为一图,这种观念与《楚辞》学史上的"合篇"诸说在思路上是一致的②;张渥的吴睿篆书本《九歌图》、赵孟頫大德三年(1299)本《九歌图》皆绘《东皇太一图》《云中君图》《湘君图》《湘夫人图》《大司命图》《少司命图》《东君图》《河伯图》《山鬼图》《国殇图》十图,无《礼魂图》,则其当

---

① 陆时雍《楚辞疏》:"按《汉书志》'屈原赋二十五篇',今起《离骚经》至《大招》凡六,《九章》《九歌》凡十八,则原赋所存者,二十四篇耳。并《国殇》《礼魂》在《九歌》之外,十一,则溢而为二十六篇。不知《国殇》《礼魂》何以系于《九歌》之末。"王闿运《楚辞释》:"《礼魂》者,每篇之乱也;《国殇》,旧祀之所无,兵兴以来增之,故不在数。"

② 在《九歌》研究史中,为求合"九"之数,诸多学人皆试图合十一篇而为"九":有合《湘君》《湘夫人》、《大司命》《少司命》各为一篇者,如周用《楚辞注略》"《九歌》又合《湘君》《湘夫人》,《大司命》《少司命》为二篇",胡文英《屈骚指掌》"《九歌》共十一篇,《湘君》《湘夫人》,合庙分现,(转下页注)

是以"九"为约指之词，非实数，而《九歌》虽名为"九"，其篇章却并非定有九篇者也。至其绘画十神之由，或如王夫之、屈复等所云，《礼魂》为通用之总"乱辞"也①；陈洪绶《九歌图》、萧云从《九歌图》则对《九歌》十一篇皆进行了图绘，显然也是以为《九歌》之"九"非实指。

对《九歌》所祀之神的神格问题，《楚辞》学界多有争议。《楚辞》图像作者，以图像形式，表达了他们对这些问题的见解。

关于《湘君》《湘夫人》之指涉问题，学界素有不同见解，概言之，主要有二类：一类认为湘君、湘夫人皆为女神，至于是何女神，学界又有"尧之二女即舜之二妃（如刘向《列女传》、韩愈《黄陵庙碑》、朱熹、林云铭、戴震等）""舜之二女（如罗泌《路史》、陈士元

（接上页注）各歌其辞，《大司命》《少司命》亦然。祭之所有九，故谓之《九歌》"；有合《山鬼》《国殇》《礼魂》为一篇者，如黄文焕《楚辞听直》"歌以九名，当止于《山鬼》。既增《国殇》《礼魂》共成十一，仍以九名者，殇、魂皆鬼也，虽三仍一也"；有合《湘君》《湘夫人》、《国殇》《礼魂》各为一篇者，如贺贻孙《骚筏》"《九歌》共十一首，或曰《湘君》《湘夫人》共祭一坛，《国殇》《礼魂》共祭一坛……每祭即有乐章，共九祭，故曰《九歌》"；有合《大司命》《少司命》为一篇，以《礼魂》为乱辞者，如汪瑗《楚辞集解》"末一篇故前十篇之乱辞也；《大司命》《少司命》固可谓一篇，如禹、汤、文、武谓之三王，而文武固可谓一人也"；有合《湘君》《湘夫人》为一篇，以《礼魂》为乱辞者，如潘师啸龙《九歌六论》认为《礼魂》"固前十篇之乱辞"，湘君、湘夫人均居湘为神，且为夫妇，当为共祀之一神。与这些论述相较，张敦礼当是以图绘之法，提出了《九歌》"合篇"的一种见解：合《东皇太一》《云中君》、《湘君》《湘夫人》各为一图，总数为九。

① 王夫之《楚辞通释》："《礼魂》。凡前十章，皆各以所祀之神而歌之，此章乃前十祀之所通用。篇目更不言所祀者，其为通用明矣。"屈复《楚辞新注》："此篇（《礼魂》）乃前十篇之乱辞也。《九歌》总一乱辞。"皆以《九歌》之"九"为虚数，非实有九篇，故以《礼魂》为乱辞。

《江汉丛谈》等)"、"湘水神之后与妃(如顾炎武《日知录》)"、"川渎神灵(如郝璐行《证俗文》)"等不同说法;另一类认为湘夫人是女性,湘君是男性,具体又有"湘夫人为舜妃而湘君即舜"(如张华《博物志》《礼记·檀弓》郑玄注、《史记·秦始皇本纪》司马贞《索隐》等)、"湘君为湘水神而湘夫人为舜之二妃"(如王逸注)、"湘山神夫妇"(如赵翼《陔馀丛考》)、"湘君为湘水神而湘夫人为其配偶"(如王夫之《楚辞通释》)、"湘君为洞庭之神而湘夫人是洞庭西湖神"(如王闿运《楚辞释》)、"湘君为水神奇相即尧之二女湘夫人死后之配"(如罗愿《尔雅翼》)等不同见解。①

在《楚辞》图像中,艺术家皆有不同表达:李公麟的"七月望日"本《九歌图》中,《湘君图》着力表现江渚之上二侍女拥立二雍容华贵女子形象,而《湘夫人图》则描绘一男子坐于树底荷屋之下形象。显然此本中,画家当是持湘君、湘夫人为男、女神之观点。至于《湘君图》绘女性形象而《湘夫人》绘男性形象,或是如汪瑗所说:《湘君》"托为湘君以思湘夫人之词",而《湘夫人》"托为湘夫人以思湘君之词",画家乃是据二篇文辞内容,分别从湘君、湘夫人所思念的对象角度切入而进行图绘的。北京故宫博物院所藏款署"李伯时为苏子由作"本《九歌图》中,《湘君图》所绘人物为一倒握船桨的中年男子,《湘夫人图》则绘二贵妇装扮之女子。据此内容来看,画家当是以湘君为男性水神,而湘夫人为二妃也。至于湘君是湘水神、川渎之神,或是水神奇相,则未可知;传为张敦礼《九歌图》则将《湘君》《湘夫人》合绘为一图,勾勒高髻长裙之二女子偕行松下形象,一衣青,一衣素,在构图上有正侧大小之别,则

---

① 赵逵夫:《〈湘君〉、〈湘夫人〉的抒情主人公形象》,《北京社会科学》,1987年第3期,第134—140页。

画家当是以湘君、湘夫人为有长幼尊卑之别的二女神，而在《楚辞》学研究中，素有"湘君谓尧之长女娥皇，为舜正妃，故称君；湘夫人谓尧之次女女英，为舜次妃，自宜降为夫人"之说，张氏如此构图，或亦传递出此种认知。赵孟頫大德三年（1299）本、大德九年（1305）本《九歌图》，上海博物馆藏吴睿篆书本、美国克利夫兰艺术博物馆藏褚奂隶书本张渥《九歌图》，萧云从《九歌图》，安徽博物院藏仇英《九歌图》，北京故宫博物院藏杜堇《九歌图》中，《湘君图》《湘夫人图》皆为女性，只是二者在衣着服饰上展示出长幼尊卑之别，则其亦当是以湘君为娥皇，湘夫人为女英是也。

　　对《九歌》中之《山鬼》所指问题，《楚辞》学界的意见主要有三类：有以为是山之精怪者，如洪兴祖《楚辞补注》曰："《庄子》曰：'山有夔。'《淮南》曰：'山出枭阳。'楚人所祠，岂此类乎？"[1]后朱熹、王夫之、林云铭亦承此说；有以为是人鬼者，清王闿运《楚辞释》曰"鬼谓远祖，山者君象，祀楚先君无庙者也"[2]，后胡文英等持此说；有以为即巫山神女者，如《四库全书总目提要》解顾成天《九歌解》意旨曰"又《山鬼》篇云，楚襄王游云梦，梦一妇人，名曰瑶姬，通篇辞意似指此事"，后孙作云、陈子展、姜亮夫等亦持此说。至于其性别，学界又有女性、男性、无性别等不同说法，现当代的《楚辞》研究者如游国恩、姜亮夫、汤炳正等，多主女性说。

　　而在历代《山鬼图》中，艺术家对山鬼的图像表现，却多有不同：李公麟的"七月望日"本《九歌图·山鬼图》、北京故宫博物院所藏款署"李伯时为苏子由作"本《九歌图·山鬼图》、传为张敦礼《九歌图·山鬼图》、安徽博物院藏仇英《九歌图·山鬼图》、北京

①（宋）洪兴祖：《楚辞补注》，北京：中华书局，1983年，第82页。
②（清）王闿运：《楚辞释》卷二，清光绪刻本。

故宫博物院藏杜堇《九歌图·山鬼图》中所绘山鬼,皆为女性形象。而赵孟頫大德三年(1299)本、大德九年(1305)本《九歌图·山鬼图》,上海博物馆藏吴睿篆书本张渥《九歌图·山鬼图》,美国克利夫兰艺术博物馆藏褚奂隶书本张渥《九歌图·山鬼图》中所绘山鬼,则为男性形象;而陈洪绶《山鬼图》则绘一老者,面容丑陋,毛发浓密,肩披薜荔,横坐兽身,荫于系有香草之桂旗下,不辨性别。

由此可见,历代艺术家所创作之《楚辞》图像,皆为其对屈原及《楚辞》之理解与认识的图像呈现,艺术家极力尝试突破图像表现历时性场景的极限,以富有包蕴意味的剪裁与融化,引发观者对《楚辞》丰沛意蕴的探索,它们与文字文献一起,共同构成考察文士心态、时代环境及《楚辞》传播接受诸问题的文献依据。这对于《楚辞》学研究而言,无疑是极为丰富之素材,更为《楚辞》学史的增补,提供了诸多文献依据。

(三)因图生文,丰富中国古代《楚辞》传播接受研究的素材

《楚辞》图像在流传的过程中,还产生不少因图而生的诗文题记。如唐时有李白《观元丹丘坐〈巫山〉屏风》、杜甫《湘夫人祠》《祠南夕望》、刘长卿《湘妃庙》、柳宗元《湘源二妃庙碑并序》、许浑《过湘妃庙》、李颀《二妃庙送裴侍御使桂阳》《湘夫人》、高骈《湘妃庙》、孟郊《湘灵祠》、罗隐《湘妃庙》、释齐己《湘妃庙》、牟融《山寺律僧画〈兰竹图〉》等;宋时有苏轼《跋李伯时〈卜居图〉》《题杨次公〈春兰〉》《屈原塔》《屈原庙赋》、苏辙《屈原庙赋》、周紫芝《〈三闾大夫画像〉赞》、陈著《李伯时〈九歌图〉跋》、李弥逊《雪后詹伯尹、周少隐见过置酒次伯尹韵》、朱熹《题尤溪宗室所藏〈二妃图〉》、楼钥《龙眠〈九歌图〉》《跋陈君彦直〈楚芗图〉》、韩元吉《题陈季陵家〈巫

山图〉》、黄伯思《跋龙眠〈九歌图〉后》、许及之《题张野夫所藏颜持约〈大招图〉》、徐照《题侯侣之〈九歌图〉》、陈造《题〈石兰图〉》、谢翱《五日观〈潇湘图〉》、王礼《题无诘〈沅兰湘竹图〉》、章甫《题〈九歌图〉》、高似孙《黄居中〈潇湘图〉歌》、郑思肖《屈原九歌图》、胡铨《题自画〈潇湘夜雨图〉》、魏了翁《过屈大夫清烈庙下》、刘敞《和杨备国博吊屈诗》、刘一龙《忠孝双庙记》、李纲《黄陵庙》、史正志《黄陵题咏》、杨杰《过黄陵庙》、张孝祥《黄陵庙》、邹浩《黄陵庙祝文》等；元时有刘迎《云中君图》、赵秉文《题〈巫山图〉后》、程巨夫《九歌图》、方回《离骚九歌图》、柳贯《题〈离骚九歌图〉》、吴澄《书李伯时〈九歌图〉后》、卢挚《题李伯时〈九歌图〉》、王恽《题李龙眠画〈九歌图〉》《屈原卜居图》《李夫人画兰歌（为郎中孙荣甫赋）》、虞集《李伯时〈九歌图〉》《为题马竹所〈九歌图〉》、袁桷《次韵虞伯生题祝丹阳道士摹〈九歌图〉》《墨兰蕙图》、蒲道源《跋兴元总尹王信夫〈九歌图〉后》、马臻《书龚彦钊画〈舜二妃图〉后》、黄溍《屈原行吟图》、刘仁本《题〈屈原渔父问答图〉》、王沂《题〈屈原渔父图〉》、仇远《跋东坡书〈楚颂帖〉》、柯九思《题苏轼〈橘颂帖〉》、陶宗仪《题张渥〈湘妃鼓瑟图〉》、陈基《题白描〈湘灵鼓瑟图〉》、唐肃《郑山辉画兰》、刘诜《题萧孚有为罗履贞所作〈兰竹图〉》、张仲深《张正卿〈芷石图〉》、张天英《题〈光风转蕙图〉》《题〈兰蕙〉便面》、苏天爵《题马氏〈兰蕙同芳图〉》、陈旅《跋〈兰蕙同芳图〉》、陈高《题道原所作〈墨兰蕙〉》、李孝光《题晙上人所藏〈蕙兰图〉》、释大欣《〈兰蕙同芳图〉为马元博题》《〈兰蕙同芳图〉为逯彦常赋》、释良琦《题〈蕙兰图〉》、胡天游《黄陵庙》、李材《过黄陵庙》、龚璛《〈楚云湘水图〉歌谢张师夔教授》、贡奎《题董简卿所藏〈潇湘图〉》、成廷珪《湘江秋远图》、吕不用《次韵董宗楚题〈湘江烟雨图〉》等；明时有龚诩《屈原图》、沈周《屈原像》、孙瑀《屈原图》、张凤翼《三闾五毅二大夫像》、高启

《题〈湘君图〉》《题〈湘君〉〈洛神〉二图》、朱同《白描湘妃图》、陈循《题屈原渔父》、黄仲昭《题〈屈原渔父问答图〉》、景云《陈章侯屈子行吟图》、汪应轸《题〈屈原问津图〉》、欧大任《题沈周画〈渔父问屈原图〉》、卢挚《题李伯时〈九歌图〉》、杨士奇《书〈九歌图〉后》、贝琼《书九歌图后》、吴节《〈九歌图〉代李先生作》、魏骥《跋〈九歌图〉》、邵宝《楚江渔父图》、帅机《端阳日适过长沙吊屈原祠》、滕毅《三闾大夫祠》、夏原吉《谒三闾祠》、林大辂《吊屈子祠并怀宋玉次李涔崖都宪韵》、金实《分题赋三闾祠送萧长史之长沙》、邝露《浮湘礼三闾墓田寻贾生故宅》、程敏政《题〈巫山图〉》、倪宗正《巫山神女图》《湘妃泣竹图》、谢肇淛《为张侍御题〈巫山图〉》、李昌祺《题〈猗兰图〉》、柯潜《题文魁叔画〈兰图〉》、张宁《丛蕙图》、史鉴《题刘大参（名钦谟）所藏〈兰图〉》、郑真《题周自诚所藏〈兰图〉》等；清时有刘熙载《拱极台谒三闾大夫像三首》、屈大均《求二桥山人画〈三闾大夫像〉》、屈大均《三闾书院倡和集序》、谭莹《题〈三闾大夫纫秋兰图像〉》、华长卿《题〈屈子祠图〉》、吴省钦《归州修楚屈左徒庙记》、李元度《天岳书院新建屈子祠记》《平江县重建三贤祠记》、宋琬《翁玉于年兄以萧尺木画杜子美诗册索题》、翟灏《高淳夫明府寓寮观李伯时〈九歌图〉》、熊文举《题东坡书〈九歌图〉》、翁方纲《陈章侯痛饮读骚图二首》《萧尺木〈楚辞图〉歌》、施男《天问图》、翁同龢《临苏书〈橘颂〉为补小图》、王士禛《萧尺木楚辞图画歌》《题张杞园待诏〈远游图〉》《题曹希文〈远游图〉》、彭孙贻《陈章侯〈九歌图〉引》《李行人存我题李藩〈九歌图〉正书行草引》、梦麟《陈洪绶九歌图歌》、叶名澧《端木子畴（采）借余所藏萧尺木离骚图刻本以酒见饷并系以诗次韵奉答》、冯敏昌《萧尺木楚辞歌》、吴仰贤《题祝（维垣）画〈九歌图〉》、梁同书《跋江眉居旧藏米书〈九歌帖〉》、江阌《益阳十九贤祠记》、王昶《谒昭灵祠》、杨志洛《谒昭灵祠》、邓友超《昭灵庙谒三闾大夫》、胡嗣昌《昭灵庙》、永瑆《题管道昇〈九歌图〉》、谭献《珍珠帘·题〈高唐神女图〉》、陈维崧《高阳台·题余氏女子绣〈高唐神女图〉为阮亭赋》、董以宁《为王阮亭题余氏女子绣〈高唐神女图〉》、汪学金《题邢陶民〈扁舟载酒读离骚图〉》、朱彝尊《题乔孝廉(崇烈)书〈离骚〉》、李星沅《题汤太翁〈饮酒读骚图〉》、王岱《雪庵读骚图(赠星南)》、谢堃《题陈穆堂逢衡读骚楼图后》、沈寿榕《〈痛饮读骚图〉为彭古香茂才题》、张曾《江上读骚图歌》、詹应甲《题钱蘅侬广骚图四首》、陆继辂《泉塘女士吴苹香自写〈饮酒读骚图〉作男子衣冠为题三绝句》、朱滋年《湘君图》、张大绪《题钦揖画〈离骚图〉》、陈文述《于忠肃公手书〈楚辞天问〉卷》、阮元《于忠肃公手书〈楚辞天问〉篇真迹为潘德园(庭筠)侍御作》、曾燠《题句曲女史〈佩兰图〉》、刘大绅《题钱芷汀〈纫芷图〉》、杨芳灿《题离骚九歌图》,等等。

这些诗文或是图像作者在作图时直接题写于卷轴上,或是观者书于图像拖尾,或是收录于观图者的别集之中,其内容除了叙述观者所见之《楚辞》图像的基本情况,书写其观图的缘由、过程及感受之外,还包含着他们对《楚辞》创作意旨、时地、篇章分合、与沅湘民俗之关系等问题的论述,又包含时人对画风流变、饮酒读骚之"名士风度"、端午风俗诸问题的认识,集中反映了不同观者对图像、图像作者以及屈原与《楚辞》等问题的不同理解,并在图像与《楚辞》文本之间,在观者、图像作者与屈原及《楚辞》之间构筑了一层重要的对话关系。一方面充分展示了《楚辞》图像文图交融的艺术特点,视觉画面与文字题跋相互映衬、相互阐发、相互补充,共同呈现后世艺术家对文字与图像这两种不同艺术形式的理解与创造;另一方面,借由诗文题跋这一载体,观者与图像作者之间展开了以《楚辞》图像为中心的情感交流与思想碰撞,共同参与了与《楚辞》跨越时空的精神对话。①

　　总体看来,中国古代《楚辞》图像艺术已经走过了两千余年的发展历程,其萌生于秦汉魏晋六朝之时,兴盛于宋元时期,并经由明清时期的集成式发展阶段后,开启了向现代转型的进程。其创作主体几乎涉及社会各个阶层,作品式样几乎涉及中国古代艺术的大多数门类,而其题材内容亦大致可分为《楚辞》作者图像、《楚辞》文本的图像呈现、《楚辞》衍生图像三种主要类型。这些图像的生成、发展、演变过程与《楚辞》学的发展是相互伴生的,在社会生活中肩负着形塑社会价值与抒写个体情志的双重功能。这些图像既丰富了中国古代图像艺术的数量,更因《楚辞》所具有的价值认同而具有了超越时间、超越空间、超越学科式样的丰沛文化蕴涵。其中所保存的大量《楚辞》文辞,为了解《楚辞》的异文、编纂结集、流传等情况提供了重要线索,以图解《骚》的艺术呈现方式,为考察文士心态、时代环境及《楚辞》传播接受诸问题提供了文献依据。同时,围绕这些作品,还衍生出不少诗歌、散文、诗文评、艺术理论,对学界深入认知《楚辞》学、艺术学与文化学中的相关问题都有重要参照价值。

---

① 陈琳琳:《文本与图像:历代赤壁图的对话关系与多重意蕴》,《中南大学学报(社会科学版)》,2018 年第 4 期,第 157 页。

附录:历代楚辞图像总目表

凡　例

一、本表所谓之"历代",系采用学界通行惯例,指帝制时代的中国。就《楚辞》图像而言,主要是出现在秦汉至晚清时期的相关文献。

二、本表所收之《楚辞》图像,就题材而言,主要包括《楚辞》作者图像(屈原、宋玉等《楚辞》作者及与其相关之人像或故事像)、《楚辞》文本之图绘(以《离骚》《九歌》《天问》《九章》《远游》《卜居》《渔父》《招魂》《大招》《九辩》《高唐神女赋》等《楚辞》作品为题材而绘制的图像)、《楚辞》衍生图像(图绘《楚辞》所产生之文化影响者如"读骚图""香草图""午日竞渡图""吊屈图"等)三种类型;就形式而言,主要是静态图像,包括平面图像(艺术家所书写的书法,绘制的卷轴画、册页画、壁画等)与立体图像(雕塑、造像、工艺品等)两大类型。

三、本表依次著录图像之时代、作者、品名、类型、形制、质地、规格、色彩、庋藏处(或出处)、文献著录情况等信息。时代大致按学界通行之标准厘分为秦汉、魏晋六朝、隋唐五代、宋、元、明、清七个阶段。图像作品具体时代不能明者,依作者生年归属;作者信息不明者，则以著录图像者之生年归属。图像作者有争议者，依传世典籍载录信息或学界研究成果为据，予以著录；不明者附于各个历史阶段最后，存以俟考。相关信息不明者，则阙如之。

四、本表所采辑之《楚辞》图像，皆其来有自：既有历代目录著作、书画谱、总集别集所著录者，又有海内外公私博物馆、艺术馆、美术馆收藏品及部分私家藏物，兼及近年来海内外相关拍卖会中所出现的拍品，其中难免有赝杂讹误者，然皆存之，以为学界之深入研究提供参考。

时代	作者	品名	类型	形制	质地	规格（厘米）	色彩	庋藏处（或出处）	文献著录情况
秦汉		屈原像						黔中郡招屈屈亭	常林《义陵记》
		屈原像						豫章建成县三闾大夫庙	熊相《正德》瑞州府志》卷四
		屈原像						南阳穰县屈原庙	范晔《后汉书》卷六十四
		屈原像						长沙罗县屈原庙	郦道元《水经注》卷三十八
		屈原像						长沙益阳县湘山屈原庙	王嘉《拾遗记》卷十
魏晋六朝	卫协	张仪图							张彦远《历代名画记》卷五
	戴逵	渔父图							裴孝源《贞观公私画史》
	史艺	屈原渔父图	绘画						张彦远《历代名画记》卷六、郭若虚《图画见闻志》卷一
		屈原像			石				萧云从《离骚图·凡例》
隋唐五代	欧阳询	楷书《离骚》	书法						董其昌《戏鸿堂书法》卷五
	欧阳询	楷书《九歌》	书法						孙承泽《庚子销夏记》卷六、沈赤然《五研斋文钞》卷六
	李思训	巫山神女图	绘画						周密《云烟过眼录》卷二，汪珂玉《珊瑚网》卷四十七
	李昭道	龙舟竞渡图	绘画		绢	28.5×29.7	设色	北京故宫博物院	庞元济《虚斋名画录》卷十一
	王齐翰	楚襄王梦神女图	绘画						《宣和画谱》卷四
		屈原像						归州三闾大夫祠	《文苑英华》卷七百八十六

续表

时代	作者	品名	类型	形制	质地	规格（厘米）	色彩	庋藏处（或出处）	文献著录情况
		屈原像						岳州洞庭三闾大夫祠	刘昫《旧唐书·哀帝本纪》
		二湘像						洞庭君山湘山祠	郦道元《水经注》卷三十八
		二湘像						永州湘源二妃庙	柳宗元《湘源二妃庙碑并序》
		兰竹图							《全唐诗》卷四百六十七
		巫山图							贺铸《庆湖遗老诗集》卷二
		巫山图	屏风						李白《观元丹丘坐〈巫山〉屏风》
	释宗本	沅兰湘竹图	绘画						王礼《麟原文集》卷六
	杨杰	春兰图	绘画						苏轼《苏文忠公全集》卷八十
宋		九歌图	绘画	卷	绢	24.7×608.5	设色	美国波士顿美术馆 https://www.mfa.org/collections/object/the-nine-songs-of-qu-yuan-29094（2019-05-28）	胡敬《西清札记》卷二
	苏轼	行书《九歌》《东皇太一》《云中君》大司命《湘君》《湘夫人》《山鬼》	书法						汪砢玉《珊瑚网》卷四，郁逢庆《续书画题跋记》卷六，孙岳颁等《佩文斋书画谱》卷七十七

续表

时代	作者	品名	类型	形制	质地	规格(厘米)	色彩	庋藏处(或出处)	文献著录情况
	苏轼	行书《九辩》(起"悲哉秋之为气也"迄"凭郁郁其何极")	书法						郁逢庆《续书画题跋记》卷六,汪砢玉《珊瑚网》卷四
	苏轼	橘颂帖	书法						朱长文《墨池编》卷六
	李公麟	九歌图("七月望日"本)	绘画	卷	纸	44.2×735.8	白描	中国国家博物馆	孙承泽《庚子销夏记》卷三,朱彝尊《曝书亭集》卷五十四,《宣和画谱》卷七,张照等《石渠宝笈》卷四十四
	李公麟	九歌图(王楙题跋本)	绘画	卷	纸	32.9×869.6	白描	辽宁省博物馆	张照等《石渠宝笈》卷十六
	李公麟	九歌图(贾似道藏本)	绘画	卷	纸	30.5×620	白描	黑龙江省博物馆	孙承泽《庚子销夏记》卷三,朱彝尊《曝书亭集》卷五十四
	李公麟	九歌图(萧良辅藏本)	绘画						陈著《本堂集》卷四十七,陈第《世善堂藏书目录》卷下,王圻《续文献通考》卷一百七十九
	李公麟	九歌图(吴澄题跋)	绘画						吴澄《吴文正集》卷六十二
	李公麟	九歌书辞(曹纬题跋)	绘画	卷	绢		设色		张丑《清河书画舫》卷八,吴升《大观录》卷十二

续表

时代	作者	品名	类型	形制	质地	规格（厘米）	色彩	庋藏处（或出处）	文献著录情况
	李公麟	九歌图（吴柏菴跋）	绘画	卷	纸		白描	中山大学人类学博物馆	陆时化《吴越所见画画录》卷三、李佐贤《书画鉴影》卷二
	李公麟	九歌图（米芾篆书跋）	绘画	卷	绢	27.3×654.6	白描	台北故宫博物院	张照等《石渠宝笈》卷三十六
	李公麟	九歌图（为苏子由作）	绘画	卷	纸	39.5×889.7	白描	北京故宫博物院	
	李公麟	湘君湘夫人图	绘画				设色		汪砢玉《珊瑚网》卷十九
	马和之	九歌图	绘画	册			设色		李佐贤《石录书屋书画录》卷六、杨绍和《楹书隅录》卷四
	米芾	行书《离骚》	书法	册	纸	35.5×30.8	水墨	台北故宫博物院	董其昌《云台集·别集》卷三、阮元《石渠随笔》卷三、孙岳颁等《佩文斋书画谱》卷八十七
	米芾	楷书《九歌》（《东皇太一》《云中君》《湘君》《湘夫人》《大司命》《少司命》《东君》《河伯》《山鬼》）	书法						北京故宫博物院	梁同书《频罗庵遗集》卷十、吴德旋《初月楼论书随笔》
	米芾	篆书《九歌》	书法						台北故宫博物院	董其昌《画禅室随笔》卷一、张照等《石渠宝笈》卷三十六

续表

时代	作者	品名	类型	形制	质地	规格（厘米）	色彩	庋藏处（或出处）	文献著录情况
	颜博文	大招图	绘画						邓椿《画继》卷三、许纶《涉斋集》卷十六
	胡铨	潇湘夜雨图	绘画						胡铨自画《潇湘夜雨图》、韦居安《梅涧诗话》卷上
	张淑坚	芷石图	绘画						张仲深《子渊诗集》卷二
	朱熹	行书《离骚》（节草）	书法						岳珂《宝真斋法书赞》卷二十七
	梁楷	泽畔行吟图	绘画		绢	22.9×24.3	水墨	美国大都会艺术博物馆https://www.metmuseum.org/art/collection/search/40090(2019-05-28)	
	赵孟坚	墨兰图	绘画	卷	纸	34.5×90.2	水墨	北京故宫博物院	吴升《大观录》卷十五、安歧《墨缘汇观》卷三、卞永誉《式古堂书画汇考》卷四十五
	赵孟坚	兰蕙图	绘画	卷	纸		水墨		释善住《谷响集》卷二、吴升《大观录》卷十五、汪砢玉《珊瑚网》卷四十七、张丑《清河书画舫》卷七
	颜乐闲	篆书《离骚》	书法						楼钥《攻愧集》卷四、卷十一

续表

时代	作者	品名	类型	形制	质地	规格（厘米）	色彩	庋藏处（或出处）	文献著录情况
	吴说	楷书《九歌》	书法						董其昌《画禅随笔》卷一、李佐贤《书画鉴影》卷十一、孙岳颁等《佩文斋书画谱》卷七十八
	陈彦直	楚岁图	绘画						楼钥《攻愧集》卷七十五
	黄居中	潇湘图	绘画						高似孙《黄居中〈潇湘图〉歌》
		屈原像						秭归清烈公祠	范成大《吴船录》卷下
		屈原像							李弥逊《筠溪集》卷十一
		三闾大夫画像							周紫芝《太仓稊米集》卷四十三
		屈原像						潼川府治郪县名世堂	王象之《舆地纪胜》卷一百五十四、李贤《明一统志》卷七十三
		屈原餐菊图							郑思肖《所南翁一百二十图诗集》
		屈原卜居图							王炜《秋涧集》卷三十二
		屈原对渔父图							王炜《秋涧集》卷三十三
		李公麟《九歌图》摹本（未希忠藏）	绘画						詹景凤《玄览编》卷四

续表

时代	作者	品名	类型	形制	质地	规格(厘米)	色彩	庋藏处(或出处)	文献著录情况
		九歌图（两司命、东君、二湘、河伯、山鬼）	绘画						朱之赤《朱卧庵藏书画目》
		九歌图（东君、河伯、湘夫人、大司命、少司命、云中君、湘君、山鬼、国殇）	绘画	卷	纸	74.3×33.1（画心）	白描	黑龙江省博物馆 http://www.hljmuseum.com/system/201509/102321.html(2019-05-28) 注:钤"典礼纪察司印""天籁阁""乾隆御览之宝"等印。	
		九歌图（东皇太一、云中君、湘君、湘夫人、大司命、少司命、东君、河伯、山鬼、国殇）	绘画	卷	绢	32.1×467.4	设色	美国大都会艺术博物馆 https://www.metmuseum.org/art/collection/search/51727(2019-05-28)	
		二妃图							朱熹《晦庵集》卷十
		孝伯痛饮读离骚图							郑思肖《郑所南诗文集》

续表

时代	作者	品名	类型	形制	质地	规格（厘米）	色彩	庋藏处（或出处）	文献著录情况
		石兰图							陈造《江湖长翁集》卷三十一
		巫山图							韩元吉《南涧甲乙稿》卷二
		司理采芙蓉图							方岳《秋崖诗词》卷三十一
		潇湘图							谢翱《晞发集》卷二
	郑思肖	墨兰图	绘画		纸	25.4×42.4	水墨	日本大阪市立美术馆	吴其贞《书画记》卷三,张照等《石渠宝笈》卷三十二
	郑思肖	墨兰图	绘画	卷	纸	25.4×94.5	水墨	美国弗利尔美术馆 https://www.freersackler.si.edu/object/F1933.9/(2019-05-28)	庞元济《虚斋名画续录》卷一
	郑思肖	墨兰图	绘画		纸		水墨	耶鲁大学美术馆	郁穆《寓意编》,蒋一葵《尧山堂外纪》卷六十三,李诩《戒庵老人漫笔》卷三
	赵孟頫	楷书《离骚》	书法	册					张照等《石渠宝笈》卷一
元	赵孟頫	九歌图（1299）	绘画	册	绢	30.3×27	设色	美国弗利尔美术馆 https://www.freersackler.si.edu/object/F1903.115/(2019-05-28)	

续表

时代	作者	品名	类型	形制	质地	规格（厘米）	色彩	度藏处（或出处）	文献著录情况
	赵孟頫	九歌图（1305）	绘画	册	纸	26.4×15.9	白描	美国大都会艺术博物馆 https://www.metmuseum.org/art/collection/search/40511（2019—05—28）	
	赵孟頫	九歌图（1319）	绘画	卷	绢	35.7x649.9	白描	台北故宫博物院	张照等《石渠宝笈》卷二十五
	赵孟頫	九歌图	绘画		绢		设色	中国嘉德国际拍卖有限公司嘉德四季第52期·金秋拍卖会（2018—09—20）　钤"项墨林秘笈之印""俞和""紫芝生""子京""项叔子""李氏一初"等印。俞和录《九歌》文辞。李祁题跋。	
	赵孟頫	行书《远游》	书法	卷	纸			北京故宫博物院	陆心源《穰梨馆过眼录》卷二
	赵孟頫	兰蕙图	绘画	卷	纸	25.7×106.1	水墨	美国旧金山亚洲艺术博物馆	张照等《石渠宝笈》卷十四

续表

时代	作者	品名	类型	形制	质地	规格（厘米）	色彩	庋藏处（或出处）	文献著录情况
	赵孟頫	竹石幽兰图	绘画	卷	纸	50.9×147.8	水墨	美国克利夫兰艺术博物馆 https://www.clevelandart.org/art/1963.515（2019－05－28）	仇远《山村遗稿》卷四
	赵孟頫	洞庭东山图	绘画	轴	绢	61.9×27.6	设色	上海博物馆	董其昌《画禅室随笔》卷二、张丑《清河书画舫》卷六
	管道昇	九歌图	绘画						永瑆《治晋斋集》卷四
	管道昇	兰花图	绘画	轴	绢	36.7×24.3	设色	东京中央拍卖香港有限公司创立五周年拍卖会（2018－11－26）	汪珂玉《珊瑚网》卷二三
	赵雍	墨兰图	绘画						陈继儒《妮古录》卷四、陈全《蓬窗日录》卷七
	张渥	九歌图（吴睿篆书本）	绘画	卷	纸	28×602.4	白描	上海博物馆	顾文彬《过云楼书画记》卷二、孙岳颁等《佩文斋书画谱》卷九十九
	张渥	九歌图（吴睿篆书本）	绘画	卷	纸	29×523.5	白描	吉林省博物院	吴升《大观录》卷十八、安岐《墨缘汇观》卷三

续表

时代	作者	品名	类型	形制	质地	规格(厘米)	色彩	庋藏处(或出处)	文献著录情况
	张渥	九歌图(褚奂隶书本)	绘画	卷	纸	28×438.2	白描	美国克利夫兰艺术博物馆 https://www.cleveland-dart.org/art/1959.138 (2019-05-28)	陆时化《吴越所见书画录》卷三
	张渥	九歌图(周伯琦篆书本)	绘画						贝琼《清江文集》卷二十三
	张渥	湘妃鼓瑟图	绘画						陶宗仪《南村诗集》卷四
	钱选	临龙眠《九歌图》	绘画						汪珂玉《珊瑚网》卷三十一
	明雪窗	兰图	绘画		绢	32.9×36	水墨	日本东京国立博物馆	柯九思《丹邱生集》卷三,释大欣《蒲室集》卷五,虞集《道园遗稿》卷二
	明雪窗	悬崖幽芳图、光风转蕙图、兰竹石图、九畹余芬图	绘画	轴	绢	106×46	水墨	宫内厅三の丸尚藏馆	陆时化《吴越所见书画录》卷五,胡助《纯白斋类稿》卷十六,钱惟善《江月松风集》卷九
	明雪窗	光风转蕙图、悬崖双清图	绘画	轴	绢	115.8×51.2 116.3×51.2	水墨	日本九州国立博物馆	张以宁《翠屏集》卷二,朱朴《西村诗集》卷上,高士奇《独旦集》卷四

续表

时代	作者	品名	类型	形制	质地	规格（厘米）	色彩	庋藏处（或出处）	文献著录情况
	明雪窗	光风转蕙图	绘画	轴	绢	70×37	水墨	坂本五郎藏	童轩《清风亭稿》卷四、杨士奇《东里诗集》卷一、张宁《方洲集》卷十
	明雪窗	风竹图	绘画	轴	绢	78×46	水墨	美国克利夫兰艺术博物馆	
	萧敷孙	兰竹图							刘诀《桂隐诗集》卷四
	郑元秉	兰图							唐肃《丹崖集》卷四
	袁桷	九歌图	绘画	卷	绢		设色	中国嘉德 2004 广州夏季拍卖会暨广州嘉德十周年志庆拍卖会（2004－06－14）　钤"越麦桷氏""滇生过眼""许乃钊印"等印。有许乃钊、程颂万题引首。有程颂万跋文。	
	张雨	湘君湘夫人图	绘画		纸				吴其贞《书画记》卷一
	张舜咨	楚云湘水图							吴升《大观录》卷九、吴荣光《辛丑销夏记》卷四
	释宗衍	墨兰蕙图							陈高《不系舟渔集》卷二

续表

时代	作者	品名	类型	形制	质地	规格（厘米）	色彩	庋藏处（或出处）	文献著录情况
		九歌图（少司命、湘君、湘夫人、大司命、云中君、东君、河伯、山鬼、国殇）	绘画	卷	纸		水墨	浙江省博物馆 钤"希世之珍""李老林印""松云珍藏""蔓林审定"等印。有赵衷、黄棐、虹瀛文。	
	王渊	楚辞九歌人物图	绘画	册	绢		设色	中国嘉德国际拍卖有限公司嘉德四季第二十六期拍卖会（2011－06－20） 钤"王渊之印""伯雨父游子艺""张氏进心珍藏图书""以徵""解缪之印""戊寅""新化周游收藏""王印之春爵棠珍藏"等印。	
	马竹所	九歌图	绘画						虞集《道园学古录》卷二十八
	李士弘	行书《九歌》	书法	册	绢	23×15.5	水墨	中国嘉德国际拍卖有限公司中国嘉德2015秋季拍卖会（2015－11－16） 钤"郭则生""则生心赏"	

续表

时代	作者	品名	类型	形制	质地	规格（厘米）	色彩	庋藏处（或出处）	文献著录情况
	龚彦钊	舜二妃图	绘画					"蕴庵秘玩""林氏家藏""林熊光印""宝至鉴藏记"等印。题签"元李士弘书九歌真迹册"。有焦友麟跋文。	马臻《霞外集》卷四
	黄至规	九畹图	绘画						王恽《秋涧集》卷十
	畈上人	蕙兰图	绘画						李孝光《五峰集》卷二
		屈原渔父问答图							刘仁本《羽庭集》卷六
		屈原渔父图							王沂《伊滨集》卷三
		屈原行吟图							黄溍《金华黄先生文集》卷六
		屈原像	造像					长沙三贤堂	《明一统志》卷六十三
		屈原像	造像					益阳五贤祠	薛纲纂修，吴廷举续修《（嘉靖）湖广图经志书》卷十五
		九歌图							蒲道源《闲居丛稿》卷十
		云中君图							刘迎《中州集》卷三
	马氏	兰蕙同芳图	绘画						苏天爵《滋溪文稿》卷二十九、陈旅《安雅堂集》卷十三、释大欣《蒲室集》卷四

续表

时代	作者	品名	类型	形制	质地	规格（厘米）	色彩	度藏处（或出处）	文献著录情况
		光风转蕙图							顾瑛《草堂雅集》卷三
		潇湘图							贡奎《云林集》卷一
		湘江秋远图							成廷珪《居竹轩诗集》卷一
		湘江烟雨图							吕不用《得月稿》卷五
		巫山图							赵秉文《滏水集》卷二十
明	朱吉	九歌图	绘画						吴觉《鲍翁家藏集》卷五十
	沈粲	橘颂	书法	卷	纸	27.6×47.6	水墨	北京故宫博物院	顾复《平生壮观》卷五
	沈粲	橘颂	书法		纸	24×37	水墨	北京保利国际拍卖有限公司第28期精品拍卖会（2014—10—25）题识"华亭沈粲书"。钤"云间沈粲""卧庵所藏"等印。	
	于谦	天问	书法						陈文述《颐道堂集》卷十八、阮元《两浙輶轩录》卷三十七、秦瀛《小岘山人集》卷六
	吴正	临赵孟頫《九歌图》	绘画						张庚《清河书画舫》卷八、杨士奇《东里续集》卷二十二
		屈原像							沈周《石田诗选》卷八

续表

时代	作者	品名	类型	形制	质地	规格（厘米）	色彩	庋藏处（或出处）	文献著录情况
	吴伟	渔父问屈原图	绘画						欧大任《欧虞部集》卷四
		屈原问渡图	绘画						汪砢玉《珊瑚网》卷四十七
	祝允明	行草《离骚》	书法	卷	纸		水墨		李日华《味水轩日记》卷六
	祝允明	楷行《离骚经九歌》(1490)	书法	卷	纸		水墨	日本澄怀堂美术馆	张丑《清河书画舫》卷十二
	祝允明	行草《离骚首篇》(1496)	书法	卷	纸		水墨	香港艺术馆虚白斋中国书画馆	张照等《石渠宝笈》卷三十一
	祝允明	行书《离骚》(1504)	书法	卷	纸		水墨	广州市美术馆	
	祝允明	楷书《高唐赋》(1486)	书法	册	纸		水墨		张照等《石渠宝笈》卷三
	祝允明	草书《钓赋》(1507)	书法	卷	纸	32.7×943.6	水墨	美国大都会艺术博物馆 https://www.metmuseum.org/art/collection/45749(2019-05-28)	
	杜堇	九歌图	绘画	卷	纸	26.5×534.2	水墨	北京故宫博物院	胡敬《西清札记》卷三
	文徵明	楷书《离骚经并九歌等》(1555)	书法	册	纸		水墨		顾复《平生壮观》卷五，倪涛《六艺之一录》卷三百七十九

续表

时代	作者	品名	类型	形制	质地	规格(厘米)	色彩	庋藏处(或出处)	文献著录情况
	文徵明	楷书《离骚》(1555)	书法	册	纸	18.5×9.8	水墨	东京中央拍卖香港有限公司 2014 首场拍卖(2014-11-26) 款识"乙巳六月二日徵明识。有王谢,文波,许乃剑,陶梁,潘曾绶,王庆霖,张静河,潘曾莹,顾莼奎等斑。钤"昌颐""玦生""徵明""间翁""昌颐""朱山""冰心""乃剑""祥河""孔加""神品""萝墨林""沈堪审定""京文印""村鉴赏""子京支画之印""二峰也""松籍""二峰清可""观此真迹始觉仍者为可实也""香雪书屋书画印""曾缄"等印。	
	文徵明	楷书《离骚》(1555)	书法	卷	纸	28×120	水墨	中国嘉德国际拍卖有限公司 嘉德四季第 54 期·仲夏拍卖会(2019-06-25)	

续表

时代	作者	品名	类型	形制	质地	规格（厘米）	色彩	庋藏处（或出处）	文献著录情况
								题识"嘉靖乙卯七月二日，徵明识"。钤"季训""道遥居士"等印。	
	文徵明	楷书《离骚》（1555）	书法	册	纸	15×11	水墨	北京保利国际拍卖有限公司第24期精品拍卖会（2013-10-27）款识"乙卯十月廿又四日，徵明识"。钤有"乾隆御览之宝""石渠宝笈""青霜馆""无住道人""静倚轩""文彭""文氏休承""故原堂图书""王乙千玺""高詹事""高濂人""江村""方梅私印""三希堂精鉴玺""宣子孙"等印。	
	文徵明	楷书《离骚》（1555）	书法	册	纸	26×9.5	水墨	东京国际拍卖株式会社2013年中国艺术品拍卖会（2013-09-05）款识"乙卯十月廿又八日，徵明"。钤有"徵明""衡山""双修阁图书记"	

续表

时代	作者	品名	类型	形制	质地	规格（厘米）	色彩	庋藏处（或出处）	文献著录情况
	文徵明	楷书《离骚》(1555)		书法卷	纸	23.5×256	水墨	北京九歌国际拍卖股份有限公司2013秋品拍卖艺术品拍卖会（2013—12—30）款识"乙卯十月二十又八日，徵明识"。钤"徵明""衡山"等印。"停云""静淡室藏""吴湖帆""吴湖帆万私印""吴湖帆潘淑珍藏印"等印。	
	文徵明	行书《离骚》(1556)		书法册	纸	29.2×20	水墨	佳士得香港有限公司2009秋季拍卖会（2009—11—29）款识"丙辰五月既望书，徵明"。有吴昌硕、潘如达跋文。钤"停云""悟言室印""衡山""悟言精舍""秘晋斋印""可枝"等印。"停云""吴月精舍""礼当鉴藏薄可枝"等印。	

续表

时代	作者	品名	类型	形制	质地	规格（厘米）	色彩	收藏处（或出处）	文献著录情况
	文徵明	行书《九歌》(1557)	书法	册	纸	25×17.3	水墨	中国嘉德国际拍卖有限公司中国嘉德2017秋季拍卖会(2017-12-18)款识"嘉靖丁巳九月四日书于玉磬山房，徵明"。薄昕题识"待诏书此册时年已八十有八矣"。钤"文徵明印""衡山""南石"等印。	
	文徵明	湘君湘夫人图	绘画	轴	纸	100.8×35.6	设色	北京故宫博物院	高士奇《江村销夏录》卷三，吴升《大观录》卷二十，顾文彬《过云楼书画记》卷四
	文徵明	落木寒泉图	书法				水墨		顾文彬《过云楼书画记》卷四，卞永誉《式古堂书画汇考》卷五十八
	倪元璐	行书《楚辞》句	书法	轴	绢	149*51.6	水墨	湖北省博物馆	
	王宠	草书《离骚》	书法						卞永誉《式古堂书画汇考》卷二十六、王昶《春融堂集》卷四十五

续表

时代	作者	品名	类型	形制	质地	规格（厘米）	色彩	庋藏处（或出处）	文献著录情况
	王宠	楷书《九歌》	书法						陆时化《吴越所见书画录》卷二
	陆治	王穀祥行书《九歌》陆治《麓山吊屈图》合卷		卷	绢			设色	天津美术馆	庞元济《虚斋名画录》卷四
	陆治	端阳即景图	绘画	轴	纸	133.1×64.3	设色	上海博物馆	
	文彭	行书《九歌》	书法	册	纸	27×30	水墨	佳士得香港有限公司2012年春季拍卖会（二）（2012—05—28）款识"礼魂二篇匆匆将有北游，冗不及再考，聊书以识。三桥文彭"。钤有"寿丞氏""文彭""停云""水苍秘"等印。	
	文彭	隶书《九章》（1564）（涉江、怀沙、思美人、惜往日、橘颂）	书法	卷	纸	18.5×294	水墨	东京中央拍卖香港有限公司三周年拍卖（2016—11—27）款识"嘉靖甲子秦正月既望，三桥文彭书"。有陆师道跋，范允临临跋。钤"文彭之印""陆氏师道"印	

续表

时代	作者	品名	类型	形制	质地	规格（厘米）	色彩	庋藏处（或出处）	文献著录情况
	朱约佶	屈原像	绘画	轴	绢	153.2×78	设色	"范允临印""长倩""郎庵""林氏家藏""陶明发印""胜叔""清余珍赏""李氏秘藏书画之印""兰庵""玉华堂""宋荦""郎庵六十以后所得""雁湖陶胜叔南珍藏印""宋荦洋书画记""林所庵考藏印"等印。南京博物院	
	卢允贞	九歌图							朱谋垔《画史会要》卷四、焦周《焦氏说楛》卷五
	仇英	九歌图（东皇太一、湘君、湘夫人、大司命、少司命、东君、山鬼、国殇）	绘画	册	纸	25.8×24.3	白描	安徽博物院	王世贞《弇州山人四部续稿》卷一百七十、陆时化《吴越所见书画录》卷一
	周天球	兰花图	绘画	轴	纸	50.3×24.2	水墨	南京博物馆	卞永誉《式古堂书画汇考》卷三十七
	马守真	兰竹石图	绘画	扇面	纸	17.8×49.8	水墨	北京故宫博物院	顾起元《客座赘语》卷七、朱谋垔《画史会要》卷四

续表

时代	作者	品名	类型	形制	质地	规格（厘米）	色彩	庋藏处（或出处）	文献著录情况
	马守真	兰竹图	绘画	扇面	纸	15.8×48.2	水墨	北京故宫博物院	端方《壬寅销夏录》、胡敬《西清札记》卷一
	董其昌	离骚图	绘画	轴	绢	97×38.5	设色	北京匡时国际拍卖有限公司2015春季拍卖会（2015-06-07）款识"山中人兮芳杜若，若饮石泉兮荫松柏。玄宰写离骚"。并观裱边。钤"董其昌印""顾珍秘藏""书法名画""蘑兜坚室所藏书画记""益斋生真赏"等印。	
	董其昌	九歌图	绘画						吴修《青暇馆论绝句》
	薛素素	兰石图	绘画	轴	纸	77.5×31.6	水墨	上海博物馆	雷瑨《青楼诗话》卷上、刘嗣绾《尚絅堂集》卷三十九
	薛素素	墨兰图	绘画	轴	绢	90.6×32.7	水墨	吉林省博物院	汤漱玉《玉台画史》卷五
	文震孟	行书《九歌》	书法	册	纸	23×24	水墨	广州华艺国际拍卖有限公司2010冬季拍卖会（2010-12-07）	

续表

时代	作者	品名	类型	形制	质地	规格（厘米）	色彩	收藏处（或出处）	文献著录情况
								款识"天启丁卯七月为客索书九歌至湘夫人，以病搁笔都不复省记矣。至今崇祯庚午七月，倍臣三载，余以使事出，都舟次简置中书箧，偶见此册因以一日成之，盖阅三年历两朝，而余进退之感换矣。二十六日兴济道中诺持于文震孟七月十六日阮元无观于图照楼"。钤有"文震孟印""笔砚精良""简明儿净""老石山房珍藏"等印。	
	张宏	龙舟竞渡图	绘画	轴	纸	138×63	设色	上海朵云轩拍卖有限公司2015春季艺术品拍卖会（2016-06-18）款识"龙舟竞渡。己卯端阳日写，木石居张宏"。钤"张宏之印""君	

续表

时代	作者	品名	类型	形制	质地	规格（厘米）	色彩	庋藏处（或出处）	文献著录情况
	郑重	龙舟竞渡图	绘画	轴	绢	129.5×58	设色	庋氏""盍斋珍秘""凌霄凤印""孛印。	
	文淑	九歌图	绘画					北京故宫博物院	王士祯《池北偶谈》卷十五、汤漱玉《玉台画史》卷三
	文淑	天问图	绘画						王士祯《池北偶谈》卷十五、汤漱玉《玉台画史》卷三
	项圣谟	楚泽流芳图	绘画	卷	纸	46.2×1232	水墨	北京故宫博物院	
	陈洪绶	屈子行吟图	版画						崇祯本《楚辞述注》、潘衍桐《两浙輶轩续录补遗》卷四
	陈洪绶	九歌图	版画、册		纸				崇祯本《楚辞述注》、彭孙贻《茗斋集》卷二,梦麟大谷山堂集》卷三
	陈洪绶							佳士得香港有限公司2018年秋季拍卖会（2018－11－27）	
	陈洪绶	九歌图	绘画	卷	绢	28.3×448.6	设色	款识"旧作在下云装弟。钤"陈洪绶印""章侯""未翼庵""翼庵珍秘""姜东岳愍恩吾氏秘箧图书"等印。	

时代	作者	品名	类型	形制	质地	规格（厘米）	色彩	庋藏处（或出处）	文献著录情况
	陈洪绶	饮酒读骚图	绘画	轴	绢	98.5×41.7	设色	上海博物馆	翁方纲《复初斋诗集》卷四十九
	顾眉	兰花图	绘画	蝴面	纸	16.3×52.1	水墨	北京故宫博物院	葛嗣浵《爱日吟庐书画续录》卷五、邹麟《杆余缩语》卷一、刘嗣绾《尚綗堂集》卷十七
	顾眉	九畹图	绘画	卷	绫	28.5×183	水墨	北京故宫博物院	梅曾亮《柏枧山房诗集》卷十、沈景运《浮春阁诗集》卷五
	顾眉	美人香草图	绘画	卷	绫	27x170.8	水墨	美国弗利尔美术馆 https://asia.si.edu/object/S1987.269/（2019－05－28）	
	周官	九歌图	绘画	卷	纸		水墨		陆时化《吴越所见书画录》卷二
	吴桂	九歌书画	绘画	卷	纸		水墨	北京故宫博物院	
	李藩	九歌图	绘画						彭孙贻《茗斋集》卷十七
		屈原像	绘画	册	绢		水墨	台北故宫博物院	《圣君贤臣全身像册》
		屈原像	绘画	册	绢		设色	台北故宫博物院	《历代圣贤像册》
		屈原像	绘画	册	纸		设色	台北故宫博物院	《历代圣贤名人像册》

续表

时代	作者	品名	类型	形制	质地	规格(厘米)	色彩	庋藏处(或出处)	文献著录情况
		屈原像						台北故宫博物院	《历代古人像赞》(1498)
		屈原像	版画						潘岽《古先君臣图鉴》
		屈大夫像			纸		水墨		孙承恩《历代圣贤像赞》
		楚屈原像							王圻等《三才图会》
		屈原像							《历代君臣图鉴》
		三闾大夫像							张凤翼《处实堂集》卷三
		屈原渔父问答图							刘仁本《羽庭集》卷六、黄仲昭《未轩集》卷十一
		屈原问津图							汪应蛟《青湖先生文集》卷九
		屈原渔父图							曹学佺《石仓历代诗选》卷四百
		楚江渔父图							邵宝《容春堂集》卷二
		屈原像	造像	石				嘉靖十六年(1537)小青滩屈大夫庙	
		屈原像	造像					岳州府平江县南三闾庙	
		屈原像	造像					三闾祠	夏原吉《夏忠靖集》卷四
		屈原像	造像					屈原祠	史谨《独醉亭集》卷中

续表

时代	作者	品名	类型	形制	质地	规格（厘米）	色彩	庋藏处（或出处）	文献著录情况
		九歌图（李东阳题签、陆深跋）	绘画						陆深《俨山集》卷八十九
		九歌图（魏骥跋）	绘画						魏骥《南斋先生魏文靖公摘稿》卷七
		九歌图（东皇太一、东君、大司命、少司命、云中君、湘君、湘夫人、山鬼、国殇）	绘画	卷	纸	29.5×838	水墨	株式会社东京中央京拍卖2015年东京中央第八回珍藏拍卖会（2015－11－04）款识"嘉靖丙戌四月八日四明丰坊书于宝砚楼。"钤有"河东张氏""寺观""树德堂""林氏敢人""世后印""朱氏家藏""阁晋斋印""蒲庵之印""陶氏尚书之府"等印。	
		湘君图							高启《高太史大全集》卷十七
		白描湘妃图	绘画						朱同《覆瓿集》卷三
		湘妃泣竹图							倪宗正《倪小野先生全集》卷四

续表

时代	作者	品名	类型	形制	质地	规格(厘米)	色彩	庋藏处(或出处)	文献著录情况
		巫山神女图							倪宗正《倪小野先生全集》卷四
		巫山图							庸桂芳《白云集》卷七、谢肇淛《小草斋集》卷十七、朱有燉《诚斋高录》卷三
		美人香草之图	绘画	卷	纸	892×29.5	设色	北京东方艺都拍卖有限公司 2012 年春季艺术品拍卖会(2010-06-06),梅题鉴"美人香草之图"。右明花居士题。尾跋"右明人画百美图卷,后名款题跋俱藏去,审其笔墨。观其布景,既不是唐解元,亦非仇实父,药庵观察其善藏之。梅叟钱泳题时年入十有五。"钤有"古润支氏""凤丘子""求""药庵鉴赏""钱泳珍藏""草堂曾观""漱六草堂""怀烟阁倩氏珍藏书画印""吴趋王孙"等印。	

续表

时代	作者	品名	类型	形制	质地	规格（厘米）	色彩	庋藏处（或出处）	文献著录情况
清	黄应谌	屈原卜居图	绘画	轴	绢	132×202	设色	河北博物馆	
	冷枚	九歌图	绘画	册	纸	18.1×14.6	设色	北京故宫博物院	
	查士标	行书《湘夫人》	书法	册	纸	28×26	水墨	中贸圣佳国际拍卖有限公司2008年春季艺术品拍卖会（2008-06-08）	款识"临米老书.查士标"。钤"二瞻""士标之印"等印。
	郑敳	扁舟读骚图	绘画	轴	纸	202.7×78.4	水墨	安博物院	
	石涛	醴浦遗佩图	绘画	卷	纸	31.8×266.7	水墨	美国克利夫兰艺术博物馆 https://www.cleveland-dart.org/art/1952.589（2019-05-28）	
	王概	龙舟竞渡图	绘画	卷	纸	18.2×359	设色	北京故宫博物院	
	禹之鼎	端阳观竞渡吊屈原图	绘画	卷	纸	55.5×249.2	水墨	北京故宫博物院	
	周璕	九歌图	绘画		绢	15×18	水墨	武汉博物馆	张照等《石渠宝笈》卷四

续表

时代	作者	品名	类型	形制	质地	规格(厘米)	色彩	收藏处(或出处)	文献著录情况
	周璕	九歌图(东皇太、云中君、湘君、湘夫人、大司命、少司命、东君、河伯、山鬼、国殇、礼魂、卜居)	绘画	册	绢	26×20	设色	中国嘉德国际拍卖有限公司中国嘉德2003秋季拍卖会(2003-11-26)款识"庚子春三月,江东张禹球晓夫氏谨书"。有林熊光、逯园主人跋文。钤"张禹球印""晓夫""明庵长寿""熊光"等印。	
	查升	楷书《离骚》	书法	卷	纸		水墨	北京故宫博物院	
	钦揾	离骚图	绘画	轴	纸	61.5×30	设色	天津博物馆	冯金伯《国朝画识》卷五
	陈撰	屈原图	绘画	卷	纸		水墨		
	乔崇烈	离骚	书法						朱彝尊《曝书亭集》卷二十一
	钱陈群	行书《离骚》	书法	册	纸	29×33.5	水墨	纽约苏富比有限公司2014年3月拍卖会(2014-03-20)款识"论《离骚》者,自汉迄今不啻数十家皆说.刘安之言曰·国风好色而不淫,小雅怨诽而不乱。	

续表

时代	作者	品名	类型	形制	质地	规格（厘米）	色彩	庋藏处（或出处）	文献著录情况
								若《离骚》者，可谓兼之矣。"得此数语，然后寻味其义。反复流连，自得灵均真面目。忠烈顽颂，龙逢比干。风雅颂里，史迁班固，宜贯长沙，景行向往，一生屈伏也。至以凤皇千仞，览择而下，为均灵皇不知《骚赋》。自春玉以下，其女缓之署及灵氛策氛，宛转嗟咨处，灵均当日皆至深见屈子为第一流。乾隆己卯天中节后十日，阻风吴江道中洞，正取己退毛录一通。录竟即跋于后。香树居士钱陈群时年七十有四"。钤有"陈群""集斋"印树有"陈群""集斋一斋宝藏书籍"等印。	

续表

时代	作者	品名	类型	形制	质地	规格（厘米）	色彩	度藏处（或出处）	文献著录情况
	黄慎	纫兰图	绘画	轴	纸	66×34.8	水墨	重庆博物馆	丁晞《闽中书画录》
	郎世宁	午端图	绘画	轴	绢	140×84	设色	北京故宫博物院	胡敬《国朝院画录》卷上
	李方膺	兰石图	绘画	轴	纸	86×53	水墨	沈阳故宫博物院	冯金伯《国朝画识》卷十一
	李方膺	兰石图	绘画	轴	纸	110.8×48	水墨	北京故宫博物院	张庚《国朝画征续录》卷上
	李方膺	三清图	绘画	轴	纸	23.5×32.5	水墨	上海博物馆	张庚《国朝画征续录》卷上
	董邦达	竞渡图	绘画	轴	纸	112×52	水墨	北京保利国际拍卖有限公司 2013 秋季艺术品拍卖会（2013-12-04）题签"文洛公竞渡图，乾隆鉴已故类"。款识"党渡图。臣邦达画"。钤有"邦达""学画""御赐似迂与黄痴妙蕴洽收拾"问"苍山房珍藏"等印。	
	湛福	楷书《九歌》	书法	卷	纸		水墨	山西博物院	汪启淑《续印人传》卷八
	湛福	行书《九歌》	书法	卷	纸		水墨	中国历史博物馆	汪启淑《续印人传》卷八
	张若霭	屈子行吟图	绘画					北京故宫博物院	
	余穉	端阳景图	绘画	轴	绢	137.3×68	设色	北京故宫博物院	张照等《石渠宝笈》卷四十四

续表

时代	作者	品名	类型	形制	质地	规格（厘米）	色彩	庋藏处（或出处）	文献著录情况
	姚文瀚	九歌图	绘画	卷	纸	42×727		中国国家博物馆	胡敬《国朝院画录》卷上、王杰等《秘殿珠林续编》卷八、中国第一历史档案馆等《清宫内务府造办处档案总汇》（第49册）
	罗聘	吴彩鸾图（旧作《山鬼图》）	绘画	轴	纸	91×35	设色	清华大学美术学院	
	丁观鹏	九歌图	绘画	绢	纸		设色		胡敬《国朝院画录》卷上、王杰等《秘殿珠林续编》卷七
	丁观鹏	五月图	绘画	轴	绢	175×97	设色	台北故宫博物院	胡敬《国朝院画录》卷上、王杰等《秘殿珠林续编》卷七
	余集	湘君图	绘画	轴	纸	108×38	设色	保利（厦门）国际拍卖有限公司保利厦门2016春季拍卖会（2016－05－08）	款识"湘君，秋室居士余集写"。钤"余集""秋室居士"等印。
	陈本礼	江上读骚图							陈本礼《屈辞精义自序》

续表

时代	作者	品名	类型	形制	质地	规格(厘米)	色彩	庋藏处(或出处)	文献著录情况
	钱沣	大招	书法	册	纸	21×28	水墨	北京中汉拍卖有限公司2014年春季拍卖会(2014-05-16)题签"南园书大招册,瓶斋藏,郑沅题"。款识"邓大尹明远当年庚辰、辛巳间崇问安学子先师王素翁夫子。自戊子岁,辛酉翁乡兼北上后不相觑者十余年。前年以忧归,蒙其书吊方大至,遗足本属书,时方大事,且闾阎之悠,三易鹅媒,昨尚检笈无任怀报,遂率适有《楚辞》第十,案头染退足为之盛白。铃壬子岁,六月五日"。"钱沣之印""海内存知己""天籁欣赏"等印。	
	门应兆	钦定补绘萧云从离骚全图	版画册	册	纸		白描	台北故宫博物院	胡敬《国朝院画录》卷下,法武善《存素堂文集》卷三

续表

时代	作者	品名	类型	形制	质地	规格（厘米）	色彩	度藏处（或出处）	文献著录情况
	骆绮兰	佩兰图							施淑仪《清代闺阁诗人征略》卷六
	周赟	离骚图							冯桂芬《（同治）苏州府志》卷一百十
	钱允济	纫芷图							刘大绅《寄庵诗文钞》卷七、刘开《刘孟涂集前集》卷五
	顾应泰	屈原九歌图	绘画	册	纸	14×21	水墨	上海铭广拍卖有限公司2016年春季拍卖会（2016-06-23）题签"九歌图、宣统己卯再装、存善署检"。款识"锡山顾应泰"。钤有"应泰""泰"印。	
	尚镕	美人香草图							陈文述《颐道堂集外集》卷十
	黄爵滋	思树芳兰图							徐宝善《壶园诗外集》卷四、张际亮《思伯子堂诗集》卷七
	王素	屈子九歌图	屏风	图屏	纸	143.5×39.5	设色	天津2004秋季文物展销会（2004-11-18）钤有"臣王素印信富贵""长寿""小梅又字逊之""王小梅画记""王素之印""竹里主人"等印。	

续表

时代	作者	品名	类型	形制	质地	规格(厘米)	色彩	庋藏处(或出处)	文献著录情况
	汪汉	九歌图	绘画	卷	绢	31.5×319.5	设色	浙江省博物馆	梁绍王《两般秋雨庵随笔》卷二
	吴藻	饮酒读骚图							
	任熊	湘夫人像	绘画	轴	纸	121.4×35.3	设色	上海博物馆	
	任熊	纫兰撷蕙楚臣骚图、山鬼腾笑拖兰装图	绘画	册	绢	27.3×32.5	设色	北京故宫博物院	任熊《姚大梅诗意图》第十册
	叶衍兰	高唐神女图							谭献《箧中词今集》卷三
	孔莲卿	屈大夫像	版画						顾沅《古圣贤像传略》
	秦余	楚辞图							沈德潜《清诗别裁集》卷三十、王昶《湖海诗传》卷十一
	叶原静	九歌图							齐学裘《见闻续笔》卷十七
	胡井衣	九歌图							孙原湘《天真阁集》卷二十三
	祝维垣	九歌图							吴仰贤《小匏庵诗存》卷二
	彭荣	九歌图	绘画	册	纸		水墨	上海博物馆	
	费丹旭	湘君图	绘画	轴	绢	122.5×36	设色	北京维塔维登国际拍卖有限公司2012年春季艺术品拍卖会(2012-07-25)	

续表

时代	作者	品名	类型	形制	质地	规格（厘米）	色彩	度藏处（或出处）	文献著录情况
	家石甫	山鬼佩兰图						款识"道光廿有七年，丁未夏六月上浣，晚楼费丹旭书画"。钤"子奇""晚楼书画"等印。	林昌彝《衣讔山房诗集》卷七
	余韫珠	高唐神女图	刺绣						邹祇谟《远志斋词衷》
	汤大翁	饮酒读骚图							李星沅《李文恭公遗集》卷八
	徐维麟	艺兰图							黄本骥《三十六湾草庐诗稿》卷三，凌廷堪《校礼堂诗集》卷七
	翟涛	树蕙图							杭世骏《道古堂全集》卷三十一
	卢绹斋	滋兰树蕙图							杨峦《瀔云楼集六种》
	沈禧昌	滋兰树蕙图	绘画	卷	纸	751×30	水墨	西泠印社拍卖有限公司 西泠印社（绍兴）2018年春季拍卖会（2018-05-04）款识"庚戌四月望前，仿赵文敏墨兰法写《滋兰树蕙图》卷。沈禧昌"。	

续表

时代	作者	品名	类型	形制	质地	规格(厘米)	色彩	度藏处(或出处)	文献著录情况
	蓝生	美人香草图						钤有"沈禧昌印""长锡氏""来古民""惜阴斋""棣生藏画""放船柳上月痕""一溪山""潇黄柳上月痕初"等印。	姚莹《后湘诗集二集》卷四
	王鑨	九畹生香图	绘画	卷	纸	280×30.8	水墨	常熟博物馆	
		屈原像	造像					无为州三闾大夫祠	常廷璧等《(乾隆)无为州志》卷九
		灵均像	造像					株洲三闾大夫祠	李瀚章等《(光绪)湖南通志》卷七十四
		屈原像	造像					兴化县拱极台	刘熙载《拱极台谒三闾大夫像》
		屈原像	造像					平江屈原庙	李元度《天岳山馆文钞》卷四
		屈原像	造像					长沙屈贾祠	方宗标《纯斋诗选》卷十九
		三闾大夫像	画像					祖香祠	屈大均《广东新语》卷七
		三闾大夫像	画像					广州三闾书院	屈大均《翁山文外》卷二
		三闾大夫纫秋兰图	绘画						谭莹《乐志堂诗集》卷二

续表

时代	作者	品名	类型	形制	质地	规格（厘米）	色彩	庋藏处（或出处）	文献著录情况
		湘君图							朱滋年《南州诗略》卷十一
		湘灵鼓瑟图							刘嗣绾《尚绸堂集》卷三十四
		饮酒读骚图							孙枝蔚《前调（题家函中小像五幅）》
		雪庵读骚图							王岱《了庵诗文集》卷四

参考文献

一、图像类

（战国）《战国人物御龙帛画》（1973 年长沙子弹库 1 号墓出土），湖南省博物馆藏。

（隋）《楚辞音》，法国国家图书馆藏。

（唐）李昭道：《龙舟竞渡图》，北京故宫博物院藏。

（唐）欧阳询：《离骚帖》，董其昌《戏鸿堂法书》明拓本，北京故宫博物院藏。

（唐）欧阳询：《欧阳率更九歌残石》，日本西东书房，1973 年。

（宋）李公麟：《九歌图》，北京故宫博物院藏。

（宋）李公麟：《九歌图》，黑龙江省博物馆藏。

（宋）李公麟：《九歌图》，辽宁省博物馆藏。

（宋）李公麟：《九歌图》，美国圣路易斯艺术博物馆藏。

（宋）李公麟：《九歌图》，日本大阪藤田美术馆藏。

（宋）李公麟：《九歌图》，台北故宫博物院藏。

（宋）李公麟：《九歌图》，中国国家博物馆藏。

（宋）米芾：《离骚帖》（楷书），北京故宫博物院藏。

（宋）米芾：《离骚帖》（行书），台北故宫博物院藏。

（宋）赵孟頫：《洞庭东山图》，上海博物馆藏。

（宋）赵孟頫:《九歌图》,美国大都会艺术博物馆藏。

（宋）赵孟頫:《九歌图》,美国弗利尔美术馆藏。

（宋）赵孟頫:《九歌图》,台北故宫博物院藏。

（宋）赵孟頫:《兰蕙图》,美国旧金山亚洲艺术博物馆藏。

（宋）赵孟頫:《远游帖》(行书),北京故宫博物院藏。

（宋）赵孟頫:《竹石幽兰图》,美国克利夫兰艺术博物馆藏。

（宋）赵孟坚:《墨兰图》,北京故宫博物院藏。

（宋）郑思肖:《墨兰图》,美国弗利尔美术馆藏。

（宋）郑思肖:《墨兰图》,美国耶鲁大学美术馆藏。

（宋）郑思肖:《墨兰图》,日本大阪市立美术馆藏。

（宋）《九歌图》,黑龙江省博物馆藏。

（宋）《九歌图》,南京大学考古与艺术博物馆藏。

（宋）《九歌图》,美国波士顿艺术博物馆藏。

（宋）《九歌图》,美国大都会艺术博物馆藏。

（宋）《九歌图》,浙江省博物馆藏。

（元）张渥:《九歌图》,吉林省博物院藏。

（元）张渥:《九歌图》,美国大都会艺术博物馆藏。

（元）张渥:《九歌图》,美国克利夫兰艺术博物馆藏。

（元）张渥:《九歌图》,上海博物馆藏。

（元）明雪窗:《风竹图》,美国克利夫兰艺术博物馆藏。

（元）明雪窗:《墨兰图》,日本东京国立博物馆藏。

（元）明雪窗:《悬崖幽芳图》四联幅,日本宫内厅三之丸尚藏馆藏。

（元）明雪窗:《光风转蕙图》,日本九州国立博物馆藏。

（明）陈洪绶:《饮酒读骚图》,上海博物馆藏。

（明）杜堇:《九歌图》,北京故宫博物院藏。

（明）陆治:《端阳即景图》,上海博物馆藏。

（明）陆治:《麓山吊屈图》,天津博物馆藏。

（明）仇英:《九歌图》,安徽博物院藏。

（明）文徵明:《湘君湘夫人图》,北京故宫博物院藏。

（明）项圣谟:《楚泽流芳图》,北京故宫博物院藏。

（明）萧云从:《离骚图》,顺治四年(1647)初刻本。

（明）郑旼:《扁舟读骚图》,安徽博物院藏。

（明）郑重:《龙舟竞渡图》,北京故宫博物院藏。

（明）朱约佶:《屈原像》,南京博物院藏。

（明）祝允明:《钓赋》(草书),美国大都会艺术博物馆藏。

（清）陈撰:《屈原图》,天津博物馆藏。

（清）丁观鹏:《十二月令图》,台北故宫博物院藏。

（清）顾眉:《九畹图》,北京故宫博物院藏。

（清）顾眉:《兰花图》,北京故宫博物院藏。

（清）黄慎:《纫兰图》,重庆博物馆藏。

（清）黄应谌:《屈原卜居图》,河北博物院藏。

（清）郎世宁:《午瑞图》,北京故宫博物院藏。

（清）李方膺:《兰石图》,北京故宫博物院藏。

（清）李方膺:《兰石图》,沈阳故宫博物院藏。

（清）李方膺:《三清图》,上海博物馆藏。

（清）罗振常:《陈萧二家绘离骚图》,蟫隐庐影印本。

（清）马守真:《兰石图》,美国大都会艺术博物馆藏。

（清）马守真:《兰竹石图》,北京故宫博物院藏。

（清）门应兆:《钦定补绘萧云从离骚全图》,清文渊阁《四库全书》本。

（清）任熊:《姚大梅诗意图册》,北京故宫博物院藏。

（清）石涛:《醴浦遗佩图》,美国克利夫兰艺术博物馆藏。

（清）王概:《龙舟竞渡图》,北京故宫博物院藏。

（清）薛素素:《兰石图》,上海博物馆藏。

（清）薛素素:《墨兰图》,吉林省博物院藏。

（清）姚文瀚:《九歌图》,中国国家博物馆藏。

（清）余穉:《端阳景图》,北京故宫博物院藏。

（清）禹之鼎:《端阳观竞渡吊屈原图》,中国国家博物馆藏。

（清）周璕:《九歌图》,武汉博物馆藏。

（清）《古先君臣图鉴·屈原像》,哈佛大学汉和图书馆藏。

（清）《历代古人像赞·屈原像》,台北故宫博物院藏。

（清）《历代君臣图鉴·屈原像》,哈佛大学燕京图书馆藏。

（清）《历代圣贤名人像册·屈原像》,台北故宫博物院藏。

（清）《历代圣贤像册·屈原像》,台北故宫博物院藏。

（清）《圣君贤臣全身像册·屈原像》,台北故宫博物院藏。

郑振铎编:《楚辞图》,人民文学出版社,1953 年。

中国古代书画鉴定组编:《中国古代书画图目》,文物出版社,
　　1986—2001 年。

故宫博物院编辑委员会编:《故宫书画图录》,台北故宫博物院,
　　1989—2004 年。

海外藏中国历代名画编辑委员会编:《海外藏中国历代名画》,湖
　　南美术出版社,1998 年。

浙江大学中国古代书画研究中心编:《宋画全集》,浙江大学出版
　　社,2008—2018 年。

翁万戈编:《美国顾洛阜藏中国历代书画名迹精选》,上海人民美
　　术出版社,2009 年。

浙江大学中国古代书画研究中心编:《元画全集》,浙江大学出版
　　社,2012—2014 年。

田洪编著:《二十世纪海外藏家王季迁藏中国历代名画》,天津人民美术出版社,2013年。

薛永年、王连起主编:《石渠宝笈》(精选配图版),故宫出版社、江西美术出版社,2014年。

中国美术全集编委会编:《中国美术全集》,人民美术出版社,2015年。

浙江大学中国古代书画研究中心编:《明画全集》,浙江大学出版社,2017—2019年。

二、《楚辞》类

(汉)王逸撰,黄灵庚疏证:《楚辞章句疏证》(增订本),上海古籍出版社,2018年。

(宋)洪兴祖撰,白化文等点校:《楚辞补注》,中华书局,1983年。

(宋)吴仁杰撰,黄灵庚点校:《离骚草木疏》,上海古籍出版社,2017年。

(宋)朱熹集注:《楚辞集注》,上海古籍出版社,2003年。

(明)蒋之翘:《七十二家评楚辞》,明天启六年(1626)忠雅堂刻本。

(明)汪瑗撰,董洪利点校:《楚辞集解》,北京古籍出版社,1994年。

(清)王夫之撰,杨新勋点校:《楚辞通释》,上海古籍出版社,2018年。

(清)周拱辰:《离骚草木史》,清嘉庆八年(1803)圣雨斋刻本。

饶宗颐:《楚辞书录》,香港苏记书庄,1956年。

周建忠主编:《当代楚辞研究论纲》,湖北教育出版社,1992年。

崔富章编著:《楚辞书目五种续编》,上海古籍出版社,1993年。

姜亮夫编著:《楚辞书目五种》,上海古籍出版社,1993年。

李中华、朱炳祥:《楚辞学史》,武汉出版社,1996年。

姜亮夫:《楚辞通故》,云南人民出版社,1999 年。

李诚、熊良智主编:《楚辞评论集览》,湖北教育出版社,2003 年。

汤炳正:《渊研楼屈学存稿》,中国社会科学出版社,2004 年。

吴旻旻:《香草美人文学研究》,台北里仁书局,2006 年。

廖栋梁:《伦理・历史・艺术:古代楚辞学的建构》,台北里仁书局,2008 年。

崔富章:《楚辞书录解题》,高等教育出版社,2010 年。

罗建新、梁奇编撰:《楚辞文献研读》,广西师范大学出版社,2011 年。

周建忠、施仲贞:《五百种楚辞著作提要》,江苏教育出版社,2011 年。

潘啸龙:《楚辞与汉代文学论集》,安徽师范大学出版社,2014 年。

王泗原:《楚辞校释》,中华书局,2014 年。

徐志啸:《日本楚辞研究论纲》,福建人民出版社,2015 年。

熊良智:《楚辞的艺术形态及其传播研究》,商务印书馆,2016 年。

徐毅等编纂:《韩国古代楚辞资料汇编》,南京大学出版社,2017 年。

何继恒:《中国古代屈原及其作品图像研究》,中华书局,2019 年。

陈亮:《欧美楚辞学论纲》,中华书局,2020 年。

吴慧鋆:《近代楚辞学论纲》,中华书局,2020 年。

三、书论画论类

(南朝)谢赫撰,王伯敏标点注释:《古画品录》,人民美术出版社,2016 年。

(唐)张彦远著,俞剑华注释:《历代名画记》,上海人民美术出版社,1964 年。

（宋）邓椿撰，刘世军校注：《〈画续〉校注》，广西师范大学出版社，2015年。

（宋）郭若虚著，黄苗子点校：《图画见闻志》，人民美术出版社，2016年。

（宋）曾宏父：《石刻铺叙》，《知不足斋丛书》本。

（元）汤垕撰，马采标点注译，邓以蛰校阅：《画鉴》，人民美术出版社，2016年。

（元）夏文彦撰，肖世孟校注：《图绘宝鉴》，山西教育出版社，2017年。

（明）陶宗仪撰，徐美洁点校：《书史会要》，浙江人民美术出版社，2012年。

（明）汪珂玉：《珊瑚网》，成都古籍书店，1985年。

（明）郁逢庆纂辑，赵阳阳点校：《郁氏书画跋记》，上海书画出版社，2020年。

（明）詹景凤著，刘九庵标点，刘凯整理：《东图玄览》，上海书画出版社，2020年。

（明）张丑撰，徐德明点校：《清河书画舫》，上海古籍出版社，2010年。

（明）朱存理集录，韩进、朱春峰校证：《铁网珊瑚校证》，广陵书社，2012年。

（清）卞永誉纂辑：《式古堂书画汇考》，浙江人民美术出版社，2012年。

（清）葛金烺、葛嗣彤撰，慈波点校：《爱日吟庐书画丛录》，浙江人民美术出版社，2012年。

（清）顾复撰，林虞生校点：《平生壮观》，上海古籍出版社，2011年。

（清）顾文彬、孔广陶撰，柳向春校点：《过云楼书画记岳雪楼书画录》,上海古籍出版社,2011 年。

(清)胡敬撰,刘英点校:《胡氏书画考三种》,浙江人民美术出版
社,2015 年。

(清)姜绍书撰,张裔校注:《无声诗史》,山西教育出版社,2015 年。

(清)厉鹗辑,胡易知点校:《南宋院画录》,浙江人民美术出版社,
2016 年。

(清)李佐贤:《书画鉴影》,清同治十年(1871)利津李氏刻本。

(清)陆时化撰,徐德明校点:《吴越所见书画录》,上海古籍出版
社,2015 年。

(清)陆心源纂辑,陈小林点校:《穰梨馆过眼录》,上海书画出版
社,2018 年。

(清)秦祖永撰,黄亚卓校点:《桐阴论画》,上海古籍出版社,
2015 年。

(清)孙承泽撰,白云波、古玉清点校:《庚子销夏记》,浙江人民美
术出版社,2012 年。

(清)孙岳颁、王原祁等编:《佩文斋书画谱》,浙江人民美术出版
社,2014 年。

(清)汤漱玉、汪远孙辑,刘幼生点校:《玉台画史》,浙江人民美术
出版社,2012 年。

(清)吴其贞:《书画记》,人民美术出版社,2006 年。

(清)吴荣光撰,陈飒飒校点:《辛丑销夏记》,上海古籍出版社,
2015 年。

(清)吴升:《大观录》,民国九年(1920)武进李氏圣译廔本。

(清)徐沁:《明画录》,华东师范大学出版社,2009 年。

(清)张伯英著,戚云龙、韩宜锋编:《独坐》,中国文史出版社,
2017 年。

（清）张庚、刘瑗撰，祁晨越点校：《国朝画征录》，浙江人民美术出版社，2011年。

（民国）庞元济撰，李保民校点：《虚斋名画录 虚斋名画续录》，上海古籍出版社，2016年。

王群栗点校：《宣和书谱》，浙江人民美术出版社，2012年。

俞剑华标点注释：《宣和画谱》，人民美术出版社，2017年。

四、其他

（一）著作

（晋）陆机：《毛诗草木鸟兽虫鱼疏》，清同治十二年（1873）粤东书局刻本。

（南朝梁）刘勰著，詹锳义证：《文心雕龙义证》，上海古籍出版社，1989年。

（梁）宗懔撰，（隋）杜公瞻注，姜彦稚辑校：《荆楚岁时记》，中华书局，2018年。

（北魏）郦道元著，陈桥驿校证：《水经注校证》，中华书局，2013年。

（唐）欧阳询：《宋本艺文类聚》，上海古籍出版社，2013年。

（宋）李昉等编：《文苑英华》，中华书局，1966年。

（宋）王象之著，李勇先校点：《舆地纪胜》，四川大学出版社，2015年。

（宋）郑樵撰，王树民点校：《通志二十略》，中华书局，1995年。

（明）李时珍著，钱超尘等校：《金陵本〈本草纲目〉新校正》，上海科学技术出版社，2008年。

（明）李贤等修纂：《明一统志》，清文渊阁《四库全书》本。

（明）薛纲等修纂：《（嘉靖）湖广图经志书》，明嘉靖元年（1522）本。

（清）郭嵩焘等修纂:《（光绪）湘阴县图志》,清光绪六年（1880）县
　　志局刻本。

（清）刘熙载著,袁津琥校注:《艺概注稿》,中华书局,2009 年。

（清）聂光銮等修纂:《（同治）宜昌府志》,清同治刊本。

（清）阮元校刻:《十三经注疏》（清嘉庆刊本）,中华书局,2009 年。

（清）陶澍等修撰:《洞庭湖志》,岳麓书社,2009 年。

（清）王念孙著,钟宇讯点校:《广雅疏证》,中华书局,1983 年。

（清）徐世昌编,闻石点校:《晚晴簃诗汇》,中华书局,1990 年。

（清）曾国荃等修撰:《（光绪）湖南通志》,清文渊阁《四库全书》本。

孔寿山编著:《唐朝题画诗注》,四川美术出版社,1988 年。

湖北省秭归县地方志编纂委员会编:《秭归县志》,中国大百科全
　　书出版社,1991 年。

薛永年、杜娟:《清代绘画史》,人民美术出版社,2000 年。

周裕锴:《中国古代阐释学研究》,上海人民出版社,2003 年。

马蓉等点校:《永乐大典方志辑佚》,中华书局,2004 年。

俞剑华编著:《中国古代画论类编》,人民美术出版社,2004 年。

中国第一历史档案馆、香港中文大学文物馆合编:《清宫内务府造
　　办处档案总汇》,人民出版社,2005 年。

曹意强等:《艺术史的视野:图像研究的理论、方法与意义》,中国
　　美术学院出版社,2007 年。

陈传席:《陈传席文集·绘画卷》,安徽美术出版社,2007 年。

徐小蛮、王福康:《中国古代插图史》,上海古籍出版社,2007 年。

段勇:《乾隆"四美"与"三友"》,紫禁城出版社,2008 年。

李维琨:《明代吴门画派研究》,东方出版中心,2008 年。

袁行霈:《陶渊明影像:文学史与绘画史之交叉研究》,中华书局,
　　2009 年。

郑午昌:《中国画学全史》,中国社会科学出版社,2009 年。

衣若芬:《游目骋怀:文学与美术的互文与再生》,台北里仁书局, 2011 年。

张京华:《湘妃考》,湖南人民出版社,2011 年。

黄仁生、罗建伦校点:《唐宋人寓湘诗文集》,岳麓书社,2013 年。

朱良志:《南画十六观》,北京大学出版社,2013 年。

李彦锋:《中国美术史中的语图关系研究》,人民出版社,2014 年。

沙鸥:《萧云从与姑孰画派》,黄山书社,2014 年。

陈伯海主编:《唐诗汇评》(增订本),上海古籍出版社,2015 年

陈高华编著:《元代画家史料》(增补本),中国书店,2015 年。

陈师曾:《中国文人画之研究》,浙江人民美术出版社,2016 年。

乔光辉:《明清小说戏曲插图研究》,东南大学出版社,2016 年。

张克峰:《中国古代文学作品在绘画中的接受研究》,厦门大学出 版社,2016 年。

张毅、李开林编:《清代诗学名家书画评论汇编》,南开大学出版 社,2016 年。

朱永明:《中华图像文化史·明代卷》,中国摄影出版社,2017 年。

陈平原:《左图右史与西学东渐——晚清画报研究》,生活·读 书·新知三联书店,2018 年。

吕晓等:《中国图像文化史·清代卷》,中国摄影出版社,2018 年。

石守谦:《风格与世变:中国绘画十论》,北京大学出版社,2018 年。

叶朗主编:《观·物:哲学与艺术中的视觉问题》,北京大学出版 社,2019 年。

[美]W.J.T. 米歇尔著,陈永国、胡文征译:《图像理论》,北京大学 出版社,2006 年。

[美]巫鸿著,柳扬、岑河译:《武梁祠:中国古代画像艺术的思想

性》,生活·读书·新知三联书店,2006年。

[美]高居翰著,宋伟航等译:《隔江山色:元代绘画(1279—1368)》,生活·读书·新知三联书店,2009年。

[美]高居翰著,王嘉骥译:《山外山:晚明绘画》,生活·读书·新知三联书店,2009年。

[美]高居翰著,夏春梅等译:《江岸送别:明代初期与中期绘画》,生活·读书·新知三联书店,2009年。

[奥]德沃夏克著,陈平译:《作为精神史的美术史》,北京大学出版社,2010年。

[美]欧文·潘诺夫斯基著,戚印平、范景中译:《图像学研究:文艺复兴时期艺术的人文主题》,上海三联书店,2011年。

[美]孟久丽著,何前译:《道德镜鉴:中国叙述性图画与儒家意识形态》,生活·读书·新知三联书店,2014年。

[英]E. H. 贡布里希著,杨思梁、范景中编:《象征的图像:贡布里希图像学文集》,广西美术出版社,2015年。

[英]柯律格著,黄晓鹃译:《明代的图像与视觉性》(第二版),北京大学出版社,2016年。

[美]巫鸿著,梅玫、肖铁等译:《时空中的美术》,生活·读书·新知三联书店,2016年。

[美]巫鸿著,文丹译,黄小峰校:《重屏:中国绘画中的媒材与再现》,上海人民出版社,2017年。

[美]班宗华著,白谦慎编,刘晞仪译:《行到水穷处:班宗华画史论集》,生活·读书·新知三联书店,2018年。

[英]彼得·伯克著,杨豫译:《图像证史》(第二版),北京大学出版社,2018年。

[美]W.J.T. 米歇尔著,陈永国译:《图像学:形象、文本、意识形

态》,北京大学出版社,2020年。

(二)论文

薛永年:《谈张渥的〈九歌图〉》,《文物》,1977年第11期。

徐邦达:《有关何澄和张渥及其作品的几点补充》,《文物》,1978年第11期。

薛永年:《气韵生动笔笔着意的〈湘夫人图〉》,《社会科学战线》,1980年第3期。

王克文:《传统中国画的"异时同图"问题》,《美术研究》,1988年第4期。

李格非、李独奇:《以屈原为题材的古代绘画概述》,《云梦学刊》,1992年第2期。

李湜:《明代青楼文化观照下的女性绘画》,《美术研究》,1999年第4期。

马孟晶:《图文交织的神异世界:院藏三种与萧云从相关之离骚图》,《故宫文物月刊》,2001年第2期。

张繁文:《绘画史上的渔父情结》,《南京艺术学院学报(美术与设计版)》,2005年第1期。

朱良志:《石涛艺术世界中的"楚风"》,《荣宝斋》,2005年第2期。

黄朋:《〈九歌图〉图式的流变》,《上海文博》,2007年第4期。

汪平:《仇英〈九歌图〉辨识》,《书画世界》,2008年第5期。

陈池瑜:《张渥的〈九歌图〉与神话形象》,《清华大学学报(哲学社会科学版)》,2009年第4期。

朱关田:《欧阳询书迹考略》,《中国书画》,2010年第8期。

邹广胜:《谈文学与图像关系的三个基本理论问题》,《文艺理论研究》,2011年第1期。

许结:《一幅画·一首歌·一段情:张曾〈江上读骚图歌〉解读及思考》,《文艺研究》,2011 年第 2 期。

赵宪章:《语图互访的顺势与逆势:文学与图像关系新论》,《中国社会科学》,2011 年第 3 期。

潘建国:《孔尚任艺术鉴藏与文学创作之关系考论:以新见孔氏题陈洪绶〈饮酒读书图〉跋文为缘起》,《文学遗产》,2011 年第 6 期。

张克峰:《屈原及其作品在绘画创作中的接受》,《文学评论》,2012 年第 1 期。

赵宪章:《语图符号的实指和虚指:文学与图像关系新论》,《文学评论》,2012 年第 2 期。

潘啸龙等:《萧云从〈离骚图〉及序跋注文研究》,《安徽师范大学学报(人文社会科学版)》,2012 年第 3 期。

赵炎秋:《实指与虚指:艺术视野下的文字与图像关系再探》,《文学评论》,2012 年第 6 期。

张眠溪:《吉博本张渥〈九歌图〉考》,《中国书画》,2013 年第 11 期。

温巍山:《陈洪绶〈九歌图〉插图创作的习作性和探索性》,《装饰》,2014 年第 5 期。

姜鹏:《中国国家博物馆收藏的两卷〈九歌图〉》,《书画世界》,2015 年第 4 期。

黄小峰:《古意的竞争:文徵明〈湘君湘夫人图〉再读》,《苏州文博论丛》,2015 年。

袁行霈:《诗意画的空间及其限度:以明人的作品为中心》,《文学遗产》,2016 年第 1 期。

赵宪章:《诗歌的图像修辞及其符号表征》,《中国社会科学》,2016 年第 1 期。

罗建新:《楚辞图像研究的回顾与前瞻》,《中国文学研究》(第二十七辑),2016 年。

谷卿:《论元代雅集品题的内涵特质:以作为雅集物证的书画原迹为中心》,《文学评论》,2017 年第 1 期。

余辉:《宋元龙舟题材绘画研究:寻找张择端〈西湖争标图〉卷》,《故宫博物院院刊》,2017 年第 2 期。

罗建新:《楚辞的图像化进程》,《光明日报》,2017 年 5 月 29 日第 7 版。

张鸣:《文学与图像:北宋乔仲常〈后赤壁赋图〉对苏轼原作意蕴的视觉诠释》,《国学学刊》,2017 年第 4 期。

周建忠、何继恒:《屈原图像在中国古代的传播与接受》,《中州学刊》,2017 年第 4 期。

赵宪章:《小说插图语图像叙事》,《文艺理论研究》,2018 年第 1 期。

许结:《宋代楚辞文图的学术考察》,《湖北大学学报(哲学社会科学版)》,2018 年第 3 期。

罗建新、辛甜甜:《"以谶解经"的学术风潮与王逸的〈楚辞〉阐释》,《西华师范大学学报(哲学社会科学版)》,2018 年第 4 期。

罗时进:《宋代图像传播对唐代诗人与作品的经典化形塑》,《文学遗产》,2018 年第 6 期。

曹瀛文:《浙江省博物馆藏无款〈九歌图〉小考》,《荣宝斋》,2018 年第 8 期。

李鹏:《张渥与十一段本〈九歌图〉》,《美术》,2018 年第 8 期。

罗建新:《图注:〈楚辞〉草木阐释的特殊形态》,《中华文化论坛》,2019 年第 1 期。

李鹏:《〈九歌图〉与〈楚辞〉注本》,《美术观察》,2019 年第 2 期。

杜金:《故事、图像与法律宣传:以清代〈圣谕像解〉为素材》,《学术月刊》,2019 年第 3 期。

罗建新:《楚辞草木训诂文献的本草学价值》,《光明日报》,2019 年
　　6 月 23 日第 13 版。

程国栋:《萧云从〈离骚图〉要论》,《南京艺术学院学报(美术与设
　　计版)》,2019 年第 4 期。

罗建新、罗丹:《萧云从〈离骚图〉诸本优劣辨》,《古籍整理研究学
　　刊》,2019 年第 4 期。

罗建新:《欧阳询〈离骚帖〉辨伪》,《中国书法》,2019 年第 22 期。

罗建新:《披文思图求踪影——秦汉〈楚辞〉图像的文献考索》,《美
　　术大观》,2019 年第 12 期。

罗建新:《僧坊之外:"雪窗兰"的士林流布及画史意义》,《南京艺
　　术学院学报(美术与设计版)》,2020 年第 3 期。

罗建新:《异文比勘与〈楚辞〉书画鉴定》,《光明日报》,2020 年 12
　　月 14 日第 13 版。

罗建新:《意在图画:〈天问〉"图注"之形态、特征与意义》,《东南大
　　学学报(哲学社会科学版)》,2021 年第 3 期。

石以品:《穷神之艺不妨贤:李公麟绘画研究》,上海大学博士学位
　　论文,2015 年。

李鹏:《图像、书辞、观念:〈九歌图〉研究》,中国美术学院博士学位
　　论文,2017 年。

[日]古原宏伸:《传李公麟笔〈九歌图〉:中国绘画の异时同图法》,
　　铃木敬先生还历记念会编:《铃木敬先生还历记念·中国绘画
　　史论集》,东京吉川弘文馆,1981 年。

Deborah Del Gais Muller, "Li Kung-lin's Chiu-ko t'u: A Study
　　of the Nine Songs Handscrolls in the Sung and Yuan Dynas-
　　ties," Ph. D. dissertation, Yale University, 1981.

后　记

　　酒罢茶余，依窗展卷。清风脱然而至，架上春兰的氤氲香气，习习从纸间生起；卷中清瘦飞动笔笔向左的墨兰，宛然如坐我于湘潭澧浦间，遂唤起关于拙著的过往记忆。

　　我对《楚辞》图像的关注，是从思考《楚辞》意象问题开始的。十年前，为了完成编纂《楚辞文献研读》的任务，我初步梳理了《楚辞》学史。在钦服于前贤精深闳远之论的同时，也产生了些许不更事的异想：这"郁起"于千年前的"奇文"，何以能超越时空、人文之囿，沟通古今人心？《离骚》文辞中隐藏着怎样的魅力，竟能使人于"山村""庭院""逍遥地""急滩中""幽兰花底""一灯窗下"，以"傍梅""依松""煮茗""痛饮"等姿态熟读之，产生"歌""悲""怨""悔""一笑""流涕""慷慨吟"等情感反应？要回应这些问题，除了对屈原及《楚辞》进行历史的、文献的研究之外，着眼于美感获得的文学本体性层面的思考，或许是一种尝试路径。

　　倘若从现代文学理论中的"文学性"角度关照作为"词赋之宗"的《楚辞》，着眼点何在？情感及其形式？这似乎回到了关于《楚辞》篇题名义、篇章主旨、结构层次、艺术风格等问题的探究之上。走向"外部"？似就在关乎楚文化、巫文化及"拟骚""评骚"等生成、传播与接受的领地里耕耘。这些层面的考索，前贤时人论述已多，胜意纷呈。若无新变，不能代雄。如何能于"骚"之"惊采绝艳"略有新知？思索之余，遂想到"诗言志"：在心为志，志亦可谓之情，谓之意，而人情千古一也；发言为诗，诗在视觉形态上呈现为文字符号，是"动于中"的人情形之于"言"后的凝固之"象"。正是这笼天地于形内、挫万物于笔端的万能之"象"，方才使得人们能穿越历史时空，观古今于须臾，抚四海于一瞬，徜徉于古今思想之密林，与天地精神相往来。念及此，遂思虑以"意象"为切入点，对《楚辞》本文进行"内部"整体审视。

"象"之所涉甚为瑰博，圣人含道映物，贤者澄怀味像，仰观俯察、取诸身物之间，有以见天下之赜。余也不敏，姑参稽刘彦和"才高者菀其鸿裁，中巧者猎其艳辞，吟讽者衔其山川，童蒙者拾其香草"语，从拾《楚辞》之"芳草"开始。王逸论《骚》之"取兴"时，有"善鸟香草以配忠贞，恶禽臭物以比谗佞"诸语，众人多参稽其说，将之作为理解诗文之线索与创作文本的表现技法，遂使中国文学形成"香草美人"传统。然鸟、禽、草、物之属，本为自然生物，善、恶、香、臭之别，实乃人类情志之附着，二者之关联，可视为"意"与"象"合。至于忠贞、谗佞之谓，则属于人类的价值判断，具有主观能动性，与自然生物缺乏直接联系。那么，《楚辞》中的"善鸟香草"何以能"配忠贞"而"恶禽臭物"何以能"比谗佞"？换言之，作为审美意象的"香草美人"，是如何生成的？基于此种考虑，我尝试在对《楚辞》所涉之"象"进行系统考察的基础上，审视其由"眼中之象"到"心中之象"至"文本之象"的呈现过程，探寻人们在阅读过程中"因象寻意"的历史形态，以期能为这种思考寻找答案，由是便开启了学位论文《楚辞意象之构成考论》茫然而又困惑的撰写旅程。

写作过程中，四库馆臣评论门应兆《钦定补绘萧云从离骚全图》的一节文字引起了我的注意，其文曰："考《天问序》称'屈原放逐，彷徨山泽，见楚有先王之庙及公卿祠堂，图画天地山川神灵琦玮谲佹,及古圣贤怪物行事,因书其壁,呵而问之',是《天问》一篇,本由图画而作。后世读其书者,见所征引,自天文地理虫鱼草木与凡可喜可愕之物,无不毕备,咸足以扩耳目而穷幽渺,往往就其兴趣所至,绘之为图。"观者目接《楚辞》中的诸种物象与事象,产生"可喜可愕"等情感反应,将之绘为图画,不也是从"眼中之象"到"心中之象"至"文本之象"的生成过程吗? 只不过此际"文本之象"的呈现形态是图像,而非文字。是故,考察《楚辞》,除着力于以文字形态呈现的"解骚""续骚""拟骚"诸作外,以图像这一载体与媒介而呈现出的相关文献,亦可纳入考察范畴。

基于此种考虑,在学位论文撰写完毕后,我就以历代楚辞图像为关注对象,尝试申报国家社会科学基金青年项目;承蒙诸位贤达厚爱,幸获入选。这本谫陋的小书,即是该项目的研究成果之一,也是我在由"而立"向"不惑"行进途中,于中国古代文学图像田野中所播撒的一颗幼苗,尽管稚嫩又柔弱,却在生长。

西华师范大学科研处张晓韵女史帮助搜集、翻译部分欧美《楚辞》图像研究成果,并润色了我的部分英文研究论文;中华书局罗华彤主任帮助修正了书中的疏漏;中国屈原学会会长方铭先生、中国文艺理论学会副会长赵宪章先生、中国诗经学会副会长邵炳军师、中国辞赋学会副会长伏俊琏先生、中华文学史料学会副会长徐希平先生等师长,以及我所就职的单位,皆为个人研究及拙作出版提供了极大帮助;钝口拙腮,言难尽意,惟将无尽之感激与感恩,铭刻在心!

文章千古事,得失寸心知。念及此,不免忐忑。只是,既然选择了远方,便只有风雨兼程。

人生,总是在路上。

2021 年 4 月 12 日于四川南充